DANIEL HANOVER

Dolch und Münze 1

Buch

In der Freien Stadt Vanai stehen die Zeichen auf Sturm. Ein Krieg droht – und das bedeutet für Marcus Wester, einen des Kämpfens längst überdrüssigen Söldnerführer, aus Vanai zu verschwinden, so schnell es geht, um nicht in die sich abzeichnenden Auseinandersetzungen gezogen zu werden. Doch das ist leichter gesagt als getan, und nur mit viel Glück gelingt es Marcus, mit einer als Karawanenwachen verkleideten Schauspielertruppe und der Karawane des Bankmündels Cithrin schließlich doch die Stadt zu verlassen – womit seine Probleme aber eigentlich erst so richtig anfangen. Ganz andere Schwierigkeiten hingegen hat der junge Adlige Geder, der lieber ein Philosoph als ein Krieger wäre und der doch zu einem entscheidenden Faktor in dem heraufziehenden Krieg wird. Einem Krieg, der weit umfassender zu werden droht, als irgendjemand ahnen kann …

Autor

Daniel Hanover ist das Pseudonym eines renommierten amerikanischen Autors

Weitere Titel in Vorbereitung

Daniel Hanover

Dolch und Münze

Das Drachenschwert

Aus dem Englischen
von Simone Heller

blanvalet

Die englische Originalausgabe erschien unter dem Titel
»The Dagger and the Coin 01: The Dragon's Path« bei Orbit, New York.

MIX
Papier aus verantwortungsvollen Quellen
FSC® C014496

Verlagsgruppe Random House FSC-DEU-0100
Das für dieses Buch verwendete FSC®-zertifizierte Papier
Super Snowbright liefert Hellefoss AS, Hokksund, Norwegen.

1. Auflage
Taschenbuchausgabe August 2012 bei Blanvalet,
einem Unternehmen der Verlagsgruppe Random House GmbH, München.

Umschlaggestaltung und Umschlagillustration: © Max Meinzold, München
Redaktion: Alexander Groß
HK · Herstellung: sam
Satz: Uhl + Massopust, Aalen
Druck und Einband: GGP Media GmbH, Pößneck
Printed in Germany
ISBN: 978-3-442-26865-8

www.blanvalet.de

Für Scarlet

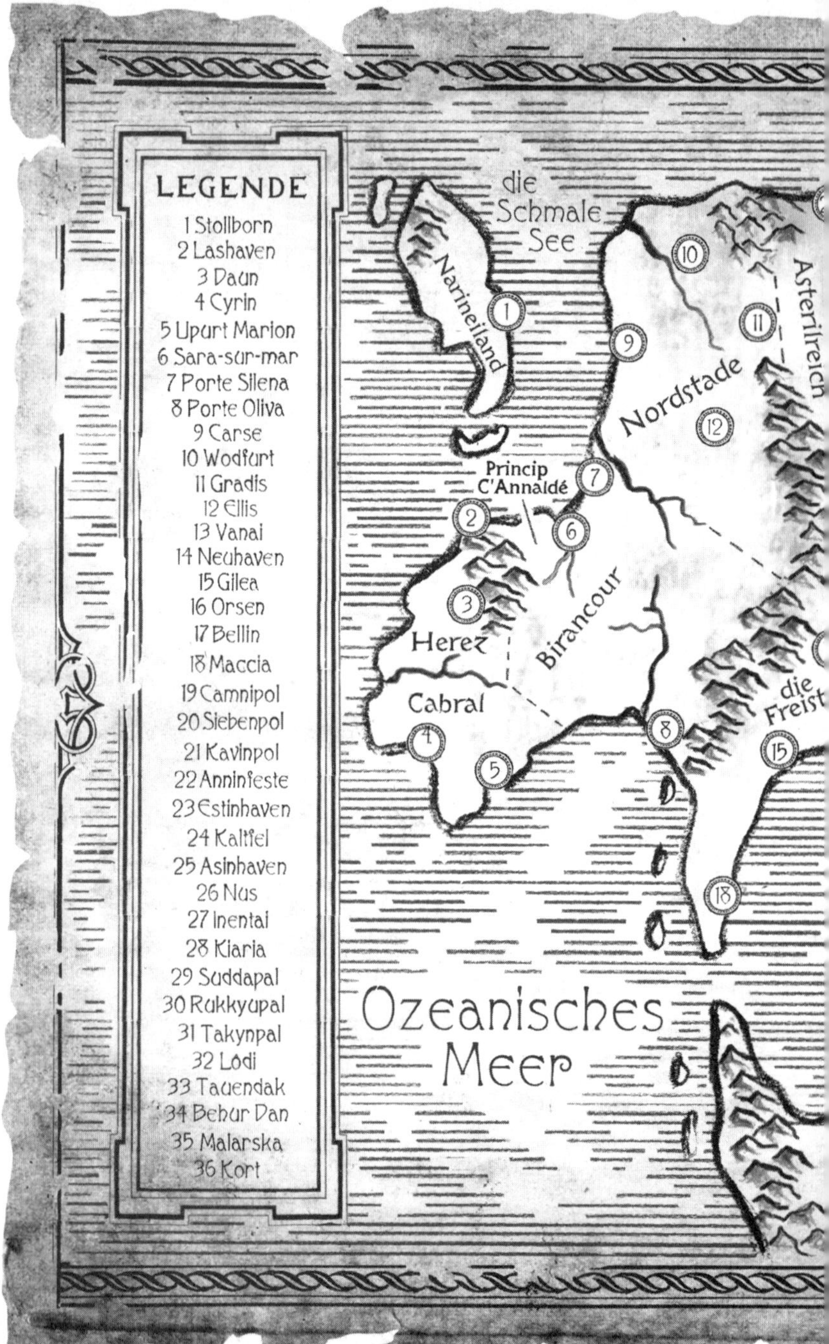
LEGENDE
1 Stollborn
2 Lashaven
3 Daun
4 Cyrin
5 Upurt Marion
6 Sara-sur-mar
7 Porte Silena
8 Porte Oliva
9 Carse
10 Wodfurt
11 Gradis
12 Ellis
13 Vanai
14 Neuhaven
15 Gilea
16 Orsen
17 Bellin
18 Maccia
19 Camnipol
20 Siebenpol
21 Kavinpol
22 Anninfeste
23 Estinhaven
24 Kaltfel
25 Asinhaven
26 Nus
27 Inentai
28 Kiaria
29 Suddapal
30 Rukkyupal
31 Takynpal
32 Lodi
33 Tauendak
34 Behur Dan
35 Malarska
36 Kort
die Schmale See
Narineiland
Asterilreich
Nordstade
Princip C'Annaldé
Birancour
Herez
Cabral
die Freist
Ozeanisches Meer

Hallskar
Antea
Sarakal
Borja
Elassae
die
Keshet
Pût
Innenmeer
23
20
19
21
26
30
31
32
33
16
27
28
13
29
34
36
35

Prolog

Der Abtrünnige

DER ABTRÜNNIGE DRÜCKTE SICH in die Schatten des Felsens und betete, ohne sich an eine bestimmte Gottheit zu wenden, dass die Kreaturen, die unter ihm auf Maultieren durch den Pass ritten, nicht aufsehen würden. Seine Hände schmerzten, seine Bein- und Rückenmuskeln zitterten vor Erschöpfung. Im kalten, staubgeschwängerten Wind flatterte der dünne Stoff seiner Zeremonienroben. Er riskierte einen Blick hinab auf den Pfad.

Die fünf Maultiere hatten angehalten, aber die Priester waren nicht abgestiegen. Ihre Roben waren schwerer, wärmer. Die uralten Schwerter, die ihnen quer über den Rücken hingen, fingen das Licht des Morgens ein und glitzerten in einem giftigen Grün. Drachengeschmiedet waren sie, jene Klingen. Sie brachten jedem den Tod, dessen Haut sie ritzten. Und mit der Zeit würde das Gift sogar die Männer töten, die sie trugen. Umso mehr Grund hatten seine früheren Brüder, dachte der Abtrünnige, ihn schnell zu töten und heimzukehren. Niemand wollte diese Klingen lange tragen; sie wurden nur in einer großen Notlage oder tödlichem Zorn hervorgeholt.

Nun ja. Zumindest war es schmeichelhaft, wenn man so ernst genommen wurde.

Der Priester, der den Jagdtrupp anführte, erhob sich im

Sattel und blinzelte ins Licht. Der Abtrünnige erkannte die Stimme.

»Komm heraus, mein Sohn«, rief der Hohepriester. »Du kannst nicht entkommen.«

Dem Abtrünnigen wurde flau im Magen. Er schob sich nach vorn, war kurz davor hinabzugehen. Dann hielt er inne.

Vermutlich, sagte er sich. *Ich kann* vermutlich *nicht entkommen. Aber vielleicht doch.*

Auf dem Pfad bewegten sich die Gestalten in den dunklen Roben, wandten sich um und beratschlagten. Er konnte ihre Worte nicht hören. Er wartete, während sein Körper auskühlte und steif wurde. Ein halber Tag schien zu vergehen, während sich die Jäger unter ihm besprachen, obwohl der Sonnenstand am blassblauen Himmel sich kaum änderte. Und dann, von einem Atemzug auf den nächsten, gingen die Maultiere weiter.

Weil er fürchtete, ein Steinchen ins Rollen zu bringen, das die steilen Klippen hinabkullern würde, wagte er nicht die kleinste Bewegung. Er versuchte, nicht zu grinsen. Langsam ritten die Kreaturen, die einst Menschen gewesen waren, den Pfad zum Ausgang des Tales hinab und folgten dann der weiten Biegung nach Süden. Als der Letzte von ihnen außer Sicht war, stand er auf, die Hände in die Hüften gestemmt, und staunte. Er war noch am Leben. Sie hatten gar nicht gewusst, wo sie ihn suchen mussten.

Allem zum Trotz, was man ihm beigebracht, was er bis vor kurzem noch geglaubt hatte, offenbarten die Gaben der Spinnengöttin nicht die Wahrheit. Sie verlieh ihren Dienern etwas, ja, aber nicht *Wahrheit*. Immer mehr schien es, als wäre sein ganzes Leben einem Netzwerk glaubhafter Lügen entsprungen. Er hätte sich verloren fühlen sollen. Verzweifelt. Stattdessen war es, als wäre er aus einem Grab an die frische Luft getreten. Er ertappte sich bei einem Grinsen.

Das Erklettern des letzten Stücks des westlichen Hangs ermüdete ihn sehr. Er rutschte in seinen Sandalen immer wieder aus und rang um Halt für Finger und Zehen. Aber als die Sonne ihren höchsten Stand erreichte, erreichte er den Grat. Im Westen folgte Berg auf Berg, und große Wolken türmten sich darüber. Bei den fernsten Pässen sah er jedoch, wie das Land ebener wurde. Flacher. Die Ferne verlieh der Ebene eine graublaue Farbe, und der Wind auf dem Berggipfel riss an seiner Haut wie Klauen. Blitze zuckten am Horizont. Und wie zur Antwort kreischte ein Habicht.

Allein und zu Fuß würde es Wochen dauern. Er hatte nichts zu essen und, schlimmer noch, kein Wasser. Er hatte in den vergangenen fünf Nächten in Höhlen und unter Büschen geschlafen. Seine ehemaligen Brüder und Freunde – die Männer, die er sein ganzes Leben lang gekannt und geliebt hatte – durchkämmten die Wege und Dörfer, wollten seinen Tod. In den höheren Lagen jagten Berglöwen und Grimmwölfe.

Er fuhr sich mit der Hand durch das dichte, borstige Haar, seufzte und begann mit dem Abstieg. Er würde vermutlich sterben, ehe er die Keshet und eine Stadt erreichte, die groß genug war, um darin untertauchen zu können.

Aber nur *vermutlich*.

Im letzten Licht der untergehenden Sonne fand er einen felsigen Überhang in der Nähe eines schlammigen Bächleins. Er opferte einen Teil des Riemens seiner rechten Sandale, um einen einfachen Feuerbogen zu formen, und als die erbarmungslose Kälte vom Himmel herabstieg, kauerte er sich an den hohen Ring aus Steinen, der sein kleines Feuer verbarg.

Die trockenen Büsche brannten heiß und beinahe rauchlos, aber auch rasch. Er verfiel in einen Rhythmus, in dem er einen kleinen Zweig nach dem anderen an die Flammen verfütterte, wobei er sie nie so groß werden ließ, dass sie seinen Unterschlupf für jene ausleuchteten, die auf der Jagd waren, sie aber auch nie erlöschen ließ. Die Wärme schien nicht weiter vorzudringen als bis zu seinen Ellbogen.

Weit entfernt kreischte etwas. Er versuchte, nicht darauf zu achten. Die Erschöpfung und die Mühen, die hinter ihm lagen, machten seinen Körper wund, aber sein Verstand, der nun von der dauernden Ablenkung durch die Reise frei war, nahm eine verhängnisvolle Geschwindigkeit auf. In der Dunkelheit wurde seine Erinnerung deutlicher. Das Gefühl von Freiheit und Erwartung wich dem Verlust, der Einsamkeit und dem Gefühl der Fremdheit. Diese drei, dachte er, würden ihn vermutlich eher töten als eine Raubkatze.

Er war in Hügeln geboren worden, die diesen ganz ähnlich waren. Hatte seine Jugend damit verbracht, »Schwert und Peitsche« zu spielen, indem er Äste und aneinandergeknüpfte Rindenstreifen benutzte. Hatte er je den Ehrgeiz verspürt, sich den Mönchen in ihrem großen, verborgenen Tempel anzuschließen? Es musste so gewesen sein, obwohl es schwer war, sich das in der beißende Kälte seines armseligen steinernen Unterschlupfs vorzustellen. Er konnte sich daran erinnern, mit Ehrfurcht zu der hohen Steinmauer aufgeblickt zu haben. Zu den aus dem Fels gehauenen Wächtern aus allen dreizehn Rassen der Menschheit, die von Wind und Regen so stark verwittert waren, dass sie alle – Cinnae und Tralgu, Südlinge und Erstgeborene, Timzinae und Yemmu und Versunkene – die gleichen leeren Gesichter und geballten Fäuste zur Schau trugen. Ununterscheidbar. Nur die weiten Schwingen und Dolchzähne des Drachen, der sich über ihnen wölbte, stachen noch hervor. Und in das riesige Eisentor waren schwarze Buchstaben eingelassen, aus denen sich Worte in einer Sprache bildeten, die keiner im Dorf kannte.

Als er Novize geworden war, hatte er gelernt, was sie hießen. *Gebunden ist nicht gebrochen.* Einst hatte er geglaubt zu wissen, was das bedeutete.

Eine Veränderung in der Windrichtung ließ Funken wie Glühwürmchen aufsteigen. Ein Ascheteilchen stach ihm ins Auge, und er rieb mit dem Handrücken darüber. Eine Veränderung in seinem Blut ließ ihn schaudern, als die Ströme seines Körpers auf etwas ansprachen, das nicht zu ihm gehörte. Auf die Göttin, wie er geglaubt hatte. Er war mit den anderen Jungen seines Dorfes zu dem großen Tor gegangen. Er hatte sich selbst dargeboten – Leben und Körper – und dafür …

Dafür waren ihm die Mysterien enthüllt worden. Anfangs war es nur Wissen gewesen: Lesen, so dass man die heiligen Bücher entziffern konnte, Rechnen, um die Buchhaltung des Tempels zu beherrschen. Er hatte von der Geschichte des Drachenimperiums gelesen und von der Geschichte seines Falls. Von der Spinnengöttin, die gekommen war, um der Welt Gerechtigkeit zu bringen.

Täuschung, sagten sie, besaß keine Macht über sie.

Er hatte es natürlich ausprobiert. Er hatte ihnen geglaubt und es trotzdem versucht. Er hatte die Priester belogen, nur um herauszufinden, ob es möglich war. Er hatte sich Dinge ausgesucht, die nur er wissen konnte: den Klannamen seines Vaters, die Lieblingsspeisen seiner Schwester, seine eigenen Träume. Die Priester hatten ihn ausgepeitscht, wenn er Lügen sprach, und sie hatten ihn verschont, wenn er bei der Wahrheit blieb, und sie lagen niemals, *niemals* falsch. Seine Sicherheit war gewachsen. Sein Glaube. Als der Hohepriester ihn ausgewählt hatte, um zum Novizen aufzusteigen, war er sicher gewesen, dass ihn Großes erwartete, weil die Priester ihm gesagt hatten, dass sie daran glaubten.

Er hatte die Macht der Spinnengöttin im eigenen Blut gespürt, nachdem er den Alptraum seiner Weihe hinter sich hatte. Beim ersten Mal, als er gespürt hatte, wie jemand log, war es gewesen, als hätte er einen neuen Sinn entdeckt. Beim ersten Mal, als er mit der Stimme der Göttin gesprochen hatte, hatte er gespürt, wie seine Worte Glauben versprühten, als wären sie aus Feuer.

Und nun war er in Ungnade gefallen, und möglicherweise war nichts davon wahr. Einen Ort wie die Keshet gab es womöglich gar nicht. Er glaubte, dass es ihn gab, so sehr, dass er sein Leben aufs Spiel gesetzt hatte, um dorthin zu fliehen. Aber er war nie dort gewesen. Die Markierungen auf den Karten könnten Lügen sein. Genauso gut könnte es auch keine Drachen, kein Imperium, keinen großen Krieg gegeben haben. Er hatte nie das Meer gesehen; vielleicht gab es so etwas gar nicht. Er wusste nur, was er selbst gesehen, gehört und gespürt hatte.

Er wusste *nichts*.

Aus einem gewalttätigen Drang heraus grub er die Zähne ins Fleisch seiner Hand. Blut quoll hervor, und er fing es im Handteller auf. Im schwachen Licht des Feuers wirkte es beinahe schwarz. Schwarz mit kleinen, dunkleren Knötchen. Eines der kleinen Knötchen entfaltete winzige Beine. Ein weiteres tat es ihm nach. Er beobachtete sie: Die Mittler der Göttin, an die er nicht mehr glaubte. Vorsichtig, sachte neigte er die Hand über der kleinen Flamme. Eine der Spinnen fiel hinein, ihre Beine, dünn wie Haare, schrumpften sofort zusammen.

»Tja«, sagte er. »Ihr könnt sterben. *Das* weiß ich.«

Die Berge schienen einfach nicht aufzuhören, jeder Anstieg eine neue Gefahr, und in jedem Tal wimmelte es von Bedrohungen. Er umging die kleinen Dörfer, wagte sich nur näher heran, um einen Schluck aus den steinernen Zisternen zu stehlen. Er aß Eidechsen und die kleinen, fleischfarbenen Nüsse der Buschkiefer. Er wich den Stellen aus, wo sich auf dem Boden Spuren von breiten Tatzen mit Klauen zeigten. Eines Nachts fand er einen Kreis aus stehenden Säulen, unter denen eine kleine Kammer war, die ihm einen Unterschlupf zu bieten schien, um seine Kraft wiederzugewinnen. Aber sein Schlaf wurde dort von Träumen gestört, die so gewalttätig und fremd waren, dass er stattdessen weiterzog.

Er verlor Gewicht, und das Leder seines Gürtels sackte tief über die Taille hinab. Die Sohlen seiner Sandalen wurden dünner, und sein Feuerbogen nutzte sich rasch ab. Die Zeit verlor ihre Bedeutung. Tag um Tag um Tag ging vorbei. Jeden Morgen dachte er: *Dies ist vermutlich der letzte Tag meines Lebens. Nur vermutlich.*

Vermutlich war immer genug. Und dann, eines späten Vormittags, hievte er sich auf den Gipfel eines mit Felsbrocken übersäten Hügels, und es gab keinen weiteren mehr, der darauf folgte. Die weiten westlichen Ebenen breiteten sich vor ihm aus, ein Fluss glänzte in seinem Umhang aus grünem Gras und Bäumen. Die Aussicht täuschte. Er ging davon aus, dass er immer noch zwei Tage Fußweg vor sich hatte, ehe er ihn erreichte. Dennoch setzte er sich auf einen breiten, rauen Stein, blickte über die Welt hinaus und gab sich beinahe bis zum Mittag den Tränen hin.

Als er sich dem Fluss näherte, spürte er eine neue Furcht, die an seinem Inneren nagte. An dem Tag, an dem er vor Wochen über die Mauer des Tempels entwischt und geflohen war, war sein Plan, in einer Stadt unterzutauchen, eine ferne Sorge gewesen. Nun sah er den Rauch von hunderten Kochfeuern zwischen den Bäumen aufsteigen. Die Spuren wilder Tiere waren rar. Zweimal sah er Männer in der Ferne auf riesigen Pferden reiten. Die staubigen Fetzen seiner Robe, die Überreste seiner Sandalen und der Gestank seiner ungewaschenen Haut erinnerten ihn daran, dass dies so schwierig und gefährlich sein würde wie alles, was er bisher getan hatte. Wie würden die Männer und Frauen aus der Keshet einen wilden Mann aus den Bergen aufnehmen? Würden sie ihn kurzerhand niedermetzeln?

Er umkreiste die Stadt am Fluss, von der schieren Größe des Ortes überwältigt. Er hatte so etwas noch nie gesehen. Die langen Holzgebäude mit ihren strohgedeckten Dächern hätten gut und gerne tausend Menschen Unterkunft geboten. Die Straßen waren mit Steinen gepflastert. Er hielt sich wie ein Dieb im Unterholz, um zu beobachten.

Es war der Anblick einer Yemmu, der ihm Mut verlieh. Sie und sein Hunger. Am Rande der Stadt, wo die letzten Häuser zwischen Straße und Fluss lagen, arbeitete sie in ihrem Garten. Sie war eineinhalb mal so groß wie er, die Schultern breit wie ein Bulle. Ihre Hauer bogen sich aus dem Kiefer nach oben, bis es schien, als laufe sie Gefahr, sich die eigene Wange zu durchbohren, wenn sie lachte. Ihre Brüste hingen weit über einem Bauerngürtel, der sich nicht so sehr von jenen unterschied, die seine Mutter und Schwester getragen hatten, nur aus dreimal so viel Stoff und Leder.

Sie war der erste Mensch in seinem Leben, der kein Erstgeborener war. Der erste echte Beweis, dass die dreizehn Rassen der Menschheit wirklich existierten. Verborgen hinter den Büschen spähte er zu ihr hinaus, während sie mit ihren riesigen Fingern Unkraut zupfte.

Er trat vor, ehe er sich selbst wieder zur Feigheit bekehren konnte. Ihr breiter Kopf fuhr ruckartig nach oben, die Nasenflügel weiteten sich. Er hob eine Hand, beinahe entschuldigend.

»Vergebt mir«, sagte er. »Ich … ich bin in Schwierigkeiten. Und ich habe gehofft, Ihr würdet mir vielleicht helfen.«

Die Augen der Frau verengten sich zu Schlitzen. Sie verlagerte ihren Schwerpunkt nach unten wie eine Raubkatze, die sich für den Kampf bereit macht. Es kam ihm in den Sinn, dass es vielleicht schlauer gewesen wäre herauszufinden, ob sie seine Sprache verstand, ehe er an sie herantrat.

»Ich komme aus den Bergen«, sagte er und bemerkte die Verzweiflung in seiner Stimme. Und er bemerkte noch etwas anderes. Ein unhörbares Dröhnen seines Blutes. Die Gabe der Spinnengöttin, die verfügte, dass die Frau ihm Glauben schenkte.

»Wir handeln nicht mit Erstgeborenen«, knurrte die Yemmu. »Zumindest nicht mit denen aus diesen zweimal beschissenen Bergen. Verzieh dich von hier, und nimm deine Männer mit.«

»Ich habe keine Männer«, sagte er. Die Wesen in seinem Blut wallten auf, voller Erregung, weil Gebrauch von ihnen gemacht wurde. Die Frau neigte den Kopf zur Seite, während seine gestohlene Magie sie überzeugte. »Ich bin allein. Und unbewaffnet. Ich bin seit … Wochen unterwegs. Ich kann arbeiten, wenn Ihr wollt. Für ein wenig Nahrung und einen warmen Ort zum Schlafen. Nur für diese Nacht.«

»Allein und unbewaffnet. Durch die Berge?«

»Ja.«

Der Augenblick, ehe sie lachte, zog sich in die Länge.

Sie ließ ihn Flusswasser zu ihrer Zisterne schleppen, während sie ihre Gartenarbeit erledigte. Der Eimer war für Yemmu-Hände geschaffen, und er konnte ihn nur halb füllen, bis er so schwer wurde, dass er ihn nicht mehr heben konnte. Aber er plagte sich mannhaft von dem kleinen Haus zu der groben Holzplattform und dann wieder zurück. Er gab acht, dass er sich nicht die Haut aufriss, zumindest nicht so sehr, dass Blut zu sehen war. Es war ohnehin zweifelhaft, ob er willkommen war, auch ohne dass er die Spinnen erklären musste.

Bei Sonnenuntergang deckte sie einen Platz für ihn an ihrem Tisch. Das Feuer in der Grube machte ihm Sorgen, und er musste sich in Erinnerung rufen, dass die, die seine Brüder gewesen waren, nicht hier waren und nach seinen Spuren Ausschau hielten. Sie schöpfte eine Schale mit Eintopf aus einem Kessel über dem Feuer. Das Essen hatte den kräftigen, vielschichtigen Geschmack von einem stetig köchelnden Topf; der Kessel wurde nie vom Feuer genommen, und frische Fleisch- und Gemüsestücke wanderten hinein, wie sie gerade verfügbar waren. Einige der dunklen Fleischstückchen, die in der fettigen Brühe schwammen, köchelten vielleicht schon, seit er den Tempel verlassen hatte. Es war die beste Mahlzeit, die er je zu sich genommen hatte.

»Mein Mann ist bei der Karawanserei«, sagte sie. »Es soll wohl einer der Fürsten vorbeikommen, und sie werden hungrig sein. Er hat sämtliche Schweine mitgenommen. Wenn wir Glück haben, verkauft er sie alle. Verdient genug Silber, um uns durch die Sturmzeit zu bringen.«

Er lauschte ihrer Stimme und auch auf die Regungen in seinem Blut. Der letzte Teil war eine Lüge. Sie glaubte nicht, dass das Silber reichen würde. Er fragte sich, ob sie sich deswegen Sorgen machte und ob es für ihn eine Möglichkeit gab, ihr zu helfen. Er würde es zumindest versuchen. Bevor er ging.

»Was ist mit dir, du armer Scheißer?«, fragte sie, ihre Stimme war weich und warm. »Mit wessen Schafen hast du es getrieben, dass du bei mir um Arbeit bettelst?«

Der Abtrünnige lachte leise. Das warme Essen im Bauch, das Feuer neben ihm und das Wissen, dass draußen ein Strohballen und eine dünne Wolldecke auf ihn warteten, taten sich zusammen, um seine Schultern und seinen Magen zu entspannen. Die riesigen goldgesprenkelten Augen der Yemmu blieben auf ihn gerichtet. Er zuckte die Achseln.

»Ich habe herausgefunden, dass etwas nicht dadurch wahr wird, dass man daran glaubt«, sagte er vorsichtig. »Es gab Dinge, die ich akzeptiert habe, die ich bis ins Mark geglaubt habe, und ich lag … falsch.«

»Bist getäuscht worden?«, fragte sie.

»Getäuscht«, bestätigte er, und dann hielt er inne. »Oder vielleicht auch nicht. Nicht absichtlich. Ganz gleich, wie sehr man sich irrt, es ist keine Lüge, wenn man daran glaubt.«

Die Yemmu pfiff – ein beeindruckendes Kunststück, wenn man ihre Hauer bedachte – und ließ die Hände in gespielter Bewunderung flattern.

»Hochphilosophisches vom Wasserknecht«, sagte sie. »Als Nächstes wirst du predigen und den Zehnten eintreiben.«

»Ich doch nicht«, sagte er und lachte mit ihr.

Sie schlürfte einen großen Schluck aus ihrer Schale. Das Feuer prasselte. Etwas – Ratten vielleicht oder Insekten – raschelte im Stroh über ihnen.

»Hast dich mit einer Frau verkracht, was?«, fragte sie.

»Mit einer Göttin«, antwortete er.

»Ah, ja. So sieht es immer aus, nicht wahr?«, sagte sie und starrte ins Feuer. »Eine neue Liebe wirkt, als wäre an ihr etwas anders. Als würde Gott selbst sprechen, wann immer ihre Lippen sich öffnen. Und dann…« Sie schnaubte. »Und was ist dann mit deiner Göttin so schiefgelaufen?«, fragte sie.

Der Abtrünnige schob sich etwas in den Mund, das vielleicht ein Kartoffelstück sein mochte, und kaute genüsslich. Er bemühte sich, Worte für Gedanken zu finden, die niemals laut ausgesprochen worden waren. Seine Stimme zitterte.

»Sie wird die Welt fressen.«

Hauptmann Marcus Wester

Marcus rieb sich mit einer schwieligen Hand übers Kinn.

»Yardem?«

»Herr?«, grollte der Tralgu, der an seiner Seite aufragte.

»Dieser Tag, an dem du mich in einen Graben wirfst und den Befehl über den Trupp übernimmst …«

»Ja, Herr.«

»Der ist nicht zufällig heute, oder?«

Der Tralgu verschränkte die dicken Arme und zuckte mit einem klimpernden Ohr. »Nein, Herr«, sagte er schließlich. »Nicht heute.«

»Schade.«

Der öffentliche Kerker von Vanai war einst eine Menagerie gewesen. In vergangenen Tagen waren die Drachen selbst über den weiten Platz geschritten und hatten im großen Springbrunnen in seiner Mitte gebadet. Am Rand des Platzes gab es eine tiefe Grube und Käfige, drei Stockwerke hoch. In die Fassaden aus Drachenjade waren Abbildungen der Tiere geschnitzt, die einst hinter den Eisenstäben auf und ab gelaufen waren: Löwen, Greifen, große sechsköpfige Schlangen, Wölfe, Bären, große Vögel mit weiblichen Brüsten.

Dazwischen Säulen in der Gestalt der dreizehn Rassen der Menschheit: Tralgu mit hoch aufgerichteten Ohren, Timzinae im Chitinpanzer, Yemmu mit Hauern und so weiter und so fort. Bei den Dartinae waren sogar kleine Kohlepfannen in den Augenhöhlen angebracht, um ihren glühenden Blick nachzustellen, obwohl sie niemand mehr anzündete. Zeit und Regen hatten die Figuren nicht angegriffen, sie waren lediglich von schwarzen Tränenspuren verunstaltet, wo die Stäbe zu Rost zerfallen waren – Drachenjade verwitterte durch nichts, und nichts beschädigte sie. Aber die Tiere selbst waren fort, und an ihrer Stelle waren Menschen.

Ob mürrisch, zornig oder gelangweilt, die Gäste der Rechtsprechung von Vanai wurden in ihrer ganzen Schande zur Schau gestellt, um sie lächerlich zu machen oder zu identifizieren, während sie auf das Urteil des bestellten Magistrats warteten. Gute, aufrechte Bürger konnten über den Platz flanieren, wo man an den Ständen für ein paar Bronzemünzen Abfälle bekam, üblicherweise in eine Schlinge aus Lumpen gewickelt. Jungen führten vor, wie sie Kotbrocken, tote Ratten und faulendes Gemüse auf die Gefangenen herabregnen ließen. Ein paar verzweifelte Ehefrauen und -männer brachten Käse und Butter, die sie über den Abgrund warfen, aber selbst wenn diese Gaben in die beabsichtigten Hände gerieten, herrschte im Gefängnis kein Frieden. Während sie von der niedrigen Mauer am Rande der Grube aus hinüberschauten, sah Marcus einen solchen Glücklichen – einen Kurtadam mit klimpernden Perlen in seinem kurzen Pelz, glatt wie bei einem Otter –, wie er wegen eines Stücks weißen Brotes verprügelt wurde, während ein Rudel junger Erstgeborener ihn auslachte, auf ihn deutete und ihn mit *Klicker, Klacker, Perlenkacker* und anderen rassistischen Beleidigungen bedachte.

In der untersten Zellenreihe saßen sieben Männer. Die meisten hatten die Statur und die Narben von Soldaten, aber einer hielt sich abseits, die dünnen Beine durch die Stäbe gedrückt, die Fersen über der Grube baumelnd. Die sechs Soldaten waren Marcus' Männer gewesen. Der andere war der Kundige des Trupps. Jetzt gehörten sie dem Fürsten.

»Man beobachtet uns«, sagte der Tralgu.

»Ich weiß.«

Der Kundige hob einen Arm zu einem reumütigen Winken. Marcus erwiderte es mit einem falschen Lächeln und einer weniger höflichen Geste. Sein ehemaliger Kundiger blickte zur Seite.

»Nicht er, Herr. Der andere.«

Marcus wandte sich von den Käfigen ab. Er brauchte nur einen Augenblick, um den Mann zu entdecken, den Yardem meinte. Nicht weit von der großen Fläche entfernt, wo die Straße sich zum Platz öffnete, lungerte ein Jüngling in der vergoldeten Rüstung der fürstlichen Garde herum. Mit ein wenig Mühe zerrte Marcus den Namen des Mannes aus seinem Gedächtnis hervor.

»Tja, Gott lächelt«, sagte Marcus säuerlich.

Der Gardist, der bemerkte, dass er entdeckt worden war, salutierte nachlässig und ging auf sie zu. Er hatte ein aufgedunsenes Gesicht und schmale, schwächliche Schultern. Der Geruch von Zedernöl aus dem Badehaus ging von ihm aus, als wäre er damit getränkt worden. Marcus lockerte die Schultern, wie er es vor einem Kampf machte.

»Hauptmann Wester«, sagte der Gardist mit einem Nicken. Und dann: »Und Yardem Hane. Ihr folgt immer noch dem Hauptmann, wie?«

»Sergeant Dossen, stimmt's?«, fragte Marcus.

»Tertian Dossen inzwischen. Der Fürst hängt an den alten Titeln. Sind das dort Eure Männer?«

»Welche ›dort‹?«, fragte Marcus mit gespielter Unschuld. »Ich habe schon mit vielen Männern gearbeitet, dann und wann. Es sollte mich nicht überraschen, wenn ich in jedem Kerker der Freistädte Männer kenne.«

»Der Haufen dort. Wir haben sie letzte Nacht zusammengetrieben, weil sie betrunken waren und Schwierigkeiten gemacht haben.«

»So sind Männer.«

»Ihr wisst nicht zufällig irgendetwas darüber?«

»Ich möchte nichts äußern, was vielleicht seinen Weg zurück zum Magistrat findet«, sagte Marcus. »Er könnte es anders auffassen, als ich es beabsichtigt habe.«

Dossen spuckte in den weiten Abgrund der Grube. »Ich kann respektieren, dass Ihr sie aus Schwierigkeiten heraushalten wollt, Hauptmann. Aber es macht keinen Unterschied. Der Krieg kommt, und der Fürst braucht Männer. Dieser Haufen ist ausgebildet. Hat Erfahrung. Man wird sie unter Zwang in die Armee eingliedern. Vielleicht bekommen sie sogar einen höheren Rang.«

Marcus spürte, wie sein Zorn größer wurde, jene Wärme in Brust und Bauch, die sich anfühlte, als wäre er um ein paar Zoll gewachsen. Er misstraute diesem Gefühl, so wie er allem misstraute, was sich gut anfühlte.

»Ihr klingt, als hättet Ihr etwas zu sagen.«

Dossen lächelte wie eine Flussschlange. »Ihr habt immer noch einen Ruf. Hauptmann Wester, Held von Gradis und Wodfurt. Der Fürst würde das anerkennen. Ihr könntet eine anständige Vergütung erhalten.«

»Fürsten, Barone, Herzöge. Sie sind alle nur kleine Könige«, sagte Marcus ein wenig heißblütiger, als er beabsichtigt hatte. »Ich arbeite nicht für Könige.«

»Für diesen werdet Ihr arbeiten«, entgegnete Dossen.

Yardem kratzte sich am Bauch und gähnte. Es war ein Zeichen, um Marcus zu ermahnen, seinen Zorn zurückzuhalten. Marcus nahm die Hand vom Schwertgriff.

»Dossen, alter Freund«, sagte Marcus, »mehr als die Hälfte der Verteidiger dieser Stadt sind Söldner, Ich habe Karol Dannian und seine Jungs gesehen. Merrisan Koke. Euer Fürst wird sie alle verlieren, wenn bekannt wird, dass er freiberufliche Soldaten zwangsrekrutiert, die unter Vertrag stehen ...«

Dossens Mund ging vor Verblüffung auf. »Ihr steht nicht unter Vertrag«, sagte er.

»Doch«, erwiderte Marcus. »Wir sind Wächter einer Karawane nach Carse oben in Nordstade. Im Voraus bezahlt.«

Der Gardist blickte über den Abgrund auf die eingekerkerten Männer, den betrübten Kundigen und die rostverschmierte Jade. Eine Taube landete auf dem geschnitzten Fuß eines Greifen, schüttelte ihre perlengrauen Schwanzfedern und ließ etwas auf das Knie des Kundigen fallen. Ein alter Mann hinter ihnen brüllte vor Lachen.

»Ihr habt keine Männer«, sagte Dossen. »Das da drüben sind Eure Karawanenwachen. Ihr und der Hundejunge könnt keine Karawane allein bewachen. Die Verträge fordern acht Schwert- und Bogenkämpfer und einen Kundigen im Trupp.«

»Wüsste nicht, dass Ihr unseren Vertrag gelesen habt«, sagte Yardem. »Und nennt mich nicht Hundejunge.«

Dossen presste die Lippen aufeinander, und in seinen zusammengekniffenen Augen stand Zorn. Seine Rüstung klirrte, als er mit den Schultern zuckte. »Doch, ich habe einen Blick darauf geworfen.«

»Aber ich bin sicher, das hat nichts damit zu tun, dass genau diese Männer eingelocht worden sind«, sagte Marcus.

»Ihr kommt am besten mit, Hauptmann. Die Stadt Vanai braucht Euch.«

»Die Karawane zieht in drei Tagen los«, sagte Marcus. »Und ich gehe mit. Unter Vertrag.«

Dossen zeigte keine Regung, aber sein Gesicht wurde rot. Marcus nahm an, dass ein Mitglied der fürstlichen Garde nicht daran gewöhnt war, eine Abfuhr zu erhalten.

»Ihr glaubt, Ihr steht über Männern wie mir?«, fragte Dossen. »Ihr glaubt, Ihr könnt Bedingungen festlegen, und die Welt wird sie achten? Wacht auf, Wester. Ihr seid weit weg von den Feldern von Ellis.«

Yardem brummte, als hätte er einen heftigen Schlag eingesteckt, und schüttelte den großen Kopf. »Ich hätte Ellis nicht erwähnt …«, sagte er, seine Stimme ein tiefes Grollen.

Dossen blickte abschätzig zu dem Tralgu auf, dann zu Marcus, und schließlich schaute er nervös zur Seite. »Ich wollte nicht respektlos gegenüber Eurer Familie sein, Hauptmann«, erklärte er.

»Haut ab«, sagte Marcus. »Jetzt.«

Dossen trat zurück. Genau außerhalb der Reichweite eines Schwertes hielt er inne. »Drei Tage, bis die Karawane aufbricht«, sagte er.

Das Übrige war unmissverständlich. *Erfüllt die Bedingungen des Vertrages nicht, und Ihr gehört dem Fürsten. Ob Ihr es wollt oder nicht.* Marcus antwortete nicht. Dossen wandte sich um und stolzierte auf den Platz hinaus.

»Das ist ein Problem«, sagte Yardem.

»So ist es.«

»Wir brauchen Männer, Herr.«

»Ja.«

»Irgendeine Ahnung, wo wir sie finden?«

»Nein.«

Marcus warf einen weiteren verzweifelten Blick auf die

Männer, die früher die Seinen gewesen waren, schüttelte den Kopf und kehrte der Menagerie den Rücken zu.

Die Stadt Vanai war einst eine Hafenstadt an der Mündung des Taneisch gewesen, aber die Verschlammung hatte die Flussmündung im Lauf der Jahrhunderte immer weiter nach draußen geschoben, und inzwischen lag sie einen halben Tagesritt weit im Süden. Kanäle und Wasserläufe durchzogen die Stadt, und noch immer fuhren Lastkähne auf dem Weg in die kleinere, jüngere Stadt Neuhaven hier durch, die Getreide und Wolle, Silber und Holz aus den Ländern des Nordens beförderten.

Wie bei allen Freistädten war die Geschichte Vanais voller Zwietracht. Einst war es eine Republik gewesen, von einem durch das Los bestimmten Rat beherrscht, dann der persönliche Besitz eines Monarchen, Verbündeter oder Feind von Birancour oder dem Gespaltenen Thron, je nachdem, woher der Wind gerade wehte. Es war ein religiöses Zentrum gewesen und ein Zentrum der Revolte gegen die Religion. Jede Inkarnation hatte ihre Zeichen auf den weißen Holzgebäuden hinterlassen, auf den schmierigen Kanälen, den engen Straßen und offenen Plätzen.

Hier hingen alte Tore in ihren Angeln, um jederzeit die Hallen des Stadtrates schützen zu können, auch wenn die letzten Ratsmänner schon seit Generationen tot waren. Dort zeigte eine edle Bronzestatue das weise und ernste Antlitz eines Bischofs in Robe und Mitra, von Grünspan und Vogelmist verschmiert. Die Stadt besaß Straßenschilder aus Holz und Stein aus einer tausendjährigen Geschichte, so dass eine einzelne Gasse ein Dutzend Namen haben konnte. Eisentore wiesen die zwanzig winzigen politischen Bezirke aus, was es dem Fürsten gestattete, die Routen durch die Stadt ganz nach

Belieben zu gestalten – ein Schutz gegen Aufständische und Verschwörer.

Aber noch mehr als in der Architektur trat die Vergangenheit Vanais im Charakter seiner Einwohner zutage.

Timzinae und Erstgeborene kamen am häufigsten vor, aber auch haarlose Dartinae mit glühenden Augen, Cinnae, blass wie Schnee und dünn wie Schilf, und Jasuru mit bronzenen Schuppen hatten ihre Bezirke innerhalb der breiten weißen Mauern der Stadt. Zeit und Erfahrung hatten ihnen allen einen kultivierten, zynischen Zug verliehen. Marcus konnte überall kleine Hinweise darauf erkennen, als er durch die schmalen Straßen neben den tiefgrünen Kanälen schritt: Erstgeborenen-Händler, Getreue des Fürsten, boten den Soldaten Nachlässe auf Waren an, die genau zu diesem Zweck höher ausgezeichnet worden waren. Die Bierhäuser und Ärzte, Gerber und Schuster und Gewerbetreibenden jeder Art arbeiteten an neuen Tafeln in der Schrift des imperialen Antea, so dass die Geschäfte ungehindert weitergehen konnten, nachdem der Krieg verloren war. Alte Timzinae-Männer, ihre dunklen Schuppen ergraut und gesprungen, saßen mit gekreuzten Beinen an Tischen am Ufer und sprachen über die letzte Revolution, durch die der Vater des Fürsten der Republik die Macht entrissen hatte. Ihre Enkelinnen liefen in kleinen Gruppen umher und trugen dünne weiße Röcke, deren Schnitt beinahe imperial war. Wie Schatten zeichneten sich die von schwarzen Schuppen überzogenen Beine unter dem Stoff ab.

Ja, einige Soldaten würden sterben. Ja, einige Gebäude würden niederbrennen. Einige Frauen würden vergewaltigt werden. Das ein oder andere Vermögen mochte verloren gehen. Es war ein Übel, das die Stadt überstehen konnte, wie es schon zuvor geschehen war, und niemand ging davon aus, dass das

Verhängnis ihn persönlich treffen würde. Die Seele der Stadt hätte man mit einem Schulterzucken auf einen Nenner bringen können.

Auf einem Anger mit grünem Gras hatte ein angeschlagener Theaterwagen seine Seitenwände herabgelassen, und die flache Bühne war mit schmutzigen gelben Bändern behangen. Die kleine Menge, die davorstand, blickte gleichermaßen neugierig und skeptisch drein. Als Marcus vorbeiging, trat ein alter Mann zwischen den Bändern hervor. Sein Haar stand weit vom Kopf ab, und sein Bart ragte nach vorn.

»Halt!«, rief der Mann mit einer tiefen, dröhnenden Stimme. »Haltet einen Augenblick inne und kommt näher! Hört die Geschichte von Aleren Menschentod und dem Schwert der Drachen! Oder, wenn ihr zartbesaitet seid, geht weiter. Denn unsere Geschichte handelt von großen Abenteuern. Liebe, Krieg, Verrat und Rache sollen sich hier ergießen, über diese armseligen Bretter, und ich warne euch …« Die Stimme des Schauspielers schien sich zu einem Flüstern zu senken, obwohl sie nach wie vor so weit trug wie das, was er gerufen hatte. »… nicht alle Aufrechten finden ein gutes Ende. Nicht alle Bösen werden bestraft. Kommt näher, meine Freunde, und wisset, dass in unserer Geschichte, genau wie in der Welt, *alles* geschehen kann.«

Marcus hatte nicht bemerkt, dass er angehalten hatte, bis Yardem ihn ansprach.

»Er ist gut.«

»Scheint so.«

»Wollen wir ein bisschen zusehen, Herr?«

Marcus antwortete nicht, aber wie der Rest der kleinen Menge trat auch er näher. Das Stück war eine wohlbekannte Geschichte: eine uralte Prophezeiung, das Böse, das aus den

Tiefen der Hölle aufstieg, und ein Relikt des Drachenimperiums, das für die Hand des Helden bestimmt war. Die Frau, die die holde Maid spielte, war womöglich ein wenig zu alt und der Mann, der die Rolle des Helden übernahm, ein wenig zu weich. Aber die Texte wurden gekonnt vorgetragen, und die Truppe hatte alles fachmännisch einstudiert. Marcus bemerkte in der Menge eine Frau mit langem Haar und einen steckendürren Jungen, die an all den richtigen Stellen lachten und Zwischenrufer zum Schweigen brachten – zusätzliche Schauspieler, die sich unters Publikum gemischt hatten. Aber jedes Mal, wenn der Schauspieler auf die Bühne kam, der die Einleitung gesprochen hatte, verlor sich Marcus in dessen Gebaren.

Der Alte spielte Orcus den Dämonenkönig mit einer solchen Anmutung von Bösartigkeit, dass man leicht vergaß, dass alles nur ein Schauspiel war. Als Aleren Menschentod das Drachenschwert schwang und dem Dämonenkönig Blut über die Brust strömte, musste sich Marcus davon abhalten, nach seiner Waffe zu greifen.

Am Ende triumphierte den Mahnungen des Schauspielers zum Trotz das Gute, die Bösen waren vernichtet, und die Spieler verbeugten sich. Marcus war vom Applaus überrascht; die Menge hatte sich verdoppelt, ohne dass es ihm aufgefallen war. Selbst Yardem schlug seine tellergroßen Handflächen zusammen und grinste. Marcus wühlte eine Silbermünze aus der Börse hervor, die unter seinem Hemd hing, und warf sie auf die Bretter. Sie landete mit einem harten Klimpern, und einen Augenblick später lächelte Orcus der Dämonenkönig und verbeugte sich in einem kleinen Regenguss aus Münzen. Für ihre Großzügigkeit und Freundlichkeit dankte er ihnen mit einer Wärme, die dafür sorgte, dass Marcus unwillkürlich die gesamte Menschheit für großzügig und freundlich hielt.

Die frühe Herbstsonne sank tiefer, und die bleiche Stadt leuchtete golden. Das Publikum löste sich langsam aus dem Umkreis der Bühne, brach in Zweier- oder Dreiergruppen über den Anger hinweg auf. Marcus setzte sich auf eine Steinbank unter einer Eiche mit gelben Blättern und sah zu, wie die Schauspieler ihren Wagen wieder zusammensetzten. Ein Rudel aus Erstgeborenenkindern fiel über die Truppe her und wurde grinsend weggescheucht. Marcus lehnte sich zurück und betrachtete den sich verdüsternden Himmel durch die Äste des Baumes.

»Ihr habt einen Plan«, sagte Yardem.

»Tatsächlich?«

»Ja, Herr.«

Es war ein schönes, kleines Stück gewesen. Nicht viele Mitwirkende. Aleren Menschentod und sein Gefährte. Die holde Maid. Orcus der Dämonenkönig. Der eine Mann, der all die kleinen Rollen als Dorfbewohner, Dämon oder Adliger übernommen hatte, je nachdem, welchen Hut er trug. Fünf Leute, um ein ganzes Schauspiel auf die Beine zu stellen. Und die beiden, die die Zuschauer gelenkt hatten …

Sieben Leute.

»Nun ja«, sagte Marcus. »Ich habe einen.«

Sieben Leute saßen um den großen runden Tisch, tranken Bier und aßen Käse und Würste, die aus Marcus' schrumpfender Barschaft bezahlt worden waren. Die beiden aus der Zuschauerschar waren der dünne Mikel und die langhaarige Cary. Der Junge, der den Helden gespielt hatte, war Sandr, die etwas ältere Maid hieß Opal, der Gefährte des Helden war Horniss, und der Mann in den zahlreichen Rollen war Smit. Yardem saß bei ihnen, ein breites, sanftes Lächeln auf dem Gesicht, wie eine Hündin, die von ihren Welpen umgeben war.

Marcus saß abseits an einem kleinen Tisch mit Orcus dem Dämonenkönig.

»Und ich«, sagte Orcus, »heiße Kitap rol Keshmet, unter anderem. Zumeist Meister Kit.«

»Ich werde mir nicht all diese Namen merken«, erwiderte Marcus.

»Wir werden sie Euch ins Gedächtnis rufen. Ich glaube nicht, dass irgendjemand daran Anstoß nehmen wird«, sagte Meister Kit, »besonders nicht, wenn Ihr weiterhin etwas zu trinken ausgebt.«

»Klingt nur gerecht.«

»Was uns zu der Frage bringt, nicht wahr, Hauptmann? Ich kann mir nicht vorstellen, dass Ihr uns alle wegen Eurer überbordenden Liebe zur Bühnenkunst hierhergebracht habt.«

»Nein.«

Meister Kit hob fragend die Augenbrauen. Abseits der Bühne und ohne Schminke sah er sehr interessant aus. Er hatte ein langes Gesicht und stahlgraues Haar. Der Olivton seiner Haut erinnerte Marcus an die Erstgeborenen, die jenseits des Innenmeeres lebten, und seine Augen waren so dunkel, dass Marcus annahm, irgendwo vor nicht allzu langer Zeit müsste sich Südlingsblut in seinem Stammbaum finden lassen.

»Der Fürst will mich dazu zwingen, mich seiner Armee anzuschließen«, sagte Marcus.

»Aha«, erwiderte Meister Kit. »Auf diese Weise haben wir zwei Mitglieder unserer Truppe verloren. Sandr ist unsere Zweitbesetzung. Er ist schon vor Sonnenaufgang aufgestanden und hat den Text rezitiert.«

»Ich würde es vorziehen, nicht für den Fürsten zu arbeiten«, sagte Marcus. »Und solange ich einen legitimen Vertrag habe, wird sich die Frage nicht stellen.«

»Die Frage?«

»Wenn man sich einem solchen Zwang widersetzt, landet man auf dem Schlachtfeld oder in einem Grab. Und ich werde nicht für Vanai ins Feld ziehen.«

Meister Kit runzelte die Stirn, und seine großen Brauen wölbten sich dabei wie Raupen. »Ich hoffe, Ihr vergebt mir, Hauptmann. Habt Ihr mir gerade zu verstehen gegeben, dass dies eine Frage von Leben und Tod für Euch ist?«

»Ja.«

»Ihr scheint dabei sehr ruhig zu sein.«

»Es ist nicht das erste Mal.«

Der Schauspieler lehnte sich zurück, die Finger über dem flachen Bauch verschränkt. Er wirkte nachdenklich und interessiert. Marcus nahm einen Schluck Bier. Es schmeckte nach Gerste und Molasse.

»Ich denke nicht, dass ich Euch beide verstecken kann«, sagte Meister Kit. »Euch vielleicht. Wir haben Möglichkeiten, das Aussehen eines Menschen zu verändern, aber ein Tralgu so weit im Westen? Wenn der Fürst weiß, dass er nach Euch suchen muss, könntet Ihr Euch genauso gut ein Banner umhängen, fürchte ich, wenn Ihr bei Eurem Freund bleibt. Man würde uns erwischen.«

»Ich will mich Eurer Truppe nicht anschließen«, sagte Marcus.

»Nicht?«, fragte Meister Kit. »Worüber reden wir dann?«

Am anderen Tisch erhob sich die langhaarige Frau, um sich auf ihren Stuhl zu stellen, nahm eine vornehme Pose ein und fing an, den Ritus von St. Ancian mit einem komischen Lispeln zu deklamieren. Die anderen lachten alle, bis auf Yardem, der amüsiert lächelte und mit den Ohren zuckte. Cary. Ihr Name war Cary.

»Ich will, dass sich Eure Truppe mir anschließt. Eine Karawane bricht nach Carse auf.«

»Wir nennen uns selbst eine fahrende Schauspieltruppe«, sagte Meister Kit. »Ich glaube, Carse ist ein gutes Ziel, und wir sind seit Jahren nicht mehr dort gewesen. Aber ich verstehe nicht, was es Euch helfen soll, wenn Ihr uns in die Karawane eingliedert.«

»Der Fürst hat mir meine Männer genommen, und ich brauche Euch als Ersatz für sie. Ich möchte, dass Ihr Euch als Wächter ausgebt.«

»Das meint Ihr ernst.«

»Ja.«

Meister Kit lachte und schüttelte den Kopf. »Wir sind keine Kämpfer«, sagte er. »Das auf der Bühne ist alles Tanz und Schau. Ich bezweifle, dass wir uns einem echten Kämpfer gegenüber gut halten würden.«

»Ihr müsst keine Wächter für mich *sein*«, erklärte Marcus. »Ihr müsst welche für mich *spielen*. Räuber sind nicht dumm. Sie schätzen ihre Aussichten genauso ab, wie es jeder andere tun würde. Karawanen fallen, weil sie nicht genug Leute in Rüstung dabeihaben oder etwas mit sich führen, das das Risiko wert ist. Wenn wir Eure Leute in Leder kleiden und ihnen Bögen geben, wird niemand erfahren, ob sie sie auch benutzen können. Und die Ladung, die wir befördern, ist keinen Kampf wert.«

»Nicht?«

»Zinn und Eisen. Ungefärbte Wolle. Ein paar Lederwaren«, sagte Marcus. »Ein Mann im Alten Viertel namens Meister Will hat eine Gruppe von Händlern zusammengestellt, damit sie ihre Güter so kurz wie möglich vor der Schlacht hinausschicken. Sie hoffen, dass die Kämpfe vorüber sind, ehe die

Bezahlung eintrifft. Es ist eine Kleinigkeit ohne großes Risiko. Wenn ich ein Räuber wäre, würde ich kein zweites Mal hinsehen.«

»Und die Bezahlung ist gut?«

»Sehr gut«, antwortete Marcus.

Meister Kit verschränkte stirnrunzelnd die Arme.

»Na ja, sie ist ganz anständig«, sagte Marcus. »Für das, worum es geht. Und es wird Eure Leute in sichere Entfernung bringen. Selbst in netten kleinen Kriegen unter Edelleuten wird Blut vergossen, und in Eurer Truppe sind Frauen.«

»Ich denke, Cary und Opal können auf sich aufpassen«, sagte Meister Kit.

»Nicht, wenn die Stadt eingenommen wird. Fürsten und Imperien schert es nicht, ob ein paar Schauspieler vergewaltigt und getötet werden. Leute wie Ihr sind unterhalb ihrer Wahrnehmungsgrenze, und die Fußsoldaten wissen das.«

Der Schauspieler blickte auf den größeren Tisch. Etliche Unterhaltungen schienen gleichzeitig zu laufen, wobei einige der Schauspieler an allen teilnahmen. Der Blick des alten Mannes wurde weicher.

»Ich glaube Euch, Hauptmann.«

Sie saßen einen Augenblick schweigend da, nur das Feuer knisterte hinter dem Rost, die anderen Stimmen sprachen durcheinander, und der kühle Abendwind rüttelte an den Türen und Fenstern. Der Kamin hatte einen schlechten Abzug, und er spie hin und wieder Rauchwolken in die Stube. Der Schauspieler schüttelte den Kopf.

»Darf ich Euch etwas fragen?«, sagte Meister Kit.

»Nur zu.«

»Ich kenne Euren Ruf. Und ich habe das Gefühl, dass Ihr ein Mann mit Erfahrung seid. Dass die Welt Euch schon ein paar Schrammen verpasst hat. Es scheint mir seltsam, Euch bei der Bewachung kleiner Karawanen in den Freistädten anzutreffen.«

»Das ist keine Frage«, sagte Marcus.

»Weshalb macht Ihr das?«

Marcus zuckte mit den Schultern. »Zu stur zum Sterben«, sagte er und versuchte es wie einen Witz klingen zu lassen.

Meister Kits Lächeln wäre mitleidig gewesen, hätte sich nicht auch darin ein ganz persönliches Leid verborgen. »Auch das glaube ich Euch, Hauptmann. Nun gut. Ihr braucht neun Soldaten, um die letzte Karawane aus dem freien Vanai zu bewachen?«

»Acht«, sagte Marcus. »Acht Soldaten und einen Kundigen.«

Meister Kit blickte zur rußgeschwärzten Decke auf. »Ich wollte schon immer einen Kundigen spielen«, sagte er.

Sir Geder Palliako

Erbe des Grafen von Bruchhalm

HÄTTE GEDER PALLIAKO NICHT ÜBER seine Übersetzung nachgedacht, hätte er sich bestimmt in Sicherheit gebracht. Das fragliche Buch war ein spekulatives Traktat über die Versunkenen von einem recht fragwürdigen Philosophen aus Princip C'Annaldé. Geder hatte es in einer Schreibstube in Camnipol aufgestöbert und beim Packen für den langen Marsch nach Süden zu den Freistädten auf ein Paar Ersatzstiefel verzichtet, um Platz dafür zu schaffen. Der Dialekt war alt und verworren. Das Leder des Einbands war ausgetauscht worden, die Seiten waren schon beinahe braun vom Alter, und die Tinte war verblasst.

Er liebte es.

Der gewachste Stoff seines Zeltes war billiger als gutes Feldleder, aber er hielt die gröbste Kälte draußen. Geders Beine und Rücken schmerzten vom Reiten. Die Innenseiten seiner Oberschenkel waren wundgerieben, und er hatte seine Weste aufgeschnürt, um etwas Raum für seinen Bauch zu schaffen. Sein Vater besaß die gleiche Statur. Den Fluch der Familie, wie er es nannte. Geder hatte noch etwa eine Stunde, ehe er schlafen musste, und er verbrachte sie auf einem Faltstuhl, dicht über sein Buch gebeugt, während er den Text Wort für Wort und Satz für Satz zusammenstückelte.

Anders als die Tiere der Felder muss die Menschheit nicht auf einen abstrakten, mythischen Gott zurückgreifen, um den Grund ihrer Existenz zu erfahren. Mit der Ausnahme der unveränderten, viehischen Erstgeborenen ist jede Rasse der Menschheit ein Artefakt mit einem eigenen Zweck. Die östlichen Rassen – Yemmu, Tralgu, Jasuru – wurden eindeutig als Kriegsbestien geschaffen, die Raushadam als Objekte des Amüsements und der Unterhaltung, die Timzinae – die jüngste aller Rassen – als ein Volk von Imkern oder für einen ähnlich leichten Einsatz, die Cinnae, mich eingeschlossen, als bewusstes Instrument des Wissens und der Philosophie, und so weiter.

Aber was ist mit den Versunkenen? Einzigartig unter den Rassen der Menschheit zeigen die Versunkenen einen Entwurf ohne Zweck. Die allgemeine Meinung stellt sie, unsere niederen Geschwister, als Verwandte der Pflanzen oder der sich nur langsam bewegenden Tiere der westlichen Kontinente dar. Ihre gelegentlichen Zusammenkünfte in Gezeitentümpeln verraten mehr über die Strömungen der Ozeane als über menschlichen Willen. Der ein oder andere Romantiker legt nahe, dass die Versunkenen an einem tiefgreifenden, von den Drachen ersonnenen Plan arbeiten, der sich noch nach dem Tod seiner Planer weiter entfaltet. Ein romantischer Gedanke, und einer, für den man Verständnis haben muss.

Stattdessen ist es, denke ich, klar, dass die Versunkenen das deutlichste Beispiel der Menschheit für künstlerischen Ausdruck darstellen und …

Oder war ästhetische *Absicht* zutreffender als *künstlerischer Ausdruck*? Geder rieb sich die Augen. Es war spät. Zu spät. Morgen stand ein weiterer langer Ritt nach Süden an, mit einem weiteren solchen Tag, der darauf folgen würde. Wenn Gott gütig war, würden sie noch in dieser Woche die Grenze erreichen, einen Tag oder schlimmstenfalls zwei damit verbringen, das Schlachtfeld auszuwählen, einen Tag, um die örtlichen Streitkräfte zu zermalmen, und dann konnte er in einem richtigen

Bett liegen, richtiges Essen verspeisen und Wein trinken, der nicht nach dem Schlauch schmeckte, in dem er transportiert wurde. Wenn er je so weit kam.

Geder legte das Buch zur Seite. Er kämmte sich die Haare und freute sich über die Abwesenheit von Läusen. Er wusch sich Gesicht und Hände, dann schnürte er seine Weste für den kurzen Marsch zu den Latrinen zu, denen er noch einen Besuch abstatten wollte – eine letzte Station vor dem Schlafengehen. Vor seinem Zelt schlief sein Knappe – ein weiteres Geschenk seines Vaters – ganz nach Dartinae-Art zu einem Ball zusammengerollt, mit schwach glühenden Augen hinter den geschlossenen Lidern. Hinter ihm lagerte die Armee in der Landschaft wie eine bewegliche Stadt.

Kochfeuer sprenkelten die nahe gelegenen Hügel und erfüllten die Luft mit dem Geruch nach Linsen. Die Wagen waren im Mittelpunkt des Lagers versammelt, und die Maultiere, Pferde und Sklaven waren daneben in unterschiedlichen Pferchen untergebracht. Ein kalter Wind wehte aus dem Norden herab. Das war ein gutes Zeichen. Kein Regen. Der Mond war den halben Weg zum Himmel emporgestiegen, und seine Sichel gewährte eher eine Ahnung von Licht, als den Boden tatsächlich zu beleuchten, so dass Geder sich seinen Weg zu den Latrinen vorsichtig suchen musste.

Das Traktat ging ihm nach wie vor durch den Kopf. Er wünschte sich, es gäbe auf diesem Marsch jemanden, mit dem er sich darüber unterhalten könnte, aber spekulative Traktate wurden nicht als männliche Kunst angesehen. Poesie. Reiten. Bogenschießen. Schwertkampf. Sogar Geschichte, wenn sie mit der entsprechenden Wortgewandtheit geschrieben war. Aber das spekulative Traktat war ein Laster, das er am besten vor seinen Begleitern verbarg. Sie verlachten ihn schon genug wegen seines Bauchumfangs. Man musste ihnen nicht noch mehr Steine für ihre Schleudern geben. Aber wenn es nicht ästhetische Absicht hieß ... behauptete der Cinnae-Verfasser *wirklich,* dass die Versunkenen nur ins Leben gerufen worden waren, weil sie die Küsten hübscher machten?

Die Latrine war leer, ein kleines Stoffzelt mit zwei groben Planken, die über einer Grube lagen. Geder ließ seine Hosen herunter, und in Gedanken wälzte er immer noch die feinen Details aus dem Buch. Er bemerkte den süßlichen Geruch unter dem Gestank nach Scheiße, aber er hielt ihn für unwichtig. Er ließ sich mit bloßem Hintern auf den Planken nieder, seufzte und fragte sich einen Augenblick zu spät, weshalb es in der Latrine nach Sägemehl roch.

Die Planken gaben nach, und Geder kreischte auf, als er nach hinten und hinab in den stinkenden Sumpf aus Kothaufen und Pisse fiel. Eine der Planken prallte vom Rand der Grube ab und bohrte sich in seinen Arm. Die Wucht seiner Landung trieb ihm die Luft aus der Lunge. Er lag benebelt in der stinkenden Dunkelheit, und Jacke und Hose saugten sich mit der Nässe der Kloake und mit Kälte voll.

Über ihm ertönte Gelächter. Und dann wurde es hell.

Die Blenden von vier Laternen schoben sich zurück, um über ihm den Himmel zu erleuchten. Das Licht verbarg die Gesichter der Männer, die sie hielten, aber ihre Stimmen waren deutlich genug. Seine sogenannten Freunde und Schwertkameraden. Jorey Kalliam, Sohn des Barons von Osterlingbrachen. Sir Gospey Allintot. Sodai Carvenallin, der Sekretär des Hochmarschalls. Und, am allerschlimmsten, Sir Alan Klin, der Hauptmann der Kompanie, Geders unmittelbarer Vorgesetzter und damit der Mann, dem er über das schlechte Benehmen seiner Gefährten Bericht erstattet hätte. Geder erhob sich, Kopf und Schultern ragten über den Rand der Grube, während die anderen Männer vor Vergnügen heulten.

»Sehr witzig«, sagte Geder und streckte die mit Scheiße beschmierten Hände zu ihnen nach oben. »Jetzt helft mir hier heraus.«

Jorey nahm ihn beim Arm und zog ihn hoch. Er musste dem Mann ein wenig Achtung dafür zollen, dass er nicht vor dem Unrat zurückwich, in dem sie ihn versenkt hatten. Geders Hose hing ihm um die Knie, vollgesaugt und dreckig. Er stand im Licht der Laternen und fragte sich, ob er sie wieder anziehen oder von der Taille abwärts unbekleidet zurückgehen sollte. Mit einem Seufzen zog er die Hose hoch.

»Ihr seid unsere letzte Hoffnung gewesen«, sagte Klin und klopfte Geder auf die Schulter. Tränen der Erheiterung liefen ihm die Wangen hinab. »Jeder sonst hat bemerkt, dass etwas faul ist. Na ja, nur Sodai nicht, aber der war zu dürr, um durch die Planken zu brechen.«

»Tja, es war ein hervorragender Streich«, sagte Geder säuerlich. »Nun werde ich mich auf den Weg machen, um etwas Sauberes zum …«

»Ach, nein«, sagte Sodai mit seinem näselnden Oberstadt-Akzent. »Bitte, mein Freund. Verderbt diese Nacht doch nicht. Es war ein Scherz! Nehmt ihn, wie er gemeint war.«

»Das stimmt«, sagte Klin und legte Geder einen Arm um die Schultern. »Ihr müsst gestatten, dass wir uns entschuldigen. Kommt, meine Freunde! Auf zu den Zelten!«

Die vier Männer stolperten durch die Dunkelheit davon und schleiften Geder mit sich. Von den vieren schien lediglich Jorey ehrliches Mitleid zu haben, und auch das zeigte sich nur dadurch, dass er schwieg.

Seine ganze Kindheit über hatte Geder sich vorgestellt, wie

es sein würde, dem König zu dienen, auf dem Pferd ins Feld zu reiten, seine Klugheit und Stärke zu beweisen. Er hatte Geschichten von den großen Kriegern der alten Zeit gelesen und den weingetränkten Anekdoten seines Vaters über Freundschaft und Schwertkameradschaft gelauscht.

Die Wirklichkeit war enttäuschend.

Das Zelt des Hauptmanns bestand aus schwerem Leder, das auf Eisenrahmen gespannt war. Drinnen war es luxuriöser als Geders Zuhause. Seide hing von der Decke, und in der Mitte des Raums prasselte ein großes Feuer, dessen Rauch von einem hängenden Kamin aus fein gewebten Kettengliedern und geschwärztem Leder nach oben und hinaus geleitet wurde. Die Hitze fühlte sich an, als würde man in schlimmstes Sommerwetter eintreten, aber zumindest war ein Bad eingelassen, und Geder zitterte nicht, als er seine verdreckten Kleider auszog. Die anderen legten die Handschuhe und Jacken ab, die durch die Berührung mit Geder beschmutzt worden waren, und ein junger Timzinae-Sklave brachte alles fort.

»Wir, meine Freunde, sind der Stolz und die Hoffnung von Antea«, sagte Klin, als er einen bauchigen Krug mit Wein füllte.

»Auf König Simeon!«, rief Gospey.

Klin drückte Geder den Krug in die Hände und erhob sich mit dem Weinschlauch in der Hand.

»Auf das Königreich und das Imperium«, sagte er. »Und Tod dem Emporkömmling in Vanai!«

Die anderen erhoben sich. Geder stand in seinem Bad auf, und Wasser lief an ihm hinab, denn wäre er sitzen geblieben, hätte er niederen Verrat begangen. Es war der erste Trinkspruch von vielen. Sir Alan Klin war so einiges, aber knausrig mit seinem Wein war er nicht. Und wenn Geder den Eindruck hatte, dass sein Krug immer ein wenig voller war als die der anderen, dann war das sicher ein Zeichen für die Zerknirschung des Hauptmanns, eine Entschuldigung für den abendlichen Streich.

Sodai sagte sein jüngstes Sonett auf, eine schlüpfrige Verneigung vor einer der beliebteren Straßenhuren, die dem Feldlager folgten. Klin übertraf den Vortrag durch eine Rede aus dem Stegreif über die mannhaften Tugenden des Kampfes, der kultivierten Künste und des sexuellen Vermögens. Jorey und Gospey hämmerten bei einem fröhlichen Lied auf Trommel und Harmonium ein, und ihre Stimmen ergänzten sich wundervoll. Als es an Geder war, erhob er sich aus seinem lauwarmen Bad, rezitierte einen eindeutigen Reim und führte den kleinen Tanz vor, der dazugehörte. Sein Vater hatte ihm das Ganze einst beigebracht, nachdem sie tief ins Glas geschaut hatten, und Geder hatte es niemals außerhalb seiner Familie zum Besten gegeben. Erst als er fertig war und die anderen Männer sich vor Lachen nicht mehr halten konnten, kam ihm in den Sinn, wie ausgesprochen betrunken er sein musste, dass er es hier wiederholt hatte. Er lächelte, um den plötzlichen Anflug von Besorgnis zu verbergen. Hatte er sich gerade zum Komplizen bei seiner eigenen Erniedrigung gemacht? Das Lächeln verleitete sie zu neuerlicher Heiterkeit, bis Klin atemlos auf den Boden klopfte und andeutete, dass Geder sich setzen sollte.

Es gab Käse und Würste, weiteren Wein, Fladenbrot und eingelegtes Gemüse. Sie sprachen über Dinge, denen Geder zu diesem Zeitpunkt kaum folgen konnte und an die er sich später noch viel weniger erinnerte. Irgendwann stellte er fest, dass er mit schläfriger Ernsthaftigkeit über die Versunkenen als künstlerischen Ausdruck oder womöglich auch ästhetische Absicht palaverte …

Er erwachte in seinem eigenen Zelt aus gewachstem Tuch, ausgekühlt und verkatert, ohne eine Erinnerung daran zu haben, wie er zurückgelangt war. Das spärliche, unfreundliche Licht der näher rückenden Morgendämmerung drang durch den Stoff. Eine Brise pfiff. Geder zog seine Decke nach oben und um den Kopf wie das Tuch einer Fischerin und zwang sich dazu, wenigstens noch ein paar Minuten weiterzuschlafen. Die verweilenden Fühler eines Traums strichen durch seinen Verstand, aber das Gebrüll, mit dem zum Sammeln gerufen wurde, setzte aller Hoffnung auf Ruhe ein Ende. Geder kämpfte sich auf die Beine, zog eine frische Uniform an und strich sich das Haar zurück. Seine Eingeweide waren in Aufruhr. In seinem Kopf herrschte Uneinigkeit, was schlimmer war: Schmerz oder Übelkeit. Wenn er sich im Zelt übergab, würde es niemand sehen, aber sein Knappe würde es saubermachen müssen, ehe sie für den Tagesritt das Lager abbrachen. Wenn er nach draußen ging, würde man ihn aller Wahrscheinlichkeit nach sehen. Er fragte sich, wie viel er in der vergangenen Nacht getrunken hatte. Der zweite Ruf zum Sammeln ertönte. Jetzt war keine Zeit dafür. Er biss die Zähne zusammen und machte sich abermals zum Zelt des Hauptmanns auf.

Die Kompanie stand in Reih und Glied, Kalliam, Allintot und zwei Dutzend weitere Ritter, viele von ihnen schon in Ketten- und Schaurüstungen. Hinter jedem hatten sich ihre Sergeanten und Waffenträger fünf Reihen tief aufgestellt. Geder Palliako versuchte gerade und aufrecht dazustehen, in dem Wissen, dass die Männer hinter ihm ihre Aussichten auf Ruhm und Überleben an seiner Kompetenz maßen. Genauso wie diese Aussichten bei ihm vom Hauptmann abhingen und über ihm von Lord Ternigan, dem Hochmarschall, der die ganze Armee befehligte.

Sir Alan Klin trat aus seinem Zelt. Im kühlen Morgenlicht wirkte er wie der vollkommene Krieger. Sein helles Haar war zurückgebunden, und seine Uniform war von so tiefem Schwarz, dass sie wie ein Laken aus Mitternachtsgewebe wirkte. Seine breiten Schultern und das vorstehende Kinn erinnerten an ein lebendig gewordenes Denkmal. Zwei Sklaven aus dem Lager brachten ein Rednerpodium und stellten es zu seinen Füßen auf. Der Hauptmann stieg empor.

»Männer«, sagte er. »Gestern hat Lord Ternigan neue Befehle geschickt. Vanai ist ein Bündnis mit Maccia eingegangen. Unsere Berichte besagen, dass sechshundert Mann mit Schwert und Bogen zur Verstärkung nach Vanai marschieren, noch während wir uns hier unterhalten.«

Der Hauptmann hielt inne, damit die Nachricht sich setzen konnte, und Geder runzelte die Stirn. Maccia war ein seltsamer Verbündeter für Vanai. Die beiden Städte gingen einander seit mehr als einer Generation wegen des Gewürz- und Tabakhandels an die Kehle. Vanai war, wie er gelesen hatte, aus Holz erbaut, weil Maccia die Steinbrüche kontrollierte, während Holz über den Fluss aus dem Norden herabgeflößt wurde. Aber vielleicht ging mehr vor sich, als ihm bewusst war.

»Diese Verstärkung wird Vanai nicht retten«, sagte Alan. »Besonders da sie, wenn sie eintrifft, feststellen wird, dass wir über die Stadt herrschen.«

Geder spürte, wie sich sein Gesicht weiter verfinsterte, und ein Gefühl übler Vorahnungen stieg in seinen Eingeweiden auf. Von Maccia nach Vanai waren es vielleicht fünf Tage auf dem Wasser, und sie waren mindestens eine Woche von der Grenze entfernt. Vanai zu erreichen, ehe die Verstärkung eintraf, würde bedeuten …

»Heute beginnen wir mit einem unerbittlichen Marsch«,

sagte Alan. »Wir werden in den Sätteln schlafen. Wir werden essen, während wir weiterziehen. Und in vier Tagen werden wir Vanai überraschen und der Stadt zeigen, welche Macht der Gespaltene Thron besitzt! Für den König!«

»Für den König!«, sagte Geder im Chor mit den anderen und hob die Hände zum Salut, während er noch versuchte, nicht zu weinen.

Sie hatten es gewusst. Letzte Nacht hatten sie es gewusst. Schon konnte Geder spüren, wie die Schmerzen in seinem Rücken und den Oberschenkeln anschwollen. Das Pochen im Kopf verdoppelte sich noch einmal. Als die Reihen sich auflösten, blickte Jorey Kalliam ihn kurz an und wandte sich dann ab.

Das also war der Streich. In den Matsch der Latrine geworfen zu werden, war nur der Anfang gewesen. Danach bestand man darauf, dass der Blödmann eine Entschuldigung annahm. Setzte ihn in warmes Wasser. Füllte ihn mit Wein ab. Brachte ihn zum Tanzen. Die Erinnerung, wie er die schmutzigen Reime seines Vaters vorgetragen und den kleinen Tanz aufgeführt hatte, kam ihm wieder in den Sinn, als wäre sie ein Messer im Rücken. Und alles dafür, dass sie den Zwangsmarsch verkünden konnten, während der fette Trottel Palliako darum kämpfte, sich nicht während des Appells vollzukotzen. Sie hatten ihm die letzte Nacht geraubt, in der es ihm möglich gewesen wäre, sich auszuschlafen, und würden nun tagelang das Vergnügen haben, ihn leiden zu sehen.

Die Schwertkameradschaft. Die Bruderschaft des Feldzugs. Warme, bedeutungslose Worte. Es war nicht anders als zu Hause. Die Starken machten sich über die Schwachen lustig. Die Schönen bemitleideten die Unansehnlichen. Überall und immer entschieden die Mächtigen, wer begünstigt war und wen man lächerlich machen konnte. Geder wandte sich ab und stapfte zu seinem Zelt zurück. Sein Knappe hatte bereits die Sklaven gerufen, um es abzubauen. Er beachtete sie nicht und trat in seine letzten privaten Augenblicke vor der Schlacht ein, die noch tagelang entfernt war. Er griff nach seinem Buch.

Es war nicht dort, wo er es zurückgelassen hatte.

Ein Schauer, der nicht vom Herbst herrührte, lief ihm das Rückgrat hinab.

Er war betrunken gewesen, als er zurückgekehrt war. Er hatte es vielleicht woanders hingelegt. Er hatte vielleicht versucht, darin zu lesen, ehe er eingeschlafen war. Geder suchte in seinem Feldbett, dann darunter. Er ging seine Uniformen und die Kiste aus Holz und Leder durch, in der sich all seine anderen Besitztümer befanden. Das Buch war nicht da. Sein Atem beschleunigte sich unwillkürlich. Sein Gesicht fühlte sich heiß an, aber ob vor Scham oder vor Zorn konnte er nicht abschließend beurteilen. Er trat aus seinem Zelt, und die Sklaven standen ruckartig stramm. Das übrige Lager wurde bereits auf Wagen und Maultiere verladen. Es blieb keine Zeit. Geder nickte seinem Dartinae-Knappen zu, und die Sklaven machten sich daran, seine Sachen zusammenzupacken. Geder ging noch einmal durch das Lager, seine Schritte von Furcht verlangsamt. Aber er musste sein Buch zurückbekommen.

Das Zelt des Hauptmanns war bereits abgebaut, das Leder von den Rahmen genommen, die Rahmen zerlegt und verpackt. Der leere Fleck Boden, auf dem Geder letzte Nacht herumgetollt war, schien aus einer Kindergeschichte zu stammen – ein Märchenschloss, das in der Morgendämmerung verschwand. Sir Alan Klin war allerdings noch da; sein lederner Reitumhang hing ihm um die Schultern, sein Amtsschwert auf der Hüfte. Der Futtermeister, ein Halb-Yemmu und ein Berg von einem Mann, nahm gerade die Befehle des

Hauptmanns entgegen. Geders Rang verlieh ihm theoretisch das Recht dazwischenzugehen, aber er tat es nicht. Er wartete.

»Palliako«, sagte Klin. Die Wärme der vorigen Nacht war verschwunden.

»Mein Herr«, sagte Geder. »Es tut mir leid, dass ich Euch damit behellige, aber als ich heute Morgen aufgewacht bin … nach der letzten Nacht …«

»Spuckt es aus, Mann.«

»Ich hatte ein Buch, Herr.«

Sir Alan Klin schloss die edlen Augen mit den langen Wimpern. »Ich dachte, damit hätten wir abgeschlossen.«

»Haben wir das? Also kennt Ihr das Buch? Habe ich es Euch gezeigt?«

Der Hauptmann öffnete die Augen und warf einen Blick auf das geordnete Chaos des sich auflösenden Lagers. Geder fühlte sich wie ein Junge, der einen geplagten Tutor störte.

»Spekulatives Traktat«, sagte Klin. »Ernsthaft, Palliako? Spekulatives Traktat?«

»Es geht mir mehr um die Übung im Übersetzen«, log Geder, der plötzlich von seiner wahren Begeisterung beschämt war.

»Es war … mutig von Euch, dieses Laster zuzugeben«, sagte Klin. »Und ich glaube, Ihr habt die richtige Entscheidung getroffen, als Ihr es vernichtet habt.«

Geders Herz pochte gegen die Rippen. »Es vernichtet, Herr?«

Alan blickte ihn an, und in seiner Miene stand Überraschung. Oder vermutlich gespielte Überraschung.

»Wir haben es letzte Nacht verbrannt«, sagte der Hauptmann. »Wir beide zusammen, gleich nachdem ich Euch zu Eurem Zelt zurückgebracht hatte. Erinnert Ihr Euch nicht?«

Geder wusste nicht, ob der Mann log. Die Nacht war zu verschwommen. Er erinnerte sich an so wenig. War es möglich, dass er, nachdem er zu viel getrunken hatte, dem kleinen Makel in seiner Kultiviertheit abgeschworen und zugelassen hatte, dass man das Buch anzündete? Oder log ihm Sir Alan Klin, sein Hauptmann und Befehlshaber, mitten ins Gesicht? Beides schien unwahrscheinlich, aber das eine oder das andere musste zutreffen. Und wenn er zugab, es nicht zu wissen, dann bekannte er, dass er keinen Wein vertrug, und bewies abermals, dass er eine Witzfigur war.

»Es tut mir leid, Herr«, sagte Geder. »Ich muss ein wenig verwirrt gewesen sein. Jetzt verstehe ich es.«

»Seid vorsichtig mit solchen Dingen.«

»Es wird nicht wieder geschehen.«

Geder salutierte und marschierte dann, ehe Klin etwas erwidern konnte, zu seinem Pferd davon. Es war ein grauer Wallach, der beste, den sich seine Familie leisten konnte. Er zog sich in den Sattel und riss an den Zügeln. Das Pferd drehte sich ruckartig um, überrascht von seiner Heftigkeit, und Geder spürte den Stich, mit dem leises Bedauern durch seinen Zorn drang. Es war nicht die Schuld des Tieres. Er nahm sich vor, dem Pferd ein Stück Zuckerrohr zu geben, wenn sie anhielten. Falls sie anhielten. Falls dieser zweimal verdammte Feldzug sich nicht bis zum Ende aller Tage und der Rückkehr der Drachen hinzog.

Sie machten sich zur Straße auf, und die Armee bewegte sich mit der bedächtigen Geschwindigkeit von Männern, die wussten, dass der Weg kein Ende nehmen würde. Der Marsch begann, und Reihe um Reihe folgten sie der breiten Straße aus Drachenjade. Geder saß aufrecht im Sattel, hielt den Rücken durch schiere Willenskraft und Wut gerade und stolz. Er war schon früher gedemütigt worden. Vermutlich würde er wieder gedemütigt werden. Aber Sir Alan Klin hatte sein Buch verbrannt. Als die Morgensonne aufging und in der Hitze die Umhänge von den Schultern glitten und die herrlichen Herbstblätter um sie herum leuchteten, erkannte Geder, dass er seinen Racheschwur bereits geleistet hatte. Und er hatte es getan, während er vor seinem neuen Todfeind stand.

Es wird nicht wieder geschehen, hatte er gesagt.

Und das würde es auch nicht.

Cithrin Bel Sarcour

Mündel der Medean-Bank

Cithrins einzige klare Erinnerung an ihre Eltern war die Eröffnung, dass sie tot waren. Vor diesem Tag waren sie nicht mehr als Irrwische, weniger noch als die Geister der eigentlichen Menschen. Ihr Vater war eine warme Umarmung im Regen und der Geruch nach Tabak. Ihre Mutter war der Geschmack von Honig auf Brot und die schmale, anmutige Hand einer Cinnae, die Cithrin übers Bein streichelte. Sie kannte weder ihre Gesichter noch den Klang ihrer Stimmen, aber sie erinnerte sich daran, wie es war, sie zu verlieren.

Sie war vier Jahre alt gewesen. Ihr Kinderzimmer hatte weiße und blaue Wände gehabt. Sie hatte am Fenster gesessen, um mit einem ausgestopften Tralgu aus braunem Sackleinen mit einer Füllung aus Bohnen Tee zu trinken. Sie hatte seine Ohren aufgerichtet, als ihre Nanné hereingekommen war, ihr Gesicht noch blasser als sonst, um zu verkünden, dass der Herr und die Herrin der Pest erlegen waren und dass Cithrin sich darauf vorbereiten sollte, für immer fortzugehen.

Sie hatte es nicht verstanden. Der Tod war damals etwas Verhandelbares für sie gewesen, nicht viel anders als die Frage, ob sie ein bestimmtes Band im Haar tragen sollte oder nicht oder wie viel süßen Haferbrei sie morgens essen durfte. Cithrin hatte weniger geweint, als dass sie über die Planänderung erbost gewesen war.

Erst später in ihren neuen, dunkleren Zimmern über dem Bankgebäude war ihr langsam klar geworden, dass es keine Rolle spielte, wie laut sie schrie oder wie heftig sie weinte. Ihre Eltern würden nie mehr zu ihr kommen, denn da sie tot waren, kümmerten sie sich nicht mehr darum.

»Du machst dir zu viele Sorgen«, sagte Besel.

Er lehnte sich zurück, die Beine weit gespreizt, und sah aus, als würde er sich vollkommen wohlfühlen, während er auf den ausgetretenen Holzbrettern saß. Ganz gleich, wo er war, er sah immer aus, als würde er sich wohlfühlen. Mit seinen einundzwanzig Sommern war er vier Jahre älter als Cithrin, und er hatte dunkles, lockiges Haar und ein breites Gesicht, das zum Lächeln geschaffen schien. Seine Schultern waren so breit wie die eines Arbeiters, aber seine Hände waren weich. Seine Tunika war wie ihr eigenes Kleid in den Farben der Bank gehalten, rot und braun. An ihm sahen sie besser aus. Cithrin wusste, dass er ein halbes Dutzend Geliebte hatte, und insgeheim war sie auf jede von ihnen eifersüchtig.

Sie saßen auf einer Holzbank über dem Bogenplatz und blickten hinab auf das Gewimmel des Bauernmarktes mit seinen hunderten von dicht gedrängten Ständen aus leuchtendem Stoff und dünnen Stäben, die aus den Gebäuden am Rande des Platzes herauswuchsen wie frisches Grün an einem alten Baum. Der große Kanal von Vanai schwappte an den Kai zu ihrer Rechten, und auf dem grünen Wasser waren Schwärme von schmalen Kähnen und Stangenbooten. Auf dem Markt summten die Stimmen der Fischverkäufer und Metzger, Bauern und Kräuterverkäufer, die alle ihre spätsommerlichen Ernte anpriesen.

Die meisten waren Erstgeborene und chitinschwarze Timzinae, aber hier und da erhaschte Cithrin auch einen Blick auf den blassen, feingliedrigen Körper eines reinblütigen Cinnae, auf den breiten Kopf und die beweglichen, hundeartigen Ohren eines Tralgu, den plumpen, watschelnden Gang eines Yemmu. Da sie in Vanai aufgewachsen war, hatte Cithrin mindestens ein Exemplar einer jeden Rasse der Menschheit gesehen. Einst hatte sie sogar einen der Versunkenen in einem Kanal beobachtet, der mit kummervoll schwarzen Augen zu ihr aufgeschaut hatte.

»Ich verstehe nicht, wie die Bank sich auf die Seite des imperialen Antea stellen kann«, sagte sie.

»Wir stehen nicht auf ihrer Seite«, erwiderte Besel.

»Wir stehen nicht auf der Seite des Fürsten. Das ist ein *Krieg.*«

Besel lachte. Er hatte ein gutes Lachen. Cithrin ärgerte sich einen Moment lang, und dann vergab sie ihm sofort, als er ihre Hand berührte.

»Das ist eine Theateraufführung«, sagte er. »Ein Haufen Männer wird sich auf einem Feld vor der Stadt treffen, mit ein paar Stöcken und Schwertern aufeinander einstochern, ein wenig herumpurzeln, damit der Ehre Genüge getan ist, und dann werden wir die Tore für die anteanische Armee öffnen und ihnen ein paar Jahre lang die Zügel in die Hand geben.«

»Aber der Fürst ...«

»Geht ins Exil. Oder in den Kerker, aber vermutlich ins Exil. Das passiert doch immer wieder. Eine Baronin in Gilea heiratet einen Fürsten in Asterilreich, und König Simeon befindet, dass Antea in den Freistädten ein Gegengewicht braucht. Also sucht er einen Grund, um Vanai den Krieg zu erklären.«

Cithrin runzelte die Stirn. Besel schien so belustigt zu sein, so sorglos. In seinem Licht betrachtet wirkte ihre Angst naiv. Töricht. Sie grub die Fersen in den Boden.

»Ich habe von Kriegen gelesen. Beim Geschichtstutor klingt es überhaupt nicht so.«

»Vielleicht sind richtige Kriege etwas anderes«, sagte Besel mit einem Schulterzucken. »Wenn Antea je nach Birancour oder in die Keshet ziehen sollte, würde ich sofort darauf wetten. Aber das hier? Das ist weniger als ein Frühlingssturm, kleines Vögelchen.«

Eine Frauenstimme rief nach Besel. Die Tochter eines Händlers, die ein tiefbraunes Mieder und einen ausgestellten Rock aus ungefärbtem Leinen trug.

Besel stand rasch auf. »Hier wartet meine Arbeit«, sagte er mit einem Glitzern in den Augen. »Du solltest ins Haus zurückkehren, ehe die alte Cam anfängt, nervös zu werden. Aber im Ernst, vertraue Magister Imaniel. Er ist schon länger dabei als jeder von uns, und er weiß, was er tut.«

Cithrin nickte, dann sah sie Besel nach, der zwei Stufen auf einmal nahm, um zu dem dunkelhaarigen Mädchen hinabzueilen. Er verbeugte sich vor ihr, und sie machte einen Knicks, aber für Cithrin sah alles gekünstelt aus. Formalitäten, die als Vorspiel dienten. Vermutlich dachte Besel nicht, dass Cithrin wusste, was ein Vorspiel war. Sie beobachtete säuerlich, wie er die Frau am Ellbogen nahm und sie zu den hellen Straßen und Brücken der Stadt führte. Cithrin zupfte an ihren Ärmeln und wünschte sich – nicht zum ersten Mal – die Medean-Bank hätte Farben gewählt, die ihr besser standen. Etwas Grünes zum Beispiel.

Wären ihre Eltern beide Erstgeborene oder Cinnae gewesen, hätte sie vielleicht eine Familie gehabt, die sie hätte aufnehmen können. Stattdessen waren Adelstitel und Besitztümer ihres Vaters in Birancour von der Königin eingezogen und jemand anderem verliehen worden. Der Klan ihrer Mutter in Princip C'Annaldé hatte es höflich abgelehnt, ein Halbblutkind aufzunehmen.

Wenn die Bank nicht gewesen wäre, hätte man sie auf die Straßen von Vanai entlassen. Aber ihr Vater hatte einen Teil seines Goldes bei Magister Imaniel hinterlegt, und als seine Erbin war Cithrin ein Mündel der Bank geworden, bis sie alt genug war, ihren geritzten Daumen auf eigene Verträge zu drücken. Zwei Sommer würde es noch dauern. Sie würde ihre neunzehnte Sonnenwende erleben, eine vermögende Frau werden und, so nahm sie zumindest an, die kleine Bleibe in der Nähe des Großen Platzes verlassen, in der der Ableger der Medean-Bank von Vanai seine Geschäfte regelte.

Das natürlich nur, wenn die angreifende Armee in der Stadt einen Stein auf dem anderen ließ.

Als sie über den Bauernmarkt ging, sah sie auf den Gesichtern um sich herum keine eindeutigen Anzeichen der Furcht. Also hatte Besel vielleicht recht. Bei Gott, was hatte dieser Mann für eine Selbstsicherheit. Aber die hatte er ja immer.

Sie ließ sich zu der Überlegung verleiten, ob Besel sie anders wahrnehmen würde, wenn sie nicht mehr das kleine Mädchen der Bank war. Sie hielt an einem Stand an, wo eine Erstgeborene Parfüm, Öle und bunte Haartücher verkaufte. Ein Spiegel hing an einem einfachen Holzpfahl und lud die Kunden dazu ein, sich zu bewundern. Cithrin betrachtete sich einen Augenblick lang und hob das Kinn auf eine Art und Weise, wie es vielleicht Frauen mit richtigen Familien taten.

»Oh, du armes Ding«, sagte die Frau. »Du warst krank, oder? Brauchst du etwas für die Lippen?«

Cithrin schüttelte den Kopf und trat zurück.

Die Frau packte sie am Ärmel. »Lauf nicht weg. Ich habe keine Angst. Die Hälfte meiner Kunden kommt her, weil sie irgendetwas hatten. Wir können diese Blässe einfach von dir abwaschen, Liebes.«

»Ich hatte nichts«, sagte Cithrin, als sie ihre Stimme wiederfand.

»Nichts?«, fragte die Frau, die sie auf einen Hocker in einer Ecke des Standes zuschob. Der Geruch nach Rosen und aufgewühlter Erde machte die Luft beinahe zu schwer zum Atmen.

»Ich bin nicht krank«, sagte sie. »Meine Mutter ist eine Cinnae. Es … es ist immer so.«

Die Frau warf ihr einen mitleidigen Blick zu. Es stimmte. Cithrin hatte weder die zarte Schönheit vom Volk ihrer Mutter geerbt, noch besaß sie den festen, warmen, erdigen Reiz eines Erstgeborenen-Mädchens. Sie war ein Mittelding. »Das weiße Maultier« hatten die anderen Kinder sie genannt. Weder das eine noch das andere.

»Nun, dann doch umso mehr«, sagte die Frau tröstend. »Setz dich einfach hin, und wir sehen zu, was wir machen können.«

Am Ende kaufte Cithrin ein Töpfchen mit rotem Lippenpuder, nur damit sie den Stand verlassen konnte.

»Ihr hättet ihm zumindest eine Kleinigkeit geben können«, sagte Cam. »Er ist der Fürst. Es ist ja nicht so, als wüsstet Ihr nicht, wo Ihr ihn suchen müsst.«

Magister Imaniel blickte von seinem Teller auf, sein Gesichtsausdruck freundlich und undurchsichtig. Das Kerzenlicht spiegelte sich in seinen Augen. Er war ein kleiner Mann mit ledriger Haut und dünnem Haar, der harmlos wie ein Kätzchen wirken konnte, wenn er wollte, oder er wurde zu einem Dämon der Kälte und des Zorns. In all den Jahren hatte Cithrin nie sagen können, was davon die Maske war. Jetzt war seine Stimme so sanft wie sein Blick.

»Cithrin?«, fragte er. »Weshalb will ich dem Fürsten kein Geld leihen?«

»Weil Ihr ihn, wenn er es Euch nicht zurückzahlen will, nicht dazu zwingen könnt.«

Magister Imaniel blickte zu Cam. »Siehst du? Das Mädchen weiß Bescheid. Es ist ein Grundsatz der Bank, niemals Leuten Geld zu leihen, die der Ansicht sind, es wäre unter ihrer Würde, es zurückzuzahlen. Außerdem, wer sagt denn, dass wir überhaupt etwas erübrigen können?«

Cam schüttelte in gespielter Verzweiflung den Kopf und griff über den Tisch nach dem Salzfässchen. Magister Imaniel nahm einen Bissen von seinem Lamm.

»Weshalb geht er nicht zu seinen Baronen und Herzögen, um sich von ihnen etwas zu borgen?«, fragte Magister Imaniel.

»Das kann er nicht«, sagte Cithrin.

»Weshalb nicht?«

»Oh, lasst doch das arme Mädchen einmal zufrieden«, warf Cam ein. »Können wir nicht eine einzige Unterhaltung führen, ohne dass wir eine Prüfung daraus machen?«

»Wir haben all ihr Gold«, sagte Cithrin. »Es ist alles hier.«

»Du meine Güte«, rief Magister Imaniel, seine Augen in gespieltem Entsetzen weit aufgerissen. »Stimmt das?«

»Sie kommen doch seit Monaten her. Wir haben Wechselbriefe an die Hälfte der hochrangigen Familien der Stadt verkauft. Anfangs für Gold, aber auch für Juwelen, Seide oder Tabak … alles, was den Tausch wert ist.«

»Bist du dir dessen sicher?«

Cithrin verdrehte die Augen. »Jeder ist sich dessen sicher«, sagte sie. »Die Leute hier im Hof reden über nichts anderes. Wie Ratten von einem brennenden Kahn schwimmen die Adligen von dannen, und die Banken ziehen ihnen dabei das Geld aus der Tasche. Wenn sie mit ihren Kreditbriefen dann in Carse, Kiaria oder Stollborn sind, bekommen sie dafür nicht mehr die Hälfte von dem, was sie hier bezahlt haben.«

»Es ist ein Käufermarkt, das stimmt«, sagte Magister Imaniel mit zufriedener Miene. »Aber der Lagerstand wird zum Problem.«

Nach dem Abendessen ging Cithrin hinauf in ihr Zimmer und öffnete ihre Fenster, um zu beobachten, wie der Nebel aus den Kanälen aufstieg. Die Luft stank nach dem Leinöl, das im Herbst zum Schutz vor dem kommenden Schnee und Regen auf die Holzgebäude und Brücken gestrichen wurde. Und darunter roch man die üppige grüne Algenblüte in den Kanälen. Manchmal stellte sie sich vor, dass alle großen Häuser Schiffe waren, die einen breiten Fluss hinabtrieben, dass die Kanäle alle durch einen einzigen, breiten Strom verbunden waren…

Am Ende der Straße hatte sich eines der Eisentore aus seinen Halterungen gelöst und bewegte sich im Wind quietschend hin und her. Cithrin zitterte, schloss die Läden, kleidete sich fürs Bett an und blies ihre Kerze aus.

Rufe weckten sie. Und dann hörte sie einen eisenbeschlagenen Knüppel, der gegen die Tür hämmerte.

Sie stieß die Läden auf und beugte sich hinaus. Der Nebel hatte sich so weit zerstreut, dass die Straße offen vor ihr lag. Ein Dutzend Männer in der Uniform des Fürsten, von denen fünf nach Teer stinkende Fackeln hielten, standen an der Tür versammelt. Ihre Stimmen waren laut, fröhlich und grausam. Einer sah auf, und sein dunkler Blick richtete sich auf sie. Der Soldat verzog die Lippen zu einem Grinsen. Cithrin, die nicht wusste, was vor sich ging, lächelte unsicher und trat zurück. Ihr Blut schien schon zu Eis geworden zu sein, bevor sie die Stimmen hörte – die vorsichtigen Worte von Magister Imaniel und dann Cams herzzerreißenden Schrei.

Cithrin lief die Stufen hinab, durch Gänge, die im trüben Licht einer fernen Laterne nur eine hellere Form von Schwärze waren. Ein Teil von ihr wusste, dass es Wahnsinn war, zur Vordertür zu laufen, dass sie in die andere Richtung fliehen müsste. Aber sie hatte Cams Stimme gehört, und sie musste Bescheid wissen.

Die Wachen waren bereits fort, als sie an der Tür ankam. Magister Imaniel stand vollkommen ruhig, eine Laterne aus Zinn und Glas leuchtete in seiner Hand. Sein Gesicht war ausdruckslos. Cam kniete neben ihm, die breite Faust an den Mund gedrückt. Und Besel – der vollkommene Besel, der schöne Besel – lag auf dem Steinboden, blutig, aber er blutete nicht mehr. Cithrin spürte, wie ein Kreischen in ihrer Kehle aufstieg, aber sie brachte keinen Ton heraus.

»Hol mir einen Kundigen«, sagte Magister Imaniel.

»Es ist zu spät«, hauchte Cam mit tränenerstickter Stimme.

»Das war keine Bitte. Hol mir einen Kundigen. Cithrin, hierher. Hilf mir, ihn hineinzutragen.«

Es war hoffnungslos, aber sie taten, was ihnen aufgetragen war. Cam legte sich einen Wollumhang um und eilte in die Finsternis. Cithrin nahm Besel bei den Füßen, Magister Imaniel bei den Schultern. Zusammen hievten sie den Körper ins Esszimmer und legten ihn auf den breiten Holztisch. Auf Besels Gesicht und seinen Händen waren Schnitte. Eine tiefe Furche lief vom Handgelenk bis zum Ellbogen, der Ärmel war von einem Schwertstreich zerrissen. Er atmete nicht. Er blutete nicht. Er sah so friedlich aus wie ein Schlafender.

Der Kundige kam, rieb Pulver in Besels leere Augen, drückte die Hände auf seine reglose Brust, rief die Geister und die Engel an. Besel holte einmal tief und abgehackt Luft, aber die Magie war nicht genug. Magister Imaniel zahlte dem Kundigen drei Silbermünzen und entließ ihn. Cam entzündete ein Feuer auf dem Rost, dessen Flammen eine unheimliche Illusion schufen, in der Besel sich zu regen schien.

Magister Imaniel stand am Kopfende des Tisches und blickte hinab. Cithrin trat vor und nahm Besels kalte und erstarrende Hand. Sie wollte unbedingt weinen, aber sie konnte nicht. Angst, Schmerz und Fassungslosigkeit tobten in ihr und fanden keinen Ausweg. Als sie aufsah, lag Magister Imaniels Blick auf ihr.

Cam sprach. »Wir hätten es ihnen geben sollen. Dem Fürsten erlauben, sich zu nehmen, was er will. Es ist nur Geld.«

»Bring mir seine Kleider«, sagte Magister Imaniel. »Ein sauberes Hemd. Und diese rote Jacke, die er nicht leiden konnte.«

Jetzt wanderte sein Blick, zuckte von hier nach da, als würde er Worte lesen, die in der Luft geschrieben standen. Cam und Cithrin wechselten einen Blick. Cithrins erster Gedanke war, dass er die Leiche waschen und für das Begräbnis ankleiden wollte.

»Cam?«, sagte Magister Imaniel. »Hast du mich gehört? Los!«

Die alte Frau richtete sich am Herd auf und trottete rasch in die Tiefen des Hauses davon. Magister Imaniel wandte sich an Cithrin. Seine Wangen waren gerötet, aber sie konnte nicht sagen, ob vor Wut oder Scham oder wegen etwas, das tiefer ging.

»Kannst du einen Karren fahren?«, fragte er. »Ein kleines Gespann lenken? Zwei Maultiere.«

»Ich weiß nicht«, sagte Cithrin. »Vielleicht.«

»Zieh dich aus«, befahl er.

Sie blinzelte.

»Zieh dich aus«, wiederholte er. »Dein Nachtgewand. Zieh es aus.«

Unsicher hob Cithrin die Hände zu den Haltern an ihren Schultern, zog die Knoten auf und ließ den Stoff zu Boden fallen. Die kalte Luft bescherte ihr eine Gänsehaut. Aus Magister Imaniels Kehle stiegen leise Geräusche auf, während er um sie herumging, um irgendeine Einschätzung vorzunehmen, die ihr unverständlich war. Der Leichnam von Besel regte sich nicht. Ein dumpfes Gefühl der Scham überkam sie. Ihr fiel auf, dass sie noch nie vor einem Mann nackt gewesen war.

Cams Augen weiteten sich, als sie zurückkehrte, und ihr Mund bildete ein kleines, überraschtes *Oh*. Und dann, weniger als einen Herzschlag später, wurde ihr Gesichtsausdruck hart wie Stein.

»Nein«, sagte Cam.

»Gib mir das Hemd«, sagte Magister Imaniel.

Cam tat nichts. Er ging hinüber und nahm ihr Besels Hemd und die Jacke ab. Sie hielt ihn nicht auf. Ohne etwas zu sagen, ließ er das Hemd über Cithrins Kopf gleiten. Der Stoff war weich und warm und roch nach der Haut des Toten. Der Saum fiel weit genug hinab, um eine gewisse Sittsamkeit wiederherzustellen. Magister Imaniel trat zurück, und eine freudlose Befriedigung zeigte sich in seinem Blick. Er warf Cithrin die Jacke zu und bedeutete ihr mit einem Nicken, sie anzuziehen.

»Wir werden ein wenig nähen müssen«, sagte er, »aber es liegt im Bereich des Möglichen.«

»Das dürft Ihr nicht tun, Herr«, sagte Cam. »Sie ist doch nur ein Mädchen.«

Magister Imaniel beachtete sie nicht, sondern trat wieder näher, um Cithrin das Haar aus dem Gesicht zu streichen. Er ließ die Finger gegeneinandertrommeln, als versuchte er, sich an etwas zu erinnern, beugte sich zum Rost hinab und rieb mit dem Daumen über den Ruß. Er beschmierte Cithrins Wangen und Kinn. Sie roch alten Rauch.

»Wir werden etwas Besseres brauchen, aber ...«, sagte er und sprach dabei eindeutig mit sich selbst. »Nun gut ... Wie ist dein Name?«

»Cithrin?«, fragte sie.

Magister Imaniel stieß ein bellendes Lachen aus. »Was ist das denn für ein Name für einen guten, strammen Burschen wie dich? Tak. Dein Name ist Tak. Sag das mal.«

»Mein Name ist Tak«, wiederholte sie.

Magister Imaniels Gesicht verzog sich verächtlich. »Du redest wie ein Mädchen, Tak.«

»Mein Name ist Tak«, sagte Cithrin, ließ ihre Stimme rauer klingen und nuschelte.

»Ausreichend«, sagte er. »Nicht mehr als ausreichend. Aber wir werden daran arbeiten.«

»Das könnt Ihr nicht tun«, sagte Cam.

Magister Imaniel lächelte; seine Augen blieben davon unberührt. »Der Prinz hat es zu weit getrieben«, erklärte er. »Die Grundsätze der Bank sind klar. Er bekommt nichts.«

»*Ihr* seid die Grundsätze der Bank«, erwiderte Cam.

»Und ich drücke mich *klar* aus. Tak, mein Junge? In einer Woche sollst du zu Meister Will gehen, unten im Alten Viertel. Er wird dich anheuern, damit du einen Karren in einer Karawane lenkst, die nach Nordstade zieht. Mit ungefärbtem Wollstoff, der weggebracht wird, damit er nicht im Krieg verloren geht.«

Cithrin nickte weder, noch schüttelte sie den Kopf. Die Welt drehte sich ein wenig, und alles fühlte sich an, als wäre es Teil eines schrecklichen Traums.

»Wenn du in Carse eintriffst«, fuhr Magister Imaniel fort, »bringst du den Karren zur Dachgesellschaft. Ich werde dir eine Karte und eine Wegbeschreibung mitgeben. Und einen Brief, der alles erklären wird.«

»Da ist sie Wochen unterwegs!«, rief Cam. »Monate, wenn es Schnee am Pass gibt.«

Magister Imaniel drehte sich um, und seine Augen blitzten zornig. Seine Stimme war leise und kühl. »Was soll ich deiner Meinung nach tun? Sie hierbehalten? Sie ist in unseren Betten auch nicht sicherer, als wenn sie sich als Fuhrjunge in einer Karawane ausgibt. Und ich werde den Verlust *nicht* einfach so hinnehmen.«

»Ich verstehe das nicht«, sagte Cithrin. Ihre Stimme klang weit entfernt in ihren Ohren, als würde sie über eine Brandung hinwegrufen.

»Die Männer des Prinzen beobachten uns«, sagte Magister Imaniel. »Ich muss annehmen, dass sie jeden beobachten, der für die Bank arbeitet. Und, wie ich vermute, auch das Mündel der Bank, Cithrin, die Halb-Cinnae. Tak, den Fuhrjungen, andererseits …«

»Den Fuhrjungen?«, fragte Cithrin.

»Der Karren ist eine Täuschung«, sagte Cam mit vor Verzweiflung belegter Stimme. »Besel hätte es machen sollen. So viel Geld hinausschmuggeln, wie wir können.«

»Das Gold?«, fragte Cithrin. »Ihr wollt, dass *ich* das Gold nach Carse bringe?«

»Einen Teil, ja«, antwortete Magister Imaniel. »Aber Gold ist schwer. Wir schicken besser Edelsteine und Schmuck. Sie sind mehr wert. Gewürze. Tabakblätter. Seide. Dinge, die leicht genug sind, dass man viel mitnehmen kann, ohne dass die Achsen zu Bruch gehen. Und die Rechnungsbücher. Die echten. Was die Münzen und Barren angeht … Nun, ich werde mir etwas einfallen lassen.«

Er lächelte, als hätte er eine lächelnde Maske auf. Besels Leichnam schien im flackernden Licht die Schultern zu lockern. Ein kalter Hauch strich gegen Cithrins bloße Oberschenkel, und ihr Bauch verkrampfte sich immer stärker, bis sie sauren Mageninhalt im Rachen schmeckte.

»Du kannst das, meine Liebe«, sagte Magister Imaniel. »Ich glaube an dich.«

»Danke«, erwiderte sie und schluckte.

Cithrin ging mit Magenkrämpfen durch die Straßen von Vanai. Der falsche Schnurrbart war ein dünnes, schmächtiges Ding von genau der Art, wie es ein unreifer Junge vielleicht voller Stolz hegen und pflegen würde. Ihre Kleider waren eine Mischung aus Besels Hemd und Jacke, die in der Abgeschiedenheit der Bank umgenäht worden waren, und den billigen, geflickten Lumpen, die sie sich zusammengesucht hatten. Sie hatten es nicht gewagt, etwas Neues zu kaufen. Cithrins Haar war mit Tee zu einem beinahe farblosen Braun gefärbt und nach vorne gekämmt, um ihr Gesicht zu verbergen. Sie bewegte sich mit dem breitbeinigen Gang, den Magister Imaniel ihr beigebracht hatte, ein verknotetes, unbequemes Stück Stoff dicht an ihr Geschlecht gepresst, um sie daran zu erinnern, dass sie nun einen Schwanz hatte.

Sie kam sich mehr als töricht vor. Sie fühlte sich wie ein Maskierter mit Narrengesicht und seltsamen Schuhen. Sie fühlte sich wie die auffälligste Betrügerin der Stadt oder gar der Welt. Und jedes Mal, wenn sie die Augen schloss, wartete Besels Leichnam auf sie. Bei jeder Stimme, die laut rief, schlug ihr Herz schneller. Sie wartete auf das Messer, den Pfeil, den bleibeschlagenen Knüppel. Aber die Straßen von Vanai schenkten ihr keine Beachtung.

Überall machte man sich an die letzten Vorbereitungen für den Krieg. Händler vernagelten ihre Fenster. Wagen verstopften die Straßen, weil es sich Familien, die sich zunächst dagegen entschieden hatten, aufs Land zu fliehen, nun anders überlegten und aufbrachen, während andere, die gegangen waren, wieder zurückkehrten. Marktschreier im Dienste des Fürsten kündigten die tausend Mann ihres neuen Verbündeten an, die in diesem Augenblick unterwegs waren, und die alten Timzinae an der Uferstraße sagten, dass es besser wäre, sich Antea anzuschließen, als mit Maccia verbandelt zu sein. Wie Hennen vor den schnappenden Kiefern von Wölfen stoben die Leute vor den Banden auseinander, die zur Zwangsrekrutierung die Straßen durchstreiften. Und im Alten Viertel standen die hohen, dunklen, fein geschnitzten Türen von Meister Wills Geschäft weit offen. Die Straße war vollgepackt mit Karren und Wagen, Maultieren, Pferden und Ochsen. Auf dem Platz wurde die Karawane zusammengestellt, und Cithrin suchte sich durch die dichtgedrängte Menge einen Weg zur breiten Gestalt von Meister Will mit seiner Lederkappe.

»Herr«, sagte sie mit weicher, leiser Stimme. Meister Will antwortete nicht, und deshalb zupfte sie ihn unsicher am Ärmel.

»Was?«, fragte der Alte.

»Mein Name ist Tak, Herr. Ich bin gekommen, um Magister Imaniels Karren zu fahren.«

Meister Wills Augen weiteten sich einen Moment lang, und

er blickte sich um, um zu sehen, ob jemand zugehört hatte. Cithrin fluchte innerlich. Nicht Magister Imaniels Karren. Die Bank hatte keinen Karren. Sie fuhr den Wollkarren. Es war ihr erster Fehler. Meister Will hustete und nahm sie an der Schulter.

»Du bist spät dran, Junge. Ich dachte schon, du kommst nicht.«

»Es tut mir leid, Herr.«

»Um Gottes willen, Kind, versuch einfach, den Mund zu halten.«

Er führte sie rasch durch das Gedränge zu einem tiefen, schmalen Karren. Die abgenutzten Holzbretter sahen recht robust aus, und eine Plane aus Zeltstoff darüber würde den Regen von den Ballen aus grauem Stoff fernhalten. Die Achsen waren aus dickem Eisen und die Räder mit Stahl beschlagen. Auf Cithrin wirkte er ganz offensichtlich wie ein Wagen, der für mehr als nur einfache Stoffe ausgelegt war. Die beiden Maultiere im Geschirr schienen kaum genug, um etwas so Großes zu ziehen. Bestimmt, *bestimmt* konnten alle den Schwindel durchschauen. Die Wachen des Fürsten müssten wohl nicht einmal einen Blick auf sie werfen, um alles zu erkennen. Ihr Inneres verkrampfte sich noch mehr, und sie dankte den Engeln, dass sie heute Morgen nichts hinuntergebracht hatte. Sie wusste nicht, ob es ihr falscher Schnurrbart gut überstehen würde, wenn sie sich übergab.

Meister Will beugte sich dicht zu ihr, seine Lippen streiften ihr Ohr. »Die ersten beiden Lagen sind Wolle«, sagte er. »Alles darunter ist in versiegelten Kisten und Fässern. Wenn die Plane nicht reicht und die Sachen nass werden, lass es einfach geschehen.«

»Die Bücher…«, stotterte sie.

»Die Bücher sind in so viel Schafleder und Wachs verpackt, dass du diesen Wagen ins Meer lenken könntest. Mach dir darüber keine Sorgen. Denk nicht an das, was du hier herumfährst. Und wühle unter gar keinen Umständen darin herum, um nachzuschauen.«

Sie spürte einen Anflug von Ärger. Glaubte er, sie war dumm?

»Du kannst obendrauf schlafen«, fuhr Meister Will fort. »Niemand wird das merkwürdig finden. Tu, was der Karawanenmeister sagt, halte die Maultiere gesund und gut im Futter und bleib, soweit du kannst, für dich.«

»Ja, Herr«, sagte sie.

»Also gut«, verkündete der alte Mann. Er trat zurück und klopfte ihr auf die Schulter. Sein Lächeln war gezwungen und freudlos. »Viel Glück.«

Er wandte sich um und ging zu seinem Geschäft. Cithrin hatte den starken Drang, ihn zurückzurufen. Das konnte doch noch nicht alles sein. Es musste doch noch etwas geben, was sie tun sollte, irgendeine Einweisung oder einen Rat, der ihr helfen würde. Sie schluckte, ließ die Schultern sinken und ging dann um den Karren herum. Die Maultiere blickten sie desinteressiert an. Sie hatten zumindest keine Angst.

»Ich bin Tak«, sagte sie in ihre langen, weichen Ohren. Und dann flüsterte sie: »Eigentlich heiße ich Cithrin.« Sie wünschte, sie würde die Namen der Tiere kennen.

Erst als sie auf den Kutschbock kletterte, sah sie die Soldaten. Männer und Frauen in gehärtetem Leder, Schwerter an den Seiten. Sie waren Erstgeborene, abgesehen von dem Tralgu, der Ringe in den Ohren trug und sich einen großen Bogen über die Schulter gehängt hatte. Der Hauptmann des Trupps, der Tralgu und ein älterer Mann mit langen Roben und fest zusammengestecktem Haar unterhielten sich angeregt mit dem Karawanenmeister, einem Timzinae. Cithrin umfasste die Zügel, ihre Knöchel waren weiß und pochten. Der Hauptmann nickte in ihre Richtung, und der Karawanenmeister zuckte mit den Schultern. Sie beobachtete entsetzt, wie die drei Soldaten auf sie zukamen. Sie musste weglaufen. Man würde sie töten.

»Junge!«, rief der Hauptmann, den Blick aus blassen Augen auf sie gerichtet. Er war ein Mann mit hartem Gesicht, jünger als Magister Imaniel und älter als Besel. Er trug sein sandfarbenes Haar zu kurz für anteanischen Geschmack, aber zu lang für die Freistädte. Er beugte sich vor, die Augenbrauen hochgezogen. »Junge? Hörst du mich?«

Cithrin nickte.

»Du bist nicht schwachsinnig, oder? Ich habe mich nicht anheuern lassen, um Jungen zu bewachen, die wahrscheinlich stiften gehen.«

»Nein«, krächzte Cithrin. Sie hustete, darauf bedacht, ihre Stimme rau und tief zu halten. »Nein, Herr.«

»Also gut«, sagte der Hauptmann. »Du fährst diesen Karren?«

Cithrin nickte.

»Aha. Gut. Du bist der Letzte, deswegen hast du die Einweisung vorhin verpasst. Ich werde es kurz machen. Ich bin Hauptmann Wester. Das ist Yardem. Er ist mein Stellvertreter. Und das ist unser Kundiger, Meister Kit. Wir bewachen diese Karawane, und ich wäre dir verbunden, wenn du tust, was immer wir sagen, wann immer wir es sagen. Wir werden euch sicher bis Carse bringen.«

Cithrin nickte erneut. Der Hauptmann ahmte sie nach, offensichtlich nicht davon überzeugt, dass sie nicht schwachsinnig war.

»Gut«, sagte er und wandte sich ab. »Brechen wir auf.«

»Was immer Ihr sagt, Herr«, raunte der Tralgu mit einer tiefen, heiseren Stimme.

Der Hauptmann und der Tralgu wandten sich ab und gingen zurück zum Karawanenmeister, ihre Stimmen verloren sich rasch im Lärm der Straße. Der Kundige, Meister Kit, trat näher. Er war älter, sein Haar eher grau als schwarz. Sein Gesicht war lang, die Haut olivfarben. Sein Lächeln war überraschend warm.

»Ist alles in Ordnung mit dir, Sohn?«, fragte er.

»Bin nervös«, sagte Cithrin.

»Bist du zum ersten Mal bei einer Karawane?«

Cithrin nickte. Sie fühlte sich wie eine Närrin, weil sie die ganze Zeit wie ein Stummer auf der Straße nickte. Das Lächeln des Kundigen war beruhigend und so sanft wie bei einem Priester.

»Ich vermute, du wirst bald feststellen, dass die Langeweile das Schlimmste ist. Nach dem dritten Tag, an dem du nichts anderes als den Karren siehst, der vor dir fährt, könnte der Anblick ein wenig öde werden.«

Cithrin lächelte und meinte es beinahe ernst.

»Wie heißt du?«, fragte der Kundige.

»Tak«, sagte sie.

Er blinzelte, und sie hatte den Eindruck, dass ein Teil der Wärme aus seinem Lächeln wich. Sie neigte den Kopf, so dass ihr Haar beinahe die Augen verdeckte, und ihr Herz begann zu rasen. Meister Kit nieste nur und schüttelte den Kopf. Als er wieder sprach, war seine Stimme immer noch so tröstend wie weicher Flanellstoff.

»Willkommen in der Karawane, Tak.«

Sie nickte noch einmal, und der Kundige ging davon. Ihr

Herzschlag wurde wieder etwas langsamer. Sie schluckte, schloss die Augen und zwang sich dazu, Schultern und Nacken zu entspannen. Man hatte sie nicht entdeckt. Es würde gutgehen.

Die Wagen fuhren noch in derselben Stunde ab. Ein großer, breiter Futterwagen rumpelte an der Spitze voran, dann kam ein abgedeckter Wagen, der so laut klirrte, dass Cithrin ihn auf ihrem Platz drei Wagen weiter hören konnte. Der Karawanenmeister ritt auf einer riesigen weißen Stute auf und ab, um mit einer langen, biegsamen Rute, die halb Stock und halb Peitsche war, den Wagen, Fuhrleuten und Tieren hier und da einen Klaps zu geben. Als er zu ihr kam, ließ sie die Zügel schnalzen und rief den beiden Maultieren etwas zu, wie Besel es ihr damals beigebracht hatte, als er noch am Leben gewesen war – als er dem armen Mündel der Bank zugelächelt und mit ihr geschäkert hatte. Die Maultiere setzten sich in Bewegung, und der Karawanenmeister schrie sie zornig an.

»Nicht so schnell, Junge! Wir sind hier nicht bei einem verdammten Rennen!«

»Entschuldigung«, sagte Cithrin und zog an den Zügeln. Eines der Maultiere schnaubte und blickte zu ihr zurück. Es war schwer, den Verdruss zu übersehen, der in der Neigung seiner Ohren zutage trat. Sie ließ sie langsamer vorwärtsgehen. Der Karawanenmeister schüttelte den Kopf und trabte weiter zum nächsten Wagen. Cithrin hielt die Zügel fest umklammert, aber es gab keine weiteren Aufgaben für sie. Die Maultiere wussten, was sie zu tun hatten, und folgten dem Karren vor ihnen. Langsam, mit vielen Rufen und Verwünschungen, nahm die Karawane Gestalt an. Sie zogen durch die breiten Straßen des Alten Viertels, an den Kanälen vorbei, die hinab zum Fluss führten, über die Schutzherrenbrücke, wo der Palast des Fürsten hoch über ihnen in Sicht kam.

Vanai, die Stadt ihrer Kindheit, glitt an ihr vorüber. Dort war die Straße, die zu dem Markt führte, auf dem Cam ihr zum Geburtstag Honigbrot gekauft hatte. Hier der Stand, an dem sich ein Schusterlehrling einen Kuss von ihr erschlichen hatte und für all seine Mühen von Magister Imaniel ausgepeitscht worden war. Das hatte sie inzwischen ganz vergessen. Sie kamen am Haus des Tutors vorbei, zu dem sie gegangen war, um Zahlen und Buchstaben zu lernen, als sie ein kleines Mädchen gewesen war. Irgendwo in der Stadt waren die Gräber ihrer Mutter und ihres Vaters. Sie hatte den Leichen nie einen Besuch abgestattet, und jetzt tat es ihr leid.

Wenn sie zurückkehrte, sagte sie sich. Wenn der Krieg vorüber war und die Welt sicher, dann würde sie zurückkommen und nachsehen, wo ihre Familie begraben lag.

Allzu bald ragten die Stadtmauern vor ihnen auf, blasser Stein, so hoch wie zwei aufrecht stehende Männer. Das Tor war offen, aber der dichte Verkehr auf der Straße machte sie langsamer. Die Maultiere schienen damit zu rechnen und standen geduldig still, während der Karawanenmeister nach vorne ritt, um den Weg freizumachen, indem er auf alles einprügelte, was die Karawane am Fortkommen hindern mochte. Hoch auf dem Turmtor stand ein Mann in der leuchtenden Rüstung der fürstlichen Garde. Einen übelkeiterregenden Moment lang dachte Cithrin, dass es das gleiche grinsende Gesicht war, das in der Nacht zu ihr aufgeblickt hatte, in der Besel gestorben war. Als der Wächter herunterrief, meinte er jedoch den Hauptmann.

»Ihr seid ein Feigling, Wester!«

Cithrin stockte der Atem, so entsetzt war sie von der beiläufig vorgebrachten Beleidigung.

»Verreck an den Pocken, Dossen«, flötete der Hauptmann

zurück und grinste dabei, also waren die beiden vielleicht befreundet. Dieser Gedanke führte dazu, dass sie Hauptmann Wester weniger gut leiden konnte. Der Gardist des Fürsten hielt sie nicht auf. Holpernd und quietschend rollten die Karren zur Stadt hinaus und auf die Straße, wo sie das Steinpflaster hinter sich ließen und das breite Grün aus Drachenjade betraten. Carse lag weit im Nordwesten, aber die Straße führte hier nach Süden, folgte der fernen Küstenlinie des Meeres. Ein paar andere Karren kamen vorüber, die einwärts zur Stadt unterwegs waren. Die niedrigen Hügel waren von Bäumen im Glanz ihrer Herbstblätter bedeckt; rot, gelb und golden. Als die Sonne sie im richtigen Winkel traf, wirkte es wie Feuer. Cithrin saß gebeugt auf ihrer Bank, ihre Beine kühlten aus, die Hände waren steif.

Mit dem Vorüberziehen der langen, langsamen Meilen legte sich ihre Nervosität, und sie ließ sich einlullen vom Rumpeln und Schaukeln des Karrens. Sie konnte beinahe vergessen, wer sie war, was hinter ihr lag, was sich mit ihr im Karren befand. Solange die Welt nur aus ihr bestand, den Maultieren, dem Karren vor ihr und den Bäumen neben ihr, war es beinahe so, als wäre sie allein. Die Sonne sank auf eine tiefere Bahn, schien ihr in die Augen, bis sie so gut wie blind war. Der Ruf des Karawanenmeisters ließ die Karren langsamer werden, dann hielten sie an. Der Timzinae ritt die Wagenreihe ab, wie er es in Vanai getan hatte, und verwies einen jeden von ihnen auf einen Platz auf einem niedrigen, offenen Feld. Das Lager. Cithrins Platz war dankenswerterweise in der Nähe der Straße, wo sie nichts Besonderes tun musste. Sie drehte die Maultiere, brachte den Wagen an die Stelle, die man ihr zugewiesen hatte, und stieg dann auf den Boden hinunter. Sie schirrte die Maultiere ab und führte sie zu einem Bach, wo sie die Köpfe hinab zum Wasser streckten und so lange unten hielten, dass sie langsam nervös wurde. Ob ein Maultier so viel trinken würde, dass es davon krank wurde? Sollte sie versuchen, sie daran zu hindern? Aber die anderen Tiere machten es genauso. Sie beobachtete, was die übrigen Fuhrleute taten, und versuchte, nicht aufzufallen.

Die Nacht kam schnell und kalt. Bis sie ihre Tiere gefüttert, abgerieben und sie in den notdürftigen Pferch der Karawane gebracht hatte, war Nebel aufgestiegen. Der Karawanenmeister hatte ein Feuer errichtet, und beim Geruch nach Rauch und bratendem Fisch erwachte Cithrins Magen plötzlich und schmerzhaft zum Leben. Sie schloss sich den Fuhrleuten an, die lachend und redend in einer Schlange für das Essen anstanden. Sie hielt den Blick gesenkt. Wenn jemand sie zu einer Unterhaltung anstacheln wollte, knurrte sie oder sprach nur einsilbig. Die Köchin der Karawane war eine kleine Timzinae, die so fett war, dass ihre Chitinschuppen aussahen, als würden sie jeden Augenblick von ihren wurstförmigen Armen abplatzen. Als Cithrin an der Spitze der Schlange anlangte, reichte die Köchin ihr einen Blechteller mit einem dünnen Streifen blassem Forellenfleisch, einem gehäuften Löffel Bohnen und einem Stück Brot. Cithrin gab ein dankbares Nicken zum Besten und ging weiter, um sich ans Feuer zu setzen. Die Feuchte kroch durch ihre Strümpfe und ihre Jacke, aber sie wagte es nicht, näher an die Wärme zu gehen. Es war besser, sich im Hintergrund zu halten.

Während sie aßen, zog der Karawanenmeister einen niedrigen Hocker aus seinem eigenen Karren und stellte sich darauf, um beim Feuerlicht aus einem heiligen Buch zu lesen. Cithrin hörte nur halbherzig zu. Auch Magister Imaniel war ein religiöser Mensch oder hielt es zumindest für klug, als solcher aufzutreten. Cithrin hatte die Schriften schon oft gehört, ohne Gott und die Engel jemals besonders bewegend gefunden zu haben.

Leise stellte sie Teller und Messer ab und ging in Richtung Bach. Eine Furcht, die sie schon lange plagte, war die Frage, wie sie die Latrinen aufsuchen sollte, ohne sich zu verraten, und Magister Imaniels wegwerfende Ratschläge – *Alle Männer hocken sich zum Scheißen hin* – hatten sie nicht gerade beruhigt. Allein im Nebel und der Dunkelheit, mit den Hosen um die Fußknöchel und dem Stoffstück, das ihren Hosenbeutel ausstopfte, in der Hand, fühlte sie nicht nur körperliche Erleichterung. Einmal. Sie war einmal damit durchgekommen. Wenn sie nun diese Scharade nur noch die paar Wochen bis nach Carse aufrechterhalten konnte.

Als sie zum Feuer zurückkam, sah sie einen Mann neben ihrem Teller sitzen. Einen der Wächter, aber zum Glück nicht den Hauptmann oder seinen Stellvertreter, den Tralgu. Cithrin nahm ihren Platz wieder ein, und der Wächter nickte ihr zu und lächelte. Sie hoffte, er würde nichts sagen.

»Ganz schöner Schwätzer, unsere Karawanenmeister«, sagte der Wächter. »Er trägt es aber recht gut vor. Würde einen anständigen Schauspieler abgeben, nur dass es nicht viele gute Rollen für Timzinae gibt. Orman aus dem Feuerzyklus, aber das ist es auch schon.«

Cithrin nickte und nahm einen Bissen von den kalten Bohnen.

»Sandr«, sagte der Wächter. »Das bin ich. Mein Name ist Sandr.«

»Tak«, sagte Cithrin, die hoffte, dass das Murmeln und ihr voller Mund sie männlich genug klingen ließen.

»Schön, dich kennenzulernen, Tak«, sagte Sandr. Er bewegte sich in der Dunkelheit und zog einen Lederschlauch hervor. »Einen Schluck zu trinken?«

Cithrin zuckte die Achseln auf eine Art, wie es ihrer Vorstellung nach ein Fuhrjunge machen würde, und Sandr grinste und zog den Stöpsel heraus. Cithrin hatte im Tempel und während Festmählern Wein getrunken, aber immer mit Wasser und niemals besonders viel. Die Flüssigkeit, die ihr nun in den Mund rann, war etwas ganz anderes. Sie drang beißend über die weichen Teile von Lippen und Zunge, glitt die Kehle hinab und ließ das Gefühl zurück, als wäre sie gesäubert worden. Die Wärme, die sich in ihrer Brust ausbreitete, war wie ein Erröten.

»Gut, oder?«, fragte Sandr. »Ich habe ihn mir von Meister Kit geborgt. Es wird ihm nichts ausmachen.«

Cithrin nahm noch einen Schluck und reichte den Weinschlauch mit Bedauern zurück. Sandr trank, während der Karawanenmeister seine Lesung beendete und ein halbes Dutzend Stimmen sich zum Abschlussritus erhoben. Zu Cithrins Überraschung löste der Wein die Krämpfe in ihrem Magen. Nicht vollständig, aber durchaus spürbar. Die Wärme aus ihrer Brust war inzwischen auch im Bauch angelangt. Sie fragte sich, wie viel von dem Schlauch sie trinken müsste, um dieses Gefühl auch in die Schultern und den Nacken zu bringen.

Aber sie durfte nicht so dumm sein. Sie konnte sich nicht betrinken. Jemand rief nach Sandr, und der Wächter sprang auf. Er nahm den Weinschlauch nicht mit.

»Hier drüben, Herr«, sagte Sandr und ging zum Feuer. Wester und sein Tralgu riefen ihre Soldaten zusammen. Cithrin blickte in die graue, wabernde Dunkelheit, dann wieder zum Feuer, und schließlich griff sie beiläufig nach dem Weinschlauch und steckte ihn in die Jacke.

Sie ging zurück zu ihrem Karren, wich unterwegs den anderen aus. Jemand sang, und eine andere Stimme erhob sich, um in das Lied einzustimmen. Ein Nachtvogel rief. Cithrin kletterte hinauf. Tau bildete sich auf dem Wollstoff, kleine Tropfen, die das Leuchten des Mondes einfingen. Sie fragte sich, ob sie die Plane überziehen sollte, aber es war dunkel, und sie wollte es eigentlich nicht. Stattdessen schmiegte sie sich zwischen die Stoffballen, zog den Weinschlauch aus der Jacke und nahm noch einen Schluck. Einen kleinen und nur einen einzigen.

Sie musste vorsichtig sein.

Dawson Kalliam

Baron von Osterlingbrachen

Der Bogen, in dem das Schwert auf ihn zukam, änderte sich in der letzten Sekunde, und die Stahlklinge schwenkte zu seinem Gesicht herum. Wäre Dawson so jung gewesen wie sein Gegner, hätte der Angriff seine gewünschte Wirkung erzielt: Er wäre davor zurückgeschreckt, hätte sich abgewandt und sich eine Blöße gegeben. Aber er kämpfte schon zu viele Jahre auf dem Duellplatz. Er zog die eigene Klinge einen Zoll zur Seite und brachte den unerwarteten Hieb von seinem Ziel ab.

Feldin Maas, der Baron von Ebbinwinkel und Dawsons Gegner in diesem kleinen Kampf wie in allem anderen, spuckte auf den Boden und grinste.

Die ursprüngliche Beleidigung war eine Kleinigkeit gewesen. Obwohl Dawsons Landbesitz größer war, hatte Maas darauf bestanden, vor drei Tagen am Königshof vor ihm bedient zu werden, allein aufgrund seiner Ernennung zum Wächter der Südlichen Breiten. Dawson hatte Maas' Fehler erläutert. Maas hatte daraus eine Beleidigung gemacht. Es wäre dort in der großen Halle beinahe dazu gekommen, dass sie sich geprügelt hätten. Und so musste die Frage hier geklärt werden, auf die alte Art.

Der Duellplatz war ein trockenes, staubiges Feld, das lang genug war, um einem Tjost Platz zu bieten, und schmal genug für ein Stelldichein wie dieses: mit kurzen Klingen und in der Lederrüstung eines Duellanten. Auf einer Seite erhoben sich die Mauern und Türme der Königshöhe, weit über die Baumkronen hinaus. Auf der anderen war der Spalt, tausend Fuß tief, der die Stadt in zwei Teile trennte und dem Gespaltenen Thron seinen Namen verlieh.

Sie lösten sich voneinander und nahmen das langsame, enge Umkreisen wieder auf. Dawsons rechter Arm war so erschöpft, dass er sich anfühlte, als würde er brennen, aber die Spitze seines Schwertes zitterte nicht. Es war eine Frage des Stolzes, dass er nach dreißig Jahren auf dem Feld der Ehre immer noch so stark war wie am ersten Tag, an dem er es betreten hatte. Die Klinge des Jüngeren war ein wenig unruhiger, sein Kampfstil eindeutig sorgloser.

Die Ledersohlen ihrer Stiefel glitten über den Boden. Feldin stieß zu. Dawson parierte, entgegnete den Angriff, und nun wich Feldin zurück. Sein Grinsen war nicht mehr so sicher, aber Dawson verbot es sich, darüber Befriedigung zu empfinden. Nicht, bevor der Bastard nicht eine Narbe von einem Kalliam trug. Feldin Maas schwang sein Schwert tief und mit großer Wucht, drehte die Klinge schnell aus dem Handgelenk. Dawson parierte, täuschte rechts an und attackierte links. Sein Stil war vollkommen, aber sein Feind hatte sich bereits zur Seite geneigt. Sie waren beide zu erfahren auf dem Schlachtfeld, als dass die alten Tricks noch sonderlich viel Wirkung gezeigt hätten.

Etwas Unerwartetes musste her.

In einer echten Schlacht wäre Dawsons Stoß Selbstmord gewesen: Er ließ ihn ungeschützt, brachte ihn aus dem Gleichgewicht, und er musste sich viel zu weit nach vorn strecken. Es war alles andere als große Schwertkunst, und deswegen führte es zu dem Ergebnis, das er beabsichtigt hatte. Feldin sprang zurück, doch zu langsam. Der Widerstand, als das Metall in die Haut eindrang, wurde auf Dawsons Klinge übertragen.

»Blut!«, rief Dawson.

In der Dauer eines Herzschlags sah er, wie sich Feldins Gesichtsausdruck von Überraschung in Wut, von Wut in Berechnung und von Berechnung in eine abgeklärte, ironische Maske verwandelte. Einen Moment lang zog Maas noch einen Gegenangriff in Erwägung. Er wäre nicht zu parieren gewesen. Der junge Feldin war in Versuchung, erkannte Dawson. Ehre, Zeugen und Regeln des Gesetzes hin oder her, Feldin Maas war versucht gewesen, ihn zu töten. Das verlieh dem Sieg eine noch vorzüglichere Note. Feldin trat zurück, legte eine Hand auf die Rippen und hob blutige Finger. Die Ärzte eilten vor, um den Schaden zu begutachten. Dawson steckte sein Schwert in die Scheide.

»Gute Vorstellung, alter Mann«, sagte Feldin, als sie ihm das Hemd auszogen. »Ihr habt meine Ehre zu Eurer Rüstung gemacht? Das war beinahe ein Kompliment. Ihr habt Euer Leben auf meine sanften Instinkte gesetzt.«

»Eher auf Eure Angst, mit dem Stil zu brechen.«

Ein gefährliches Glitzern trat in die Augen des Jüngeren.

»Ruhig, wir haben gerade erst ein Duell beendet«, sagte der ranghöchste Arzt. »Wir wollen doch nicht noch eins beginnen.«

Dawson zog seine Klinge zum Gruß. Feldin schob die Diener zur Seite, um die seine zu ziehen. Das Blut, das ihm die Seiten hinablief, war ein gutes Zeichen. Diese jüngste Narbe würde tief gehen. Dawson steckte seine Waffe in die Scheide, wandte sich ab und ließ den Duellplatz hinter sich. Seine Ehre hatte keinen Kratzer davongetragen.

Camnipol. Geteilte Stadt und Sitz des Gespaltenen Throns.

Von der Zeit der Drachen an war es der Ort gewesen, an dem sich die Macht der Erstgeborenen versammelte. In den düsteren, verbrannten Jahren, nachdem der große Krieg die früheren Herren der Welt niedergeworfen und die versklavten Rassen befreit hatte, war Camnipol ein helles Leuchtfeuer gewesen. Schwarz und golden und stolz auf ihrer Anhöhe, hatte die Stadt die verstreuten Erstgeborenen heimgerufen. Das Schicksal mochte sich im Verlauf der Jahrhunderte hier und da zum Schlechten gewendet haben, aber die Stadt stand ewig, geteilt vom Spalt und gehalten von der Macht der Königshöhe, die inzwischen Heimstatt von König Simeon und dem jungen Prinz Aster war.

Die Silberbrücke spannte sich von der Königshöhe über den Spalt ins Adelsviertel, das ganz oben an die westliche Klippe grenzte. Der alte Stein lag auf einer Stütze aus Drachenjade, die nicht dicker als eine Handbreit war, aber beständig wie die Sonne oder das Meer. Dawson fuhr in einer kleinen Pferdekutsche, da er von der neuen Angewohnheit Abstand nahm, sich von Sklaven ziehen zu lassen. Die Räder ratterten, und Tauben schwärmten unter ihm durch die Luft. Er beugte sich aus dem Fenster, um auf die Schichten aus Ruinen und Stein hinabzublicken, aus denen die Wände des Spalts bestanden. Er hatte Gerüchte gehört, dass die untersten der uralten Gebäude, die sich bis hinab zur Abfallgrube auf dem Boden der großen Schlucht zogen, älter waren als die Drachen selbst. Camnipol, die ewige Stadt. Seine Stadt, im Herzen seines Landes und seines Volkes. Abgesehen von seiner Familie gab es nichts, was Dawson mehr liebte.

Und dann hatte er die lange Fahrt durch den leeren Raum hinter sich, und der Fahrer bog in seinen schmalen Privathof ein. Sein Wohnsitz ragte auf, die sauberen, fließenden Linien waren elegant und frei von den grellen Filigranarbeiten, mit denen Emporkömmlinge wie Feldin Maas, Alan Klin und Curtin Issandrian ihre Häuser auftakelten. Sein Haus war klassisch und vornehm, und es blickte über die Leere zur Königshöhe und in die weite Ebene dahinter – das edelste Haus der Stadt, abgesehen vielleicht vom Anwesen Lord Banniens von Estinfurt.

Seine Diener holten das Podest hervor, und er winkte die dargebotenen Hände beiseite, wie er es immer tat. Es war ihre Pflicht, sie ihm anzubieten, und seine Würde verlangte, dass er ablehnte. Das Ritual war von Bedeutung. Der Türsklave, ein alter Tralgu mit hellbrauner Haut und silbernem Haar an den Ohrspitzen, stand am Eingang. Eine Silberkette fesselte ihn an die schwarze Marmorsäule.

»Willkommen zu Hause, mein Herr«, sagte der Sklave. »Ein Brief von Eurem Sohn ist eingetroffen.«

»Welchem Sohn?«

»Jorey, mein Herr.«

Dawson spürte einen Stich in den Eingeweiden. Wäre er von einem seiner anderen Kinder gekommen, hätte er die Neuigkeiten mit ungeschmälerter Freude lesen können, aber ein Brief von Jorey war ein Brief vom verhassten Feldzug nach Vanai. Beklommen streckte er eine Hand aus. Der Türsklave wandte den Kopf zum Eingang hin.

»Eure edle Gemahlin hat ihn, mein Herr.«

Das Innere des Wohnsitzes bestand aus dunklen Wandbehängen und leuchtendem Kristall. Seine Hunde jagten die Stufen herab und japsten vor Aufregung; fünf Wolfshunde mit glänzend grauem Fell und Elfenbeinzähnen. Dawson kraulte sie hinter den Ohren, klopfte ihnen auf die Flanken und ging nach hinten zum Wintergarten und zu seiner Frau.

Das gläserne Zimmer war ein Zugeständnis, das er seiner Clara gewährte. Es ruinierte auf der Nordseite die Außenlinien des Gebäudes, aber sie konnte dort die Stiefmütterchen und Veilchen ziehen, die in den Hügeln von Osterling wuchsen. Diese Erinnerung an die Heimat brachte ihr während der Zeiträume, die sie in Camnipol weilten, etwas mehr Zufriedenheit, und sie sorgte dafür, dass das Haus den ganzen Winter lang nach Veilchen duftete. Jetzt saß sie in einem Sessel neben einem kleinen Schreibtisch, und die Tische mit den dunklen Blüten waren um sie herum aufgereiht wie Soldaten bei einer Parade. Sie blickte beim Klang seiner Schritte auf und lächelte.

Clara war immer vollkommen gewesen. Wenn auch die Jahre ein wenig die Röte aus ihren Wangen genommen hatten, wenn auch ihr schwarzes Haar von Weiß durchzogen war, so konnte er doch noch das Mädchen sehen, das sie gewesen war. Es hatte ausgesuchtere Schönheiten und elegantere Poetinnen gegeben, als Dawsons Vater den Schoß ausgewählt hatte, der seine Enkelkinder austragen sollte. Aber er hatte stattdessen Clara genommen, und Dawson hatte die Weisheit jener Wahl sofort zu schätzen gewusst. Sie hatte ein gutes Herz. Sie mochte in allen anderen Belangen ein Vorbild an Tugend sein, aber wenn sie nicht gut gewesen wäre, wären jene anderen Tugenden zu Asche geworden. Dawson beugte sich hinab, um sie auf die Lippen zu küssen, wie er es immer tat. Es war ein Ritual, genauso wie das Ablehnen der Hilfe des Dieners und das Kraulen der Hundeohren. Es verlieh dem Leben Bedeutung.

»Wir haben Nachricht von Jorey?«, fragte er.

»Ja«, sagte sie. »Es geht ihm gut. Er verbringt eine wunderbare Zeit auf dem Feldzug. Sein Hauptmann ist Adria Klins Junge Alan. Er sagt, dass sie sich recht gut verstehen.«

Dawson lehnte sich mit verschränkten Armen an einen der Blumentische. Das Stechen in seinem Magen verschlimmerte sich. Klin. Noch einer aus Feldin Maas' Kabale. Als der König Jorey diesem Mann unterstellt hatte, hatte es sich angefühlt wie ein Knochensplitter im Hals, und es stieg nach wie vor ein Anflug von Zorn in ihm auf, wenn er daran dachte.

»Oh, und er sagt, dass er mit Geder Palliako seinen Dienst verrichtet, aber das kann doch nicht stimmen, oder? Ist das nicht der merkwürdige kleine dickliche Mann mit der Begeisterung für Karten und komische Gedichte?«

»Du denkst an Lerer Palliako. Geder ist sein Sohn.«

»Oh«, sagte Clara und winkte ab. »Das ergibt schon mehr Sinn, denn ich konnte mir nicht vorstellen, dass er in seinem Alter noch einmal einen Feldzug mitmacht. Ich denke, darüber sind wir alle hinaus. Und dann hat uns Jorey noch einen langen Text über Pferde und Pflaumen geschrieben, der bestimmt eine verschlüsselte Botschaft an dich darstellt, aus der ich allerdings nicht schlau werden konnte.« Nachdem sie einen Moment lang die Falten ihres Kleides durchstöbert hatte, hielt sie ihm den gefalteten Brief hin. »Hast du deinen kleinen Kampf gewonnen?«, fragte sie.

»Ja.«

»Und hat dieser schreckliche Mann sich entschuldigt?«

»Noch viel besser, Liebes. Er hat verloren.«

Joreys Schrift war über die Seiten gestrichelt wie eine wohlgeordnete Vogelspur, ordentlich und schlampig zugleich. Dawson überflog die ersten Absätze. Ein paar grobe Kommentare zu den Anstrengungen des Marsches, eine spitzbübische Bemerkung über Alan Klin, die Clara entweder nicht erkannt oder absichtlich missverstanden hatte, ein kurzer Abschnitt über den jungen Palliako, der offenbar so etwas wie die Witzfigur des Trupps war. Und dann der wichtige Teil. Er las ihn mit Bedacht, analysierte jeden Satz, suchte die Worte heraus, die er und sein Sohn gewählt hatten, um gewisse Schlüsselfiguren und Strategeme darzustellen. *Es gibt dieses Jahr keine Pflaumen beim Fallobst.* Was bedeutete, dass Sir Klin nicht der Schützling von Lord Ternigan war. Klin hielt sich an seine Befehle, weil Lord Ternigan der Marschall der Armee war und nicht aufgrund irgendeines gesonderten politischen Bündnisses. Das war ein brauchbarer Hinweis. *Mein eigenes Pferd läuft stark Gefahr, auf der rechten Seite ein Humpeln zu entwickeln.* Pferd, nicht Tier. Rechte Seite, nicht links. Also war man dafür, dass Klins Kompanie im eroberten Vanai blieb, mit Klin selbst als vorübergehendem Statthalter. Ternigan hatte nicht vor, die Herrschaft über die Stadt selbst zu übernehmen. Umso wichtiger war es dann, dass die Armee aufgehalten wurde.

Nur *aufgehalten,* natürlich. Nicht *scheiterte.* Scheitern niemals. Alles würde bereit sein, wenn Ternigans Streitkräfte den Sieg nur für ein paar Monate aufschieben mussten. Diese Unterscheidung zwischen Verzögern und Scheitern sorgte dafür, dass seine eigenen Verhandlungen mit Maccia nicht die Grenze zum Verrat überschritten. Solange die Eroberung von Vanai bis zum Frühling hinausgezögert wurde, würde Zeit bleiben, Klin zurück an den Hof rufen zu lassen und Jorey an seine Stelle zu setzen. Die Herrschaft über Vanai würde Joreys ersten Schritt in der Hofhierarchie nach oben darstellen, und es würde Maas und Klin und anderen von ihrer Sorte ein gutes Stück ihres Ansehens rauben.

Dawson hatte durch die geheimsten Kanäle gewirkt, die ihm zur Verfügung standen, hatte Briefe an Agenten in Stollborn geschickt, die wiederum Briefe an Händler in Birancour gesandt hatten, die in Maccia Geschäfte führten. Diskretion war von höchster Bedeutung, aber er hatte es geschafft. Sechshundert Soldaten würden die Freistadt Vanai verstärken, bis die Zeit kam, zu der ein Ende dieser Unterstützung seinen Zwecken am besten diente. Im Frühjahr würden sie sich zurückziehen, Vanai würde fallen, und im Sommer würde Dawson mit König Simeon anstoßen und gemeinsam mit ihm über seine Klugheit lachen.

»Mein Herr?«

Der Diener stand im Eingang des Wintergartens, wo er sich entschuldigend verbeugte. Dawson faltete den Brief zusammen und reichte ihn zurück an Clara.

»Was gibt es?«

»Ein Besucher, Herr. Baron Maas und seine Frau.«

Dawson schnaubte, aber Clara erhob sich und richtete ihre Ärmel. Ihr Gesicht nahm eine beinahe feierliche Ruhe an, und sie lächelte ihn an.

»Nun, Liebster«, sagte sie. »Du hast dein Kriegsspiel gehabt. Missgönne uns nicht unser Friedensspiel.«

Worte des Protests sprangen ihm durch den Kopf wie Hunde nach einem Fuchs: Das Duellieren war kein Spiel, es war eine Ehrensache; Maas hatte die Narbe und die Demütigung verdient, die damit einherging; ihn jetzt zu empfangen war leere Etikette, und so weiter und so fort. Clara hob eine Augenbraue und neigte den Kopf zur Seite. Seinem ganzen Gezeter wurde das Wasser abgegraben. Er lachte.

»Meine Liebste«, sagte er, »du zivilisierst mich.«

»Oh, das gewiss nicht«, erwiderte sie. »Nun kommt mit und sag etwas Nettes.«

Im Empfangszimmer gab es zahlreiche Wandbehänge. Stoffbilder von der Letzten Schlacht, mit Drachenschwingen aus Silberfaden und Drakis Sturmkrähe in Gold. Sonnenlicht drang durch ein breites Fenster aus farbigem Glas herein, das den heraldischen Greif und die Axt der Kalliam zeigte. Die Möbel waren mit die elegantesten im ganzen Haus. Feldin Maas stand in Habachtstellung an der Tür. Seine Frau mit dem dunklen Haar und dem scharf geschnittenen Gesicht schwebte ihnen entgegen, als Dawson und Clara eintraten.

»Kusine!«, rief sie und nahm Clara bei den Händen. »Ich bin so froh, dich zu sehen.«

»Ja, Phelia«, sagte Clara. »Es tut mir leid, dass wir uns immer nur begegnen, wenn unsere Jungs sich danebenbenommen haben.«

»Osterling«, sagte Feldin Maas und benutzte dabei Dawsons formelleren Titel.

»Ebbinwinkel«, entgegnete Dawson mit einer Verbeugung.

Feldin erwiderte die Verbeugung mit einer Steifheit, die zeigte, dass seine frische Wunde ihm noch zu schaffen machte.

»Oh, hört doch auf, ihr beiden«, sagte Clara im selben Augenblick, als Feldins Frau sagte: »Setzt euch und nehmt einen Schluck Wein.«

Die Männer taten wie geheißen. Nachdem sie ein paar Minuten geplaudert hatten, beugte sich Feldin herüber und sagte mit leiser Stimme: »Ich habe noch nicht gehört, ob Ihr Euch am Turnier des Königs beteiligt.«

»Natürlich. Weshalb sollte ich nicht?«

»Ich dachte, Ihr lasst Euren Söhnen vielleicht ein wenig Ruhm, alter Freund«, sagte Feldin. »Das ist alles. Ich wollte Euch nicht beleidigen. Ich glaube nicht, dass ich mir noch weitere Beleidigungen gegen Euch leisten kann. Zumindest nicht, bis ich wiederhergestellt bin.«

»Vielleicht sollten wir uns beim nächsten Mal mit Worten duellieren. Beleidigende Reime nach zehn Schritten.«

»Ach, Klingen werden genügen. Eure Reime richten mehr dauerhaften Schaden an. Euretwegen nennen die Leute Sir Lauren immer noch den Hasenritter.«

»Meinetwegen? Nein. Das hätte ich nie ohne seine Zähne und diesen lächerlichen Helm vollbringen können. Ich weiß, dass das Flügel sein sollten, aber, bei Gott, für mich haben sie wie Ohren ausgesehen«, sagte Dawson und nahm einen Schluck. »Ihr habt Euch heute gut geschlagen, mein Junge. Nicht so gut wie ich, aber Ihr seid ein Kämpfer, daran besteht kein Zweifel.«

Clara belohnte ihn mit einem Lächeln. Sie hatte recht; es war nicht so schwer, großmütig zu sein. Es lag sogar eine Art Wärme darin. Der Wein war schwer, und die Diener brachten einen Teller mit trockenem Käse und eingelegten Würstchen. Clara und ihre Kusine plauderten und berührten sich bei jeder Gelegenheit gegenseitig an Armen und Händen wie schäkernde Kinder. Es war beinahe dasselbe, nahm er an. Zuerst eine Beleidigung, dann die Gewalt und anschließend die Beruhigung. Es waren Frauen wie die ihren, die verhinderten, dass das Königreich in einem Krieg der Egos und Männlichkeit auseinanderbarst.

»Wir sind glückliche Männer«, sagte Dawson, »dass wir solche Frauen haben.«

Feldin Maas schreckte hoch, betrachtete die beiden Frauen, die tief in einer Unterhaltung darüber versunken waren, wie schwer es war, sowohl in Camnipol als auch auf dem Besitz ihrer Familien einen Haushalt zu führen, und gab ein sprödes Halblächeln zum Besten.

»Das sind wir wohl«, sagte er. »Wie lange bleibt Ihr in Camnipol?«

»Bis zum Turnier, und eine oder zwei Wochen danach. Ich will vor dem Schnee wieder zu Hause sein.«

»Ja. Nichts ist wie die Königshöhe im Winter. Ich habe gehört, dass der König darüber nachdenkt, durch die Grenzgebiete zu ziehen, nur damit er ein wenig Zeit in einem warmen Haus verbringen kann.«

»Es ist wegen der Jagd«, erklärte Dawson. »Schon seit wir Jungen waren, hat er im Winter das Jagen an den Grenzen geliebt.«

»Aber trotzdem wird er langsam zu alt dafür, meint Ihr nicht?«

»Nein. Meine ich nicht.«

»Ich verbeuge mich vor Eurer Meinung«, sagte Feldin, aber sein Lächeln war dünn und hochnäsig.

Dawson spürte, wie sein Ärger aufzuckte, und Clara musste es gesehen haben. Es gehörte offenbar auch zum Wahren des Friedens zu wissen, wann man aufhören musste, Freundschaft vorzugaukeln, ehe die Illusion verblich. Sie rief nach den Dienern, stellte ein paar Veilchen als Geschenk für ihre Kusine zusammen, und gemeinsam gingen sie in die Eingangshalle, um sich zu verabschieden. Kurz bevor er sich abwandte, runzelte Feldin Maas die Stirn und hob einen Finger.

»Ich bin mir nicht mehr sicher, mein Lord. Habt Ihr Verwandte in den Freistädten?«

»Nein«, sagte Dawson. »Nun, ich glaube, Clara hat irgendeine undurchschaubare Verbindung nach Gilea.«

»Durch Heirat«, erklärte Clara. »Nicht blutsverwandt.«

»Also nicht in Maccia. Das ist gut«, sagte Feldin Maas.

Dawsons Rückgrat versteifte sich. »Maccia? Nein«, sagte er. »Wieso? Was ist in Maccia?«

»Offensichtlich hat der Großdoge dort beschlossen, sich mit Vanai gegen seine Majestät zusammenzutun. ›Eintracht im Angesicht der Aggression‹ oder etwas dergleichen.«

Feldin wusste von der Verstärkung für Vanai. Und wenn er es wusste, wusste es auch Sir Alan Klin. Wussten sie auch, wessen Einfluss Vanai seinen neuen Verbündeten zu verdanken hatte, oder nahmen sie es nur an? Sie mussten es zumindest vermuten, denn sonst hätte Feldin es nicht erwähnt. Dawson lächelte auf eine Art und Weise, als stünde für ihn bei dieser Angelegenheit nichts auf dem Spiel.

»Eintracht unter den Freistädten? Das hört sich unwahrscheinlich an«, sagte er. »Vermutlich ist es nur ein Gerücht.«

»Ja«, erwiderte Feldin Maas. »Ja, Ihr habt sicher recht.«

Dieser hundegesichtige, pimmelschwänzige, heuchelnde Bastard eines Wiesels und einer Hure verbeugte sich und eskortierte seine Frau aus dem Haus. Als Dawson sich nicht bewegte, nahm ihn Clara bei der Hand.

»Geht es dir gut, Liebster? Du siehst gequält aus.«

»Entschuldige mich«, sagte er.

Sobald er in seiner Bibliothek war, schloss er die Türen ab, zündete die Kerzen an und zog seine Karten von den Regalen. Er hatte die Wege von Maccia nach Vanai markiert und die Straßen, die die Armee mit Sicherheit nutzen würde. Er schätzte und rechnete, während sich seine Wut wie Wellen auftürmte, die von einem Sturm aufgepeitscht wurden. Man hatte ihn verraten. Irgendwo in seiner Kette von Kontakten hatte jemand etwas verlauten lassen, und seine Pläne waren umgestoßen worden. Er hatte sich zu weit vorgewagt und stand nun entblößt da. Man hatte ihn ausgespielt. Feldin Maas. Einer der Hunde winselte und kratzte an der Tür, bis Dawson sie aufsperrte und ihn hereinließ.

Der Hund stieg auf das Sofa, zog die Hinterläufe dicht an und blickte mit ängstlichen Augen zu Dawson auf. Der Baron von Osterlingbrachen ließ sich neben dem Tier niedersinken und kraulte es hinter den Ohren. Der Hund winselte erneut und drückte Dawson den Kopf an die Hand. Einen Augenblick später erschien Clara im Eingang, die Arme verschränkt, ihr Blick so ängstlich wie der des Hundes.

»Ist etwas schiefgegangen?«

»Ein wenig, ja.«

»Gerät Jorey deswegen in Gefahr?«, fragte sie.

»Ich weiß es nicht.«

»Geraten wir deswegen in Gefahr?«

Dawson antwortete nicht, denn die Antwort lautete *ja*, und er brachte es nicht über sich zu lügen.

GEDER

NEBEL LAG ÜBER DEM TAL, weiß in der Morgensonne. Die Banner der Häuser von Antea hingen schlaff und feucht herab, ihre Farben von der schweren Luft verdunkelt und ausgewaschen. Die Welt roch nach zertrampeltem Schlamm und Kälte. Geders Pferd schüttelte den Kopf und schnaubte. Er griff mit einer behandschuhten Hand nach vorn und klopfte dem Tier auf die Schulter.

Seine Rüstung hatte einst seinem Vater gehört; der blitzende Stahl war inzwischen ein wenig trüb geworden, wo der Schmied das Metall zurechtgehämmert hatte, damit es etwas besser auf Geders Rücken passte. Die Eisenschnallen zwickten ihn sogar durch die Brigantine hindurch. Der Marsch war ein langer, ermüdender Vorgeschmack auf die Hölle gewesen. Von jenem ersten verkaterten Morgen an war er vier Tage lang geritten und marschiert, ohne mehr als zwei kurze Stunden am Stück zu rasten. Nachts legte er sich eine Decke um die Schultern und zitterte vor Kälte. Tagsüber schwitzte er. Die Armee zog die breite grüne Drachenstraße entlang, und das Trampeln der Füße auf der Jade war zunächst ein Ärgernis, dann Musik, dann eine seltsame Abart von Stille, ehe der Kreis sich schloss und es wieder zum Ärgernis wurde. Da er nur ein Pferd hatte, musste er jeden Tag auch ein paar Stunden zu Fuß bewältigen. Ein reicherer Mann hätte sich zwei oder drei, vielleicht sogar vier Pferde für den Feldzug gekauft. Und eine

Plattenrüstung, die nicht bereits vor seiner Geburt jahrzehntelang in Gebrauch gewesen war. Und ein Zelt, das die Kälte abhielt. Und, nur vielleicht, ein wenig Respekt und Würde.

Die anderen Adligen mit Grundbesitz ritten in Gruppen oder mit ihrem persönlichen Gefolge. Geder ritt mit ihnen an der Spitze der Kolonne, war aber eindeutig die Nachhut dieses Haufens. Gleich hinter ihm kamen die Vorratswagen, und dahinter die Fußsoldaten und der Begleittross, obwohl es dieser Tage nicht so viele Begleiter waren. Es sagte auch etwas aus, wenn ein Marsch zu viel Mühe machte, als dass er die Zeit einer Hure wert gewesen wäre.

Der Befehl zum Halten war letzten Abend eine Stunde vor Sonnenuntergang ergangen. Geders Knappe hatte das kleine Zelt aufgebaut, einen Blechteller mit Linsen und Käse gebracht und sich gleich darauf vor Geders Zeltklappe zu einem kleinen Dartinae-Ball zusammengerollt. Geder war auf sein Feldbett gekrochen, hatte die Augen fest geschlossen und um Schlaf gebetet. In seinen Träumen war er stetig weitermarschiert. Mit dem ersten Licht der Morgendämmerung wurde ein neuer Befehl erteilt: vorbereiten.

Seine ganze Jugend über hatte er sich diesen Tag ausgemalt. Seine erste richtige Schlacht. Er hatte sich den Gegenwind beim Vorpreschen vorgestellt, die Hitze und Geschwindigkeit des Pferdes unter sich, die wilden Schlachtrufe in seiner Kehle. Er hatte nicht an die betäubenden Stunden gedacht, die man im Sattel verbringen musste, während die Rüstung auf der Haut auskühlte und die Fußsoldaten sich formierten, die Formation verließen und sich neu formierten. Die edle Reihe von Rittern, Schwert und Lanze im Anschlag, war ein Haufen lachender Männer, die schmutzige Witze zum Besten gaben und sich beschwerten, dass das Essen entweder zu wenig oder verdorben war. Man hatte nicht das Gefühl, bei einer noblen Prüfung auf dem Schlachtfeld zu sein, sondern vielmehr beim neunten Tag einer achttägigen Jagd. Geders Rücken war ein einziger brennender Schmerz vom Hintern bis zum Schädelansatz. Seine Oberschenkel waren wund und aufgeplatzt, sein Kiefer knackte jedes Mal, wenn er gähnte, und der Geschmack in seinem Mund erinnerte an verdorbenen Käse. Sein Knappe stand an seiner Seite, mit Geders Schlachtlanze in den Händen, den Schild über den Rücken gehängt und einen erschöpften Ausdruck auf dem haarlosen Gesicht.

»Palliako!«

Geder regte sich. Sir Alan Klin ritt auf einem riesigen schwarzen Schlachtross, der Stahl seines Harnischs war rundum rot lackiert. Auf der Rüstung des Mannes glitzerten der Tau und das Silber, das in der Form von Drachenschwingen eingearbeitet war. Er hätte einer alten Kriegsballade entsprungen sein können.

»Mein Lord?«, fragte Geder.

»Ihr beteiligt Euch am Angriff im Westen. Die Späher berichten, dass dort die Söldnertruppen kämpfen, die Vanai gekauft hat; es sollte also der einfachste Kampf sein.«

Geder runzelte die Stirn. Das klang nicht richtig, aber durch die Müdigkeit ließ sich nur schwer darüber nachdenken. Söldner waren durch die Bank Berufskämpfer und Veteranen. Und dort sollten die Kämpfe *einfach* sein? Klin las in seiner Miene, beugte sich zur Seite und spuckte aus.

»Sie beschützen nicht Heim und Familie«, sagte Klin. »Folgt einfach Kalliam und versucht, mit niemandem zusammenzustoßen, solange ihr auf dem Pferd sitzt. Davon bekommt man gebrochene Knie.«

»Das weiß ich.«

Klin hob eine helle Augenbraue.

»Ich meine… ich meine, dass ich achtgeben werde, mein Lord.«

Klin schnalzte mit der Zunge, und sein schönes Schlachtross schüttelte den Kopf und wandte sich um. Geders Knappe blickte zu ihm auf. Wenn in den glühenden Augen des Dartinae Belustigung lag, war sie gut verborgen.

»Komm schon«, sagte Geder. »Bringen wir uns in Stellung.«

Und zum Teufel, Klin mochte vielleicht sogar recht haben. Vielleicht schickte er Geder und den jüngsten Sir Kalliam in den leichtesten Teil der kommenden Schlacht. Ein Ansturm, ein paar Schwertstreiche auf der einen Seite und ein paar auf der anderen, und die bezahlten Krieger würden sich ergeben, ehe es zu allzu schweren Verwundungen kam. Klin würde beweisen, wie fähig er war, wenn er all seine Ritter lebend herausbrachte, und seinen eigenen Ruhm mehren, indem er sich die wildesten Kämpfe selbst vorbehielt. Alles, um Lord Ternigan zu beeindrucken und sich unter den anderen Hauptleuten des Marschalls hervorzutun. Oder vielleicht wollte Klin, dass Geder in der Schlacht starb. Geder glaubte, dass er durchaus bereit zum Sterben war, wenn das bedeutete, dass er nicht mehr reiten musste.

Jorey Kalliam saß hoch aufgerichtet im Sattel, während er mit seinem Bannerträger sprach. Seine Plattenrüstung war aus einfachem Stahl, unverziert und elegant. Sechs weitere Ritter waren bei ihm, und ihre Knappen standen alle in der Nähe bereit. Kalliam nickte Geder ernst zu, und dieser erwiderte den Gruß.

»Kommt näher«, rief er. »Ihr alle. Zu mir.«

Die Ritter ließen ihre Pferde näher herangehen. Sir Makiyos von Ainswinkel. Sozlu Veren und sein Zwillingsbruder Sesil. Darius Sokak, der Graf von Hiren. Fallon Brut, Baron von Suderlinghöhen, und sein Sohn Daved. Alles in allem ein ziemlich trauriger Haufen. Er konnte an ihren Gesichtern erkennen, dass sie bei seiner Ankunft zu einem ähnlichen Schluss gekommen waren.

»Das Tal wird eine halbe Meile entfernt enger«, erklärte Kalliam. »Die Vanaier sind dort, und sie haben sich eingegraben. Die Späher sagen, dass die Banner hier am Westrand zu einem Söldnertrupp unter Hauptmann Karol Dannian gehören.«

»Wie viele Männer hat er?«

»Zweihundert, aber zum Großteil Schwert- und Bogenkämpfer«, sagte Kalliam.

»Herrlich«, sagte Fallon Brut, der sich über seinen bis über das fliehende Kinn hinabreichenden Schnurrbart strich. »Das sollte ausreichen, damit jeder von uns an die Reihe kommt.«

Geder war nicht sicher, ob das ein Witz sein sollte.

»Unsere Aufgabe«, sagte Kalliam, »ist es, den Rand des Tales abzuriegeln. Der Hauptvorstoß wird sich am östlichen Ende abspielen, wo Vanais Streitkräfte am dichtesten stehen. Lord Ternigan hat all seine eigenen Ritter und die Hälfte der unseren. Alles, was wir tun müssen, ist sicherzustellen, dass niemand sie umgeht. Sir Klin teilt uns drei Dutzend Mann mit Bogen und doppelt so viele mit Schwert zu. Ich habe die Bogenschützen vorausgeschickt. Auf mein Zeichen werden sie den Angriff beginnen und versuchen, ihre Kavallerie herauszulocken. Wenn wir hören, wie sie zum Angriff reiten, werden wir mit den Schwertkämpfern hinter uns dazustoßen.«

»Weshalb sind sie hier?«, fragte Geder. »Ich meine, wenn ich sie wäre, würde ich versuchen, irgendwo hinter der Mauer zu bleiben. Es zu einer Belagerung werden zu lassen.«

»Söldner kann man nicht für eine Belagerung anheuern«, sagte einer der beiden Sir Verens, und seine Worte trieften wegen dieser Frage vor Abscheu. »Der Vertrag läuft ein paar Monate lang, und Vanai kann kein Geld aufbringen, um ihn zu erneuern.«

»Zur Stadt ist es von hier aus weniger als eine Stunde zu Pferd«, sagte Kalliam, »und es gibt keinen Ort, der sich besser verteidigen lässt, bis man dort ankommt. Wenn sie Hoffnung haben, uns davon abzuhalten, Vanai zu erreichen, ist das die erste und die letzte Verteidigungslinie.«

Ein Horn erklang in der Ferne. Zweimal wurde der Ton höher und einmal tiefer. Geders Herz begann, ein wenig schneller zu schlagen. Kalliam lächelte, aber sein Blick war kalt.

»Meine Lords«, sagte Kalliam. »Ich denke, das ist das erste Signal. Wenn Ihr noch irgendwelche letzten Dinge zu erledigen habt, ist es jetzt zu spät dafür.«

Der Nebel war nicht verschwunden, aber die Sonne hatte ihn so weit fortgebrannt, dass die Landschaft deutlich vor ihnen lag. Für Geders ungeübtes Auge sah es aus wie jedes andere der kleinen Täler, die sie auf ihrem Weg durch die niedrigen, wogenden Hügel nördlich der Freistädte passiert hatten. Der Feind war eine dunkle, wimmelnde Linie, wie Ameisen vor ihrem Hügel. Die Knappen der anderen Ritter begannen mit den letzten Vorbereitungen, befestigten Schilde an Armen, reichten Lanzen mit Stahlspitzen nach oben. Geder ließ das Gleiche über sich ergehen. Der Dartinae beendete das Werk, nickte dann und bereitete seine eigenen Waffen für die Schlacht vor; leichtes Leder und ein langes, tückisches Messer. Und keine halbe Meile entfernt säuberte irgendein anderer Knappe oder niederer Soldat ein anderes Messer, das genau so tückisch war, um es Geder in die Kehle zu stoßen, wenn er die Gelegenheit dazu bekam. Das Horn erklang erneut. Nicht zum Angriff, aber um ihn anzukündigen.

»Viel Glück, mein Lord«, sagte sein Knappe. Geder nickte ungelenk in seinem Helm, wendete sein Pferd, damit es den anderen folgte, und machte sich auf den Weg in die Schlacht. Sein kleiner Wallach wieherte leise und nervös. Die Ameisen wurden größer, und die Banner des Feindes wurden sichtbar. Er sah, wo Kalliams Bogenschützen Stellung bezogen hatten, die sich hinter künstlicher Deckung aus Holz und Leder verbargen. Kalliam hob den Schild, und die Ritter hielten an. Geder versuchte sich umzudrehen, um die Schwertkämpfer hinter sich zu sehen, aber seine Rüstung ließ es nicht zu. Er machte die Augen fest zu. Es war genauso wie bei einem Turnier. Als Erstes kam der Tjost, dann ein Kampf mit Blankwaffen. Selbst ein reicher Söldnertrupp hatte wahrscheinlich keine nennenswerte schwere Kavallerie. Er würde gut durchkommen. Er musste pissen.

Die Hörner bliesen den kämpferischen Doppelton zum Angriff. Kalliam und die anderen Männer schrien und spornten ihre Pferde an. Geder tat es ihnen nach, und der müde alte Wallach, der ihn tage- und wochenlang getragen hatte, wurde zu einem Tier aus Wind. Er spürte, wie er etwas rief, aber die Welt war ein einziges Brüllen. Die Verschanzung der Schützen blitzte kurz an der Seite auf und war vorbei, und dann war der Feind da; keine Ritter oder schwere Kavallerie, sondern Pikeniere, die ihre langen Spieße einsetzten. Sir Makiyos donnerte in die Linie, brach hindurch, und Geder richtete seinen eigenen Angriff neu aus, um sich das Chaos zunutze zu machen.

Ein Pferd wieherte schrill. Geders Lanze traf einen Pikenier, beim Aufprall wurde seine Schulter zurückgerissen, und dann war er hinter der Linie und im Nahkampf. Er ließ die

Lanze fallen, zog sein Schwert und fing an, auf alles einzuschlagen, was in seine Nähe kam. Zu seiner Rechten wurde einer der Veren-Zwillinge von einem halben Dutzend schwertschwingender Söldner vom Pferd gezogen. Geder riss sein Pferd herum, auf den fallenden Ritter zu, aber dann erschienen dessen eigene Schwertkämpfer, die durch die zerschmetterte Linie strömten. Er sah seinen Knappen mit ihnen laufen, den Kopf gesenkt und das Messer bereit, aber es gab keine Männer in Plattenrüstung, die er umwerfen konnte, damit sein Dartinae sie erledigte. Die Masse der Kämpfer drängte nach Süden. Geder wandte sich wieder um, wollte einen Gegner suchen, aber die Söldner schienen sich dem Angriff nur sehr zögerlich entgegenzustemmen.

Er sah nicht, woher der Bolzen kam. Im einen Augenblick durchforstete er das Schlachtfeld nach einem guten Ziel, im nächsten hatte ein kleiner Baum in seinem Bein Wurzeln geschlagen; das dicke schwarze Holz war durch die Platte gedrungen und hatte sich ins Fleisch seines Oberschenkels gegraben. Geder ließ das Schwert fallen und schrie auf, während er in Qualen an den Bolzen griff. Etwas traf so schwer auf seinen Schild, dass er zurückwich. Ein Trommelwirbel ertönte im Süden, tief und grollend wie Donner. Der Wallach regte sich unerwartet, und Geder spürte, wie er anfing, aus dem Sattel zu rutschen. Die Hand, die ihn festhielt, gehörte Jorey Kalliam.

»Wo seid Ihr hergekommen?«, fragte Geder.

Kalliam antwortete nicht. Auf dem Gesicht des Mannes und auf seinem Schild waren Blutspritzer, aber er sah nicht verwundet aus. Sein Blick war auf die Schlacht gerichtet, oder auf etwas dahinter, und seine Züge waren wie aus Eis gemeißelt. Geder versuchte, seinen Schmerz zur Seite zu schieben, und folgte dem Blick des Jungen. Dort über dem Schlachtgetümmel tänzelten neue Banner im Wind. Die fünf blauen Kreise von Maccia.

»Verdammt«, rief Geder, »wo sind *die* hergekommen?«

»Könnt Ihr reiten?«

Geder blickte nach unten. Die helle Flanke seines Wallachs war rot von Blut, und das Rinnsal aus der Bolzenwunde in seinem Bein sah breit wie ein Fluss aus. Er umklammerte fest seinen Sattel, als ihn Schwindel erfasste. Männer konnten an Beinwunden wie dieser sterben. Er war sicher, dass er schon gehört hatte, wie Männer an Beinwunden starben. Würde er also sterben?

»Palliako!«

Er blickte auf. Die Welt schien ein wenig zu verschwimmen. Jorey Kalliams Blick löste sich von der Schlachtlinie, die nun wieder auf sie zurollte, und er sah Geder in die Augen.

»Ich bin verletzt«, sagte Geder.

»Ihr seid ein Ritter des Imperiums«, rief Kalliam, und es war kein Zorn, der seine Stimme lauter werden ließ. »Könnt Ihr reiten?«

Geder spürte, wie ein Teil der Stärke des anderen auf ihn überging. Die Welt verfestigte sich, und Geder verfestigte sich mit ihr.

»Ich kann … ich kann reiten.«

»Dann geht. Sucht Lord Ternigan. Sagt ihm, dass am westlichen Ende der Front die Banner von Maccia wehen. Sagt ihm, dass wir Unterstützung brauchen.«

»Das werde ich«, erwiderte Geder und griff nach den Zügeln. Kalliams Pferd wandte sich schnaubend dem Kampf zu, aber der junge Ritter hielt inne.

»Palliako! Geht unmittelbar zu Lord Ternigan. *Unmittelbar.*«

»Herr?«

»Nicht zu Klin.«

Ihre Blicke trafen sich einen Moment lang, und ein unausgesprochenes Einvernehmen entstand zwischen ihnen. Kalliam traute ihrem Hauptmann nicht mehr als er selbst. Erleichterung und Dankbarkeit strömten durch Geders Herz, und er war überrascht von diesen Gefühlen.

»Ich verstehe«, sagte er. »Ich werde Hilfe holen.«

Kalliam nickte, wandte sich um und stürmte ins Getümmel. Geder spornte sein Pferd an, um nach Osten über das Schlachtfeld zu reiten. Er kämpfte mit seinem Schild, den er abwerfen wollte, aber die Finger in den Handschuhen und das Rütteln des Pferdes machten Leder und Schnallen unhandlich. Schließlich schaffte er es, den Arm zu befreien, und beugte sich vor, um das Tier noch mehr anzutreiben. Vor einer Stunde war das Tal voller Gras und Herbstblumen gewesen. Jetzt bestand es aus aufgewühltem Schlamm und dem Gebrüll kämpfender Männer.

Geder blinzelte. Der Nebel war nun fort, aber die nassen Banner waren immer noch dunkel und klebten an ihren Stangen. Er musste das Gold und Purpur des Hauses Ternigan finden. Er musste es jetzt finden. Um ihn herum lagen Männer im Matsch, tot oder verwundet. Die Schreie von Soldaten und Pferden zerrissen die Luft. Aber das Banner des Marschalls des Königs war nirgends zu sehen.

Geder stieß Flüche aus, ließ seinen Blick von hier nach dort schweifen. Ihm war kalt. Das blutende Bein war schwer, und das Blut hatte die Brigantine ebenso rasch durchtränkt, wie die Kraft aus seinem Fleisch gewichen war. Jede Minute, die verstrich, ließ es unwahrscheinlicher werden, dass Kalliam und die anderen überlebten, und seine Sicht fing an, an den Rändern golden und dunkel zu flattern. Er versuchte, sich in den Steigbügeln höher aufzurichten, aber sein verletztes Bein konnte ihn nicht stützen. Er trieb sein Pferd weiter. Da waren die Banner von Flor und Flusshof, Metzhalm und Klin …

Klin. Dort, keine fünfzig Schritt von seinem Standort, wehte das Banner von Sir Alan Klin nass und schlaff über einem Knäuel Kämpfender. Und dort zwischen ihnen war das riesige schwarze Schlachtross mit dem roten Harnisch. Geder zuckte zusammen. Wenn er sich irrte, wenn Klin *nicht* vorgehabt hatte, sie auf die Schlachtbank zu schicken, dann war dort Hilfe. Gleich dort. Aber wenn es absichtlich geschehen war und Geder nun zu ihm ging, waren Kalliam und die anderen tot. Er ritt weiter. Sein Bein war taub. Sein Mund trocken. Dort, die Banner von Estinfurt, Corenhall, Dannick.

Ternigan.

Er gab seinem Pferd die Sporen, und der Wallach sprang vorwärts, lief auf das Gewimmel der Schlacht zu, die um das Banner tobte. Er verfluchte Ternigan dafür, dass er den Angriff anführte, statt zurückzubleiben und die Schlacht aus dem Hintergrund zu lenken. Er verfluchte Sir Alan Klin dafür, dass er ihn und Kalliam in die Falle des Feindes geschickt hatte. Er verfluchte sich selbst dafür, dass er seinen Schild abgenommen hatte und dass er verwundet worden war und dass er sich nicht schneller bewegte. Ein feindlicher Schwertkämpfer reckte sich aus dem Matsch zu ihm hoch, und Geder ritt ihn nieder. Er roch Kiefernrauch. Irgendwo brannte etwas. Der Wallach unter ihm bebte erschöpft. Er entschuldigte sich lautlos bei dem Tier und gab ihm abermals die Sporen.

Er brach durch die Reihe der Kämpfenden wie ein Stein, der in ein Fenster geworfen wird. Schwertkämpfer zerstreuten sich vor ihm, genauso viele aus Antea wie aus Vanai. Zehn Fuß vom Bannerträger entfernt stand Lord Ternigan hoch aufgerichtet im Sattel; das Schwert glänzte in seiner Hand, und Soldaten, die fünf Mann tief gestaffelt waren, hielten den Feind davon ab, zu ihm zu gelangen.

»Lord Ternigan!«, rief Geder. »Ternigan!«

Das Brüllen der Schlacht übertönte ihn. Der Marschall bewegte sich vorwärts, auf die Front zu, wo die Schlacht am wildesten tobte. Ein tiefroter Zorn verfinsterte Geders Blickfeld. Kalliam und die anderen kämpften – starben – für diesen Mann. Das Mindeste, was dieser Bastard tun konnte, war, dem ein wenig Aufmerksamkeit zu zollen. Er drängte sein bebendes Tier vorwärts, wuchtete sich mit grober Entschlossenheit durch die Garde des Marschalls. Das Schlachtfeld verengte sich zu dem einen Lord auf seinem Ross. Die Ränder von Geders Sicht zogen sich zusammen, als würde er durch einen Tunnel reiten, der in die Welt hinausführte. Als er bis auf drei Schritt herangekommen war, rief er noch einmal.

»Maccia, mein Lord Ternigan. Maccia ist am westlichen Ende aufgetaucht, und sie metzeln uns nieder!«

Diesmal hörte es der Marschall. Sein Kopf zuckte zu Geder herum, die edle Stirn in Falten gelegt. Geder winkte mit den Armen und deutete nach Westen. *Schaut nicht mich an. Schaut Maccia an.*

»Wer seid Ihr?«, fragte Lord Ternigan. Seine Stimme war so tief wie eine Trommel und hallte ein wenig. Die Welt um ihn herum wirkte stiller, als sie es hätte sein sollen.

»Sir Geder Palliako. Jorey Kalliam hat mich geschickt. Am Westende sind nicht nur Söldner, mein Lord. Maccia ist dort. Wir können sie nicht aufhalten. Kalliam … Kalliam hat mich geschickt. Ihr müsst ihm helfen.«

Ternigan rief etwas über die Schulter, und die Hörner ertönten erneut, ganz nah und mächtig, als würde man einen

Faustschlag auf den Kiefer erhalten. Geder öffnete die Augen wieder, überrascht, dass er sie geschlossen hatte. Um ihn herum bewegten sich Männer. Ritter preschten an ihm vorbei, strömten nach Westen. Zumindest nahm er an, dass es Westen war. Lord Ternigan war neben ihm, hatte ihn fest am Ellbogen gepackt.

»Könnt Ihr kämpfen?«, fragte der Marschall des Königreichs von Antea wie aus großer Entfernung.

»Ja«, sagte Geder und wandte sich im Sattel um. Sein Fuß, glitschig vom Blut, glitt aus dem Steigbügel. Aufgewühlter Schlamm kam ihm entgegen, aber die Welt wurde schwarz, ehe er ihn erreichte.

Marcus

Zum Mittagessen hielt die Karawane auf einer Lichtung mit einem breiten, langsam fließenden Bach. Der dünne Junge, Mikel, saß auf dem umgefallenen Baumstamm neben Yardem. Wie der Tralgu trug er seine Lederrüstung am Hals offen. Sie beugten sich beide über ihre Teller mit Bohnen und Wurst. Die Schulterhaltung des Jungen wirkte, als wäre er durch Muskeln behindert, die er nicht besaß, und seinen Bewegungen wohnte eine langsame, beiläufige Kraft inne, die nicht seiner Statur entsprach. Yardem neigte den Kopf ein wenig nach unten, um Mikel anzusehen. Mit der gleichen Ernsthaftigkeit legte der Junge den Kopf zurück.

»Hauptmann«, sagte Yardem, die Ohren fest angelegt. »Sorgt dafür, dass er aufhört.«

Marcus, der im Schneidersitz auf dem Boden saß, unterdrückte ein Lächeln. »Womit aufhört?«

»Er macht das jetzt schon seit Tagen, Herr.«

»Einen Soldaten spielen, meinst du?«

»*Mich* spielen«, sagte Yardem.

Mikel erzeugte ein tiefes Grollen in der Kehle. Marcus musste husten, um sein Lachen zu verbergen.

»Wir haben diese Leute angeheuert, damit sie als Wachen auftreten«, sagte Marcus. »Jetzt treten sie als Wachen auf. Es ist nur natürlich, dass sie sich in den Details nach uns richten.«

Yardem brummte und wandte sich um, um den Jungen anzusehen. Als dieser ihm in die Augen blickte, zuckte der Tralgu absichtlich mit dem Ohr.

Der Wald um sie herum bestand inzwischen aus Eichen und Eschen, und die Bäume waren mehr als zehn Männer hoch. Ein Buschfeuer war innerhalb der letzten Jahre durchgezogen, hatte die Rinde angesengt und das Unterholz abgebrannt, ohne je das ausladende Blätterdach darüber zu erreichen. Marcus konnte sich vorstellen, wie der Rauch durch die grünen Sommerblätter aufgestiegen war. Nun war das Laub neben der Straße feucht, die gefallenen Blätter waren schwarz verschimmelt und schickten sich an, zum Erdboden für das Wachstum des nächsten Jahres zu werden. Nur die Blätter auf der Straße selbst waren trocken. Am östlichen Ende der Lichtung stand, halb von einer riesigen Eiche begraben, ein steinerner König der Südlinge in Schlachtrüstung, mit weit aufgerissenen Augen und einer sechszackigen Krone. Die alte Rinde hatte die Hälfte des ernsten Gesichts verschlungen, und die Wurzeln hatten die breite Standfläche teilweise angehoben. Ranken hingen über die Steinschultern herab. Marcus wusste nicht, woran dieses Denkmal hatte erinnern sollen.

Seit einer knappen Woche kam die Karawane gut voran. Auf der Straße war viel los, und die örtlichen Bauern hielten sie zum Großteil sauber, aber sie waren dennoch mehrere Meilen auf einem Weg gefahren, der mit frisch gefallenen Blättern bedeckt gewesen war. Das Rascheln der Pferdehufe und das Knarren der Wagenräder hatten ausgereicht, um jegliche Unterhaltung zu übertönen. Für einen religiösen Menschen war der Karawanenmeister ganz in Ordnung. Meistens konnte Marcus die Schriften ignorieren, aus denen während des Abendessens vorgelesen wurde. Wenn der Timzinae zufällig etwas aussuchte, das besonders schwer zu ertragen war – Predigten über Familie oder Kinder oder die Beteuerungen, dass Gott gerecht war, oder etwas anderes, das zu stark an das rührte, was seiner Frau und seiner Tochter geschehen war –, aß Marcus schnell auf und unternahm einen langen, einsamen Spaziergang, bei dem er auf der Straße ein Stück vorauslief. Kundschaften nannte er es, und der Karawanenmeister nahm es ihm nicht übel. Andere Reisende hatten sich der Karawane angeschlossen und die Gemeinschaft wieder verlassen, ohne dass mehr als ein Blick von Yardem oder ihm nötig gewesen wäre, um den Frieden zu wahren. Abgesehen davon, dass sie noch nicht einmal ein Viertel des Weges zum Pass geschafft hatten, der die Grenze zu Birancour darstellte, verlief der Auftrag besser als erwartet.

Marcus kaute langsam auf dem letzten Stück seiner Wurst. Das Dutzend Wagen füllte die halbe Lichtung; Pferde und Maultiere hatten Futtersäcke über dem Maul, wenn sie nicht gerade zum Bach und wieder zurück geführt wurden, um zu trinken. Die Fuhrleute wussten zum Großteil, was sie taten. Der alte Mann, der das Zinnerz fuhr, war ein bisschen taub, und der Junge mit dem hohen Karren voller Wollstoff war entweder neu im Geschäft oder ein Schwachkopf oder beides, aber das waren die Schlimmsten. Und seine Schauspielertruppe machte sich wunderbar. Wenn er zu den Bäumen schaute und gar nicht auf die Leute achtete, konnte er die Wachen trotzdem noch an den Rändern seines Sichtfelds ausmachen, allein daran, wie selbstbewusst sie sich bewegten.

Am Rand der Straße stand die Langhaarige, Cary, mit verschränkten Armen und einem riesigen Bogen aus Horn und Sehne, den sie sich über den Rücken gehängt hatte. Vermutlich hätte sie das verdammte Ding nicht einmal spannen können, aber sie trug ihn, als wäre er ihr jahrelanger Begleiter. Sandr, der junge Hauptdarsteller, ging zwischen den Karren herum, den Kopf hoch erhoben und die Stirn gerunzelt. Er hatte den Fuhrleuten Geschichten darüber erzählt, wie er sich einen Fuß bei einem Turnier in Antea gebrochen hatte, und er war mit der Geschichte so vertraut geworden, dass er sich ein kaum sichtbares Hinken dazu angewöhnt hatte. Und dann saß da, neben der dicken Frau des Karawanenmeisters, sein Kundiger, Meister Kit, ohne den Yardem in diesem Augenblick vergeblich darum kämpfen würde, den Fall Vanais aufzuhalten. Ohne den Marcus im Gefängnis säße oder tot wäre.

Der Pfiff des Karawanenmeisters holte Marcus zurück zu sich selbst, und er blinzelte in den kleinen Ausschnitt des Himmels mit hoch oben treibenden weißen Wolken hinauf, der durch die Baumkronen über ihnen sichtbar war. In den Schatten eines Waldes ließ sich die Zeit schlechter schätzen, aber er nahm an, dass die Mahlzeit zu lange gedauert hatte. Nun, sein Vertrag besagte, dass er sie alle sicher nach Carse bringen sollte. Es war nicht seine Sache, ob sie es rechtzeitig erreichten. Marcus säuberte seinen Teller mit einer Brotrinde und richtete sich langsam auf.

»Ende oder Spitze?«, fragte Yardem.

»Ich nehme die Spitze«, sagte Marcus.

Der Tralgu nickte und trottete auf den Wagen des Eisenhändlers zu, der das Schlusslicht der Karawane bildete. Er würde als Letzter aufbrechen. Marcus überprüfte sein Schwert und seine Rüstung nach alter Angewohnheit mit der gleichen Sorgfalt, die er aufbrachte, bevor er in die Schlacht zog, und ging zu dem hohen, breiten Futterwagen des Karawanenmeisters. Er stieg zu der Frau des Meisters hinauf, um während des nachmittäglichen Reiseabschnitts neben ihr zu sitzen. Die

Timzinae nickte ihm zu und blinzelte, um ihre Innenlider zu säubern.

»Das war eine gute Mahlzeit, Madam«, sagte Marcus.

»Das ist sehr freundlich von Euch, Hauptmann.«

Da ihre Unterhaltung damit beendet war, rief sie ihren Pferden etwas zu und ließ die Peitsche leicht auf Schultern und Flanken schnalzen, um sie zu lenken. Der Wagen schlingerte nach vorn auf die Straße und dann nach Westen. Als sie wieder unter die tiefen Schatten zogen, fragte sich Marcus, ob Vanai bereits gefallen war, und wenn nicht, wie viele Tage der Stadt noch blieben. Nicht viele. Noch etwas, das nicht seine Sache war.

Die Einteilung der Wachen war ganz einfach. Nachhut und Spitze bestritten Yardem oder Marcus. Meister Kit fuhr auf seinem eigenen Wagen in der Mitte der Karawane; die grellen Farben des Theaters waren mit Stoff verhängt. Die anderen ritten zu dritt seitlich neben den Karren, den Blick auf die Bäume gerichtet. Wenn irgendjemand etwas Verdächtiges sah, würde er rufen, und Yardem oder Marcus würden losziehen und einen Blick darauf werfen. Im Verlauf einer Woche hatte nur ein einziges Mal jemand gerufen, nämlich Smit, der Mann mit den zahlreichen Rollen, der sich mit Geschichten über Banden von wilden Dartinae-Meuchelmördern selbst Angst eingejagt hatte. Marcus kniff die Augen zu Schlitzen zusammen, den Rücken an das harte Holz des Kutschbocks gelehnt. Die Welt roch nach faulenden Blättern und aufziehendem Unwetter, aber er konnte nicht entscheiden, ob es sich um Regen oder Schnee handeln würde.

Die Straße verlief in einer engen Kurve um den Fuß eines dicht bewaldeten Hügels. Ein Baum war über die Straße gefallen, am unteren Ende noch weiß, wo die Axt ihn gefällt hatte.

Marcus spürte, wie sein Körper sich anspannte, beinahe bevor er wusste, weshalb.

»Lasst anhalten«, sagte er.

Noch ehe die Timzinae nach dem Grund fragen konnte, riefen sowohl Smit als auch Sandr und Opal. Marcus wandte sich um, um auf den Wagen hinaufzuklettern. Es hätte keine Banditen geben sollen. Nichts, was sie hatten, war einen Raub wert. Die weiße Stute des Karawanenmeisters preschte an den Wagen vorbei nach vorn. Marcus sah vier Gestalten in Leder und leichter Kettenrüstung unter den Bäumen hervortreten, die Bögen bereit. Sie hatten Kapuzen, die ihre Gesichter verbargen, aber angesichts ihrer breiten Statur nahm Marcus an, dass sie Jasuru oder Kurtadam waren. Wenn vier deutlich sichtbar waren, hieß das vielleicht, dass die Banditen ihnen etwas vormachten. Oder dass noch ein Dutzend weitere unter den Bäumen standen.

Zumindest hatten sie sich nicht mit einem Pfeil vorgestellt.

»Hai!«, rief eine raue Stimme von der Straße weiter vorn. »Wer ist Euer Sprecher?«

Vier Männer auf Pferden waren vor der gefällten Eiche aufgetaucht. Drei davon waren entweder ungepflegte Cinnae oder schrecklich unterernährte Erstgeborene, die auf Kleppern ritten, aber der an der Spitze saß auf einem grauen Hengst mit vermutlich gutem Stammbaum und echter Kraft in den Beinen. Er trug eine Brustplatte aus Stahl und eine Kettenrüstung, sein Bogen war aus Horn, sein Schwert auf südländische Art gekrümmt, und sein Gesicht hatte den breiten, grobknochigen Kiefer und die Bronzeschuppen eines Jasuru.

Der Timzinae, der die Karawane führte, brachte seine Stute vor dem Gespann des Vorratswagens zum Stehen.

»Ich spreche für diese Karawane«, rief er. »Was hat das zu bedeuten?«

Marcus dachte fieberhaft nach. Er konnte acht Männer sehen. Die Hälfte davon war beritten. Er hatte acht Männer, sechs davon auf Pferden. Es war ein verdammt kleiner Vorteil, und wenn es zum Nahkampf kam, würden sie keine fünf Atemzüge lang durchhalten. Er hoffte, der Timzinae würde die Banditen nicht zu sehr bedrängen.

»Ich bin Ritterlord Tierentois«, sagte der Hauptmann der Banditen mit lauter Stimme. »Ihr reist auf meiner Straße, und ich bin gekommen, um den mir zustehenden Tribut einzufordern.«

Marcus glitt wieder hinab auf den Kutschbock, verdrehte die Augen und spürte die Anspannung in seinen Eingeweiden. Der Reiter mochte ein Schwindler und Angeber sein, aber er hatte Männer mit Schwert und Bogen.

»Wir sind auf den Drachenstraßen«, rief der Karawanenmeister. »Und Ihr seid ein schwachköpfiger Dieb in gestohlener Rüstung. In Birancour gibt es keine Jasuru-Ritter.«

Nun, das war nicht so diplomatisch, wie Marcus es sich erhofft hatte. Das Lachen des Banditenhauptmanns war herzhaft und falsch. Marcus legte die Hand auf den Schwertgriff und versuchte, sich einen Weg aus diesem Dilemma einfallen zu lassen, der mit den wenigsten Toten endete. Wenn die Schauspieler auf die Bogenschützen an den Seiten der Karawane zustürmten, machten sie ihnen vielleicht genug Angst, dass sie wegliefen. Was nur vier Reiter für ihn übrig ließ. Yardem erschien an seiner Seite, still wie ein Schatten. Der Tralgu hielt seinen Bogen in den Händen. Also zwei Reiter für jeden. Wenn es nicht noch weitere unter den Bäumen gab.

»Der Tag, an dem du meuterst und den Trupp übernimmst?«, murmelte Marcus.

»Nicht heute, Herr.«

Der Karawanenmeister brüllte inzwischen, und das Gesicht des falschen Ritters nahm den grünlichen Bronzeton an, der bei den Jasuru Wut verhieß. Marcus ließ sich vom Wagen herabgleiten und trat vor. Der Mann auf dem Pferd schien ihn nicht wahrzunehmen, bis er beinahe gleichauf mit der Stute des Karawanenmeisters war.

»Wie viel wollt Ihr?«, fragte Marcus.

Sowohl der Timzinae als auch der Jasuru wandten sich um, um gleichermaßen erzürnt auf ihn herabzustarren.

»Entschuldigt, dass ich Eure feinsinnige und lebhafte Unterhaltung unterbreche, aber wie viel wollt Ihr?«

»Ihr solltet mir etwas Respekt entgegenbringen, Junge«, sagte der Jasuru.

»Wie viel wollt Ihr, *mein Lord*«, sagte Marcus. »Denn wenn Ihr Euch die Karawane hier anschauen möchtet, wir haben nicht viel. Wenn Eure Lordschaft und die edlen Begleiter seiner Lordschaft nicht willens sind, den Tribut auch in Zinnerz und Eisen entgegenzunehmen, gibt es vielleicht nicht besonders viel, was wir anbieten können.«

»Sprecht nicht für mich«, zischte der Timzinae.

»Bringt uns nicht um«, erwiderte Marcus genauso leise.

»Und wer seid Ihr, Erstgeborener?«, fragte der Jasuru.

»Marcus Wester. Ich bin der Wachhauptmann dieser Karawane.«

Das Gelächter war diesmal weniger gezwungen, und die Männer auf den Pferden fielen mit ein. Der Jasuru schüttelte den breiten Kopf und grinste. Seine Zunge war schwarz, und die Zähne nadelspitz.

»Ihr seid Marcus Wester?«

»Ja.«

»Ah. Und ich nehme an, der dahinten ist der von den Toten

zurückgekehrte Lord Harton. Ich sage Euch was, dann bin ich Drakis Sturmkrähe.«

»Auch nicht unwahrscheinlicher als Ritterlord Wie-auch-immer«, sagte der Karawanenmeister.

Marcus schenkte ihm keine Beachtung. »Dann habt Ihr von mir gehört.«

»Ich war bei Wodfurt, und ich habe es satt, beleidigt zu werden«, sagte der Jasuru. »Euer ganzes Geld. Eure ganzen Vorräte. Die Hälfte Eurer Frauen. Und Ihr Übrigen könnt zurück nach Vanai kriechen.«

»Fresst Scheiße«, sagte der Karawanenmeister.

Der Jasuru griff nach seinem Schwert, und eine neue Stimme dröhnte hinter ihnen.

»Wir. Kommen. Vorbei.«

Meister Kit stand oben auf dem Futterwagen. Die schwarzen und violetten Roben von Orcus dem Dämonenkönig kleideten ihn wie verfestigte Schatten, und er hielt einen Stab mit einem Schädel an der Spitze. Als der Schauspieler abermals sprach, trug seine Stimme bis zu ihnen allen, als käme sie aus der düsteren Luft.

»Mein Schutz liegt auf diesen Leuten. Ihr könnt Ihnen nichts anhaben.«

»Was zur süßen Hölle ist das?«, fragte der Jasuru, aber in seiner Stimme schwang Besorgnis mit.

»Ihr könnt uns nichts anhaben«, sagte Meister Kit. »Eure Pfeile werden uns meiden. Eure Schwerter werden unsere Haut nicht durchdringen. Ihr habt hier keine Macht.«

Marcus wandte sich wieder dem Jasuru zu. Verwirrung und Nervosität verfinsterten das Gesicht des Banditen.

»Das ist doch Scheiße«, sagte einer der drei hinter ihm, aber seiner Stimme fehlte es an Überzeugungskraft.

»Wer ist das?«, fragte der Jasuru.

»Mein Kundiger«, sagte Marcus.

»*Hört mich an*«, rief Meister Kit, und der Wald selbst schien leiser zu werden. »Die Bäume stehen mit uns im Bunde, und die Schatten der Eichen schützen uns. Ihr könnt uns nichts anhaben, Junge. Und wir *kommen* vorbei.«

Ein Schauer lief Marcus über den Rücken. Er konnte sehen, dass Orcus der Dämonenkönig eine ähnliche Wirkung auf die Banditen hatte. Er spürte einen kleinen, zögerlichen Hoffnungsschimmer. Der Jasuru zog den Bogen aus seiner Halterung und legte einen Pfeil an die Sehne.

»Sag das noch einmal, du Bastard!«, rief der Banditenhauptmann.

Selbst in der Düsternis sah Marcus Meister Kit lächeln. Der Schauspieler hob die Arme, und die dunklen Falten seines Kostüms schienen sich ohne sein Zutun zu schlängeln, ganz genauso wie bei der Aufführung in Vanai. Es hatte etwas mit unregelmäßigen Nähten zu tun, aber durch Meister Kits Grabesstimme und seine herausfordernde Haltung war die Wirkung beunruhigend. Meister Kit erhob erneut die Stimme, langsam und deutlich und vollkommen zuversichtlich.

»Ihr könnt mir nichts anhaben. Euer Pfeil wird fehlgehen.«

Der Jasuru verzog das Gesicht und spannte die Sehne. Der Hornbogen ächzte.

Nun, dachte Marcus, *einen Versuch war es wert.* Und dann, eine Sekunde später: *Gottverdammt. Er* wird *fehlgehen.*

Der Pfeil sauste durch die Düsternis. Meister Kit zuckte nicht, als der Schaft an seinem Ohr vorbeiflog. Der Jasuru leckte sich mit einer breiten schwarzen Zunge über die Lippen. Sein Blick wanderte von Marcus zu Meister Kit und wieder zurück. Nun lag echte Furcht darin.

»Und, nebenbei bemerkt, bin ich *wirklich* Marcus Wester.«

Die Stille dauerte insgesamt vier Atemzüge an, ehe der Jasuru sein Pferd seitwärts wandte und den Arm hob. »Hier gibt es nichts zu holen, Jungs«, rief der Bandit. »Die kleinen Scheißer sind die Mühe nicht wert.«

Die Reiter verschwanden im Wald. Marcus stand auf der Straße, lauschte ihren leiser werdenden Hufschlägen und begriff, dass er heute doch nicht sterben würde. Er faltete die Hände hinter dem Rücken, um das Zittern zu unterdrücken, und blickte zum Karawanenmeister auf. Der Timzinae bebte ebenfalls. Zumindest war Marcus nicht der Einzige. Er trat an den Rand der Straße und sah, dass auch die Bogenschützen am Waldsaum verschwunden waren.

Yardem trat zu ihm. »Das war merkwürdig«, sagte der Tralgu.

»War es«, erwiderte Marcus. »Wir haben wohl keine Seilwinde? Wir werden diesen Baum beiseiteschaffen müssen.«

An diesem Abend kochte die Frau des Karawanenmeisters Fleisch. Keine Würste, kein gepökeltes Schwein, sondern ein frisch geschlachtetes Lamm, das der Karawanenmeister auf einem Hof am Waldrand gekauft hatte. Das Fleisch war dunkel und saftig, mit Rosinen und scharfer gelber Sauce gewürzt. Die Fuhrleute und der Großteil von Marcus' Wachen saßen um ein prasselndes Lagerfeuer am Rande der Straße. Alle bis auf den Jungen mit der Wolle, Tak, der niemals mit irgendwem zu essen schien. Und an einem zweiten Feuer abseits von all den anderen aß Marcus mit Meister Kit.

»So habe ich mir meinen Lebensunterhalt verdient, seit … nun, nicht schon seit der Zeit, bevor *Ihr* geboren wurdet, nehme ich an«, sagte der Schauspieler. »Ich stehe vor Leuten, gewöhnlich auf einem Wagen, und überzeuge sie von Dingen. Ich sage ihnen, dass ich ein gefallener König oder ein schiffbrüchiger Seemann an einer fremden Küste bin. Ich gehe davon aus, dass sie wissen, dass das nicht stimmt, aber ich sehe meine Aufgabe darin, es sie glauben zu machen, selbst wenn sie es besser wissen.«

»Das war es also, was Ihr dort hinten getan habt?«, fragte Marcus. »Ihr habt dem Bastard mit dem Bogen sein Selbstbewusstsein ausgeredet? Es war keine Magie?«

»Ich glaube, wenn man einen Menschen dazu überredet, an sein eigenes Scheitern zu glauben, kommt das der Magie nahe genug. Meint Ihr nicht?«

»Eigentlich nicht, nein.«

»Nun, dann sind wir in diesem Punkt vielleicht unterschiedlicher Ansicht. Noch etwas Wein?«

Marcus nahm den dargebotenen Weinschlauch und ließ sich den Wein mit dem fruchtig-frischen Geschmack in den Mund laufen. Im Licht der beiden Feuer – dem kleinen nahe bei ihren Knien und dem großen fünfzehn Schritt entfernt – hefteten sich Schatten an die Wangen des alten Schauspielers und glitten in seine Augenhöhlen.

»Hauptmann. Wenn es Euch irgendwie tröstet, schwöre ich Euch Folgendes: Ich kann sehr überzeugend sein, und ich kann erkennen, wenn jemand versucht, mich zu überzeugen. Das ist alle Magie, über die ich verfüge.«

»Wollen wir darauf die Daumen ritzen?«, fragte Marcus, und Meister Kit lachte.

»Lieber nicht. Wenn ich Blut auf die Kostüme bringe, bekommt man es nur schwer wieder heraus. Aber was ist mit Euch? Was genau habt *Ihr* vorgehabt, als Ihr dem Mann einfach so entgegengetreten seid?«

Marcus zuckte mit den Schultern. »Ich habe nichts vorgehabt. Nichts Bestimmtes«, sagte er. »Ich habe mir nur gedacht, dass der Karawanenmeister es schlecht anpackt.«

»Hättet Ihr gekämpft?«, fragte Meister Kit. »Wenn Schwerter und Pfeile zum Einsatz gekommen wären?«

»Natürlich«, sagte Marcus. »Vermutlich nicht sehr lange, wenn man unsere Erfolgsaussichten betrachtet, aber ich hätte gekämpft. Yardem auch, und wie ich hoffe, Eure Leute mit uns. Dafür bezahlen sie uns.«

»Auch wenn Ihr wisst, dass wir nicht hätten gewinnen können?«

»Trotzdem.«

Meister Kit nickte. Marcus glaubte, dass sich ein Lächeln in den Mundwinkeln des Schauspielers verbarg, aber im flackernden Licht konnte er es nicht sicher sagen. Es hätte auch etwas anderes sein können.

»Ich will anfangen, Eure Leute auszubilden«, erklärte Marcus. »Eine Stunde, ehe wir am Morgen losreiten, und eine, nachdem wir anhalten. Wir können nicht viel tun, aber sie sollten mehr über ein Schwert wissen, nicht nur, an welchem Ende man es nimmt.«

»Das halte ich für klug«, sagte Meister Kit.

Marcus blickte zum Himmel empor. Die Sterne leuchteten wie Schnee, und der Mond, der eben aufgegangen war, sandte lange, bleiche Schatten über die Erde. Der Wald lag hinter ihnen, aber die Luft roch immer noch nach einem Wetterumschwung. Regen, befand Marcus. Es würde ziemlich sicher auf Regen hinauslaufen. Meister Kit kaute nachdenklich auf seinem Lamm, den Blick auf das kleine Feuer gerichtet.

»Macht Euch keine Sorgen«, sagte Marcus. »Wir haben den größten Aufruhr hinter uns.«

Meister Kit blickte nicht auf, schenkte sein höfliches Lächeln stattdessen den Flammen. Einen Moment lang dachte Marcus, der Alte würde nichts sagen. Als er dann sprach, war seine Stimme leise und klang wie aus weiter Ferne.

»Vermutlich«, sagte Meister Kit.

GEDER

GEDER HATTE SICH VANAI viel mehr wie Camnipol oder Estinhaven vorgestellt: eine große Stadt aus Stein und Jade. Die dicht stehenden Holzgebäude und breiten Kanäle fühlten sich kleiner an, als er erwartet hatte, aber auch weitläufiger. Selbst der Große Platz der eroberten Stadt war klein, wenn man ihn mit dem weiten Anger von Camnipol verglich, und in den reichsten Teilen von Vanai drängten sich menschliche Behausungen so dicht wie in den besseren Elendsvierteln zu Hause. Camnipol war eine Stadt. Vanai war ein kindliches Spielhaus aus überschüssigem Holz, das ein wenig über sich hinausgewachsen war. Auf seine Weise war es schön, seltsam, fremd und unglaublich. Er war sich nicht ganz sicher, ob er es mochte.

Er humpelte durch die vom Regen verdunkelten Straßen des besetzten Vanai, wobei er sich bei jedem Schritt auf einen Gehstock aus Schwarzholz und Silber stützte. Lord Ternigans Ansprache begann bald, und wenn auch seine Verletzung seine Abwesenheit entschuldigen würde, so hatte Geder doch bereits zu viel verpasst. Die Aussicht war schlimm genug, nach Hause zurückzukehren, um seinen Vater mit Geschichten darüber zu erfreuen, wie er in der Schlacht zusammengebrochen war und die zweitägige Plünderung mit einem Kundigen verbracht hatte, der sich um sein Bein kümmerte.

Der Kanal am Ostrand des beschaulichen Großen Platzes war mit Herbstblättern verstopft, die die Oberfläche des dunklen Wassers in Gold, Rot und Gelb neu erstrahlen ließen. Während Geder hinsah, tauchte eine Schildkröte von unten empor und streckte ihren schwarzen Kopf übers Wasser. Ein einzelnes leuchtend rotes Blatt blieb an ihrem Panzer hängen. Die Schildkröte paddelte würdevoll an etwas vorbei, das erst wie ein Baumstamm aussah, aber eigentlich ein Leichnam war, der die durchnässten Farben des vormaligen Fürsten trug: ein Soldat von Vanai, der in einem Karren vom Schlachtfeld herbeigeschleppt und als Nachricht an die Einheimischen in den Kanal geworfen worden war. Weitere Leichen hingen an den Bäumen in den Parks und in den Säulengängen. Sie lagen auf den Treppen der Paläste und auf den Märkten und dem Platz mit dem öffentlichen Kerker, wo der ehemalige Fürst nun vor seinen Untertanen speiste, kackte und zitterte. Der Geruch nach verfaulendem Fleisch wurde nur durch das kühle Wetter im Zaum gehalten.

Sobald der Fürst ins Exil ging, würde man die Toten einsammeln und verbrennen. Einst waren es Menschen gewesen. Nun waren sie eine politische Skulptur.

»Palliako!«

Geder blickte auf. Auf halbem Weg über den Großen Platz verzog Jorey Kalliam das Gesicht und winkte ihn näher. Geder wandte sich von Schildkröte und Leichnam ab und humpelte mannhaft über das Pflaster. Die Edlen von Antea standen bereit und warteten nur auf ein paar Nachzügler wie ihn. Vor ihnen, auf dem nackten Boden, saßen die Würdenträger der Stadt, die verschont geblieben waren. Timzinae-Händler, Handwerker von den Erstgeborenen und pragmatische Adlige. Sie trugen ihre eigenen Kleider – ein Großteil davon in auffallend imperialem Schnitt – und verhielten sich eher wie die höflichen Teilnehmer an einer religiösen Zeremonie und nicht wie Erniedrigte und Eroberte. Sodai Carvenallin, der Sekretär von Lord Ternigan, stand allein auf dem steinernen Podest, zu dem sie alle schauten, und blickte mit verschränkten Armen nach vorn. Geder hatte seit der Nacht, als sie sich zusammen betrunken hatten, kein Wort mit dem Mann wechseln können. Der Nacht, in der Klin sein Buch verbrannt hatte. Geder schüttelte die Erinnerung ab und nahm seinen Platz ein.

Er versuchte, die neue Pracht um sich herum nicht zu beachten, aber es war unmöglich. Sir Gospey Allintots Umhang war mit einer Brosche aus fein gearbeitetem Silber mit einem funkelnden Rubin geschlossen. Sozlu Veren trug sein Schwert in einer Scheide aus Drachenjade und vergilbtem Elfenbein, die vielleicht vor tausend Jahren gefertigt worden war. Eine Goldkette lag um Jorey Kalliams Hals, die aussah, als wäre sie mehr wert als die Monatspacht aus allen Besitztümern Bruchhalms. Ihre Kleider waren frisch gewaschen, und ihre Stiefel glänzten sogar im grauen, verhangenen Licht. Die adligen Krieger von Antea stellten ihre Eroberung mit Stolz zur Schau. Geder blickte auf seinen kleinen Gehstock hinab. Er kam von seinen Besitztümern einer Kriegsbeute am nächsten, und er versuchte, stolz darauf zu sein.

»Was für ein Tag«, sagte Geder und nickte zu den tiefhängenden grauen Wolken hinauf. »Es hat heute Morgen ein wenig geschneit. Ich bin froh, dass wir bei dem Wetter nicht unterwegs sind. Aber ich nehme an, bald ist es so weit, was? Um dem König seinen Tribut zu bringen.«

Aus Jorey Kalliams Kehle kam ein tiefes, bestätigendes Brummen, aber er sah Geder nicht in die Augen.

»Mein Bein macht sich gut. Ein Hoch auf den Eiter«, sagte Geder. »Aber habt Ihr von Graf Hiren gehört? Der Schnitt in seinem Arm hat sich entzündet. Er ist letzte Nacht gestorben, als sie versucht haben, ihn abzunehmen. Verdammt schade. Er war ein guter Mann.«

»War er«, bekräftigte Jorey.

Geder versuchte, dem Blick des Mannes zu folgen, aber Jorey schien ins Nichts zu schauen. Oder auch nicht. Seine Augen bewegten sich ruhelos, suchten nach etwas. Geder suchte auch, nicht sicher, wonach er Ausschau halten sollte.

»Stimmt etwas nicht?«, fragte Geder mit leiser Stimme.

»Klin ist weg.«

Geder suchte in der Menge, nun mit konzentrierter Aufmerksamkeit. In den Reihen waren Lücken, Männer, die getötet oder verletzt oder im Auftrag des Lordmarschalls abberufen worden waren. Kalliam hatte recht. Sir Alan Klin hätte an der Spitze der Gruppe stehen sollen, die Männer unter seinem Befehl hinter ihm aufgereiht. Stattdessen hatte Sir Gospey Allintot diesen Platz inne, das Kinn hoch erhoben.

»Krank vielleicht?«, fragte Geder. Jorey lachte leise, als hätte er einen Witz gemacht.

Die Trommeln kündigten den Lordmarschall an. Die versammelten Edelleute von Antea hoben die Hand zum Gruß, und Lord Ternigan ließ sie einen Augenblick so stehen, ehe er die Geste erwiderte. Zwischen ihnen nahmen die Mächtigen von Vanai ihre rituelle Erniedrigung mit höflichem Schweigen hin. Jorey brummte, sein Gesichtsausdruck war grimmig. Er suchte nicht mehr. Geder folgte seinem Blick und fand Klin, der im Hintergrund des Podests neben dem Sekretär des Lordmarschalls stand. Klin trug eine seidene Tunika, eine dunkelrote Hose und einen schwarz gefärbten Wollmantel. Die Kleidung war eher nicht auf Schwerter und Schlachten ausgerichtet, sondern auf eine Verwaltungstätigkeit.

Geder spürte, wie ihm flau im Magen wurde. »Bleiben wir hier?«, fragte er leise. Jorey Kalliam antwortete nicht.

»Ihr Lords von Antea«, sagte Ternigan, und seine Stimme hallte dabei nicht ganz so laut über den Platz, wie sie es vielleicht vermocht hätte. Der Lordmarschall wurde offenbar von einer Erkältung heimgesucht. »Ich danke Euch allen im Namen von König Simeon. Durch Eure Tapferkeit ist das Imperium wieder sicher. Es ist mein Entschluss, dass wir nun nach Camnipol zurückkehren, mit dem Tribut, den Vanai dem Thron schuldet. Es ist schon spät im Jahr, und der Marsch ist lang, deshalb wäre es von Vorteil, Ihr würdet nicht die ganze Woche brauchen, um Euch die Stiefel zu schnüren. Ich habe Sir Alan Klin gebeten, als Protektor von Vanai zurückzubleiben, bis die Zeit kommt, da König Simeon einen dauerhaften Statthalter ernennt. Alle von Euch, die ihm in der Schlacht gefolgt sind, werden ihm auch hierin folgen.«

Da seine Befehle erteilt waren, nickte Ternigan und wandte seine Aufmerksamkeit den Leuten zu, die auf dem Pflaster saßen. Während er die Abfolge der anteanischen Ansprüche auf Vanai im Lauf der Geschichte vortrug und die Besetzung durch die Bedingungen von Kriegen und Abkommen rechtfertigte, die vor sechshundert Jahren zwischen Dynastien und längst aufgelösten unabhängigen Parlamenten getroffen worden waren, haderten Geders Gedanken mit dem, was ihm gerade geschehen war.

Für ihn würde es keine Rückkehr nach Camnipol geben, nicht mehr in diesem Jahr. Vermutlich sogar jahrelang nicht. Er blickte zu den dicht gedrängten Gebäuden mit ihren steil ansteigenden Dächern, die die schmalen Straßen einengten, zum großen Kanal, wo Kähne und Boote durch die Stadt und hinaus auf den Fluss fuhren, zum tiefhängenden grauen Himmel. Das war kein exotisches Abenteuer mehr. Das war der Ort, an dem er leben würde. Tausend halb durchdachte Pläne, die er für seine Heimkehr nach Camnipol, nach Bruchhalm, an den Herd seines Vaters, gehegt hatte, zerfielen vor ihm.

Ternigan trat vom Rand des Podests zurück, nahm einen versiegelten Brief von seinem Sekretär entgegen und reichte ihn Alan Klin, dem Protektor von Vanai. Klin trat vor, öffnete den Brief und las die Pflicht laut vor, die ihm der Lordmarschall auferlegt hatte. Geder schüttelte den Kopf. Die Verzweiflung, die mit jedem Satz in ihm anschwoll, zeigte ihm, wie sehr er sich nach dem Ende des Feldzugs und nach der Freiheit von Alan Klin gesehnt hatte.

Geders Bein pochte schmerzhaft, als Klin den Männern aus Vanai versicherte, dass er alle Rassen gleichwertig behandeln und Treue zu Antea belohnen, Verrat rasch und schrecklich bestrafen würde. Der Ruhm König Simeons im Besonderen und Anteas im Allgemeinen beanspruchte eine knappe Stunde. Selbst der Rest von Geders Kohorte wurde am Schluss unruhig. Dann dankte Klin dem Lordmarschall für seinen Einsatz und nahm diese neue Aufgabe offiziell an. Sein Salut wurde von anschwellendem Jubel erwidert, da die Männer genauso darüber erfreut waren, dass die Zeremonie vorbei war, wie über den Inhalt von Klins Rede. Die Bürger von Vanai erhoben sich, ihre bebenden Glieder taub geworden, und unterhielten sich miteinander wie Händler auf einem neuen Markt.

Bei den Männern des Imperiums sah Geder gemischte Gefühle. Manche neideten Klin und seinen Männern ihre neue Rolle. Sir Gospey Allintot grinste so breit, dass er zu leuchten schien. Jorey Kalliam ging mit nachdenklichem Gesichtsausdruck davon, und Geder bemühte sich, mit ihm Schritt zu halten.

»Man hat uns ins Exil geschickt«, sagte Geder, als sie sich von der Masse ihrer Gefährten entfernt hatten. »Wir haben die Schlacht gewonnen, und dafür haben sie uns ins Exil geschickt, genauso wie den verdammten Fürsten dieser Stadt.«

Jorey blickte ihn missgelaunt und mitleidig an. »Darauf hat Klin von Anfang an hingearbeitet«, sagte er. »Das hat er doch schon die ganze Zeit gehofft.«

»Weshalb?«, fragte Geder.

»Es verleiht eine gewisse Macht, die Stimme des Königs zu sein«, sagte Jorey. »Sogar in Vanai. Und wenn Klin sich nützlich macht, wird er auch mit am Tisch sitzen, wenn es an der Zeit ist, erneut um diese Stadt zu verhandeln. Entschuldigt mich. Ich muss an meinen Vater schreiben.«

»Ja«, sagte Geder. »Ich sollte es meiner Familie ebenfalls mitteilen. Ich weiß nicht, was ich schreiben werde.«

Joreys Lachen klang bitter. »Sagt ihnen, dass Ihr die Plünderung doch nicht versäumt habt.«

Wenn es irgendwelche Zweifel gab, wer unter Alan Klins Männern begünstigt war, so kam die Antwort, als Lord Ternigan den Stadttoren den Rücken zukehrte. Klins neuer Sekretär, der Sohn eines bedeutenden Timzinae-Händlers, brachte Geder aus seinem Bett im Lazarett in sein neues Heim: drei kleine Räume in einem unbedeutenden Palast, die als Lagerraum genutzt worden waren und in denen es noch immer nach Rattenpisse roch. Immerhin gab es einen kleinen Herd, und der Wind blies nicht durch die Wände, wie es in seinem Zelt der Fall gewesen war.

Jeder Tag hielt einen neuen Befehl von Lord Klin für Geder bereit. Eine Kanalschleuse, die versperrt und außer Betrieb genommen werden musste; ein Marktplatz, auf dem jeder Händler eine anteanische Erlaubnis erwerben musste, um seine Geschäfte fortsetzen zu können; ein Getreuer des abgesetzten Fürsten, der zum Kerker gebracht werden musste, um ein Exempel zu statuieren. Es mochten gewöhnliche Soldaten sein, die die Forderungen aussprachen und ihre Durchführung vollstreckten, aber die Anwesenheit eines Adligen war erforderlich – ein Gesicht, um zu zeigen, dass die Edlen von Antea anwesend waren und sich um die Abläufe in ihrer neuen Stadt kümmerten. Und angesichts der Aufgaben, die man ihm zuwies, ging Geder davon aus, dass er noch vor Ende des Winters der am meisten verabscheute Mann in Vanai sein würde.

Ein beliebtes Bordell musste geschlossen werden? Geder führte die Truppen. Man musste die Witwe und die Kinder eines Getreuen aus ihrer Hütte werfen? Geder. Ein bekanntes Mitglied der örtlichen Händlerriege festnehmen?

»Darf ich mich nach dem Vorwurf erkundigen?«, fragte Magister Imaniel von der Medean-Bank in Vanai.

»Es tut mir leid«, sagte Geder. »Man hat mir befohlen, Euch vor den Lordprotektor zu bringen, ob Ihr wollt oder nicht.«

»Befohlen«, wiederholte der kleine Mann säuerlich. »Und mich in Ketten durch die Straßen zu führen?«

»Das ist Teil meiner Anweisungen. Es tut mir leid.«

Das Haus der Medean-Bank in Vanai war in einer Seitengasse und wenig größer als das Heim einer gut situierten Familie. Dennoch wirkte es irgendwie leer. Es gab nur den kleinen, sonnengegerbten Magister und eine einzelne gut genährte Frau, die in der Tür stand und die Hände rang. Magister Imaniel erhob sich vom Tisch, betrachtete die Soldaten, die hinter Geder standen, und strich dann seine Tunika glatt.

»Ich denke nicht, dass Ihr wisst, wann ich wieder an meine Arbeit zurückkehren kann«, sagte er.

»Das hat man mir nicht mitgeteilt«, erwiderte Geder.

»Das könnt Ihr nicht machen«, warf die Frau ein. »Wir haben Euch in keinster Weise zuwidergehandelt.«

»Cam«, blaffte der Bankier. »Nicht. Es geht nur um Geschäfte, da bin ich mir sicher. Sag jedem, der fragt, dass es ein Missverständnis war und ich mich mit dem hochnoblen Lordprotektor unterhalte, um es aufzuklären.«

Die Frau – Cam – biss sich auf die Lippen und blickte zur Seite.

Magister Imaniel trat schweigend näher, um sich vor Geder hinzustellen und zu verbeugen. »Ich vermute, wir können nicht über die Ketten hinwegsehen?«, fragte er. »Meine Arbeit hängt auf vielfache Weise vom Ruf ab, und ...«

»Es tut mir sehr leid«, sagte Geder, »aber Lord Klin hat ...«

»Befehle erteilt«, sagte der Bankier. »Ich verstehe. Dann bringen wir es hinter uns.«

Nachdem sich die Nachricht von Geders Erscheinen in diesem Haus offenbar schneller als Vogelflug verbreitet hatte, war eine große Menschenmenge zusammengelaufen. Geder ging inmitten seiner Wachleute, der Gefangene in klirrendem Eisen gleich hinter ihm. Als Geder sich nach ihm umblickte, war sein ledriges Gesicht eine Maske aus Erheiterung und Nachsicht. Geder konnte nicht sagen, ob die Furchtlosigkeit dieses Mannes gespielt oder echt war. Auf der ganzen Strecke an den Kanälen entlang und durch die Straßen wandten sich Leute ihnen zu, um den Bankier in Ketten zu sehen. Während Geder marschierte, pochte sein Gehstock entschlossen auf die Straße. Er bemühte sich um einen nüchternen Gesichtsausdruck, um die Tatsache zu verbergen, dass er nicht wusste, weshalb er tat, was er tat. Er hegte keinen Zweifel, dass am nächsten Morgen die ganze Stadt wissen würde, dass er den

Mann festgenommen hatte. Dass Klin genau das beabsichtigt hatte, beruhigte ihn nicht.

Sir Alan Klin traf sie in der großen Kammer, die einst der Audienzsaal des Fürsten gewesen war. Alle Spuren der früheren Regierung waren entfernt worden oder von den anteanischen Bannern von König Simeon und des Hauses Klin verdeckt. Die Luft roch nach Rauch, Regen und nassem Hund. Sir Alan erhob sich lächelnd von seinem Tisch.

»Magister Imaniel von der Medean-Bank?«

»Ebendieser, Lordprotektor«, sagte der Bankier lächelnd. Seine Stimme klang freundlich, und man merkte nicht, dass Klin diesen Mann gerade vor der ganzen Stadt erniedrigt hatte. »Es scheint, als hätte ich Eurer Lordschaft auf irgendeine Weise zuwidergehandelt. Ich muss mich natürlich entschuldigen. Wenn ich die Art meines Vergehens erfahren dürfte, werde ich mich in Zukunft gewiss dagegen wappnen.«

Klin winkte gemächlich ab. »Ganz und gar nicht«, erklärte er. »Ich habe nur mit Eurem ehemaligen Fürsten gesprochen, ehe er ins Exil gegangen ist. Er sagte, dass Ihr Euch geweigert habt, seinen Feldzug finanziell zu unterstützen.«

»Es war unwahrscheinlich, dass er seine Schulden zurückzahlen würde«, erwiderte Magister Imaniel.

»Ich verstehe«, sagte Klin.

Geder blickte von einem zum anderen. Der Tonfall dieser Unterhaltung war so ruhig, beinahe schon zuvorkommend, dass es verwirrend auf ihn wirkte. Und doch stand in Klins Augen eine Härte, die – im Zusammenwirken mit den Ketten, die immer noch um die Handgelenke und Knöchel des Bankiers lagen – alles, was er sagte, zu einer Drohung machten. Klin ging langsam zurück an den Tisch, wo die Überreste seines Mittagsmahls auf einem Silberteller lagen.

»Ich habe die Berichte der Plünderung studiert«, sagte Klin. »Ich habe gesehen, dass der Tribut an König Simeon, der aus Eurer Einrichtung entnommen wurde … Nun, er schien mir überraschend gering.«

»Mein ehemaliger Fürst hat vielleicht eine übertriebene Vorstellung von meinen Reichtümern«, sagte Magister Imaniel.

Klin lächelte. »Habt Ihr es vergraben oder es hinausgeschmuggelt?«

»Ich weiß nicht, was Ihr meint, mein Lord«, antwortete Magister Imaniel.

»Ihr hättet also nichts dagegen, wenn mein Vertreter Eure Bücher prüft?«

»Natürlich nicht. Wir sind erfreut, dass Antea die Herrschaft übernommen hat, die dem Imperium rechtmäßig zusteht, und freuen uns darauf, in einer freundlicheren und geordneteren Stadt Geschäfte zu machen.«

»Und Zugang zu Eurem Haus?«

»Natürlich.«

Klin nickte. »Euch ist klar, dass ich Euch festhalten werde, bis ich die Wahrheit über all das herausfinde? Die Gelder, über die Eure Bank hier verfügt, sind nun der Prüfung durch Antea unterworfen.«

»Ich habe es erwartet«, sagte Magister Imaniel, »aber ich vertraue darauf, dass Ihr es mir nicht übel nehmt, dass ich mir Besseres erhofft hatte.«

»Wir leben in einer harten Welt. Wir tun, was wir tun müssen«, erklärte Klin und sagte dann zu dem Wachhauptmann links von Geder: »Bringt ihn in den öffentlichen Kerker. Schafft ihn in eine der unteren Ebenen, wo ihn jeder sehen kann. Wenn jemand versucht, mit ihm zu sprechen, haltet fest, was gesagt wird, und nehmt denjenigen gefangen.«

Geder sah zu, wie der kleine Mann abgeführt wurde. Er war nicht sicher, ob er ihnen folgen sollte oder nicht. Aber Klin starrte ihn nicht an, also war vielleicht beabsichtigt, dass er blieb.

»Habt Ihr das mitbekommen, Palliako?«, fragte Klin, als der Bankier und die Wächter fort waren.

»Die Bank hatte weniger Geld als erwartet?«, fragte Geder.

Klin lachte auf eine Art und Weise, bei der Geder unsicher war, ob er sich über ihn amüsierte oder nicht.

»Oh, es gibt das Geld«, sagte er. »Irgendwo. Und nach allem, was der Fürst behauptet hat, eine ganze Menge davon. Genug, um Söldner zu bezahlen, die eine Belagerung durchstehen. Genug, um doppelt so viele Söldner zu kaufen. Vielleicht sogar noch mehr.«

»Aber er hat es dem Fürsten vorenthalten«, sagte Geder.

»Nicht aus Treue zu uns«, erwiderte Klin. »Bankleute unterstehen keinem Thron. Aber wenn sie das Geld versenkt haben, wird ihnen jemand dabei geholfen haben, es zum Kanal zu fahren. Wenn sie es vergraben haben, hat jemand den Spaten gehalten. Wenn sie es geschmuggelt haben, hat es jemand in die Wege geleitet. Und wenn dieser Jemand den Vorsteher der Bank im Kerker sieht, bekommt er vielleicht Angst und wird versuchen, sich seinen Weg in die Freiheit zu erkaufen.«

»Ah«, sagte Geder.

»Ihr seid der Mann, der mit diesem Arrest in Verbindung gebracht wird, also werdet Ihr in den nächsten Tagen verfügbar sein müssen«, sagte Klin. »So, dass man an Euch herantreten kann. Und was immer Ihr hört, lasst Ihr mich wissen.«

»Natürlich, Herr.«

»Hervorragend«, erwiderte Klin. Die Stille zwischen ihnen dehnte sich aus, und Geder erkannte, dass er entlassen war.

Er ging zurück hinaus auf den Platz, suchte sich eine Steinbank unter einem Baum mit schwarzer Borke, an dem fast keine Blätter mehr waren, und setzte sich hin. Sein Bein tat weh, aber auf dem Oberschenkel spürte er keine Kälte, wie es der Fall gewesen wäre, wenn frisches Blut oder Eiter herausgesickert wäre. Eine bunt gemischte Gruppe Jugendlicher – Erstgeborene und Timzinae – gab auf der anderen Straßenseite vor, ihn nicht zu beobachten. Eine Krähenschar krächzte in den Ästen der Bäume und stieg dann wie geflügelter Rauch in den Himmel auf. Geder pochte mit seinem Gehstock auf das Pflaster, und die kleine Erschütterung an seinen Fingern war merkwürdig beruhigend.

Die nächsten Tage über war er ein Köder an einem Haken. So viel verstand er. Vielleicht würden die Mitverschwörer des Bankmanns die Gelegenheit ergreifen, sich die gute Meinung von Antea zu erkaufen. Vielleicht würden sie aber auch verschwiegen bleiben. Oder vielleicht, auch nicht unwahrscheinlich, würden sie einen Unfall des Mannes in die Wege leiten, den man am ehesten mit dem Problem in Verbindung brachte. Klin hatte ihn in Gefahr gebracht, ohne auch nur die Bedrohung anzusprechen, die für ihn bestand.

Und dennoch waren es einige Tage, an denen Geder sich auf den Straßen und Märkten herumtreiben und behaupten konnte, er stünde unter Klins Befehl. Sein Knappe hatte ihm Gerüchte zugetragen, dass es im Südviertel einen Buchverkäufer gab. Er konnte sich endlich dorthin begeben, wenn auch bewaffnet und bewacht.

Zwei Tage lang streifte Geder durch die Straßen und Kaffeehäuser und Schenken von Vanai, allerdings stets auf der Hut. In der Kirche, wo sich die Stimmen des Chors in den weiten, leeren Raum erhoben, war er nach wie darauf bedacht, nicht zuzulassen, dass ihm auf der Kirchenbank jemand zu nahe kam. Auf dem Wochenmarkt wühlte er sich durch die halb vergammelten Bände auf dem Karren eines Bücherverkäufers, aber mit einem Soldaten im Rücken. Dann, am dritten Tag, suchte ihn ein Fuhrmann namens Olfried in seiner Unterkunft auf und brachte das Gerücht über eine Karawane mit, die von einem wohlbekannten Verbündeten der Medean-Bank namens Meister Will aufgestellt worden war.

Zum ersten Mal hörte Geder den Namen Marcus Wester.

Cithrin

Abgelenkt durch die Unannehmlichkeiten ihrer Verkleidung und durch die Reichtümer, die auf ihrem Karren versteckt waren, hatte Cithrin nicht aufgepasst.

»Was hast du dir bloß gedacht, Junge?«, wollte der Karawanenmeister wissen. Cithrin blickte auf ihre Füße hinab, ihre Wangen brannten, und ihre Kehle war vor Scham wie zugeschnürt. Der rote Staub des Lagerplatzes der Karawanserei bedeckte ihre Stiefel, und gefallenes Laub, das von Raureif überzogen war, lag auf dem Boden verstreut.

»Es tut mir leid«, sagte sie.

»Es sind Maultiere«, brauste der Karawanenmeister auf. »Man muss sich um sie kümmern. Wie lange geht das schon so?«

»Ein paar Tage«, sagte sie, obwohl sich ihre Lippen kaum bewegten.

Schweigen.

»Also gut. Der Vorratswagen kommt auch weiter, wenn nur drei im Gespann sind. Du bindest das kranke Tier dort draußen an einen Baum, und ich werde dir eines bringen, das seinen Platz einnimmt.«

»Aber wenn wir ihn zurücklassen, stirbt er«, sagte Cithrin.

»Das ist der Sinn der Sache, ja.«

»Aber er kann nichts dafür. Ihr könnt ihn nicht einfach allein hier sterben lassen.«

»Na gut. Ich bringe dir ein Messer, und du kannst ihn ausbluten lassen.«

Cithrins entrüstetes Schweigen sprach für sich. Die klaren inneren Augenlider des Karawanenmeisters glitten zu und wieder auf, als er blinzelte, ohne den Blick von ihr abzuwenden.

»Wenn du die Karawane lieber verlassen willst, bitte schön«, sagte er. »Wir sind schon jetzt zu langsam. Ich werde nicht alles anhalten, nur weil du dein Gespann nicht in Schuss hältst. Du lässt mich dann wissen, wie du dich entschieden hast.«

»Ich werde ihn nicht zurücklassen«, sagte sie, überrascht von ihren eigenen Worten. Entsetzt, dass sie es ernst meinte. Sie konnte sich nicht von der Karawane trennen.

»Es ist ein *Maultier.*«

»Ich werde ihn nicht zurücklassen.« Diesmal fühlten sich die Worte besser an.

»Dann bist du ein Narr.«

Der Karawanenmeister wandte sich um, spuckte aus und ging davon. Cithrin sah ihm nach, wie er zurück zu den steinernen Wänden und dem dünn mit Stroh gedeckten Dach des Unterstands lief. Als es offensichtlich wurde, dass er nicht zurückkommen würde, ging sie wieder zum Stall. Das größere von ihren Maultieren stand in seinem Verschlag, den Kopf gesenkt. Sein Atem ging schwer und abgehackt. Cithrin trat neben das Tier, strich mit der Hand über das dichte, borstige Fell. Das Maultier hob den Kopf, zuckte mit einem Ohr und ließ ihn wieder sinken.

Sie versuchte sich vorzustellen, wie sie das Tier an einen Baum band und es dort zurückließ, um an der Krankheit oder an Kälte einzugehen. Sie versuchte sich auszumalen, wie sie ihm die warme, flaumige Kehle durchschnitt. Wie sollte sie das Geld jetzt nach Carse schaffen?

»Es tut mir leid«, sagte Cithrin. »Ich bin eigentlich gar kein Fuhrjunge. Ich habe es nicht gewusst.«

Anfangs hatte sie gedacht, es läge an ihr, dass ihr Karren so langsam war. Dass die Lücke, die nachmittags zwischen ihr und dem Wagen vor ihr aufklaffte, bedeutete, dass sie ihr Gespann nicht antrieb, wenn es nötig war, oder dass ihr irgendeine Feinheit entging, wenn sie um Kurven fahren musste. Erst als ihr größeres Maultier gehustet hatte – ein feuchtes, schleimiges Geräusch –, hatte sie erkannt, dass es krank war. Der Haushalt von Magister Imaniel war religiös geführt worden, aber Cithrin hatte darum gebetet, dass das Tier sich von selbst erholen würde.

Das war nicht geschehen.

Die Karawanserei – eine Ruine, die mehr schlecht als recht von jenen instand gehalten wurde, die durchkamen – lag am Rande eines weitläufigen, sanft ansteigenden Hügels, dem ersten Vorläufer der hohen, schneebedeckten Bergkette, die das Ende der Freistädte und den Beginn von Birancour darstellte. Schon jetzt erhoben sich die Gipfel am Horizont, fern und blau. Der Pass, der durch sie hindurchführte, war der kürzeste Weg zwischen Vanai und Carse.

Carse. Das Wort selbst hatte eine beinahe religiöse Bedeutung für Cithrin angenommen. Carse, die große Stadt von Nordstade, die auf einen friedlichen Ozean hinausblickte. Die Heimat weißer Türme über Kalkfelsen und des Rates von Abendstund, die Grabstätte von Drachen. Der Sitz der Medean-Bank und der Endpunkt ihrer Karriere als Schmugglerin und Flüchtende. Sie war niemals dort gewesen, aber es verlangte sie danach, als würde sie sich nach einer Heimkehr sehnen.

Sie konnte allein weiterziehen. Das würde sie müssen. Sie

wusste nur den Weg nicht. Oder wie man ein krankes Maultier wieder gesund pflegte. Oder was sie tun würde, wenn ein weiterer Banditentrupp aus dem Wald hervorkam. Das Maultier holte tief Luft und hustete dann: tief drinnen, feucht und rasselnd. Cithrin trat vor und rieb ihm über die breiten, weichen Ohren.

»Wir können einen Weg finden«, sagte sie, nicht nur zu dem Tier, sondern auch zu sich selbst. »Es wird schon wieder.«

»Vermutlich, ja«, sagte eine Männerstimme.

Der Kundige, Meister Kit, stand in der Stalltür, die Frau namens Opal an seiner Seite. Cithrin machte einen halben Schritt auf ihr Maultier zu, den Arm um seinen geneigten Hals gelegt, als wollte sie es schützen. Oder von ihm beschützt werden. Ein nervöser Schauer beschleunigte ihre Atemzüge.

»Das also ist das arme Ding?«, fragte Opal und drückte sich an dem Kundigen vorbei. »Sieht müde aus, oder?«

Cithrin nickte und blickte nach unten, um niemandem in die Augen sehen zu müssen. Opal glitt in den Verschlag, ging einmal um das Maultier herum und hielt inne, um ein Ohr an die Flanke des Tieres zu drücken. Dann, mit einem leisen Lied auf den Lippen, dessen Text Cithrin nicht kannte, kniete sie sich vor seinen Kopf und drückte ihm sanft die Lippen auseinander.

»Opal kümmert sich um unser Gespann, wenn wir eines haben«, sagte Meister Kit. »Ich vertraue mittlerweile auf sie, wenn es um irgendetwas mit Hufen geht.«

Cithrin nickte, hin- und hergerissen zwischen überbordender Dankbarkeit und Unbehagen, weil sie den Wächtern so nahe war. Opal erhob sich und schnupperte sorgfältig an den Ohren des Maultiers.

»Tak, ja?«, fragte sie, und Cithrin nickte. »Also, Tak, kannst du mir sagen, ob der alte Junge eine Seite bevorzugt hat? Musstest du ihn immer wieder zurückholen?«

Cithrin versuchte sich zu erinnern, dann schüttelte sie den Kopf, um zu verneinen.

»Das ist schon mal was«, brummte Opal, und dann sagte sie über die Schulter zu Meister Kit: »Ich denke nicht, dass es etwas in den Ohren ist, das ist ein Vorteil. Er keucht, aber er hat kein Wasser in der Lunge. Wenn man mich fragt – ein paar Tage warmhalten, und er wird wieder ganz der Alte sein. Er braucht allerdings mehr Decken.«

»Zwei Tage«, sagte Meister Kit. »Es würde mich überraschen, wenn Hauptmann Wester das recht ist.«

Der angestrengte Atem des Maultiers und das Murmeln der Morgenbrise in den Zweigen ließen die Stille unangenehm werden. Cithrin spürte, wie die Bauchkrämpfe sich zu einer Art Übelkeit verdichteten.

»Eine Wache weniger wird keinen verdammten Unterschied machen«, sagte Opal. »Ich bleibe bei Tak, und wenn es dem alten Jungen wieder gut geht, werden wir euch einholen. Es wird nicht länger dauern als ein oder zwei Tage, und ein Karren mit einem guten Gespann ist schneller als eine ganze Karawane.«

Der Kundige verschränkte nachdenklich die Arme. Cithrin spürte einen Anflug von Hoffnung.

»Bekommst du das hin?«, wollte Meister Kit von ihr wissen. Sein Blick war sanft, seine Stimme weich wie alter Flanellstoff.

»Ja, Herr«, antwortete Cithrin und hielt ihre Stimme tief und männlich.

Der Kundige nickte. »Ich nehme an, es schadet nicht, wenn

man diesen Vorschlag macht«, sagte er. »Aber vielleicht willst du *mir* gestatten, damit an sie heranzutreten, Tak?«

Sie nickte, und der Alte lächelte. Er wandte sich um und ging zurück zu den Unterkünften, während Cithrin, Opal und die Tiere zurückblieben.

Die Erleichterung zog ihrer Angst den Stachel. Mit Opal in ihrer Lederrüstung und Cithrin, die als Mann verkleidet war, würden sie wahrscheinlich keinen Verdacht erregen. Es würde bedeuten, der größeren Gesellschaft ein paar Tage zu entkommen, so dass sie nur verhindern musste, von Opal durchschaut zu werden. Die Annahme, dass sie vom jeweils anderen Geschlecht waren, würde eine glaubwürdige Ausrede für den Wunsch nach Ungestörtheit liefern.

Und dennoch ließ sich ihre Angst nicht ganz vertreiben. Sie rührte daher, sagte sie sich, dass sie mehr wusste als die Leute um sie herum. Sie konnte beinahe Magister Imaniel hören, der mit Cam und Besel beim Abendessen saß und genau berichtete, wie ein Händler oder Prälat sich nicht den Erwartungen gemäß verhalten hatte und was dies implizierte. Cithrin wusste, dass Tak der Fuhrjunge genug Reichtümer bei sich hatte, um eine kleine Armee zu kaufen, aber niemand sonst wusste es. Niemand hatte sie durchschaut. Niemand suchte nach ihr oder nach dem, was sie bei sich hatte. Das Maultier würde gesund werden, und sie würde die Reise nach Carse nicht allein bewältigen müssen. Alles würde gut werden.

»Zum ersten Mal allein unterwegs?«, fragte Opal.

Cithrin warf ihr einen Blick zu und nickte.

»Nun, lass dich davon nicht einschüchtern, mein Lieber«, sagte die Wächterin. »Wir kümmern uns um unsereins.«

Cithrin kam erst nach Stunden darauf, sich zu fragen, weshalb eine angeheuerte Wächterin eigentlich einen nur bedingt fähigen Fuhrjungen in »unsereins« einschließen sollte, und bis dahin war der Plan abgesprochen, und die Karawane mit Hauptmann Wester und Meister Kit war auf der Straße zu den Bergen und nach Carse verschwunden.

Sie verbrachten den Tag damit, sich um das kranke Tier zu kümmern: den Verschlag zu heizen, das Maultier abzureiben, ihm ein seltsames Gebräu einzuflößen, das nach Teer und Süßholz roch. Bis die Sonne unterging, hielt das Maultier den Kopf höher und sein Husten schien weniger schlimm zu sein. In dieser Nacht schliefen Cithrin und Opal im Stall, in dünne Decken eingehüllt. Eine alte, eiserne Kohlenpfanne zwischen ihnen gab genug Wärme ab, dass kein Frost in den Raum drang, aber viel fehlte nicht. In der Dunkelheit draußen kreischte etwas einmal auf und war dann still. Cithrin schloss die Augen, legte den Kopf auf einen Arm und zwang sich zum Schlafen. Sie beneidete Opal um ihre langsamen, gleichmäßigen Atemzüge. Ihr eigener Körper war angespannt und zitterte, ihre Gedanken jagten von einer Angst zur nächsten und beschworen hundert mögliche Katastrophen herauf. Die Banditen, die die Karawane zuvor angegriffen hatten, würden nachts hier eintreffen, sie beide vergewaltigen und ermorden und sich mit dem Geld der Bank davonmachen. Opal könnte ihr Geheimnis herausfinden und ihr im Wahn der Habgier die Kehle aufschlitzen …

Als schließlich eine graue Morgendämmerung über das Land kroch, hatte Cithrin nicht geschlafen. Ihr Kopf tat weh, und ihr Rücken fühlte sich an, als hätte ihn jemand mit einem Hammer bearbeitet. Opal, die leise vor sich hin summte, schichtete das Feuer wieder auf, brachte eine Pfanne mit Wasser und eingestreuten Blättern zum Kochen und sah nach ihrem Patienten. Als Cithrin sich zu ihr gesellte, machte das Maultier unter ihrer Hand einen kühleren Eindruck, die Augen wirkten klarer, sein Kopf war eher auf die übliche Weise geneigt. Im Verschlag nebenan räusperte sich das andere Maultier und brummte.

»Wird sie auch krank?«, fragte Cithrin. Allein schon die Vorstellung brachte sie fast zum Weinen.

»Vielleicht, aber bis jetzt noch nicht«, sagte Opal. »Wahrscheinlich ist sie nur eifersüchtig, weil der alte Junge hier die ganze Aufmerksamkeit bekommt.«

»Dann sollten wir aufbrechen? Ich meine, ist es sicher, zurück zur Karawane zu gehen?«

»Heute Nachmittag vielleicht«, sagte Opal. »Wir lassen ihn besser wieder Kraft gewinnen. Mit nur einem halben Tag Arbeit am Anfang.«

»Aber ...«

»Wir sind hier nicht zum ersten Mal. Wir werden sie einholen, ehe sie über den Pass gehen. Sie werden in Bellin anhalten und Kundschafter vorschicken.«

Cithrin kannte den Namen, aber sie konnte ihn nicht einordnen.

Opal warf ihr einen Blick zu. »Bellin«, sagte sie. »Handelsstadt gleich unter dem Pass. Du weißt wirklich nichts über das Karawanenwesen, was?«

»Nein«, erwiderte Cithrin, sowohl trotzig als auch beschämt darüber, dass sie trotzig war.

»Bellin ist nichts Besonderes, aber sie sind Reisenden wohlgesinnt. Meister Kit hat uns einmal einen Monat lang hingebracht. Alle paar Tage neue Leute, die auf der Straße vorbeikommen, niemand bleibt lange. Es war, als wäre man in einer fahrenden Truppe, ohne zu fahren.«

Ein kalter Windhauch fuhr in das Stroh. In der Kohlenpfanne glühten die Kohlen auf, und die kleine Flamme tanzte. Was wohl eine Wachmannschaft einen Monat lang mit durchreisenden Händlern, Kaufleuten und Missionaren zu schaffen hatte? Ihnen Schutz innerhalb der Stadtmauern bieten, wo sie ihn am wenigsten benötigten?

»Ich sollte gehen«, sagte Cithrin. »Mich um … um den Karren kümmern.«

»Schau nach, ob er noch an Ort und Stelle ist«, sagte Opal, als würde sie ihr beipflichten.

Es war tatsächlich besser, nur mit Opal unterwegs zu sein, als bei der ganzen Karawane. Da sie nur eine Person im Auge behalten musste, konnte Cithrin Augenblicke finden, in denen sie ihre Wachsamkeit lockern und sie selbst sein konnte, und nicht Tak. Als es an der Zeit war und sie die Maultiere anschirrten, unterschied es sich nicht groß davon, ganz allein zu sein. Opal bestritt den Großteil der Unterhaltung, und die bestand hauptsächlich daraus, wie man das Gespann führte. Cithrin wusste, dass Tak von diesen Vorträgen gelangweilt hätte sein sollen, aber sie saugte alles auf. Am ersten halben Tag lernte sie hundert Dinge, die sie falsch gemacht hatte. Als sie sich in dieser Nacht ein Lager auf einer Wiese neben der Straße zurechtmachten, war sie bereits ein besserer Fuhrjunge als in all den langen Wochen seit Vanai.

Sie wollte der Wächterin für das danken, was sie getan hatte, aber sie hatte Angst, dass sie nicht mehr aufhören würde, wenn sie erst einmal anfing. Aus Dankbarkeit würde Freundschaft werden und aus Freundschaft ein Geständnis, und dann wären ihre Geheimnisse ausgeplaudert. Also sorgte sie stattdessen dafür, dass Opal das beste Essen und den weicheren Schlafplatz bekam.

In der Dunkelheit lagen sie beide auf der weichen Wolle.

Der Mond und die Sterne waren fort, von Wolken verhüllt, und die Dunkelheit war vollkommen. Cithrins Gedanken jagten und wanden sich, ausgemergelt von geistiger Erschöpfung. Und dennoch kam der Schlaf nur langsam. Mitten in der Nacht spürte sie, wie Opals Körper sich an ihren presste, und wachte panisch auf, voller Furcht, die Wächterin würde sie angreifen oder verführen wollen oder beides, aber ihr war nur im Halbschlaf kalt geworden. Sie verbrachte den Rest der Nacht damit, sich von Opals Körperwärme angezogen zu fühlen und zu versuchen, sich davon fernzuhalten, weil sie fürchtete, ihre Verkleidung würde durchschaut werden.

In der Dunkelheit schienen die Wochen zwischen ihr und Carse ewig. Sie bildete sich ein, die Fässer und Kisten spüren zu können, die gleich unter ihr versteckt waren. Die Bücher und Register, die Seide, die Tabakblätter und die Gewürze. Edelsteine und Schmuck. Das Gewicht der Verantwortung und ihre Furcht wirkten, als würde ihr jemand auf die Brust drücken. Als sie kurz vor der Morgendämmerung endlich tief genug schlief, um zu träumen, fand sie sich am Rande einer Klippe wieder, wo sie versuchte, hundert taumelnde Kleinkinder davon abzuhalten, in den Abgrund zu stürzen.

Sie erwachte mit einem Schrei, und sie erwachte im Schnee.

Große, dicke Flocken fielen vom Himmel, grau vor dem Weiß der Wolken. Die Bäume fingen sie auf, und die Rinde schien sich im Gegensatz dazu schwarz zu verfärben. Die Drachenjade der Straße war verschwunden, ihr Pfad nur noch durch den freien Raum zwischen den Stämmen erkennbar. Der Horizont war ausgelöscht. Opal spannte bereits die Maultiere ins Geschirr.

»Können wir bei diesem Wetter wirklich weiter?«, fragte Cithrin und vergaß, ihre Stimme zu verstellen.

»Das müssen wir. Außer du willst dich lieber hier niederlassen.«

»Aber ist es sicher?«

»Sicherer als die Alternative«, sagte Opal. »Hilf mir mit dieser Schnalle. Meine Hand friert halb ab.«

Cithrin stieg vom Karren und.tat wie geheißen. Es dauerte nicht lang, dann waren sie wieder unterwegs. Schnee verkrustete die breiten Eisenräder des Karrens, und die Maultiere begannen zu dampfen. Ohne große Worte hatte Opal die Zügel und die Peitsche übernommen. Cithrin drängte sich elend an sie. Opal kniff die Augen im Schneetreiben zusammen und schüttelte den Kopf.

»Die gute Nachricht ist, dass es keine Banditen geben wird.«

»Wirklich? Und was ist die schlechte?«, fragte Cithrin säuerlich.

Opal blickte zu ihr herüber, die Augen vor Überraschung und Vergnügen aufgerissen. Cithrin erkannte, dass sie sich gerade zum ersten Mal an einem Witz versucht hatte, seit die Karawane Vanai verlassen hatte. Sie wurde rot, und die Wächterin neben ihr lachte.

Bellin bestand nur aus einem halben Dutzend Gebäuden. Die übrige Stadt kauerte sich in eine weitläufige Felswand; die Türen und Fenster hatten vor tausenden von Jahren nichtmenschliche Hände in den grauen Stein gehauen. Ruß überzog die Klippen, wo Kamine schräg in die Welt herausragten. Schnee hing in riesigen, in die Bergflanke gemeißelten Runen, deren Schrift Cithrin noch nie gesehen hatte. Die Gipfel selbst waren im Sturm unsichtbar. Die vertrauten Karren der Karawane waren schwarze Punkte vor dem Weiß, und Pferde und Fuhrleute waren bereits im Fels untergekrochen. Cithrin half Opal dabei, ihren Karren abzustellen, die Maultiere auszuspannen und sie sicher in einen Stall zu führen, wo die anderen Tiere der Karawane schon verstaut waren.

Die Wachen waren dort um einen Schmiedeofen gedrängt, in dem noch Glut war, Mikel und Horniss, Meister Kit und Smit. Sandr grinste sie beide an, als sie eintraten, und der Tralgu, der der Stellvertreter des Hauptmanns war, hob eine breite Hand, ohne sich von der Unterhaltung mit der langhaarigen Cary abzuwenden. Opals Freude, sie zu sehen, machte auch Cithrin beinahe glücklich.

»Es muss doch etwas geben«, sagte Cary, und Cithrin war sicher, dass sie es nicht zum ersten Mal sagte.

»Es gibt nichts«, grollte Yardem. »Frauen sind kleiner und schwächer. Es gibt keine Waffe, die diesen Nachteil ausgleichen kann.«

»Wovon reden wir?«, fragte Opal, als sie sich an den offenen Ofen setzte. Cithrin hockte sich neben sie auf die Bank und merkte erst dann, dass es der gleiche Platz war, den sie auch auf dem Karren innegehabt hatte.

Meister Kit lachte leise und schüttelte den Kopf. »Ich glaube, Cary würde lieber mit Waffen üben, die ihren natürlichen Fähigkeiten besser entsprechen«, sagte er.

»Als da wären: kleiner Wuchs und Schwäche«, ergänzte Sandr.

Cary warf ihm einen Erdklumpen an den Kopf, ohne ihn eines Blickes zu würdigen. »Kurzbogen«, schlug sie vor.

»Man braucht Kraft, um einen Bogen zu spannen«, sagte Yardem. Er schien kurz davor, sich zu entschuldigen. »Mit Schleuder und Stein kommt es darauf weniger an, aber es macht trotzdem einen Unterschied. Ein Speer hat eine bessere Reichweite, aber man braucht mehr Kraft. Eine Klinge braucht weniger Kraft, aber man braucht eine größere Reichweite. Eine starke, große Frau ist besser als ein kleiner, schwacher Mann, aber so etwas wie eine natürliche Waffe der Frau gibt es nicht.« Der Tralgu zuckte ausgiebig mit den Schultern.

»Es *muss* etwas geben«, sagte Cary.

»Gibt es nicht«, erwiderte Yardem.

»Vögeln«, schlug Sandr mit einem Grinsen vor, und Cary warf ihm erneut einen Erdklumpen an den Kopf.

»Wie geht es deinen Maultieren, Tak?«, fragte Meister Kit. »Ich habe mir langsam Sorgen gemacht, dass wir euch davonfahren würden.«

»Dazu wäre es nicht gekommen«, sagte eine Stimme hinter ihnen.

Cithrin verrenkte sich auf ihrem Platz, und vor Anspannung wurde ihr die Brust eng. Hauptmann Wester marschierte in den Raum. Schnee bedeckte seinen weiten Lederumhang und verklebte sein Haar. Das Leuchten seines Gesichts ließ es aussehen, als hätte die Kälte ihn geschlagen. Er ging nachdenklich zum Feuer.

»Willkommen zurück, Herr«, sagte der Tralgu. Der Hauptmann nickte nicht einmal.

»Ich vermute, dass das Kundschaften nicht gut gelaufen ist«, sagte Meister Kit.

»Nicht schlechter als erwartet«, erwiderte Marcus Wester. »Der Karawanenmeister eröffnet es gerade den anderen. Man kommt nicht durch den Pass. Jetzt nicht und auch die nächsten Monate nicht.«

»Was?«, entfuhr es Cithrin jählings mit spitzer Stimme. Sie versuchte, das Wort zu verschlucken, sobald sie es ausgesprochen hatte, aber der Hauptmann nahm nicht groß Notiz von ihr.

»Der Schneefall hat früh eingesetzt, wir haben zu lange gebraucht, und wir hatten kein Glück«, sagte er. »Wir werden einen Lagerplatz für die Waren auftreiben und für uns Übrige ein paar Kojen. Im Frühjahr brechen wir dann nach Carse auf.«

Frühjahr. Das Wort traf Cithrin mitten in die Eingeweide. Sie blickte in die Flammen, die im Ofen tanzten, und spürte, wie ein Rinnsal aus geschmolzenem Schnee ihren Rücken hinablief. Ein verzweifeltes Lachen bildete sich weit hinten in ihrer Kehle. Wenn sie es herausließ, würde es sich in Tränen verwandeln, und sie würden kein Ende nehmen. Eine ganze Jahreszeit in ihrer Verkleidung. Alles aus ihrem Karren in ein Lagerhaus und wieder zurückschaffen, ohne dass man etwas bemerkte. Monate bis Carse anstelle von Wochen.

Ich kann das nicht, dachte sie.

MARCUS

DIE NACHT BRACH FRÜH AN. Lediglich die Hälfte der Karren war ausgeladen, und der Karawanenmeister wurde immer nervöser. Marcus glaubte nicht, dass daraus Schwierigkeiten erwachsen würden. Der Sturm war aus dem Westen aufgezogen, und die Berge würden ihm den Großteil des Schnees abringen. In Birancour mochten sie auf den Dächern stehen und Tunnel nach oben graben, aber Bellin lag im Regenschatten. Es würde alles gut gehen. Zumindest, was den Schnee betraf.

Yardem hatte eine eigene Unterkunft für die sogenannten Wachen beschafft: zwei kleine Räume, die sich eine Kohlenpfanne teilten, aber innerhalb der eigentlichen Stadt lagen, eng an den lebenden Fels geschmiegt. Gemeißelte Wirbel und Windungen glitzerten im Licht des Feuers, und die Wände schienen zu atmen und zu tanzen. Marcus zog seine vollgesogenen Lederstiefel aus und lehnte sich ächzend zurück. Die anderen waren alle da, lungerten herum und unterhielten sich und feilschten um die besten Schlafplätze. Es war nicht viel anders als bei echten Schwert- und Bogenkämpfern, und die Witze waren eindeutig besser. Sogar Yardem sah halbwegs entspannt aus, und das war nicht gerade alltäglich.

Dennoch war Marcus noch nicht mit seiner Arbeit fertig.

»Besprechung«, sagte er. »Unsere Aufgabe hat sich nun verändert. Am besten sprechen wir das durch, damit wir am Ende nicht überrascht werden.«

Das Geplänkel beruhigte sich. Meister Kit setzte sich neben das Feuer; sein borstiges graues Haar stand ab wie erstarrter Rauch.

»Ich sehe keine Möglichkeit, dass sich die Karawane das leisten kann«, sagte der Schauspieler. »Selbst mit engen Unterkünften wird es einiges kosten, uns ein paar Monate zu versorgen und unterzubringen.«

»Wahrscheinlich werden sie Geld verlieren«, sagte Marcus. »Aber das ist die Sache des Karawanenmeisters, nicht unsere. Wir sind nicht hier, um dafür zu sorgen, dass man einen Gewinn macht. Wir sind da, um für Sicherheit zu sorgen. Auf der Straße bedeutet das Schutz vor Banditen. Wenn wir uns den Winter über hier verkriechen, heißt das, wir passen auf, dass niemand einen Lagerkoller bekommt oder anfängt, mit jemandem ins Bett zu steigen, oder jemanden neidisch macht oder auf den Gedanken kommt, beim Kartenspielen allzu sehr zu betrügen.«

Smit zog ein langes Gesicht. »Spielen wir Wachen oder Kindermädchen?«, fragte der Mann.

»Wir tun, was immer die Karawane sicher nach Carse bringt«, erwiderte Marcus. »Wir werden sie vor uns selbst schützen, wenn wir müssen.«

»Hmm. Ein guter Vers«, sagte Cary, die dünne Frau. »*Sie vor uns selbst schützen, wenn wir müssen.*«

Marcus kniff mit gerunzelter Stirn die Augen zusammen.

»Sie schreiben ein neues Stück«, erklärte Meister Kit. »Eine Komödie über eine Schauspieltruppe, die angeheuert wird, um so zu tun, als seien die Mitglieder Karawanenwachen.«

Yardem brummte und zuckte mit einem Ohr. Vielleicht aus Ärger, vielleicht aus Erheiterung. Wahrscheinlich traf beides zu. Marcus entschied sich, es zu ignorieren.

»Wir haben eineinhalb Dutzend Fuhrmänner«, sagte Marcus. »Und den Karawanenmeister und seine Frau. Ihr wart wochenlang mit diesen Leuten unterwegs. Ihr habt sie beobachtet. Ihr kennt sie. Welche Schwierigkeiten haben wir zu erwarten?«

»Der Mann, der das Zinnerz fährt«, sagte Smit. »Er sucht seit dem Banditenüberfall Streit. Er wird nicht mehrere Monate ohne Reibereien durchstehen, außer jemand geht mit ihm ins Bett oder staucht ihn ordentlich zusammen.«

»Das habe ich mir auch gedacht«, erwiderte Marcus und gönnte sich einen Augenblick der Befriedigung. Diese Schauspieler waren deutlich aufmerksamer als seine üblichen Männer. Unter den gegenwärtigen Umständen würde sich das als hilfreich erweisen. »Was noch?«

»Der Viertel-Dartinae«, sagte Opal, die etwas ältere Hauptdarstellerin. »Er hat die Predigten des Karawanenmeisters beinahe so oft gemieden wie Ihr, Hauptmann. Es wird ihm nicht gut bekommen, wenn er den Schriften dauerhaft entsagt.«

»Das Mädchen mit dem falschen Schnurrbart«, brummte Mikel, der dünne Junge. »Sie sieht ziemlich zerbrechlich aus.«

»Oh ja. *Die*«, sagte Cary.

»Und Gott weiß, was sie wirklich herumfährt«, pflichtete Opal bei. »Wird nervös, wann immer sich jemand ihrem Karren nähert. Und sprechen will sie auch nicht darüber.«

Marcus hob die Hand, um sie zum Schweigen zu bringen. »*Wer?*«, fragte er.

»Das Mädchen mit dem falschen Schnurrbart«, sagte Meister Kit. »Die, die behauptet, sie heiße Tak.«

Marcus blickte zu Yardem. Der Gesichtsausdruck des Tralgu war ein Spiegelbild seiner eigenen Überraschung. Marcus hob eine Augenbraue. *Hast du das gewusst?* Yardem schüttelte einmal den Kopf, und seine Ohrringe klimperten. *Nein.*

Und Gott weiß, was sie wirklich herumfährt.

»Komm mit, Yardem«, sagte Marcus und zog seine Stiefel wieder an.

»Ja, Herr«, grollte der Tralgu.

Die Fuhrleute und der Karawanenmeister befanden sich in einem gesonderten Netzwerk von Räumen und Tunneln. Marcus ging durch die rauchverhangenen Säle und Gemeinschaftsräume, und Yardem ragte an seiner Seite auf. Die anderen Wachen oder Schauspieler – oder was immer sie waren – liefen ihnen nach wie Kinder, die Hasch-mich spielten. Bei jedem weiteren Zimmer, in dem Tak nicht zu sehen war, spürte Marcus, wie sich die Härchen in seinem Nacken aufrichteten. In Gedanken spielte er noch einmal alles durch, was auf der Straße geschehen war, jede Gelegenheit, während der er mit dem Jungen gesprochen hatte, alles, was der Karawanenmeister über ihn gesagt hatte. Es war nur sehr wenig. Beinahe nichts. Der Junge hatte sich – und noch viel mehr seinen Karren – immer aus allem herausgehalten.

Der Letzte der Räume, die sie gemietet hatten, blickte auf die dunklen und schneebedeckten Hügel hinaus. Hinter sich hörte Marcus die hohen, aufgeregten Stimmen der Fuhrleute, die wissen wollten, was los war. Die kühle, nasse Luft roch genauso nach Regen wie nach Schnee. Blitze leuchteten den Horizont aus.

»Er ist nicht da, Herr.«

»Das sehe ich.«

»Sie kann nicht weg sein«, sagte Opal hinter ihnen. »Das Mädchen wusste kaum, wie man den Karren steuert, wenn nichts vor ihr fährt, dem die Maultiere nachlaufen können.«

»Der Karren«, sagte Marcus und ging hinaus in die Düsternis.

Die Wagen, die noch nicht entladen waren, standen in der Nähe des niedrigen, steinernen Lagerhauses. Schnee lag einen halben Fuß hoch darauf, wodurch sie alle größer wirkten, als sie tatsächlich waren. Marcus stapfte zwischen ihnen durch. Hinter ihm zündete jemand Fackeln an, und die Flammen zischten im ununterbrochen fallenden Schnee. Marcus' Schatten tanzte zitternd über den Wollkarren. Auf seinem Bock lag der Schnee kaum einen halben Zoll hoch. Marcus stellte einen Fuß in die Eisenschlinge neben dem Rad und zog sich hinauf. Sobald er oben war, schlug er die Plane zurück. Tak lag darunter, zu einem Ball zusammengerollt wie eine Katze. Nun, da es einmal ausgesprochen war, konnte Marcus sehen, dass der Schnurrbart ungleichmäßig saß, dass die Farbe Flecken im Haar bildete. Was ein unterernährter, halb schwachsinniger junger Erstgeborener gewesen war, ergab als Mädchen mit Cinnae-Blut mehr Sinn.

»W...was...?«, stammelte das Mädchen, und Marcus packte sie an der Schulter und zog sie auf die Beine. Ihre Lippen waren blaugefroren.

»Yardem?«

»Hier, Herr«, sagte der Tralgu an der Seite des Karrens.

»Fang«, rief Marcus und gab ihr einen Schubs in seine Richtung. Als sie fiel, schrie das Mädchen auf, und dann hatte Yardem sie im Schwitzkasten. Ihre Schreie waren wild, und Yardem grunzte einmal, als sie einen Glückstreffer landete. Marcus achtete nicht auf den Kampf. Die Wolle war feucht und stank nach Schimmel. Er hob Ballen um Ballen hoch, die er dann auf den Boden fallen ließ. Die Schreie des Mädchens wurden schriller und verstummten dann. Marcus' Hand war auf etwas Hartes gestoßen.

»Reicht mir eine Fackel«, rief er.

Meister Kit kletterte stattdessen zu ihm nach oben. Das Gesicht des alten Mannes war ausdruckslos. Im Fackellicht zog Marcus die Kiste heraus. Schwarzholz mit einem Eisenschloss und harten Lederscharnieren. Marcus zog seinen Dolch und schlug auf die Scharniere ein, bis genug Platz war, dass er die Klinge zwischen Deckel und Kiste schieben konnte.

»Seid vorsichtig«, empfahl Meister Kit, als Marcus sein Gewicht auf das Messer stützte.

»Dafür ist es zu spät«, sagte Marcus, und das Schloss gab mit einem Knacken nach. Der Kistendeckel hing herab, schlaff und zerbrochen. Darin glitzerten und glänzten tausend geschliffene Glasstücke. Nein. Kein Glas. Edelsteine. Granate und Rubine, Smaragde, Diamanten und Perlen. Die Kiste war bis zum Rand damit gefüllt. Marcus spähte in das Loch hinab, das zwischen Wolle und Schnee zurückgeblieben war. Es gab weitere ähnliche Kisten. Dutzende davon.

Er blickte zu Meister Kit. Die Augen des Alten waren vor Erstaunen geweitet.

»Alles klar«, sagte Marcus knapp und ließ die Kiste zufallen. »Kommt mit.«

Auf dem Boden hatten sich die übrigen Wachen um Yardem und das Mädchen geschart. Yardem hielt das Mädchen noch immer in den breiten Armen, bereit, sie zu würgen, bis sie ohnmächtig wurde. Tränen liefen ihr die Wangen hinab. Ihr Kinn war trotzig und traurig vorgereckt. Marcus riss ihr ein Stück Schnurrbart von der Wange, knüllte es zwischen den Fingern zusammen und ließ es zu Boden fallen. Neben dem mächtigen Tralgu schien sie kaum mehr als ein Kind zu sein. Ihr Blick begegnete dem von Marcus, und er sah das Flehen, das darin lag. Etwas Gefährliches regte sich in seiner Brust. Nicht Wut, nicht Empörung. Nicht einmal Bedauern. Eine Erinnerung, die so lebendig war, dass sie schmerzte. Er zwang sich dazu, sich abzuwenden.

»Bitte«, sagte das Mädchen.

»Kit«, befahl er. »Bringt sie nach drinnen. In unsere Unterkünfte. Sie sagt zu keinem ein Wort, nicht einmal zum Karawanenmeister.«

»Wie Ihr befehlt, Hauptmann«, erwiderte Meister Kit. Yardem lockerte seinen Griff und trat einen halben Schritt zurück. Seine Augen waren auf das Mädchen gerichtet; er war bereit, sie wieder außer Gefecht zu setzen, wenn sie angriff. Meister Kit streckte ihr eine Hand hin. »Komm mit, meine Liebe. Du bist unter Freunden.«

Das Mädchen zögerte. Ihr Blick zuckte von Marcus zu Meister Kit und wieder zurück. Tränen standen in ihren Augen, aber sie schluchzte nicht. Er hatte einst ein anderes Mädchen gekannt, das auf diese Weise geweint hatte. Marcus schob den Gedanken zur Seite. Meister Kit führte sie fort. Die anderen folgten wie aus Gewohnheit dem Meisterschauspieler und ließen die Soldaten allein zurück.

»Der Karren«, sagte Marcus.

»Niemand wird in seine Nähe gelangen, Herr«, erwiderte Yardem.

Marcus blinzelte in den fallenden Schnee hinauf. »Wie alt ist sie deiner Ansicht nach?«

»Sie ist zum Teil Cinnae. Dadurch wird es schwer zu beurteilen«, grollte Yardem. »Sechzehn Sommer. Siebzehn.«

»Das habe ich auch gedacht.«

»Genauso alt wie Merian heute wäre.«

»Ungefähr.«

Marcus wandte sich wieder zur Felswand. Licht schimmerte in den Fenstern im Stein, und die uralten, mit Schnee verkrusteten Schriftzeichen, die in den Hang darüber gemeißelt waren, leuchteten tiefgrau auf der schwarzen Fläche.

»Herr?«

Marcus drehte sich wieder um. Der Tralgu saß bereits auf dem Kutschbock des Wagens und schlang sich etwas von dem Wollstoff auf die Art der Pût-Nomaden um, damit sein Körper warm blieb und er den Schwertarm frei hatte.

»Was in Ellis passiert ist, sollte bei Eurem Urteil keine Rolle spielen. Sie ist nicht Eure Tochter.«

Unruhig regten sich Gefühle in Marcus' Brust, wie ein Säugling, der im Schlaf gestört wird.

»Niemand ist das«, sagte er und ging in die Dunkelheit davon.

Ein Becher mit warmem Apfelwein und das mitfühlende Ohr von Meister Kit brachten die ganze Geschichte zum Vorschein: die Medean-Bank, den Tod des ursprünglichen Fuhrmanns, die verzweifelte Schmuggelfahrt nach Carse. Das Mädchen weinte die halbe Zeit. Sie hatte die einzige Heimat zurückgelassen, die sie gekannt hatte, und auch das, was einer Familie für sie am nächsten kam. Marcus hörte sich alles mit verschränkten Armen an, und die Falten gruben sich immer tiefer in sein Gesicht. Was ihn mitnahm, waren die Kleinigkeiten – die Art und Weise, wie ihre Stimme kräftiger wurde, wenn sie über Wechselbriefe und die Schwierigkeiten des Geldtransports sprach; ihre Gewohnheit, sich das Haar aus den Augen zu schieben, auch wenn keines da war; wie sie zum Selbstschutz Schultern und Nacken krümmte. Tak der Fuhrjunge war seiner Aufmerksamkeit entgangen. Cithrin bel Sarcour, die dilettantische Schmugglerin, war eine andere Angelegenheit.

Als sie fertig war, ließ Marcus sie bei den Schauspielern

zurück, nahm Meister Kit am Ellbogen und lenkte ihn durch die schmalen Steingänge, die den Fels von Bellin durchzogen. Die Dunkelheit wurde an jeder Biegung von Kerzen zurückgedrängt – genug Licht, um zu sehen, wohin man ging, wenn auch nicht die einzelnen Schritte, die einen dorthin brachten. Aber das langsame Gehen kam Marcus' Bedürfnissen in diesem Augenblick entgegen.

»Ihr habt davon gewusst?«, fragte Marcus.

»Ich wusste, dass das Mädchen verkleidet unterwegs war.«

»Ihr habt es nie erwähnt.«

»Ich habe es nicht für so merkwürdig gehalten. Meiner Erfahrung nach nehmen Leute sehr häufig Rollen an und legen sie wieder ab. Denkt an meine Aufgabe bei der Karawane.«

Marcus holte lange und tief Luft. »Nun gut«, sagte er. »Ich werde das vor den Karawanenmeister bringen müssen. Wir können nicht hierbleiben.«

»Nichts für ungut, Hauptmann, aber weshalb nicht? Für mich scheint es, als wäre die Mission der Karawane nach wie vor die gleiche. Nun, da wir über die Lage Bescheid wissen, können wir dem Mädchen vielleicht helfen, die Täuschung aufrechtzuerhalten. Wir könnten ihre Fracht bis zum Frühling verstecken und weitermachen, als hätte sich nichts verändert.«

»So funktioniert das nicht.«

»Was funktioniert so nicht, Hauptmann?«, fragte Meister Kit. Marcus hielt in einer engen Kurve an. Die einzelne Kerze verlieh den Linien, die in die Mauer gemeißelt waren, den Anschein von Leben und Bewusstsein. Im trüben Licht war das Gesicht des Schauspielers aus Gold und Schwärze.

»Die *Welt* funktioniert so nicht«, sagte Marcus. »So viel Geld besitzt man nie, ohne dass Blut vergossen wird. Früher oder später wird einer von uns gierig. Und selbst wenn das nicht passiert, sucht irgendwer nach diesem Karren.«

»Aber wie sollte ihn jemand finden, wenn man nicht weiß, dass man auch nach uns Ausschau halten muss?«, fragte Meister Kit. Marcus fiel auf, dass der Mann die Gefährlichkeit von Gier und Verrat nicht in Abrede gestellt hatte.

»Soll ich raten? Man wird Geschichten von einer Karawane hören, die vom Helden von Gradis und Wodfurt bewacht wird. Und einem Kundigen, der Pfeile ablenken und die Macht der Bäume beschwören kann.«

Der Verdruss auf dem Gesicht des Schauspielers sagte Marcus, dass seine Argumente einleuchtend waren.

»Das ist nicht das, wofür ich Euch angeheuert habe«, sagte Marcus, »aber ich brauche Euch weiterhin bei mir.«

Meister Kit schürzte die Lippen, zögerte einen langen Augenblick, wandte sich dann um und ging weiter in die Dunkelheit zwischen den Kerzen hinein, auf dem Weg zur Unterkunft des Karawanenmeisters. Beinahe eine Minute lang waren ihre Schritte die einzigen Geräusche.

»Was habt Ihr vor?«, fragte Meister Kit, seine Stimme verhalten. Marcus nickte unwillkürlich. Das war zumindest noch kein *Nein*.

»Nach Süden ziehen«, sagte Marcus. »Der Westen ist schneebeladen, Osten bedeutet zurück zu denjenigen, die uns vielleicht folgen. Im Norden warten im Winter die Trockenbrachen. Wir lassen durchsickern, dass wir die Güter nach Maccia oder Gilea bringen und versuchen werden, sie dort auf den Märkten zu verkaufen, anstatt auf Carse zu warten. Wir bewegen uns nach Osten, und dann biegen wir nach Süden ab.«

»Ich kenne keine Straßen, die nach Süden führen, bis …«

»Nicht auf Straßen. Wir müssen herunter von den Drachenstraßen und Bauernwege und die Pfade der Einheimischen hinab zum Innenmeer nehmen. An der Küste entlang gibt es einen Pass, der fast niemals zufriert. So kommen wir in vier Wochen nach Birancour, wenn es kalt bleibt. Fünf, wenn es so starkes Tauwetter gibt, dass es schlammig wird. Es gefällt ihnen dort nicht, wenn bewaffnete Gruppen die Grenze überschreiten, daher wird vermutlich jeder, der uns folgt, zurückgewiesen. Noch eine Woche länger, und wir sind in Porte Oliva. Die Stadt ist groß genug, dass man während des Winters darin untertauchen kann. Oder wir können nach Nordosten und Carse weiterziehen, wenn die Straßen halbwegs anständig sind.«

»Das sieht nach einem langen Umweg aus«, sagte Meister Kit. Der Gang öffnete sich zu einer breiteren Kammer, in der mehrere Gänge aufeinandertrafen und eine Öllampe an einem eisengeschmiedeten Bügel hing, und in ihrem Licht hielt Meister Kit an, um sich umzuwenden und ihn anzusehen. Das Gesicht des Mannes war sanft und nüchtern. »Ich frage mich, ob ihr die andere Möglichkeit in Betracht gezogen habt.«

»Ich sehe keine andere.«

»Wir könnten alle zu dem Karren gehen, uns die Taschen und Börsen füllen und verschwinden wie Tau in der Morgensonne. Alles, was übrig ist, könnten wir in ein Lagerhaus stellen und zum Problem eines anderen werden lassen.«

»Das wäre vielleicht das Klügste«, sagte Marcus. »Aber es ist nicht die Aufgabe. Wir sichern die Karawane, bis sie dort ankommt, wo sie hin soll.«

Marcus konnte die Skepsis im langen Gesicht des Schauspielers sehen, und die grimmige Erheiterung. Er erkannte, dass dies der Augenblick war, der über alles andere entscheiden würde. Wenn der Schauspieler ablehnte, blieben nicht mehr viele Möglichkeiten übrig.

Meister Kit zuckte mit den Schultern. »Dann sollten wir dem Karawanenmeister wohl sagen, dass seine Pläne sich geändert haben.«

Die Karawane zog kurz vor Mittag unter einem tiefhängenden grauen Himmel los. Marcus fuhr an der Spitze. Sein Kopf schmerzte noch von einer Nacht voller Träume, die so vertraut wie tückisch waren. Blut und Feuer. Die Todesschreie einer Frau und eines Kindes, die inzwischen schon zwölf Jahre lang Staub waren. Der Geruch von brennendem Haar. Es lag Jahre zurück, dass er mit einem Schrei nach seiner Frau und seiner Tochter auf den Lippen erwacht war. Nach Alys und Merian. Er hatte gehofft, die Alpträume wären für immer vergangen, aber sie waren eindeutig zurückgekehrt.

Er hatte sie schon einmal überstanden. Er konnte sie wieder überstehen.

Der Karawanenmeister saß neben ihm, und manchmal kamen die weißen Fahnen, die ihre Atemzüge sichtbar machten, gleichzeitig und manchmal nicht. Krähen beäugten sie von den schneebedeckten Bäumen herab, bewegten ihre Flügel wie alte Männer. Der Schnee war nass, lag aber nicht höher als einen Fuß auf der Straße. Es würde schlimmer werden, sobald sie die Drachenstraßen verlassen hatten.

»Ich kann nicht glauben, dass wir das tun«, sagte der Karawanenmeister zum hundertsten Mal. »Sie haben es mir nicht einmal *gesagt*.«

»Sie haben in Euch keinen Schmuggler gesehen«, sagte Marcus.

»Sie haben in mir einen Stümper gesehen.«

»Mir ging's ähnlich«, sagte Marcus. Und dann, als der Timzinae entrüstet dreinblickte: »Nein, mir ist es wie Euch ergangen. Ich habe nicht gedacht, dass *Ihr* ein Stümper seid.«

Der Karawanenmeister hüllte sich in ein bitteres Schweigen. Die Klippen von Bellin verschwammen hinter ihnen. Es versprach ein elender Winter zu werden. Als sie für die Nacht anhielten und in der rasch düster werdenden Dämmerung Zelte aufschlugen, ging Marcus mit Yardem an seiner Seite durch das Lager. Unterhaltungen brachen ab, als sie näher kamen. Das Lächeln der Fuhrleute wurde falsch und unglaubwürdig. Groll zog sich durch die Karawane wie Öl durch einen Docht. Er musste dafür sorgen, dass er durch nichts entzündet wurde. Als er zu seinem eigenen Zelt kam, wartete sie auf ihn.

Tak der Fuhrjunge war fort, aus der Welt verschwunden, als hätte es ihn nie gegeben. Die Schauspieler hatten geholfen, ihr die gröbste Farbe aus dem Haar zu waschen, und ohne den flechtenartigen Schnurrbart wirkte ihr Gesicht beinahe unnatürlich sauber. Ihre Jugend und ihr Cinnae-Blut verliehen ihr zusammen eine gewisse Unreife, aber in ein paar Jahren würde sie sich in eine Frau verwandelt haben.

»Hauptmann Wester«, sagte sie, dann schluckte sie nervös. »Ich habe Euch noch nicht sagen können, wie sehr ich für alles dankbar bin.«

»Es ist meine Aufgabe«, erwiderte Marcus.

»Es ist trotzdem mehr, als ich hätte verlangen können, und ... ich danke Euch.«

»Du bist noch nicht in Sicherheit«, entgegnete Marcus schärfer, als er es beabsichtigt hatte. »Spar dir deine Dankbarkeit, bis es so weit ist.«

Das Mädchen wurde rot, so dass ihre Wangen wie Rosenblätter auf Schnee wirkten. Sie verbeugte sich halb, wandte sich ab und ging davon, wobei ihre Schritte im Schnee knirschten. Marcus sah ihr nach, schüttelte den Kopf und spuckte aus. Yardem, der noch immer an seiner Seite war, räusperte sich.

»Das Mädchen ist nicht meine Tochter«, sagte Marcus.

»Ist sie nicht, Herr.«

»Sie verdient meinen Schutz auch nicht mehr als jeder andere in dieser Karawane, ob Mann oder Frau.«

»Tut sie nicht, Herr.«

Marcus blinzelte in die Wolken hinauf. »Ich habe ein Problem«, schloss er.

»Ja, Herr«, sagte Yardem. »Habt Ihr.«

DAWSON

DIE JAGD DES KÖNIGS preschte durch den dicht fallenden Schnee, und das Bellen der Hunde war im grauen Zwielicht schwächer und unheimlicher geworden. Dawson Kalliam beugte sich über den dampfenden Hals seines Pferdes nach vorn und spürte, wie sich das große Tier vom Boden abstieß. Er sah den vereisten Graben unter ihnen als verschwommenen Strich, und dann war er darüber hinweg, und die Wucht ihrer Landung wich wieder der windschnellen Jagd. Hinter ihnen erhob sich ein halbes Dutzend Stimmen, aber nicht die des Königs. Dawson beachtete sie nicht. Zu seiner Linken ragte ein graues Pferd mit einem Jagdgeschirr aus rotem Leder aus dem Schnee. Feldin Maas. Andere ritten dicht dahinter, nicht mehr als Schatten, die der Schnee verschlang. Dawson beugte sich dichter über sein Pferd, trieb ihm die Fersen in die Flanken und drängte es schneller voran.

Der Hirsch war lange und angestrengt gerannt, und zweimal hätte er die Jäger und ihre Hunde beinahe zum Besten gehalten. Aber Dawson war bei jedem Wetter durch die Hügel von Osterlingbrachen geritten, seit er ein Junge gewesen war, und er kannte ihre Fallen. Der Hirsch war in eine Schlucht ohne Ausgang eingebogen, und daraus würde er nicht mehr fliehen können. Der Todesstoß gehörte natürlich König Simeon. Sie wetteiferten nur darum, wer der Erste war, der die Beute erreichte.

Die unteren Äste einer Kiefer stachen überraschend grün aus der Leere hervor und zeigten den Ort an, an dem der Hirsch durchgekommen war. Dawson drehte sich um, weil er spürte, wie Feldin Maas und die anderen dicht hinter ihm herandrängten. Das Heulen und Japsen der Hunde wurde lauter. Er presste die Kiefer zusammen und zwang sich zum Weiterreiten.

Etwas stürmte zu seiner Rechten vor. Nicht der Graue. Ein weißes Pferd ohne Geschirr. Sein Reiter hatte keinen Helm und keine Kappe auf, und das lange rotgoldene Haar kündigte Curtin Issandrian so deutlich an wie eine Standarte. Dawson drückte noch einmal die Fersen in die Flanken des Pferdes, und es sprang vorwärts. Zu schnell. Er spürte, wie der trommelnde, pochende Rhythmus des Galopps ins Stocken geriet. Das Pferd kämpfte darum, auf den Beinen zu bleiben. Der Weiße stürmte vor, an ihm vorbei, und einen Augenblick später war der Graue mit Feldin Maas an seiner Schulter.

Wenn der Hirsch noch weitere tausend Schritt gerannt wäre, hätte Dawson seinen Ehrenplatz vielleicht wieder einnehmen können, aber das dem Untergang geweihte Tier stellte sich zu schnell auf einer Lichtung zum Kampf. Zwei Hunde lagen tot zu seinen Füßen, und die Jäger hielten den Rest der Meute mit ihren Stimmen und kurzen Gerten zurück. Eine Spitze vom Geweih des Hirsches war abgebrochen, und seine Flanke war mit Blut verschmiert. Sein linkes Hinterbein war blutgetränkt, wo ein übereifriger Hund ihm die Afterklaue herausgerissen hatte, und sein scheckiger Winterpelz verlieh ihm den Anschein eines Reisenden am Ende seiner Fahrt. Er wandte sich zu ihnen um, sein Atem weiß und erschöpft, gerade als Curtin Issandrian zum Halten kam, Dawson und Feldin Maas gleich hinter ihm.

»Gutes Spiel, Issandrian«, brummte Dawson.

»Er ist wunderschön, oder?«, fragte der Sieger, der ihn nicht beachtete. Dawson musste zugeben, dass der Hirsch eine wahrhaft noble Haltung an den Tag legte. Erschöpft und geschlagen wie er war, ging im Angesicht des Todes kein Gefühl der Angst von ihm aus. Ergebenheit vielleicht. Hass, das gewiss. Issandrian zog sein Schwert und grüßte das Tier, und es senkte wie zur Anerkennung den Kopf. Die zweite Reitergruppe stürmte auf die Lichtung, sechs insgesamt mit den Siegeln ihrer Häuser. Die Hunde sprangen und bellten, die Jäger riefen und fluchten.

Und dann erschien der König.

König Simeon ritt auf einem großen schwarzen Streitross, die schwarzen Lederzügel mit Scharlachrot und Gold durchwirkt. Prinz Aster ritt auf einem Pony an der Seite seines Vaters, der Rücken des Kindes aufrecht vor Stolz und seine Rüstung noch ein wenig zu groß für seine Statur. Des Königs persönlicher Jagdmeister ritt hinterher, und hinter ihm kam ein riesiger Jasuru mit grüngoldener Rüstung, die zu seinen Schuppen passte. König Simeon selbst trug eine dunkle Lederrüstung, die mit Silber beschlagen war, und einen schwarzen Helm, der den Ansatz der Wangen und die schräge Nase verbarg.

Dawson war mit ihm auf der Jagd gewesen, seit sie beide Jünglinge gewesen waren, jünger als Maas und Issandrian, und er konnte die Erschöpfung an der Haltung des Königs erkennen, auch wenn es sonst niemand konnte. Die übrige Jagdgesellschaft ritt hinter ihm: Die Gelegenheitsjäger waren mehr am Geschwätz und an einem schönen Tagesritt als an der sportlichen Herausforderung interessiert. Die Banner aller großen Häuser waren vertreten – es war der Hof von Camnipol auf einer Lichtung in den Osterlingbrachen.

Der Jasuru-Jäger nahm einen Speer vom Rücken und hielt ihn dem König hin. In den Händen des Königs wirkte er länger. Der Jasuru-Jäger rief, und die Hunde stürzten vor, sprangen den Hirsch an. Lenkten ihn ab. König Simeon trieb sein Pferd nach vorn und griff an. Beim Aufprall stolperte der Hirsch zurück, die Speerspitze tief im Hals. Als er fiel, hatte Dawson den Eindruck, dass das Tier eher Überraschung als Schmerz spürte. Der Tod, auch wenn er sich noch so deutlich abgezeichnet hatte, kam dennoch unerwartet. König Simeons Arm war stark wie eh und je, seine Augen genauso scharf. Der Hirsch starb schnell und bedurfte keines Gnadenaktes durch einen Pfeil. Als die Jäger die Hunde zurückriefen und die Fäuste hoben, um zu bestätigen, dass das Tier tot war, stieg unter den Adligen Jubel auf, Dawsons Stimme eingeschlossen.

»Und wer hat nun die Ehre gewonnen?«, fragte König Simeon, während seine Jäger sich daranmachten, den Hirsch zu zerlegen. »Issandrian? Oder wart Ihr es, Kalliam?«

»Es war am Ende so knapp«, sagte Issandrian, »dass ich behaupten würde, der Baron und ich sind gemeinsam eingetroffen.«

Feldin Maas ließ sich mit einem selbstgefälligen Grinsen aus dem Sattel gleiten und ging vor, um die getöteten Hunde zu untersuchen.

»Stimmt nicht«, sagte Dawson. »Issandrian war eine gute Länge vor mir da. Die Ehre gebührt ihm.«

Und ich werde dir nichts schuldig sein, nicht einmal etwas so Kleines wie dies, dachte er, sagte es aber nicht.

»Dann wird Issandrian das Geweih erhalten«, verkündete König Simeon und rief laut: »Issandrian!«

Die anderen hoben Fäuste und Schwerter, grinsten im fallenden Schnee und riefen den Namen des Siegers. Das Festmahl würde am Tag danach stattfinden, wenn das Wild an Dawsons eigener Feuerstelle zubereitet wurde, und Issandrian würde auf dem Ehrenplatz sitzen. Dieser Gedanke war wie ein Knoten in seiner Kehle.

»Geht es Euch gut?«, fragte der König, leise genug, dass die Worte nicht weit trugen.

»Bestens, Hoheit«, sagte Dawson. »Es geht mir bestens.«

Eine Stunde später, während sie zurück zum Haus ritten, trottete Feldin Maas neben ihm her. Seit Vanais Fall und der Niederlage der Verstärkung aus Maccia hatte Dawson vorgegeben, dass die Neuigkeiten aus den Freistädten ihm nichts bedeuteten, aber die Scharade verschliss langsam.

»Lord Kalliam«, sagte Maas. »Hier, für Euch.«

Er warf Dawson einen Zweig zu. Nein, keinen Zweig. Ein Stück abgebrochenes Geweih, rot vom Blut eines Hundes.

»Eine kleine Ehre ist besser als gar keine, oder?«, fragte Maas mit einem Grinsen, dann schnalzte er seinem Pferd mit der Zunge zu und ritt weiter.

»Eine kleine Ehre«, flüsterte Dawson grimmig.

Während sie zurück zur Festung ritten, ging der Schneefall von tiefen, fedrigen Flocken in bloße Pünktchen über, und die Berge im Osten tauchten wieder auf, als die tiefhängenden Wolken dünner wurden und aufrissen. Der Geruch nach Rauch lag in der Luft, und die Spiraltürme von Osterlingbrachen ragten im Süden empor. Der Stein – Granit und Drachenjade – glühte im Sonnenlicht, und die Girlanden, die von den Zinnen hingen, flatterten im Wind.

Als Gastgeber war es an Dawson, die Zubereitung des Hirschs zu überwachen. Das bedeutete nicht viel mehr, als eine halbe Stunde in der Küche zu stehen und Frohsinn zu mimen, aber dennoch wehrte seine Seele sich dagegen. Er konnte sich nicht überwinden, in das Chaos von Dienern und Hunden hinabzusteigen. Er stapfte zu den breiten Steinstufen neben den Öfen und stand auf dem Absatz, der die Zubereitungstische überblickte. An der Wand aufgereiht kühlten Pasteten, Kuchen und Brote aus, und eine Greisin drückte Pfauenfedern in eine Schweinepastete, die so geformt war, dass sie dem Vogel ähnelte. Der Geruch nach gebackenen Rosinen und Huhn erfüllte die heiße Luft. Die Jäger kamen mit dem Kadaver, und vier junge Männer machten sich daran, das Fleisch vorzubereiten, rieben es mit Salz, Minzblättern und Butter ein, schnitten die Drüsen und Adern heraus, die nach dem Zerlegen noch verblieben waren. Dawson verzog das Gesicht. Das Tier war einst edel gewesen, und wenn man es jetzt sah …

»Gemahl?«

Clara, die hinter ihm stand, stellte jenen liebenswürdigen Gesichtsausdruck zur Schau, der sich bei ihr in den frühen Phasen der Erschöpfung zeigte. Ihre Augen glänzten, und die Grübchen um ihren Mund waren nur um ein Winziges tiefer als sonst. Niemand würde es erkennen, der nicht ein Leben damit verbracht hatte, sie anzusehen. Er verabscheute den Hof dafür, dass er diesen Ausdruck in ihre Augen legte.

»Gemahlin«, sagte er.

»Wollen wir?«, fragte sie und machte einen halben Schritt auf die hintere Eingangshalle zu. Er verzog den Mund vor Ärger. Nicht auf sie, sondern auf die häusliche Katastrophe, die wohl als Nächstes seine Anwesenheit erfordern würde. Er nickte knapp und folgte ihr zurück in die Schatten und die begrenzte Ungestörtheit. Ehe er den Absatz verließ, hielt ihn eine neue Stimme auf.

»Herr! Ihr habt das verloren, mein Lord.«

Einer der Jäger stand an der Treppe. Ein junger Mann mit

breitem Kinn und offenem Gesicht, der die Tracht der Kalliam trug. Er hielt ein Stück abgebrochenes, von Blut verdunkeltes Horn empor. Ein Diener, der Baron Kalliam wie ein Kind wegen verlorenen Tands zurückrief.

Dawson spürte, wie sich sein Gesicht verdüsterte und seine Hände sich zu Fäusten ballten. »Wer bist du?«, fragte er, und der Jäger wurde beim Klang seiner Stimme blass.

»Vincen, Herr. Vincen Coe.«

»Du gehörst nicht zu meinen Männern, Vincen Coe. Hol deine Sachen und verlasse mein Haus bis Einbruch der Nacht.«

»M...mein Lord?«

»Willst du bei der Gelegenheit auch noch ausgepeitscht werden?«, rief Dawson.

In der Küche unter ihnen wurde es still. Alle Blicke wandten sich ihnen zu und dann schnell wieder ab.

»Nein, mein Lord«, sagte der Jäger.

Dawson drehte sich um und stapfte in die Düsternis des Ganges davon, Clara an seiner Seite. Sie machte ihm keinen Vorwurf. In den Schatten der Treppe beugte sie sich zu ihm, um rasch und beinahe in sein Ohr zu sprechen.

»Simeon hat nach einem warmen Bad verlangt, als er hereingekommen ist, und anstatt alle anderen aus den blauen Räumen werfen zu lassen, habe ich den Hausmeister Andrs Haus vorbereiten lassen. Das beim Ostflügel. Es ist ohnehin ein angenehmerer Raum, und es hat diese kleinen Rohre, die das Wasser heiß halten.«

»Das ist wunderbar«, sagte Dawson.

»Ich habe Befehl erteilt, dass niemand hineingelassen wird, außer dir natürlich. Weil ich gewusst habe, dass du einen Augenblick mit ihm allein sein willst.«

»Ich kann den König doch nicht beim Baden stören«, sagte Dawson.

»Natürlich kannst du, Liebling. Sag ihm nur, dass ich es versäumt habe, dich vorzuwarnen. Ich habe darauf geachtet zu erwähnen, dass es der Ort ist, den du nach einer Jagd am liebsten aufsuchst, daher wird es nicht ganz unglaubwürdig erscheinen. Außer natürlich, er fragt die Diener aus, und sie sagen, dass du eigentlich die blauen Räume benutzt. Aber es wäre grob, so herumzustochern, und Simeon ist mir nie auf diese Weise aufgefallen, oder dir vielleicht?«

Dawson spürte, wie ein Gewicht, dessen er sich nur halb bewusst gewesen war, von ihm genommen wurde. »Was habe ich getan, um eine Frau zu verdienen, die so vollkommen ist wie du?«

»Es war Glück«, sagte sie, und ein schwaches Lächeln drang durch ihre freundliche Fassade. »Jetzt geh, ehe er sein Bad beendet. Ich werde mich um diesen armen Welpen von einem Jäger kümmern, den du gerade getreten hast. Sie sollten es wirklich besser wissen, als auf dich zuzukommen, wenn du solche Laune hast.«

Andrs Haus lag innerhalb der Mauern der eigentlichen Festung, schmiegte sich aber abseits der Hauptgebäude neben die Kapelle. Die Cinnae-Dichterin, deren Namen es trug, hatte darin gelebt, als Osterlingbrachen der Sitz eines Königs mit einem Hang zur Kunst der niederen Rassen gewesen war und Antea nur der Name eines unbedeutenden Stammes von Edelleuten einen halben Tagesritt im Norden. Keines von Andrs Gedichten hatte die Jahrhunderte überdauert. Die einzigen Spuren, die sie auf der Welt hinterlassen hatte, waren ein kleines Haus, das ihren Namen trug, und eine Inschrift, die in den steinernen Eingang gekerbt war – dracani sant dracas –, deren Bedeutung selbst vergessen war.

König Simeon lag in einer Badewanne aus geschmiedeter Bronze, die zur breiten Hand eines Dartinae geformt war; die langen Finger krümmten sich zurück zur Handfläche und ließen dampfend heißes Wasser aus Rinnen unter den Klauen tröpfeln. In einem Regal auf dem Daumen stand eine Steinschüssel mit Seife. Ein Fenster mit Buntglas färbte die warme Luft grün und golden. Die Leibdiener standen an der rückwärtigen Wand, mit weichen Tüchern, um den König zu trocknen, und schwarzen Schwertern, um ihn zu verteidigen. Der König blickte auf, als Dawson den Raum betrat.

»Vergebt mir, Sire«, sagte Dawson. »Ich wusste nicht, dass Ihr hier seid.«

»Es macht nichts, alter Freund«, erwiderte Simeon. »Mir war bewusst, dass ich als Eindringling an Euren liebsten Rückzugsort komme. Setzt Euch. Genießt die Hitze, und ich werde Euch Platz machen, sobald ich wieder Gefühl in den Zehen habe.«

»Ich danke Euch, Sire«, sagte Dawson, während die Diener ihm einen Hocker brachten. »Wie der Zufall es will, habe ich gehofft, eine Angelegenheit unter vier Augen mit Euch besprechen zu können. Über Vanai. Es gibt da etwas, das Ihr am besten von mir hört.«

König Simeon richtete sich auf, und einen Moment lang waren sie nicht mehr Herr und adliger Untertan, sondern wieder Simeon und Dawson. Beide von Adel und Rang, voller Stolz und Würde. Dawsons Verachtung für den Feldzug nach Vanai und seine Empörung darüber, dass sein eigener Sohn den Befehl erhalten hatte, unter Alan Klin seinen Dienst zu verrichten, waren wohlbekannt. Dennoch wärmte Dawson alles noch einmal auf, bis sein Zorn und seine Selbstgerechtigkeit zu einer Geschwindigkeit aufwallten, die ihn durch sein Geständnis tragen würde. Simeon hörte zu, und die Leibdiener waren mit sorgsamem Gleichmut darauf bedacht, alldem keine Aufmerksamkeit zu schenken. Dawson beobachtete, wie der Ausdruck auf dem alten, vertrauten Gesicht von Neugier zu Überraschung und dann zu Enttäuschung überging und sich am Ende zu einer gewissen heiteren Verzweiflung verfestigte.

»Ihr müsst aufhören, solche Spielchen mit Issandrians Kabale zu spielen«, sagte der König des imperialen Antea, als er sich zurück in sein Bad lehnte. »Und dennoch wünschte ich bei Gott, es hätte funktioniert. Das hätte mir eine halbe Welt voller Ärger erspart. Ihr habt doch sicher von der Edfurter Charta gehört?«

»Der was?«

»Edfurter Charta. Es ist ein Pergamentblatt, das ein Priester in der hintersten Bibliothek von Siebenpol gefunden hat. Darin wird der Vorstand eines Bauernrates unter König Durren dem Weißen ernannt. Im Norden gibt es einen Antrag, aufgrund dieser Charta einen erneuten Bauernrat einzuberufen. Jeder Landbesitzer mit genug Ernte, um dafür zu bezahlen, hätte dann eine Stimme bei Hof.«

»Das meint Ihr doch nicht ernst«, sagte Dawson. »Werden sie Maultiere durch die Paläste treiben? Ziegen in den Gärten der Königshöhe halten?«

»Bringt sie nicht auf diese Gedanken«, scherzte der König und griff nach der Seifenschale.

»Es ist nur ein politisches Manöver«, sagte Dawson. »Sie werden das niemals tun.«

»Ihr versteht nicht, wie gespalten der Hof ist, alter Freund. Issandrian ist sehr beliebt bei den Leuten von niederer Geburt.

Wenn sie Macht gewinnen, gewinnt er mit ihnen. Und nun, da Klin und seine Börse in Vanai sind, sehe ich nicht, dass ich großartige Möglichkeiten hätte.«

»Ihr könnt doch nicht vorhaben ...«

»Nein, es kann keinen Bauernrat geben. Aber ein Frieden muss geschlossen werden. Zu Mittsommer werde ich Aster als Mündel zu Issandrian schicken.«

Die großen bronzenen Fingerspitzen tropften. Eine vorbeiziehende Wolke verdunkelte das Licht. König Simeon saß ruhig da und seifte sich die Arme ein, ausdruckslos, während sich die Konsequenzen vor ihnen entfalteten.

»Dann wäre er Regent«, sagte Dawson, seine Stimme belegt und erstickt. »Wenn Ihr sterbt, ehe Aster seine Reife erlangt, wäre Issandrian Regent.«

»Nicht gewiss, aber er hätte einen Anspruch darauf.«

»Er wird Euch töten lassen. Das ist Verrat.«

»Das ist Politik«, sagte Simeon. »Ich hatte gehofft, Ternigan würde die Stadt selbst behalten, aber der alte Bastard ist auf Unabhängigkeit aus. Er weiß, dass Issandrians Kabale Oberwasser gewinnt. Nun hat er diesen Leuten einen Gefallen getan, ohne sich gleich ihrem Lager anzuschließen. Ich werde ihn umwerben müssen. Sie werden ihn umwerben müssen. Er wird in Kavinpol sitzen und Küsse auf beide Wangen erhalten.«

»Curtin Issandrian wird Euch *töten,* Simeon.«

Der König lehnte sich zurück, dunkles Wasser lief seine Arme empor und ließ sein Haar dunkler werden. Seifenschaum trieb wirbelnd auf dem Wasser.

»Das wird er nicht. Solange er meinen Sohn hat, kann er an meinen Fäden ziehen, ohne auf einem Thron sitzen zu müssen.«

»Dann brecht ihn«, sagte Dawson. »Ich werde Euch helfen. Wir können eine eigene Kabale aufbauen. Es gibt Männer, die die Traditionen nicht vergessen haben. Sie *hungern* danach. Wir können sie zusammentrommeln.«

»Das können wir, aber was wird dabei herauskommen?«

»Simeon. Alter Freund. Das ist der Augenblick. Antea braucht jetzt einen wahren König. Es ist an Euch, dieser Mann zu sein. Schickt Euren Jungen nicht zu Issandrian.«

»Es ist nicht die richtige Zeit dafür. Issandrian steigt auf, und es wird den Streit nur verschlimmern, wenn man sich ihm jetzt entgegenstellt. Warten wir lieber, bis er strauchelt. Meine Aufgabe ist es jetzt, dafür zu sorgen, dass wir dabei nicht dem Pfad des Drachen folgen. Wenn ich Aster das Königreich ohne einen Bürgerkrieg hinterlassen kann, wird das Erbe groß genug sein.«

»Selbst wenn es nicht das wahre Antea ist?«, fragte Dawson, hinter dessen Augen es zu schmerzen begann. »Was für eine Ehre liegt in einem Königreich, das sein Erbe an diese prahlenden, aufgeblasenen Kinder verloren hat?«

»Wenn Ihr das gesagt hättet, ehe Ternigan ihm Vanai übergeben hat, hätte ich vielleicht zugestimmt. Aber wo liegt die Ehre, eine Schlacht zu schlagen, die man nicht gewinnen kann?«

Dawson blickte auf seine Hände hinab. Vom Alter waren die Knöchel geschwollen, und die Kälte hatte die Haut spröde gemacht. Sein Jugendfreund, sein Herr und König, seufzte und brummte, schob sich in der Wanne herum wie ein alter Mann. Irgendwo in Osterlingbrachen tranken Curtin Issandrian und Feldin Maas seinen Wein, prosteten sich damit zu. Lachten. Dawsons Wangen schmerzten, und er zwang sich dazu, den Kiefer zu entspannen.

Wo liegt die Ehre, eine Schlacht zu schlagen, die man nicht gewinnen kann? Der Satz hing zwischen ihnen in der Luft. Als er es schaffte, die Enttäuschung aus seiner Stimme zu verdrängen, sprach Dawson.

»Wo sollte sie sonst liegen, mein Lord?«

Cithrin

Sobald die Drachenstrassen hinter ihnen lagen, verwandelte sich die Welt in Schnee und Schlamm. Der Karren unter ihr holperte durch Rillen und Löcher, die Maultiere vor ihr kämpften und schlitterten, und die Räder rumpelten schmatzend durch den Dreck, den die vorausfahrenden Karren hinterlassen hatten. Cithrin saß da, die Zügel in den betäubten Fingern, während ihr Atem Geister entstehen ließ, und sah, wie die niedrigen Hügel Ebenen wichen, die Wälder zusammenschrumpften und schneebedecktes Gestrüpp und Dornensträucher ihren Platz einnahmen. Im Frühling mochte das Land rund um die Freistädte vielleicht grün und lebendig sein, aber jetzt schien es leer und endlos.

Sie kamen an einem Feld mit verfaulenden Heuhaufen vorbei, die von irgendeiner Bauerntragödie zeugten. An einem Weinhügel, auf dem Spaliere in Reih und Glied standen, um schwarze, holzige Ranken zu stützen, die abgestorben wirkten. Hin und wieder huschte ein Schneehase vorüber, fast schon zu weit entfernt, um ihn zu erkennen. Oder ein Reh verirrte sich in die Nähe, bis eine der Wachen einen Pfeil darauf abschoss und auf frisches Wild hoffte. Soweit sie sehen konnte, trafen sie nie.

Vor allem war es kalt. Und die Tage wurden immer noch kürzer. Der Karawanenmeister ließ sie nachts an einer verlassenen Mühle anhalten. Cithrin zog an den Zügeln, so dass ihr

Karren neben der dünnen Eisfläche eines Teichs zum Stehen kam, schirrte die schlammbespritzten Maultiere aus und rieb sie sauber, während sie fraßen. Die Sonne hing tief und blutig im Westen. Opal kam, um nach ihr zu sehen, und die sanften Augen der Frau schienen zufrieden mit dem, was sie erblickten.

»Wir machen noch einen ehrlichen Fuhrmann aus dir, mein Liebes«, sagte sie.

Cithrins Lächeln tat weh in den halb erfrorenen Wangen. »Einen Fuhrmann vielleicht«, sagte sie. »Ehrlich ist eine andere Sache.«

Die Augenbrauen der älteren Frau wölbten sich. »Noch mehr Humor«, sagte Opal. »Womöglich bleibt gleich die Welt stehen. Kommst du zum Essen?«

»Ich denke nicht«, antwortete Cithrin und sah nach einem Maultierhuf. Die kleine Verletzung, die sie am Tag zuvor bemerkt hatte, war noch da, war aber nicht schlimmer geworden. »Ich bin nicht gern bei ihnen.«

»Ihnen?«

»Den anderen. Ich glaube nicht, dass sie mich mögen. Wenn ich nicht wäre, würden sie alle in Bellin um ein Kohlenbecken sitzen. Und der Hauptmann ...«

»Wester? Ja, er ist ein ganz schöner Bär, nicht? Ich weiß selbst noch nicht genau, was ich von ihm halten soll«, sagte Opal in einem trockenen und nachdenklichen Tonfall. »Dennoch bin ich mir sicher, dass er nicht beißen würde, außer du bittest ihn darum.«

»Einerlei«, sagte Cithrin. »Ich denke, ich bleibe beim Karren.«

»Dann werde ich dir einen Teller bringen.«

»Danke«, sagte Cithrin. »Und, Opal?«

»Ja?«

»Ich danke dir.«

Die Wächterin lächelte und machte einen kleinen, ironischen Knicks. Cithrin sah ihr nach, als sie zurück zum Mühlenhaus ging. Jemand entzündete dort drinnen ein Feuer, und dünner Rauch stieg aus dem steinernen Kamin auf. Um sie herum glühte der Schnee golden und dann rot und wurde schließlich von einem Augenblick auf den anderen grau. Cithrin legte ihren Maultieren Decken über und entzündete ein eigenes kleines Feuer. Opal kam mit einem Teller Gemüseeintopf und Weizenfladen wieder, dann ging sie zurück zu den Stimmen und der Musik. Cithrin stand auf, um ihr zu folgen, zögerte und setzte sich wieder hin.

Während sie aß, kamen die Sterne heraus. Der Schnee ließ das blassblaue Licht eines Dreiviertelmondes heller wirken, als es hätte sein sollen. Die Kälte wurde größer, und Cithrin kauerte sich dichter an ihr kleines Feuer. Die Kälte sickerte herein, drückte auf sie herab. Engte sie ein. Später, wenn der Hauptmann und der Tralgu nach draußen gegangen waren, um zu kundschaften, und die anderen sich schlafen gelegt hatten, würde sie sich ins Mühlenhaus schleichen und sich eine Ecke suchen, in der sie sich zusammenrollen konnte. Beim Frühstück würde sie den starrenden Blicken und der Neugier der anderen Fuhrleute aus dem Weg gehen und zu ihren Maultieren zurückkehren, so schnell sie konnte. Das Tageslicht war spärlich, und der Karawanenmeister ließ nicht viel Zeit für müßige Unterhaltungen. Jene langen, dunklen, kalten Stunden zwischen dem Ende der Arbeit und dem Schlaf waren der schlimmste Teil ihres Tages. Sie verbrachte ihn damit, sich in ihre Gedanken zurückzuziehen.

Sie fing zum Beispiel damit an, sich leise Lieder vorzusingen oder sich an Stücke und Vorführungen zu erinnern, die sie als Mitglied der Bank besucht hatte. Es dauerte jedoch nicht lange, dann kehrte sie wieder zu Magister Imaniel und seinen ständigen Prüfungen beim Abendessen zurück: der Unterschied zwischen einem Geschenk, das als Entgelt überreicht wurde, und einer offiziellen Leihgabe. Das Paradoxon, wenn zwei Parteien vernünftig vorgingen und dennoch zu einer Lösung kamen, die niemandem einen Vorteil brachte. Die Planung bei einem Einzelvertrag und bei einem Vertrag, der immer wieder erneuert wurde. Diese Rätsel waren die Spielzeuge ihrer Kindheit, und sie kehrte nun zum Trost und zur Aufmunterung zu ihnen zurück.

Sie erwischte sich dabei, wie sie den Wert der Karawane im Ganzen schätzte, die mögliche Gewinnsumme in Carse abwog und beurteilte, wie viel mehr oder weniger sie in Porte Oliva bieten müssten, damit sich die beiden Reisen rechneten. Sie dachte an Bellin und daran, ob eine Besteuerung der Durchreise oder der Unterkünfte das Städtchen reicher machen würde. Wann der Punkt erreicht war, an dem ein Zurücklassen der Karren genauso sinnvoll war wie das Weitermachen. Ob es klug von Magister Imaniel gewesen war, in eine Brauerei zu investieren und sie zugleich gegen Feuer zu versichern. Da sie keine richtigen Informationen hatte, war es nicht mehr als ein Spiel, aber es war das Spiel, das sie am besten kannte.

Im Bankwesen, sagte Magister Imaniel, ging es nicht um Gold oder Silber. Es ging darum, wer etwas wusste, das niemand sonst wusste, darum, wem man vertrauen konnte und wem nicht, und darum, Schein und Sein auseinanderzuhalten. Er, Cam und Besel ließen sich mit den Fragen heraufbeschwören, die sie sich stellte: Sie konnte ihre Gesichter wieder sehen, ihr Lachen hören und in einer anderen Zeit und einem anderen Ort versinken. Einem Ort, an dem sie geliebt wurde. Oder nein, das eigentlich nicht. Aber zumindest einem, wo sie hingehörte.

Noch während die Nacht um sie herum kälter wurde, lösten sich die Krämpfe in ihrem Bauch. Ihr fest zusammengerollter Körper entspannte sich und wurde weicher. Sie legte größere Stöcke ins Feuer, sah zu, wie sich die Flammen erst unter dem Gewicht des Holzes verdüsterten und dann aufleuchteten, als es Feuer fing. Die Hitze ging auf ihr Gesicht und ihre Hände über, und die Wolle, in die sie sich eingewickelt hatte, hielt das Gröbste in Schach, was die Nacht zu bieten hatte.

Was würde passieren, fragte sie sich, wenn eine Bank jenen ein größeres Darlehen anbot, die ihr altes vor der vereinbarten Zeit zurückzahlten? Die Darlehensnehmer würden durch die Übereinkunft mehr Gold gewinnen, und die Bank hätte ihre Gewinne schneller auf der Hand. *Und doch,* sagte Magister Imaniel in ihren Gedanken, *wenn jeder gewinnt, dann hast du etwas übersehen.* Es gab irgendeine Konsequenz, die ihr entging …

»Cithrin.«

Sie blickte auf. Sandr huschte halb geduckt aus den Schatten zwischen den Karren hervor. Eines der Maultiere hob den Kopf, schnaubte eine große Fahne weißen Atems aus und kam wieder zur Ruhe. Als Sandr sich hinsetzte, hörte sie ein seltsames Klirren von Metall und das verräterische Schwappen von Wein in einem Schlauch.

»Du hast doch nicht …«, sagte sie, und Sandr grinste.

»Es wird Meister Kit nichts ausmachen. Er hat die Vorräte wieder aufgefüllt, sobald wir in Bellin angekommen waren, um sich auf den Winter vorzubereiten. Nur dass er sie jetzt durchs letzte Ende der Welt schleppen muss. Wir tun ihm einen Gefallen, wenn wir die Ladung leichter machen.«

»Du wirst dich in Schwierigkeiten bringen«, sagte sie.

»Das glaube ich nicht.«

Er öffnete den Schlauch mit einer behandschuhten Hand und hielt ihn ihr hin. Der Geruch der Dämpfe wärmte sie beinahe schon vor dem Wein. Schwer, stark und weich lief er ihr über Mund und Zunge, floss durch ihre Kehle hinab. Seine Wärme entzündete sie, als hätte sie eine Kerze verschluckt. Sie schmeckte keine Süße, sondern etwas Dunkleres.

»*Mein Gott*«, sagte sie.

»Er ist gut, oder?«, fragte Sandr.

Sie grinste und nahm noch einen langen Schluck. Dann noch einen. Die Wärme breitete sich in ihrem Bauch aus und fing an, in die Arme und Beine zu wandern. Zögerlich gab sie ihn zurück.

»Das ist noch nicht alles«, sagte er. »Ich habe etwas für dich.«

Er zog eine Tasche aus Segeltuch unter seinem Umhang hervor. Der Stoff stank nach Staub und Fäulnis, und darin rutschte etwas klirrend herum, als er ihn auf den Schnee stellte. Seine Augen funkelten im Mondlicht.

»Sie waren im hinteren Lagerraum. Und noch ein paar andere Sachen. Eigentlich hat sie Smit gefunden, aber ich habe an dich gedacht und sie ihm abgeschwatzt.«

Sandr zog einen brüchigen Lederstiefel hervor, der mit einem Band zugeschnürt war. An der Sohle hing eine verwickelte Konstruktion aus rostigem Metall, dunkel und schmutzig bis auf die messerartige Klinge, die der Länge nach angebracht war und hell und frisch geschliffen leuchtete.

»Bist du schon mal eisgelaufen?«, fragte Sandr.

Cithrin schüttelte den Kopf. Sandr zog zwei Paar Stiefel aus dem Sack, ihr altes Leder grau im trüben Licht. Sie nahm noch einmal einen langen Schluck Wein.

»Sie sind zu groß«, sagte er, »aber ich habe etwas Sand eingefüllt. Sand ist gut, denn er verteilt sich, um sich der Form deines Fußes anzupassen. Stoff knüllt sich nur zusammen. Hier, probier sie.«

Ich will nicht, dachte Cithrin, aber Sandr hatte ihren Fuß schon in der Hand, um ihr den Stiefel auszuziehen, und er war so zufrieden mit sich. Der Schlittschuh war kalt, und das verbogene Leder drückte ihr oben auf den Fuß, aber Sandr zog die Schnürung fest und machte mit dem anderen Fuß weiter.

»Ich habe es in Asterilreich gelernt«, sagte Sandr. »Vor zwei … nein, bei Gott, drei Jahren. Ich hatte mich der Truppe gerade erst angeschlossen, und Meister Kit hat uns über den Winter in Kaltfel einquartiert. Es war so kalt, dass einem die Spucke gefror, ehe sie auf dem Boden aufkam, und die Nächte waren ewig lang. Aber in der Mitte der Stadt gibt es einen See, und während der ganzen Zeit, in der wir dort waren, konnte man an jeder beliebigen Stelle hinübergehen. Auf dem Eis gibt es eine Winterstadt, die sie jedes Jahr aufbauen. Mit Häusern und Schenken und allem. Wie eine echte Stadt.«

»Wirklich?«, fragte sie.

»Es war herrlich. Hier. Ich glaube, das war's. Lass mich meine anziehen.«

Sie nahm noch einen Schluck vom verstärkten Wein, und er trieb ihr die Hitze bis in die Finger und Zehen. Irgendwie hatten sie bereits den halben Schlauch geleert. Sie spürte den Wein in den Wangen. Und von den Dämpfen fühlte sich ihr Kopf benebelt und heiter an. Sandr kämpfte und brummte, der Messeraufsatz der Schlittschuhe quietschte und rasselte.

Es schien unmöglich, dass etwas so Unförmiges tatsächlich funktionieren sollte, bis er den letzten Riemen angelegt hatte, zum Teich wankte und sich dann auf das Eis hinausschob. Von einem Atemzug auf den anderen wurde er fleischgewordene Anmut. Seine Beine überkreuzten sich abwechselnd, die Kufen zischten, als sie durch das Eis schnitten. Sein Körper drehte sich und stieß vor, als er über den Teich und dann zurück glitt, seine Arme so anmutig wie die eines Tänzers.

»Sie sind nicht schlecht«, sagte er. »Komm schon. Versuch du es.«

Noch ein Schluck Wein, und dann noch einer, der ihr Glück bringen sollte, und Cithrin manövrierte sich hinaus. Kalte Luft schnappte nach ihr, aber ihre Zähne waren stumpf geworden. Ihre Fußknöchel knickten ein, während sie darum kämpfte, aus dieser neuen Art der Gleichgewichtsfindung schlau zu werden. Sie versuchte sich genauso abzustoßen wie Sandr und fiel hart aufs Eis. Sandr lachte vor Vergnügen.

»Beim ersten Mal ist es schwer«, sagte er und kam zischend an ihre Seite. »Gib mir die Hand. Ich zeig es dir.«

Innerhalb von Minuten hatte sie die Knie gebeugt, die Arme ausgestreckt und hackte mit den Beinen auf das Eis ein. Aber sie fiel nicht hin.

»Versuch nicht zu gehen«, empfahl Sandr. »Schieb mit einem Fuß, gleite mit dem anderen.«

»Für dich ist das einfach«, sagte sie. »Du weißt, was du tust.«

»Jetzt ja. Als ich angefangen habe, war ich schlechter als du.«

»Schmeichler.«

»Vielleicht bist du es wert, dass man dir schmeichelt. Nein, so. Das ist es. *Das* ist es!«

Cithrins Körper fand den richtigen Dreh, und plötzlich glitt sie. Nicht ganz so anmutig und sicher wie Sandr, aber sie war nahe dran. Das Eis flog unter ihr dahin, weiß, grau und schwarz im Licht des Mondes. Die Nacht schmeckte wie der verstärkte Wein und glitt wie ein Fluss um sie herum. Sandr jauchzte und nahm sie bei der Hand, und zusammen stürmten sie über den Mühlenteich. Die Rillen, die ihre Schlittschuhe hinterließen, zogen sich als weiße Linien durch die Düsternis.

Vom Ufer aus kommentierte eines der Maultiere alles mit einem Grunzen und keilte mit den Hinterbeinen aus. Der Fahrtwind pfiff Cithrin in den Ohren. Sie spürte, wie sie grinste und sich drehte. Der Knoten in ihrem Bauch war eine Erinnerung, ein Traum, etwas, das einer anderen widerfahren war. Sie fiel noch zweimal hin, aber es war lediglich lustig. Das Eis war Wolken und Himmel für sie, und sie hatte gelernt zu fliegen. Es quietschte und knirschte unter ihrem Gewicht, und Sandr klatschte in die Hände, als sie eine kunstvolle und linkische Verbeugung in der Mitte des Teichs vollführte.

»Lauf mit mir um die Wette«, rief er. »Hin und zurück.«

Wie ein Pfeil raste Sandr vom hinteren Ufer los, und Cithrin folgte ihm. Ihre Füße taten weh, und ihr Herz pochte wie ein Stein, der von einem Hügel herabrollte; ihr taubes Gesicht war zu einer Maske geworden. Sandr kam am Rand des Eises an, stieß sich vom Schnee ab und raste an ihr vorbei, auf dem Weg zurück zu ihrem Karren. Cithrin drehte sich ebenfalls um, schob schneller und fester an. In der Mitte des Teichs wurde das Eis dunkler und protestierte ächzend, aber sie war schon darüber hinweg, fast an Sandrs Rücken, glitt neben ihn, an ihm vorbei. Beinahe an ihm vorbei.

Ihr Schlittschuh rammte den Schnee und die im Winter abgestorbenen Binsen. Der mondblaue Boden kam ihr entgegen und traf sie so hart, dass sie nicht mehr atmen konnte. Sandr lag neben ihr, die Augen aufgerissen, die Wangen rot, als hätte sie ihn gezwickt. Der überraschte und besorgte Ausdruck auf seinem Gesicht war so komisch, dass Cithrin, als sie wieder konnte, zu lachen anfing.

Sandrs Gelächter fiel in ihres ein, und er warf eine Handvoll Schnee in die Luft, so dass Flocken um sie herabschwebten wie Löwenzahnsamen. Und dann rollte er sich zu ihr herüber, sein Gewicht lag an ihrer Seite. Seine Lippen waren auf ihren.

Oh, dachte sie. Und dann, einen halben Atemzug später, versuchte sie seinen Kuss zu erwidern.

Es war nicht so unbehaglich, wie sie erwartet hatte. Seine Arme glitten um sie herum, und sein Körper lag nun ganz auf ihrem, drückte sie in den Schnee, der gar nicht so kalt schien. Seine Hand tastete an ihrer Jacke herum und dann an der dicken Wollstrickjacke. Seine Finger stießen auf ihre Haut. Sie spürte, wie sie sich aufbäumte, sich seiner Berührung entgegendrückte, beinahe als würde sie sich selbst dabei zusehen. Sie hörte, wie ihr Atem stoßweise kam.

»Cithrin«, sagte Sandr. »Du musst wissen … du musst wissen …«

»Nicht«, sagte sie.

Er hielt inne, zog sich zurück. Seine Hand glitt von ihren Brüsten herunter. Zerknirschung verdüsterte sein Gesicht. Sie spürte einen Funken Ungeduld.

»*Red* nicht, meine ich«, sagte sie.

Ganz allgemein hatte sie immer darüber Bescheid gewusst, was passierte, wenn man miteinander schlief. Cam hatte ihr in mürrischem, ernstem und warnendem Ton Vorträge darüber gehalten. Sie hatte die Verkleideten beim Frühlingskarneval gesehen, wie sie mit Masken und sonst nichts durch die von Fackeln beleuchteten Straßen getanzt waren. Vielleicht hätte nichts Mysteriöses daran sein sollen. Und dennoch, als sie ihren Gürtel öffnete und die grobe Hose nach unten zog, fragte sie sich, ob es das war, was Besel mit all den anderen Mädchen getrieben hatte. All jenen, die nicht sie gewesen waren. Sie hatte gehört, dass es beim ersten Mal wehtat. Sie fragte sich, wie sich das anfühlen würde. Sandrs nackte Schenkel leuchteten beinahe genauso weiß wie der Schnee. Er war hochkonzentriert, als er versuchte, seine Schlittschuhe abzustreifen, ohne aufzustehen.

Ich hoffe, es ist in Ordnung, dass ich ihn nicht liebe, dachte sie.

Ein Brüllen kam aus dem Nichts, tief und hitzig. Sandr erhob sich in die Luft, sein Gewicht war verschwunden, seine Augen vor Überraschung geweitet. Cithrin griff nach ihrem Hosenbund. Ihr erster Gedanke war, dass ein riesiger Vogel aus dem Himmel herabgestoßen war und ihn sich geschnappt hatte.

Hauptmann Wester warf Sandr auf das Eis hinaus, wo er ungelenk landete und weiterrutschte.

Das Schwert des Hauptmanns fuhr zischend aus der Scheide, und er ging auf Sandr zu, während er in drei Sprachen fluchte. Cithrin kam auf die Knie, zerrte an ihren Kleidern. Sandr stolperte zurück, wobei sein noch immer steifer Penis merkwürdig pendelte, und dann rutschte er aus.

»Ich habe sie nicht gezwungen«, quietschte Sandr. »Ich habe sie nicht gezwungen.«

»Was schert mich das?«, rief Wester und deutete mit seinem Schwert auf den Weinschlauch, der halb vom Schnee bedeckt war. »Du machst sie sturzbesoffen, damit sie die Beine breit macht, und willst dafür einen Orden wegen guter Führung?«

»Ich bin nicht besoffen«, sagte Cithrin, während sie feststellte, dass sie es wahrscheinlich doch war. Wester achtete nicht auf sie.

»Rühr sie noch einmal an, Junge, und ich schneide dir etwas ab. Am besten betest du, dass es ein Finger ist.«

Sandr öffnete den Mund, aber nur ein hohes Wimmern kam heraus.

»Aufhören!«, rief Cithrin. »Lasst ihn doch!«

Wester wandte sich zu ihr um, Wut in den Augen. Größer als sie, zweimal so breit und mit nacktem Stahl in der Hand brachte er den kleinen, ruhigen Teil ihres Verstandes dazu, ihr Schweigen zu befehlen. Der Wein, die Scham und der Zorn jedoch feuerten sie an.

»Wer seid Ihr, ihm vorzuschreiben, was er tun kann und was nicht?«, fragte sie. »Wer seid Ihr, es *mir* vorzuschreiben?«

»Ich bin der Mann, der dir das Leben rettet. Und du wirst tun, was ich sage«, rief Wester, aber sie glaubte, einen Anflug von Verwirrung in seinem Blick zu erkennen. »Ich lasse nicht zu, dass du zur Hure wirst.«

Das Wort saß. Cithrin ballte die Fäuste, bis ihre Knöchel schmerzten. Blut schoss ihr in die Wangen und rauschte in ihren Ohren. Als sie wieder sprach, kreischte sie.

»Ich wollte ihm nichts dafür *berechnen*!«

Wester blickte sie an, als würde er sie zum ersten Mal sehen. Die Verwirrung wurde stärker, seine Stirn legte sich in Falten, und dann verzerrte sich sein Mund zu einer Art Erheiterung. Und danach – unerklärlicherweise – zu Qual.

»Hauptmann«, knurrte eine neue Stimme, und der Tralgu ragte in der Dunkelheit auf.

»Kein guter Zeitpunkt, Yardem«, sagte Wester.

»Das war mir bei dem Geschrei schon klar, Herr. Aber da sind Soldaten.«

Wester veränderte sich von einem Herzschlag auf den nächsten. Sein Gesicht wurde ausdruckslos, sein Körper sank ein wenig in sich zusammen. Ihre Konfrontation löste sich in nichts auf, und Cithrin wurde von der plötzlichen Wendung aus der Fassung gebracht. Es schien ungerecht, dass der Hauptmann ihre Auseinandersetzung aufgab, ohne dass die Dinge geregelt worden wären.

»Wo?«, fragte Wester.

»Sie lagern jenseits des Grates im Osten«, sagte der Tralgu. »Zwei Dutzend. Banner von Antea, Zelte aus Vanai.«

»Nun, Gott hat gelächelt«, sagte Wester. »Besteht eine Möglichkeit, dass sie uns übersehen haben?«

»Nein.«

»Haben sie dich gesehen?«

»Nein.«

Cithrins Wut fiel in sich zusammen, sobald die Worte durch die Weindämpfe und die Überbleibsel des Ärgers gedrungen waren. Wester ging bereits an ihrem Karren entlang. Er betrachtete Sandr, der immer noch auf seinen Schlittschuhen schwankte, den halbvergrabenen Weinschlauch, den Teich, der nach wie vor von den weißen Schnitten der Kufen auf dem Eis überzogen war.

»Sandr«, sagte er. »Hol Meister Kit.«

»Ja, Herr«, erwiderte Sandr und huschte zum Mühlenhaus davon.

Wester steckte geistesabwesend sein Schwert in die Scheide. Sein Blick glitt über die Umgebung, als würde er etwas suchen. Cithrin wartete, und ihr Herz pochte bis zum Hals. Sie konnten nicht fliehen. Gegen zwei Dutzend konnten sie nicht kämpfen. Jegliches Wohlwollen, das sie von Wester vielleicht hätte erwarten können, war inzwischen sicherlich verflogen.

Die Sekunden dehnten sich ins Unendliche. Wester holte tief Luft und stieß sie langsam wieder aus.

»Wir werden einen Besen brauchen«, sagte er.

Geder

Die bitterkalte frühmorgendliche Brise murmelte durch die Wände von Geders Zelt und ließ die Flamme seiner Öllampe tanzen. Er beugte sich weiter vor, dann fluchte er leise und drehte den Docht hoch. Die Flamme wurde heller und begann dann zu rauchen. Er drehte sie langsam wieder zurück, bis der Rauch verschwand. Im helleren Licht wurde die blasse Tinte, wenn auch nicht deutlich, so zumindest doch lesbar. Er steckte die Hände in die Achselhöhlen, um sie zu wärmen, und beugte sich weiter nach vorn.

Und so kam es in diesen letzten Tagen, dass die drei großen Fraktionen einen Krieg begannen, der sowohl mit Blut als auch mit schrecklicher List geschlagen wurde, so dass riesenhafte Steinschiffe durch den Himmel flogen, mit großen Eisendornen, um Drachen im Flug abzuschlachten, und auch Gondeln in der Tiefe fanden Wege, um sich zu verbergen, so dass sie einen ungeschützten Feind angreifen konnten, und auch Schwerter mit Gift gab es, um sowohl Meister als auch Sklave zu erschlagen. Der mächtige Morade mit den Silberschuppen, der wahnsinnigste und stärkste der sich bekriegenden Klauengefährten, stellte ein Werkzeug her, das tückischer war, als die Welt es je gekannt hatte, und in den hohen Bergen südlich von Haakapel (was, wie Geder dachte, heute Hallskar sein musste) und östlich von Sammer (worin Geder beinahe sicher den Namen erkannte, den die fünfte Polis für die Keshet verwendet hatte) schmiedete er den Rechtschaffenen Diener, dem niemand Lügen erzählen und dem niemand lange den Glauben verweigern konnte, und sein Siegel mit den Haupt- und Nebenhimmelsrichtungen zeigte die acht Richtungen der Welt, in denen sich keine Falschheit verstecken konnte, und darin fand der mächtige Morade seine durchtriebenste Macht.

Er rieb sich die Augen. Die dicken vergilbten Seiten des Buches rochen nach Staub und Schimmel und dem seltsam süßlichen Kleber für die Bindung, den seit einem halben Jahrtausend niemand mehr benutzte. Als er es in den tiefen Schatten eines düsteren Ladens in Vanai entdeckt hatte, hatte es ihm große Freude gemacht. Seine Begeisterung verblasste, während er sich durch seine Übersetzung kämpfte.

Der Autor behauptete, eine viel ältere Schriftrolle kopiert und übersetzt zu haben, die inzwischen lange verloren war und sich bis zu den ersten Generationen nach dem Fall des Drachenimperiums zurückverfolgen ließ. Zum einen war das ein so banales und abgedroschenes Stilmittel, um einem spekulativen Traktat einen Rahmen zu geben, dass Geder das Herz schwer geworden war. Auf den zweiten Blick bedeutete es, dass alles Übrige in diesem Traktat als seriöse Geschichtsschreibung präsentiert wurde, was er weniger interessant fand. Und schließlich pflegte der Autor eine Neigung zu langen Sätzen und komplexer Grammatik, um dadurch dem Text eine authentische Wirkung zu verleihen, was jede Seite zu einer Geduldsprobe machte. War Geder endlich bei den finiten Verben angelangt, musste er zurückgehen und sich in Erinnerung rufen, wovon hier überhaupt die Rede gewesen war.

Wenn er zu Hause in Vanai gewesen wäre, hätte er die Arbeit beiseitegelegt. Aber Sir Alan Klin, der Protektor von Vanai, hatte von der Karawane erfahren, die die geheimen Reichtümer der Stadt hinausgeschmuggelt hatte, und er hatte ihre Bergung zu seinem primären Ziel gemacht. Das hieß, dass er seine Lieblinge auf den Drachenstraßen nach Carse schickte, und der Status eines jeden, der dann folgte, führte das jeweilige Suchkommando weiter und weiter von den nahe liegenden Jagdgründen fort, bis Jorey Kalliam mit den Trockenbrachen und Fallon Brut mit der Seestraße nach Elassae vorliebnehmen musste und Geder Palliako zwei Dutzend halb meuternde Timzinae-Soldaten durch den eisigen Schlamm der südlichsten Freistädte führte.

In den Wochen, die sie auf den Bauernwegen und Wildpfaden verbracht hatten, waren sie auf drei Karawanen gestoßen. Kleine Unternehmungen mit jeweils kaum mehr als drei Karren, und alle beförderten sie Wintergüter zwischen den großen und kleinen Städten im Umkreis. Dazwischen machten Geder Tage voller Schlamm und Nächte mit beißender Kälte zu schaffen. Und wenn auch sein Traktat über die lügenabwehrenden Kräfte der Drachen ein armseliger Gefährte sein mochte, es war immer noch besser als die Soldaten. Am Ende des Tages rollte er sich in seinem Bett zusammen und schlief, während die anderen tranken und sangen und den Schnee verfluchten. Am Morgen stand er gemeinsam mit dem Koch auf, las und übersetzte und gab vor, überall zu sein, nur nicht hier.

Ein diskretes Kratzen wurde am Eingang laut, und sein Knappe trat mit dem Timzinae ein, der als sein Stellvertreter fungierte. Der Knappe trug ein Tablett mit einer Schale aus geschliffenem Bein, in der gekochte Haferflocken mit Rosinen waren, und einer irdenen Flasche mit heißem, dunklem, öligem Wasser, das vorgab, Kaffee zu sein. Der Timzinae salutierte formell. Geder schloss das Buch, und der Knappe tischte ihm das Essen auf.

»Was sagen die Kundschafter?«, fragte Geder.

»Die Karren haben sich nicht bewegt«, sagte sein Stellvertreter. »Sie sind nicht weiter entfernt als zwei Stunden zu Fuß.«

»Nun, dann hat es keine Eile«, verkündete Geder mit mehr Freude, als er verspürte. »Sagt den Männern, dass wir das Lager abbrechen, nachdem wir gegessen haben, und bis Mittag alles erledigt sein wird.«

»Und danach?«

»Nach Südwesten«, sagte Geder um einen Mund voll Haferflocken herum. »Dahin führt die Straße.«

Der Stellvertreter nickte und salutierte noch einmal, machte auf dem Absatz kehrt und ging. Geder hatte das Gefühl, dass die Bewegung voller Abscheu war, aber er sah vielleicht nur, was er zu sehen erwartete. Während er aß, wurden die Nähte seines Zeltes langsam deutlicher sichtbar. Stimmen erhoben sich, Männer riefen einander etwas zu, Pferde beschwerten sich, Hackgeräusche drangen heran, als die Planken des Kochpodests losgeschlagen wurden. Draußen ging der Himmel von Grau in einen blauen und weißen Tagesanbruch über, der eher hell als warm war. Bis die schwache Sonne der Luft die gröbste Kälte genommen hatte, saß Geder bereits im Sattel, und seine Männer waren fertig zum Abmarsch. Den Angaben der Kundschafter zufolge hatte die gesichtete Karawane zumindest eine ansehnliche Größe.

Dennoch hatte Geder eigentlich keine Hoffnung, dass mehr als eine weitere enttäuschende Suchaktion und mürrische Ortsansässige herauskommen würden, bis er den Tralgu sah.

Er saß auf dem äußersten Karren, die gespitzten Ohren mit einer Aufmerksamkeit nach vorn gewandt, die sich sonst nirgends in seinem Gesicht zeigte. Westers Stellvertreter war angeblich ein Tralgu. Geder ließ seinen Blick über die Karren schweifen, die sich um die alte Mühle drängten, und zählte dabei lautlos. Hinweise waren immer lückenhaft, Erinnerungen unzuverlässig, und Karren in einer losen Gruppe mochten schwer zu zählen sein, aber es kam dem, wonach sie suchten, fast so nahe, dass Geders Herz ein wenig schneller zu schlagen begann.

Ein Timzinae in einem dicken Wollgewand ging die Straße entlang auf sie zu. Geder gab einen Wink, und seine sechs Bogenschützen verteilten sich auf der Straße hinter ihm. Der Tralgu beugte sich vor und zuckte mit dem Ohr.

»Seid Ihr der Meister dieser Karawane?«, fragte Geder.

»Ja«, sagte der Timzinae. »Wer zum Geier seid Ihr?«

»Ich bin Lord Geder Palliako von Bruchhalm und vertrete König Simeon und das imperiale Antea«, sagte Geder. »Woher kommt Ihr?«

»Maccia. Dorthin gehen wir auch wieder zurück. Bellin ist zugeschneit.«

Geder starrte auf die dunklen Augen hinab. Die zwinkernden Membranen glitten zu und wieder auf, ein Blinzeln ohne zu blinzeln. Geder war nicht sicher, ob es eine Lüge war. Es war natürlich möglich, dass es in den Freistädten mehr als eine Karawane mit einem Tralgu-Wächter gab …

»Ihr habt hier angehalten?«

»An einem der Karren hat sich eine Achse gelockert. Wir haben sie gerade erst wieder an Ort und Stelle befestigt. Was soll das alles?«

»Wer ist Euer Wachhauptmann?«, fragte Geder.

Der Karawanenmeister wandte sich um, spuckte aus und zeigte auf einen Mann, der an einem der Karren lehnte. Ein Erstgeborener mit einem nichtssagenden, freundlichen Gesicht, auf dem ein Ausdruck unterdrückter Gewalttätigkeit lag. Weizenfarbenes Haar, leicht von Grau durchzogen. Breite Schultern. Es könnte durchaus Marcus Wester sein. Es könnte auch einer von tausend anderen sein.

»Wie heißt er?«

»Tak«, sagte der Karawanenmeister.

Einer der Soldaten auf der Straße hinter ihm sagte etwas, zu leise, als dass Geder die Worte verstanden hätte. Ein anderer antwortete. Er spürte, wie ihm Röte den Hals hinaufkroch. Entweder log ihn der Mann an oder nicht, und mit jedem Augenblick, in dem Geder zögerte, kam er sich mehr wie ein Narr vor.

»Lasst Eure Wachen auf die Straße treten«, sagte er. »Die Fuhrleute sollen zu den Karren gehen.«

»Und weshalb sollte ich das tun?«

Jemand kicherte. Aus Geders Verlegenheit wurde Wut.

»Weil ich Euch töten lasse, wenn Ihr es nicht tut«, rief er. »Und weil Ihr die Frechheit hattet, meinen Befehl in Frage zu stellen, will ich jede Waffe und jedes Rüstungsteil auf einem Haufen auf der Straße sehen, zehn Schritt von Euren Wachen entfernt. Und wenn ich auch nur ein Arbeitsmesser finde, das übersehen wurde, werde ich Eure Leiche den *Krähen* überlassen.«

Die zwinkernde Membran glitt auf und zu. Der Karawanenmeister wandte sich um und trottete zurück zu den Karren.

Geder winkte seinen Stellvertreter näher heran. »Schickt Männer an die Flanken. Wenn jemand versucht, sich fortzuschleichen, bringt ihn zurück, lebend, wenn Ihr könnt. Tot, wenn es nicht anders geht. Wir durchsuchen diesen Ort mitsamt Pflöcken und Nägeln.«

»Auch das Mühlenhaus?«, fragte der Stellvertreter.

»Alles«, sagte Geder.

Der Timzinae nickte und ging zurück, um seine Männer zu rufen. Geder beobachtete die Wagen, während Zorn und Scham sich langsam in Aufregung verwandelten. Der Hauptmann und der Karawanenmeister wechselten ein paar Worte, und der Hauptmann blickte auf. Er warf Geder einen finsteren Blick zu, zuckte mit den Schultern und wandte sich ab. Wenn es Widerstand geben sollte, dann würde er jetzt kommen und heftig ausfallen. Geder bewegte sich im Sattel, seine noch nicht verheilte Wunde am Bein schmerzte schon im Voraus. Im Mühlenhaus bewegte sich etwas, und an jedem Karren. Wie viele Soldaten hatten sie eigentlich? Wenn der ganze Reichtum der Medean-Bank in diesen Wagen lag, war wohl jeder Fuhrmann ein Schwertkämpfer oder Bogenschütze. Geders Kopfhaut begann zu kribbeln. Wenn sie in diesen Karren Bogenschützen versteckt hatten, würde man ihn mit Pfeilen spicken. Angst kroch durch seinen Bauch, als hätte er schlechten Fisch gegessen. In dem Versuch, ganz locker auszusehen, wendete er sein Pferd und ließ es zum Ende seiner Formation trotten.

Dem Ausdruck auf den Gesichtern seiner Soldaten nach zu urteilen hatte er niemanden überzeugt.

Die erste Wächterin tappte zwischen den Wagen hervor, ein halbes Dutzend Schwerter in den Armen, als wären sie Feuerholz. Sie ließ sie auf den Boden fallen, wo Geder es befohlen hatte. Dann kam ein dünner Junge, der kaum alt genug war, ein Soldat zu sein, mit zwei Bögen, an denen die Sehnen ausgehängt waren, und den Rücken voller Köcher. Langsam ging die wenig vielversprechende Parade weiter, der traurige Stapel aus Waffen und Rüstung wuchs, bis zehn Wachen und ein Kundiger mit abstehendem Haar auf die Straße traten, zehn Schritte von dem Haufen abzählten und ungeschützt dastanden, die Arme wegen der Kälte um die Leiber geschlungen.

»Rückt ein«, sagte Geder.

Die Soldaten traten mit gezogenen Klingen vor. Die Fuhrleute standen bei ihren Karren und lächelten oder runzelten die Stirn oder blickten sich verwirrt um. Geder ritt in einem langsamen Bogen um das kleine Lager. Die Geräusche der Durchsuchung schienen ihm zu folgen – grimmige und fragende Stimmen, klapperndes Holz, Metall, das auf Metall klirrte. Er sah zu, wie seine Männer Roheisenbarren aus einem Karren zogen und auf den Boden fallen ließen. Ein Mann kratzte über das Metall, um sicherzugehen, dass es nur das war, wonach es aussah, dann spuckte er aus und fuhr mit der Suche fort.

Der Mittag kam und ging vorüber. Ein kühler Wind kam auf, trieb ihnen wirbelnden Schnee um die Knöchel. Die Soldaten luden jeden Karren aus, blickten darunter, untersuchten die Pferde und Maultiere und fingen an, durch das Mühlenhaus zu gehen. Geder stieg am Rande des Mühlenweihers von seinem Pferd und betrachtete die leeren Karren, die verfrorenen Fuhrleute, die wirkungslose Sonne am wässrigen Himmel. Einer der Fuhrleute – ein krank wirkendes Mädchen mit fahlem Haar und fahler Haut – hockte neben herabgefallenen Wollballen und gab vor, Geder nicht zu beachten. Er wusste, was sie sah. Einen aufgeblasenen Adligen, der sie und ihre Freunde schikanierte. Er wollte zu ihr gehen und ihr erklären, dass es nicht so war. Dass *er* nicht so war.

Stattdessen wandte er sich ab. Der niemals ruhende Schneestaub wurde über das Eis geweht wie Wellen auf dem Wasser. Geder ging am Rand entlang und versuchte, den Blick des Mädchens nicht auf sich zu spüren. Irgendein Schwachkopf war eisgelaufen. Weiße Spuren zeigten an, wo sich die Kufen in das dünne Eis geschnitten hatten. Sie hatten Glück gehabt, dass sie nicht eingebrochen waren. Er hatte einst ein Traktat gelesen, in dem erörtert worden war, wie lange eine jede der dreizehn Rassen brauchte, um in Eiswasser zu sterben. Nun ja, zwölf Rassen eigentlich. Die Versunkenen waren nicht …

Geder hielt inne, fast noch bevor er wusste, was ihn innehalten ließ. Am Rand des Weihers zog sich eine lange, niedrige Schneewehe auf das Eis hinaus. Die weißen Kufenspuren verschwanden darin, und dann kamen sie wieder heraus, als wäre der Eisläufer mitten durch die kleine Verwehung gefahren. Oder als wäre sie erst erschienen, nachdem der Läufer vorbeigekommen war. Geder ging näher. Der Schnee selbst sah seltsam aus. Er war nicht mit Eis überkrustet, wie er es erwartet hatte, und er war glatt wie Sand, über den man mit dem Besen gekehrt hatte. Geder blickte auf. Die Wachen befanden sich auf der anderen Seite der Karawane. Seine eigenen Soldaten standen am Eingang des Mühlenhauses beisammen. Er ging um den seltsamen Schnee herum.

Tiefe Kerben und Spuren durchzogen die Oberfläche des Eises. Genau in Knöchelhöhe ragte etwas Schwarzes und Eckiges hervor. Er hockte sich hin und fegte den Schnee herunter. Eine Kiste, halb vergraben in frisch geschnittenem Eis und anschließend mit Schnee bedeckt. Und daneben weitere, alle von dünnem Eis überzogen und von der sorgsam drapierten Schneewehe verborgen. Er blickte auf. Das Mädchen unter den Fuhrleuten hatte sich inzwischen erhoben und reckte den Hals, um ihn zu beobachten, die Hände über dem Magen verkrampft. Geder holte sein Messer hervor und öffnete den Deckel mit Gewalt. Topase, Jade, Smaragde, Perlen, Gold und feine Silberarbeiten, so filigran wie Frost. Geder zuckte zurück, als hätten ihn die Edelsteine gebissen, und dann, als er erkannte, was er da sah, fühlte es sich an, als würde in seiner Brust die Sonne aufgehen. Erleichterung und Freude durchströmten ihn, lockerten seine Muskeln und malten ein Grinsen auf sein Gesicht.

Er hatte es geschafft. Er hatte die verschollene Karawane und den verborgenen Reichtum von Vanai gefunden. Aus war es mit Geder Palliako, dem entbehrlichen Schwachkopf. Vorbei waren die Entschuldigungen für seine Lesevorlieben oder seinen gerundeten Bauch. Sein Name würde zurück nach Camnipol zu König Simeon getragen werden, in einer goldenen Kutsche, von Pferden mit rubinbesetzten Zügeln. Er würde das Gespräch bei Hofe bestimmen, würde in den höchsten Kreisen des Königreichs gelobt, geehrt und gefeiert werden.

Außer natürlich, dass es nicht so kommen würde. Der Name, den man in Camnipol feiern würde, war der von Alan Klin.

Alan Klin, der ihn erniedrigt hatte. Der sein Buch verbrannt hatte.

Geder holte tief Luft, ließ sie langsam entweichen und schloss den Deckel. Einen Augenblick später öffnete er ihn wieder, schöpfte zwei doppelte Hände voller Juwelen heraus und ließ sie unter sein Hemd fallen. Die herrlichen kleinen Steine sammelten sich um seinen Bauch, wo er seinen Gürtel festgezogen hatte. Er schloss seine Jacke über den Ausbuchtungen, machte den Deckel wieder zu und schob erneut Schnee darüber. Als er sich erhob, erfüllte ihn eine große, dunkle Freude, neben der sein anfängliches Vergnügen matt wirkte. Als er zurück zu den Wagen ging, musste er sich nicht daran erinnern, den Kopf hoch erhoben zu halten. Das Mädchen sah ihn näher kommen. Geder grinste sie an, als würde er eine alte Freundin oder Geliebte begrüßen. Eine Komplizin. Kurz hob er einen einzelnen Finger an die Lippen. *Verrate nichts.*

Die Augen des Mädchens weiteten sich. Einen halben Atemzug später nickte sie, einmal nur. *Werde ich nicht.* Er hätte sie küssen mögen.

Als er seinen Stellvertreter fand, war der Timzinae gerade damit fertig, die gemeinen Soldaten durch das Mühlenhaus zu führen. Geder bemerkte, dass die Soldaten ihre Unterhaltungen einstellten, als er den Raum betrat, aber diesmal störte er sich nicht daran. Das Innere des Hauses roch nach Schimmel und Rauch, und die Spuren der Nacht, die die Karawane in diesem Unterschlupf verbracht hatte, waren auf den Steinen am Boden sichtbar. Ein Besen lehnte an der gegenüberliegenden Wand. Die Borsten waren nass, und eine kleine Wasserpfütze verdunkelte die Steine darunter. Geder ließ ihn betont außer Acht.

»Was habt Ihr gefunden?«, fragte er.

»Nichts, mein Lord«, sagte der Stellvertreter.

»Wir verschwenden hier unsere Zeit«, verkündete Geder. »Ruft die Männer zusammen. Wir sollten weiterziehen.«

Der Stellvertreter blickte sich um. Einer der Soldaten – ein junger Timzinae mit schwarzen Schuppen, die glänzten, als hätte er sie poliert – zuckte mit den Schultern.

»Mein Lord, wir haben den Keller noch nicht durchsucht. Wenn Ihr wollt …«

»Glaubt Ihr wirklich, dass das sinnvoll ist?«, fragte Geder. Als der Stellvertreter nicht sofort antwortete: »Ehrlich.«

»Wenn ich ehrlich bin, nein.«

»Dann rufen wir die Männer zusammen und gehen.«

Der Karawanenmeister, der auf einem Hocker saß, gab ein heiseres, ungeduldiges Geräusch von sich.

Geder wandte sich zu ihm um. »Im Namen des Imperiums und des Königs entschuldige ich mich für diese Unannehmlichkeiten«, sagte er mit einer Verbeugung.

»Macht Euch deswegen keine Gedanken«, erwiderte der Karawanenmeister säuerlich.

Draußen stellten sich die Soldaten in Reih und Glied auf, wie sie es stets zuvor getan hatten. Geder zog sich vorsichtig in den Sattel. Sein Gürtel hielt. Die Edelsteine und Schmuckstücke bohrten sich in seine Haut, stachen ihn ein wenig in die Seiten. Keiner fiel heraus. Die Karawanenwachen beobachteten mit gut gespieltem Desinteresse, wie Geder sein Schwert zum Gruß hob, sein Pferd wendete und es im leichten Schritt vorangehen ließ. Mit jedem Schritt, der ihn von der Karawane fortführte, spürte er, wie sich sein Rückgrat entspannte. Die Sonne, die bereits hinab zum Horizont wanderte, blendete ihn halb, und er reckte den Hals, um die Soldaten hinter sich zu zählen und sicherzustellen, dass keiner umgekehrt oder vergessen worden war. Alle waren da.

Oben auf dem Grat hielt Geder an, und sein Stellvertreter kam an seine Seite.

»Wir können am selben Ort wie letzte Nacht lagern, mein Lord«, sagte er. »Und morgen früh nach Südwesten aufbrechen.«

Geder schüttelte den Kopf. »Nach Osten«, sagte er.

»Lord?«

»Gehen wir nach Osten«, sagte Geder. »Es ist nicht weit nach Gilea, und wir können ein paar Tage an einem warmen Ort verbringen, ehe wir zurück nach Vanai gehen.«

»Wir gehen zurück?«, fragte der Stellvertreter leicht überrascht.

»Warum nicht?«, sagte Geder und bemühte sich, nicht zu lächeln. »Wir werden ohnehin nichts finden.«

Dawson

Winterpflichten.

Das Wort selbst stank bereits nach Verzweiflung. Wenn die längsten Nächte begannen, zogen sich die Edelleute bis zum ersten Tau auf ihre Anwesen zurück, oder sie folgten der königlichen Jagd. Sie ergründeten, welche Art von Männern ihre Söhne werden würden, machten sich wieder mit ihren Gemahlinnen oder Gefährtinnen vertraut, überwachten die Steuereinnahmen ihres Besitzes. Für die Hochgeborenen war der Winter eine Zeit der Häuslichkeit und der Arbeit an Heim und Herd. Sosehr er Camnipol auch liebte – dass er jetzt durch die windgepeitschten, nach Rauch stinkenden Straßen ging, stellte Dawson in eine Reihe mit Berufshöflingen, Kaufleuten und anderen Männern von prekärem Rang. Aber seine Gründe waren rechtmäßig, daher nahm er die Kränkung seiner Würde in Kauf.

Außerdem war er nicht der Einzige, der sie erdulden musste.

»Ich verstehe nicht, weshalb Ihr Issandrian so sehr hasst«, sagte Canl Daskellin, der Baron der Wassermark, Protektor von Nordhaven und der Sondergesandte Seiner Majestät nach Nordstade. »Er ist ein Schönling und zu sehr von sich selbst eingenommen, das stimmt, aber wenn Ihr es für Sünde haltet, selbstgefällig und ehrgeizig zu sein, dann findet Ihr an diesem Hof keinen Heiligen.«

Dawson lehnte sich in seinem Sessel zurück. Die Bruderschaft des Großen Bären wirkte um sie herum beinahe ausgestorben. Sitzplätze und Kissen, mit Wildseide oder Cabralischem Damast bezogen, waren leer. Kohlenbecken aus schwarzem Eisen standen in Räumlichkeiten, die darauf ausgerichtet waren, zu Mittsommer kühl zu bleiben. Die Dienerinnen, die so häufig kaum damit fertig wurden, den Bedürfnissen der Mitglieder der Bruderschaft nachzukommen, drückten sich in den Schatten und Eingängen herum, wo sie auf ein Zeichen warteten, dass ein Wunsch zu erfüllen war. Im Hochsommer hielten sich in diesen großzügigen und behaglichen Räumen oftmals hundert Männer vom edelsten Blut des Imperiums auf, die hier tranken und rauchten und Staatsangelegenheiten besprachen. Wenn Dawson jetzt seine Stimme erhob, hallte sie von den Wänden wider.

»Es liegt nicht an ihm als Person«, sagte Dawson. »Es liegt an der Philosophie dahinter. Maas und Klin sind nicht besser, aber Issandrian hält ihre Leinen.«

»Philosophische Differenzen scheinen mir kaum eine … was? … Verschwörung zu rechtfertigen.«

»Aus Philosophie erwächst immer entsprechende Handlung. Issandrian und Maas und die anderen sind willens, der niedersten Menschenart Zugeständnisse zu machen, nur um Macht zu gewinnen.«

»Ihr meint den Bauernrat.«

»Das ist ein solcher Fall«, sagte Dawson. »Aber wenn sie sich für den Pöbel stark machen, wie lange dauert es dann, ehe der Pöbel sich entschließt, sich selbst stark zu machen? Wir haben bereits Einschränkungen in der Sklavenhaltung, wenn wir uns Bettdienerinnen nehmen, im Frondienst. All das innerhalb unserer Lebenszeit. Und alles durch Männer wie Issandrian, die um die Gunst der Arbeiter, Händler und Huren buhlen.«

Canl Daskellin ließ ein tiefes Brummen hören. Durch das schwache Winterlicht, das hinter ihm einfiel, und den beinahe lyoneisch-dunklen Ton seiner Haut konnte Dawson seinen Gesichtsausdruck kaum erkennen. Dennoch hatte er nicht widersprochen. Und er wäre nicht gekommen, wenn er sich nicht ebenfalls Sorgen machen würde.

»Es ist an der Zeit, dass der wahre Geist von Antea die Dinge zurechtrückt«, sagte Dawson. »Diese Hunde glauben, sie führen die Jagd. Sie müssen gebrochen werden, und wenn wir abwarten, bis Prinz Aster unter Issandrians Dach wohnt ...«

Die Stille zwischen ihnen brachte seinen Gedanken beredter zu Ende, als Worte es gekonnt hätten. Daskellin rückte auf dem Stuhl nach vorn und murmelte etwas Unflätiges vor sich hin.

»Seid Ihr sicher, dass der König vorhat, diesen Schritt zu machen?«

»Ich habe es aus seinem eigenen Mund gehört«, sagte Dawson. »Simeon ist ein guter Mann, und er könnte auch ein guter König sein, aber nicht ohne unsere Treue. Er wartet auf seine Gelegenheit, Issandrian auf seinen Platz zu verweisen. Und ich werde ihm diese Gelegenheit verschaffen.«

Leise Stimmen kamen aus den Gängen gegenüber und verklangen dann wieder. Von der Straße drang das Klappern stahlbeschlagener Hufe herein. Canl zog eine kleine Tonpfeife aus der Tasche und hob die Hand. Eine Dienerin eilte mit einer Wachskerze herbei. Sobald die erste duftende blaue Rauchwolke erschien, zog sie sich zurück. Dawson wartete ab.

»Wie?«, fragte Daskellin. Seine Stimme war streng geworden, als wäre er bei einem Verhör. Dawson lächelte. Die Schlacht war halb gewonnen.

»Indem wir Issandrian seine Stärke verweigern«, sagte Dawson. »Alan Klin aus Vanai zurückberufen. Issandrian den Bauern entfremden. Seinen Kreis zerschlagen.«

»Ihr meint Maas und Klin.«

»Für den Anfang, aber er hat auch andere Anhänger. Doch das reicht nicht. Sie haben Einfluss gewonnen, weil die Männer, die verstehen, was edles Blut bedeutet, gespalten sind.«

Daskellin nahm einen langen Zug aus der Pfeife, die Glut leuchtete hell auf und verblasste dann, als er ausatmete.

»Und deshalb Eure Verschwörung«, sagte er.

»Treue zum König ist keine Verschwörung«, erwiderte Dawson. »Es ist das, was wir schon die ganze Zeit hätten tun sollen. Aber wir haben geschlafen, und die Hunde haben sich hereingeschlichen. Und, Canl, das *wisst* Ihr auch.«

Daskellin klopfte mit dem tönernen Pfeifenholm gegen die Zähne. Er kniff die Augen zusammen.

»Was immer es ist«, forderte Dawson, »sagt es.«

»Treue zu König Simeon ist eine Sache. Ein Werkzeug des Hauses Kalliam zu werden eine andere. Ich bin ... *verstört* über die Veränderungen, die Issandrian und seine Anhänger vorschlagen. Aber es ist keine Lösung, einen ehrgeizigen Mann gegen einen anderen auszutauschen.«

»Ihr wollt, dass ich beweise, dass ich kein Issandrian bin?«

»Das will ich.«

»Welchen Beweis wünscht Ihr Euch?«

»Wenn ich mithelfe, Klin aus Vanai zurückzuberufen, könnt Ihr davon nicht profitieren. Jedem ist vollkommen klar, dass Euer Sohn dort unter Klins Befehl steht. Jorey Kalliam kann das Protektorat von Vanai nicht übernehmen.«

Dawson blinzelte, öffnete den Mund, dann schloss er ihn wieder. »Canl ...«, begann er, aber Daskellin kniff die Augen zusammen. Dawson holte tief Luft und stieß sie langsam wieder aus. Als er sprach, war seine Stimme härter, als er beabsichtigt hatte. »Ich schwöre vor Gott und dem Thron von Antea, dass mein Sohn Jorey nicht das Protektorat von Vanai übernimmt, wenn Alan Klin nach Hause gerufen wird. Des Weiteren schwöre ich, dass niemand aus meinem Haus aus Vanai einen Gewinn ziehen wird. Werdet Ihr jetzt das Gleiche schwören, alter Freund?«

»Ich?«

»Ihr habt einen Vetter in der Stadt, soweit ich weiß? Ihr wollt doch ganz bestimmt nicht den Eindruck erwecken, dass Eure Unterstützung für den Thron bloß Eurem Vorteil dienen soll?«

Daskellins Lachen dröhnte und donnerte, ein tiefer Klang, der warm genug war, den Biss des Winters zurückzutreiben, wenn auch nur für einen Augenblick.

»Gott hat geweint, Kalliam. Ihr werdet aus uns allen Altruisten machen.«

»Schwört Ihr es?«, fragte Kalliam. »Werdet Ihr gemeinsame Sache mit Männern machen, die König Simeon treu ergeben sind, und die Erneuerung der Traditionen vor Euren eigenen Ruhm stellen?«

»Wahre Diener des Throns«, sagte Daskellin, halb amüsiert.

»Ja«, sagte Dawson. In seiner Stimme war kein Raum für Heiterkeit. Er war hart wie Stein, seine Absichten in Stahl gegossen. »Wahre Diener des Throns.«

Daskellin wurde ernst. »Ihr meint es *wirklich*«, sagte er.

»Ja«, erwiderte Dawson.

Der dunkle Blick huschte über Dawsons Gesicht, als versuche er, eine Maske zu durchdringen. Und dann erblühte wie bei einem halben Dutzend Männern zuvor – Männern, die Dawson ausgewählt hatte, weil er wusste, dass sie genauso sehr danach hungerten wie er – Stolz auf dem dunklen Gesicht. Stolz und Entschlossenheit und das Gefühl, Teil von etwas Größerem und Gutem zu werden.

»Dann ja«, sagte Daskellin leise. »Ich schwöre.«

Der Spalt war die offensichtlichste Trennlinie der Stadt, aber er war bei Weitem nicht die einzige. Auf beiden Seiten der Brücken zog sich der Adel in seine Anwesen und Innenhöfe zurück, während das niedere Volk in kleineren, engeren Verhältnissen lebte. Wenn man nördlich des Falkenplatzes wohnte, hieß das, dass man einen höheren Rang innehatte. Hatte man seine Ställe am Südtor, hieß das, dass man von gutem Blut war, aber sein Vermögen verschleudert hatte. Die Stadt war auf eine Art und Weise vielschichtig, die nur ihre Einwohner begreifen konnten. Die Straßen waren nicht die einzige Dimension, an der man die jeweilige Klasse erkennen konnte: Die Ärmsten und Verzweifeltsten gruben sich nach unten, um den Ruinen vergangener Zeitalter, auf denen die neuere Stadt errichtet war, neues Leben abzuringen. Sie lebten in Dunkelheit und Schmutz, aber es rettete sie zumindest vor den Erniedrigungen des Winters.

Eis und Schnee färbten die dunklen Pflastersteine weiß. Karren fuhren langsam, Maultiere gingen vorsichtig. Pferde schritten zögerlich aus, weil sie fürchteten auszurutschen, sich ein Bein zu brechen und an Ort und Stelle auf der Straße geschlachtet zu werden. Der Winter von Camnipol raubte einem sogar die Würde einer wartenden Kutsche, aber nach dem Treffen mit Daskellin war Dawson so zufrieden mit sich, dass es ihm kaum etwas ausmachte. Er ließ sich von der Dienerin den Überwurf aus dunklem Leder mit Silberstickereien an den Nähten und Haken aus Blutstein gürten, setzte den breitkrempigen Hut auf und ging auf eigenen Beinen hinaus in die Straßen und zu seinem Haus und Clara.

Er hatte seine Kindheit in Camnipol verbracht, war seinem Vater tagsüber gefolgt, um die Rituale der Macht zu erlernen, und hatte während der Nächte mit den anderen hochgeborenen Jungen getrunken, gesungen und gezecht. Sogar jetzt, Jahrzehnte später, lagen unter den schneeverkrusteten Steinen Erinnerungen vergraben. Er kam an der schmalen Gasse vorbei, durch die Eliayzer Breiniako in der Nacht, in der sie beide vierzehn geworden waren, nackt gelaufen war, nachdem er eine Wette gegen ihn verloren hatte. Dann die breite Kurve, die zu den Straßen führte, in denen alle Timzinae und Jasuru zu Hause waren: das Viertel der Wanzen und Groschen. Er ging unter Morades Bogen hindurch, wo der letzte wahnsinnige Drachenherrscher im Griff seines Klauengefährten gestorben war. Der Bogen aus Drachenjade ragte beinahe so hoch wie die Königshöhe selbst auf und war so dünn und fein gearbeitet, dass es schien, als würde der kleinste Windhauch ihn umwerfen. Er kam an der Kanzel von Sorrial mit ihrer rußgeschwärzten Südmauer vorbei. An dem Freudenhaus, in das ihn sein Vater an seinem zehnten Geburtstag mitgenommen und wo er ihm seine erste Nacht mit einer Frau gekauft hatte.

Eine einzelne weiße Wolke leuchtete wohlwollend auf die Stadt herab, vertrieb die Schatten. Aus einem Bäckerkarren vom Marktplatz fiel eine Kiste Mandeln, und ein Dutzend Kinder erschien wie aus dem Nichts, um sich die Nüsse zu schnappen, ehe der Fuhrmann sie aufhalten konnte. Auf der Westmauer konnte Dawson über die weiten Ebenen von Antea hinabschauen wie Gott, der auf die Welt hinabblickte. Der

Wind in den Straßen fuhr ihm stechend über Lippen und Wangen. Es war die vollkommene Stadt. Alles hatte sich hier ereignet, vom Fall der Drachen über die Erhebung des Weißen Propheten bis hin zu den Sklavenaufständen, die das Haus Antea dazu veranlasst hatten, in der von Drachen errichteten Stadt erneut ein Imperium der Erstgeborenen zu gründen. Die Steine legten Zeugnis der Jahrhunderte ab, der Zeitalter.

Und nun, vielleicht zum ersten Mal, nahm Dawson seinen Platz in der Stadt ein, die er liebte. Er hatte mit dem Werk begonnen, für das sich Camnipol seiner erinnern würde. Dawson Kalliam, Baron von Osterlingbrachen, der den Hof säuberte und ein Wächter des rechten und richtigen Pfades für Antea war. Kalliam, der die Verteidiger der Rechtschaffenheit versammelte. Der die Agenten des Chaos und der Veränderung vernichtete.

Die Unsterbliche Stadt verlockte ihn dazu, sich an seinen Erinnerungen und an der Vision einer Zukunft zu berauschen, die sich seinem Willen beugte – einer Zukunft, in der Curtin Issandrian und Feldin Maas nichts blieb, als an seiner statt mit Winterpflichten durch den schmutzigen Schnee zu huschen –, und Dawson ergab sich diesem Rausch. Falls es vor dem Angriff irgendwelche Vorwarnungen gegeben hatte, entgingen sie ihm völlig.

Die Straße machte einen Bogen, folgte dem Verlauf der Klippe, und in dem dreieckigen Park, in dem zwei breite Straßen zu einer verschmolzen, standen drei Männer in dunklen Wollüberwürfen tief in eine Unterhaltung verstrickt beisammen. Federweiß stießen sie ihren Atem aus, weiß wie der Himmel. Dawson schritt auf sie zu und ging davon aus, dass sie einem Baron des Hofes Platz machen würden. Harte Augen begegneten seinem Blick. Die Männer bewegten sich nicht.

Dawsons Tagträumerei wurde von Zorn zerstreut, dann kam ihm der Gedanke, dass sie seinen Rang und seine Stellung vielleicht nicht erkannten. Der Mann, der ihm am nächsten war, öffnete den Mantel und zog ein breites, krummes Messer. Die anderen bewegten sich zur Seite. Dawson gab ein bellendes Lachen voller Verachtung und Unglauben von sich, und der Messerträger stürzte sich auf ihn. Dawson tänzelte zurück, versuchte sein eigenes Schwert zu ziehen. Noch bevor er die Klinge ganz aus der Scheide gezogen hatte, traf der Schläger zu seiner Linken ihn mit einem verstärkten Knüppel am Ellbogen. Dawsons Hand wurde taub, und sein Schwert fiel auf den vereisten Boden. Der Messerträger stieß zu, seine Waffe schlitzte den Lederüberwurf und darunter das Fleisch auf Dawsons Brust auf. Dawson schrie und sprang zurück.

Das Ganze hätte nicht weiter von einem Duell entfernt sein können. In den Bewegungen und im Stil der Männer lag keine Schönheit, kein Gefühl der Ehre. Nicht einmal die Zierde einer richtigen Ausbildung. Der Messerkämpfer hielt die Klinge wie ein Metzger, und seine Begleiter mit ihren Knüppeln schlossen Dawson ein, als würde er sich umdrehen und fliehen wollen, quiekend wie eine erschreckte Sau. Dawson richtete sich zu seiner vollen Größe auf, drückte die Finger an den zerfetzten Mantel. Die Handschuhe waren danach mit Blut verschmiert.

»Ihr habt gerade Euren letzten Fehler gemacht«, sagte Dawson. »Ihr habt keine Ahnung, mit wem Ihr es zu tun habt.«

Der Messermann lachte. »Ich glaube, doch, mein Lord«, sagte er und stach erneut zu. Die Klinge hätte sich tief in Dawsons Bauch gebohrt, wenn nicht Jahrzehnte der Übung ihn zurück und zur Seite hätten zucken lassen. Der linke Mann schwang seinen Knüppel mit voller Wucht und erwischte ihn an der Schulter. Als Dawson auf die Knie sank, kam ihm zum ersten Mal der Gedanke, dass dies nicht einfach nur Grobiane von der Straße waren, die auf ein paar Münzen aus waren. Es war eine Falle, und sie war für ihn bestimmt.

Der Mann zu seiner Rechten tänzelte auf den Fußballen immer wieder vor und zurück, die Waffe hoch erhoben und bereit, sie mit einem schädelzerschmetternden Schlag nach unten zu schwingen. Dawson hob den Arm, und der Angreifer verschwand mit einem Grunzen. Die Attentäter wandten sich um. Ein neuer Mann in der grauen Wollkleidung eines Jägers rollte sich über die Pflastersteine, vom Knüppelschwinger in einer brutalen Umarmung umschlungen. Als sie voneinander loskamen, sprang der Neue auf. Seine Kleider waren rot von Blut, genauso das Kurzschwert in seiner Hand. Der Schläger stand nicht mehr auf.

»Lord Kalliam«, rief der Neue und warf ihm sein Schwert zu. Dawson sah es in einem Bogen aus Blut und Stahl durch die Luft fliegen. Die Zeit schien sich zu verlangsamen. Der Griff war aus dunklem Leder und stark abgenutzt. Die Klinge selbst hatte eine Blutrinne, die in der Mitte nach unten lief. Dawson streckte sich, schnappte sich das Schwert aus der Luft. Der zweite Knüppelträger ließ seine Waffe auf ihn niedersausen, und Dawson parierte den Angriff, nach wie vor auf den Knien.

Der gefallene Angreifer stöhnte, stützte sich mit einer Hand auf und rutschte zurück in den größer werdenden roten See.

Dawson stand auf. Die beiden Attentäter warfen sich einen Blick zu, und Dawson erkannte ihre Angst. Ja, er war verletzt und sein Retter war nun unbewaffnet. Ja, sie waren sich zahlenmäßig ebenbürtig. Und dennoch, dass sie so plötzlich nicht mehr drei Männer und ein Opfer, sondern eine beinahe ausgeglichene Auseinandersetzung vor sich hatten, erschütterte ihre Zuversicht. Der Knüppelmann ging einen Schritt zurück, halb abgewandt, als würde er fliehen wollen. Dawson spürte, wie sich seine Lippen verzogen. Diese Männer waren Feiglinge.

Mit seinem geliehenen Schwert führte er einen schnellen, tiefen und harten Hieb. Der Mann tänzelte zurück, parierte ungelenk. Rechts von Dawson brüllte der Messermann und sprang auf Dawsons unbewaffneten Verbündeten zu. Der Schmerz in Dawsons Wunden ließ nach, und die Kälte seines eigenen Blutes, das ihm auf der Brust gefror, ließ ein wildes Grinsen auf seine Lippen treten. Der Knüppelmann fiel einen Schritt zurück, und Dawson bedrängte ihn weiter, die Knie gebeugt, den Schwerpunkt weit unten, sein Körper vollkommen im Gleichgewicht. Als der verstärkte Knüppel erneut geschwungen wurde, stieß Dawson in seine Reichweite vor, fing den Schlag an den Rippen ab, und stach gleichzeitig mit der Klinge zu. Der Knüppelmann stieß ein Ächzen aus. Unter seinem Überwurf war eine Rüstung. Der Attentäter war nicht tot, aber er wankte nun. Dawson wandte sich um, trat mit dem Absatz hart auf den Rist des Mannes und trieb ihm den Griff seines Schwertes mit einem kurzen, harten Stoß ins Gesicht. Das unverkennbare Knirschen von brechenden Knorpeln übertrug sich auf Dawsons Handgelenk.

Der Attentäter krümmte den Rücken und stürzte sich auf ihn, um zu versuchen, ihn mit schierer Kraft umzuwerfen. Dawson schlitterte zurück, seine Stiefel fanden auf der vereisten Straße wenig Halt. Der Schläger wog mehr als er, und er zählte darauf, dass ihn diese Tatsache bei dem Handgemenge retten würde. Er hatte Dawsons Charakter falsch eingeschätzt.

Dawson ließ das Schwert fallen und packte das dunkle Haar des Schlägers mit der Linken – nicht um den Kopf des

Mannes zurückzuzerren, sondern um ihn festzuhalten. Er stieß seinen Daumen tief in die Augenhöhle des Mannes, bog ihn am Knöchel ab. Der Mann kreischte schrill und schmerzverzerrt. Dawson stieß ihn von sich, und der Mann ging stolpernd in die Knie, die Hände auf sein zerstörtes Auge und die zerschmetterte Nase gepresst.

Der Messermann und Dawsons Retter umkreisten sich. Die Arme des Retters waren ausgebreitet und waffenlos. Ein Schnitt auf seinem linken Arm blutete und sprenkelte das weiße Eis und das schwarzen Pflaster mit scharlachroten Tropfen. Eine Menschenmenge lief auf der Straße zusammen. Männer, Frauen, Kinder mit aufgerissenen Augen, die die Gewalt hungrig aufsogen, ohne einzuschreiten. Dawson gab dem wimmernden Knüppelmann einen Tritt, der ihn auf den Bürgersteig beförderte, und zog ihm den Riemen mit dem Knüppel ab, der um sein Handgelenk lag. Der Blick, den ihm der Messermann zuwarf, war voller Panik, und Dawson zog den verstärkten Knüppel pfeifend durch die Luft, um seine Handhabung und sein Gewicht zu prüfen.

Der Messermann floh, und seine dunklen Stiefel warfen Schneefetzen hinter ihm auf, als er davonstürmte. Die Menge trat auseinander, ließ den Schläger fliehen, anstatt das Risiko auf sich zu nehmen, sich einen Hieb seiner kleinen Klinge einzufangen. Bauern, Gemeine und Leibeigene, die Platz für einen der ihren machten. Dawson wollte sich ein wenig darüber empören, dass die einfachen Bürger von Camnipol diesem Mann tatsächlich die Flucht gestatteten, aber er tat es nicht. Feigheit und die Schutzsuche in der Herde lagen im Wesen der Niedriggeborenen. Er konnte genauso gut Schafen vorwerfen, dass sie blökten.

Der erste Attentäter, der gefallen war, lag vollkommen

reglos da, und das Blut um ihn herum dampfte. Der zweite Knüppelmann wurde ebenfalls stiller, glitt in den Zustand des Schocks. Dawsons Retter war in die Hocke gegangen, um seinen verletzten Arm zu betrachten. Er war jung, hatte breite Arme und Schultern und grobes, mit dem Messer gestutztes Haar. Die Form seines Gesichts wirkte vertraut.

»Es scheint, als würde ich Euch Dank schulden«, sagte Dawson. Zu seiner Überraschung war er außer Atem.

Der Neue schüttelte den Kopf. »Ich hätte früher kommen sollen, mein Lord«, sagte der junge Mann. »Ich bin zu weit zurückgefallen.«

»Zu weit zurück?«, sagte Dawson. »Ihr habt mich verfolgt?«

Der Mann nickte und wollte ihm nicht in die Augen schauen.

»Weshalb das?«, fragte Dawson.

»Eure edle Gemahlin, mein Lord«, sagte der Mann. »Sie hat mich in ihren Dienst genommen, nachdem Ihr mich hinausgeworfen habt. Sie hat mir den Auftrag gegeben, für Eure Sicherheit zu sorgen. Ich fürchte, ich habe schlechte Arbeit geleistet.«

Natürlich. Der Jäger aus der Küche, der ihm das in Hundeblut und Ehrverlust getränkte Hornstück zurückgegeben hatte. Vincen Coe war sein Name gewesen. Er hatte Clara nicht danach gefragt, was sie getan hatte, als sie sich um den Jungen gekümmert hatte, aber natürlich hatte sie ihn nach den deutlichen Worten ihres Mannes nicht einfach wieder einstellen können. Und es war natürlich unter seiner Würde zuzugeben, dass er den Jungen ungerecht behandelt hatte.

»Ihr irrt Euch«, sagte Dawson.

»Mein Lord?«

»Ich habe Euch noch nie gesehen, und ich hätte einen Mann von Eurem Mut und Talent niemals aus meinen Diensten entlassen.«

»Ja … ich meine, nein, mein Lord.«

»Das also ist geregelt. Kommt mit mir, wir werden uns etwas auf diese kleinen Kratzer schmieren lassen.«

Coe erhob sich. »Mein Schwert, mein Lord?«

»Ja. Das brauchen wir vielleicht«, sagte Dawson und zeigte dorthin, wo es lag, mit Blut, Schnee und Dreck beschmiert. »Es sieht aus, als würde ich genau den richtigen Männern Angst einjagen.«

MARCUS

FEUER UND BLUT. Merian schrie vor Schmerz, Angst und Empörung, wie nur ein Kind alles drei zugleich ausdrücken konnte. Ihre Augen waren auf ihn gerichtet, ihre Arme streckten sich nach ihm. Marcus kämpfte gegen seine Lähmung, zwang seine Arme, nach ihr zu greifen, und durch die Bewegung weckte er sich auf.

Die Schreie der Toten hingen in der kalten Luft, als er sich erhob, während sein Halbtraum ihn nach wie vor erwarten ließ, die Weizenfelder und hohen, stattlichen Windmühlen von Ellis zu sehen. Stattdessen dehnte sich der weite, sternenübersäte Himmel von Birancour über ihm aus und hinter ihm im Osten befanden sich die dunkel aufragenden Berge. Der Brandgeruch aus seiner Erinnerung wich dem süßen Gerbduft der Eislilie und dem fernen Vorgeschmack von Salz, den das Meer brachte.

Er legte sich zurück auf seine Schlafstatt und wartete darauf, dass der Traum verblich. Er befasste sich mit seinem Körper, wie er es sich seit langem angewöhnt hatte. In seiner Kehle ging die würgende Enge als Erstes zurück, dann in seiner Brust. Der stechende Schmerz in den Eingeweiden wurde langsam leichter und verschwand. Bald gab es nur noch die ständige Leere unter seinen Rippen, und er wusste, dass er wieder sicher stehen konnte.

Es waren die Narben einer Schlacht. Manche Männer hatten ein Bein oder eine Hand verloren. Manche Männer verloren die Augen. Marcus hatte eine Familie verloren. Und genauso wie alte Soldaten wussten, wann Regen kam, weil geheilte Knochen ihnen Schmerzen bereiteten, litt er jetzt. Es hatte nichts zu bedeuten. Es war einfach sein ganz persönliches schlechtes Wetter, und wie schlechtes Wetter würde es vorübergehen. Die Träume wurden nur für den Augenblick schlimmer.

Tief in der Nacht schlief die Karawane, sowohl Fuhrleute als auch Maultiere. Das Wachfeuer glitzerte auf einer Hügelflanke weiter oben, nicht heller als ein Stern, aber orangefarben anstatt blau. Marcus machte sich in diese Richtung auf. Das trockene Gras wisperte an seinen Stiefeln, und Feldmäuse huschten davon. Yardem Hanes Umrisse zeichneten sich vor dem kleinen Feuer ab; er hatte sich abgewandt, so dass das Licht seinen Blick nicht trübte. Neben ihm saß eine weniger vertraute Gestalt. Marcus trat nahe genug heran, um Worte herauszuhören.

»Die *Form* einer Seele?«, fragte Meister Kit. »Ich glaube, ich verstehe nicht, was Ihr meint.«

»Genau das. Eine Seele hat eine Form«, sagte Yardem. Seine breiten Hände tätschelten die Luft vor ihm. »Und das Schicksal wird davon gestaltet. Was immer die Welt einem bringt, die Form der Seele legt fest, was man damit tut und welche Handlungen man vornimmt, um sein Schicksal zu gestalten …«

Marcus bewegte einen Fuß, den er laut genug über den Boden schleifen ließ, um sich anzukündigen.

»Morgen, Hauptmann«, sagte Yardem, ohne sich zu ihm umzudrehen.

»Setzt du unserem Kundigen deine abergläubischen Flausen in den Kopf?«

»Ja, Herr.«

»Passt auf, Kit«, sagte Marcus und trat in den trüben Lichtkreis. »Yardem ist einmal ein Priester gewesen, müsst Ihr wissen.«

Meister Kits Augenbrauen hoben sich, und er blickte fragend von Marcus zu Yardem. Der Tralgu zuckte beredt mit den Schultern.

»Ist schlecht ausgegangen«, sagte Yardem.

»Es ist kein Glauben, von dem ich schon einmal gehört hätte«, erklärte Meister Kit. »Ich muss sagen, dass ich den Gedanken faszinierend finde. Welche Form hat denn Eure eigene Seele?«

»Ich habe meine Seele nie gesehen«, sagte Yardem.

Marcus setzte sich. Die Wärme des Feuers drang an seinen Rücken. Hoch über ihnen zog ein fallender Stern seine Spur von Ost nach West, war schon beinahe verglüht, ehe Marcus ihn entdeckte. Die Stille fühlte sich plötzlich unbehaglich an.

»Mach schon«, sagte Marcus. »Erzähl's ihm, wenn du willst.«

»Mir was erzählen?«, fragte Meister Kit.

»Ich habe die vom Hauptmann gesehen. Ich war am Tag der Schlacht in Wodfurt. Der Hauptmann ist vorübergeritten, hat den Trupp durchgezählt, und … ich hab sie gesehen.«

»Und welche Form hatte sie?«, fragte Meister Kit.

»Ein Kreis, der auf seiner Kante stand«, sagte Yardem.

»Was hat das für Euch für eine Bedeutung?«

»Dass er aufsteigt, wenn er niedergeworfen wird, und fällt, wenn er hoch oben steht«, erklärte Yardem.

»Er hat magische Visionen gebraucht, um das zu sehen«, sagte Marcus. »Für die meisten Leute ist das einfach Tatsache.«

»Aber jedes Mal?«, fragte Meister Kit. »Wenn Gott die Form der Seele eines Menschen ändern wollte, dann würde es doch sicher …«

»Ich habe Gott nie gesehen«, sagte Yardem.

»Aber Ihr glaubt an ihn«, sagte Meister Kit.

»Ich halte mich mit meiner Beurteilung zurück«, antwortete Yardem.

Meister Kit dachte darüber nach. »Und was ist mit Euch, Hauptmann?«, fragte er. »Man hört Geschichten, dass Ihr einst ein frommer Mann gewesen seid.«

»Ich ziehe es vor, als Akt der Barmherzigkeit nicht mehr an irgendwelche Götter zu glauben«, sagte Marcus.

»Barmherzigkeit wem gegenüber?«

»Den Göttern gegenüber. Es scheint mir boshaft zu glauben, dass sie keine bessere Welt als diese erschaffen konnten«, erklärte Marcus. »Haben wir noch etwas zu essen da?«

Die Dämmerung schlich sanft heran, die Umrisse des Gebirges im Osten wurden deutlicher sichtbar, und dann begannen die paar fingerdünnen Wolken rosarot und golden zu glühen, und Licht schien aus dem Nichts zu kommen, wie Nebel von der Erde aufzusteigen. Die Karren verwandelten sich von einer beinahe unsichtbaren Masse in Holz und Eisen. Metallene Töpfe klirrten auf der anderen Seite des Lagers, als die Frau des Karawanenmeisters anfing, den morgendlichen Brei aus gedämpftem Getreide und honiggesüßtem Schweinefleisch zu kochen. Die Landschaft verwandelte sich von endloser, gleichförmiger Finsternis in Hügel und Bäume, Büsche und Bäche. Yardem ging mit den Wachen die Morgenübungen durch, während Marcus durch das Lager streifte und vorgab, dass es in der Karawane keinen Karren gab, an dem ihm mehr als an anderen gelegen war.

Das Mädchen, Cithrin, folgte denselben alltäglichen Verrichtungen wie die anderen. Sie kümmerte sich um ihre Maultiere, sie aß ihre Mahlzeit, sie kratzte den Schlamm aus ihren Achsbohrungen. Wenn sie Hilfe brauchte, fragte sie Opal oder Meister Kit. Nie den Karawanenmeister, niemals Marcus. Aber auch nie Sandr, und der Junge war ihr aus dem Weg gegangen, als hinge sein Leben davon ab, also stand damit alles zum Besten. Marcus beobachtete sie, ohne dass es offensichtlich wirkte. Es ging ihr besser, seit sie Vanai verlassen hatten. Vielmehr, seit sie Bellin verlassen hatten. Aber unter ihren Augen waren dunkle Schatten, und in ihren Bewegungen lag das Ungeschick, das mit der Erschöpfung kam.

Marcus stieß auf den Karawanenmeister, der neben dem ersten Karren hockte, eine breite Rolle aus tintenbeschriebenem Pergament auf dem Boden vor sich ausgebreitet: eine Karte des südlichen Birancour, die vermutlich seit Jahrhunderten veraltet war. Aber sie würde trotzdem anzeigen, wo die Drachenstraßen verliefen. Seine Frau, die mit den Frühstückspflichten fertig war, schirrte ihr Gespann an.

»Ein Tag noch«, sagte der Karawanenmeister. »Höchstens eineinhalb Tage, und wir werden wieder auf eine richtige Straße kommen.«

»Das ist gut.«

»Dann noch drei, und wir sind in Porte Oliva. Seid Ihr dort schon gewesen?«

»Ein- oder zweimal«, sagte Marcus. »Es ist ein guter Winterhafen. Wird nicht zu kalt. Der Statthalter der Königin nimmt nicht zu viele Steuern.«

»Dann werden wir dort anhalten.«

»Die Straßen nach Carse sollten im Frühjahr frei sein«, sagte Marcus.

»Nicht für mich«, erwiderte der Karawanenmeister und faltete die Karte zusammen. »Wir kommen in Porte Oliva an und sind fertig. Die Karawane endet dort.«

Marcus runzelte die Stirn und verschränkte die Arme. »Da gibt es ein paar Schwierigkeiten«, sagte er. »Der Auftrag war, all das nach Carse zu schaffen.«

»Euer Auftrag ist es, die Karawane zu beschützen«, erwiderte der Timzinae. »Meiner ist es zu sagen, wo sie hingeht und wann sie am Ziel ist. Porte Oliva hat einen Markt. Handelsstraßen nach Cabral und Herez, nicht zu vergessen in die übrigen Städte von Birancour. Schiffe nach Lyoneia und den Überseehandel nach Fern-Syramis. Die Fracht, die ich laut Vertrag befördern soll, wird sich dort gut genug verkaufen.«

»Die Fracht, die Ihr laut Vertrag befördern sollt«, wiederholte Marcus und wendete die Worte im Mund, als hätten sie den falschen Geschmack.

»Gibt es sonst noch etwas, um das ich mich kümmern sollte?« Der Karawanenmeisters reckte das Kinn. »Habt Ihr Bedenken, dass ich vielleicht der Schmugglerin Unannehmlichkeiten bereite?«

»Nach allem, was ich zuletzt gehört habe, handelt die Medean-Bank nicht in Birancour«, sagte Marcus. »Ihr lasst dieses Mädchen dann mit einem Haufen Geld so hoch wie ein Baum sitzen, und mit nichts, das ihr Schutz bietet. Man könnte ihr genauso gut ein Schild um den Hals hängen.«

Der Karawanenmeister warf seine zusammengelegte Karte auf den Kutschbock seines Wagens und fing an, sich daneben hochzuziehen. Seine Frau blinzelte Marcus in stummer Entschuldigung an und schaute weg.

»*Dieses Mädchen* mit ihrer Trinkerei und Schmuggelei und ihrem Sündigen mit Euren Wächtern kann auf sich selbst aufpassen«, sagte der Karawanenmeister. »Wir hatten reines Glück mit diesem verfluchten Anteaner. Es gibt keinen Grund zu erwarten, dass wir beim nächsten Mal genauso viel Glück haben.«

Und es wird ein nächstes Mal geben, sagte er nicht. Er musste es nicht.

»Wenn Ihr meinen Rat wollt«, fuhr der Karawanenmeister fort, »nehmt Ihr Euren Lohn, wendet Euer Pferd und reitet von dem Mädchen weg, bis es nicht mal mehr eine Erinnerung ist. Solche Leute bedeuten nur Ärger.«

Marcus wurde zornig. »Welche Leute meint Ihr?«

»Bankiers«, sagte der Karawanenmeister und spuckte aus.

Porte Oliva schmiegte sich auf einen Landausläufer, der sich in eine breite, flache Bucht hinausschob. Selbst bei Ebbe wurde es an drei Seiten vom Meer geschützt. Riffe und Sandbänke machten eine Anfahrt vom Meer so gefährlich, dass einheimische Bootsfahrer sich ihren Lebensunterhalt damit verdienen konnten, Schiffe aus dem tiefen Ozean sicher in den Hafen und dann wieder hinauszugeleiten. In den tausend Jahren seit ihrer Gründung war die Stadt nie mit Gewalt eingenommen worden, obwohl sie zweimal zum Überlaufen verführt worden war.

Als sie näher an die Stadt kamen, füllte sich die Drachenstraße. Wo in Vanai viele Timzinae in schwarzem Chitin gewesen waren, zeigten sich hier die blassen, ätherischen Gesichter von Cinnae und die kurzen, mit Perlen verzierten Pelze von Kurtadam in größerer Zahl als sogar Erstgeborene. Der Andrang von Karren und Körpern nahm zu, und Marcus sah erste Schwertkämpfer mit den Kupfertorques und im Grün und Gold von Birancour. Königinnengarde. Die Wächter der

Stadt, auch wenn sich die Königin selbst eher in den größeren Städten Sara-su-mar und Porte Silena im Norden aufhielt. Marcus sah zu, wie der Karawanenmeister einen der älteren Königinnengardisten ansprach und sich dabei vorbeugte, als wollte er das Murmeln der Menge übertönen. Ein paar Münzen wechselten den Besitzer, und ohne irgendeine offensichtliche Veränderung kamen die Wagen bald schneller voran als vorher, überholten die Fußgänger und die Schubkarren. Marcus erkannte, dass sie das eigentliche Porte Oliva erreicht hatten, als die Bettler und Bettelmönche erschienen.

Bitte, mein Lord, ich habe ein Kind.

Mein Mann ist ein Seemann. Sein Schiff ist seit drei Monaten überfällig, und ich habe kein Geld mehr für Essen.

Gott trägt uns auf, großzügig zu sein.

Marcus ritt an den Wagen auf und ab, ohne die Worte und Gesten zu beachten, und hielt nach den Dieben und Beutelschneidern Ausschau, die in Mengen wie dieser immer auftauchten. Die anderen Wachen folgten seinem Beispiel und wussten vermutlich mehr über Taschendiebstahl als er. Es war seltsam, wie gut sich die Schauspieler für jeden Aspekt des Karawanenwächtertums eigneten, abgesehen von der tatsächlichen Wachpflicht. Er kam am letzten Wagen an und kehrte um, um sich wieder nach vorn aufzumachen. Drei Wagen weiter beugte sich Meister Kit nach unten und drückte eine Münze in die Hand eines alten Mannes.

»Ermutigt sie nicht«, rief Marcus. »Sie sind alle Lügner.«

»Nein, nicht alle, Hauptmann«, rief Kit mit einem Grinsen zurück. »Nur die meisten.«

Er kam am Wollkarren vorbei, wo die kleine Schmugglerin ihr Gespann lenkte, nach wie vor in ihrer groben Fuhrmannskleidung. Neben den reinblütigen Cinnae auf der Straße war es leichter zu erkennen, dass sie mehr war als nur ein zierliches Erstgeborenen-Mädchen. Ihr Haar war nicht ganz so fein wie das der anderen, ihre Züge waren gröber, ihre Haut hatte mehr Farbe, aber die Ähnlichkeit war da. Sie bemerkte, dass er sie ansah, und versuchte sich an einem Lächeln. Er ignorierte sie mit der gleichen einstudierten Absicht wie die Bettler, und aus ähnlichen Gründen. Beim Weiterreiten machte sich ein Gefühl von Vorahnung und Furcht in seinen Eingeweiden breit. Das Gespräch würde kommen, und zwar heute, und das Klügste – das Richtige, wodurch seine Alpträume wieder verblassen würden – wäre es, dem Mädchen eine Absage zu erteilen. Beim Wagen an der Spitze erwiderte Yardem seinen Blick ungerührt.

Einst, vor Jahrhunderten, hatte eine große, steinerne Festungsmauer die Grenze der Stadt gebildet. Nun lagen die aufragenden weißen Steinwälle mitten in einem geschäftigen Marktviertel. Fischverkäufer riefen ihren Fang auf der Nordseite des gerundeten Ganges aus, der in die innere Stadt führte, und nachdem sie hindurchgezogen waren, riefen identische Männer und Frauen die gleichen Fische aus. Die Architektur des Krieges lag mitten in der lebenden Gemeinschaft wie eine große, jagende Katze, die nach der erfolgreichen Jagd benommen war. Dahinter wurde die Drachenstraße breiter und endete an einem riesigen, offenen Platz.

Hier drängte sich die Menge genauso dicht wie auf der Straße. Ein großer Marmortempel, so hoch wie fünf Männer übereinander, ragte am Ostende auf, der Palast des Statthalters aus roten Ziegeln und Buntglas im Westen. Die Stimme Gottes und der Arm des Gesetzes, die Zwillingsmächte des Throns. Und dazwischen, über den Platz verstreut, erhoben sich hölzerne Plattformen, auf denen Gefangene ihre Strafen abbüßten. Ein Kurtadam mit roten Augen und abgehackten

Händen hielt zwischen seinen Stümpfen ein Schild, das ihn als Dieb zu erkennen gab. Eine Erstgeborene, die mit Fäkalien und Schmutz beschmiert war, saß unter dem aus Holz geschnitzten Symbol für eine Kupplerin. Drei Cinnae hingen tot von einem Galgen, das weiche Fleisch um ihre Augen von Fliegen verdunkelt; je ein Mörder, Vergewaltiger und Kinderschänder. Gemeinsam dienten die Podeste als kurze, wirksame Einführung in das örtliche Gesetz.

Der Karawanenmeister ließ sie fast eine Stunde stehen, während der er im Palast des Statthalters verschwand, und kehrte mit kleinen Steinfigürchen an Lederriemen zurück, die man an den Karren anbrachte, um nachzuweisen, dass die Straßensteuern bezahlt waren. Mit einem Ruf führte er sie in eine Seitenstraße aus hartem, hellem Ziegelstein und zum Lagerplatz.

Das Ende der Reise. Marcus machte sich auf den Weg zum vordersten Wagen. Der Karawanenmeister hatte einen Stoffbeutel für ihn vorbereitet. Er klimperte, als er ihn überreichte.

»Ihr könnt es zählen«, sagte der Timzinae.

»Schon gut«, erwiderte Marcus.

Der Karawanenmeister hob die Brauen, dann zuckte er mit den Schultern. »Wie Ihr meint. Aber kommt später nicht und behauptet, es war zu wenig.«

»Werde ich nicht.«

»Dann ist es gut.«

Marcus nickte und wandte sich ab. Er nahm seinen Anteil und den von Yardem heraus, dann zählte er trotz seiner Worte den Rest. Es war alles da.

Die Schauspieler standen um ihren eigenen Wagen herum, trugen nach wie vor die Rüstungen und Schwerter. Die Straße hatte sie verändert und doch wieder nicht. Sie waren nun härter, und jeder von ihnen konnte mit einem Schwert umgehen wie ein Soldat. Auf der anderen Seite lachten und scherzten sie nun nicht weniger als in der Taverne in Vanai. Sandr und Smit machten gerade einen Wettkampf, wer von ihnen am längsten im Handstand bleiben konnte. Cary, Opal und Mikel neckten sich und stichelten, während sie sich um ihre Maultiere kümmerten. Meister Kit saß auf dem hohen Kutschbock des Wagens und überblickte alles wie ein wohlwollender Heiliger aus den alten Geschichten. Marcus ging zu ihm.

»Es sieht so aus, als wären wir mit der Täuschung durchgekommen«, sagte Meister Kit. »Ich hätte es mir nicht ganz so ereignisreich vorgestellt.«

»Macht eine schöne Komödie daraus«, sagte Marcus.

»Ich glaube, so ist die Welt häufig.«

»Wie?«

»Komisch, aber nur mit dem richtigen Abstand.«

»Das stimmt wahrscheinlich«, erwiderte Marcus, während er Meister Kit das Geld überreichte. »Was werdet Ihr nun machen?«

»Ich nehme an, dass Porte Oliva genauso gut für Auftritte geeignet ist wie jeder andere Ort, und vermute, dass wir unser Glück in unserem ursprünglichen Geschäft versuchen werden. Nach ein wenig Ruhe vielleicht. Hier gibt es eine lange Tradition des Puppenspiels, und ich hoffe, wir können vielleicht einen oder zwei neue Schauspieler mit diesen Fähigkeiten rekrutieren.«

»Es war gut, mit Euch zu arbeiten«, sagte Marcus. »Und es ist besser gelaufen als erwartet, wenn man es genau betrachtet. Ich nehme an, ich werde Euch in der Stadt noch begegnen. Wir werden hierbleiben, bis es taut.«

»Danke, dass Ihr Sandr nicht entmannt habt. Ich hoffe

immer noch, eines Tages einen anständigen Hauptdarsteller aus ihm zu machen.«

»Viel Glück dabei«, sagte Marcus.

»Passt auf Euch auf, Hauptmann Wester«, erwiderte Meister Kit. »Ich halte Euch für einen faszinierenden Mann.«

Und damit war auch das vorüber. Zu seiner Linken ging der Karawanenmeister der Reihe nach zu jedem Wagen, nahm Unterschriften und Inventarlisten entgegen. Yardem erschien an Marcus' Seite.

»Wir werden Männer brauchen«, sagte der Tralgu.

»Und einen Kundigen. Aber hier ist kein Krieg im Anmarsch. Wir werden welche finden.«

Der Tralgu zuckte mit einem klimpernden Ohr. »Werdet Ihr uns von dem Mädchen anheuern lassen, Herr?«

Marcus holte tief Luft. Die Stadt roch nach Pferdeäpfeln, Fisch und Salzwasser. Dunst ließ den Himmel eher weiß als blau wirken. Er atmete langsam aus.

»Nein«, sagte er.

Der Karawanenmeister kam an ihrem Karren an. Cithrin stand vor ihm wie eine Gefangene vor einem Magistrat, den Rücken gerade, die Augen nach vorn gerichtet. Allein in einer Stadt, die sie nicht kannte, ohne einen Beschützer.

»Wir könnten jetzt gehen«, sagte Yardem.

Marcus schüttelte den Kopf. »Sie hat verdient, es zu hören.«

Der Karawanenmeister ging weiter. Marcus blickte zu dem Tralgu, zu dem Mädchen, spuckte aus und ging zu ihr. *Tu es,* sagte er sich, *und bring das Schlimmste hinter dich, und dann weiter im Plan.* Das Mädchen blickte auf, als er kam, ihre Augen abwesend und glasig vor Erschöpfung, ihre Haut noch bleicher als sonst. Und doch hob sie ein wenig das Kinn.

»Hauptmann«, grüßte sie.

»Ja«, sagte er. »Yardem und ich. Wir können nicht für dich arbeiten.«

»Na gut«, erwiderte sie. So wie sie reagierte, hätte er ihr auch mitteilen können, dass die Sonne am Morgen aufging.

»Mein Rat ist, nimm, so viel du tragen kannst, lass den Rest zurück und besteige ein Schiff nach Lyoneia oder Fern-Syramis. Fang von vorn an.«

Der Karawanenmeister stieß einen Pfiff aus. Der erste Wagen wurde fortgezogen. Das Unternehmen war offiziell beendet. Die Wagen um sie herum rollten quietschend an, ein jeder auf dem Weg zu seinem eigenen Markt, seinem eigenen Viertel. Selbst die Schauspieler zogen inzwischen weiter, Sandr und Smit gingen mit den Maultieren voraus, um den Weg freizumachen. Cithrin bel Sarcour, Waise und Mündel der Medean-Bank, frischgebackene Schmugglerin, beinahe eine Frau, blickte ihn mit müden Augen an.

»Viel Glück«, sagte er und ging davon.

Das Salzviertel von Porte Oliva war, wie Meister Kit gesagt hatte, von Puppenspielern bevölkert. Straßenkünstler schienen beinahe an jeder Ecke zu stehen; zusammengekauert hinter oder in Kisten bedrängten sie die Passanten mit den Stimmen ihrer Puppen. Manche boten den üblichen Rassenhumor mit den brutalen Jasuru und den schlauen Timzinae-Schaben. Einige waren politisch, wie der Narrenkönig Ardeldueldelmub mit seiner übergroßen Krone. Manche, wie Stender Afteler, der ständig lüsterne Erstgeborene in seiner traditionellen Dreiecksbeziehung mit einer phlegmatischen Dartinae und einer manipulativen Cinnae, waren zotig, rassistisch und politisch in einem.

Viele andere waren an den Ort angepasst: Marcus hielt einen Augenblick bei einer Vorführung über einen schmutzigen Metzger an, der sein Fleisch mit brennender Scheiße räucherte und Maden in seine Würste mahlte, während eine Cinnae in der Menge anfing, dem Puppenspieler brüllend vorzuhalten, er nähme Gold von einem rivalisierenden Metzger. An anderer Stelle betrachteten vier Königinnengardisten mit Schwertern und Kupfertorques eine Geschichte über Pflaumen und eine Feenprinzessin mit finsteren Blicken, die nahelegten, dass die Allegorie, worin auch immer sie bestand, den Puppenspieler auf der falschen Seite des Gesetzes verorten könnte.

Das Gasthaus, an dem sie Halt machten, hatte einen Hof, der über die Seemauer blickte. Die Sonne glitt über den westlichen Himmel hinab und brachte die weißen Stuckmauern golden zum Glühen. Das Wasser der Bucht war blassblau, das Meer dahinter von einem so tiefen Indigo, dass es beinahe schwarz wirkte. Der Geruch von Salzwasser und Brathähnchen trat gegen das Räucherwerk eines Wanderpriesters an. Seeleute verschiedener Rassen, alle mit breiten Schultern und lauten Stimmen, saßen an großen Tischen unter den leuchtend bestickten Baldachinen. An jedem Tisch brannten Kohlenbecken, die in der winterkalten Luft an den Sommer erinnerten. Marcus setzte sich und machte das Schankmädchen auf sich aufmerksam. Sie nickte ihm verheißungsvoll zu, und er lehnte sich auf seinem Stuhl zurück.

»Wir werden Arbeit brauchen.«

»Ja, Herr«, sagte Yardem.

»Und einen neuen Trupp. Diesmal einen echten.«

»Ja, Herr.«

»Aber hier wird es Lagerhäuser geben. Wenn der Frühling kommt, ziehen Karawanen ins Landesinnere.«

»Bestimmt, Herr.«

»Was meinst du also?«

Die Schankmaid – eine Kurtadam mit dem weichen, hellen Pelz einer Jugendlichen und goldenen und silbernen Perlen, die an ihren Seiten herabfielen – brachte ihnen Becher mit heißem Apfelwein und eilte davon, ehe Marcus sie bezahlen konnte. Yardem nahm einen. In seinen Händen wirkte er klein. Er trank langsam, die Stirn gerunzelt und die Ohren angelegt. Hinter ihm glühte die Sonne hell genug, um zu schmerzen.

»Was ist?«, fragte Marcus.

»Die kleine Schmugglerin, Herr. Cithrin.«

Marcus lachte, aber er spürte den Zorn, der dahinterstand. Die Art und Weise, wie Yardem die Schultern krümmte, zeigte, dass auch der Tralgu ihn hörte.

»Du denkst, es wäre klug, uns zwischen diesen Karren und jeden zu stellen, der ihn ihr wegnehmen will?«

»Das wäre es nicht«, sagte Yardem.

»Worüber sollen wir dann reden? Der Auftrag ist erledigt. Zeit weiterzuziehen.«

»Ja, Herr«, sagte Yardem und nahm noch einen Schluck. Marcus wartete darauf, dass er weitersprach. Er tat es nicht. Einer der Matrosen – ein Erstgeborener mit kurz geschorenem schwarzem Haar und dem verwischten Akzent von Lyoneia – fing an, ein schmutziges Lied über die Paarungsgewohnheiten der Südlinge zu singen. Die großen schwarzen Augen dieser Rasse führten dazu, dass sie oft *Augenlöcher* genannt wurden, was sich dann für gewisse Reime anbot. Marcus spürte, wie er mit den Zähnen knirschte. Er beugte sich vor, um in Yardems Blickfeld zu sein.

»Hast du etwas zu sagen?«

Yardem seufzte. »Wenn sie Merian nicht so ähnlich gewesen wäre, wärt Ihr bei ihr geblieben«, sagte Yardem.

In der nächsten Strophe des schmutzigen Liedes wurde über das Liebesleben der Dartinae und Cinnae spekuliert. Oder Glühwürmchen und Maden, wie es die Reime ausdrückten. Marcus warf dem Sänger einen verärgerten Blick zu. Die Anspannung in seinem Kiefer breitete sich über den Nacken und zwischen seinen Schulterblättern aus.

Yardem stellte seinen Apfelwein ab. »Wenn es ein Mann gewesen wäre, der diesen Karren fährt«, sagte er. »Oder eine ältere Frau. Jemand, der weniger wie Alys aussieht oder nicht in dem Alter ist, in dem Merian jetzt wäre. Dann hättet Ihr den Vertrag angenommen.«

Marcus gab ein hustendes Lachen von sich. Der Sänger holte Luft und machte sich bereit, eine weitere Strophe zu beginnen.

Marcus stand auf. »Du da! Es reicht. Hier sind erwachsene Männer, die nachdenken wollen.«

Das Gesicht des Seemanns umwölkte sich. »Wer zum Henker bist du?«

»Der Mann, der dir sagt, dass es reicht«, rief Marcus.

Der Matrose lächelte spöttisch, dann blinzelte er, weil er etwas in Marcus' Gesichtsausdruck erkannte, lief rot an und setzte sich, den Rücken Marcus und Yardem zugewandt.

Marcus drehte sich wieder zu seinem Stellvertreter um. »Dieser Karren wird Schwerter und Blut anziehen, und wir beide wissen es«, sagte er sanft. »So viel Reichtum auf einem Haufen ist ein Aufruf zum Mord. Nun sagst du mir, dass es das Richtige wäre, sich davorzustellen?«

»Nein, Herr. Verdammt töricht wär's, Herr«, sagte Yardem. »Bloß hättet Ihr es getan.«

Marcus schüttelte den Kopf. In seinen Erinnerungen streckte sich Merian aus den Flammen nach ihm aus. Er nahm ihren sterbenden Körper in die Arme. Er konnte das brennende Haar riechen, die Haut. Er spürte, wie sie sich an ihm entspannte, und erinnerte sich, gedacht zu haben, dass sie gerettet war, dass sie sicher war, um dann zu erkennen, was dieses Nachgeben in ihren Gelenken wirklich bedeutete. Er wusste nicht mehr, ob es eine echte Erinnerung an die Ereignisse war oder an seine Träume.

Cithrin bel Sarcour. Er stellte sich ihren Karren vor. Stellte sich den Erstgeborenen-Fuhrmann mittleren Alters mit dem Zinn an ihrer Stelle vor. Oder den Karawanenmeister und seine Frau. Oder Meister Kit und Opal. Jeden anderen außer dem Mädchen selbst.

Er rieb sich die Augen, bis falsche Farben vor ihm aufblühten. Das Meer murmelte. Der stechende Apfelgeruch seines Weins drang durch die kalte Luft. Der Zorn in seiner Brust fiel in sich zusammen, war nicht mehr als eine papierene Rüstung. Er stieß einen Fluch aus.

»Soll ich losgehen und sie suchen, Herr?«

»Machen wir das lieber«, sagte Marcus und ließ die Münzen für ihre Getränke auf den Tisch fallen. »Bevor sie noch etwas Gefährliches anstellt.«

Geder

Hätte man nicht schon von Beginn an angenommen, dass Geder scheitern würde, wäre es ihm schwerer gefallen, seine Unterschlagung zu kaschieren. Stattdessen humpelten er und seine halbloyalen Soldaten zurück in die Stadt, lieferten ihre mageren Berichte ab und wurden entlassen. Geder nahm wieder seine Pflichten auf: Er trieb Steuern ein, verhaftete Loyalisten und drangsalierte generell die Leute von Vanai im Namen von Alan Klin.

»Ich kann das nicht bezahlen«, sagte der alte Timzinae und blickte von dem Steuerbefehl auf. »Der Fürst hat uns alle schon vor dem Krieg zweimal zahlen lassen, und nun wollt Ihr genauso viel wie er zuvor.«

»Ich kann nichts dafür«, sagte Geder.

»Ich sehe hier niemanden sonst.«

Der Laden befand sich in einer dunklen Straße. Hier und dort lagen Lederfetzen. Eine Schneiderpuppe aus Messing, die in weiches schwarzes Leder eingehüllt war und noch leicht nach dem Gerberhof roch, ragte neben dem mit Öltuch verhangenen Fenster auf. Als Rüstung war so dünnes Leder nutzlos, aber als höfische Kleidung würde es ziemlich eindrucksvoll wirken.

»Wollt Ihr ihn?«, fragte der Timzinae.

»Entschuldigt, was?«

»Den Mantel. Der Meister der Kanäle hat ihn in Auftrag

gegeben, dann ist er in der Nacht unmittelbar vor« – er hielt den Steuerbescheid in der schwarz geschuppten Hand hoch – »unserer *Befreiung* durch das edle Imperium verschwunden. Er ist noch nicht fertig, und ich habe genug von dieser Farblieferung übrig, dass ich ihn ändern könnte, so dass er Euch passt.«

Geder leckte sich über die Lippen. Das konnte er nicht tun. Jemand würde ihn fragen, wo er ihn herhatte, und er würde es erklären müssen. Oder lügen. Wenn er behauptete, dass er billig darangekommen war, vielleicht während seiner Reise auf den Straßen im Süden oder bei einer der kleinen Karawanen, die sie durchsucht hatten …

»Könntet Ihr ihn wirklich ändern?«

Das Lächeln des Timzinae war ein Meisterstück des Zynismus. »Könnte Euch das abhandenkommen?«, fragte er und nickte zu dem Blatt hin.

Einen Augenblick lang hallte die Befriedigung in Geder nach, die er verspürt hatte, als er von den Schmugglern fortgeritten war, mit Edelsteinen und Schmuck verborgen unter seinem Hemd. Ein verlorener Steuerbescheid. Im schlimmsten Fall würde er Alan Klins Säckel noch ein wenig leichter machen, seine Berichte in die Heimat nach Camnipol ein bisschen weniger verheißungsvoll. Es würde dem Lederschneider und seinem Laden ein weiteres Jahr verschaffen; wenn der Mann ihn gebeten hätte, wäre Geder der Bescheid vermutlich sogar ohne die Aussicht auf einen guten Mantel »abhandengekommen«.

Außerdem waren im Vergleich zu dem, was er bereits getan hatte, die zwanzig Silbermünzen, die Klin entgingen, wie ein Regentropfen auf dem Ozean.

»Es kann niemandem etwas nützen, einen ehrlichen Mann

um seine Arbeit zu bringen«, sagte Geder. »Ich bin sicher, wir können das regeln.«

»Dann stellt Euch auf den Hocker«, forderte der Timzinae ihn auf. »Ich werde mich darum kümmern, dass der Schnitt Eurer Statur bestens angepasst wird.«

Im Winter war Trockenzeit in Vanai. An den Wänden der Kanäle konnte man einige Fuß über dem dünnen Eis und dem trägen, dunklen Strom die Spuren höherer Wasserstände sehen. Herbstlaub wehte zwischen den Fundamenten der Mauern, und Bäume standen öde und abgestorben in den Gärten und Lauben. Die Eiszapfen, die von den Holzgiebeln der Häuser hingen, wurden von Tag zu Tag dünner, und es kam kein frischer Schnee nach. Die Nächte waren eisig, die Tage einfach nur kalt. Die Stadt wartete auf das Tauen, die Schneeschmelze, die Flut von Frischwasser und Leben, die von einem Frühling künden würde, der noch Monate auf sich warten ließ. Alles war tot oder schlief. Geder ging durch die Straße, und seine Wachen folgten ihm.

Als er zurückgekehrt war, hatte Geder als Erstes die Türen abgeschlossen, den Stoffbeutel hervorgeholt, den er in Gilea gekauft hatte, und die Edelsteine und den Schmuck auf seinem Bett ausgebreitet. Sie hatten ihn vor ein Problem gestellt, wie sie da im trüben Licht geglitzert hatten. Er hatte nun zwar genug Reichtum zur Verfügung, um sein Alltagsleben in Vanai bequemer zu gestalten, aber nicht in Form von Münzen. Er konnte sie natürlich verkaufen, aber wenn er sie den Schmuckverkäufern in der Stadt überließ, dann riskierte er, dass jemand einen Stein oder eine Metallarbeit wiedererkannte. Und wenn Klin oder einer seiner Günstlinge bemerkte, dass Geder plötzlich mehr Geld besaß, als er haben sollte, konnte daraus nichts Gutes erwachsen.

Er war dem Problem begegnet, indem er seinen Knappen ausgesandt hatte, nur die unverfänglichsten Steine einzutauschen – drei runde Granate und einen Diamanten in unauffälliger Silberfassung. Der Münzbeutel hatte Silber und Bronze, Kupfer und zwei dünne Goldplättchen enthalten, die so zerbrechlich waren, dass man sie mit den Fingern verbiegen konnte. Für seine Verhältnisse war es ein Vermögen, und er trug nun einen Teil davon zusammen mit einem Buch in einem Beutel bei sich, bereit für die letzte Aufgabe seines Tages.

Die Akademie blickte auf einen beengten Platz hinaus. In ihren besseren Tagen war sie ein Anlaufpunkt für Kinder des niederen Adels und der besser gestellten Handelsfamilien gewesen, um Tutoren anzuheuern oder Reden in Auftrag zu geben. Der Bogen aus geschnitzter Eiche, der in den großen Saal führte, war mit den Namen der Gelehrten und Priester verziert, die hier im Lauf der eineinhalb Jahrhunderte seit der Gründung der Akademie Lesungen gehalten hatten. Im Innenraum roch die Luft nach Wachs und Sandelholz, und Sonnenlicht fiel durch hohe, waagrechte Fenster und fing sich in Staubpartikeln, die in der Luft hingen. Irgendwo in der Nähe rezitierte ein Mann mit einer tiefen, hallenden Stimme Gedichte. Geder atmete die Luft dieses Ortes ein.

Schritte tappten hinter ihm heran. Der Schreiber war ein dünner Südling; riesige, dunkle Augen beherrschten sein Gesicht. Sein Körper ließ Ehrerbietung und Angst erkennen.

»Kann ich Euch behilflich sein, mein Lord? Es gibt doch keine Schwierigkeiten?«

»Ich war auf der Suche nach einem Forscher«, begann Geder. »Man hat meinem Knappen gesagt, dass dies der richtige Ort dafür ist.«

Der Südling blinzelte mit den großen schwarzen Augen.

»Ich … ich meine, mein Lord …« Der Schreiber schüttelte sich. »*Wirklich?*«

»Ja«, sagte Geder.

»Ihr seid nicht hier, um jemanden festzunehmen? Oder Bußgelder einzutreiben?«

»Nein.«

»Nun. Nur einen Augenblick, mein Lord«, sagte der Südling. »Lasst mich jemanden suchen, der Euch von Nutzen sein könnte. Wenn Ihr mich bitte begleiten wollt?«

In der Nebenkammer setzte sich Geder auf eine Holzbank, die durch jahrzehntelangen Gebrauch abgenutzt war. Die Gedichtrezitation ging weiter, aber die Stimme war nun schwächer, die Worte nicht mehr verständlich. Geder lockerte seinen Gürtel, verlagerte sein Gewicht. Eine beinahe fühlbare Erinnerung überkam ihn, wie er auf seine eigenen Tutoren wartete, und er schob die unwillkürliche Nervosität von sich, dass es ihm vielleicht nicht gelingen würde, die Fragen der Gelehrten zu beantworten. Die Tür glitt auf, und ein Erstgeborener schlich herein. Geder sprang auf.

»Guten Tag. Mein Name ist Geder Palliako.«

»Ihr seid in der Stadt bekannt, Lord Palliako«, sagte der Mann. »Tamask hat gemeint, dass Ihr einen Forscher sucht?«

»Ja«, sagte Geder, nahm das Buch, das er neben sich gelegt hatte, und hielt es dem Mann hin. »Ich habe dieses Buch übersetzt, nur ist die Darstellung nicht besonders gut. Ich will, dass mir jemand weitere Bücher dieser Art sucht …«

Der Gelehrte nahm das Buch sanft entgegen, als wäre es ein buntes, aber unbekanntes Insekt, und klappte es auf.

Geder zappelte herum. »Es handelt vom Fall des Drachenimperiums«, sagte er. »Es ist als Geschichtslehre verpackt, aber ich bin mehr am spekulativen Traktat interessiert.«

Das Geräusch der alten Seiten, die flüsternd aneinanderrieben, nahm es mit der fernen Stimme und dem Murmeln einer Brise vor den Fenstern auf. Der Gelehrte beugte sich dicht über das Buch und runzelte die Stirn.

»Was schlagt Ihr vor, Lord Palliako?«

»Ich werde für alle Bücher bezahlen, die Ihr über diese Zeit finden könnt. Wenn sie unmittelbar käuflich sind, werde ich eine Belohnung auszahlen. Wenn sie abgeschrieben werden müssen, kann ich einen Schreiber beauftragen, aber das hat eine geringere Bezahlung für den Forscher zur Folge. Ich suche insbesondere nach Betrachtungen zum Fall der Drachen, und es geht vor allem um einen Abschnitt hierin, über etwas, das sich der Rechtschaffene Diener nennt. Ich wüsste gern mehr darüber.«

»Darf ich fragen, weshalb, Lord?«

Geder öffnete den Mund, dann schloss er ihn. Es hatte niemals jemanden gegeben, mit dem er über die Frage hätte sprechen können; er hatte sich niemals rechtfertigen müssen.

»Es geht um … Wahrheit. Und Täuschung. Und ich dachte, dass es interessant ist«, sagte er matt.

»Hättet Ihr auch an Diskursen zu diesem Thema Interesse? Asinia Secundus hat eine schöne Untersuchung des Wesens der Wahrheit während der Zweiten Alfinischen Besetzung geschrieben.«

»Ist das Philosophie? Ich würde es mir ansehen, aber es wäre mir wirklich lieber, wenn es ein Traktat wäre.«

»Das habt Ihr erwähnt. Spekulative Traktate«, sagte der Gelehrte mit einem kaum hörbaren Seufzen in der Stimme.

»Ist das ein Problem?«, fragte Geder.

»Überhaupt nicht, mein Lord«, antwortete der Gelehrte mit einem gezwungenen Lächeln. »Es wäre uns eine Ehre, Euch zu Diensten zu sein.«

Meine Behauptung ist folgende: Angesichts des Mangels an Primärtexten aus jener Zeit ist es unsere beste Methodik, all die zu untersuchen, die später den Mantel des Drachenimperiums für sich beanspruchten, und durch die Betrachtung ihrer Handlungen das Wesen der Beispiele abzuleiten, denen sie folgten. Das beste Beispiel ist das der rätselhaften Belagerung von Aastapal. Durch die unmittelbare Untersuchung der Ruinen dort konnte nicht ergründet werden, ob die Zerstörung der Stadt von den angreifenden Kräften des großen Drachen Morade bewerkstelligt wurde oder, etwas umstrittener, von den Besatzungsstreitkräften seines Bruders und Klauengefährten Inys.

Aufgrund dieses Mangels an unmittelbaren Beweisen dürfen wir uns besser bekannter Geschichte zuwenden. Erst viel später, tausend Jahre danach, stoßen wir auf den großen Jasuru-General Marras Toca während des vierten Feldzugs der Heiligen Säuberung. Außerdem auf den Anthypatos von Lynnic, Hararrsin der Fünfte genannt, bei der Schlacht von Fahl Dan. Außerdem auf Königin Errathiánpados bei der Belagerung von Kázhamor. In jedem dieser Fälle entschied sich ein Befehlshaber im Krieg, der eine unmittelbare Abstammung vom letzten Drachenherrscher für sich beanspruchte, eine Stadt zu zerstören – eine Maßnahme, um sie dem Feind vorzuenthalten. Wenn das, wie ich zu beweisen versuchen werde, in einer bewussten Nachahmung des letzten großen Krieges der Drachen getan wurde, legt das nahe, dass die Zerstörung von Aastapal eher auf Inys zurückgeht: ein taktisches Manöver, um die Stadt Morades Herrschaft zu entziehen.

Geder neigte den Kopf zur Seite. Die Argumentation schien ihm schwach. Zum einen hatte er von zweien der drei Beispiele noch nie gehört. Und dann nahm er an, dass man aus all den Schlachten, Kriegen und Belagerungen seit dem Fall der Drachen Beispiele für jegliche Strategie oder Entscheidung heraussuchen konnte, die man finden wollte. Die Argumentation konnte genauso gut in die andere Richtung geführt werden, wenn man andere Anführer, andere Schlachten wählte. Und Gott wusste, dass jeder dritte Tyrann irgendeine Art von Abstammung von den Drachen für sich beanspruchte.

Und doch, wenn man die Einzelheiten außer Acht ließ, war es ein faszinierender Gedanke. Wenn etwas nicht in Erfahrung gebracht werden konnte, wenn die Einzelheiten für immer verloren waren, konnte man auf die Ereignisse blicken, die darauf gefolgt waren. Darin fand sich ein Widerhall des Ursprünglichen, so dass sich dann rückwärts die Wahrheit verfolgen ließ. Als würde man die Wellen auf einem See sehen und erkennen, wo der Stein hineingefallen war. Er blickte aufgeregt umher. Auf seinem Schreibtisch war noch ein wenig Tinte im Fass, aber er hatte seine Schreibfeder irgendwo verlegt. Er ließ das Buch offen liegen und huschte zu dem Stapel Feuerholz neben dem Rost, hob einen herabgefallenen Splitter auf und ging rasch zurück zu seinem Schreibtisch. Grobes Holz wurde in die Schwärze getaucht, und Geder schrieb vorsichtig an den Rand des Buches. *Nach Wellen suchen, um herauszufinden, wo der Stein hineingefallen ist.*

Er lehnte sich zufrieden zurück. Wenn es nun nur irgendwo eine Erörterung zum Rechtschaffenen Diener geben würde …

»Lord Palliako«, sagte sein Knappe vom Eingang her. »Bankett bei Lord Klin?«

Geder seufzte, nickte und warf den geschwärzten Splitter ins Feuer. Sein Daumen und Zeigefinger waren verschmiert. Er wusch sich die Hände im Becken, in Gedanken nur halb bei der Sache. Der Knappe half ihm in seine offizielle Tunika und den neuen schwarzen Ledermantel und führte ihn zur Tür und auf die Straße hinaus.

Zu Hause in Camnipol war der Jahrestag von König Simeons Aufstieg das Großereignis des Winters. Die begünstigte Adelsfamilie, die der König jeweils erwählte, durfte in dieser einen Nacht ihr halbes Jahreseinkommen verschwenden, wenn der Hof wie Krähen auf einem Schlachtfeld über sie herfiel. Geder war zweimal dabei gewesen, und das üppige Essen und Trinken hatte ihm beide Male ein unbestimmtes Krankheitsgefühl beschert.

In Vanai ließ Sir Alan Klin das Ereignis mit einem großen Bankett und einem erzwungenen öffentlichen Feiertag wiederaufleben.

Festliche Laternen hingen in den schmalen Straßen und warfen seltsame Schatten. Musiker spielten Flöten und schlugen Trommeln, während die dünnen Stimmen von Timzinae aufstiegen und in das Lied einfielen. Eine Frau mit breitem Gesicht rollte ein Fass die Straße entlang, das Holz dröhnte auf den Pflastersteinen.

Geder kam an einheimischen Frauen und Männern vorbei, die ihre schönsten Kleider trugen, und in allen Mienen stand milde Erheiterung. In der kalten Luft waren die Gesichter der Erstgeborenen rosig, und ihre Nasen liefen. Entlang der ganzen Straße standen Türen offen, Lichter schienen heraus, um Vorbeigehende einzuladen, aber ohne die Flaggen und Feuerwerke von Antea. Letztes Jahr hatte niemand von diesen Leuten gewusst oder sich darum geschert, wann König Simeon seine Krone genommen hatte. Wenn die Soldaten von Antea nach Hause zurückkehrten, würde das Datum schnell wieder vergessen sein. Die ganze Unternehmung kam Geder vor wie die leere Hülle einer echten Feier. Wie Zinn, das sich für Silber ausgab.

Im Palast des früheren Fürsten hatte Klin die lange Audienzkammer für das Fest des Adels von Antea hergerichtet. Hier drang warme Luft in Mund und Nase, und traditionelles Essen aus Antea füllte die Tische – Wild in Minzsauce, Forellenpaste auf zweimal gebackenem Weißbrot, in Wein gegarte Wurstketten. Das Durcheinander der Stimmen war wie ein Sturm: Man brüllte sich Unterhaltungen zu, die in den großen bronzefarbenen Bogen über ihnen widerhallten. Wettstreitende Sänger streiften zwischen den Tischen umher, um sich ein paar Münzen von den Feiernden aus Antea zu erbetteln. Ein alter Diener mit dem rotgrauen Armband von Klins Haushalt führte Geder zu einem der kleinsten Tische, weit von der großen Feuerstelle entfernt, in der ein halber Baum knisternd brannte. Geder behielt seinen Mantel an. So weit vom Feuer entfernt war es kalt.

Geder gestattete es einem Sklavenmädchen, ihm einen Teller mit Essen und ein breites Glas aus geschliffenem Kristall mit dunklem Bier zu reichen, das nach Gerste roch. Inmitten der Feierlichkeit aß er ganz allein, grübelte über Fragen der Wahrheit und Täuschung, des Krieges und der Geschichte. Der Ehrentisch – Alan Klin, Gospey Allintot und ein halbes Dutzend andere von Klins Günstlingen – war für ihn ein Schiff am Horizont. Er merkte nicht, dass Daved Brut an seinen Tisch gescheucht wurde, bis der Junge sich auf eine Bank fallen ließ.

»Palliako«, sagte der jüngere Brut mit einem Nicken.

»Hallo«, sagte Geder.

»Guter Mantel. Neu?«

»Vor kurzem angeschafft.«

»Steht Euch.«

Da ihre Unterhaltung damit abgeschlossen war, nahm Brut einen Teller und begann mit seinem Feldzug, systematisch so viel zu essen, wie er schaffen konnte. Es schien ihm keinen Spaß zu machen, aber Geder verspürte einen Hauch von Bewunderung für die Entschlossenheit des Jungen. Minuten später, als Jorey Kalliam und Sir Afend Tilliakin – zwei weitere von jenen, die Klin am wenigsten begünstigte – zusammen an den Tisch traten, hatte Brut bereits einen zweiten Teller kommen lassen.

»Wie interpretiert Euer Vater die Lage?«, fragte Tilliakin, als die beiden Platz nahmen.

Jorey Kalliam schüttelte den Kopf. »Ich glaube nicht, dass wir irgendwelche Schlüsse ziehen können«, sagte er und nahm einen Teller mit Wild und einen Weinkrug aus den Händen eines wartenden Dieners entgegen. »Noch nicht.«

»Trotzdem, dieser kleine Bankier Imaniel wird wohl in nächster Zeit nicht freikommen. Lord Klin muss sich doch die Eingeweide abnagen, dass er diese Karawane nicht gefunden hat, hä?«

Alle Gedanken an Drachen, Wellen und heldenhafte Esser zogen sich aus Geders Verstand zurück. Er nahm einen langen Schluck Bier, versteckte sich hinter dem Glas und versuchte, einen Weg zu ersinnen, wie man nachfragen könnte, worüber die beiden redeten, ohne allzu durchschaubar zu wirken. Ehe ihm etwas Kluges einfiel, meldete sich Brut zu Wort.

»Geht es um den Brief von Ternigan?«

»Jorey Kalliams Vater beobachtet die ganze Sache von zu Hause aus, aber ich kann auch mit der Brechstange keine Einzelheiten herausbekommen.«

Geder räusperte sich. »Ternigan hat einen Brief geschrieben?«, fragte er, seine Stimmer höher und angestrengter, als er beabsichtigt hatte.

Tilliakin lachte. »Ein halbes Buch, nach allem, was ich gehört habe«, sagte er. »Die Kriegskisten, die Klin nach Hause geschickt hat, waren für den Geschmack des ein oder anderen zu leicht. Ternigan will wissen, weshalb. Soweit ich gehört habe, schickt er einen seiner Männer her, um Klins Bücher zu prüfen und herauszufinden, ob er mehr als seinen Anteil einbehält.«

»Das wird nicht passieren«, sagte Jorey. »Zumindest passiert es noch nicht.«

Brut wölbte die Augenbrauen.

»Also *habt* Ihr etwas gehört«, sagte Tilliakin. »Ich hab's gewusst, dass Ihr etwas verschweigt.«

Jorey lächelte reumütig. »Ich weiß nichts mit Sicherheit. Vater hat gesagt, dass man sich bei Hofe ein wenig darum sorgt, dass der Feldzug nach Vanai der Krone nicht so viel genützt hat wie erwartet. Bis jetzt ist es alles nur Gemurre bei Hof. Der König hat nichts gegen die Art und Weise gesagt, wie Klin die Sache durchführt.«

»Er hat aber auch nichts *zu* seinen Gunsten gesagt, oder?«, fragte Tilliakin.

»Nein«, erwiderte Jorey. »Nein, das hat er nicht.«

»Ternigan wird ihn nicht zurückrufen«, sagte Brut um einen Mund voller Würstchen herum. »Sie würden beide schlecht dastehen.«

»Wenn er es aber tut, dann wird er es bald tun. Wäre interessant zu wissen, wen er an seine Stelle setzt, oder nicht?«, erklärte Tilliakin und starrte Jorey vielsagend an.

Geder blickte zwischen den Männern hin und her, und sein Verstand jagte vor ihm her wie ein Hund, der die Leine abgestreift hatte. Klins stetiger Strom von Steuerforderungen bekam plötzlich eine größere Bedeutung. Vielleicht suchte er nicht nur nach unangenehmen Aufgaben, um Geder tagsüber beschäftigt zu halten. Jene Münzen gingen womöglich zurück nach Camnipol, anstelle von denen, die ihnen entgangen waren, als der Erdboden die Karawane verschluckt hatte. Klin kaufte sich die gute Meinung des Hofes zurück.

Der Gedanke war zu süß, um ihm zu trauen. Denn wenn es stimmte, wenn *er* Sir Alan Klin den Missmut des Königs eingebracht hatte …

»Ich glaube, Jorey würde einen guten Fürsten für Vanai abgeben«, sagte Geder.

»Bei Gottes Wunden, Palliako!«, fuhr Brut dazwischen. »Sagt so etwas doch nicht, wo Leute Euch hören können!«

»Entschuldigung«, murmelte Geder. »Ich habe doch nur gemeint …«

Ein Brüllen ertönte vom Ehrentisch. Ein halbes Dutzend Gaukler in Narrenkostümen warfen Messer in alle Richtungen durch die Luft, und die Klingen glitzerten im Licht des Feuers. Diejenigen, die am Ehrentisch saßen, hatten sich umgesetzt, um Platz für die Vorführung zu machen, und Geder konnte Alan Klin nun deutlich sehen. Er bildete sich ein, durch die verschwommenen Messer Nervosität in der Schulterhaltung des Mannes zu erkennen. Falsche Fröhlichkeit in seinem Lächeln und Gelächter. Einen gequälten Ausdruck in den hellen Augen. Und wenn es stimmte, dann hatte er – Geder Palliako – all das herbeigeführt. Und dazu kam, dass Klin es nie erfahren würde. Er würde die Wellen niemals zurückverfolgen.

Geder lachte und klatschte und gab vor, die Vorführung zu betrachten.

Cithrin

Nach der Nacht mit dem Eislaufen am Mühlenweiher und der Angst des Tages danach, die ihr die Kehle zugeschnürt hatte, verliefen ihre Nächte nach einem Muster. Erst kam Erschöpfung bis in die Knochen. Dann, nachdem sie sich in der Wolle zusammengerollt hatte, eine herrliche Stunde der Ruhe, ehe ihre Augen aufklappten, ihre Gedanken sich jagten, ihr Herz eng und aufgekratzt war. In manchen Nächten sah sie den teigigen adligen Anteaner, wie er abermals die verborgenen Truhen fand, nur dass er diesmal laut rief und seine Soldaten kamen. Ihre Gedanken wirbelten durch Alptraumbilder dessen, was beinahe geschehen war. Sandr getötet. Opal abgeschlachtet. Meister Kit mit Pfeilen gespickt, sein Blut ein helles Leuchten im Schnee. Marcus Wester, der sie den Soldaten im Austausch für die sichere Weiterreise der Karawane aushändigte. Und dann das, was die Soldaten ihr vielleicht angetan hätten. Dass es nicht geschehen war, verlieh der Angst eine beinahe übersinnliche Macht, als hätte sie mit ihrem knappen Entkommen eine Schuld auf sich geladen, deren Begleichung mehr war, als sie ertragen konnte.

Sie kämpfte mit Erinnerungen an Meister Imaniel dagegen an, Erinnerungen an die Bank, an die Balance zwischen Handelsverträgen und Versicherungen, an Ränkespiele und ausgeklügelte Planungen, die sie an ihre Heimat erinnerten. Es brachte ihr keine Ruhe, aber es machte die kalten, dunklen, wachen Stunden erträglich – sie konnte sich damit vorgaukeln, dass die Welt Regeln folgte und gezähmt werden konnte. Dann wurde der Himmel im Osten heller, und die Erschöpfung fiel über sie her wie ein Umhang aus Schmiedeeisen, und sie zwang sich dazu, sich aufzurappeln und einen weiteren unvorstellbaren Tag durchzustehen. Bis sie in Porte Oliva eintrafen, lebte sie schon halb in einem Wachtraum. Kleine rote Tiere erhoben sich und tänzelten in einer Ecke ihres Sichtfeldes, und die unwahrscheinlichsten Ideen – dass sie alle Bücher verschlingen musste, um sie sicher zu halten, dass Meister Kit sich Flügel wachsen lassen konnte, aber nicht wollte, dass jemand davon erfuhr, dass Cary im Geheimen vorhatte, sie in ihrem eifersüchtigen Zorn wegen Sandr zu töten – nahmen eine Glaubwürdigkeit an, die sie nicht verdient hatten.

Alles, was sie über Porte Oliva wusste, wusste sie aus zweiter Hand. Sie wusste, dass es am südlichen Rand von Birancour lag und durch all den Handelsverkehr aus dem Osten überlebte, der nicht in den Freistädten anhielt, und durch alle aus dem Westen, die die längere Reiseroute auf sich nahmen, um den Piraten auszuweichen, die Cabral unsicher machten. Der Großteil seines Reichtums rührte daher, dass es als Hafen auf dem Weg zwischen Lyoneia und Narineiland lag. Magister Imaniel hatte es als »jedermanns zweite Wahl« bezeichnet, aber er hatte gesagt, dass das womöglich gar keine so schlechte Rolle war. Sie hatte es sich als eine Stadt der rauen Kanten mit stolzen Einheimischen vorgestellt.

Ihre eigentliche Ankunft war unheimlich gewesen. Sie erinnerte sich daran, ihr Gespann über hügelige, schneeverwehte Straßen gelenkt zu haben, und dann war ein junger Kurtadam, geschmeidig wie ein Otter, neben ihrem Karren hergetrottet, die Hände ausgestreckt, um sie um Münzen anzubetteln, und ein Wald aus Gebäuden war um sie herum in die Höhe geschossen. Porte Oliva war abgesehen von Vanai die erste richtige Stadt in ihrem Leben – sie war Stein, wo Vanai Holz war, und hatte Salz, wo Vanai Frischwasser hatte. Ihre ersten Eindrücke waren verschwommene, schmale Straßen mit hohen weißen Bogen, der Geruch nach Fäkalien und Meersalz, die Stimmen von vollblütigen Cinnae, die wie Finken zwitscherten. Sie glaubte, dass sie durch einen Tunnel in einer großen Mauer gezogen waren, wie in den alten Geschichten von den Toten, die von einem Leben ins nächste übergingen, aber es war genauso wahrscheinlich, dass sie das geträumt hatte.

Sie erinnerte sich nicht daran, wie sie Marcus Wester und seinen Stellvertreter als persönliche Wache angeheuert hatte. Nicht einmal, weshalb sie es für eine gute Idee gehalten hatte.

Der Hauptmann tappte über den Steinboden. Auf dem Bett an der Wand schnarchte Yardem Hane. Cithrin trieb langsam aus ihrem Schlummer nach oben und betrachteten noch einmal die feuchte kleine Unterkunft, zum hundertsten Mal. Ein kleines Feuer murmelte im Rost, warf rote und orangefarbene Schatten an die gegenüberliegende Wand und spie Kiefernrauch in die Luft. Das Fenster war aus abgeschabtem Pergament, und es machte das Sonnenlicht, das hereinfiel, schmutzig. Die Kisten – der Inhalt des Karrens, den sie so sorgsam von Vanai herbefördert hatte – waren an den Wänden aufgestapelt wie in einem beliebigen billigen Geschäft. Nur die allerwertvollsten Gegenstände vom Karren waren in die versenkte Eisenkassette gewandert. Kaum ein Zehntel dessen, was sie dabeihatten, passte hinein. Cithrin setzte sich auf. Ihr Körper fühlte sich zerschunden an, aber ihr Kopf war beinahe klar.

»Morgen«, sagte Marcus Wester mit einem höflichen Nicken.

»Wie lange habe ich geschlafen?«, fragte sie.

»Den halben Vormittag. Es ist noch nicht Mittag.«

»Gibt es was zu essen?«

»Ein wenig Wurst von gestern Abend«, sagte er und nickte zu der kleinen Tür aus verzogenem Holz, die in das einzige andere Zimmer führte.

Cithrin stand auf. Ein halb verschlafener Vormittag hätte früher nicht annähernd ausgereicht, damit sie bis zum Abend durchhielt. Nun fühlte es sich wie Luxus an. Der hintere Raum hatte weder Tür noch Fenster, deshalb zündete Cithrin einen daumengroßen Kerzenstumpf an und nahm ihn mit nach hinten. Die Bücher – Seele und Erinnerung der Bank von Vanai – lagen auf einer Holzpalette. Ein grober Eichentisch bot einer Wasserkaraffe und einem Stück gräulicher Wurst Platz. Der überwältigende Gestank kam von einem Nachttopf aus Zinn in der Ecke. Cithrin erleichterte sich und warf eine Handvoll Asche hinein, ehe sie den Deckel wieder darauflegte. Sie schnitt ein Stück Wurst ab und lehnte sich an den Tisch, während sie darauf kaute. Apfel und Knoblauch gaben dem Fleisch Würze. Es war nicht annähernd so schlecht, wie sie erwartet hatte.

Seit beinahe zwei Wochen war das Leben nun so. Marcus wachte bei Tag, Yardem bei Nacht. Sie begaben sich so wenig wie möglich nach draußen. Der einzige Rückzugsort war das kleinere Zimmer, und das einzige Licht kam von dem trüben Fenster, vom Feuerrost und von ein paar Kerzen. Die Vorräte wurden vom Geld des Hauptmanns gekauft. Der Gewinn aus dem Verkauf der Wolle, des Karrens und der Maultiere befand sich in einer kleinen Lederbörse neben der Tür zur Straße. Sie hatten nicht so viel Geld für die Maultiere erhalten, wie sie hätten bekommen können, aber Cithrin glaubte, dass die Erstgeborene, die sie schließlich genommen hatte, sie am besten behandeln würde.

Sie vermisste die Maultiere.

Ihr Haar fühlte sich fettig und schlaff an. Ihre einzigen Kleider waren die, die man ihr gegeben hatte, als sie Tak der Fuhrjunge geworden war. Sie aß die Wurst auf und ging wieder hinaus.

»Ich brauche Kleider«, sagte sie. »Ich trage das hier nicht bis zum Frühling.«

»Na gut«, meinte der Hauptmann. »Geh nur nicht zu weit, bis du die Straßen kennst. Und fall nicht auf. Je weniger Leute wissen, dass wir hier sind, desto sicherer sind wir.«

Das sagte er jedes Mal, als hätte sie es seit dem Vortag vergessen. Der Tralgu regte sich im Schlaf und seufzte. Sie nahm die Börse, steckte sie in die Tasche und öffnete die Tür. Das Tageslicht war wie eine Flut.

»Cithrin!«

Sie wandte sich um. Der Hauptmann hockte am Feuer und wühlte mit einem Messer in der Asche, aber sein Blick lag auf ihr und war voller Sorge.

»Sei da draußen vorsichtig«, sagte er.

»Ich weiß, was auf dem Spiel steht«, versicherte sie ihm und trat auf die Straße.

Das Salzviertel war ein Irrgarten. Zweistöckige Gebäude lehnten sich über Straßen hinaus, die so schmal waren, dass die Leute nicht aneinander vorbeikonnten, ohne sich zu berühren. Der kurvige Verlauf der Landzunge gestaltete alles und machte es unmöglich, in irgendeine Richtung sonderlich weit zu sehen. Kreuzungen, die einen breiteren Weg zu versprechen schienen, führten genauso wahrscheinlich in eine Sackgasse. Stimmen von Männern und Frauen, Kurtadam,

Cinnae und Erstgeborenen erfüllten die Luft. Wenn ein Mann in diesem Viertel seine Frau anbrüllte, trug das Echo die Melodie der Wut weiter, auch wenn die einzelnen Worte fortgespült wurden.

Kinder drückten sich in Fenster und Eingänge, verwildert wie Katzen. Ein paar Tage mit warmem Wetter hatten den schmutzigen Schnee geschmolzen, so dass schwarze Pfützen in den Ecken zurückgeblieben waren, von dünnen Häuten aus Eis überzogen. Es mochte tausende Wege hinaus und hinein geben, aber Cithrin kannte einen, und an den hielt sie sich. Ein paar Minuten geradeaus, dann kam eine Kreuzung mit fünf Abzweigungen, von denen eine nach Nordosten führte. Ein breiterer Ausschnitt des weiß verhangenen Himmels leuchtete darüber, und Cithrin folgte ihm zum Markt, zu den Kais und dem Strom des Geldes, der Porte Oliva am Leben erhielt.

Der Großmarkt war kein offener Platz, sondern ein Netzwerk von überdachten Wegen. Die groben Pflastersteine der Straße wichen hellen Fliesen. Die Bogen streckten sich wie Hände nach oben, die zum Gebet gefaltet waren, und durch große, helle Fenster strömte Licht hinab zwischen die Finger aus Stein und Eisen. Männer und Frauen sangen und spielten Flöte. Puppenspieler führten ihre kleinen Dramen vor, die leicht verändert waren, damit die Geschichte einen örtlichen Händler oder eine Gestalt der Politik beinhaltete. Diener aus den großen Häusern und Palästen schoben sich durch die Menge, riesige Weidenkörbe auf den Köpfen, um für die Mahlzeiten der Mächtigen einzukaufen. Die unabhängigen Geldverleiher – kleine Fische im Vergleich zum Leviathan der Medean-Bank – stellten ihre grünen Filzbretter und Balkenwagen auf. Reisende und Seeleute kamen vom Hafen herauf, um das Chaos zu bewundern. Händler riefen ihre Waren aus:

Brot, Fisch und Fleisch, Stoffe, Gewürze und spirituelle Führung …

Jeden Morgen vor dem ersten Dämmerlicht stellten sich Kaufleute an großen Buden auf, um auf das Eintreffen der Königinnengarde zu warten, die verzierte Eisentruhen aus dem Palast des Statthalters brachte. Jeder Händler zahlte eine Gebühr und zog eine Karte aus der Kiste, die kundtat, welcher der tausend Alkoven an diesem Tag ihm gehören würde. Kein Geldverleiher, Metzger, Bäcker oder Bauer konnte sich darauf verlassen, dadurch reich zu werden, dass er einen besonderen Ort für sich beanspruchte. Zumindest wäre es so gewesen, wenn das System nicht manipuliert worden wäre. Cithrin war nur zweimal hier gewesen, aber sie bezweifelte, dass etwas, das so sorgsam geplant war, um den Anschein von Gerechtigkeit zu erwecken, sich von Korruption freihalten ließ.

Sie kaufte sich eine Leinentasche mit über dem Feuer gewärmten Rosinen und Honignüssen und bereitete sich auf die Suche vor, aber es dauerte nicht lange, bis sie den Kleidermacher fand, auf den sie gehofft hatte, und das nur fünf Alkoven von dem Ort entfernt, an dem sie ihn zuletzt gesehen hatte. Der Besitzer war ein vollblütiger Cinnae, dünn, hochgewachsen und bleich, mit Ringen an jedem Finger und Zähnen, die aussahen, als wären sie spitz zugefeilt worden. Er hatte fünf Tische, die in einem Halbkreis aufgestellt waren, und einen sechsten in der Mitte, auf dem seine besten Waren auslagen. Cithrin hielt inne und blickte zu drei Kleidern auf, als würde sie sich nur die Zeit damit vertreiben. Der Cinnae stand am Rand und schrie eine Erstgeborene an, die die Arme verschränkt hielt und ihr Gesicht zu einer finsteren Grimasse verzogen hatte. Eine Kiste lag zwischen ihnen, das blasse Holz dunkel vollgesogen.

»Schaut! Schaut, was das Wasser mit der Farbe angerichtet hat!«, rief der Kaufmann.

»Ich habe sie nicht vom Boot fallen lassen«, erwiderte die Frau.

»Und ich auch nicht.«

»Ihr habt die Papiere für zehn Kleider unterzeichnet. Hier sind zehn Kleider.«

»Ich habe für zehn Kleider unterschrieben, die ich verkaufen kann!«

Cithrin trat näher. Soweit sie erkennen konnte, waren die Kleider einfach geschnitten. Das Meerwasser hatte die Farben ineinanderfließen lassen, Gelb in Blau und blasses Rosa, und alle waren mit weißen Punkten getüpfelt, als hätte man eine Handvoll Sand darauf verstreut. Der Cinnae warf ihr einen Blick zu, wobei er vor Ärger die Augen zusammenkniff.

»Brauchst du etwas?«

»Ein Kleid«, sagte Cithrin mit dem Mund voller Rosinen.

Der Kaufmann sah sie skeptisch an. Cithrin holte ihre Börse aus der Tasche und öffnete sie. Das Silber glänzte im Sonnenlicht, und der Kaufmann zuckte mit den Schultern.

»Lass mich dir zeigen, was wir haben«, sagte er und wandte sich von der immer noch wütenden Erstgeborenen ab. Das erste Kleid holte er vom Tisch in der Mitte. Es war ein Hauch von Lavendelblüten in Blau und Weiß mit bestickten Ärmeln. Der Kaufmann strich den Stoff glatt. »Das ist unser bestes Stück«, erklärte er. »Teuer, ja, aber jede Münze wert. Für hundertzwanzig Silberstücke wirst du nirgends auf dem Markt ein besseres Gewand finden. Und ein Anpassen an deine Statur ist natürlich inbegriffen.«

Cithrin schüttelte den Kopf. »Das habt Ihr nicht, um es zu verkaufen«, sagte sie.

Der Kaufmann, der das Kleid wieder auf den Ständer drapierte, hielt inne. Ihr Satz hatte ihn stutzig gemacht.

»Das da verkauft Ihr nicht«, wiederholte Cithrin. »Es ist nicht da, um verkauft zu werden. Es ist da, um das nächste vernünftig erscheinen zu lassen. Ihr bietet als Nächstes das Rosenfarbene an? Wenn Ihr mit hundertzwanzig anfangt, dann verlangt Ihr dafür wie viel? Achtzig?«

»Fünfundachtzig«, sagte der Cinnae säuerlich.

»Was zu viel ist«, erwiderte Cithrin. »Aber ich gebe Euch fünfundvierzig. Das deckt Eure Kosten und lässt Euch ein wenig Gewinn.«

»Fünfund*vierzig*?«

»Es ist ein angemessener Preis«, sagte Cithrin und nahm noch eine Handvoll Rosinen.

Der Mund des Kaufmanns ging ein Stück weit auf. Die Erstgeborene neben der Kiste kicherte. Cithrin spürte eine plötzliche Wärme im Bauch, eine Erleichterung wie beim ersten Schluck eines starken Weins. Sie lächelte, und zum ersten Mal seit Tagen ging es mühelos.

»Wenn Ihr es mir für vierzig gebt«, sagte Cithrin und nickte zu den ruinierten Kleidern hin, »werde ich Euch zeigen, wie Ihr daraus einen Gewinn macht.«

Der Kaufmann trat zurück, die Arme vor sich verschränkt. Cithrin befürchtete, dass sie es übertrieben hatte, bis er wieder sprach.

»Wie kommt es, dass du so etwas vorschlägst?«, fragte er. Seine Worte enthielten eine Spur Erheiterung.

»Vierzig«, sagte sie.

»Überzeug mich.«

Cithrin ging nach hinten zu der Kiste und wühlte sich durch die Kleider. Sie hatten alle denselben Schnitt. Billiger

Stoff mit Zinnhaken und -ösen, ein wenig Stickerei am Ärmel und Kragen.

»Woher bekommt Ihr die wenigsten Waren?«, frage sie. »Aus Hallskar?«

»Von da kommt nicht viel«, stimmte der Kaufmann zu.

»Dann tauscht diese Haken gegen silberne aus«, sagte Cithrin. »Und befestigt Glasperlen an den Kragen. Drei oder vier, aber bunt. Etwas, das ins Auge springt.«

»Weshalb sollte ich gutes Silber und Perlen auf so einen Müll verschwenden?«

»Es wäre keine Verschwendung«, sagte Cithrin. »Darum geht es ja. Wenn sie Silber und Perlen haben, sind sie gewiss kein Müll. Nennt sie … ich weiß nicht. Hallskarische Salzfarben. Ein neues Verfahren, sehr selten. Keine Kleider wie diese auf dem ganzen Großmarkt. Fangt bei zweihundert Silberstücken an und geht bis auf hundertdreißig herunter.«

»Weshalb sollte jemand so viel dafür ausgeben?«

»Weshalb nicht? Wenn es etwas Neues ist, kennt niemand den angemessenen Preis. Wenn es niemand besser weiß, könnt Ihr alles verlangen.«

Der Kaufmann schüttelte den Kopf, aber nicht ablehnend. Die Augenbrauen der Erstgeborenen schoben sich immer näher an den Haaransatz. Cithrin grub eine Honignuss aus und wartete die Zeit von vier Atemzügen ab, während der Kaufmann in Gedanken mit sich rang.

»Wenn nur ein Mensch auf dem ganzen Großmarkt es glaubt«, sagte Cithrin, »habt Ihr die Kosten für alle zehn Kleider gedeckt. Mit Haken, Perlen und allem. Wenn es *zwei* sind …«

Der Händler sagte zwei weitere Atemzüge lang nichts. »Du weißt entschieden zu viel über Kleider«, meinte er dann.

Ich weiß gar nichts über Kleider, dachte sie. Der Kaufmann gab ein bellendes Lachen von sich. Er griff nach dem rosenfarbenen Kleid und warf es Cithrin mit gespieltem Ekel zu.

»Vierzig«, sagte er zu ihr, dann wandte er sich an die Erstgeborene. »Seht Ihr das? Seht Euch dieses Gesicht an. Das ist eine wirklich gefährliche Frau.«

»Das glaube ich auch«, sagte die Erstgeborene, während Cithrin grinsend die Münzen abzählte.

Eine Stunde später spazierte sie die halboffenen Wege des Großmarkts entlang, ihr Kleid zu einem festen, rosenfarbenen Bündel unter einem Arm zusammengefaltet, und die Welt um sie herum war ein heller, freundlicher Ort. Das Kleid würde man ändern müssen, damit es ihr passte, aber das war ein belangloser Punkt. Mehr als über irgendeinen Gegenstand, den sie erhalten hatte, erfreute sie sich an dem Gedanken, eine *wirklich gefährliche Frau* zu sein.

Die Sonne war gerade erst Richtung Westen aufgebrochen. Cithrin begab sich zu den öffentlichen Bädern, hatte eine Stunde im warmen Wasser im Sinn. Vielleicht würde sie sogar ein paar Münzen für einen Balsam ausgeben, um die Flöhe und Läuse zu vertreiben, die die Reise und ihre neuen, winzigen Zimmer ihr beschert hatten. Die Bäder lagen am Nordrand eines großen öffentlichen Platzes. Säulen stiegen in den Himmel auf, hoch wie Bäume, obwohl das Dach, das sie einst gestützt haben mochten, schon so lange fort war, dass der Regen Rinnen hineingefräst hatte. Flecken von braunem, im Winter abgestorbenem Gras lagen wie Teppiche in den offenen Räumen, und in den Zweigen der Büsche hatten sich totes Laub und Stofffetzen verfangen. Cithrin ging an einem Karren vorbei, der heiße Suppe verkaufte, und an einem schmächtigen Kurtadam mit einem Marionetten-Paar, das zu seinen

Füßen neben einer Bettelschale tanzte, in der ein paar Bronzemünzen lagen. Auf der anderen Seite des Platzes hatte eine Schauspieltruppe ihren Wagen zu einer Bühne umgebaut und damit ein paar verärgerte Puppenspieler hinausgedrängt. Tauben kreisten darüber. Eine Gruppe von weiblichen Cinnae spazierte vorbei, blass, dünn und hübsch, ihre Kleider flossen um ihre Körper wie Seegras bei Flut, und ihre Stimmen waren voller Akzent und Musik. Cithrin wollte sie beobachten, aber ohne gesehen zu werden. Sie hatte niemals enge Bekanntschaft mit einem vollblütigen Cinnae gemacht. Und doch war ihre Mutter eine gewesen, hätte als Teil einer solchen Gruppe ganz natürlich gewirkt.

Die Frauen bogen auf die breiten Stufen ab, die zu den Bädern führten, und Cithrin hatte sich schon auf den Weg gemacht, ihnen zu folgen, als sie eine vertraute Stimme abrupt innehalten ließ.

»Halt!«

Sie drehte sich um.

»Haltet an und kommt näher. Hört die Geschichte von Aleren Menschentod und dem Schwert der Drachen! Oder, wenn Ihr zartbesaitet seid, geht weiter.«

Auf der Bühne der Schauspieler schritt ein älterer Mann über die Bretter, und seine Stimme schallte über den Platz. Sein Bart ragte nach vorn, und sein Haar stand weit vom Kopf ab. Er trug bunte Theatergewänder, und seine Stimme hallte zwischen den großen Säulen wider. Meister Kit war unverwechselbar, der Kundige. Cithrin ging auf die Bühne zu und fragte sich, ob sie träumte. Ein halbes Dutzend weitere Bürger von Porte Oliva hatten angehalten, angezogen von den Sprüchen, und die Menge zog selbst weitere Leute an. Cithrin stand auf einem Flecken mit abgestorbenem Gras und wunderte sich. Opal trat vor und hatte ein Kleid an, das sie zehn Jahre jünger aussehen ließ. Dann kam Smit, der die Kappe eines Knechts trug und mit einem breiten Akzent aus Nordstade sprach, dann Horniss in vergoldeter Rüstung und hinter ihm Sandr, der auf die Bühne trat, als würde ihm die Welt und alles darin gehören. Cithrin lachte vor Freude, und andere Hände fielen in ihr Klatschen ein. Mikel und Cary, die sich beide in der Menge befanden, nickten ihr zu. Als sie Carys Blick auffing, machte Cithrin die Geste nach, ein Schwert zu ziehen, und deutete dann auf die Bühne. *Ich dachte, ihr wärt Soldaten, und ihr seid das?* Cary neigte scheu den Kopf und machte einen kleinen Knicks, ehe sie wieder an ihre Aufgabe ging, Aleren Menschentod zuzujubeln und Orcus den Dämonenkönig anzuzischen.

Der winterliche Platz war zu kalt. Am Ende des ersten Aktes hatte Cithrin Ohrenschmerzen, und ihre Nase lief. Sie schlang die Arme um den Körper, kauerte sich in ihre Kleider, aber nichts hätte sie vertreiben können. Die Geschichte entfaltete sich wie eine Frühlingsblume, die aufblühte, und die Karawanenwachen, die sie monatelang gekannt hatte, wurden vor ihr zu Schauspielern, und die Schauspieler wurden zu den Rollen, die sie spielten. Bis am Ende Aleren Menschentod Orcus sein vergiftetes Schwert in den Bauch stieß, waren Sandr und Meister Kit halb vergessene Echos von Männern, die sie einmal gekannt hatte. Der Applaus aus der Menge war dünn, kam aber von Herzen, und Cithrin grub ein paar eigene Münzen aus, um sie dem Regen hinzuzufügen, der auf den Brettern tanzte.

Während die Schauspieler die Bühne abbauten, kamen Opal, Mikel und Smit heraus, um sie anzugrinsen und Geschichten mit ihr auszutauschen. Ja, sie waren von Anfang an

Schauspieler gewesen. Sie hatten nur gespielt, Wachen zu sein. Cary trug die Eröffnung der Komödie vor, die sie schrieben, um das Abenteuer in Erinnerung zu behalten. Cithrin erzählte ihnen – leise, um nicht belauscht zu werden – von ihren Zimmern mit Marcus und Yardem, und Opal machte derbe Witze, bis Smit langsam rot wurde und sie sich alle vor Lachen selbst vergaßen.

Sandr stand neben dem Karren, runzelte wütend die Stirn und blickte sie alle betont nicht an. Cithrin entschuldigte sich von den anderen und ging zu ihm, denn sie dachte, er wäre vielleicht verletzt, weil sie mit den anderen sprach und nicht mit ihm.

»Stell dir das vor«, sagte sie. »Du hast es mir nie erzählt.«

»Vermutlich nicht«, erwiderte Sandr. Er sah ihr nicht in die Augen.

»Ich habe es nicht gewusst«, wiederholte sie. »Du warst wunderbar.«

»Danke.«

Meister Kit rief von der anderen Seite des Wagens, und Sandr zog an einem dicken Seil, um die Bühne hochzuhieven, so dass sie am Rahmen des Wagens lehnte. Sandr band das Seil fest, sein Blick zuckte zu Cithrin und wieder weg, und er nickte.

»Ich bin mit der Arbeit noch nicht fertig. Ich muss gehen.«

Cithrin trat zurück und verspürte einen Stich. »Es tut mir leid«, sagte sie. »Ich wollte dir nicht …«

»Ist gut«, sagte Sandr. »Ich muss nur …«

Mit einem Kopfschütteln wandte er sich ab und duckte sich unter einem Holm durch, den Smit abbaute, um ihn zu verpacken. Cithrin ging zurück auf den Platz. Der milchfarbene Himmel schien weniger wohlwollend als zuvor. Sie wusste nicht, ob sie sich den Schauspielern noch einmal nähern oder lieber fortgehen sollte, ob sie willkommen war oder ein Eindringling. Plötzlich fielen ihr ihre zerschlissenen Kleider und ihr ungepflegtes Haar auf.

»Es liegt nicht an dir«, sagte eine Frauenstimme. Cary war hinter sie getreten. Cary, die verlangt hatte, dass Yardem ihr verriet, welche Waffe für eine Frau von Vorteil war. Cary, die sich einen Bogen über die Schulter gehängt und wie eine Veteranin aus einem Dutzend Kriege gewirkt hatte. Cary, die Cithrin eigentlich gar nicht kannte.

»Was liegt nicht an mir?«, fragte sie.

»Sandr«, sagte Cary und nickte zu einem Ort weiter unten am Platz. »Er ist der neue Hauptdarsteller. Hauptdarsteller sind in den ersten paar Jahren immer Schweine.«

Dort stand Sandr und lächelte. Drei Mädchen in groben Kleidern standen um ihn herum. Eine berührte ihn am Arm, ihre Finger tänzelten über ihn wie ein Schmetterling, der nicht recht wusste, ob es sicher war, dort zu landen. Cithrin sah, wie er das Mädchen anlächelte, sah, wie er ihr auf die Brüste blickte.

»Ich sage nur, dass es nichts mit dir zu tun hat«, wiederholte Cary.

»Es ist mir gleich«, entgegnete Cithrin. »Es ist ja nicht so, dass ich mir etwas aus ihm mache. Aber ich wusste nicht, dass … Ich meine, ich dachte …«

»Das denken wir alle bei den ersten paar Malen«, sagte Cary. »Auch wenn es nicht viel hilft, tut es mir leid, und ich verspreche, dass ich in deinem Namen Sand in sein Bier kippen werde.«

Cithrin zwang sich zu einem Lachen. Sie wusste nicht, wann der Knoten wieder in ihren Bauch zurückgekehrt war, aber jetzt war er da.

»Nicht meinetwegen«, erwiderte sie. »Er ist nur, was er ist.«

»Weise Worte, meine Schwester«, sagte Cary. »Willst du mit uns losziehen? Wir werden uns an einer weiteren Aufführung versuchen, vor dem Palast des Statthalters.«

»Nein«, sagte Cithrin zu scharf. Sie versuchte es noch einmal. »Nein, ich wollte gerade in die Bäder gehen und dann wieder in meine Unterkunft. Ehe der Hauptmann nervös wird.«

»Viel Glück damit. Ich glaube, er ist nervös geboren. Oder zumindest wachsam«, sagte Cary. »Es war schön, dich zu treffen.«

Cithrin wandte sich um und ging die breiten Stufen empor. Dampf wogte aus den Türen des Badehauses heraus. Stimmen stritten und sangen. Cithrin wandte sich ab, ging an allem vorüber. Ihr Kiefer tat weh, und sie zwang sich dazu, ihn zu lockern. Ein Teil von ihr wollte sich umdrehen, hingehen und sehen, mit wem Sandr sich unterhielt, ob er in ihre Richtung schaute. Vielleicht, wenn …

Staub in der eisigen Luft brachte ihre Augen zum Tränen, und sie wischte sich mit dem Handrücken darüber. Auf dem Weg nach Hause hielt sie an einem Schankhaus an und trank einen Becher von dem verstärkten Wein, den Sandr ihr an dem Tag am Mühlenweiher gebracht hatte.

Er schmeckte nicht so gut.

»Alles in Ordnung?«, bellte Hauptmann Wester, als sie hereinkam. »Du warst lange weg.«

»Bestens«, sagte sie knapp. »Alles ist bestens.«

Dawson

Dawson Kalliam fand Kavinpol hässlich. Die Stadt hockte mit je einem Bein auf beiden Seiten des Uder, und die Gebäude waren mit geschmacklosem rotgrauem Stuck verziert. Die örtliche Küche gründete sich auf Zwiebeln und Fisch, der aus demselben Wasser kam, in das sich die Abwasserkanäle entleerten. Zu oft war der Kreislauf aus Frieren und Tauen über die Straßen hinweggegangen und hatte sie aufbrechen lassen, daher warteten überall Pfützen mit halbgefrorenem Schlamm, in denen sich ein unachtsames Pferd leicht die Beine brach. Und im Mittelpunkt all dessen stand Lord Ternigans Anwesen mit den Jagdgründen, durch eine Mauer von der Stadt abgeschieden. In jedem anderen Jahr wäre Dawson in seinem Anwesen geblieben, zusammen mit Clara und jedwedem Sohn, der lieber dort überwinterte als der Jagd hierher zu folgen.

In diesem Winter jedoch hatte die Jagd eine andere Bedeutung erhalten. Ternigans zahme Rehe und Wachteln aus Handaufzucht waren nicht der Preis, dem Dawson nachjagte. Und private Audienzen beim König waren sehr viel einfacher zu arrangieren, wenn es der König war, der sie verlangte …

»Gottverdammt, Kalliam. Ich bemühe mich, den Frieden zu halten, und Ihr bringt Leute auf der Straße um?«

Die Decke des königlichen Gemachs wölbte sich in die rauchgeschwängerte Düsternis über ihnen empor. Große Fenster blickten auf die Stadt hinaus – eine Mischung aus Glas und Eisen. Übertrieben und grell sprach die Architektur von Ruhm und Macht, und was sie sagte, war: *Du kannst dies haben oder Bequemlichkeit, aber nicht beides.*

Dawson blickte seinen Freund aus Kindertagen an. Die Wintermonate hatten einen finsteren Zug um seine Mundwinkel gelegt und seine Schläfen grau gefärbt wie von einem ersten Frosthauch. Vielleicht waren die Anzeichen des Alters und der Schwäche die ganze Zeit da gewesen, und Dawson hatte sie bis jetzt nicht sehen wollen. Die juwelenbesetzten Roben, die Simeon trug – sogar die Krone selbst –, wirkten nicht mehr wie die Gewänder der Macht und Größe, die sie im Herbst gewesen waren. Stattdessen waren sie die leeren Hüllen dieser Werte, wie ein ausgetrunkener Krug, der darauf wartete, gefüllt zu werden. Dawson kannte die Antwort, die Simeon und die Etikette erwarteten. *Vergebt mir, Sire.*

»In Camnipol wird jedes Mal edleres Blut vergossen, wenn jemand ein Schwein schlachtet«, sagte Dawson. »Es waren Schläger von Issandrian.«

»Habt Ihr dafür einen Beweis?«

»Natürlich kann ich es nicht beweisen, aber wir wissen beide, dass sie es waren. Die seinen oder die von Maas, es macht kaum einen Unterschied.«

Die Pause machte die Luft drückend. Simeon erhob sich. Seine Stiefel kratzten über den Steinboden. Um sie herum wehten die Wandbehänge des Gemachs, und die Wache des Königs hielt ihre stille Wacht. Dawson wünschte sich, sie hätten wirklich allein sein können. Die Wachen waren Diener, aber sie waren auch Menschen.

»Eure Majestät«, sagte Dawson, »ich denke, Ihr könnt nicht erkennen, welche Treue es um Euch herum gibt. Die meine eingeschlossen. Ich habe die letzten Monate damit verbracht, mich unter vier Augen mit den höchstgeborenen Männern von Antea zu unterhalten, und es gibt eine breite Unterstützung für Euch gegen Issandrian und sein Pack.«

»Issandrian und sein Pack sind auch meine Untertanen«, sagte Simeon. »Ich kann es so auslegen, dass schon das Nähren von Unruhe ein Handeln gegen mich ist.«

»Wir handeln *für* Euch, Simeon. Die Männer, mit denen ich gesprochen habe, stehen in *Eurem* Namen vereint. Ich wünschte nur, Ihr wärt mit uns.«

»Wenn ich einfach anfange, Teilen des Adels den Krieg zu erklären, nur weil sie im Augenblick im Aufwind zu sein scheinen …«

»Das habt Ihr also in meinen Worten gehört? Simeon, ich habe Monate damit zugebracht, jede mir zugängliche Person zu beschwatzen, die Einfluss auf Ternigan hat, und Versprechungen zu machen. Er ist bereit, Klin aus Vanai abzuziehen. Alles, was er braucht, ist ein Zeichen von Euch.«

»Wenn ich mich auf eine Seite stelle, wird es mit Blutvergießen enden.«

»Und wenn nicht, wird das Königreich in alle Unendlichkeit in Frieden und Licht erstrahlen? Das wisst Ihr doch besser.«

»Die Drachen …«

»Die Drachen sind nicht gefallen, weil es einen Krieg gegeben hat. Es ist zum Krieg gekommen, weil sie keinen Führer hatten. Eine Familie braucht einen Vater, und ein Königreich braucht einen König. Es ist Eure Pflicht zu führen, und wenn Ihr daran scheitert, wird der Tag kommen, an dem sie jemand anderem folgen. *Dann* werden wir auf dem Pfad des Drachen wandeln.«

Simeon schüttelte den Kopf. Der Feuerschein spiegelte sich in seinen Augen. Draußen wehte ein kalter Wind, der den Geruch des Winters mit sich brachte. Schnee wirbelte wie fallende Asche vor den Fenstern vorbei.

»Eine Familie braucht einen Vater«, sagte der König, als wären die Worte sowohl komisch als auch bitter. »Als Eleora gestorben ist, habe ich ihr versprochen, dass ich mich um unseren Sohn kümmern würde. Nicht um den Prinzen, um unseren Sohn.«

»Aster *ist* der Prinz«, sagte Dawson.

»Wenn er es nicht wäre, wäre er immer noch mein Sohn. Ihr habt Kinder. Ihr versteht das.«

»Ich habe drei Söhne und eine Tochter. Barriath ist Kapitän eines Schiffes unter Lord Skestinin, Vicarian studiert, um ein Priester zu werden, und Jorey ist in Vanai. Elisia hat vor drei Jahren Lord Annerins ältesten Sohn geheiratet, und seither habe ich kaum etwas von ihr gehört. Und keiner von ihnen, Simeon, hat mich *furchtsam* gemacht«, sagte Dawson. Und dann, sanfter: »Was ist mit Euch geschehen?«

Simeon lachte. »Ich bin König geworden. Es war alles schön und gut, als wir in den Höfen gespielt und auf den Schlachtfeldern gekämpft haben, aber dann ist Vater gestorben. Es war kein Spiel mehr. Issandrians Kabale ist nicht mein einziges Problem. Hallskar hat wieder angefangen, Plünderer zu beherbergen. Nordstade geht auf einen weiteren Erbfolgekrieg zu, und Asterilreich unterstützt beide Seiten. Die Steuereinnahmen aus Estinfurt sind nicht, wie sie sein sollten, also stiehlt sie entweder jemand, oder die Bauernhöfe verfallen langsam. Und in ein paar Jahren soll Aster vortreten und all das am Laufen halten.«

»Nicht so bald«, sagte Dawson. »Wir sind nicht jung, aber

wir haben noch Leben in uns. Und Ihr kennt die Antwort darauf genauso gut wie ich. Findet Männer, denen Ihr vertraut, und dann vertraut ihnen.«

»Das heißt Euch und Eurer Kabale anstatt Issandrian und der seinen?«, fragte der König trocken.

»Ja. Das heißt es.«

»Es wäre mir lieber, wenn Ihr Euch zurückzieht. Lasst Issandrians Bewegung in sich zusammenfallen.«

»Das wird sie nicht.«

König Simeon blickte auf, und in seinen Augen mochte Zorn oder Erheiterung oder Verzweiflung stehen. Dawson sank bedächtig auf ein Knie – ein Mann, der seinem König Gehorsam leistete. Die Haltung seines Kinns und seiner Schultern machte daraus eine Herausforderung. *Hier ist meine Treue. Macht Euch darum verdient.*

»Ihr solltet gehen, alter Freund«, sagte der König. »Ich muss mich vor dem Fest ausruhen. Ich muss nachdenken.«

Dawson erhob sich, verbeugte sich schweigend und machte sich auf den Weg in seine eigenen Gemächer. Lord Ternigans Anwesen wurde immer größer. Es war im Verlauf von Jahrhunderten von unzähligen Planern errichtet worden, von denen offenbar jeder eine eigene abweichende Vision verfolgt hatte. Das Ergebnis war ein Labyrinth. Jeder Hof und Platz öffnete sich auf irgendeine unerwartete Weise, Gänge knickten ab und bogen sich dann, um Hindernissen auszuweichen, die schon längst beseitigt worden waren. Es gab keine bessere Einladung für ein verstohlenes Messer aus den Schatten.

Er ließ sich vom Diener des Königs in seinen Mantel hüllen, sich den dicken schwarzen Wollumhang um die Schultern legen und verbeugte sich, ehe er in den weißen Wind hinaustrat. Vincen Coe ging hinter ihm. Dawson sprach den

Mann nicht an, und der Jäger gab keinen Bericht ab. Allein vom Quietschen des Leders und ihren vom Schnee gedämpften Schritten begleitet, überquerten sie den Hof, gingen über eine Reihe von überwachsenen Gehwegen und eine breite, flache Brücke, auf der der Wind drohte, sie wie Spatzen in einem Sturm wegzufegen. Es gab wärmere Wege, aber dort gab es auch mehr Leute, daher waren sie gefährlicher. Wenn Issandrian und Maas Dawson angreifen wollten, würden sie sich anstrengen müssen.

Die Gastfreundschaft, die Ternigan dem Haus Kalliam geboten hatte, schloss ein eigenes Gebäude ein, das einst der bevorzugten Konkubine eines Königs gehört hatte. Das Mauerwerk wies eine beinahe vulgäre Sinnlichkeit auf, die Gärten davor – zweifellos üppig im Frühling – waren nun kaum mehr als eine Ansammlung von Zweigen und totem Buschwerk. Aber es war leicht zu verteidigen, und dafür schätzte Dawson es. Er schüttelte seinen Umhang und seinen Leibwächter an der Tür ab und betrat die warmen, dunklen Innenräume, aus denen ihm der Geruch nach Minztee und das Weinen einer Frau entgegenkamen.

Einen schrecklichen Augenblick lang dachte er, die Stimme gehöre Clara, aber er hatte jahrelange Übung darin, ihre Geräusche von allen anderen zu unterscheiden, und dieses Schluchzen gehörte nicht zu ihr. Langsam folgte er dem Weinen und, sobald er näher gekommen war, Claras beruhigender Stimme bis zu einem Aufenthaltsraum, in dem die lang verblichene Konkubine einst ihre Ruhe genossen hatte. Nun saß Clara dort auf einem niedrigen Diwan, ihre Kusine Phelia – die Baronin von Ebbinwinkel und Gattin des verhassten Feldin Maas – saß vor ihr auf dem Boden, und ihr Kopf lag in Claras Schoß. Dawson fing den Blick seiner Frau auf, und

Clara schüttelte den Kopf, ohne in ihrer sanften Litanei des Trostes innezuhalten. Dawson trat zurück. Er ging zu dem privaten Arbeitszimmer, um seine Pfeife zu rauchen, Whisky zu trinken und an einem Gedicht zu arbeiten, das er begonnen hatte, bis Clara nach einer Stunde kam und sich unzeremoniell auf seinen Schoß fallen ließ.

»Arme Phelia«, sagte sie.

»Ehesorgen?«, fragte Dawson und strich seiner Frau übers Haar. Sie zog ihm die Pfeife aus dem Mund und nahm selbst einen tiefen Zug.

»Es scheint, dass mein Gemahl ihren Gemahl schrecklich unglücklich macht«, sagte sie.

»Ihr Gemahl versucht deinen zu töten.«

»Ich weiß, aber es schien mir etwas unhöflich, mich darüber auszubreiten, während das arme Ding vor mir zusammenbricht. Außerdem gewinnst du doch, oder? Ich kann mir kaum vorstellen, dass sie um Gnade bäte, wenn ein warmer Windhauch über Ebbinwinkel streichen würde.«

»Um Gnade hat sie gebeten?«

»Nicht mit so vielen Worten«, sagte Clara, wobei sie seinen Schoß, aber nicht seine Pfeife aufgab. »Aber das würde sie auch nicht tun, meinst du nicht? Es wäre sehr plump, und ich bin mir ziemlich sicher, dass Feldin nicht wusste, dass sie kommt, also beziehe sie jetzt nicht in all deine Berechnungen und Intrigen mit ein. Manchmal ist eine verängstigte Frau eben nur eine verängstigte Frau.«

»Und dennoch habe ich nicht vor, ihr bessere Tage zu bescheren«, sagte Dawson. Clara zuckte mit den Schultern und sah zur Seite. Als er wieder sprach, war sein Tonfall weniger spielerisch. »Es tut mir leid. Für dich und für sie. Wenn das hilft.«

Einen langen Augenblick war Clara still und zog an seiner Pfeife. Im trüben Licht sah sie jünger aus, als sie war.

»Unsere Welten bewegen sich auseinander, Gemahl«, sagte Clara. »Die deine und die meine. Deine kleinen Kriege, mein Frieden. Der Krieg setzt sich durch.«

»Der Krieg hat seine Zeit«, sagte Dawson.

»Vermutlich«, erwiderte sie. »Vermutlich. Dennoch, ruf dir ins Gedächtnis, dass Kriege enden. Versuche dir sicher zu sein, dass es am anderen Ende etwas gibt, das all das wert ist. Nicht alle deine Feinde sind deine Feinde.«

»Das ist Unsinn, Liebes.«

»Nein, ist es nicht«, entgegnete sie. »Es ist nur nicht deine Sicht der Welt. Phelia ist kein Teil dessen, was immer du und Feldin aneinander verabscheut, genauso wenig wie ich. Aber sie ist ein Einsatz, genauso wie ich und unsere Kinder. Phelia ist deine Feindin, weil sie es sein muss, nicht weil sie sich dafür entschieden hat. Und wenn das Ende kommt, erinnere dich daran, dass viele Leuten auf der anderen Seite eine Menge verloren und sich den Kampf nicht ausgesucht haben.«

»Würdest du wollen, dass ich aufhöre?«, fragte er.

Sie lachte, ein tiefes, schnurrendes Geräusch. Rauch stieg aus ihrem Mund auf und kringelte sich im Kerzenlicht.

»Soll ich auch gleich noch die Sonne bitten, nicht unterzugehen?«

»Für dich würde ich es tun«, behauptete Dawson.

»Für mich würdest du es versuchen, und du würdest dich bei dem Versuch völlig aufreiben«, sagte sie. »Nein, tu, was du glaubst, dass getan werden muss. Und denk daran, wie du dir wünschen würdest, dass Feldin mich behandelt, wenn er gewinnt.«

Dawson senkte den Kopf. Die Winterkälte drang in die

Balken und Steine um sie herum ein, ließ sie knacken und vor sich hin murmeln. Als er wieder aufsah, lag Claras Blick auf ihm.

»Ich werde es versuchen«, erklärte er. »Und wenn ich es vergesse ...?«

»Werde ich dich daran erinnern, Liebster«, sagte Clara. »Das ist meine Aufgabe.«

Das Festmahl dieses Abends begann eine Stunde vor Sonnenuntergang und sollte dauern, bis alle Kerzen heruntergebrannt waren. Lord Ternigan saß mit seiner Frau und seinem Bruder am Ehrentisch. Simeon saß am gegenüberliegenden Ende; Aster in rotem Samt und Goldstoff neben ihm wirkte jedes Mal peinlich berührt, wenn Lady Ternigan ihn ansprach. Der Reiter, der die höchste Ehre bei der Jagd errungen hatte – der Halb-Jasuru, Sohn einer adligen Familie aus Sarakal, der aus Gott weiß welchen Gründen nach Antea gereist war – schloss sich ihnen an, nickte zu allem und trug nichts bei.

Die besten Wandbehänge aus Ternigans Sammlung schmückten die Wände, Bienenwachskerzen brannten in Haltern aus geschliffenem Kristall, und die Hunde, die sich unter den Tischen herumdrückten, trugen Decken in den Farben jedes Adelshauses von Antea auf dem Rücken – eine kleine Erheiterung, um die Nacht bunter zu machen. Dawson saß am zweiten Tisch – nahe genug, um zu hören, was gesprochen wurde –, und am gegenüberliegenden Ende, mit nur fünf Leuten zwischen ihnen, saß Feldin Maas. Ternigan betonte abermals unparteiisch, dass seine Gefolgschaft so verhandelbar war wie die Tugend einer Hure. Phelia Maas saß an der Seite ihres Gemahls und warf Dawson verstohlen wässrige Blicke zu. Er aß seine Suppe. Sie war zu stark gesalzen, schmeckte zu wenig nach Zitrone, und im Fisch waren noch Gräten.

»Wunderbare Suppe«, verkündete Clara. »Ich erinnere mich, dass meine Tante – nicht deine Mutter, Phelia, sondern Tante Estrir, die diesen schrecklichen Gecken aus Birancour geheiratet hat – sagte, dass zu Flussfisch am besten Zitronenschale passt.«

»Ich erinnere mich an sie«, sagte Phelia, die sich beinahe verzweifelt an dieses Bindeglied klammerte. »Sie ist zu meiner Hochzeit zurückgekommen, und sie hatte sich diesen schrecklichen Akzent angeeignet.«

Clara lachte, und für einen Augenblick hätten die Dinge beinahe ungezwungen sein können.

Hinter Dawson räusperte sich König Simeon. Dawson konnte nicht sagen, was an dem Geräusch seine Aufmerksamkeit erregte, aber die Härchen in seinem Nacken richteten sich auf. Die gespitzten, blutleeren Lippen und das Weinglas, das auf halbem Weg zwischen Tisch und Mund verharrte, machten klar, dass auch Feldin Maas es gehört hatte.

»Das ist alles Tribut von Eurem Mann in Vanai?«, fragte Simeon mit gezwungener Beiläufigkeit.

»Nein, Majestät. Das Meiste ist schon seit Jahren im Familienbesitz.«

»Ah, gut. Das passt schon eher zu dem, was ich über Klin und seine Steuern gehört habe. Einen Augenblick habe ich gedacht, Ihr würdet mich hinhalten.«

Maas' Gesicht wurde bleich. Er stellte das Weinglas auf dem Tisch ab. Dawson nahm einen Bissen vom Fisch und entschied, dass Clara vielleicht recht hatte. Die Zitrone machte ihn besser. König Simeon hatte gerade im Scherz verlauten lassen, dass Klins Geschenke aus der eingenommenen Stadt vielleicht nicht ausreichten, um ein Festmahl auszustatten. Der Tonfall war unverbindlich gewesen, die einzige Antwort war Gelächter, und Sir Alan Klin würde beim ersten Tau zurück in Antea sein.

»Ich hoffe, Ihr entschuldigt mich«, sagte Dawson. »Die Natur ruft.«

»Wir haben Verständnis«, entgegnete Feldin Maas, der die Worte bissig ausstieß. »Jede Blase wird im Alter schwach.«

Dawson breitete die Hände in einer Geste aus, die man als Bestätigung der Spitze oder als Provokation deuten konnte. *Gib mir das Schlimmste, was du hast, kleiner Mann. Gib mir das Schlimmste.*

Als Dawson am Rande der Festhalle ankam, ging Coe still hinter ihm. Im breiten Steingang, der zu den privaten Rückzugsräumen führte, hielt Dawson an, und Coe blieb mit ihm stehen. Es dauerte nicht lang, ehe Canl Daskellin, Baron der Wassermark, erschien, eingerahmt vom Licht des Festmahls.

»Gut«, sagte Daskellin.

»Ja«, erwiderte Dawson.

»Kommt mit mir«, sagte Daskellin. Gemeinsam gingen die beiden Männer in einen der Rückzugsräume. Coe blieb nicht zurück, aber er ließ einen größeren Abstand zwischen sich und seinen Oberen. Dawson fragte sich, was geschehen würde, wenn er Coe zu gehen befahl. Einerseits konnte sich der Jäger kaum widersetzen; andererseits stand er genau betrachtet unter Claras Befehl. Eine unbequeme Stellung für den Mann. Dawsons boshafter Charakter war verführt, es auszuprobieren und zu sehen, auf wessen Seite sich der Jäger schlagen würde, aber Canl Daskellin sprach und holte seine Gedanken wieder zurück zu anderen Angelegenheiten.

»Ich habe es geschafft, Ternigans Ohr zu gewinnen. Seine Treue liegt bei uns.«

»Bis sich das Blatt wendet«, sagte Dawson.

»Ja, und deshalb müssen wir schnell handeln. Ich glaube, wir können einen Kandidaten als Ersatz für Klin bestimmen. Aber …«

»Ich weiß.«

»Ich habe mit unseren Freunden in Camnipol gesprochen. Graf Hiren wäre eine Wahl gewesen, auf die man sich einigen kann, wäre er noch am Leben.«

»Issandrians Vetter? Was hat ihnen denn an dem gefallen?«, fragte Dawson.

»Sein entfremdeter Vetter«, verbesserte Daskellin. »Aber auf jeden Fall auch toter Vetter. Seine größte Stärke war, dass er nicht viel für Issandrian übrig hatte und keine unmittelbare Verbindung zu einem der Unseren gepflegt hat.«

Dawson spuckte aus. »Wie kommt es, dass wir so schnell an den Punkt gelangt sind, wo wir keinen unsere Feinde und auch keinen der *Unseren* dort platzieren wollen?«

»Das ist die Gefahr bei Verschwörungen«, sagte Daskellin. »Es entsteht ein gewisses Misstrauen.«

Dawson verschränkte die Arme. Im Herzen wollte er seinen Sohn Jorey auf dem Platz des Fürsten sehen. Auf sein eigenes Fleisch und Blut konnte er sich auf eine Art und Weise verlassen, die man mit bloßer Politik niemals erreichen konnte. Was natürlich der Grund war, weshalb er einen Eid dagegen geleistet hatte. Vanai musste Issandrian vorenthalten werden. Aber es konnte nicht von einem Mitglied aus Dawsons noch frischem Bündnis übernommen werden, ohne dass dieses zu zerbrechen drohte. Dawson hatte das Problem vorausgesehen. Er hielt seinen Vorschlag bereit.

»Hört mich an, Canl. Vanai war immer nur ein kleines Steinchen im großen Ganzen«, sagte Dawson vorsichtig.

»Stimmt.«

»Wenn Klin weg ist, hat Issandrian den Tribut verloren, aber die Stadt ist nach wie vor sein Projekt. Maas hat sich dafür eingesetzt, sie einzunehmen. Klin hat dafür gekämpft und bis jetzt sogar über die Stadt geherrscht. Wenn wir nicht jemanden an die Macht lassen, den man uns zuordnet, wird die Stadt der allgemeinen Auffassung nach weiterhin Issandrian gehören.«

»Aber welchem der Unseren können wir sie geben?«

»Keinem«, antwortete Dawson, »das sage ich doch. Wir können sie nach Auffassung des Hofes Issandrian nicht wegnehmen. Aber nun können wir kontrollieren, was damit über ihn ausgesagt wird. Was, wenn der Statthalter von Vanai eine Katastrophe wird? Wenn wir die Stadt wegen Inkompetenz verlieren, dann leidet Issandrians Ruf mit.«

Daskellin hielt inne. Im düsteren Licht, das aus der Festkammer herausdrang, und wegen der dunklen Hautfarbe des Mannes konnte Dawson seinen Gesichtsausdruck nicht deuten. Er drängte weiter.

»Mein jüngster Sohn ist vor Ort«, sagte Dawson. »Er schickt mir regelmäßig Berichte. Der Sohn von Lerer Palliako ist in Vanai. Geder heißt er. Klin hat ihn benutzt, um unpopuläre Aufgaben zu erfüllen. Niemand mag oder respektiert ihn.«

»Weshalb nicht? Ist er schwachsinnig?«

»Schlimmer als schwachsinnig – einer jener Männer, die *nur* wissen, was sie in Büchern gelesen haben. Er ist einer von denen, die einen Bericht über eine Segelschifffahrt lesen und denken, sie seien Kapitän.«

»Und Ihr wollt, dass Ternigan Geder Palliako an Klins Stelle setzt?«

»Wenn nur die Hälfte von dem, was ich gehört habe, wahr ist«, sagte Dawson mit einem Lächeln, »gibt es keine bessere Wahl, um Vanai zu verlieren.«

Marcus

Im Salzviertel von Porte Oliva waren die Nächte nicht still. Selbst in der tiefen Nacht, wenn kein Mond die Straßen erleuchtete, gab es Geräusche. Stimmen, die sich singend oder im Zorn erhoben, das Huschen und Klagen verwilderter Katzen. Und in den Zimmern, die er und Yardem gemietet hatten, die langsamen und regelmäßigen Atemzüge des Mädchens, das endlich schlief. Marcus konnte inzwischen an der Art, wie sie atmete, unterscheiden, ob sie schlief oder sich nur dazu zwingen wollte. Es war eine Intimität, die er niemals zur Sprache brachte.

Yardem hockte auf dem Boden neben der leuchtenden Glut des Feuers, die Ohren nach vorn gerichtet, die Augen ins Leere blickend. Marcus hatte den Tralgu schon ganze Nächte so dasitzen sehen; reglos, abwartend, bewusst, ohne die Bewusstheit zu betonen. Yardem schlief nie während der Wache ein, und er musste sich niemals anstrengen, zur Ruhe zu kommen, wenn er keinen Dienst hatte. Marcus, schlaflos in seine Decke eingewickelt, beneidete ihn darum.

Die Kälte des Winters lag noch über der Stadt, aber es würde nicht mehr viele Wochen dauern, bis die Schifffahrtsstraßen wieder offen waren. Ein Schiff von Porte Oliva nach Carse wäre schneller als eine Reise über Land durch Birancour. Und solange er vor Kapitän und Mannschaft geheim halten konnte, was sie genau transportierten…

Das Kratzen war leise; es war da und einen Augenblick später wieder fort. Ledersohlen auf Stein. Yardem setzte sich ein Stückchen aufrechter hin. Er blickte hinüber zu Marcus, dann deutete er einmal auf das undurchsichtige Fenster aus Pergament und dann zur Tür. Marcus nickte und rollte sich langsam von der Bettstatt, sorgsam darauf bedacht, das Gewebe unter ihm nicht ächzen zu lassen. Er machte einen langsamen Schritt auf das Fenster zu, während Yardem sich zur Tür begab. Als Marcus sein Messer zog, ließ er den linken Daumen am Stahl, damit es nicht klirrte, als es aus der Scheide kam. Cithrin schnarchte zart hinter ihm.

Wer immer dort war, sie machten so etwas nicht zum ersten Mal. Die Tür krachte im selben Augenblick auf, in dem ein Mann durch das Pergamentfenster sprang. Marcus versetzte ihm einen tief gezielten Tritt, und sein Stiefel krachte in das Knie des Eindringlings. Während der Mann darum kämpfte, sein Gleichgewicht wiederzufinden, schlitzte ihm Marcus die Kehle auf, und zwei weitere Männer drängten hinter ihm herein. Sie hatten Dolche. Schwerter wären auf diesem engen Raum ungeschickt gewesen. Marcus hatte gehofft, dass sie Schwerter haben würden.

Yardem knurrte, wie er es machte, wenn er etwas zu Schweres hob, und eine unbekannte Stimme schrie vor Schmerz auf. Der Dolchträger links von Marcus ließ eine Reihe von kleinen Hieben niederprasseln, die dazu gedacht waren, seine Aufmerksamkeit zu erregen und ihn zurückzutreiben, während der auf der Rechten vorrückte, um ihm in die Flanke zu fallen. Sie waren breit gebaut, aber nicht untersetzt. Erstgeborene oder Jasuru und nicht Yemmu oder Haavirisch. Marcus achtete nicht auf die Finte, stattdessen täuschte er an, um den Mann zu seiner Rechten davon abzuhalten, hinter ihn zu gelangen. Der erste Mann nutzte die Blöße und ließ seine Klinge hineingleiten. Marcus spürte, wie Schmerz auf seinen Rippen erblühte, aber er ignorierte es. Hinter ihm knackte ein Knochen, doch niemand schrie.

»Wir geben auf«, sagte Marcus und glitt vor, während sich sein Fuß am Knöchel des rechten Gegners einhakte. Als er das Messer vorstieß, trat der Mann instinktiv zurück und stolperte. Marcus versenkte sein Messer in die Lenden des Mannes, aber dieser Vorstoß ließ ihn wieder ungedeckt dastehen. Der verbliebene Angreifer, der ihm bereits eine Wunde zugefügt hatte, stürzte sich zum Todesstoß auf ihn. Marcus drehte sich, und die feindliche Klinge glitt auf seiner Schulter ab. Marcus ließ sein eigenes Messer fallen und griff fest nach dem Ellbogen des anderen Mannes, aber der Angreifer kam ganz nahe und bog Marcus nach hinten. Sein heißer Atem stank nach Bier und Fisch. Die Glut glitzerte auf schuppiger Haut und bösartigen spitzen Zähnen. Ein Jasuru also. Marcus spürte, wie die Spitze der Klinge des Jasuru ihn in den Bauch stach. Noch ein Stück, und das Messer würde ihn wie eine Forelle aufschlitzen.

»Yardem?«, ächzte Marcus.

»Herr?«, sagte Yardem, und dann: »Oh. Tut mir leid.«

Ein Dolch wuchs dem Jasuru aus dem linken Auge, und Blut schoss aus der Wunde, schwarz in der Düsternis. Der Angreifer drängte noch weiter nach vorn, während er starb, aber Marcus spürte, wie den Mann die Kraft verließ, und trat zurück, um den Körper zusammenbrechen zu lassen.

Drei Männer lagen an dem zerfetzten Fenster, tot oder am Verbluten. Ein weiterer lag reglos auf dem Boden – einer seiner Arme war auf den Feuerrost gefallen, wo er gerade zu brennen anfing –, und der letzte war an der Wand zu Yardems

Füßen zusammengesunken, den Kopf in einem unmöglichen Winkel verdreht. Stark und erfahren. Das, dachte Marcus, war sehr, *sehr* schlecht.

»Was ist los?«, fragte Cithrin benebelt. »Ist etwas passiert?«

»Draußen«, sagte Yardem, und Marcus hörte es ebenfalls. Schritte, die sich zurückzogen.

»Bleibt hier«, sagte Marcus und stürzte sich aus dem zerstörten Fenster.

Die nachtschwarzen Straßen machten ihn blind, aber er stürmte vorwärts, achtete auf jeden Schritt und hoffte, dass sein Fuß nicht auf eine Eispfütze oder eine unerwartete Stufe traf. Vor ihm klatschten Schritte auf die Pflastersteine. Ein großes Tier zischte, als Marcus vorbeiraste. Seine Lunge brannte, und das Blut auf seiner Schulter und seiner Seite ließ ihn frösteln. Die fliehenden Schritte schlitterten, verloren das Gleichgewicht und warfen sich nach links herum. Er kam näher heran.

Die Straße öffnete sich auf einen breiteren Platz, und dort im Sternenlicht konnte Marcus einen Blick auf die fliehende Gestalt werfen. Sie war klein und in einen dunklen Umhang mit Kapuze gehüllt, die Kopf und Haar bedeckte. Die Verkleidung war sinnlos. Sobald er gesehen hatte, wie die fliehende Frau zwei Schritte gelaufen war, erkannte er sie genauso, als hätte er ihr Gesicht gesehen.

»Opal!«, rief er. »Du solltest anhalten.«

Die Schauspielerin zögerte, um dann weiterzurennen und so zu tun, als wäre sie nicht erkannt worden. Marcus fluchte, biss die Zähne zusammen und lief weiter. Die dunkle Stadt beachtete sie nicht. Opal rannte durch Straßen und Gassen, versuchte verzweifelt, ihn zu verwirren oder zu erschöpfen. Marcus ignorierte seine Wunden und blieb dicht hinter ihr, bis Opal an einem breiten Brunnen anhielt, sich hinkniete und den Kopf in die Hände legte. Ihre Brust arbeitete wie ein Blasebalg. Marcus trottete neben sie und setzte sich hin. Sie keuchten beide wie alte Männer. Auf ihrem bleichen Haar glitzerte Sternenlicht.

»Nicht …«, sagte Opal zwischen zwei Japsern. »Nicht so, wie es aussieht. Ihr müsst mir glauben.«

»Nein«, keuchte Marcus. »Tue ich nicht.«

»Ich habe es nicht gewusst«, sagte Meister Kit. »Ich hätte es wissen sollen, aber dem war nicht so.«

Marcus' ehemaliger Kundiger trug immer noch ein gestreiftes Schlafgewand aus Wolle und eine eng anliegende Schlafmütze. Das und die Tatsache, dass er im hinteren Teil des Wagens der Truppe tief geschlafen hatte, als Marcus dort eingetroffen war, sprachen für seine Unschuld. Meister Kitap rol Keshmet gab nicht das Bild eines Mannes ab, der darauf vorbereitet war, mit seinem gestohlenen Geld zu fliehen.

Die Zimmer, in denen sie nun saßen, waren von einem Braumeister gemietet. Den größten Teil des Jahres wurden hier der Hafer und das Malz gelagert, die zu diesem Geschäft gehörten, und die Luft roch noch stark danach. Der Tisch bestand aus drei Brettern, die über zwei Stapel alter Ziegel gelegt waren, und die Hocker, auf denen Marcus, Kit und die in Ungnade gefallene Opal saßen, waren sogar einer Milchmagd unwürdig. Im flackernden Licht von Meister Kits einzelner Kerze waren Opals Augen in schattigen Teichen verschwunden. Ihr Argument, dass alles ein Missverständnis war, dass sie dort gewesen war, um Cithrin zu schützen, verflüchtigte sich wie Morgentau, sobald Meister Kit den Raum betreten hatte, und alles, was blieb, war ihr trotziges Schweigen.

»Ihr wollt sagen, dass sie von selbst darauf gekommen ist und niemand sonst in der Truppe Verdacht gehegt hat«, sagte Marcus.

Meister Kit seufzte. »Ich bin mit Opal länger unterwegs als mit … nun ja, jedem sonst. Ich denke, sie kennt mich, und das, wie ich vermute, gut genug, um zu wissen, wie sie mich täuschen kann. Hauptmann, sogar wenn sie mich darüber angelogen hätte, hätte ich Bescheid gewusst.«

»Lasst ihn, Wester«, sagte Opal. »Das war nicht sein Plan. Es war meiner.«

Es war das erste Geständnis, das sie machte. Marcus fand keine Befriedigung darin.

»Aber ich verstehe nicht, weshalb«, sagte Meister Kit. Er redete nicht mehr mit Marcus. »Ich habe gedacht, dass du Cithrin besonders magst.«

»Wie viele Jahre habe ich noch?«, fragte Opal. Ihre Stimme war so scharf wie ein alter Käse. »Du hast schon Cary für die Rollen der Lady Kaunitar im Sinn. Noch fünf Jahre, und mir wird nur noch Hexe und Großmutter bleiben, und dann wird der Tag kommen, an dem du und die anderen irgendein nach Scheiße stinkendes Dorf in Elassae verlasst und ich nicht.«

»Opal …«, setzte Meister Kit an, aber die Frau hob die Hand, um ihn aufzuhalten.

»Ich weiß, wie so etwas läuft. Ich bin Schauspielerin, seit ich noch jünger war als Sandr jetzt. Ich habe es schon gesehen. Hatte irgendwie damit Frieden geschlossen, wirklich. Aber dann ist dieses Bankiersmädchen aus dem Nichts gekommen und …« Opal zuckte die Achseln, und es war die Bewegung einer Schauspielerin, zusammengesetzt aus Erschöpfung und Resignation.

Erschöpfung und Resignation, dachte Marcus, aber nicht Reue.

»Alles klar«, sagte Marcus. »Nächstes Problem.«

Meister Kit wandte sich wieder ihm zu. In den Augen des Mannes standen Tränen, aber ansonsten war sein Gesichtsausdruck unbewegt.

»Ich habe fünf Leichen«, sagte Marcus. »Und es sind vielleicht drei Stunden, bis es anfängt, hell zu werden. Wenn ich zur Königinnengarde gehe, werde ich erklären müssen, was geschehen ist und was wir in diesen Kisten haben, das es wert ist, dass man dafür tötet. Alle Hoffnungen, Schweigen zu bewahren, sind damit dahin. Und außerdem werden wir umziehen müssen, nur für den Fall, dass Opals Freunde noch eigene Freunde haben. Wir haben den Karren verkauft. Ihr habt noch einen.«

Der Schnitt an seiner Schulter war auf unangenehme Weise taub geworden, aber der Kratzer über den Rippen riss jedes Mal auf, wenn er tief Luft holte. Er wusste, dass das die Stelle war, an der Meister Kit sich womöglich störrisch zeigen würde. Marcus hatte gehofft, lange Verhandlungen vermeiden zu können. Er sah in Meister Kits dunkle Augen, während der Mann seine unerfreulichen Möglichkeiten abwog.

»Ich habe das Gefühl, die Truppe schuldet Euch etwas, Hauptmann Wester«, sagte er schließlich. »Was wollt Ihr von mir?«

Eine Stunde später waren sie zurück in der kleinen Unterkunft im Salzviertel. Den Toten hatten sie aus dem Rost gezogen und ein frisches Feuer angeschürt. Horniss und Smit klebten verhalten Stoffstücke über die Risse im Pergament, während Cary, Sandr und Mikel die Leichen anstarrten, die wie Feuerholz an der Wand aufgestapelt waren. Meister Kit hockte auf einem umgekippten Handkarren und machte ein grimmiges Gesicht. Cithrin saß mit leerem Blick auf dem Bett, die Beine an die Brust gezogen. Sie sah Opal nicht an, und Opal schaute nicht zurück. Der Raum, der schon immer klein gewesen war, fühlte sich gefährlich vollgestopft an.

»In der östlichen Seemauer gibt es eine Öffnung, nicht weit von der Bäckergasse«, sagte Meister Kit nachdenklich. »Ich erinnere mich nicht an eine großartige Deckung, und es gibt keine Möglichkeit zu erklären, weshalb man dort ist, aber ich denke, ich könnte sie wiederfinden.«

»Sogar im Dunkeln?«, fragte Marcus.

»Ja. Und wenn wir keinen Grund haben, dort zu sein, dann nehme ich an, dass auch sonst niemand einen hat.«

»Sie sehen friedlich aus«, sagte Mikel. »Ich hätte nicht gedacht, dass sie friedlich aussehen würden.«

»Alle Toten haben Frieden«, brummte Marcus. »Wir müssen fünf von diesen Bastarden loswerden. Wir haben nicht viel Zeit. Wie weit ist es dorthin?«

»Man wird uns sehen«, sagte Cithrin. »Sie werden uns finden. Zehn Leute, die fünf Leichten tragen? Wie kann das …?«

Das Mädchen schüttelte den Kopf und blickte nach unten. Ihr Gesicht war sogar noch bleicher als sonst. Die anderen schwiegen. Wenn die Dinge anders gelaufen wären, hätte es nur drei Leichen gegeben, und ihre wäre darunter gewesen. Marcus konnte sehen, wie sich dieses Wissen in die Seele des Mädchens ätzte, aber er hatte im Augenblick keine Zeit, das in Ordnung zu bringen, und auch keine Vorstellung, wie er es tun sollte.

»Meister Kit?«, fragte Cary nachdenklich. »Was ist mit der Festszene in Andricors Narretei?«

»Das meinst du doch nicht ernst«, sagte er.

»Ich denke doch«, erwiderte Cary. Sie wandte sich an Yardem. »Kannst du einen allein tragen? Über der Schulter?«

Der Tralgu verschränkte die Arme, runzelte streng die Stirn, nickte jedoch. Meister Kits Gesicht war immer noch bleich, aber er erhob sich und stellte den Handkarren wieder auf, während er darüber nachdachte. Carys Gesicht war im Gegensatz dazu leuchtend rot.

»Yardem nimmt einen«, sagte sie. »Smit und Horniss können den Kleinen dort nehmen. Sandr und Cithrin den armen Kerl mit dem Bart. Damit kommen zwei auf den Handkarren. Mikel kann sie festhalten, und Ihr und der Hauptmann zieht. Dann nehmen Opal und ich Fackeln und …«

»Nicht Opal«, unterbrach Meister Kit. »Sie bleibt bei uns.«

»Dann nehme ich Cithrin«, sagte Cary, die kaum Luft holte. »Opal kann Sandr helfen.«

»Wohin genau nimmst du Cithrin mit?«, fragte Marcus.

»Um sicherzugehen, dass sich niemand nach Euch umdreht«, sagte Cary, und sie trat hinüber zum Bett, um sich neben Cithrins zerbrechlicher Gestalt niederzulassen. Die dunkelhaarige Frau legte Cithrin einen Arm um die Schultern und lächelte sie sanft an. »Komm, meine Schwester. Bist du bereit, mutig zu sein?«

Cithrin blinzelte Tränen fort.

»Kit?«, fragte Marcus.

»Andricors Narretei. Es ist eine Komödie von einem Dichter aus Cabral«, sagte Meister Kit. »Der Fürst der Stadt stirbt in einem Hurenhaus, und sie müssen seinen Körper zurück ins Bett seiner Frau schmuggeln, ehe sie erwacht.«

»Und das erreichen sie wie?«

»Es ist eine Komödie«, sagte Meister Kit mit einem Schulterzucken. »Helft mir mit diesem Karren, ja?«

Es gab keine Fackeln, aber zwei kleine Zinnlaternen aus dem hinteren Zimmer waren fast genauso gut. Mit ein paar Nadeln und unter Carys Anleitung hatten sie ihre Kleider im Rockteil gekürzt, und an Hals und Rücken standen sie halb offen. Ihr Haar hing in losen Locken herab und drohte jeden Moment ganz aufzugehen, wie die zerstörten Überbleibsel eines respektableren Arrangements. Cary färbte Cithrin die Lippen rot, und auch die Wangen und den Brustansatz, und in der Dunkelheit der Nacht schien das Paar eine Skulptur aus Sonnenlicht und Anrüchigkeit zu sein.

»Zählt bis dreihundert«, empfahl Meister Kit Cary. »Dann kommt nach. Wenn ich das Zeichen gebe …«

»Fangen wir an zu singen«, sagte Cary und dann zu Cithrin: »Schultern zurück, meine Schwester. Wir sind hier, um gesehen zu werden.«

»Yardem?«, fragte Marcus, als der Tralgu den Toten packte.

»Herr?«

»Der Tag, an dem du mich in den Graben wirfst und den Trupp übernimmst?«

»Ich bin der Trupp, Herr.«

»Punkt für dich.«

Sie glitten in die Dunkelheit hinaus. Die Kälte war bitter, und Marcus' Atem trieb als Nebel vor ihm her. Die Pflastersteine schienen aus Eis zu sein, und der Geruch des Todes drang vom Karren, schwer und kupfrig und so vertraut wie sein eigener Name. Neben ihm zog Meister Kit, und der Atem des Mannes ging bald schnell wie ein Hecheln. Die Lebenden trugen die Toten durch die schwarzen Straßen, geleitet von Sternenlicht und Erinnerung. Trocknendes Blut klebte an Marcus' Seite, zupfte bei jedem Schritt an seinen Wunden. Er drängte vorwärts. Es schien wie eine langsame Ewigkeit, der Schmerz in seinen Fingern wich Taubheit und dann wieder Schmerz. Hinter sich hörte er plötzlich Cary ein derbes Lied anstimmen und dann, wie eine Schilfflöte, die im Einklang mit einer Trompete spielt, Cithrins Stimme einfallen. Er blickte über die Schulter. Eine Häuserecke hinter ihnen, die Laternen hoch erhoben, standen zwei spärlich bekleidete Frauen einer Patrouille der Königinnengarde gegenüber. Marcus hielt an, und der Handkarren wurde langsamer, sobald er nicht mehr die Führung übernahm.

»Hauptmann«, flüsterte Meister Kit eindringlich.

»Das ist töricht«, schimpfte Marcus. »Das ist nicht Eure Komödie, und diese Straße ist keine Bühne. Das sind Männer mit Schwertern und Macht. Frauen vor sie zu stellen und aufs Beste zu hoffen ist …«

»Was wir getan haben, Hauptmann«, sagte Meister Kit. »Es ist, was wir getan haben, und es ist notwendig. Ihr solltet jetzt den Karren weiterziehen.«

Im Licht der Laternen wirbelte Cary einmal lachend herum. Einer der Königinnengardisten legte Cithrin einen Umhang um die Schultern. Marcus erkannte, dass er sein Messer gezogen hatte, ohne es zu merken. *Man kann ihnen nicht vertrauen,* dachte Marcus, als er die Wächter des Bürgerfriedens in ihren Umhängen aus Grün und Gold ansah. *Man kann ihnen nicht vertrauen.*

»Hauptmann?«, fragte Yardem.

»Weiter. Immer weiter«, sagte Marcus und zwang sich dazu, sich abzuwenden.

Die Lücke in der Seemauer war am äußersten Ostrand der Stadt. Ein steinerner Gehweg, der weiß war von Schnee und Möwendreck, blickte über einen unsichtbaren Ozean hinaus. Möwen nisteten in Spalten in den Mauern um sie herum und auf den Klippen darunter. Und dort war ein einzelner Spalt, nicht breiter als eine Tür, wo die Stadt eine Belagerungswaffe gebaut hatte, die schon längst zu Rost zerfallen war, um sich gegen einen Feind zu verteidigen, der so tot war wie die Körper, die Marcus schleppte.

Sie hatten sich rasch und leise bewegt. Yardem ging zur Kante und warf den Leichnam von seiner Schulter in den grauen Nebel. Dann kamen Smit und Horniss wie Männer, die einem betrunkenen Kameraden über die Schwelle halfen. Dann der Handkarren mit seiner menschlichen Ladung. Und am Schluss standen Sandr und Opal an der Kante, die Frau humpelnd unter dem Gewicht ihrer Last. Der Letzte der Messerkämpfer war verschwunden. Kein Aufspritzen war zu hören. Nur das Flüstern des Windes, das Kreischen der Vögel und das ferne Murmeln der Brandung.

»Yardem«, sagte Marcus. »Geh zurück zur Unterkunft. Ich werde Cithrin suchen.«

»Ja, Herr«, erwiderte der Tralgu und verschwand in der Düsternis.

»Wir werden Geld brauchen, um ihre Bußgelder zu bezahlen«, sagte Smit. »Können wir uns das leisten?«

»Scheint mir falsch, sie für öffentliche Lüsternheit zu belangen«, meinte Sandr. »An den meisten Orten muss man eigens dafür bezahlen.«

»Ich denke, wir können tun, was wir tun müssen«, sagte Meister Kit knapp. »Ihr geht alle zurück zum Wagen. Ich glaube, der Hauptmann und ich haben noch letzte Dinge zu besprechen. Opal, bitte bleib bei uns.«

Die Schauspieler standen einen Augenblick da und gingen dann langsam davon. Marcus hörte, wie ihre Schritte verklangen. Sandr sagte etwas, und Smit gab eine düstere Antwort.

Marcus konnte die Worte nicht verstehen. Meister Kit und Opal standen da wie eine tiefere Schwärze in all der Düsternis um sie herum. Marcus wünschte, er würde ihre Gesichter sehen, und war gleichzeitig froh, dass er es nicht konnte.

»Ich kann sie zur Königinnengarde bringen«, sagte Marcus.

»Ich weiß«, erwiderte Meister Kit.

»Ich habe es niemandem sonst gesagt«, flehte Opal. »Die einzigen Leute, die vom Vermögen des Bankiersmädchens wissen, sind diejenigen, die es vorher schon gewusst haben.«

»Außer einer deiner schwimmenden Freunde dort unten hat es weitererzählt«, sagte Marcus.

»Ja«, gab Opal zu.

»Mir scheint, hier bestehen nur zwei Möglichkeiten, Hauptmann. Ihr werdet Euch nicht an die Rechtsprechung der Stadt wenden. Entweder bleibt Opal frei oder nicht.«

»Das stimmt«, bestätigte Marcus.

»Ich würde es sehr schätzen, wenn Ihr sie fortgehen lasst«, sagte Meister Kit. »Sie hat schon ihre Stellung bei mir verloren, und wir haben Euch geholfen zu gewährleisten, dass Euer Auftrag hier weiterhin geschützt bleibt. Ihr seid verletzt, aber Yardem Hane nicht. Und Cithrin auch nicht. Ich will nicht sagen, dass nichts passiert ist, aber ich hoffe, es gibt Raum für Gnade.«

»Danke, Kit«, sagte Opal.

Marcus blinzelte nach oben. Am Osthimmel begann sich das erste blasse Licht der Dämmerung zu zeigen. Die Sterne im großen Bogen über ihm glitzerten und leuchteten noch, aber die blassesten von ihnen waren bereits verschwunden. Weitere würden in den nächsten paar Minuten verschwinden. Man hatte ihm erzählt, dass die Sterne in Wahrheit immer da waren, dass man sie tagsüber nur nicht sehen konnte. Er hatte das Gleiche über die Seelen der Toten gehört. Er glaubte weder das eine noch das andere.

»Ich muss wissen, dass sie uns nicht wieder verfolgt«, forderte er.

»Ich schwöre es«, sagte Opal, die bei seinen Worten zusammenzuckte. »Ich schwöre bei allen Göttern, dass ich es nicht noch einmal versuchen werde.«

Von Meister Kit kam ein plötzliches qualvolles Geräusch, als hätte ihn jemand geschlagen. Marcus ging einen Schritt auf ihn zu, aber als der Mann sprach, war seine Stimme klar und kräftig und unaussprechlich traurig.

»Oh, meine arme, liebe Opal.«

»Kit«, sagte sie, und in der Art, wie sie das Wort aussprach, lag eine Intimität, die Marcus noch einmal alles neu einschätzen ließ, was er über die beiden und ihre Vergangenheit zu wissen geglaubt hatte.

»Sie lügt, Hauptmann«, sagte Meister Kit. »Ich wünschte, es wäre anders, aber Ihr habt mein Wort, dass sie lügt. Wenn sie jetzt von hier fortgeht, dann mit der Absicht zurückzukehren.«

»Nun«, sagte Marcus. »Das ist ein Problem.«

Der Schatten, der Opal war, wandte sich ab und versuchte zu fliehen, aber Marcus trat vor sie. Sie kratzte nach seinen Augen und machte einen ungeschickten Versuch, ihm das Knie in die Lenden zu rammen.

»Bitte. Er irrt sich. Kit irrt sich. *Bitte* lasst mich gehen.«

Die Verzweiflung in ihrer Stimme, die *Angst,* veranlasste ihn, zur Seite treten zu wollen. Er war ein Soldat und kein Söldner, keiner von den wilden Schlägern, die Frauen töteten, weil es ihnen gefiel. Er trat einen halben Schritt zurück, aber dann erinnerte er sich wieder an Cithrin, die auf dem Bett saß, die

Knie angezogen. Wie sie den Schwertern der Patrouille mit einem ungelenken Lied entgegengetreten war. Er hatte versprochen, sie zu beschützen, wenn er konnte. Nicht nur, wenn es angenehm war.

Er wusste, was als Nächstes geschehen musste.

»Es tut mir sehr leid«, sagte Marcus.

Geder

Natürlich hatte Geder gewusst, dass Klins Günstlinge die besseren Unterkünfte bekommen hatten und dass Männer wie er mit den Überbleibseln abgespeist worden waren. Die Größenordnung dieser Kränkung war ihm jedoch nicht klar gewesen. Er saß auf einem niedrigen Diwan, der mit Seide aufgepolstert war. Durch hohe Fenster fiel Licht über die Böden, als würde Gott einen Milchkrug auskippen. Räucherwerk ließ einen Hauch von Vanille und Patchai durch die Luft schweben. Die Goldverzierungen und Juwelen, die über dem Feuerrost glänzten, waren nicht bei der Plünderung herausgerissen worden. Noch ehe die Soldaten von Antea die Straßen unterhalb eingenommen hatten, war deutlich gemacht worden, dass das Haus des Fürsten unantastbar war. Nicht weil es dem Fürsten gehörte, sondern weil es Ternigan gehörte. Und dann Klin. Und nun, undenkbarerweise, ihm.

»Mein Lordprotektor?«

Geder sprang auf, als hätte man ihn erwischt, wie er etwas berührte, das er nicht berühren sollte. Der Vorsteher des Hofstaats war ein alter Timzinae-Sklave mit dunklen Schuppen, die langsam grau wurden und hier und da aufplatzten. Er trug nun das Grau und Blau des Hauses Palliako, oder etwas, das dem zumindest nahe kam.

»Eure Schreiber warten, Herr«, sagte der Timzinae.

»Ja«, erwiderte Geder und zupfte an dem schwarzen Ledermantel, den er aus seiner alten Unterkunft mitgebracht hatte. »Ja, natürlich. Bringt mich hin.«

Die Befehle waren vor drei Tagen eingetroffen. Der Lordmarschall hatte Alan Klin zurück nach Camnipol berufen, zur Verzweiflung einiger, zur Freude anderer und zu niemandes Überraschung. Die erstaunliche Entwicklung war, wen Ternigan als Ersatz ausgewählt hatte, bis es so weit war, dass König Simeon einen dauerhaften Statthalter ernannte. Geder hatte den Befehl mindestens zehnmal gelesen, das Siegel und die Unterschrift geprüft und ihn dann noch einmal gelesen. Sir Geder Palliako, der Sohn des Grafen von Bruchhalm, Lerer Palliako, war nun Protektor von Vanai. Er hatte den Befehl nach wie vor, zusammengefaltet in einer Tasche am Gürtel wie eine religiöse Reliquie – rätselhaft und überwältigend und alles andere als sicher.

Sein erster Gedanke nach der anfänglichen Welle des schieren Unglaubens war gewesen, dass Klin Geders Verrat entdeckt hatte und dass dies seine Rache an ihm war. Als er in die Besprechungskammer trat, wo Klins Beauftragte jeden Sitz bis auf den vorne auf dem Podium bevölkerten, der für ihn reserviert war, kam Geder dieser Verdacht abermals. In seinem Bauch gluckerte es, und er spürte, wie seine Hände zitterten. Sein Blut fühlte sich schwach wie Wasser an, während er die beiden Stufen nach oben stieg und sich unbehaglich auf seinem Präsentierstuhl niederließ. Einst war dieser Raum eine Kapelle gewesen, und Geder war umgeben von den Darstellungen von Göttern, an die er nicht glaubte. Mitleidslose Augen blickten zu ihm auf, Gesichter, die im besten Fall leer waren, im schlimmsten offene Abscheu zeigten. Eine Handvoll Sitze waren leer: Getreue des Hauses Klin, die sich entschieden hatten, ihre Ämter aufzugeben und lieber mit ihm nach Antea zurückzukehren, als sich der neuen Ordnung zu unterwerfen. Geder wünschte, er hätte mit ihnen gehen können.

»Lords«, sagte Geder. Er klang, als würde ihn jemand erwürgen. Er hustete, räusperte sich und fing noch einmal an. »Meine Lords, Ihr werdet inzwischen die Befehle von Lordmarschall Ternigan gelesen haben. Ich bin natürlich geehrt und ebenso überrascht, wie es sicherlich auch Ihr alle seid.« Er lachte leise. Niemand sonst gab einen Mucks von sich. Geder schluckte. »Es ist wichtig, dass die Stadt während dieser Veränderung nicht an einem Gefühl der Unsicherheit leidet. Ich möchte, dass jeder von Euch mit den Befehlen und Anweisungen weitermacht, die von Lord Klin ausgegeben worden sind, damit der ... äh ... Wechsel, den wir ...«

»Ihr meint die Politik, die dazu geführt hat, dass er von Ternigan zurückgerufen wurde?« Der Sprecher war Alberith Maas, der älteste Sohn von Estrian Maas und ein Neffe von Klins engem Verbündeten Feldin.

»Bitte?«

»Die Befehle«, sagte der junge Mann. »Es sind dieselben, die Lord Klin den Unmut der Krone eingebracht haben, und Ihr wollt, dass wir an ihnen festhalten?«

»Für den Augenblick«, sagte Geder, »ja.«

»Eine mutige Entscheidung, mein Lordprotektor.«

Jemand lachte verächtlich. Geder spürte Scham über sich hereinbrechen und dann Zorn. Sein Kiefer spannte sich an.

»Wenn ich einen abweichenden Befehl gebe, Lord Maas, dann werde ich dafür sorgen, dass Ihr es erfahrt«, sagte er. »Wir werden alle daran arbeiten müssen, Vanai aus dem gegenwärtigen Durcheinander herauszuhieven.«

Also komm mir nicht in die Quere, oder ich gebe dir die Aufgabe, Un-

kraut aus den Kanälen zu entfernen, dachte Geder, sagte es aber nicht. Der junge Mann verdrehte die Augen, blieb jedoch still. Geder atmete tief ein und stieß die Luft langsam durch die Nase aus. Seine Feinde saßen vor ihm, blickten auf. Männer mit mehr Erfahrung, mit besseren politischen Verbindungen, und ihnen hatte man nicht die Macht gegeben, die Geder nun innehatte. Zum Großteil würden sie höflich sein. Sie würden das Richtige sagen, wenn auch oft im falschen Tonfall. Wenn sie unter sich waren, würden sie alle den Kopf schütteln und über ihn lachen.

Die Demütigung ließ seine Wut überkochen.

»Alan Klin ist gescheitert.« Es war nichts, was er vorgehabt hatte zu sagen, und er warf den Gesichtern die Worte wie eine Ohrfeige entgegen. »Der Lordmarschall hat ihm Vanai gegeben, und Klin hat es zum Fenster hinausgeschleudert. Und jeder von *Euch* war Teil dieses Scheiterns. Ich weiß, dass Ihr hier weggehen und untereinander Witze reißen und die Augen verdrehen und Euch sagen werdet, dass das alles ein furchtbares Missverständnis ist.« Er beugte sich vor. Die Hitze in seinen Wangen fühlte sich wie Mut an. »Aber, meine besten Lords, lasst mich das klar ausdrücken. *Ich* bin derjenige, den Lord Ternigan gewählt hat. *Ich* bin derjenige, den er dazu ernannt hat, Vanai von einer Peinlichkeit in ein Juwel in König Simeons Krone zu verwandeln. Und ich habe vor, das zu tun. Wenn Ihr mich und die Aufgabe, die Euch übergeben wurde, also lieber lächerlich machen wollt, sagt es jetzt, nehmt Eure Sachen und kriecht auf dem Bauch zurück nach Camnipol. Aber geht *mir* aus dem Weg!«

Inzwischen brüllte er. Die Angst war fort, die Demütigung mit ihr. Er erinnerte sich nicht daran, aufgestanden zu sein, aber er war jetzt auf den Beinen, sein Finger in allgemeiner

Anklage auf die Gruppe gerichtet. Ihre Augen waren aufgerissen, ihre Augenbrauen gewölbt. Er konnte das Unbehagen an der Haltung ihrer Schultern und an der Art sehen, wie sie die Hände hoben.

Gut, dachte er. *Sollen sie sich fragen, wer und was Geder Palliako ist.*

»Wenn Lord Klin irgendwelche dringenden Angelegenheiten offen gelassen hat, werde ich es jetzt erfahren. Ansonsten will ich von jedem von Euch bis morgen einen Bericht über den Zustand der Stadt im Allgemeinen, Eure besondere Zuständigkeit darin und Eure Vorschläge, es besser zu machen.«

Insgesamt vier Herzschläge lang herrschte Stille. Geder ließ zu, dass er eine Spur Befriedigung verspürte.

»Lord Palliako?«, sagte ein Mann aus dem Hintergrund. »Da sind die Getreidesteuern.«

»Was ist damit?«

»Lord Klin hatte einen Vorschlag im Sinn, wie sie zu ändern wären, Herr. Aber er hat keine Entscheidung verkündet, ehe er gegangen ist. Seht Ihr, frisches Getreide, das vom Land hereinkommt, wird mit zwei Silber je Scheffel besteuert, aber wenn man es aus Lagern in der Stadt verkauft, beläuft es sich auf zweieinhalb. Die örtlichen Kornkammern haben sich beschwert.«

»Setzt alles auf zweieinhalb«, sagte Geder.

»Ja, Lordprotektor«, erwiderte der Mann.

»Was noch?«

Es kam nichts mehr. Geder schritt rasch aus dem Raum, ehe sein erhitztes Gemüt sich ganz abkühlen konnte. Als die kurze Gewissheit des Zorns vorüberging, ging sie vollständig. Bis er in seinen Salon – *seinen* Salon – zurückgekehrt war, zitterte er von Kopf bis Fuß. Er saß am Fenster, blickte auf den größten Platz der Stadt hinaus und versuchte herauszufinden, ob er am Rande eines Lachanfalls oder der Tränen stand. Unter ihm huschten trockene Blätter vorbei. Der Kanal lag bloß und trocken vor ihm, und eine Gruppe von Sklaven verschiedener Rassen schleppte Armladungen von Unkraut und Dreck heraus. Mehrere Erstgeborenen-Mädchen rannten schreiend über den Platz, während sie spielten. Er sagte sich, dass sie nun ihm gehörten. Sklaven, Mädchen, Blätter. Alles. Es machte ihm Angst.

»Geder Palliako, Lordprotektor von Vanai«, sagte er in die leere Luft, in der Hoffnung, dass die Worte glaubhaft werden würden, wenn er sie aussprach. Sie wurden es nicht. Er versuchte sich vorzustellen, was Lord Ternigan im Sinn gehabt hatte, als er ihn ausgewählt hatte. Nichts davon klang vernünftig. Er holte den Brief wieder heraus, faltete ihn auf, las jedes Wort, jeden Satz, suchte nach etwas, das ihn sicherer werden ließ. Es gab nichts.

»Mein Lordprotektor«, sagte der alte Timzinae. Geder zuckte diesmal weniger stark zusammen. »Lord Kalliam ist gekommen, wie Ihr es erbeten habt.«

»Bringt ihn herein«, sagte Geder. Der alte Diener zögerte, als wäre er kurz davor, einen Bruch in der Etikette deutlich zu machen, wandte sich dann aber lediglich mit einer Verbeugung ab. Geder fragte sich, ob ein Treffen in seinem privaten Salon besonderen Gelegenheiten vorbehalten war. Er musste ein Buch über die Hofetikette von Vanai finden. Er würde es beim nächsten Gespräch mit seinen bezahlten Gelehrten erwähnen.

Jorey Kalliam trat ein. Er trug seine beste Uniform und verbeugte sich formell vor Geder. Entweder war Jorey ebenfalls erschöpft und besorgt, oder Geder sah in der ganzen Welt einen Spiegel. Der Timzinae rollte einen Karren hinter sich her, der mit kleinen Gerichten aus Pistazien und kandierten

Birnen in Muschelschalen beladen war. Sobald der Diener ihnen Kristallkelche mit kühlem Wasser eingeschenkt hatte, zog er sich zurück. Das diskrete Klicken der Türklinke überließ sie der Ungestörtheit.

»Mein Lordprotektor wollte mich sehen?«, sagte Jorey.

Geder versuchte es mit einem Lächeln. »Wer hätte das gedacht, hä? Ich, Lordprotektor von Vanai.«

»Ich denke, wir haben alle mit hohen Einsätzen gespielt...«, sagte Jorey.

»Ja. Ja, deshalb wollte ich mit Euch ganz besonders sprechen«, sagte Geder. »Euer Vater führt Geschäfte am Hof, oder? Und Ihr schreibt ihm. Ihr habt erwähnt, dass Ihr ihm schreibt.«

»Das tue ich, mein Lord«, sagte Jorey. Sein Rücken war steif, sein Blick starr geradeaus gerichtet.

»Ja, das ist gut. Ich habe mich gefragt, ob... also, ich will sagen, äh, wisst Ihr, weshalb?«

»Weshalb was, mein Lord?«

»Weshalb ich?«, fragte Geder, und seine Stimme klang am Ende ein wenig nach dem Jammern einer dünnen Geigensaite, was ihm peinlich war.

Jorey Kalliam, Sohn von Dawson Kalliam, öffnete den Mund, schloss ihn wieder und runzelte die Stirn. Die Furchen an Lippen und Stirn ließen ihn älter aussehen. Geder nahm eine Handvoll Pistazien, brach die Schalen auf und aß die weiche, salzige Nuss darin weniger aus Hunger, als um seine Hände beschäftigt zu halten.

»Ihr bringt mich in eine unbehagliche Lage, mein Lord.«

»Geder. Bitte, nennt mich Geder. Und ich werde Euch Jorey nennen. Wenn das in Ordnung ist. Ich denke, Ihr seid in dieser Stadt für mich das, was einem Freund am nächsten kommt.«

Jorey holte tief Luft, und als er sie zwischen den Zähnen herauszischen ließ, wurde sein Blick sanfter.

»Gott helfe Euch«, sagte Jorey. »Ich glaube, das bin ich.«

»Dann könnt Ihr mir sagen, was sich am Hof zuträgt, so dass Ternigan *mich* hier einsetzt? Ich habe keinen Fürsprecher am Hof. Es ist mein erster Feldzug. Ich verstehe es einfach nicht. Und ich habe gehofft, Ihr begreift es vielleicht ein wenig besser.«

Jorey deutete auf einen Stuhl, und Geder erkannte nach einem Augenblick, dass er um die Erlaubnis zum Hinsetzen bat. Geder winkte ihn weiter und ließ sich ihm gegenüber nieder, die Hände zwischen den Knien gefaltet. Joreys Blick schweifte umher, als würde er etwas in der Luft lesen. Geder aß noch eine Nuss.

»Natürlich weiß ich nicht, was Ternigan denkt«, sagte er. »Aber ich weiß, dass die Dinge zu Hause in Unruhe sind. Klin ist mit Curtin Issandrian im Bunde, und Issandrian hat sich für einige Veränderungen eingesetzt, die nicht alle gut gegangen sind. Er hat sich Feinde geschaffen.«

»Hat Ternigan ihn deswegen zurückgerufen?«

»Es hat vermutlich einen Anteil daran, aber wenn Issandrians Macht bei Hofe anfängt zu wanken, dann könnte Ternigan jemanden wollen, der nicht zu ihm gehört. Ihr habt gesagt, Ihr hättet keinen Fürsprecher bei Hofe. Das könnte der Grund sein, weshalb er Euch ausgewählt hat. Weil das Haus Palliako keine Seite eingenommen hat.«

Geder hatte von einer Anzahl ähnlicher Situationen gelesen. Die Weißpulverkriege, als Cabral den Gastgeber für Flüchtlinge sowohl aus Birancour als auch aus Herez gespielt hatte. Koort Ncachi, der vierte Regos von Borja, dessen Hof angeblich so korrupt gewesen war, dass er irgendeinen Bauern als

Regenten eingesetzt hatte. Aus diesem Blickwinkel betrachtet, erkannte Geder eine Möglichkeit, mit der sich seine neue Stellung erklären ließ. Und dennoch …

»Nun«, sagte er mit einem ungelenken Grinsen, »ich nehme an, dann sollte ich dankbar sein, dass mein Vater nicht zum Hof geht. Es tut mir jedoch leid, dass Eurer es tut. Ich dachte wirklich, dass Ternigan die Stadt Euch übergeben würde.«

Jorey Kalliam wandte sein Gesicht zum Fenster. Seine Stirn war gerunzelt. Im Rost murmelte das Feuer seine Geheimnisse vor sich hin, und auf dem Platz stiegen tausend Tauben auf, als wären sie Teil eines einzigen Körpers, und wirbelten durch den weißen Winterhimmel.

»Damit hätte er mir keinen Gefallen getan«, sagte Jorey schließlich. »Die Spiele bei Hof sind nicht gerecht, Palliako. Sie beurteilen Männer nicht nach ihrem Wert, und es geht nicht um das, was angemessen ist. Schuldige können ihr Leben lang Macht besitzen, und man weint um sie, wenn sie gehen. Unschuldige können wie Münzen verschwendet werden, weil es zweckdienlich ist. Man muss nicht gesündigt haben, damit sie einen zerstören. Wenn sie aus der Zerstörung einen Nutzen ziehen, zerstören sie einen. All das hier? Es liegt nicht an Euch.«

»Ich verstehe«, sagte Geder.

»Ich glaube nicht, dass Ihr das tut.«

»Ich weiß, dass ich das hier nicht verdient habe«, sagte Geder. »Pures Glück hat mir diese Gelegenheit verschafft, und nun ist es an mir, daran zu arbeiten, dass ich es mir verdiene. Ich habe nicht gedacht, dass Lord Ternigan mir die Herrschaft über die Stadt gibt, weil er mich respektiert. Ich komme ihm gerade recht. Das ist in Ordnung. Nun kann ich dafür sorgen, dass er mich respektiert. Ich kann Vanai lenken. Ich kann zusehen, *dass* es gelingt.«

»Könnt Ihr das?«, fragte Jorey.

»Ich kann es versuchen«, sagte Geder. »Ich bin sicher, dass mein Vater sich damit vor jedem brüstet, den er auftreiben kann. Haus Palliako hat keinen neuen Titel mehr erhalten, seit mein Großvater Wächter der Seen war. Ich weiß, das ist etwas, das mein Vater sich gewünscht hat, und nun, da ich hier bin ...«

»Es ist nicht gerecht«, sagte Jorey.

»Nein«, erwiderte Geder. »Aber ich schwöre Euch, dass ich tun werde, was ich kann, um Euch einen Ausgleich zu verschaffen.«

»Um *mir* einen Ausgleich zu verschaffen?«, sagte Jorey.

Geder erhob sich, nahm die beiden Wasserkelche vom Tablett und drückte Jorey einen in die Hand. Mit allem Ernst, den er aufbringen konnte, hob er sein Glas. »Vanai ist mein«, erklärte er, und diesmal hörte es sich beinahe wahr an. »Und wenn es hier etwas gibt, das Euch die Ehre verschafft, die Ihr verdient, dann werde ich es finden. Diese Stadt hätte Euch gehören sollen, und wir wissen es beide. Aber da sie stattdessen mir in den Schoß gefallen ist, schwöre ich hier, unter uns beiden, dass ich nicht vergessen werde, dass es Glück war.«

Der Ausdruck auf Jorey Kalliams Gesicht hätte Mitleid oder Entsetzen oder schierer Unglauben sein können.

»Ich brauche Euch an meiner Seite«, sagte Geder. »Ich brauche Verbündete. Und im Namen von Vanai und Haus Palliako wäre es mir eine Ehre, wenn Ihr einer davon seid. Ihr seid ein tapferer Mann, Jorey Kalliam, und einer von jenen, auf dessen Urteil ich vertraue. Werdet Ihr mir zur Seite stehen?«

Das Schweigen ließ Geder zögern. Er hielt sein Glas entschlossen hoch und betete im Stillen darum, dass Jorey den Trinkspruch erwidern würde.

»Habt Ihr das geübt?«, fragte Jorey schließlich.

»Ein bisschen, ja«, antwortete Geder.

Jorey stand auf und hob sein Glas. Das Wasser schwappte heraus und lief ihm zwischen die Finger.

»Geder, ich will tun, was ich kann«, sagte er. »Es mag nicht viel sein, und Gott ist mein Zeuge, ich sehe keinen Weg, wie das gut enden kann, aber ich werde tun, was ich kann, um die Dinge für Euch in Ordnung zu bringen.«

»Das ist genug«, sagte Geder und trank sein Wasser mit einem Grinsen.

Der übrige Tag war anstrengend. Der Nachmittag begann mit einem Gratulationsfest, das von den Vertretern der großen Gilden von Vanai gestiftet wurde, zwei Dutzend Männern und Frauen, von denen jeder um seine Aufmerksamkeit und seine Gunst buhlte. Danach hielt er mit einem Vertreter von Neuhaven Audienz, der darauf aus war, die Gebühren für die Binnenschifffahrt zu verändern, aber im Verlauf einer langen, streitlastigen Stunde nicht wirklich deutlich machen konnte, was für Veränderungen er im Sinn hatte. Dann war der Hauptsteuerprüfer auf Geders Bitte noch einmal alle bisherigen Berichte von Klin an Lord Ternigan und die Krone durchgegangen. Geder hatte erwartet, dass er bei dem Treffen nicht viel mehr als eine Zusammenfassung zu hören bekommen würde, wie viel Gold nach Norden geschickt worden war, aber es endete damit, dass es doppelt so lange dauerte wie geplant, da der Unterschied zwischen hoch- und weniger wirksamen Tarifen und »Vorlage auf der Rechnung« und »tatsächlicher Vorlage« erörtert werden musste, was ihn mit dem Gefühl zurückließ, etwas in einer Sprache gelesen zu haben, die er noch nicht beherrschte.

Am Ende des Tages zog er sich in das Schlafgemach zurück,

das einst dem Fürsten von Vanai gehört hatte. Geders vorherige Unterkunft hätte in eine Ecke gepasst und dann noch zweimal dort Platz gefunden. Die Fenster blickten auf einen Garten mit blattlosen Eichen und schneeumrahmten Blumenbeeten hinaus. Im Frühling würde es aussehen, als hätte er einen eigenen Wald. Geders neues Bett wurde von einem raffinierten Netzwerk aus Röhren geheizt, die vom großen Feuerrost her und wieder zurückführten; die Pumpe wurde von aufsteigender Luft betrieben. Die Vorrichtung blubberte vor sich hin, manchmal direkt unterhalb von Geder, als hätten die Federmatratzen etwas gegessen, das ihnen nicht gut bekam. Geder lag eine knappe Stunde, nachdem er den letzten Diener fortgeschickt hatte, noch immer wach in dem düsteren, vom Feuer nur wenig erhellten Raum. Obwohl er erschöpft war, wollte der Schlaf nicht kommen. Als er sich erhob, tat er es in dem wunderbaren Gefühl, etwas Verbotenes zu tun und genau zu wissen, dass er damit durchkommen würde.

Er zündete drei Kerzen im Feuer an, wobei das Wachs im Rauch ein wenig schwarz wurde, und stellte sie neben dem Bett auf. Dann nahm er aus dem kleinen Behälter mit seinen eigenen Habseligkeiten, die sein Knappe hergebracht hatte, das Buch mit der knarrenden Bindung, das er zuletzt erstanden hatte. Er hatte es bereits gelesen und den Abschnitt angestrichen, den er am interessantesten fand, so dass er ihn leicht wiederfinden konnte.

Legenden um den Rechtschaffenen Diener, auch Sinir Kushku in der Sprache des alten Pût genannt, stufen ihn als die letzte und größte Waffe von Morade ein, obwohl unklar bleibt, bis zu welchem Grad er eine einfache Täuschung war, wenn man das Spionage-Netzwerk des Drachen und das merkwürdig einfühlsame Wesen seines endgültigen Wahnsinns betrachtet.

Geder legten den Finger über die Worte und bemühte sich

um eine Erinnerung an das wenige, was er über die Sprachen des Ostens wusste.

Sinir Kushku.

Das Ende allen Zweifels.

CITHRIN

»ICH SAGE, ES GIBT DAS BÖSE in der Welt«, erklärte Meister Kit, der die Kiste aus der Hüfte hochwuchtete, »und *Zweifel* ist die Waffe, die davor schützt.«

Yardem nahm dem alten Schauspieler die Kiste aus den Händen und hob sie auf die Spitze des Stapels. »Aber wenn man alles anzweifelt«, sagte der Tralgu, »wie kann man dann irgendetwas begründen?«

»Zögerlich. Und nur unter der Voraussetzung, es im Nachhinein zu prüfen. Es scheint mir die bessere Frage zu sein, ob es auf irgendeine Weise von Vorteil wäre, sich einer durchgehenden und nicht hinterfragten Sicherheit zu überantworten. Ich glaube nicht, dass wir das behaupten können.«

Aus Hauptmann Westers Kehle kam ein Grollen, wie bei einem Hund, der sich auf den Angriff vorbereitet. Cithrin spürte, wie sie zurückweichen wollte, aber sie ließ nicht zu, dass ihr Körper dem Drang nachgab.

»Wir können behaupten«, sagte der Hauptmann, »dass die Arbeit nicht schneller erledigt wird, wenn wir gute Luft auf diese Frage verschwenden.«

»Entschuldigung, Herr«, sagte der Tralgu.

Meister Kit nickte entschuldigend und ging die schmalen Holztreppen hinab zur Straße. Sandr und Horniss, die mit einer Kiste voller Juwelen heraufkamen, drückten sich an die Wand, um ihn durchzulassen. Cithrin rückte weiter, damit sie genug Platz hatten, die neue Kiste Yardem zu reichen, und damit Yardem Platz hatte, in der neuen Unterkunft einen Stellplatz dafür zu suchen. Eine kalte, feuchte Brise und der Geruch nach frischem Pferdedung trieben zusammen mit dem Tageslicht durch die offenen Fenster herein. Cithrin dachte, dass es sich nach Frühling anfühlte.

»War er als Junge ein Priester?«, fragte Marcus und deutete mit dem Kinn die Stufen hinab. »Wenn er anfängt, über Glauben und Zweifel und das Wesen der Wahrheit zu sprechen, ist es, als wären wir wieder bei der Karawane und würden zu jeder Mahlzeit eine Predigt bekommen.«

»Was er sagt, ergibt einen Sinn«, erklärte Yardem.

»Für dich«, entgegnete Marcus.

»Ich nehme an, er könnte durchaus ein Priester gewesen sein. Er ist eben Meister Kit«, meinte Horniss mit einem Schulterzucken. »Wenn er uns sagen würde, dass er einen Berghang hinaufgestiegen ist und Bier mit dem Mond getrunken hat, würde ich ihm vermutlich glauben. Wir haben noch zwei Kisten, die so groß sind wie diese, und dann all diese Wachsblöcke.«

»Wachs?«, entgegnete Marcus.

»Die Bücher«, sagte Cithrin, aber die Worte kamen als Krächzen heraus. Sie hustete und fing noch einmal an. »Die Bücher und Register. Sie sind versiegelt, damit sie nicht feucht werden.«

Was sehr gut ist, dachte sie, *denn wir haben sie in einem Mühlenweiher versenkt.* Sofort kam ihr ein Riss in dem Siegelwachs in den Sinn. Seitenweise verschmierte Tinte und verrottendes Papier, das sich hinter den Schutzhüllen verbarg. Was, wenn die Bücher ruiniert waren? Was würde sie dann Magister Imaniel sagen? Was würde sie den Bankleuten in Carse sagen?

»Na gut, bringt sie herauf«, meinte Marcus. »Wir werden irgendwo einen Platz dafür finden.«

Horniss nickte, aber Sandr ging bereits die Stufen hinab. Er hatte Cithrin nicht einmal angesehen. Sie sagte sich, dass es ihr nichts ausmachte.

Ihr war deutlich bewusst, dass die neue Unterkunft nicht ganz zu Hauptmann Westers Zufriedenheit war. Anders als die Zimmer im Salzviertel befanden sich diese hier im ersten Stock und hatten Böden aus Holzdielen, so dass man im Stockwerk darunter jede Bewegung in einer knarrenden und knackenden Sprache hören konnte. Der Laden im Erdgeschoss war eine Spielbude, was bedeutete, dass beliebig viele Leute jeglicher Stellung tagsüber kommen und gehen konnten. Aber das Schloss am Fuß der Stufen war solide, die umgebenden Straßen waren weniger anfällig für Betrunkene und Herumirrende, und die Fenster hatten keinen Balkon oder einen anderen einfachen Zugang. Außerdem gab es ein Fenster zu einer Gasse, durch das man den Nachttopf ausleeren konnte, und nach dem Ortswechsel waren sie nur fünf Türen von einer Schenke entfernt, in der sie Essen und Bier kaufen konnten.

Cary und Mikel kamen als Nächste herauf.

Cary grinste. »Ein Junge auf der Straße hat uns gefragt, was wir schleppen«, sagte sie.

Cithrin konnte die Anspannung auf Hauptmann Westers Gesicht sehen, als er zum Fenster ging und hinausspähte.

»Was habt ihr ihm gesagt?«

»Strasssteine für die Feierlichkeiten zum Ersten Tau«, erklärte Cary. »Wir haben auch eine der Kisten für ihn geöffnet. Ihr hättet es sehen sollen. Er hat so *enttäuscht* gewirkt.«

Cary lachte; den Zorn auf Hauptmann Westers Gesicht bemerkte sie nicht. Oder vielleicht bemerkte sie es doch und ließ sich davon nicht beeindrucken. Opal war im Verlauf der Tage, während derer sie sich nach einer neuen Unterkunft umgesehen und darauf vorbereitet hatten, den geschmuggelten Reichtum von Vanai in sein neues Versteck zu bringen, nur einmal erwähnt worden: Smit hatte gescherzt, dass sie eine Möglichkeit gefunden hätte, sich der harten Arbeit zu entziehen. Niemand hatte gelacht.

Cithrin bereitete es immer noch Mühe zu glauben, dass es wirklich geschehen war. Dass Opal vorgehabt hatte, sie umzubringen und das Geld zu nehmen, war schwer genug zu verstehen. Dass Hauptmann Wester sie dafür getötet hatte, war schlimmer. Natürlich waren die anderen zornig. Natürlich verabscheuten sie den Hauptmann. Und Yardem. Und sie. Das mussten sie. Und hier waren sie, schleppten Kisten und rissen Witze. Cithrin stellte fest, dass sie ihnen vertraute, jedem Einzelnen von ihnen: nicht weil sie vertrauenswürdig waren, sondern weil sie es sich so wünschte.

Sie hatte mit Opal einen Fehler gemacht, und sie beobachtete sich dabei, wie sie ihn wiederholte. Dieses Wissen allein fraß sich in sie hinein, so dass sie seit der Nacht, in der sie aufgewacht und von fünf Toten umgeben gewesen war, nicht mehr geschlafen oder anständig gegessen hatte.

Meister Kit stieg die Stufen herauf, schleppte eine doppelte Armladung verpackter Bücher. Dann kamen Sandr und Horniss mit den restlichen Kisten. Die ganze Ladung des Karrens ließ nicht mehr viel Platz für sie alle. Sandr war eingekeilt und stand neben ihr. Als er bemerkte, dass sie ihn ansah, wurde er rot und nickte ihr mit einem vogelartigen Zucken zu, das er wahrscheinlich zum Besten gab, wenn er jemanden auf der Straße grüßte.

»Ich glaube, das war es dann«, sagte Meister Kit, als Yardem ihm die Bücher abnahm.

»Danke dafür«, sagte Cithrin. »Euch allen.«

»Es ist das Mindeste, was wir tun konnten«, erklärte Smit. »Es tut uns nur leid, wie es dazu gekommen ist.«

»Ja … nun ja«, stammelte Cithrin. Sie konnte ihm nicht in die Augen sehen.

»Weshalb geht ihr anderen nicht schon mal vor?«, fragte Meister Kit. »Ich werde versuchen, euch dann rasch einzuholen.«

Die Schauspieler nickten und gingen. Durch das Fenster hörte Cithrin ihre Stimmen, als ihr Wagen davonfuhr. Hauptmann Wester schritt durch den Raum, als würden die Bodendielen durch seine Ruhelosigkeit und Ungeduld stiller und fester werden. Yardem streckte sich auf dem Bett aus, das zwischen zwei Kistenstapeln eingeklemmt war, und schloss die Augen, um zu ruhen, ehe die Nacht kam. Meister Kit erhob sich und streckte die Hand nach ihr aus.

»Cithrin«, sagte er. »Ich hatte gehofft, dass wir ein Stück zusammen gehen könnten.«

Sie blickte von dem alten Schauspieler zu Hauptmann Wester und zurück. »Wohin?«, fragte sie.

»Ich hatte keinen besonderen Ort im Sinn«, antwortete Meister Kit. »Ich dachte, dass es mit Gehen getan wäre.«

»In Ordnung«, sagte Cithrin und ließ sich von ihm auf die Beine helfen.

Draußen floss der Verkehr auf den Straßen wie Wasser; breit und träge auf dem großen Platz im Osten, schneller im engen Kanal der Straße. Ein Cinnae stand vor der Spielbude, um den vorbeikommenden Männern und Frauen etwas zuzurufen: ihnen könnte ein großes Vermögen gehören. Das Glück begünstige die Mutigen. Sie könnten ihre geschäftlichen Verluste abmildern, indem sie gegen sich selbst wetteten. Für jede angemessene Wette würden Einsätze geboten. Er klang gelangweilt.

Pferdekarren mühten sich durch die Menge, und eine Gruppe Timzinae ging mit flachen Schaufeln hinter ihnen her, um die Pferdeäpfel aufzuheben. Mehrere Kinder johlten und jagten einander, und dabei platschten sie durch die Pfützen aus Schlamm, Schmutz und Schlimmerem. Ein Wäschekarren ratterte vorbei, von einer Erstgeborenen gezogen, die nicht älter war als Cithrin; in den Zügen um ihren Mund bildeten sich jedoch bereits Furchen des Elends. Meister Kit schritt weiter, und Cithrin ließ ihn die Führung übernehmen, nicht sicher, ob sie hinter ihm oder an seiner Seite laufen sollte.

Die Straße öffnete sich zu einem Platz, den Cithrin noch nicht gesehen hatte. Eine riesige Kirche ragte im Osten auf. Stimmen, die sich im Gesang erhoben hatten, schlängelten sich durch die eisige Luft, priesen Gott und bildeten Mosaiken der Harmonie. Meister Kit hielt an, als sie es tat, und lauschte mit ihr. Das Lächeln auf seinem Gesicht wurde weicher, und ein Anflug von Kummer drängte sich hinein.

»Es ist wunderbar, oder?«, fragte er.

»Was?«, entgegnete Cithrin.

Er lehnte sich an eine Steinmauer und machte eine Geste. Der Platz, das Lied, der Himmel über ihnen. »Ich nehme an, ich meine die Welt. Sie ist voller Tragödie und Schmerz, und trotzdem finde ich sie letztendlich schön.«

Cithrin spürte, wie sie die Lippen fest zusammenpresste. Sie wollte sich dafür entschuldigen, was mit Opal geschehen war, aber das würde Meister Kit nur in eine Lage versetzen, in der er sich abermals entschuldigen musste, und das wollte sie nicht. Worte und Gedanken schoben sich gegenseitig aus dem Weg, und nichts davon war im Augenblick wirklich passend.

»Was werdet Ihr jetzt tun?«, fragte sie.

Kit holte tief Luft und atmete langsam aus, ehe er sich von dem Lied abwandte. »Ich nehme an, wir werden für den Augenblick hierbleiben. Ich glaube nicht, dass Cary schon bereit ist, die ganze Last von Opals Rollen auf sich zu nehmen, aber wenn der Sommer vorbei ist, mit ein wenig Übung und ernsthafter Arbeit, erwarte ich, dass sie so weit ist. Die Truppe scheint mir insgesamt etwas dünner besetzt, als mir lieb ist. Ich hoffe, ich kann hier ein paar gute Leute rekrutieren. Ich habe festgestellt, dass sich in Hafenstädten oft umherziehende Schauspieler sammeln.«

Cithrin nickte. Kit wartete darauf, dass sie etwas sagte, und als sie es nicht tat, fuhr er fort.

»Außerdem stelle ich fest, dass mich dein Hauptmann Wester ziemlich fasziniert.«

»Er ist nicht *mein* Hauptmann Wester«, entgegnete Cithrin. »Er hat eindeutig klargemacht, dass er sein eigener Hauptmann Wester ist.«

»Hat er das? Dann nehme ich alles zurück«, sagte Meister Kit. Das Kirchenlied schwoll an, die gut und gerne hundert Stimmen stiegen auf und ab und sangen gegeneinander an, bis es schien, als drohe eine andere Stimme durch sie zu sprechen. Gottes Flüstern. Es schien Meister Kits Aufmerksamkeit auf sich zu ziehen, aber als er etwas sagte, hatte er den Faden der Unterhaltung nicht verloren. »Ich glaube, die Drachen haben ein Erbe in der Welt hinterlassen, das … zerstörerisch ist. Dieses Erbe wird Unheil und Schmerz bringen. Wenn niemand es aufhält, wird es die Welt verschlingen. Wester ist einer der wenigen Leute, die vielleicht dagegen bestehen können.«

»Weil er so stur ist?«, fragte Cithrin und versuchte, einen Witz daraus zu machen.

»Ja, deswegen«, erwiderte Meister Kit. »Und, wie ich annehme, wegen der Form seiner Seele.«

»Er war vor langer Zeit ein General in Nordstade«, sagte Cithrin. »Etwas ist mit seiner Frau passiert, glaube ich.«

»Er hat beim Erbfolgekrieg Prinz Frühlingssees Armeen geführt. Es kam zu Schlachten gegen die Armeen von Lady Tracian, die nicht zu gewinnen waren, aber Hauptmann Wester hat sie gewonnen.«

»Wodfurt und Gradis«, sagte Cithrin. »Aber die Leute reden auch über ... Ellis?«

»Ja. Die Felder von Ellis. Sie sagen, dass es die schlimmste Schlacht des Krieges war, dass keiner sie gewollt hat und dass keiner zurückstehen konnte. Es heißt, dass Wester so wichtig geworden war, dass der Prinz Angst bekam, ein anderer Thronanwärter könnte ihn umgarnen und seine Treue gewinnen. Ihn überzeugen, die Seiten zu wechseln. Frühlingssee hat seine Familie töten lassen und es seinem Rivalen angehängt. Die Frau und die Tochter des Hauptmanns sind auf grausame Weise vor seinen Augen gestorben.«

»Oh«, sagte Cithrin. »Was ist mit Frühlingssee geschehen? Ich weiß, dass er den Erbfolgekrieg verloren hat, aber ...«

»Unser Freund Marcus hat herausgefunden, was wirklich geschehen war, hat Rache geübt und ist dann aus der Geschichte verschwunden. Ich denke, die meisten Leute haben angenommen, dass er gestorben ist. Meiner Erfahrung nach ist es das Schlimmste, was einem Menschen in einer solchen Lage passieren kann: lang genug zu leben, um zu erkennen, wie wenig die Rache anschließend noch übrig lässt. Ich glaube nicht, dass er sich noch viele Illusionen macht, was auch der Grund ist, weshalb er ...« Meister Kit schüttelte sich. »Es tut mir leid. Ich wollte nicht so weit abschweifen. Ich werde alt, denke ich. Ich wollte noch einmal sagen, dass es mir leidtut, was passiert ist, und dass ich mich dafür einsetze, dass so etwas nicht noch einmal geschieht.«

»Danke«, sagte sie.

»Ich würde außerdem gern jegliche Hilfe anbieten, die in meiner Macht steht, um dich sicher nach Carse zu bringen. Ich habe das Gefühl, dass wir dir mehr als einen Tag unserer kostenlosen Arbeitskraft schulden. Es ist ein bisschen seltsam, ich weiß, aber dass wir so lange vorgegeben haben, Soldaten zu sein, hat in uns allen ein wenig den Geist der Schwertkameradschaft geweckt.«

Cithrin nickte, aber sie spürte, wie sich ihre Stirn in Falten legte, noch bevor sie den Grund kannte. Das Kirchenlied klang in einer letzten, abschließenden Kadenz aus, und Stille schien in die Welt hinauszufließen wie eine Welle. Möwen kreisten hoch oben durch die Luft, gelbe Schnäbel und ruhige Flügel, die nie flatterten.

»Weshalb entschuldigt Ihr Euch für alles, was Ihr sagt?«, fragte sie.

Meister Kit wandte sich zu ihr um, die buschigen Augenbrauen gewölbt. »Ich war mir nicht bewusst, dass ich das getan habe«, sagte er.

»Ihr habt es gerade schon wieder getan«, erklärte Cithrin. »Ihr sagt nie etwas geradeheraus. Es ist alles voller *Ich denke* jenes oder *Ich habe festgestellt, dass*. Ihr sagt nie: *Die Sonne geht am Morgen auf*. Es ist immer *Ich denke, die Sonne geht am Morgen auf*. Es ist, als würdet Ihr versuchen, überhaupt nichts zu versprechen.«

Meister Kit wurde ernst und betrachtete sie mit dunklen Augen. Cithrin spürte, wie es ihr eiskalt das Rückgrat hinablief, aber es war keine Angst. Es war, als wäre man kurz davor, auf etwas zu stoßen, von dem sie nur vermutete, dass es da war. Meister Kit rieb sich mit der Handfläche über das Kinn. Das Geräusch war leise und vertraut.

»Ich bin überrascht, dass dir das aufgefallen ist«, sagte er, dann lächelte er, weil er es wieder getan hatte. »Ich habe ein Talent dafür, dass man mir glaubt, und ich habe festgestellt, dass das Schwierigkeiten schafft. Ich nehme an, ich habe mir diese Angewohnheit zugelegt, um den Effekt abzumildern, und daher versuche ich, keine Dinge zu behaupten, derer ich mir nicht sicher bin. Ganz und gar sicher, meine ich. Ich bin häufig überrascht, wie wenig es ist, dessen ich mir ganz und gar sicher bin.«

»Das ist eine seltsame Entscheidung«, meinte Cithrin.

»Und sie ermutigt mich, mich selbst nicht zu ernst zu nehmen«, sagte Meister Kit. »Ich sehe einen gewissen Wert in der Leichtigkeit.«

»Ich wünschte, ich könnte das«, erwiderte sie. Die Verzweiflung in ihrer Stimme überraschte sie, und dann weinte sie auch schon.

Der Schauspieler blinzelte, bewegte unsicher die Arme, und Cithrin stand auf der offenen Straße, peinlich berührt von ihrem Schluchzen, aber unfähig aufzuhören. Meister Kit legte einen Arm um sie und führte sie weiter bis zu den Stufen der Kirche. Sein Umhang war aus billiger Wolle, rau, und er roch noch nach Wollwachs. Er legte ihn ihr um die Schultern. Sie beugte sich vor, den Kopf auf den Knien. Sie spürte die Angst und den Kummer, aber nur aus der Ferne. Der Erdrutsch hatte jedoch begonnen, und es gab nichts, was sie tun konnte, außer ihn geschehen zu lassen. Meister Kit legte ihr die Hand auf den Rücken, direkt zwischen die Schulterblätter, und rieb sanft darüber, wie ein Mann, der einen Säugling beruhigt. Nach einer Weile waren die Schluchzer weniger heftig. Die Tränen trockneten. Cithrin fand schließlich ihre Stimme wieder.

»Ich kann das nicht«, sagte sie. Wie viele tausend Male hatte sie sich das seit dem Tag gesagt, an dem Besel gestorben war? Aber immer zu sich selbst. Dies war das erste Mal, dass sie die Worte vor jemandem laut aussprach. Sie schmeckten bitter. »Ich kann das nicht.«

Meister Kit zog den Arm zurück, ließ ihr aber seinen rauen, billigen Umhang. Ein paar der vorbeigehenden Leute starrten sie an, aber die meisten beachteten sie nicht. Die Haut des alten Schauspielers roch wie ein Gewürzladen. Cithrin wollte sich dort auf den kalten Steinstufen zusammenrollen, schlafen und nie wieder erwachen.

»Du kannst«, sagte Meister Kit.

»Nein, ich …«

»Cithrin, halt. Hör auf meine Stimme«, sagte Meister Kit.

Cithrin wandte sich um. Er wirkte älter, als sie ihn in Erinnerung hatte, und sie brauchte einen Augenblick, um zu erkennen, dass es daran lag, dass er nicht lächelte, nicht einmal in den Augenwinkeln. Unter seinen Augen waren Tränensäcke, seine Backen hingen herab, und die Bartstoppeln waren eher weiß als schwarz. Cithrin wartete.

»Du kannst das«, sagte er. »Nein, hör mir einfach zu. Du kannst das.«

»Ihr meint, Ihr glaubt, dass ich es kann«, erwiderte sie. »Oder Ihr erwartet, dass ich es schaffen werde.«

»Nein. Ich habe gemeint, was ich gesagt habe. *Du kannst das.*«

Weit hinten in Cithrins Verstand bewegte sich etwas. Etwas in ihrem Blut veränderte sich, wie die Oberfläche eines Teichs, auf der Wellen entstanden, wenn ein Fisch zu dicht darunter vorbeischwamm. Der überwältigende Kummer war noch da, die Angst, dass sie scheitern würde, das Gefühl, der Gnade einer wilden und grausamen Welt ausgeliefert zu sein. Nichts davon ging weg. Es kam nur noch etwas anderes hinzu. Kaum heller als ein Glühwürmchen in der Dunkelheit ihres Verstandes, entstand ein neuer Gedanke: *vielleicht.*

Cithrin rieb sich die Augen mit den Handflächen und schüttelte den Kopf. Die Sonne war weiter und schneller gewandert, als sie es erwartet hatte. Sie wusste nicht, wie lange es her war, dass sie die Unterkunft verlassen hatten.

»Danke«, sagte sie leise.

»Ich hatte das Gefühl, es dir zu schulden«, erwiderte Meister Kit. Er wirkte müde.

»Sollen wir zurückgehen?«

»Wenn du bereit bist, sollten wir das, denke ich.«

Der Abend kam später, als Cithrin erwartet hatte – ein weiteres Zeichen dafür, dass der Winter langsam seinen harten Griff lockerte. Yardem Hane saß auf dem Boden, die langen Beine übereinander, und aß Reis und Fisch von einem Teller. Hauptmann Wester ging auf und ab.

»Wenn wir das falsche Schiff aussuchen«, sagte der Hauptmann, »werden sie uns umbringen, unsere Leichen an die Haie verfüttern und den Rest ihres Lebens damit verbringen, es sich in irgendeinem Hafen in Fern-Syramis oder Lyoneia gut gehen zu lassen. Aber wir müssten nur am Zollhaus hier und an dem in Carse vorbei. Auf der Straße bekommen wir es vielleicht mit einem halben Dutzend Steuereintreibern zu tun.«

Cithrin blickte auf ihren eigenen Teller mit Fisch, aber ihr Magen war zu verkrampft, als dass sie etwas hätte essen können. Jedes Wort von Wester machte es schlimmer.

»Wir könnten umkehren«, sagte Yardem. »Zu den Freistädten gehen und von dort aus nach Norden. Oder auch zurück nach Vanai.«

»Ohne Karawane, in der wir uns verstecken können?«, fragte Marcus.

Der Tralgu zuckte mit den Schultern. Hinter der ständigen Bewegung der Beine des Hauptmanns glänzten die wachsversiegelten Bücher der Bank von Vanai im Kerzenlicht. Cithrins Nervosität richtete sich wieder auf sie, auf Vorstellungen von gebrochenen Siegeln und verfaulenden ledernen Buchrücken, die in einem unendlichen Alptraum durch ihren Kopf tanzten.

»Wir könnten ein Fischerboot kaufen«, sagte Yardem. »Es selbst segeln. Uns an der Küste entlangdrücken.«

»Um mit unseren schlagkräftigen Persönlichkeiten gegen Piraten zu kämpfen?«, fragte Marcus. »Cabral ist schon völlig durchsetzt vor unabhängigen Schiffen, die alle Handelsgüter abgreifen, zu denen sie Zugang haben, und König Sephan wird sie nicht daran hindern.«

»Es gibt keine gute Möglichkeit«, sagte Yardem.

»Keine. Und es dauert noch Wochen, bis wir die schlechten ausprobieren können«, ergänzte Marcus.

Cithrin stellte ihren Teller auf den Boden und ging an Hauptmann Wester vorbei. Sie nahm das oberste Buch, blickte sich in dem düsteren, golden beleuchteten Zimmer um und fand die kurze Klinge, mit der Yardem mittags den Käse geschnitten hatte. Die Klinge war blitzend sauber.

»Was machst du da?«, fragte Marcus.

»Ich kann nicht das richtige Schiff aussuchen«, sagte Cithrin, »oder den richtigen Weg, oder eine Karawane, in der wir uns verbergen können. Aber ich kann zusehen, dass die Bücher nicht nass sind, also mache ich das.«

»Wir werden sie bloß wieder versiegeln müssen«, sagte Marcus, und Cithrin ignorierte ihn. Das Wachs war so dick wie ihr Daumen und löste sich in widerborstigen Stücken. Eine Stoffschicht darunter wich einer weicheren Innenschicht aus Wachs, und dann kam eine Pergamenthülle. Das Buch, das sich unter alldem verbarg, hätte frisch von Magister Imaniels Schreibtisch stammen können. Cithrin öffnete es, und die Seiten glitten raschelnd auseinander. Die vertrauten Notizen in Magister Imaniels Handschrift waren wie eine Erinnerung aus der Kindheit, und Cithrin weinte beinahe wieder, als sie sie sah. Mit den Fingern strich sie über Summen und Vermerke, Bilanzen, Transaktionen, Ausführungen zu Verträgen und Ertragsraten. Magister Imaniels Unterschrift und das braune, getrocknete Blut seines Daumens. Sie ließ alles über sich hinwegströmen, vertraut und fremd zur gleichen Zeit. Hier war die Einlage vermerkt, die die Bäckergilde bei der Bank gemacht hatte, und dort, in blauer Tinte, eine Aufzeichnung der Zahlungen, die Monat für Monat als Kompensation geleistet worden waren, in all den Jahren, die sie das Geld behalten hatten. Sie blätterte um. Hier war die Aufzeichnung der Verluste aus Schiffsversicherungen in dem Jahr, in dem die Stürme aus Lyoneia später als je zuvor heraufgekommen waren. Sie war entsetzt über die Summen. Sie hätte nicht gedacht, dass die Verluste so umfangreich waren. Sie schloss das Buch, nahm ihr Messer und suchte sich noch eines. Marcus und Yardem unterhielten sich weiter, aber sie hätten, was sie anging, auch in einer anderen Stadt sein können.

Das nächste Buch war älter, und sie verfolgte darin in Form von Transaktionen die Geschichte der Bank, von den Gründungspapieren, mit denen alles seinen Anfang genommen hatte, über die Jahre hinweg bis beinahe zu dem Tag, an dem sie gegangen war. Die Geschichte von Vanai stand in Zahlen und verschlüsselten Aufzeichnungen dort geschrieben. Und hier, in roter Schrift, eine kleinen Notiz, dass Cithrin bel Sarcour als Mündel der Medean-Bank aufgenommen worden war, bis sie das rechtskräftige Alter erreichte und die Bilanz aus dem Guthaben ihrer Eltern übernehmen würde, abzüglich der Kosten ihres Unterhalts. Für eine Getreidelieferung oder eine Investition in eine Brauerei wurden nicht mehr und nicht weniger Worte verschwendet. Der Tod ihrer Eltern, der Beginn des einzigen Lebens, das sie gekannt hatte – alles in einer einzigen Zeile.

Sie holte sich ein weiteres Buch.

Marcus hörte auf zu reden, aß sein Abendessen und rollte sich auf dem Bett zusammen. Cithrin verfolgte die Geschichte der Bank, als würde sie alte Briefe lesen, die man ihr aus der Heimat geschickt hatte. Wachs, Stoff und Pergament türmten sich um sie auf wie Geschenkpapier. Weit hinten in ihrem Verstand, beinahe vergessen über der Faszination für alte Tinte und staubiges Papier, wuchs ein Gefühl für Möglichkeiten. Nicht Zuversicht – noch nicht –, aber ein Vorläufer davon.

Erst als Yardem sie weckte, indem er ihr das ledergebundene Buch aus der Hand nahm, erkannte sie, dass sie – zum ersten Mal seit Opal – traumlos die ganze Nacht durchgeschlafen hatte.

DAWSON

GROBE LEITERN AUS BRETTERN und improvisierte Treppen zogen sich über die Ränder des Spalts, klammerten sich an die alten Ruinen wie Flechten an einen Fels. Hoch darüber spannten sich Brücken aus Stein und Stahl und Drachenjade über die Kluft: Silberbrücke, Herbstbrücke, Steinbrücke, und beinahe im Dunst verloren hing das Sträflingsjoch mit seinen Käfigen und Riemen. Darunter, wo die Ränder sich nahe genug kamen, baumelten Seile und verrotteten in der Luft. Dazwischen lag die Geschichte der Stadt offen, in jeder Schicht zeigte sich ein Zeitalter und ein Imperium, auf dem das darüber folgende errichtet worden war.

Dawson, der in einen einfachen braunen Umhang gehüllt war, hätte als einer der Lumpensammler in dem Abfallhaufen am Grunde des Spalts durchgehen können, oder als Schmuggler, der auf dem Weg zu den verborgenen unterirdischen Gängen war, die Camnipols Fundamente durchlöcherten. Vincen Coe hätte sein Mitverschwörer oder sein Sohn sein können. Der morgendliche Frost ließ ihre Schritte langsam werden. Der Geruch der aufsteigenden Luft war übelkeiterregend – Abwasser, Pferdemist, verfaulendes Essen, die Körper von Tieren und Menschen, die kaum besser als Tiere waren.

Dawson fand den Durchgang. Uralter, abbröckelnder Stein, der im klassischen Stil gestaltet war, mit einer Inschrift, zur

Unlesbarkeit verwittert, aber noch nicht ausgewaschen. Dahinter war die Dunkelheit vollkommen.

»Das gefällt mir nicht, mein Lord«, sagte der Jäger.

»Das muss es nicht«, erwiderte Dawson und ging stolz in die Düsternis.

Der Winter hatte Camnipol noch fest im Griff, aber seine Kraft ließ nach. Im Untergrund wimmelte es von leisen Geräuschen: dem Zirpen der ersten Insekten des kommenden Frühlings, dem scharfen Tröpfeln von Rinnsalen aus Tauwasser und dem sanften Atem des Landes selbst, das sich darauf vorbereitete, sich wieder zu einem grünen Frühling zu erwecken. Es würde noch Wochen dauern, und dann würde es wirken, als wäre es über Nacht gekommen. Während Dawson im geräumigen Fliesendom einer verlassenen Badekammer innehielt, fiel ihm auf, wie viele Dinge demselben Muster gehorchten. Die scheinbar endlose Starre, auf die ein paar kleine Anzeichen folgten, und dann der plötzliche Wandel. Er zog den Brief aus der Tasche und beugte sich zu Coe zurück, um ihn bei Fackellicht noch einmal zu lesen. Canl Daskellin hatte geschrieben, dass einer der Eingänge mit einem Quadrat markiert sein würde. Dawson kniff die Augen zusammen und blickte in die Düsternis. Vielleicht hatte Daskellin die Augen eines jüngeren Mannes …

»Hier, mein Lord«, sagte Coe, und Dawson knurrte. Nun, da man ihn darauf hingewiesen hatte, war das Zeichen allzu deutlich. Dawson ging den kurzen, abwärts geneigten Gang hinunter, der sich in eine Treppe verwandelte.

»Noch keine Wachen«, sagte Dawson.

»Doch, Herr«, erwiderte Coe. »Wir sind an dreien vorbeigekommen. Zwei Bogenschützen, und einer hat ein Fallholz bedient.«

»Also gut versteckt.«

»Ja, mein Lord.«

»Ihr klingt nicht sonderlich beruhigt.«

Der Jäger antwortete nicht. Der Gang führte zu einem riesigen Felsen, dessen Oberfläche poliert und so gut lackiert war, dass sich das Fackellicht zu verdoppeln schien. Dawson folgte seinem Schatten um eine lange Kurve, bis ein weiteres Licht als Antwort auf seines erschien. Die niedrige Decke wurde von Drachenjade gehalten, die zu unzerstörbaren Säulen geschnitzt worden war.

Ein Dutzend Kerzen erfüllte die staubige Luft mit sanftem Licht. Und dort saß in einer aus dem Stein gehauenen Rundung Canl Daskellin mit Dawsons altem Bekannten Odderd Faskellan zu seiner Linken und einem blassen Erstgeborenen, den Dawson nicht erkannte, zu seiner Rechten.

»Dawson!«, rief Canl. »Ich habe mir langsam Sorgen gemacht.«

»Nicht nötig«, sagte Dawson und winkte Coe wieder in die Schatten zurück. »Ich bin lediglich froh darüber, dass ich in der Stadt war. Ich hatte eigentlich gehofft, einen Teil des Jahres in Osterlingbrachen verbringen zu können.«

»Nächstes Jahr«, meinte Odderd. »So Gott will, sind wir nächstes Jahr wieder zurück im üblichen Alltag. Obwohl man nach den jüngsten Neuigkeiten …«

»Also gibt es Neuigkeiten?«, fragte Dawson.

Canl Daskellin deutete auf den Platz ihm gegenüber, und Dawson ließ sich dort nieder. Der blasse Mann lächelte höflich.

»Ich glaube nicht, dass wir uns kennen«, sagte Dawson zu dem Lächelnden.

»Dawson Kalliam, Baron von Osterlingbrachen«, sagte

Daskellin mit einem Grinsen. »Darf ich Euch die Lösung unserer Probleme vorstellen: Das ist Paerin Clark.«

»Das Vergnügen liegt ganz bei mir, Baron Osterling«, sagte der blasse Mann. Seine Stimme hatte den trägen Akzent von Nordstade. Dawson spürte, wie die Härchen auf seinem Arm sich aufrichteten. Der Mann hatte keinen Titel. Er war kein Anteaner. Und doch war er hier.

»Was gibt es für Neuigkeiten?«, fragte Dawson. »Und wie kommt unser neuer Freund hier ins Spiel?«

»Er ist mit der jüngsten Tochter von Komme Medean verheiratet«, erklärte Odderd. »Er lebt in Nordstade. Carse.«

»Es war mir nicht bewusst, dass wir etwas mit der Medean-Bank zu schaffen haben«, sagte Dawson.

»Issandrian weiß, was wir getan haben«, erklärte Daskellin. »Nicht nur in Vanai. Auch von dem Mann, den wir angeheuert haben, damit er Unruhe unter den Bauern stiftet, und dem Streich, um Feldin Maas um seine Besitztümer im Süden zu bringen. Alles.«

Dawson wedelte mit der Hand, um die Worte zu verscheuchen, als wären sie Mücken. Es bereitete ihm viel mehr Sorgen, dass dieser Bankier es auch alles zu wissen schien. Issandrian hätte ihre Fallen und Pläne früher oder später ohnehin entdeckt.

»Er hat bei König Simeon darum gebeten, Spiele ausrichten zu dürfen«, sagte Odderd. »Issandrian, Klin, Maas und ein halbes Dutzend andere dazu. Sie bringen das Geld dafür auf. Bringen das Stadion in Ordnung. Heuern Schaukämpfer und Reiter an. Borjanische Langbogenschützen. Kundige. Es soll eine Feier für Prinz Aster werden.«

»Es ist eine Streitmacht innerhalb der Mauern von Camnipol«, erklärte Canl Daskellin.

»Es ist eine Täuschung, die ein Kind durchschauen könnte«, sagte Dawson. »Wenn es zu einem Aufstand käme, würde Issandrian verlieren. Er hat nicht die Männer oder das Geld, um einen Krieg durchzuhalten.«

»*Ah*«, sagte der Bankier.

Dawson hob das Kinn wie ein Waldtier, das Rauch witterte. Canl Daskellin nahm eine Handvoll gefalteter Blätter von dem Platz neben sich und hielt sie Dawson hin. Das Papier war billig, die Handschrift einfach und schmucklos. Also Abschriften einer namhafteren Korrespondenz. Dawson kniff die Augen zusammen. Im trüben Licht verschwammen die Worte, aber mit ein wenig Konzentration konnte er sie halbwegs gut erkennen. *Ich schicke Euch und Eurer Familie die besten Grüße* und so weiter. *Unsere gemeinsame Großtante, Ekarina Sakiallin, Baronin der edlen Lande von Sirinae …*

»Sirinae«, bemerkte Dawson. »Das ist in Asterilreich.«

»Unsere Freund Feldin Maas hat Familie an diesem Hof«, sagte Odderd. »Ein Teil des Friedensschlusses nach dem Vertrag von Astersan bestand darin, eine Tradition von strategischen Hochzeiten einzuführen. Es ist inzwischen drei Generationen her, aber die Bande sind noch da. Maas hat Briefe an ein Dutzend seiner Vettern geschickt, von denen wir wissen. Es kann auch noch andere geben, die wir nicht abgefangen haben.«

»Sie sind wahnsinnig geworden«, sagte Dawson. »Wenn sie glauben, dass sie Asterilreich gegen König Simeon aufbringen können …«

»Darum geht es nicht«, sagte der Bankier. Seine Stimme war kühl und trocken wie frisches Papier, und Dawson war instinktiv davon angewidert. »Maas hat über eine konservative Verschwörung engstirniger alter Männer berichtet, die König

Simeon unter Druck setzen. Er beschreibt Männer, die gewillt sind, sich mit den Feinden von Antea zu verbünden, wenn es um ihren eigenen politischen Gewinn geht.«

»Unsinn.«

»Er deutet an«, fuhr der Bankier fort, »dass Maccia vielleicht von jemandem zu Vanais Verteidigung angeregt wurde, der ein Gegner von Alan Klin ist, und er lässt den Fall glaubwürdig klingen. Und daher, angesichts dessen, dass auch andere fremde Hilfe suchen, um Einfluss auf den Thron auszuüben, hätte Maas keine andere Möglichkeit, als sich um die Hilfe von Asterilreich zu bemühen, um die Ehre und die rechtmäßige Herrschaft von König Simeon zu verteidigen und das Leben und die Gesundheit von Prinz Aster zu gewährleisten.«

»Wir sind diejenigen, die Simeon verteidigen!«, rief Dawson.

»Wie Ihr meint«, sagte der Bankier.

Canl Daskellin beugte sich vor. Seine Augen leuchteten. »Dinge nehmen ihren Anfang, Dawson. Wenn Issandrians Kabale den Rückhalt von Asterilreich gewonnen hat, um eine bewaffnete Streitmacht nach Camnipol zu holen – und, bei Gott, ich glaube, das haben sie –, dann haben sie es nicht auf Simeon abgesehen. Sie zielen auf uns.«

»Sie haben bereits einmal versucht, Euch zu töten«, sagte Odderd. »Diese Männer haben keinen Sinn für die Bande der Ehre. Wir können es uns nicht leisten, sie zu behandeln, als wären sie Ehrenmänner. Wir müssen zum Gegenschlag ausholen.«

Dawson hob die Hände, um Schweigen zu gebieten. Zorn und Misstrauen schwirrten ihm durch den Kopf wie Bienen. Er deutete auf den Bankier. »Was hat Nordstade hierbei für ein Interesse?«, fragte er. Und meinte: *Weshalb seid Ihr hier?* Daskellin runzelte die Stimme über seinen Tonfall, aber der Bankier schien es ihm nicht übel zu nehmen.

»Ich habe keine Ahnung. Lord Daskellin ist der Sondergesandte für Nordstade. Ich bin sicher, er müsste sich eher in der Lage befinden, die entscheidenden Ansichten dazu kundzutun.«

»Aber Eure Bank ist in Carse«, sagte Dawson. Es war beinahe ein Vorwurf.

»Die Dachgesellschaft, und wir haben einen Ableger dort«, entgegnete der Bankier. »Aber all unsere Ableger machen ihre Abrechnung unabhängig voneinander.«

»Was soll das bedeuten?«, fragte Dawson.

»Wir sind kein Unternehmen, das einzig und allein den Interessen von Nordstade verbunden ist«, erklärte der Bankier. »Wir haben enge Beziehungen zu Personen an vielen Höfen – sogar zu Antea, nun, da Vanai unter Eurem Schutz steht – und ein starkes Interesse am Frieden in den nördlichen Königreichen. Leider haben wir einige sehr starre Vorschriften, was Leihgaben in solchen Situationen betrifft ...«

»Ich würde Euer Geld nicht nehmen, auch wenn Ihr es in einer Socke auf meiner Schwelle zurücklasst.«

»Kalliam!«, rief Canl Daskellin, aber der Bankier fuhr fort, als wäre nichts gesagt worden.

»... aber im Dienste des Friedens und der Stabilität wären wir erfreut, als Schlichter aufzutreten, wenn wir von Nutzen sein können. Als dritte Partei ohne eigene Interessen können wir womöglich an Leute herantreten, die für Euch edle Herren zu heikel sind.«

»Wir brauchen keine Hilfe.«

»Ich verstehe«, erwiderte der Bankier.

»Seid kein Narr«, sagte Daskellin. »Die Medean-Bank hat

Ableger in Narineiland und Herez. Elassae. Wenn es so weit kommt, dass Schwerter auf der Straße gezogen werden, werden wir dringend …«

»Wir sollten diese Dinge nicht jetzt besprechen«, sagte Dawson. »Wir haben Gäste.«

Der Bankier lächelte und nickte knapp. Dawson wünschte, die Etikette würde es ihm erlauben, einen Mann ohne Stand zu einem Duell herauszufordern. Der Bankier hätte Dawsons Aufmerksamkeit gar nicht erst erregen dürfen, aber etwas an der einstudierten Ruhe des Mannes lud zum Blutvergießen ein. Die Augenbrauen von Canl Daskellin waren eine nahezu durchgehende Linie, und Odderd ließ den Blick zwischen den anderen hin und her wandern wie eine Maus bei einem Kampf unter Katzen.

»Ich kenne Paerin Clark und seine Familie seit Jahren«, erklärte Daskellin mit harter und beherrschter Stimme. »Ich habe vollkommenes Vertrauen in seine Diskretion.«

»Wie schön für Euch«, erwiderte Dawson. »Ich habe ihn heute kennengelernt.«

»Bitte, meine Herren«, sagte der Bankier. »Ich bin gekommen, um meine Haltung deutlich zu machen. Das habe ich getan. Wenn Lord Kalliam seine Meinung ändern sollte, steht das Angebot der Medean-Bank. Wenn nicht, dann ist sicher nichts zu Bruch gegangen.«

»Wir werden das ein andermal fortsetzen«, sagte Dawson und erhob sich.

»Oh ja. Das werden wir«, entgegnete Daskellin. Odderd sagte nichts, aber der Bankier stand auf und verbeugte sich vor Dawson, als dieser ging. Vincen Coe schloss sich ihm wortlos an. Dawson stapfte die gewundenen Pfade hinauf, die durch die Wurzeln von Camnipol führten.

Als sie endlich die Straße erreichten, schmerzten seine Beine, und sein Zorn war verraucht. Coe löschte die Fackel in einer Schneewehe, und das Pech hinterließ einen verschmierten Dreckfleck im Weiß. Dawson hatte beschlossen zu gehen, anstatt seine Kutsche zu nehmen, einerseits, um etwaigen Schlägern von Issandrian zu zeigen, dass er sie nicht fürchtete, aber auch im Namen der Diskretion. Wenn er sein eigenes Gespann am Rande des Spalts stehen ließ, um darauf zu warten, dass er wieder aus der Unterwelt emporstieg, dann hätte er genauso gut ein Banner hissen können. Nicht dass Diskretion die oberste Prämisse seiner Mitstreiter zu sein schien. Was hatte sich Daskellin nur gedacht?

Und dennoch, als er sein Anwesen erreichte, das Gesicht vom eisigen Wind betäubt, war er so mit sich beschäftigt, dass ihm die Kutsche gar nicht auffiel, die in den Ställen wartete und nicht ihm gehörte. Der alte Tralgu-Sklave an der Tür zuckte nervös mit den Ohren, als Dawson näher kam.

»Willkommen zu Hause, mein Herr«, sagte der Sklave, und seine Silberkette klirrte, als er sich verbeugte. »Vor einer Stunde ist ein Besucher eingetroffen, mein Herr.«

»Wer?«, fragte Dawson.

»Curtin Issandrian, mein Herr.«

Dawsons Herz verkrampfte sich, und sein Blut rauschte plötzlich in den Adern. Die Kälte des Tages und der Ärger über das Treffen fielen von ihm ab. Er blickte Vincen Coe an, und der Gesichtsausdruck des Jägers spiegelte sein Entsetzen wider.

»Ihr habt ihn *eingelassen*?«

Der Tralgu-Sklave neigte den Kopf, ein Sinnbild der Angst und Beunruhigung.

»Die Herrin hat darauf bestanden, mein Herr.«

Dawson zog sein Schwert und nahm drei Stufen auf einmal

die Eingangstreppe empor. Wenn Issandrian Clara etwas angetan hatte, würde das die kürzeste und blutigste Revolution in der Geschichte der Welt werden. Dawson würde Issandrians Knochen auf dem Platz verbrennen und ins Feuer pissen. Als er im Innenhof des Hauses ankam, war Coe an seiner Seite.

»Sucht Clara«, sagte Dawson. »Geleitet sie in ihre Gemächer und tötet jeden, der hereinkommt und nicht zum Haushalt gehört.«

Coe nickte und verschwand in den Gängen, rasch und still wie eine Brise. Dawson schritt leise durch sein eigenes Haus, das Schwert in der Hand. Er bog um eine Ecke, wo er eine Dienerin zum Aufkeuchen brachte, die beim Anblick der Waffe und ihres Herrn die Augen aufriss. Seine Hunde fanden ihn, als er den Wintergarten betrat, und folgten ihm winselnd und knurrend.

Er stieß in der westlichen Stube auf Issandrian, wie er in den Feuerrost starrte. Das unmodisch lange Haar des Mannes fiel ihm wie eine Löwenmähne über die Schultern hinab, und die rotgoldene Farbe wurde durch die Flammen verstärkt. Issandrian bemerkte das Schwert und hob die Augenbrauen, regte sich ansonsten aber nicht.

»Wo ist meine Frau?«, fragte Dawson, und hinter ihm knurrten seine Hunde.

»Das kann ich nicht sagen«, antwortete Issandrian. »Ich habe sie nicht mehr gesehen, seit sie mich hierhergebracht hat, um auf Eure Rückkehr zu warten.«

Dawson kniff die Augen zusammen, und seine Sinne bemühten sich, auf einen Hinweis zu stoßen, dass falsches Spiel mit ihm getrieben wurde. Issandrian warf einen Blick auf die zähnefletschenden Hunde, dann sah er wieder zu Dawson auf. In seinem Gesicht stand keine Angst.

»Ich kann hier noch ein wenig warten, wenn Ihr zuerst mit ihr sprechen wollt.«

»Was wollt Ihr hier?«

»Das Wohl des Königreichs«, sagte Issandrian. »Wir sind Männer von Welt, Lord Kalliam. Wir wissen beide, wohin der Pfad führt, auf dem wir uns befinden.«

»Ich weiß nicht, wovon Ihr sprecht.«

»Jeder sagt es. Issandrians Kabale steht gegen die von Kalliam, und König Simeon flattert dazwischen hin und her, je nachdem, woher der Wind weht.«

»Niemand spricht in meiner Anwesenheit so von Seiner Majestät.«

»Darf ich aufstehen, Lord Kalliam? Oder verlangt Eure Ehre von Euch, dass Ihr Eure Hunde auf einen Unbewaffneten loslasst?«

Der Überdruss in Issandrians Stimme gab Dawson zu denken. Er steckte sein Schwert weg und gab den Hunden ein Zeichen. Sie gingen geduckt zurück und wurden ruhig. Issandrian stand auf. Der Mann war größer, als Dawson ihn in Erinnerung gehabt hatte. Voller Selbstvertrauen, gelassen und königlicher als König Simeon. Gott helfe ihnen allen.

»Können wir zumindest über einen Waffenstillstand verhandeln?«, fragte er.

»Wenn Ihr etwas zu sagen habt, sagt es«, knurrte Dawson.

»Sehr gut. Die Welt verändert sich, Lord Kalliam. Nicht nur hier. Hallskar steht kurz davor, seinen König vom Thron abzuberufen und einen neuen zu wählen. Sarakal und Elassae haben den Kaufleuten und Bauern Zugeständnisse gemacht. Die Macht des Adels zum Selbstzweck schwindet, und damit Antea ein Teil des kommenden Zeitalters sein kann, müssen auch wir uns verändern.«

»Dieses Lied habe ich schon gehört. Mir gefällt die Melodie nicht.«

»Es spielt keine Rolle, ob es uns gefällt oder nicht. Es passiert. Und wir können darauf reagieren oder ansonsten gegen die Flut ankämpfen.«

»Also ist Euer Rat der Bauern nur eine selbstlose Tat zum Wohle der Krone gewesen, ja? Versucht es mit etwas anderem, das hier ist ein alter Hut.«

»Ich kann ihn Euch geben«, sagte Issandrian. »Wenn ich Euch die Unterstützung des Bauernrates überlasse, würdet Ihr sie annehmen?«

Dawson schüttelte den Kopf.

»Weshalb nicht?«, fragte Issandrian.

Dawson wandte sich um und deutete auf die Hunde, die nervös hinter ihm saßen. »Schaut sie an, Issandrian. Es sind gute Tiere, nicht? Außerordentlich auf ihre Art. Ich habe mich um jeden von ihnen gekümmert, seit sie Welpen waren. Ich sehe zu, dass sie gefüttert werden. Ich gebe ihnen ein Dach über dem Kopf. Manchmal lasse ich sie auf meinem Sofa ruhen und mir die Füße von ihnen warmhalten. Sollte ich ihnen meine Kleider geben und sie an meinem Tisch sitzen lassen?«

»Menschen sind keine Hunde«, sagte Issandrian und verschränkte die Arme.

»Natürlich sind sie das. Vor drei Jahren hat ein Mann, der auf meinem Land gearbeitet hat, sich nachts ins Haus seines Nachbarn gestohlen, ihn getötet, seine Frau vergewaltigt und die Kinder geschlagen. Also, würdet Ihr wollen, dass ich diesem Bastard einen Platz auf der Richterbank gebe? Ein Mitspracherecht bei seiner eigenen Bestrafung? Oder sollte ich ihn mit Händen und Schwanz an ein Stück Holz nageln und ihn in den Fluss werfen?«

»Das ist nicht dasselbe.«

»Doch. Männer, Frauen, Hunde und Könige. Wir haben alle unseren Platz. Mein Platz ist bei Hofe, wo ich der Stimme und dem Gesetz des Throns folge. Der Platz eines Bauern ist auf einem Bauernhof. Wenn Ihr einem Schweinehirten erzählt, dass er einen Sitz bei Hof verdient, stellt Ihr die Ordnung der Gesellschaft selbst infrage, mein Recht eingeschlossen, ein Urteil über seine Handlungen zu fällen. Und sobald wir das einmal verloren haben, Lord Issandrian, haben wir alles verloren.«

»Ich glaube, dass Ihr Euch irrt«, erwiderte Issandrian.

»Ihr habt versucht, mich auf der Straße töten zu lassen«, sagte Dawson. »Es kümmert mich kein bisschen, was Ihr glaubt.«

Issandrian presste die Handflächen auf die Augen und nickte. Er wirkte gequält. »Das war Maas. Es mag für Euch keine Rolle spielen, aber ich habe davon nichts gehört, bis es schon geschehen war.«

»Das ist mir gleich.«

Die beiden Männer wurden still. Im Feuerrost zischten die Flammen. Die Hunde bewegten sich, unruhig, aber nicht sicher, was von ihnen erwartet wurde.

»Gibt es keinen Weg, eine Brücke zu bauen?«, fragte Issandrian, aber die Härte in seiner Stimme ließ erahnen, dass er die Antwort kannte.

»Gebt Eure Pläne und Absichten auf. Löst Eure Kabale auf. Gebt mir den aufgespießten Kopf von Feldin Maas und seine Ländereien meinen Söhnen.«

»Also nein«, sagte Issandrian mit einem Lächeln.

»Nein.«

»Wird Eure Ehre mir einen sicheren Weg aus Eurem Haus hinaus gewähren?«

»Meine Ehre verlangt es«, antwortete Dawson. »Außer, Ihr habt meine Frau angefasst.«

»Ich bin gekommen, um zu reden«, sagte Issandrian. »Ich wollte ihr nie etwas Böses.«

Dawson trat an die gegenüberliegende Seite des Zimmers und schnalzte mit den Fingern, damit die Hunde seinem Feind den Weg freimachten.

Issandrian hielt am Eingang inne. »Glaubt, was Ihr wollt, aber ich bin der Krone treu.«

»Und doch schließt Ihr Freundschaften in Asterilreich.«

»Und Ihr unterhaltet Euch mit Nordstade«, sagte er, und dann war er fort.

Dawson setzte sich. Die Rudelführerin seiner Hunde kam winselnd zu ihm und drückte ihm den Kopf in die Hand. Er kraulte sie abwesend am Ohr. Als er sicher war, dass er dem Mann genug Zeit gegeben hatte, das Haus zu verlassen, stand er auf und ging zu Claras Privatgemächern. Sie saß am Rand ihres Tagesbettes, die Hände auf dem Schoß ineinander verschränkt. Ihre Augen waren aufgerissen und ihr Gesicht blass. Alles an ihr sprach von Angst und Anspannung.

»Wo ist Coe?«, fragte er. »Ich habe ihn zu …«

Clara hob einen Arm, um hinter ihn zu deuten. Coe stand im Schatten hinter der offenen Tür. Der Jäger hatte ein blankes Schwert in der einen Hand und einen tückisch gekrümmten Dolch in der anderen. Wenn Dawson ein Angreifer gewesen wäre, hätte er nie erfahren, woran er gestorben war.

»Gut gemacht«, lobte er. In der Düsternis war es schwer zu sagen, ob Coe rot wurde. Dawson nickte zur Tür hin und schloss sie hinter dem Jäger, als er fort war.

»Es tut mir so leid, Liebling«, sagte Clara. »Der Diener hat mich benachrichtigt, dass Lord Issandrian hier ist, und ich habe nicht einmal nachgedacht. Ich habe mich nur darum gekümmert, dass sie es ihm bequem machen. Ich konnte mir nicht vorstellen, ihn wie einen Lieferjungen draußen auf den Stufen sitzen zu lassen, und ich dachte, wenn er mit dir sprechen muss, dann wäre es vielleicht das Beste, wenn er es auch tut. Mir ist nie in den Sinn gekommen, dass er irgendetwas vorhaben könnte …«

»Hatte er auch nicht«, sagte Dawson. »Nicht dieses Mal. Wenn er jedoch zurückkommt, lass ihn nicht herein. Und auch niemanden von Maas' Leuten.«

»Ich muss Phelia empfangen, wenn sie kommt. Ich kann nicht einfach vorgeben, dass es sie nicht gibt.«

»Auch sie nicht, Liebes. Nachdem es vorüber ist. Nicht jetzt.«

Clara wischte sich mit dem Handrücken über die Augen. Die Geste war nicht sehr damenhaft und ungeplant, und sie brach Dawson fast das Herz. Er drückte ihr Knie, versuchte ihr ein wenig Trost zu spenden.

»Ist es also schlimmer geworden?«, fragte sie.

»Issandrian sammelt Soldaten. Kundige. Es könnte zu Blutvergießen kommen.«

Clara holte tief Atem, und stieß die Luft langsam durch die Nase aus. »Also gut dann.«

»Jeder behauptet, Simeons Bestes im Sinn zu haben, aber Gott helfe uns, wenn jemand vortreten sollte, der den Mut besitzt, tatsächlich zu führen. Asterilreich und Nordstade stehen schon bereit, um beide Seiten zu kaufen, und jeder der beiden ist darauf aus, seine eigene Marionette auf dem Gespaltenen Thron zu sehen«, sagte Dawson. Er hustete. »Wir werden gewinnen müssen, solange es noch unser Krieg ist.«

Geder

»Ein Aufstand?«, fragte Geder, und ihm wurde das Herz schwer. »Weshalb gibt es einen Aufstand?«

»Die Leute werden hungrig, Lordprotektor«, sagte Sir Gospey Allintot. »Die Bauern haben all ihr Getreide nach Neuhaven gebracht.«

Geder drückte eine Hand ans Kinn, entschlossen, Sir Allintot nicht sehen zu lassen, dass er zitterte. Man hatte ihn natürlich über die Bauern und Getreidelieferungen unterrichtet, aber es war unter den tausend verschiedenen Dingen, die zur Verwaltung der Stadt nötig waren, nicht hervorgestochen. Nun brüllten zornige Stimmen gegeneinander an, bis es klang, als gäbe es auf dem Platz vor seinen Fenstern ein Freudenfeuer. Jemand verschwor sich gegen Vanai, ein Feind in den Schatten, der das Gewebe der Stadt schwächte. Vielleicht Maccia, das sich darauf vorbereitete, die Stadt wieder einzunehmen, ehe Antea seine Ansprüche festigen konnte. Oder der exilierte Fürst, der seine Verbündeten auf dem Land zusammenrief. Geders Gedanken wirbelten wild umher – trockene Blätter, die vom Wind weitergetrieben wurden.

»Wer steckt dahinter?«, fragte er und zwang sich dazu, ruhig zu klingen.

Sir Allintot räusperte sich. »Ich glaube, es ist eine Reaktion darauf, dass Ihr die Steuer auf die Getreideeinfuhr erhöht habt, mein Lord«, sagte er. »Die Bauern verdienen mehr an ihrem Getreide, auch wenn sie weiter reisen müssen, weil in Neuhaven die Steuersätze geringer sind.«

»Sie würden also Vanai verhungern lassen, um mehr Geld zu machen?«, fragte Geder. »Das wird nicht so bleiben. Wir können Männer aussenden. Das Getreide abfangen und es hierherbringen.«

Sir Allintot räusperte sich erneut. Entweder wurde der Mann krank, oder er kämpfte darum, sein Gelächter zu verbergen. »Bei allem Respekt, mein Lord«, sagte er. »Selbst wenn wir alles andere außen vor lassen, werden Aufstände selten dadurch aufgelöst, dass man Truppen aus der Stadt abzieht. Vielleicht möchte mein Lord in Erwägung ziehen, die Steuern auf ihren vorherigen Satz zu senken. Oder angesichts der ernsten Lage, was die Vorräte der Stadt betrifft, ein wenig niedriger anzusetzen.«

»Und damit den Anteil zu verringern, den wir für die Krone aufbringen?«, sagte Geder.

»Wieder, bei allem Respekt, mein Lord. Solange kein Getreide nach Vanai kommt, gibt es auch keine Getreidesteuern. Die Zahlungen fallen bereits hinter die von Euch festgesetzten Ziele zurück.«

Die Schreie auf dem Platz schwollen an. Geder sprang von seinem Sitz auf und schritt zum Fenster. »Gottverdammt. Warum können sie nicht *still* sein?«

Sie schwärmten zu den Stufen, die zum Palast hinaufführten. Zwei- oder dreihundert Leute, die Fäuste, Steine und Stöcke schwenkten. Zwei Dutzend Männer in der Rüstung von Antea hielten stand, die Schwertkämpfer vorne, die Bogenschützen hinten. Geder sah Jorey Kalliam zwischen den Soldaten auf und ab gehen. Der Mob brandete ein paar Stufen herauf, dann fiel er zurück.

»Ich werde zu ihnen sprechen«, sagte Geder.

»Mein Lord?«

»Sagt ihnen, dass ich hinauskomme«, befahl Geder. »Ich werde das Problem erläutern und ihnen verkünden, dass ich es löse.«

»Wie Ihr wünscht, mein Lord«, sagte Sir Allintot und verbeugte sich, ehe er den Raum verließ.

Geder ließ sich von den Dienern den schwarzen Mantel bringen, den er anstelle der Steuern angenommen hatte. Das Quietschen und der Geruch des Leders gaben ihm ein zuversichtlicheres Gefühl, und der Schnitt war wirklich ziemlich gut. Während er die breite, polierte Holztreppe hinabstieg und durch die große Halle ging, kam ihm der Gedanke, dass er den Mantel auf eine Weise trug, wie er auch eine Maske getragen hätte. Weil er so gut gefertigt und beeindruckend war, versteckte er sich darin und hoffte, die Leute würden den Mantel sehen und nicht ihn.

Auf sein Nicken hin zogen zwei nervöse Timzinae-Dienerinnen die Türen auf, und Geder trat hinaus. Die Soldaten, die die Palasttüren bewachten, schienen nun, da er hinter ihnen stand und nicht von oben auf sie herabblickte, viel ausgelieferter dazustehen. Der Mob schien größer. Die Menge sah ihn, schnappte nach Luft und kreischte. Stöcke und Fäuste reckten sich nach oben. Hunderte von Gesichtern blickten zu ihm auf, die Münder weit offen und die Zähnen gebleckt. Geder schluckte und schritt vor.

»Was tut Ihr da?«, fragte Jorey Kalliam.

»Es ist alles in Ordnung«, sagte Geder und hob die Hände, um Schweigen zu gebieten. »Hört! Hört mir zu!«

Der erste Stein erschien wie die Illusion eines Kundigen. Kleiner als ein Vogel, stieg er als dunkler Fleck am Himmel aus dem hinteren Teil der Menge auf und hing bewegungslos in der Luft. Erst auf den letzten paar Fuß zerbrach die Illusion, und er raste auf Geders Gesicht zu. Der Aufprall brachte ihn ins Wanken, die Welt wurde einen Moment lang still, und das Tageslicht trübte sich an den Rändern seines Sichtfelds. Dann brüllte die Luft selbst, die Menge stürzte vor. Die Stimme, die sich über das Chaos erhob, gehörte Jorey Kalliam.

»Pfeile los! Haltet die Stellung!«

Ein Pfeil, der vom Platz aus abgeschossen worden war, flog über Geder hinweg, die lose Befiederung zischte. Er traf auf die Palastmauer und zerbrach. Jemand nahm ihn beim Ellbogen und zog ihn die Stufen hinauf. Die linke Seite seines Gesichts prickelte, und er schmeckte Blut.

»Hinein mit Euch und bleibt dort«, rief Jorey. »Geht nicht in die Nähe der Fenster.«

»Das werde ich nicht«, sagte Geder, und ein weiterer Stein schwirrte an ihm vorbei. Vorgebeugt flüchtete er sich in die Sicherheit der Mauern. Sobald er die Tore durchschritten hatte, schlossen die Sklaven sie und legten Holzriegel über einen Satz innerer Streben. Geder setzte sich auf die Treppe, die Arme um die Knie geschlungen, während aus den Rufen auf dem Platz Schreie wurden. Etwas Lautes tat sich, und eine Frauenstimme schwoll zu einem Kreischen an. Er stellte fest, dass er vor und zurück schaukelte, und zwang sich dazu aufzuhören. Sein Knappe erschien an seiner Seite, ein feuchtes Tuch in der Hand, um Geder das Blut vom Gesicht zu waschen.

Nach einer Weile, die sich wie Stunden anfühlte und wahrscheinlich nur Minuten währte, ebbten die Geräusche der Gewalt ab. Als die Stille lang genug gedauert hatte, gab er den Sklaven einen Wink. Die Tore wurden entriegelt, und Geder spähte hinaus. Nur noch anteanische Soldaten standen jetzt auf dem Platz. Fünf Leichen lagen am Fuß der Palaststufen, und ihr Blut leuchtete in der Mittagssonne. Die Bogenschützen hielten die Stellung, hatten Pfeile an die Sehnen gelegt, aber die Bögen nicht gespannt. Jorey Kalliam stand in der Mitte des Platzes, ein halbes Dutzend Schwertkämpfer um sich herum. Geder konnte den abgehackten Rhythmus der Silben seiner Befehle hören, ohne zu verstehen, was genau er sagte. Geder wandte sich ab und ging hinauf zu seinen Privatgemächern. Jemand hatte es geschafft, einen Stein so hoch emporzuschleudern, dass eines der Fenster zerschmettert worden war. Die Splitter glitzerten im Sonnenlicht.

So hätten die Dinge nicht laufen sollen. Er hatte die Gelegenheit bekommen, sich einen Namen zu machen, und er scheiterte daran. Er verstand nicht einmal, wodurch er scheiterte, nur dass jede Entscheidung, die er traf, zwei weitere Probleme hervorbrachte, die jeweils doppelt so schlimm wie das erste waren. Er wusste, dass ihn die Soldaten nicht respektierten. Dass die Bürger der Stadt ihn verabscheuten. Er selbst wusste zu wenig darüber, wie man eine Stadt verwaltete, die so vielschichtig war wie Vanai, und er hatte nicht genug Verbündete, die es für ihn tun konnten. Er wollte, dass Ternigan ihn nach Hause rief, wie er es bei Klin getan hatte. Rechenschaft ablegen zu müssen – sogar verurteilt zu werden – wäre besser, als hierzubleiben.

Natürlich abgesehen davon, dass er die Enttäuschung auf dem Gesicht seines Vaters bereits sehen konnte. Die unaufrichtig plumpen, tröstenden Worte hören. *Du hast dein Bestes getan, mein Junge. Ich bin trotzdem stolz auf dich.* In seiner Vorstellung versuchte sein Vater Geder die Schande des Scheiterns zu ersparen. Alles wäre besser als das. Durch die Hände des zornigen Gesindels zu sterben wäre besser. Geders eigene Erniedrigungen schmerzten, aber er konnte sie ertragen. Zu sehen, wie auch sein Vater erniedrigt wurde, wäre zu viel. Es musste einen Weg geben. Es *musste.*

Eine Dienerin kam mit einem Besen und einer Schaufel und beseitigte das zerbrochene Glas. Geder blickte sie kaum an. Die Luft, die durch die zerbrochene Scheibe hereinsickerte, war eisig, aber er ließ niemanden kommen, um das Fenster zu reparieren. Er hatte seinen Ledermantel an. Ihm war warm genug. Und wenn nicht, spielte es kaum eine Rolle.

Das Licht wanderte an der Wand entlang, wurde rot, als die Sonne ihren Bogen vollendete. Ein Erstgeborener kam herein, zögerte und entzündete dann das Feuer im Rost. Geders Beine schmerzten, aber er bewegte sich nicht. Der gleiche Mann kehrte wenig später mit einem Stück Leder zurück, das er über dem zerbrochenen Fenster befestigte. Im Raum wurde es dunkler.

Es war ungerecht, dass nicht Ternigan den Preis für all das bezahlen würde. Er war derjenige, der Geder den Befehl übergeben hatte, ohne ihn anzuleiten oder ihm treue Männer zur Seite zu stellen, die ihn unterstützten. Wenn jemand vom Stand der Dinge in Vanai beschämt zu werden verdiente, dann war es der Lordmarschall. Aber das würde natürlich nie geschehen. Denn wenn man Ternigan vorwerfen konnte, dass er Vertrauen in Geder gehabt hatte, dann würde man auch König Simeon vorwerfen können, dass er Ternigan den Befehl überlassen hatte. Nein, diese Schuld würde Geder tragen müssen, und Geder allein.

Dennoch konnte er sich nicht vorstellen, was Ternigan sich gedacht haben mochte. Jeder war von der Ernennung verblüfft gewesen. Sogar Geder selbst hatte Jorey Kalliams Einblick gebraucht, um einen glaubwürdigen Grund für seinen Aufstieg zu finden. Niemand hatte die Wahl für klug gehalten. Die einzigen beiden, die überhaupt auch nur daran geglaubt hatten, waren Geder und Lord Ternigan. Sie waren die einzigen beiden Männer, die es für möglich gehalten hatten, und selbst dann …

Oder vielleicht auch nicht. Was, wenn es *niemand* für möglich gehalten hatte? Nicht einmal am Anfang.

»Oh«, sagte Geder in das leere Zimmer hinein.

Als er sich umwandte, gaben seine Knie nach. Er hatte zu lange still dagestanden. Er humpelte zu dem Sofa, das dem Feuer am nächsten war, und seine Gedanken drehten und wendeten das Problem ohne sein Zutun. Wie oft hatte er das Gerede gehört, dass Vanai ein kleiner Stein war, der in einem viel größeren Spiel eingesetzt wurde? Und er hatte es bis jetzt nicht verstanden.

Erstens: Sosehr es auch schmerzte, das zuzugeben, Geder war in keiner Hinsicht dafür gerüstet, eine Stadt zu verwalten.

Zweitens: Ternigan hatte ihn als Herrscher eingesetzt.

Drittens: Ternigan war kein Narr.

Daher *wollte* Ternigan – aus welchen Gründen und aufgrund welcher widerstreitenden Loyalitäten auch immer –, dass Vanai dem Chaos anheimfiel. Geder war ein geeignetes Opfer.

Als er lächelte, öffnete sich die Verletzung an seiner Lippe wieder. Als er lachte, blutete sie.

Eure Majestät, begann der Brief, *in meiner Eigenschaft als Protektor von Vanai bin ich zu dem Schluss gezwungen worden, dass das weitere politische Umfeld bei Hofe eine langfristige Herrschaft über die Stadt unmöglich macht.*

Geder ließ den Blick noch einmal über die Seite schweifen. Er hatte im Laufe der Nacht ein halbes Dutzend Fassungen geschrieben. Manche waren zornige Romane gewesen, andere kriecherische Entschuldigungen. Die Ausgestaltung, die er schließlich übernommen hatte, war einem Brief nachempfunden, den Marras Toca vor einigen Jahrhunderten an den König von Hallskar geschickt hatte. Der vollständige Text war in einem seiner Bücher wiedergegeben, und seine Rhetorik war sowohl bewegend als auch einfach gehalten. Geder hatte genug geändert, um sein Gewissen von jedem Hauch des Plagiierens freizuhalten, und doch blitzte die Struktur des Originals dahinter auf. Geder vernähte den Brief, beschrieb die Außenseite und drückte sein Amtssiegel in das purpurfarbene Wachs. Das Traktat mit Marras Tocas Brief lag auf dem Tisch, und Geder blätterte es noch einmal durch, mit einem leichteren Herzen als in all den Wochen zuvor. Er fand die Seite, die er suchte, und hielt inne, um den bedeutsamen Satz zu unterstreichen.

... die Zerstörung von Aastapal wurde als taktisches Manöver von Inys in die Wege geleitet, um es Morades Herrschaft zu entziehen ...

Die Anmerkung in seiner eigenen Handschrift zog seinen Blick auf sich. *Die Kreise beobachten, um herauszufinden, wo der Stein hineingefallen ist.*

Oh ja. Sobald er wieder in Camnipol war, würde er dafür Zeit haben. Alan Klin mochte nicht klar sein, dass er sein Amt als Protektor durch Verrat verloren hatte. Geder dagegen war sich dessen vollkommen bewusst, und er goss seinen Groll in Eisen. Er würde Ternigans Entscheidung und alles, was dahinterstand, offenlegen. Aber das würde später kommen.

Die Nacht war eine Qual gewesen. Lange, dunkle Stunden mit dem ununterbrochenen Trommelschlag in seinem Verstand, um ihm einzutrichtern, wie er benutzt worden war. Wie er zum Scheitern geschaffen worden war und was der Preis sein würde. Er hatte geweint, und er hatte gezürnt. Er hatte in seinen Büchern, den Berichten seiner Männer und in der Geschichtsschreibung von Vanai gelesen. Kurz hatte er sogar geschlafen.

»Mein Lord«, sagte sein Knappe. »Ihr habt mich gerufen?«

»Ja«, antwortete Geder und stand auf. »Es gibt drei Sachen. Erstens, nimm diesen Brief und such den schnellsten Reiter, den wir haben. Ich will ihn so bald wie möglich in Camnipol wissen.«

»Ja, mein Lord.«

»Zweitens, nimm diese Börse hier. Du kennst den Gelehrten, mit dem ich gearbeitet habe? Kauf alle Bücher, die er hat. Dann bring sie hierher zurück und packe sie mit meinen Sachen ein. Wir werden Vanai verlassen, und ich werde sie mitnehmen.«

»Verlassen, mein Lord?«

»Drittens, übermittle meinen Sekretären eine Nachricht. Ich werde mich in einer Stunde mit ihnen treffen. Jeden Mann, der zu spät kommt, lasse ich auspeitschen. Sag ihnen das. Auspeitschen und Salz in die Wunden streuen.«

»J...ja mein Lord.«

Geder lächelte, und inzwischen tat es weniger weh. Sein Knappe duckte sich zu einer kurzen Verbeugung und huschte hinaus. Gähnend streckte sich Geder und verließ seine Gemächer im Palast des Fürsten von Vanai zum letzten Mal. Sein Schritt war beschwingt, seine Laune ungetrübt von der ruhelosen Nacht. Die Luft roch nach der zarten Verheißung des Frühlings, und das dünne Morgenlicht ergoss sich über die Steine, auf denen am Tag zuvor die Aufständischen gestanden hatten. Am gegenüberliegenden Rand des Platzes hatte ein mutiger Einheimischer ein Abbild von Geder aufgehängt. Die

Attrappe hatte einen riesigen Bauch, einen schwarzen Mantel, der seinen nachahmte, und auf dem Kopf aus einem vertrockneten Kürbis fand sich ein Gesichtsausdruck, der ein Meisterstück der Schwachsinnigkeit war. Ein Schild hing dem Ding um den Hals: LASS UNS SPEISEN ODER FREI SEIN. Geder nickte seinem anderen Ich zu, ein kurzer und wenig wohlmeinender Gruß.

Seine Männer saßen auf denselben Plätzen, auf denen er sie bei seinem ersten Auftritt angesprochen hatte. Viele waren vom Schlaf zerzaust. Jorey Kalliam war unter ihnen, die Stirn in Falten gelegt. Gospey Allintot stand im Hintergrund, die Arme verschränkt und das Kinn vorgereckt. Er dachte vermutlich, man würde ihn für den Aufstand des vorigen Tages zur Rechenschaft ziehen. Geder trat in den Vordergrund der ehemaligen Kapelle. Er setzte sich nicht hin.

»Meine Lords«, sagte er scharf. »Ich entschuldige mich für die frühe Stunde, aber ich danke Euch, dass Ihr gekommen seid. Als Lord Protektor ist es meine Pflicht und mein Vorrecht, Euch allen an diesem unserem letzten Tag in der Stadt Vanai Eure Befehle zu geben.«

Er stand einen Augenblick still, damit die Worte sich setzen konnten. Die Verwirrung löste Stirnfalten und lockerte versteifte Nacken.

Geder nickte. »Bei Anbruch der Nacht werdet Ihr Eure Männer draußen vor den Stadttoren aufgestellt und für einen Marsch nach Camnipol vorbereitet haben«, sagte er. »Mir ist klar, dass Nahrung ein wenig knapp ist, also stellt sicher, dass sie eingepackt wird, ehe wir etwaige letzte Beutestücke aufhäufen. Dies ist keine Plünderung.«

»Was ist es dann?«, fragte Alberith Maas.

»Unterbrecht mich nicht noch einmal, Maas. Ich bin hier

noch verantwortlich. Sir Allintot, wärt Ihr so gut und würdet dafür sorgen, dass die Kanäle gesperrt werden? Wir werden sie austrocknen lassen, denke ich. Und die Straßentore wird man schließen müssen.«

»Welche Tore?«

»Diese Eisentore an den Straßenausgängen«, sagte Geder.

»Ja, Herr. Ich kenne sie. Ich meinte, welche davon wollt Ihr schließen lassen?«

»Alle. Lord Kalliam, ich möchte, dass Ihr die Stadttore bewacht. Niemand kommt in die Stadt, und niemand außer uns verlässt sie. Es ist sehr wichtig, dass niemand flieht.«

»Wir gehen?«, fragte Maas.

»Ich bin zu dem Schluss gezwungen worden«, sagte Geder, »dass das weitere politische Umfeld bei Hofe eine langfristige Herrschaft über die Stadt unmöglich macht. Ihr habt alle Sir Klins große Anstrengungen gesehen und wozu sie geführt haben. Ich habe die Geschichte von Vanai gelesen. Wisst Ihr alle, wie oft es schon zu Antea gehört hat? Siebenmal. Der längste Zeitraum waren zehn Jahre während der Herrschaft von Königin Esteya der Dritten. Der kürzeste drei Tage während des Interregnums. In jedem dieser Fälle ist die Stadt durch Verträge weggegeben oder zum Zweck eines anderen Ziels geopfert worden. Was zu bedeuten hat, dass Vanai ein politischer Verlust gewesen ist. Angesichts der Lage in Camnipol sind wir auf dem Weg, das zu wiederholen.«

»Was weiß *er* von der Lage in Camnipol?«, murmelte jemand laut genug, dass Geder es hören konnte, aber nicht so laut, dass er nicht das Gegenteil vorgeben konnte.

»Meine Pflicht als Protektor von Vanai liegt nicht bei der Stadt selbst, sondern bei Antea. Wenn ich davon ausgehen könnte, unsere weitere Anwesenheit hier würde der Krone dienen, würde ich bleiben, und Ihr alle mit mir. Aber wenn die Geschichtsbücher irgendetwas zeigen, dann dies: Die Stadt hat das Blut guter und edler Männer gekostet, ohne dem Gespaltenen Thron irgendeinen dauerhaften Vorteil zu bringen, ganz gleich, wer zu dieser Zeit auch darauf saß. In meiner Rolle, die mir Lord Ternigan im Namen von König Simeon zugewiesen hat, bin ich zu dem Schluss gekommen, dass Vanai nicht gewinnbringend gehalten werden kann. Ich habe das König Simeon bereits geschrieben. Der Kurier mit meiner Begründung ist schon auf den Drachenstraßen nach Camnipol unterwegs.«

»Also gehen wir einfach fort und nach Hause?«, fragte Maas. In seiner Stimme schwang Empörung mit. »Wir überlassen die Stadt jedwedem Feind, der zufällig hier vorbeikommen mag?«

»Natürlich nicht«, sagte Geder. »Wir brennen sie nieder.«

Vanai starb bei Sonnenuntergang.

Hätten die Leute es gewusst und die Bedrohung erkannt, dann wäre der kleine Aufstand auf dem Platz vor dem Palast nichts gewesen. Aber obwohl die Kanäle geleert wurden, obwohl Holz, Kohle und Öl in den Straßen und auf den Plätzen verteilt wurden und obwohl man die Tore verstärkt hatte, konnten sie sich nicht vorstellen, dass ihnen mehr blühte als nur eine Vergeltungsmaßnahme für den Stein, der auf Geders Kopf geworfen worden war. Vermutlich würden einige Aufständische festgenommen und verbrannt werden. Das wären nicht die ersten öffentlichen Hinrichtungen gewesen, die Vanai erlebt hatte. Erst als die Anteaner durch die Tore marschierten, erkannte die Stadt, was geschah, und da war es bereits zu spät.

Die Geschichte hatte sich gegen Vanai gewandt. Es war eine

Stadt der schmalen Straßen, in der Bauholz mit Öl wasserdicht gehalten wurde, eine Stadt der Tore an jedem Straßenausgang. Die Stadt war selbstzufrieden und sicher, dass man ihr keinen dauerhaften Schaden zufügen konnte, weil es nie zuvor geschehen war. Sie war ein kleiner Stein in einem viel größeren Spiel.

Geder saß auf dem kleinen Podium, das Sir Alan Klin hinterlassen hatte. Der Sitz war eine Schlinge aus Leder, für ihn ein wenig schmal, aber bequemer als sein eigener Feldstuhl. Die ranghöchsten Angehörigen seines Stabes standen um ihn herum.

Er hatte diesen Augenblick in Gedanken einstudiert. Sobald es getan war, würde er sich erheben, verkünden, dass er den Schutz von Vanai nicht mehr länger als seine Aufgabe erachtete, und den Marschbefehl geben. Es würde wie in den alten Epen sein. Um ihn herum zappelten die Offiziere, warfen ihm Blicke zu, als wären sie nicht sicher, ob er das wirklich zu Ende bringen wollte.

Hundert Schritte vor ihm schlossen sich die Tore von Vanai, von der untergehenden Sonne in goldenes Glühen getaucht. Geder erhob sich.

»Versperrt die Tore«, sagte er.

Der Befehl ging hinaus, schien zu hallen und zu wachsen, während er von Rufer zu Rufer weitergetragen wurde. Das Echo würde bald auch zu den südlichen Toren gelangen. Die Ingenieure hatten gewartet und machten sich sofort ans Werk. Es dauerte weniger als eine Minute, die großen Tore zu blockieren. Es wäre kein langwieriges Unterfangen gewesen, sie mit Gewalt zu öffnen, hätte aber dennoch mehr Zeit gebraucht, als Vanai noch blieb.

»Schießt die Feuerpfeile ab«, sagte Geder beinahe beiläufig.

Der Befehl wurde weitergegeben. Zwanzig Schützen zündeten ihre Pfeile an und hoben die Bögen; die Flammenstreifen waren kaum mehr als Glühwürmchen in der Nacht. Überall um die Stadt herum taten Bogenschützen, die seine Farben trugen, das Gleiche, als der Befehl sie erreichte. Geder setzte sich. In seiner Vorstellung geschah es alles auf einmal, aber die Sonne glitt hinter den Horizont, die goldene Welt verblasste zu Grau, und es zeigten sich keine eindeutigen Hinweise auf ein Feuer. Geder fragte sich, ob er es die Schützen noch einmal versuchen lassen sollte, als er die erste Rauchfahne aufsteigen sah. Er beobachtete, wie sie sich ausbreitete, langsam jedoch. Das könnte womöglich länger dauern, als er gedacht hatte.

Der Rauch wurde dicker, und als der Wind sich in seine Richtung drehte, war er drückend und schmierig. Wie zur Antwort stieg im Süden eine Rauchsäule auf: Die Schwärze wirbelte so hoch in die Luft hinauf, dass sie das letzte Licht der Sonne einfing, einen Augenblick lang rot aufglühte und dann wieder dunkel wurde. Geder rutschte auf seinem Sitz herum. Es wurde kalt, aber er wollte nicht nach seiner Jacke verlangen. Er hatte seit der vorletzten Nacht nicht mehr geschlafen, und er konnte spüren, wie die Müdigkeit an ihm zerrte. Er zwang sich, aufrecht zu sitzen.

Lange Zeit schien nichts zu geschehen. Etwas Rauch. Der Klang ferner Stimmen. Geder glaubte nicht, dass das Feuer, sobald es einmal begonnen hatte, leicht gelöscht werden konnte, aber vielleicht doch. Der Rauch breitete sich aus, erweiterte seinen Griff um die nächtliche Stadt. Und dann, als würde es zu sich kommen, nahm sich das Feuer die Stadt.

Das Geschrei begann, Stimmen kreischten und wimmerten. Er war natürlich davon ausgegangen, dass er etwas hören würde, aber er hatte geglaubt, es würde sich mehr wie der Aufstand anhören, der ihn so verstört hatte, vor – bei Gott, war es erst gestern gewesen? Dies hier war eine andere Bestie. In dem Geräusch lag kein Zorn, nur hunderte von Stimmen voller rauer, tierischer Panik. Geder sah Bewegung bei seinen eigenen Truppen. Jemand war aus der Stadt entwischt, und die Schwertkämpfer von Antea machten getreu ihren Befehlen Jagd auf die Flüchtlinge. Geder tastete an seiner Lippe herum, zerrte an der Platzwunde. Er erinnerte sich an das Abbild, das auf dem Platz hing. Sie hatten damit begonnen. Es war nicht seine Schuld, dass sie jetzt starben.

Über den Straßen wogte inzwischen Rauch empor, der von unten beleuchtet wurde und den Mond aussperrte. Flammen krochen an den Gebäuden empor, die der Mauer am nächsten standen, und sprangen hoch, ließen die Stadt unter sich zurück und brannten in der leeren Luft. Ein weiteres Geräusch, tief und stetig wie eine marschierende Armee, drang heran. Geder spürte den Boden beben und blickte sich nach dem Erdrutsch oder Angriff um. Einen Moment lang stellte er sich vor, dass es ein letzter Drache war, der unter Vanai verborgen gelegen hatte und aus dem Schlaf aufgestört wurde. Aber es war nur die Stimme des Feuers.

Die Tore zitterten, verbogen sich durch die Hitze. Eine Gruppe von Gestalten tauchte auf der Mauer auf, Männer und Frauen, die zu fliehen versuchten. In einem Augenblick, der so deutlich und plötzlich wie ein Blitzschlag kam, war eine einzelne Gestalt vor den Flammen sichtbar. Geder konnte erkennen, dass es eine Frau war. Sie winkte mit den Armen, versuchte etwas mitzuteilen. Er verspürte den plötzlichen, mächtigen Drang, jemanden zu ihr zu schicken, um sie zu retten, aber sie war bereits fort. Flammenzungen erreichten die beinahe leeren Getreidespeicher, und aufgewirbelter Getreidestaub explodierte wie ein Donnerschlag. Kreisend stieg Rauch auf, ein Strudel der Dunkelheit, der die Stadt wie einen Zwerg erscheinen ließ. Die Böe, die an Geder vorbeirauschte, war die Luft, die die Flammen ansogen. Das Brüllen war zu laut, um die Stimme darüber zu erheben.

Geder setzte sich, die Augen aufgerissen, während Aschestückchen um ihn herum herabregneten. Die Hitze der sterbenden Stadt drückte wie die Wüstensonne auf sein Gesicht. Er hatte sich vorgestellt, hier zu sitzen und zuzusehen, bis es vorbei war. Er hatte nicht verstanden, dass Vanai tagelang brennen würde.

Er hatte *gar nichts* verstanden.

»Gehen wir«, sagte er. Niemand hörte ihn. »Es reicht! Gehen wir!«

Der Befehl ging hinaus, und die Armee von Antea wich vor dem Schmiedeofen zurück. Geder verwarf den Gedanken an seine große rhetorische Geste. Nichts, was er sagen konnte, würde sich mit dieser Feuersbrunst messen können. Er ging zurück zu seinem Zelt, fragte sich, ob sie ihr Lager zu dicht an der Stadt aufgeschlagen hatten. Was, wenn das Feuer die Mauern durchbrach? Was, wenn es ihn holen kam?

Er scheuchte seinen Knappen fort und rollte sich auf seinem Feldbett zusammen. Er war zu müde, um sich zu bewegen, und das alptraumhafte Heulen der Flammen wollte nicht enden. Er starrte hinauf zur Spitze seines Zeltes, sah die kleine Gestalt, die mit den Armen winkte und starb. Geder drückte sich die Hand auf den Mund, biss in die Haut, bis er blutete, und versuchte, das Geräusch zu vertreiben.

Der Rauch von zehntausend Menschen stieg in den Himmel auf.

Cithrin

Die Nachricht von der Zerstörung von Vanai brach über Porte Oliva herein. Auf dem Großmarkt und im Hafen, in den Schenken und den Gasthäusern und auf den Stufen, die in den Palast des Statthalters führten – ein Labyrinth aus Ziegelsteinen und Glas –, häufte sich Einzelheit auf Einzelheit, während Berichte auf dem Seeweg, über Reiter oder aufgrund von grober Spekulation eintrudelten: Die Stadt hatte drei Tage gebrannt. Die Streitkräfte von Antea hatten die Tore versperrt und jeden abgeschlachtet, der einen Fluchtversuch unternommen hatte. Die Kanäle waren trockengelegt worden, damit es kein Wasser geben würde, um das Feuer zu bremsen. Die Anteaner hatten Fässer mit Lampenöl in den Straßen ausgekippt, ehe sie gegangen waren. Die Hitze hatte die Steine gesprengt. Der Rauch hatte den Brandgeruch bis nach Maccia getragen und die Sonnenuntergänge rot gefärbt. Verkohlte Körper verstopften immer noch die Wehre von Neuhaven.

Cithrin grabschte nach jedem Gerücht wie einer der allgegenwärtigen Bettler, die nach heruntergefallenen Münzen Ausschau hielten. Anfangs hatte sie es nicht geglaubt. Städte starben nicht über Nacht. Die Straßen und Kanäle, die sie ihr ganzes Leben lang gekannt hatte, konnten nicht einfach zu Ruinen werden, nur weil jemand es so verfügte, selbst wenn dieser Mann ein General aus Antea war. Es war lächerlich. Aber mit jeder Nacherzählung, mit jeder neuen Stimme, die das Gleiche behauptete, wich ihr Unglauben. Selbst wenn sie alle nur das wiedergaben, was ein anderer gesagt hatte, riss das Gewicht ihres vereinten Glaubens Cithrin mit sich.

Vanai war tot.

»Geht es dir gut?«, fragte Sandr.

Cithrin beugte sich vor, und ihre Beine baumelten vom Rand des Schauspielerwagens herab wie bei einem Kind, das auf einem zu hohen Stuhl saß. Um sie herum bewegte sich die mittägliche Menschenmenge. Sie sah, wie sich ein junger Cinnae, dünn wie ein Schilfhalm, durch die Masse der Körper drückte. Der Geruch des Meersalzes ließ die Luft kühler wirken, als sie war. Sie wusste nicht, wie sie antworten sollte, aber sie versuchte es.

»Ich weiß nicht. Ich denke schon. Es ist schwer, inmitten all dessen zu leben«, sagte sie und deutete mit dem Kinn auf die Menschenmenge um sie herum, »und die Tode wirklich zu spüren. Ich meine, ich weiß, dass Magister Imaniel fort ist. Und Cam muss auch fort sein. All die Jungen, die in den Straßen gespielt haben, sind tot, und das macht mich manchmal traurig. Aber wenn ich anfange, mir vorzustellen, dass es *alles* fort ist – der Bauernmarkt und die Paläste und die flachen Barken, einfach alles –, dann wird es … ich weiß nicht. Abstrakt?«

»Das ist ein gutes Wort dafür«, sagte Sandr und nickte, als wüsste er, was sie meinte.

»Niemand kennt mich jetzt. Ich habe mein ganzes Leben in Vanai verbracht. Es hat sich angefühlt, als wüsste jeder, wer ich bin. *Was* ich bin. Und nun sind sie alle fort, es gibt nichts, was mich noch daran bindet. Hauptmann Wester, Yardem Hane, du und die Truppe von Meister Kit. Ihr seid auf der ganzen Welt die Leute, die mich am besten kennen.«

»Es ist schwer«, sagte Sandr und nahm sie bei der Hand.

Nein, das ist das einzig Gute daran, dachte sie. *Wenn niemand weiß, wer man ist, kann man alles sein.*

»Sandr!«, rief Meister Kit. »Es ist so weit.«

»Ja, Herr«, sagte Sandr und sprang auf. Er blickte auf Cithrin herab und lächelte sanft, ganz ähnlich, wie er es machte, wenn er auf die Bühne trat. »Wirst du noch da sein, wenn es vorbei ist?«

Cithrin nickte. Es war ja nicht so, als gäbe es irgendeinen anderen Ort, an dem sie sein müsste. Außerdem war Sandrs plötzlicher Sinneswandel interessant. Sie nahm an, dass ihn ein hübscheres Mädchen abgewiesen hatte, und während sein Selbstvertrauen sich erholte, war er wieder darauf verfallen, sie zu umwerben. Er glaubte, dass sie nach ihren gemeinsamen Augenblicken neben dem Mühlenweiher eine leichte Eroberung sein würde. Cithrin fragte sich, ob sie das wirklich war. Mehr noch fragte sie sich, ob sie das sein wollte. Sie glitt von dem Karren herunter und verschwand in der Menge.

Mikel war schon dort, um mit halbem Herzen vorzugeben, ein Einheimischer zu sein. Er fing ihren Blick auf und grinste. Sie nickte zurück, dann drehte sie sich um, um Smit und Horniss dabei zuzusehen, wie sie die Bühne herabließen. Als die Ketten gespannt waren, schritt Meister Kit hinaus auf die Bretter. Er trug nicht mehr die Roben von Orcus dem Dämonenkönig. Da Opal fort war, hatten sie die Geschichte von Aleren Menschentod und dem Schwert der Drachen zurückgestellt. Stattdessen floss ein schimmernd blauer Umhang über die Schultern eines dazu passenden Hemdes. Leuchtend gelbes Band hielt grüne Hosen, und die lächerlichsten Schuhe, die je ein Mensch gesehen hatte, baumelten um seine Zehen.

»Hall-*lo*!«, rief Meister Kit in einem komischen Falsett. »Ich sagte: Hallo, Ihr! Ja, Ihr mit diesem wunderbaren Hut.

Weshalb bleibt Ihr nicht ein bisschen stehen. Gott weiß, Ihr habt nichts Besseres zu tun. Und Ihr, Ihr dort hinten. Kommt näher, Ihr seht vielleicht etwas, das Euch gefällt. Was? Vielleicht. Und…«

Meister Kit hielt inne, sein Gesicht eine Maske des Entsetzens. Cithrin spürte ängstliche Erregung und wandte sich halb um, um seinem Blick zu folgen.

»Oh nein, nicht du, meine Liebe«, fuhr Meister Kit mit derselben verstellten Stimme fort, und seine Hand flatterte wie ein Spatz. »*Du* gehst schön weiter.«

Die Menge lachte. Cithrin und Mikel sollten sie eigentlich führen, aber es gab schon beinahe ein halbes Dutzend andere, die stehen geblieben waren, um zuzuschauen. *Der Fluch der Braut* war ein derbes Lustspiel mit einem halben Dutzend Kostümwechseln, das mit nur einer Frau aufgeführt werden konnte. Meister Kit hatte die traditionellen Zeilen verändert, damit sie zu den Umständen in Porte Oliva passten: Die Verse, die sich an den König wandten, waren alle für eine Königin umgeschrieben worden, und statt dem bösen Hauswirt, der als Yemmu mit falschen Schultern und Hauern im Mund verkleidet war, sprang Smit in einem Schafspelz auf die Bühne, in den Perlen gewoben waren, und gab den am wenigsten überzeugenden Kurtadam der Welt. Cithrin lachte und klatschte. Sie führte die Menge weniger, als ihren Fluss zu beschleunigen.

Als es zu Ende war und die Schauspieler sich inmitten eines mäßigen Schauers von Münzen verbeugten, war sie beinahe überrascht, als sie feststellte, dass sie wieder in ihr eigenes Leben zurückgekehrt war. Versteckt in Porte Oliva, in Erwartung des nächsten nächtlichen Überfalls.

Und Vanai war tot.

Sandr kam aus dem Karren hervor und rieb sich die Farbe mit einem feuchten Lappen vom Gesicht. Die Schmierer um Augen und Mund ließen ihn jünger aussehen, als er war.

»Gut gelaufen«, sagte er mit einem Grinsen.

»Ja«, stimmte Cithrin zu.

»Ich gebe dir jetzt ein Essen aus, wenn du magst«, sagte er. Über seiner Schulter erhaschte Cithrin einen Blick auf Cary, die finster vom Karren auf sie herabschaute, und versuchte zu sehen, was die Schauspielerin sah. Sandr, den Hauptdarsteller. Und Cithrin, das naive Mädchen zweiter Wahl. Oder vielleicht Sandr, das Mitglied der Truppe, und Cithrin, den Grund, weshalb Opal fort war. Die geschürzten Lippen und die gerunzelte Stirn könnten Missbilligung für sie oder Sandr ausdrücken. Oder für beide.

Finde es heraus, sagte Magister Imaniel in ihrer Erinnerung oder vielleicht auch aus seinem Grab.

Cithrin hob eine Hand auf Hüfthöhe; es war nicht einmal ein richtiges Winken. Cary erwiderte es, und dann deutete sie auf Sandr und neigte den Kopf zur Seite. *Wirklich?* Wenn sie wegen Opal wütend gewesen wäre, hätte sie wahrscheinlich gelächelt und gewunken. Von Erleichterung überrascht, zuckte Cithrin mit den Schultern. Cary verdrehte die Augen und ging zurück in den Karren.

»Was?«, fragte Sandr und blickte über die Schulter. »Habe ich etwas verpasst?«

»Nur Cary«, sagte Cithrin. »Du hast etwas von einem Essen gesagt?«

Der Schankraum, der ihrer Unterkunft am nächsten war, bot Gerichte mit Huhn und eingelegten Karotten an, von denen behauptet wurde, dass sie gut zu dem dunklen Bier passten. Sandr bezahlte fünf zusätzliche Münzen für das Privileg eines eigenen Tisches mit einer einzelnen Bank, vom Schankraum durch ein Tuch abgetrennt, das zu bescheiden war, um als Vorhang durchzugehen. Er glitt neben ihr auf die Bank, mit einem Krug Schwarzbier und einem breiten Kelch mit verstärktem Wein für sie. Sein Bein kam mühelos neben ihrem zum Liegen, als ob die Berührung vollkommen normal wäre. Cithrin zog in Erwägung wegzurutschen, um ein paar Fingerbreit Abstand zwischen sie zu bringen. Stattdessen trank sie einen großen Schluck Wein und genoss seine Schärfe. Sandr lächelte und nippte an seinem eigenen Bier.

Das hier war, wie sie erkannte, eine Verhandlung. Er wollte ein paar der Dinge ausführen, die er gerade noch in der schlüpfrigen Komödie nachgeäfft hatte, und war im Gegenzug willens, Essen und Alkohol, Aufmerksamkeit und Zuneigung anzubieten. Und, ob es ihm klar war oder nicht, Erfahrung. Stillschweigender Austausch war etwas, worüber Magister Imaniel etliche Male gesprochen hatte, und stets mit Verachtung. Ihm hatte die Präzision des Bemessens in Münzwerten gefallen. Hier, in der Wärme des Schankraums, mit dem Geschmack des gesalzenen Fleisches und des verstärkten Weins im Mund, der ihr das Blut wärmte, war Cithrin nicht sicher, ob sie seine Meinung teilte. Ungenauigkeit hatte gewiss ihren Platz.

»Es tut mir leid wegen Vanai«, sagte Sandr, indem er es mit demselben Einsatz versuchte wie vor der Aufführung.

Was sollten diese Worte bezwecken? Sie daran erinnern, wie sehr sie Bestätigung und das Gefühl der Verbundenheit nötig hatte, nahm sie an. Die Dinge, die er anbot, wertvoll erscheinen lassen. Dennoch hatte er diesen Punkt schon vorher deutlich gemacht. Ihn noch einmal anzuführen war ein Fehler. Vielleicht, wenn er ihn mit einer anderen Taktik verbunden hätte. Er hätte ihre Seite des Tauschhandels herabwürdigen können. Wenn er zum Beispiel ihr Kleid oder ihren Haarschnitt bemängelt hätte, um deutlich zu machen, dass es gar nicht so viel wert war, mit ihr ins Bett zu gehen. Dabei bestand die Gefahr, dass sie sich angegriffen fühlen und die Verhandlungen abbrechen würde. Oder vorgab, davon angegriffen zu sein, um ihn dazu zu zwingen, sein Angebot zu erhöhen.

»Cithrin?«, sagte er, und sie schüttelte sich.

»Es tut mir leid«, antwortete sie. »Ich war mit den Gedanken woanders.«

»Das Bier ist gut. Warst du hier schon einmal?«

»Ich wollte herkommen«, sagte sie. »Irgendwas ist immer dazwischengekommen.«

»Willst du es probieren?«

»Na gut«, erwiderte sie.

Sie hatte erwartet, dass er ihr den Krug geben würde, aber stattdessen hob er den Arm, rief die Bedienung und kaufte ihr einen eigenen Krug. Es schmeckte vielschichtig und schwer, der Alkohol verbarg sich in einem üppigen Reigen von Geschmacksnoten. Ihm fehlte die herbe Reinheit des verstärkten Weins. Wie hatte Hauptmann Wester es formuliert? *Sie sturzbesoffen machen, damit sie die Beine breit macht.* Das kam ungefähr hin.

Es kam ihr in den Sinn, dass Sandr kein Mann mit einer großen Bandbreite an Strategien war.

»Ich erinnere mich nicht an meine Eltern«, sagte Cithrin. »Die Bank hat mich großgezogen, mir Kleider und Lehrer bezahlt.«

»Du musst sie geliebt haben«, sagte Sandr, verkörperte die Rolle des Tröstenden mit der Stimme und presste den Oberschenkel mit ein wenig mehr Inbrunst an ihren. Dennoch dachte Cithrin über die Frage nach.

Hatte sie Magister Imaniel geliebt? Sie nahm es an. Sie hatte ganz gewiss Cam geliebt und Besel gewollt. Sie hatte um sie alle geweint, als die ersten Neuigkeiten eingetroffen waren. Aber jetzt weinte sie nicht. Die Trauer war noch nicht fort, aber es gab etwas anderes daneben. Das furchterregende Gefühl, dass alles möglich war.

»Vermutlich war das so«, sagte sie.

Er nahm sie bei der Hand, als hätte er Mitgefühl. Seine Stirn legte sich in Falten, und er beugte sich zu ihr.

»Es tut mir so leid, Cithrin«, sagte er, und zu ihrer Überraschung stiegen ihr Tränen in die Augen. Das konnte nicht richtig sein.

Sandr beugte sich vor, um ihr mit seinem Ärmelsaum sanft die Augen trocken zu tupfen. Um die Tränen fortzuwaschen, die er herbeigeführt hatte. Der stechende Abscheu, den sie bei dieser kleinen Heuchelei empfand, klärte viele Fragen.

»Hauptmann Wester!«, keuchte sie, und Sandr ließ ihre Hand fallen, als hätte sie ihn gebissen. Er spähte hinter dem Tuch hervor.

»Wo?«, fragte er.

»Er ist gerade eben in den anderen Raum gegangen«, sagte Cithrin. »Geh, Sandr. Ehe er dich sieht!«

Sandr schluckte, nickte einmal und glitt von der Bank, auf dem Weg zur Hintertür, die hinaus in die Gasse führte. Cithrin sah ihm nach, dann griff sie hinüber und zog auch seinen Krug zu sich. Das Hühnchen passte tatsächlich gut dazu. Während sie trank, schweiften ihre Gedanken ab. Sie war nicht wütend auf Sandr, aber sie konnte sich nicht dazu überwinden, ihn zu respektieren. In einer anderen Nacht hätte sie vielleicht zugelassen, dass die Szene sich weiterentwickelte, wenn auch nur, um zu sehen, wohin sie führte. Aber es wurde zunehmend deutlicher, dass Meister Kit vorhatte, einige Zeit in Porte Oliva zu bleiben. Da sie nicht sicher war, wann oder wie sie die Stadt verlassen würde, hätte es die Dinge gewiss schwieriger gemacht, wenn sie eine solche Beziehung einging. Und was, wenn sie schwanger wurde? Dann würde alles zusammenbrechen. Es war leichter, sich herauszuhalten, als anschließend herauszukommen. Dennoch fragte sie sich, wie es wohl gewesen wäre. Ihre Gedanken kehrten zurück zum Mühlenweiher, dem Schnee auf ihrer Haut, dem Gewicht des Jungen auf ihr.

Sie trank ihr zweites Bier aus und wandte sich wieder dem verstärkten Wein zu. Alkohol hätte eigentlich ihren Verstand aufweichen sollen, aber er fühlte sich alles andere als weich an. Oder zumindest nicht auf eine Weise, die ihr Bewusstsein beeinträchtigte. Sie war natürlich entspannter. Der allgegenwärtige Knoten in ihren Eingeweiden war lockerer, und sie fühlte sich wohler in ihrer Haut. Aber ihre Gedanken waren klar wie eh und je. Womöglich klarer. Sie hatte das Gefühl, dass sich gleich unterhalb ihres bewussten Denkens riesige Gedanken regten, dass ihr Verstand mit einer Geschwindigkeit verglich und plante, mit der sie nicht ganz mithalten konnte. Sie aß ein paar von den eingelegten Karotten, trank den Wein aus und beschaffte sich einen weiteren Krug Bier.

Als sie aus der Tür trat, war die Sonne bereits untergegangen. Porte Oliva räkelte sich im grauen Zwielicht. Laternen flackerten und glühten, Männer und Frauen huschten durch die Straßen, darauf bedacht, nach Hause zu kommen, ehe das Zwielicht ganz verblasst war. Die Luft war kalt, aber nicht eisig. Dies war weniger ein milder Winterabend als ein sehr frischer Frühling. Sie ließ sich die Straße entlangtreiben, ihr Verstand rührte an Gedanken, wälzte sie herum, ließ sie wieder fallen: die Beobachtung, wie alt Sandr auf der Bühne wirkte und wie jung, wenn er nicht mehr darauf stand. Die Leere in ihrem Herzen, die der Tod von Magister Imaniel und Cam verursacht hatte, das beinahe schwindelerregende Bedürfnis, sie zu füllen, und ihre beinahe nüchterne Distanz vom Schmerz. Die anstehende Reise nach Carse, um Reichtümer zu schmuggeln, die sie nicht gestohlen hatte. Die Bücher mit den Aufzeichnungen der Bank, deren Summen und Ziffern die Geschichte von der Gründungsurkunde bis zum letzten Ansturm des fliehenden Adels nachzeichneten. Opals Verrat und Hauptmann Westers Treue. Sie erinnerte sich an etwas, das Meister Kit über die Form von Westers Seele gesagt hatte, und fragte sich, welche Form ihre eigene Seele annehmen könnte.

Eine Cinnae eilte vorbei, ihr Kleid mit rosaroter und orangefarbener Gaze umwickelt, ihr Gesicht blass wie der Mond. Ein Hund bellte aus dem schattigen Eingang einer Gasse. Drei männliche Kurtadam gingen an ihr vorbei, mit klimpernden und klickenden Perlen im Pelz, und sagten etwas, das sie nicht verstand, und dann lachten sie gemeinsam. Sie achtete nicht auf sie. Das Glühen ihrer eigenen Fenster leuchtete gleich dort vorn. Wenn sie jetzt jemand angreifen würde, müsste sie nur rufen, und Hauptmann Wester und Yardem Hane würden kommen. Es war ein angenehmer Gedanke, und er reichte aus, um ihr ein sicheres Gefühl zu geben, ob es nun stimmte oder nicht.

Zum stetigen Knarzen von Hauptmann Westers auf- und abgehenden Schritten schleppte sie sich die Stufen empor. Sie öffnete die Tür und stand vor seinem finsteren Gesicht.

»Du bist ganz schön lange draußen gewesen«, sagte er.

Cithrin zuckte die Achseln.

»Wie viel hast du getrunken?«

Cithrin ging hinüber zum Bett und setzte sich neben den Tralgu. Yardem roch nach offenen Feldern und nassen Hunden. Sie unterdrückte den Drang, ihm den breiten Rücken zu kraulen. Hauptmann Wester schaute sie noch immer an, wartete auf eine Antwort.

»Ich erinnere mich nicht genau«, sagte sie. »Ich habe das meiste davon nicht selbst bezahlt.«

Wester hob eine Augenbraue.

»Es taut schon fast. Wir müssen eine Entscheidung treffen«, sagte sie, ihre Stimme präzise und fest.

»Das stimmt«, erwiderte der Hauptmann, der die Arme verschränkte. Das nachlassende Tageslicht, das durch die Fenster fiel, ließ die Linien seines finsteren Gesichts und das Grau an seinen Schläfen weich werden. Er sah jung aus. Cithrin erinnerte sich, dass Opal den Mann attraktiv gefunden hatte, und fragte sich, ob es ihr genauso ging. Sie hatte wochenlang mit ihm gelebt. Monate, wenn man die Zeit auf der Straße mitzählte. Sie fragte sich zum ersten Mal, ob sein Mund wie der von Sandr schmecken würde, dann zerrte sie ihre Gedanken wieder zurück in die Gegenwart, ziemlich abgestoßen von ihren eigenen Überlegungen.

»Ganz gleich, wie wir Carse zu erreichen versuchen«, sagte sie, »die Gefahr ist, dass uns jemand umbringen und das Geld nehmen wird.«

»Alte Neuigkeiten.« Hauptmann Wester winkte ab.

»Deshalb müssen wir das Geld selbst nehmen«, erklärte sie, und als sie es sagte, wurde ihr klar, was sie den ganzen Abend lang in Erwägung gezogen hatte. »Wir müssen es benutzen.«

»Das ist vermutlich das Klügste, was wir tun können«, sagte der Hauptmann. »Nehmen, so viel wir tragen können, und verschwinden.«

»Nein«, sagte sie. »Ich meine, alles davon nehmen.«

Der Tralgu neben ihr ließ ein klimperndes Ohr zucken. Hauptmann Wester leckte sich über die Lippen und blickte zu Boden.

»Wenn wir alles davon nehmen, sind wir in derselben Lage wie im Augenblick«, erklärte er. »Wir müssten das Geld immer noch verstecken, um es zu schützen. Nur dass wir dann noch mit deinen Freunden aus Carse zu rechnen hätten, die hinter unseren Köpfen her sind. Das ist keine Verbesserung. Wir können darüber reden, wenn du nüchtern bist«, sagte er.

»Nein, hört mir zu. Wir haben uns wie Schmuggler verhalten. Wir sind keine. Ihr habt immer gesagt, dass wir über so viel Geld keine Verschwiegenheit bewahren können. Opal hat das bewiesen. Also sollten wir keine Verschwiegenheit darüber bewahren.«

Wester und Yardem tauschten schweigend einen Blick, und der Hauptmann seufzte. Cithrin erhob sich und ging hinüber zu den nicht mehr versiegelten Büchern. Ihr Gang war vollkommen sicher. Ihre Hände zitterten nicht, als sie das in schwarzes Leder gebundene Buch hervorholte. Sie öffnete die ersten Seiten und reichte es dem Hauptmann.

»Gründungsurkunde«, sagte sie. »Wir fertigen eine Abschrift für uns an, aber für Porte Oliva anstelle von Vanai. Wir haben hundert Dokumente mit Magister Imaniels Unterschrift und Daumenabdruck. Wir können irgendeinen unbedeutenden Vertrag nehmen und ihn benutzen, um daraus die Gründungsbriefe zu fälschen. Die Urkunden beim Statthalter hinterlegen, die Gebühren und Bestechungsgelder bezahlen, und dann kann ich all das investieren.«

»Investieren«, wiederholte der Hauptmann, als hätte sie *aufessen* gesagt.

»Die Seide, den Tabak und die Gewürze kann ich in Kommission geben. Selbst wenn sie den Händlern gestohlen werden, würde die Bank ihr Geld erhalten. Wir können dasselbe mit dem Schmuck machen oder ihn gleich für Bargeld verkaufen, und dann können wir es verleihen. Oder uns in örtliche Geschäfte einkaufen. Wir werden einen Anteil davon zurückbehalten müssen. Fünf Hundertstel vielleicht? Aber mit dem Namen der Medean-Bank hinter mir kann ich mehr als neun Zehntel von dem, was wir in diesem Raum haben, in Papiere umwandeln, die für niemanden sonst einen Wert haben, ehe die Handelsschiffe von Narineiland kommen. Was übrig ist, wäre nicht so verlockend, dass man es nicht bewachen könnte.«

»Du bist sehr, sehr betrunken«, sagte Wester. »Man stiehlt, indem man etwas nimmt und dann abhaut.«

»Ich stehle es nicht. Ich sichere es«, erwiderte Cithrin. »So arbeiten Banken. Man behält nie das ganze Geld da, um es sich von irgendwem stehlen zu lassen, der eine Möglichkeit findet, in den Geldschrank einzubrechen. Man verteilt es draußen in der Welt. Wenn man einen Verlust hat oder jemandem Betriebsmittel gestohlen werden, hat man immer noch alle Einkünfte und Vereinbarungen. Man kann sich erholen. Und wenn alles schiefgeht, was dann? Werden wir ins Gefängnis geworfen?«

»Gefängnis ist schlecht«, grollte Yardem.

»Nicht so schlecht wie umgebracht und ins Meer geworfen zu werden«, erwiderte Cithrin. »Wenn Ihr tut, was ich sage, sind die Aussichten, das Geld zu behalten, höher und die Folgen eines Scheiterns geringer.«

»Du willst«, sagte Hauptmann Wester mit gepresster Stimme, »einen Großteil des Geldes nehmen, das dir nicht gehört, und deinen eigenen Ableger der Bank einrichten, *von* der du das Geld stiehlst? Sie werden dich holen kommen.«

»Natürlich werden sie kommen«, sagte Cithrin. »Und wenn sie das tun, werde ich ihr Geld und noch mehr darüber hinaus haben. Wenn ich es richtig angestellt habe.«

Cithrin sah, wie der Unglauben auf seinem Gesicht zwischen Erheiterung und Empörung schwankte. Sie stampfte mit dem Fuß auf.

»Hört mir zu«, sagte sie. »Hört auf meine Stimme, Hauptmann. *Ich kann das.*«

Marcus

»Pass auf«, sagte Marcus.

»Ich passe auf, Herr.«

»Na gut, pass besser auf.«

Sieben gescheiterte Versuche lagen zwischen ihnen auf dem Boden: längst bedeutungslos gewordene Verträge und Übereinkünfte toter Menschen, die sich auf verbrannte Reichtümer bezogen. Aber wie Cithrin gesagt hatte, trug jedes Blatt die Unterschrift und den blutigen Daumenabdruck von Magister Imaniel von Vanai. Es ging nun darum, das Pergament in Wachs zu tauchen, das den Namen und Daumenabdruck, aber nichts sonst bedecken sollte. Dann konnte man die Seite in eine Lösung mit Salz und gereinigtem Öl einlegen, um die Tinte zu lösen. Nach einem Tag in diesem Bad konnten sie einen Schreibstein benutzen, um die Tinte abzukratzen, und anschließend eine Urinlösung, um jedwede verbliebene Spur zu bleichen. Am Schluss hätten sie eine leere Seite, bereit für all die sorgsam einstudierten Worte, die Cithrin darauf festhalten würde, bereits unterzeichnet und bekräftigt vom ehemaligen Vorsteher der Bank. Einem Mann, so sollte die Geschichte lauten, der den kommenden Tod seiner Stadt durch die Hände der Anteaner vorhergesehen und einen Plan ersonnen hatte, um seinen Ableger in Porte Oliva neu zu gründen, mit Cithrin als seiner Beauftragten.

Vorausgesetzt, sie konnten das Wachs an die richtige Stelle

bringen. Marcus beugte sich vor, um mit den Fingern nach dem Rand der Urkunde zu greifen.

»Wenn du einfach …«

»Herr?«

»Yardem?«

Die Ohren des Tralgu legten sich zurück, so dicht am Kopf, dass die Ohrringe die Kopfhaut berührten. »Geht dort hinüber, Herr.«

»Aber ich …«

»Geht.«

Marcus tippte in die Luft, ohne das Pergament zu berühren, brummte und wandte sich ab. Sie hatten die Kisten in der kleinen Unterkunft über der Spielbude umgestellt und anders aufgeschichtet, wodurch aus dem vormals einzelnen kleinen Raum zwei winzige geworden waren. Draußen blies ein warmer Frühlingswind, rüttelte an den Läden und ließ die Welt unruhig und ruhelos wirken. Es war lange her, dass Marcus den Anbruch des Tauwetters in einem südlichen Hafen erlebt hatte, und der üppige Salzgestank der Bucht erinnerte ihn an den Fisch von gestern. Cithrin saß auf einem Hocker, in ihre Fuhrmannslumpen gekleidet, zusammen mit Cary, die sich dicht neben sie gequetscht hatte. Meister Kit stand ein paar Schritte abseits, die Arme vor der Brust verschränkt.

»Das war besser«, sagte Meister Kit, »aber ich glaube, du hast es ein wenig zu weit in die andere Richtung getrieben. Ich will nicht, dass du aussiehst, als würdest du etwas Schweres tragen. Anstatt an Gewicht zu denken, stell dir vor, wie du dich in einem schweren Wollmantel bewegen würdest.«

Cary legte Cithrin die Hand auf den Rücken. »Du bist hier zu angespannt«, sagte sie. »Lockere das und ziehe die Anspannung *hier* herauf.«

Cithrin runzelte verwirrt die Stirn, und winzige Halbmonde erschienen an ihren Mundwinkeln.

»Wie wenn deine Brüste zu schwer wären«, erklärte Cary.

»Oh«, sagte Cithrin und wurde fröhlicher. »Klar.«

Sie erhob sich von ihrem Hocker, ging einen Schritt auf Meister Kit zu, drehte sich um und setzte sich wieder. Marcus hätte nicht sagen können, was sich an der Art verändert hatte, wie sich das Mädchen bewegte, nur dass es anders wirkte. Älter. Meister Kit und Cary lächelten einander an.

»Ein Fortschritt«, sagte Meister Kit. »Fraglos ein Fortschritt.«

»Ich glaube, wir sind so weit, dass wir auf den Platz gehen können«, meinte Cary.

»Mit meinem Segen«, verkündete Meister Kit und trat zurück, bis er beinahe gegen Marcus' Bauch stieß. Die beiden Frauen gingen über die schmale freie Fläche zum Eingang des Treppenhauses, Hand in Hand.

»Tiefer in den Hüften«, sagte Meister Kit. »Lass dich hineinsinken. Geh nicht aus den Sprunggelenken heraus.«

Das Quietschen der Bodendielen bewegte sich nach unten, bis das Pärchen draußen auf der Straße und fort war. Der Wind blies die Treppe herauf, und die untere Tür fiel zu. Marcus stieß den Atem aus und setzte sich auf den frei gewordenen Hocker.

»Ich denke, sie ist ganz gut«, sagte Meister Kit. »Nicht viel natürliches Körpergefühl, aber auch keine besondere Angst davor, und ich finde, das ist bereits die halbe Arbeit.«

»Das ist gut«, erwiderte Marcus.

»Es scheint, als würden die Schnitte auf ihren Daumen hübsch vernarben. Ich gehe davon aus, dass sie viele Schwielen haben wird, wenn es verheilt ist. Als hätte sie schon seit

Jahren Verträge unterschrieben. Habt Ihr Lauge in die Wunden getan?«

»Asche und Honig«, sagte Marcus. »Genauso gut, und es entzündet sich nicht so leicht.«

»Das stimmt. Ich habe gedacht, dass es eine gute Wahl ist, sie als Dreiviertel-Cinnae auszugeben. Wenn sie beinahe reinblütig ist, wird man die Stärke der Erstgeborenen bei ihr vielleicht eher als Alter und nicht als Erbe auslegen.«

»Ich habe sowieso immer gedacht, dass Cinnae aussehen, als wären sie ungefähr zwölf«, sagte Marcus. »Furchtbar beim Kämpfen. Kein Gewicht hinter den Schlägen.«

Meister Kit lehnte eine Schulter an die Wand. Seine dunklen Augen glitten über Marcus, als würde der Schauspieler ein Buch lesen. »Und wie geht es Euch, Hauptmann?«

»Ich hasse das«, erwiderte Marcus. »Ich hasse diesen Plan. Ich hasse es, dass wir Urkunden fälschen. Ich hasse es, dass Cithrin Euch und die Euren hineingezogen hat. Es gibt nichts an diesem ganzen Vorhaben, was ich nicht hasse.«

»Und doch scheint Ihr Euch entschieden zu haben mitzumachen.«

»Ich habe keinen besseren Einfall«, sagte Marcus. »Außer uns die Taschen zu füllen und wegzugehen. Das hat noch immer einen gewissen Charme.«

»Weshalb tut Ihr es dann nicht? Die Kisten sind hier. Ich würde sagen, Ihr habt Euch Euren Lohn mehr als verdient.«

Marcus stieß ein freudloses Lachen aus und beugte sich vor, die Ellbogen auf den Knien. Von der gegenüberliegenden Seite des Zimmers kam ein befriedigtes Grunzen von Yardem. Das Wachsbad war dieses Mal erfolgreich gewesen.

»Es wird Folgen haben«, sagte Marcus. »Sie kann nicht einfach nur behaupten, dass nun alles ihr gehört, und es auf diese

Weise wahr werden lassen. Es ist, als würde man nach Cabral marschieren und ganz nebenbei verkünden, dass man der neue Bürgermeister von Upurt Marion ist und nun all die Hafensteuern eintreiben kann. Und was wird es auslösen? Wir wissen es nicht. In ein paar Monaten wird jedes Handelshaus und jeder königliche Hof eine Theorie haben, was genau Komme Medean damit signalisiert, dass er in Porte Oliva investiert. Es wird etwas für die Beziehungen zwischen Birancour und Cabral zu bedeuten haben und mitbestimmen, ob die Fracht von Qart-hadath hier oder dort landet. Weshalb gibt es hier noch keinen Ableger? Liegt es daran, dass die Königin sie abgeschreckt hat? Wir könnten in diesem Augenblick gegen ein halbes Dutzend Verträge und Übereinkünfte verstoßen, und wir wüssten es nicht einmal.«

»Ich stimme Euch in allem zu«, sagte Meister Kit. »Dieses Risiko scheint gegeben.«

»Wir sind drauf und dran, uns zum verwegenen, unerwarteten Handstreich einer Bank mit einer Menge Geld und Einfluss zu machen, und glaubt ja nicht einen Augenblick lang, es wird ihnen gefallen, dass wir die Hand an die Pinne gelegt haben.«

»Und das ist er Grund, weshalb Euch der Plan missfällt?«

»Ja«, sagte Marcus.

Meister Kit blickte nach unten. Der Wind beruhigte sich, dann blies er wieder, warf sich gegen die kleine Unterkunft und wirbelte die Luft auf.

»Weshalb missfällt Euch dieser Plan, Hauptmann?«, fragte der Schauspieler.

Marcus spürte Zorn aufflammen und dann das kühle, beinahe übelkeiterregende Gefühl, als die richtige Antwort in seinem Verstand nach oben trieb. Er kratzte sich am Bein, spürte die Rauheit des Stoffs an den Fingerspitzen. Seine Händen schienen älter zu sein, als sie sein sollten. Wenn er sie sich vorstellte, sahen sie noch immer so aus wie damals, als er zum ersten Mal ins Feld gezogen war. Stark, glatt, fähig. Nun bestanden sie aus genauso viel Narben wie Haut. Der Nagel seines rechten Daumens war einmal halb abgeschnitten worden und nicht mehr richtig nachgewachsen. Die Knöchel waren größer als früher. Die Schwielen wirkten gelber. Er drehte sie, betrachtete auch die Handflächen. Wenn er genau hinschaute, konnte er immer noch die weißen Punkte erkennen, wo ihn einst, vor einem ganzen Leben, ein Hund gebissen hatte.

»Sie kennt die Risiken, aber sie versteht sie nicht«, erklärte Marcus. »Ich kann alles zu ihr sagen, was ich gerade zu Euch gesagt habe, und sie hat eine Antwort. Argument um Argument. Sie sagt, das wiedergewonnene Kapital rechtfertigt die Entscheidung. Dass die Dachgesellschaft nicht für sie einstehen muss, genauso wenig die anderen Ableger, so dass alles, was nun zurückgewonnen wird, ein Schritt weiter ist, als das Geld einfach nur zu verlieren.«

»Und trotzdem«, sagte Meister Kit.

»Ich weiß, wie ich sie vor Schlägern und Räubern beschützen kann. Ich weiß, wie man gegen Piraten kämpft. Ich weiß nicht, wie man sie vor sich selbst schützt, und ich schwöre bei Gott, dieses Mädchen ist selbst die schlimmste Gefahr, der sie sich je gegenübersehen wird.«

»Es kann schwer sein, nicht? Die Kontrolle zu verlieren«, sagte Meister Kit.

»Ich kontrolliere sie nicht«, entgegnete Marcus.

»Ich glaube doch, aber ich bin durchaus offen, mir das Gegenteil beweisen zu lassen. Welche drei Entscheidungen hat sie vor dieser getroffen? In der Zeit, seit Ihr sie kennt, meine ich.«

Yardem Hane ragte über dem Schauspieler auf, wischte sich mit einem grauen Stoffstück Öl von den Fingern. Einen Moment lang glaubte Marcus, er würde vielleicht eine Ablenkung anbieten, aber der passive Gesichtsausdruck des Tralgu sagte ihm, dass er aufgetaucht war, um der Unterhaltung zu lauschen, nicht, um sie zu beenden.

»Sie hat sich dieses Kleid gekauft«, sagte Marcus. »Und sie hat sich entschieden, zu Euren Aufführungen zu gehen.«

»Also zwei?«, fragte Meister Kit.

»Sie hat den Fisch fürs Abendessen ausgesucht«, murmelte Marcus.

»Und wie würdet Ihr das im Vergleich zu den anderen Verträgen bewerten, die Ihr abgeschlossen habt?«, fragte Meister Kit. »Ich glaube nicht, dass Ihr Cithrin als Eure Auftraggeberin seht, sondern vielmehr als das kleine Mädchen, das fast bis zum Brandungsrückstrom hinausgeschwommen ist. Hat sie Euch bezahlt?«

»Hat sie nicht«, grollte der Tralgu.

»Halt dich da raus«, sagte Marcus. »Sie konnte es nicht. Sie hatte kein eigenes Geld. All das gehört jemandem.«

»Und jetzt«, sagte Meister Kit, »scheint es, als könnte sie Euch vielleicht Gold bieten. Und Entscheidungen von größerer Tragweite treffen als nur die zwischen Fisch und Geflügel. Oder welches Kleid sie kauft. Wenn dieser Plan aufgeht, den sie sich ausgedacht hat, wird sie entscheiden, wo sie wohnt, wie und ob sie sich schützt, und all die anderen Dinge, die mit ihrem Beruf einhergehen. Und ich nehme an, Ihr werdet auch hier sein, an ihrer Seite und zu ihrem Schutz. Aber nur als Ihr angeheuerter Hauptmann.«

»Ist es nicht das, was ich die ganze Zeit über getan habe?«, fragte Marcus.

»Es ist nicht das, was Ihr getan habt«, antwortete Meister Kit. »Wenn Ihr das getan hättet, hättet Ihr Cithrin gefragt, bevor Ihr Opal getötet habt.«

»Sie hätte mir befohlen, es nicht zu tun.«

»Und ich denke, das ist der Grund, weshalb Ihr nicht gefragt habt. Und weshalb Ihr die Zeit fürchtet, da Ihr fragen und Euch auf ihr Urteil verlassen müsst, auch wenn Ihr denkt, dass sie nicht recht hat.«

»Sie ist ein kleines Mädchen«, sagte Marcus.

»Alle Frauen waren einst kleine Mädchen«, erklärte Meister Kit. »Cithrin. Cary. Die Königin von Birancour. Sogar Opal.«

Marcus fluchte leise. Draußen auf der Straße rief der Mann von der Spielbude: Man könnte ein großes Vermögen besitzen. Einsätze zu einem angemessenen Angebot.

»Es tut mir leid wegen Opal«, sagte Marcus.

»Ich weiß, dass es Euch leidtut«, erwiderte Meister Kit. »Mir auch. Ich habe sie sehr lange gekannt, und ich habe mich mehr als die Hälfte dieser Zeit ihrer Gesellschaft erfreut. Aber sie war, wer sie war, und sie hat ihre Entscheidungen getroffen.«

»Ihr seid ihr Liebhaber gewesen, oder?«, fragte Marcus.

»Nicht in letzter Zeit.«

»Und sie war Teil Eurer Truppe. Sie war mit Euch unterwegs. Sie war eine von Euch.«

»Das war sie.«

»Und Ihr habt zugelassen, dass ich sie töte«, sagte Marcus.

»Ja«, erwiderte Meister Kit. »Ich glaube, dass Konsequenzen eine gewisse Würde innewohnt, Hauptmann. Ich denke, dass sie eine Art von Wahrheit besitzen, und ich versuche, mir einen tiefen Respekt für die Wahrheit zu bewahren.«

»Was heißt, dass das ein Fehler ist, den Cithrin machen muss.«

»Wenn es das ist, was Ihr in meinen Worten gehört habt.«

Yardem zuckte mit dem Ohr, und seine Ohrringe klimperten gegeneinander. Marcus wusste, was der Tralgu dachte. *Sie ist nicht deine Tochter.* Marcus stellte den Fuß an die Wand aus Kisten. Der Reichtum einer Stadt, die es nicht mehr gab. Die Edelsteine und Schmuckstücke, die Seide und die Gewürze, die eingetauscht worden waren, damit die Glücklichen vor den Flammen fliehen konnten. Alles zusammen würde nicht einen der Toten zurückkaufen. Nicht einmal einen Tag lang.

Wo also lag der Sinn darin?

»Ihr Plan ist nicht schlecht«, sagte Marcus. »Aber ich habe das Recht, ihn zu hassen.«

»Ich kann diese Position respektieren«, erwiderte Meister Kit mit einem Grinsen. »Sollen wir das Ölbad für die zukünftige Gründungsurkunde der Medean-Bank von Porte Oliva vorbereiten, ehe die Frauen zurückkommen?«

Marcus seufzte und erhob sich.

Als der Morgen kam, ging Marcus neben ihr. Vormittags war es immer noch kalt, aber nicht so kalt, dass der Atem sichtbar wurde. Männer und Frauen der drei vorherrschenden Rassen der Stadt gingen aneinander vorüber, als wären ihre unterschiedlichen Augen, Körperformen und Pelze von keiner besonderen Wichtigkeit. Der Morgennebel trieb über den großen Platz und färbte das Pflaster aus Drachenjade grau. Die Verurteilten der Stadt zitterten in der Kälte, wo alle es sehen konnten. Zwei Erstgeborene, aufgehängt als Mörder. Eine Cinnae saß als uneinsichtige Schuldnerin mit Ketten um die Fußgelenke zwischen den Blöcken. Ein Kurtadam hing an den Knien und konnte kaum atmen. Ein Schmuggler. Marcus konnte spüren, wie Cithrin innehielt. Er fragte sich, wie die Bestrafung für das aussah, was sie gerade vorhatten. Es schien unwahrscheinlich, dass es in den Verzeichnissen der Richter einen Präzedenzfall gab.

Die breiten Türen aus Kupfer und Eiche zum Palast des Statthalters waren bereits geöffnet, ein Strom von Menschen ging im Zentrum der Autorität ein und aus. Cithrin hob das Kinn. Smit hatte ihr das Gesicht bemalt, ehe sie gegangen waren. Schwache Linien in Grautönen um die Augen herum. Auf den Wangen eine Röte, die ins Graue und Rosafarbene ging. Sie trug ein schwarzes Kleid, das den Hüften schmeichelte, aber auf eine matronenhafte Art. Nicht wie ein Mädchen, das frisch aus dem Haus ihres Vaters kam. Sie hätte dreißig sein können. Sie hätte fünfzig sein können. Sie hätte alles sein können.

»Kommt mit mir«, sagte sie.

»Geh nicht aus den Sprunggelenken heraus«, sagte er, und sie wurde langsamer, erklomm eine gemauerte Stufe nach der anderen.

In den Palästen fiel das Sonnenlicht gedämpft durch große Wände aus Buntglas. Rot, grün und golden ergoss es sich über die Böden, die doppelten Treppenaufgänge. Es sprenkelte die Haut der Vorübergehenden, was Marcus das Gefühl gab, in einer verzauberten Grotte aus einem Kinderlied zu sein, in der alle Fische in niedere politische Beamte verwandelt worden waren. Cithrin holte lang und bebend Luft. Für einen Augenblick dachte er, sie würde gehen. Auf dem Absatz kehrtmachen, fliehen und die ganze, wahnsinnige Narretei hinter sich lassen. Stattdessen trat sie vor und legte eine Hand auf den Arm einer vorübereilenden Kurtadam.

»Vergebt mir«, sagte Cithrin. »Wo kann ich den Handelspräfekten finden?«

»Die Treppe hinauf, Madam«, sagte die Kurtadam mit einem weichen, südländischen Lispeln. »Es ist ein Cinnae wie Ihr auch. Grüner Filztisch, Madam.«

»Ich danke Euch«, sagte Cithrin und wandte sich zu den Stufen um. Der Blick der Kurtadam blieb an Marcus hängen, und er nickte ihr zu, als sie vorbeigingen. Als Leibwächter fühlte er sich fehl am Platz. Hier gab es, verstreut über die Menge, ein paar Königinnengardisten, aber keine weiteren privaten Wächter waren zu sehen. Er fragte sich, ob die echte Medean-Bank ihn mitgenommen oder ihn draußen gelassen hätte.

Am oberen Ende der Treppe hielt Cithrin inne, und er tat es ihr gleich. Die Präfekturen waren planlos über den Raum verteilt, als hätte ein riesiges Kind die Tische aufgehoben und sie verstreut. Es gab keine Gänge, keine Reihen. Jeder Tisch stand in einem anderen Winkel zu den umgebenden, und wenn in diesem Chaos ein System herrschte, konnte Marcus es nicht erkennen. Cithrin bedeutete ihm, dass er dicht bei ihr bleiben sollte, und stakste in den Schlamassel hinein. Nach einem Drittel des Weges durch den Raum kam sie an einen Tisch, der mit grünem Filz überzogen war, an dem ein Cinnae in einer braunen Tunika saß und durch Pergamentstapel blätterte. Eine kleine Waage stand neben ihm, dahinter eine Reihe von Gewichten wie Soldaten in Habachtstellung.

»Ihr braucht Hilfe?«, fragte er.

»Ich bin gekommen, um Gründungsbriefe einzureichen«, sagte Cithrin. Marcus spürte, wie sein Herzschlag sich beschleunigte wie in den Augenblicken vor einer Schlacht. Er verschränkte die Arme und machte ein finsteres Gesicht.

»Welche Handelssparte, Madam?«

»Bankwesen«, sagte Cithrin, als wäre es etwas vollkommen Gewöhnliches.

Der Handelspräfekt blickte auf, als sähe er sie zum ersten Mal. »Wenn Ihr ein Spielhaus meint...«

»Nein«, sagte Cithrin. »Eine Zweigniederlassung. Die Dachgesellschaft ist in Carse. Ich habe die Papiere, wenn Ihr sie möchtet.«

Sie hielt sie ihm hin. Marcus war sicher, dass er einen Hauch von altem Urin riechen konnte, dass das Blatt an der Stelle drei Schattierungen dunkler wirkte, wo sie es durch Wachs geschützt hatten. Der Präfekt würde lachen, die Königinnengarde rufen und das Spiel hier beenden, ehe es begonnen hatte.

Der Cinnae nahm das Pergament entgegen, als wäre es aus geblasenem Glas. Er runzelte die Stirn, sein Blick huschte über die Worte. Er hielt inne und sah zu Cithrin auf. Sein blasses Gesicht errötete.

»Die... die Medean-Bank?«, sagte er. Marcus bemerkte, wie die Unterhaltungen um sie herum ins Stocken gerieten und endeten. Weitere Blicke wandten sich ihnen zu. Der Präfekt schluckte. »Wird das eine eingeschränkte Zulassung oder eine freie?«

»Ich glaube, der Brief sagt frei«, antwortete Cithrin.

»Das sagt er. Das sagt er. Ein vollwertiger und lastenfreier Ableger der Medean-Bank.«

»Ist das ein Problem?«

»Nein«, erwiderte der Mann und ließ den Finger über das Blatt wandern, um nach ihrem Namen zu suchen. »Nein, Fräulein bel Sarcour, nur hat man mich nicht unterrichtet, dass ich damit zu rechnen hätte. Wenn der Statthalter es gewusst hätte, wäre er hier gewesen.«

»Nicht nötig«, sagte Cithrin. »Soll ich die Gebühren an Euch bezahlen?«

»Ja«, antwortete der Präfekt. »Ja, das wäre wunderbar. Lasst mich nur …«

Es fühlte sich wie ein Tag an und dauerte vermutlich weniger als eine halbe Stunde, während Cithrin mit dem Bürokraten rang. Die Bezahlung wurde von der Bank entrichtet, geprüft, angenommen, und Belege wurden erstellt. Der Mann kritzelte einen Vermerk auf ein Blatt aus rosarotem Florpostpapier, drückte einen in Tinte getauchten Stempel auf das Blatt, unterschrieb und ließ Cithrin ihren Namen über die Unterschrift setzen. Dann reichte er ihr eine kleine Silberklinge. Als hätte sie es schon tausend Mal getan, schnitt sich Cithrin in den Daumen und drückte ihren Abdruck auf die Seite. Der Präfekt machte es genauso.

Und es war geschafft. Cithrin nahm die Florpost, faltete sie, und ließ sie in den Beutel gleiten, der an ihrem Gürtel hing. Marcus folgte ihr die Stufen hinab und hinaus auf den Platz. Die Sonne hatte den Nebel inzwischen weggebrannt, und die Geräusche des menschlichen Hin und Her waren zu dem leisen Rauschen angewachsen, an das er sich gewöhnt hatte.

»Wir sind eine Bank«, sagte Cithrin.

Marcus nickte. Er hätte sich besser gefühlt, wenn es jemanden gegeben hätte, gegen den er hätte kämpfen können. Oder ihn zumindest bedrohen. Seine Nervosität aufgrund dessen, was sie gerade getan hatten, verlangte nach einem Ventil. Cithrin nahm eine Handvoll Münzen aus der Börse und hielt sie ihm hin.

»Hier«, sagte sie. »Damit sollen weitere Wachen angeheuert werden. Nun, da es mein Geld ist, kann ich es auch ausgeben. Ich habe mir ein Dutzend Männer vorgestellt, aber beurteilt das am besten selbst. Wir werden Tag- und Nachtwachen brauchen, und dann noch ein paar, um die Waren zu begleiten, wenn wir sie ausliefern. Ich habe diese Seide nicht den ganzen Weg von den Freistädten hergekarrt, nur um sie mir dann von irgendeinem Hinterhofdieb stehlen zu lassen. Ich habe schon einen Blick auf ein paar Orte geworfen, von denen aus die Bank operieren könnte und die ein besseres Erscheinungsbild abgeben, als wenn wir über einer Spielbude hocken.«

Marcus blickte auf die Münzen hinab. Es waren die ersten, die sie ihm je bezahlt hatte, und daher war das, was sie gerade gesagt hatte, ihr erster richtiger Befehl. Die Wärme in seiner Brust war ebenso überraschend wie stark.

Wie immer es sich von diesem Augenblick an weiter gestaltete, was immer die Folgen waren, das Mädchen hatte getan, wozu nur verdammt wenige die Nerven gehabt hätten. Und das von dem halb schwachsinnigen Fuhrjungen, den er im letzten Herbst in Vanai kennengelernt hatte.

Er war stolz auf sie.

»Gibt es ein Problem?«, fragte Cithrin mit echter Sorge in der Stimme.

»Nein, Madam«, sagte Marcus.

Dawson

Issandrians Parade begann am Rande der Stadt, wand sich durch den unteren Markt, dann nach Norden über die breite Königsstraße, an den Toren der Königshöhe vorbei und dann nach Osten ins Stadion. Auf den breiten Straßen wimmelte es von Untertanen König Simeons, eingeschworenen Getreuen des Gespaltenen Throns, die alle auf den Zehenspitzen standen, um einen Blick auf die Angehörigen der Sklavenrassen zu erhaschen, die gekommen waren, um Antea in eine Marionette von Asterilreich zu verwandeln. Das geballte Brüllen der Stimmen war wie die Brandung, und der Geruch ihrer Körper drohte die milden Düfte des Frühlings zu übertünchen. Irgendein Anhänger von Issandrians Kabale hatte den Pöbel bezahlt, damit er Banner und Schilder vor sich her trug, die die Spiele und Prinz Aster feierten. Von dort aus, wo Dawson saß, hatte er eines davon im Blick – ein wunderschön blau gefärbtes Tuch mit dem Namen des Prinzen in Silberlettern, das auf Stangen emporgereckt wurde, allerdings falsch herum. Es war Issandrians Revolte in ihrer knappsten Form: die Worte der Edlen in den Händen von Männern, die sie nicht lesen konnten.

Die Adelshäuser hatten ihre Aussichtsplattformen in eine Reihe und Anordnung gebracht, die dem Status des Blutes jeder Familie entsprach. Der Ort, an dem jeder Einzelne sich aufbaute, sagte etwas darüber aus, wo er seine Gefolgschaft sah. Der Zustand des gesamten Hofes konnte auf einen Blick erfasst werden, und es war kein angenehmer Anblick. Bannerfarben von einem Dutzend Häuser flatterten um den König und den Prinzen herum, und der Großteil davon gehörte zu Issandrians Kabale, auch das Grau und Grün von Feldin Maas. König Simeon saß hoch über allem, in Samt und schwarzen Nerz gekleidet, und brachte trotz allem, was vor ihm lag, ein Lächeln zustande.

Eine Reihe von Jasuru-Bogenschützen marschierte durch die Straßen, die Bronzeschuppen auf ihrer Haut waren geölt und glitzerten in der Sonne wie Metall. Sie trugen die gestreiften Fellbanner von Borja. Dawson zählte sie grob durch. Zwei Dutzend etwa. Er schrieb es auf, während die Schützen vor der königlichen Tribüne innehielten und vor König Simeon und seinem Sohn salutierten. Prinz Aster erwiderte die Geste mit dem gleichen breiten Grinsen, das er für jeden vorausgehenden Trupp übrig gehabt hatte und auch für jeden noch kommenden übrig haben würde.

»Issandrian ist ein grausamer Bastard«, sagte Dawson. »Wenn man gekommen ist, um dem Jungen seinen Platz zu stehlen, sollte man die Würde besitzen, ihn nicht mit Geschenkbändern zu verschnüren.«

»Um Gottes willen, Kalliam, sagt solche Dinge doch nicht, wo Euch Leute hören könnten«, brummte Odderd Faskellan. Hinter ihnen lachte Canl Daskellin leise.

Auf der Straße trampelten fünf Yemmu heran. Die Hauer in ihren Kiefern waren unnatürlich grün und blau gefärbt, und sie ragten über der Zuschauermenge aus Erstgeborenen auf. Sie schienen keine Rüstungen oder Waffen außer der ungeheuren Größe ihrer Rasse zu besitzen. Die fünf hielten vor dem König an und entboten ihren Gruß. Prinz Aster erwiderte ihn, und einer der Yemmu erhob die Stimme zu einem rollenden, barbarischen Ruf. Die anderen schlossen sich an, eine Stimme legte sich über die andere, bis die Klänge ineinander verflochten schienen. Eine leichte Brise zupfte an Dawsons Umhang, und die Bäume, die die Straße säumten, erbebten. Die Luft kam aus allen Richtungen heran. Die Stimmen wurden tiefer, und der Yemmu in der Mitte des Rudels hob eine riesige, fleischige Faust. Um sie herum peitschte ein winziger Wirbelsturm.

Kundige also. Dawson machte sich eine Notiz.

»Denkt Ihr, der Schlag wird kommen, ehe die Spiele beginnen?«, fragte Daskellin.

»Es muss doch nicht zwingend dazu kommen, oder?«, fragte Odderd.

»Eher währenddessen«, antwortete Dawson. »Aber alles ist möglich.«

»Denkt noch einmal über Paerin Clarks Angebot nach«, sagte Daskellin.

»Das werde ich nicht tun«, entgegnete Dawson.

»Wir müssen. Oder seht Ihr nicht dieselbe Parade wie ich? Wenn wir gegen all das bestehen wollen, brauchen wir Verbündete. Und offen gesagt, Gold. Habt Ihr eine Möglichkeit, an diese Dinge zu kommen? Denn wie der Zufall es will, *ich* habe eine.«

Ein Trupp Schwertkämpfer marschierte vorbei. Fünfzig, alle in der leuchtend brünierten Rüstung von Elassae und gleichmäßig aufgeteilt in schwarz geschuppte Timzinae und großäugige Südlinge. Schaben und Nachtkatzen. Rassen, die zur Sklaverei geschaffen waren, damit sie ihren Drachenmeistern dienten, marschierten ins Zentrum der Macht der Erstgeborenen.

»Wenn wir nicht als Anteaner gewinnen können, verdienen wir es zu verlieren«, sagte Dawson.

Die entsetzte Stille hinter ihm ließ vermuten, dass er zu weit gegangen war. Er notierte sich die Schwertkämpfer.

»Ich habe dies angefangen, weil ich geglaubt habe, dass Ihr im Recht seid, alter Freund«, erklärte Daskellin. »Ich habe nicht gesagt, dass ich in Euer Grab kriechen würde.«

»Etwas ...«, begann Odderd, aber Dawson hörte nicht auf ihn.

»Wenn wir hier gewinnen, indem wir uns verschulden, dann sind wir nicht besser als Maas oder Issandrian oder Klin. Daher, ja, Canl, werde ich für Antea ins Grab gehen. Und meine Loyalität wird nur einem gehören. Nicht zu so vielen Hundertsteln dem Thron und zu so vielen einem grünen Tisch in Nordstade.«

Daskellins Gesicht wurde so reglos wie Kohle. »Ihr sprecht aus Furcht«, sagte er, »und deshalb werde ich Euch nachsehen ...«

»Still jetzt!«, blaffte Odderd. »Da tut sich etwas.«

Dawson folgte dem Blick des Mannes. Auf dem königlichen Podium beugte eine ältere Frau in den Farben der Königshöhe vor König Simeon das Knie. Ein junger Mann war an ihrer Seite, in Lederrüstung und noch staubig von der Straße. Prinz Aster blickte zu seinem Vater, die Parade war vergessen. König Simeons Mund bewegte sich, und sogar aus dieser Entfernung sah Dawson das Entsetzen auf seinem Gesicht.

»Wer ist der Junge?«, fragte Canl Daskellin leise. »Von wem stammt die Nachricht?«

Schritte kamen die hölzernen Stufen hinter ihnen herauf, und Vincen Coe erschien. Der Jäger verbeugte sich vor den beiden anderen, aber sein Blick lag auf Dawson.

»Eure edle Gemahlin schickt mich, mein Lord. Ihr werdet zu Hause gebraucht.«

»Was ist geschehen?«, fragte Dawson.

»Euer Sohn ist zurückgekehrt«, sagte Coe. »Es gibt Neuigkeiten aus Vanai.«

»Er hat *was?*«, fragte Dawson.

»Er hat es verbrannt«, sagte Jorey, beugte sich vor und kraulte einen Hund zwischen den Ohren. »Hat Öl in den Straßen ausgegossen, die Tore verschlossen und es niedergebrannt.«

Das Jahr, das vergangen war, seit Dawson seinen jüngsten Sohn zuletzt gesehen hatte, hatte den Jungen verändert. Jorey wirkte um mehr als ein Jahr gealtert, wie er hier vor ihm im Sonnenzimmer saß. Seine Wangenknochen hatten das hagere Aussehen, das man mit der Zeit im Feld bekam, und das Lächeln, das sich bei ihm stets hinter jeder Miene verborgen hatte, war fort. Erschöpfung zog die Schultern des Jungen nach unten, und er roch nach Pferdeschweiß und ungewaschenem Soldaten. Jorey und Coe hätten als Vettern durchgehen können, und das erschien Dawson wie ein Detail aus einem Traum. Dawson erhob sich, und der Boden neigte sich merkwürdig unter ihm. Er ging zu den Fenstern und blickte auf die Gärten hinaus. Die Schatten wurden noch vom Schnee heimgesucht, und der erste Andrang von Grün ließ die Rinde der Bäume weniger hart scheinen. Weiter hinten blühten die Kirschbäume weiß und rosarot.

Geder Palliako hat Vanai niedergebrannt.

»Er hat es uns nicht einmal plündern lassen«, sagte Jorey. »Es war auch gar nicht richtig Zeit dafür. Er hat am Tag davor einen Boten geschickt. Ich habe Pferde zuschanden geritten, als ich versucht habe, schneller hier zu sein als er.«

»Du hast es beinahe geschafft«, hörte sich Dawson sagen.

»Weiß er, dass du derjenige warst, der Geder eingesetzt hat?«

Dawson brauchte beinahe einen Atemzug, um die Frage zu verstehen, und zu diesem Zeitpunkt war sein Verstand schon mit eigenen Fragen beschäftigt.

»Weshalb hat Palliako es getan?«, fragte Dawson. »Wollte er versuchen, meine Autorität zu untergraben?«

Jorey blieb eine Weile still und blickte in die glänzenden Augen des Hundes vor ihm, als würden sie eine private Unterhaltung führen. Als er schließlich etwas sagte, kamen seine Worte zögerlich.

»Ich glaube nicht«, erklärte Jorey. »Es ist übel gelaufen. Er hat einige schlechte Entscheidungen getroffen, und die haben Früchte getragen. Er wusste, dass ihn niemand ernst genommen hat.«

»Er hat eine der Freistädte niedergebrannt, weil er sich blamiert hat?«

»Erniedrigt«, sagte Jorey. »Weil er erniedrigt worden ist. Und weil es anders ist, wenn man es nicht vor sich hat.«

Einer der Hunde grollte lange und sanft. Eine Drossel flatterte auf einen Ast, spähte zu den beiden Männern herein und flog wieder fort. Dawson legte die Finger an die kalte Glasscheibe des Sonnenzimmers, und die Hitze seiner Haut ließ das Glas beschlagen. Seine Gedanken jagten erst in eine Richtung und dann in die andere. Da gab es den Strom von Schaukämpfern und Söldnern, der nach Camnipol hereindrängte, bezahlt von Issandrian mit Geld aus Asterilreich. Die nichtssagende, unergründliche Miene von Paerin Clark, dem Bankier aus Nordstade. Canl Daskellins Zorn. Und nun die niederbrannte Stadt.

Zu viele Dinge waren in Bewegung, alle in verschiedene Richtungen.

»Das ändert alles«, sagte er.

»Er war danach anders«, sagte Jorey, als hätte sein Vater nicht gesprochen. »Er war schon immer von uns Übrigen abgeschieden, aber vorher ist er ein Clown gewesen. Jeder hat ihn ausgelacht. Sie haben ihn vor seinen Augen verspottet, und in mehr als der Hälfte der Fälle hat er es nicht einmal gemerkt. Aber danach hat niemand mehr gelacht. Nicht einmal er.«

Die Augen des Jungen waren auf das Fenster gerichtet, aber er sah etwas anderes. Etwas Fernes, das jedoch wirklicher war als das Zimmer, das Glas, die Frühlingsbäume im Garten. In dieser Leere gab es einen Schmerz, und er war von einer Art, die Dawson kannte. Er schob das Chaos zur Seite. Sein Sohn brauchte ihn, und wie sehr sie auch nach seiner Aufmerksamkeit brüllte, die Welt würde warten müssen.

Dawson setzte sich hin. Jorey blickte ihn an und dann wieder zur Seite.

»Erzähl mir davon«, sagte Dawson.

Jorey lächelte, aber es drang nicht bis zu seinen Augen vor. Er schüttelte den Kopf.

»Ich bin im Krieg gewesen«, erklärte Dawson. »Ich habe Männer sterben sehen. Die Bürde, die du nun trägst, habe ich auch getragen, und sie wird dich so lange verfolgen, wie du sie für dich behältst. Also erzähl mir davon.«

»Du hast nicht getan, was wir getan haben, Vater.«

»Ich habe Männer getötet.«

»Wir haben *Kinder* getötet«, sagte Jorey. »Wir haben Frauen getötet. Alte Männer, die nichts weiter mit unserem Feldzug zu tun hatten, als in Vanai zu leben. Und wir haben sie getötet. Wir haben das Wasser abgelassen und sie angezündet.

Wenn sie versucht haben, über die Mauern zu entkommen, haben wir sie niedergestreckt.« Seine Stimme zitterte inzwischen, und seine Augen waren geweitet vor Schrecken, aber frei von Tränen. »Wir haben etwas Böses getan, Vater.«

»Was hast du gedacht, was Krieg ist?«, sagte Dawson. »Wir sind Männer, Jorey. Nicht Jungen, die mit Stöcken aufeinander losgehen und verkünden, dass der böse Zauberer geschlagen ist. Wir tun, was Pflicht und Ehre verlangen, und oft ist das, was wir tun, schrecklich. Bei der Belagerung von Anninfurt war ich kaum älter als du jetzt. Wir haben sie ausgehungert. Es war kein Feuer, aber es war ein langsamer, qualvoller Tod für Tausende. Und die Schwachen sterben zuerst. Kinder. Alte Männer. Die Seuche in der Stadt? Wir haben sie dorthin gebracht. Lord Ergillian hat Reiter ausgesandt, um die Kranken überall im Land zu finden, und wen wir gefunden haben, haben wir ›Gesandten‹ getauft und in die Stadt geschickt. Sie wurden getötet, aber nicht, ehe sich die Krankheit ausgebreitet hatte. Jeden Tag kamen Frauen mit Säuglingen in den Armen an die Tore, um uns anzubetteln, ihnen ihre Kinder abzunehmen. Gewöhnlich haben wir sie ignoriert. Manchmal haben wir die Kinder genommen und sie an Ort und Stelle getötet, gleich außerhalb der Reichweite ihrer Mutter.«

Joreys Gesicht war blass geworden. Dawson beugte sich vor, die Hand auf dem Knie seines Sohnes, wie er es getan hatte, seit der Junge alt genug war, um zu sitzen. Dawson war einen Moment lang bekümmert, dass der Junge mit den dürren Gliedern weg war, und dieser Augenblick – diese Unterhaltung, die einer anderen ganz ähnlich war, die er einst mit seinem Vater geführt hatte – war Teil des Übergangs jenes Kindes aus dieser Welt. Das Kind musste gehen und Raum für den Mann schaffen. Es verlieh dem Verlust eine Bedeutung und machte ihn erträglich. Das war alles, was Dawson anzubieten hatte.

»Anninfurt hat gegen den Thron rebelliert«, sagte er, »und deshalb musste es fallen. Und damit es fallen würde, musste es erfahren, was Verzweiflung ist. Diejenigen, die sie uns brachten, waren am Rande des Verhungerns. Sie hätten nicht überlebt. Wenn die Kinder, die wir getötet haben – die Kinder, die *ich* getötet habe –, dafür gesorgt haben, dass das Ende eine Woche früher kam, als es sonst gekommen wäre, dann habe ich das Richtige getan. Und ich habe damals gelitten, so wie du jetzt leidest.«

»Das habe ich nicht gewusst«, sagte Jorey.

»Ich habe es dir nicht erzählt. Männer legen ihre Bürden nicht ihren Kindern auf. Ich habe es deiner Mutter nicht erzählt. Sie soll nicht daran zu tragen haben. Verstehst du, was ich sage?«

»Vanai war anders. Es bestand keine Notwendigkeit.«

Dawson öffnete den Mund, um etwas zu sagen – hoffentlich etwas Kluges und Tröstendes –, aber er merkte, wie seine Gedanken beinahe mit einem körperlich spürbaren Klicken einrasteten. Vanai. Issandrian. Die bewaffneten Söldner, die unter dem Vorwand nach Camnipol ritten, Prinz Aster die Ehre zu erweisen. Die Belagerungsstreitmacht, die aus dem Süden zurückkehrte, mit Geder Palliako an der Spitze.

»Ah«, sagte Dawson.

»Vater?«

»Wo ist Palliako? Ist er hier?«

»Nein, bei den Männern. Eine Woche hinter mir vielleicht?«

»Zu weit weg. Wir brauchen ihn früher zurück.«

Dawson war aufgestanden. Er öffnete die Tür und rief nach

Coe. Der Jäger stand bereit, als hätte er auf ihn gewartet. Die ersten Anweisungen waren ganz einfach: die anderen holen. Nicht nur Canl Daskellin, sondern das halbe Dutzend Männer, die ihr Schicksal in seine Hände gelegt hatten. Die Zeit war knapp, und der Sieg unsicher. Coe stellte keine Fragen, er salutierte nur und verschwand. Als er sich umdrehte, sah Jorey verwirrt aus.

Dawson hob die Hand und gebot den Fragen Einhalt, ehe sie kamen. »Du musst mir noch einen letzten Gefallen tun, ehe du dich ausruhst, mein Junge. Es tut mir leid, dass ich dich bitten muss, aber ich glaube, das Schicksal des Throns hängt davon ab.«

»Was immer du brauchst.«

»Bring mir Geder Palliako. Und zwar schnell.«

»Das werde ich.«

»Und, Jorey? Vanais Untergang hat uns vielleicht gerettet.«

Nicht einmal eine Stunde verging, bis Dawsons Gäste eintrafen. Zusätzlich zu Odderd und Daskellin kamen der Graf der Flussmark und Baron Nurring. Die anderen waren nicht zu Hause, und Coe war erneut hinausgegangen, um sie zu suchen. Dies war allerdings genug. Hier saßen oder standen fünf Männer, die alle über die Loyalität hochgestellter Familien und strategisch wichtige Ländereien geboten. Sie trugen noch den Brokat und die bestickten Hüte, die sie bei Issandrians Parade zur Schau gestellt hatten. Clara hatte zwei Dienerinnen geholt, die mit Gurkengeschmack versetztes Wasser auf einem Tablett gebracht hatten und gebackenen Käse, der unberührt an der Wand stand.

In der Zeitspanne, seit der Bote an der Seite Simeons eingetroffen war, hatten sich bereits zahlreiche Gerüchte verbreitet.

Dawson konnte die Unsicherheit auf den Gesichtern vor sich sehen, und er konnte sie im Lufthauch spüren. Sein eigenes Gefühl der Dringlichkeit kam ihm beinahe wie etwas Lebendiges vor, das ihm über den Rücken kroch. Wenn es gelingen sollte, musste es schnell gelingen, ehe der Hof die Zeit fand zu entscheiden, was die Neuigkeiten zu bedeuten hatten. Bevor Simeon die Zeit dazu fand.

Wie ein Priester vor seiner Gemeinde hob Dawson die Hände. »Das Gemetzel von …«, begann er, dann hielt er inne. »Die *Opferung* von Vanai ist wie eine Fackel in unserer dunkelsten Stunde gekommen. Und die Rettung des Gespaltenen Throns ist nahe.«

Die Stille war vollkommen.

»Ihr habt den Verstand verloren«, sagte Daskellin.

»Lasst ihn sprechen«, warf der Graf der Flussmark ein.

Dawson nickte dankbar. »Bedenkt Folgendes: Von Geder Palliako ist bekannt, dass er mit Sir Alan Klin zerstritten war, einem von Issandrians engsten Verbündeten, beinahe von Anfang an. Er hat es geschafft, Klin als Protektor von Vanai abzulösen …«

»*Er* hat es geschafft?«, fragte Daskellin.

»… und anstatt seine Stellung zu benutzen, um Reichtum anzuhäufen oder bei der Hofpolitik mitzuspielen, hat er eine Entscheidung getroffen. Eine mutige und prinzipientreue Entscheidung.«

»Geder Palliako«, sagte Daskellin und fuhr sich mit der Hand durchs Haar, »ist ein Schwachkopf, den wir gefördert haben, damit er Issandrian blamiert, indem er die Besetzung von Vanai ist einen Misthaufen verwandelt. Er ist ein unerprobter Junge, dessen gesamte militärische Erfahrung darin besteht, einen Pfeil ins Bein bekommen zu haben und vom

Pferd gefallen zu sein. Nun scheint er außerdem noch ein blutdurstiger Tyrann zu sein. Bis heute Abend wird Issandrian ein Dutzend Männer gefunden haben, die schwören, dass seine Ernennung auf uns zurückgeht, und es ist beinahe sicher, dass einer von ihnen Lord Ternigan sein wird. Wir werden es nicht leugnen können.«

Dawson konnte das Unbehagen in den Augen der anderen Männer erkennen und sah, wie sie die Schultern hängen ließen, wie sie die Köpfe gesenkt hielten. Wenn er die Wut mit Wut beantwortete, würde es hier und jetzt damit enden, dass sie beide wie Kamphunde übereinander herfielen und das Vertrauen der Kabale zerstört wurde. Dawson lächelte, und Daskellin spuckte in die Asche im Feuerrost.

»Es leugnen?«, sagte Dawson. »Ich werde an Palliakos Seite sitzen und stolz sein. Oder habt Ihr heute alle eine andere Parade als ich gesehen? Ist es niemandem sonst aufgefallen, dass einige hundert getreue Anteaner unter Palliakos Befehl nach Camnipol marschieren, während wir uns unterhalten?«

»Ich verstehe nicht«, erwiderte Odderd.

»Folgendes werden wir sagen«, erklärte Dawson. »Als Palliako herausfand, dass Issandrian eine bewaffnete Streitmacht nach Camnipol bringt, hat er beschlossen, seine Truppen zur Verteidigung des Throns herzuführen. Anstatt Vanai unseren Feinden zu überlassen, hat er auf eine Weise gehandelt, die seine stählerne Absicht deutlich machen würde. Er hat nicht nach jedem letzten Stück Silber in der Stadt geschürft. Er hat sie nicht für Zugeständnisse oder Zölle verschachert. Er hat sie niedergebrannt wie ein Krieger der alten Zeit. Wie die Drachen. Welcher andere Mann in ganz Antea ist so leidenschaftlich und rein in seinen Absichten? Wer sonst hätte getan, was er getan hat?«

»Aber der König hat die Erlaubnis gegeben, diese Spiele abzuhalten. Und diese Armee kommt, um uns zu retten? Die Hälfte der Männer gehört Issandrian, und die anderen verachten Palliako im besten Fall«, sagte Daskellin. »Das hier ist ein Märchen.«

»Sie verachten ihn nicht. Sie *fürchten* ihn. Und wenn wir es alle laut genug und oft genug sagen, wird auch Issandrian ihn fürchten«, verkündete Dawson. »Und da unser aller Leben davon abhängen könnte, schlage ich vor, dass wir es im Chor einstudieren.«

»Dann sieht so also Verzweiflung aus«, sagte Daskellin.

Dawson achtete nicht auf ihn. »Wenn Issandrian gegen uns vorgeht, wird das zeigen, dass Palliako recht hatte. Wenn nicht, wird es daran liegen, dass Palliako ihn eingeschüchtert hat. Auf jeden Fall hat Issandrian den König dann nicht mehr so stark in der Hand. Und wir bewerkstelligen es, ohne uns an Nordstade oder die Medean-Bank zu verkaufen. Dies ist ein überraschendes Geschenk, meine Herren. Wir wären Schwachköpfe, wenn wir es ablehnen. Aber wir müssen jetzt hinausgehen und unsere Fassung der Geschichte erzählen. Wenn der Hof heute Abend zu Bett geht, muss es unsere Geschichte sein, die sie in ihre Kissen flüstern. Warten wir, bis sich eine Meinung gebildet hat, wird es hundertmal schwerer sein, sie zu ändern.«

»Und wenn Issandrian seine Verschwörung gegen diesen jungen Palliako wendet?«, fragte Baron Nurring.

»Dann steckt die Klinge, die für Euren Bauch bestimmt war, vielleicht stattdessen in seinem«, erwiderte Dawson. »Also. Sagt bloß, das wäre Euch nicht lieber.«

Geder

Geders Oberschenkel waren aufgeschürft und nässten. Er hatte Rückenschmerzen. Der Frühlingswind, der von den Höhen herabwehte, roch nach Schnee und Eis. Um ihn herum ritten oder marschierten die Truppen des Feldzugs nach Vanai. Sie sangen keine Lieder, und niemand sprach mit Geder, abgesehen von den reinen Notwendigkeiten, die erforderlich waren, um die paar hundert Männer, Karren und Pferde auf den letzten Tagen der Reise voranzubringen. Selbst in seiner winzigen Unterkunft in Vanai, lediglich von seinem lampenäugigen Knappen begleitet und mit Alan Klins übelsten Aufgaben, die seinen Tag erfüllt hatten, hatte Geder nicht mit solcher Wucht gespürt, wie es war, verlassen in einer Menschenmenge zu sein.

Er registrierte, wie die Aufmerksamkeit der Männer auf ihm lag, ihre Verurteilung. Natürlich sagte niemand ein Wort. Nicht einer unter ihnen allen erhob sich und sagte Geder ins Gesicht, dass er ein Ungeheuer war. Dass das, was er getan hatte, schlimmer war als ein Verbrechen. Es war nicht nötig, denn Geder wusste es natürlich. In all den langen Tagen und kalten Nächten, seit er sich zurück nach Norden und nach Hause gewandt hatte, war das Brüllen der Flammen nicht aus seinen Ohren gewichen. All seine Träume hatten von Männern und Frauen gehandelt, die sich vor dem Feuer abzeichneten. Er hatte den Befehl gehabt, Vanai zu beschützen, und stattdessen hatte er es vernichtet. Wenn König Simeon befahl, ihn im Thronsaal niederstrecken zu lassen, wäre das nur gerecht.

Er hatte versucht, sich mit seinen Büchern abzulenken, aber selbst die Legenden über den Rechtschaffenen Diener konnten ihn nicht von der stetigen, nagenden Frage abbringen: Wie würde das Urteil des Königs ausfallen? An seinen besten Tagen stellte sich Geder vor, wie König Simeon vom Gespaltenen Thron herabstieg, um eine königliche Hand auf Geders weinende Augen zu legen und ihn freizusprechen. An seinen schlimmsten schickte ihn der König zurück nach Vanai, damit er zwischen den Toten am Boden angepflockt und von denselben Krähen gefressen wurde, die sich an den zahlreichen Leichen gütlich getan hatten.

Zwischen diesen Extremen fand Geders Verstand Raum für eine beinahe unendliche Reihe von düsteren Vorstellungen. Und während die Berge und Täler vertrauter wurden und die Drachenstraße sich zwischen Hügeln dahinwand, die er schon hundertmal zuvor gesehen hatte, stellte Geder fest, dass ihm jedes neuerliche Szenario, in dem er sich seinen Tod und seine Erniedrigung ausmalte, eine grimmige Hoffnung bescherte. Würde man ihn anzünden? Das wäre gerecht. Würde man ihn in einen öffentlichen Kerker stecken und mit Scheiße und Tierkadavern bewerfen? Das wäre das, was er verdient hatte. Alles – *alles* – wäre besser als dieses Aufreiben und stille Bedauern.

Das große Felsmassiv, auf dem Camnipol stand, erschien am Horizont, Luft und Entfernung färbten den dunklen Stein blau. Die Königshöhe selbst war kaum mehr als ein Splitter aus Licht. Ein einzelner Reiter konnte den Ritt in zwei Tagen schaffen. Die ganze Schar mochte bis zu fünf brauchen. Vermutlich konnten die Kundigen des Königs sie bereits sehen. Geders Blick schweifte immer wieder hinauf zu der großen Stadt, angezogen durch Sehnsucht und Furcht. Mit jeder Meile wurde die Angst größer und der Verkehr auf der Straße dichter.

Das Ackerland, das die Hauptstadt umgab, war mit das beste der Welt – dunkler Boden, der vom Fluss bewässert wurde und noch durch Schlachten gedüngt war, die man dort vor tausend Jahren ausgefochten hatte. Selbst in der Hungerzeit nach dem Tau roch das Land nach Wachstum und der Verheißung von Nahrung. Ziegenhirten trieben ihre Herden die Drachenstraße entlang, von den tief gelegenen Winterweiden zu den Bergen im Westen. Bauern führten Ochsen auf die Felder, die reif für das Pflügen und Pflanzen waren. Steuereintreiber ritten mit winzigen Gefolgschaften aus Schwert- und Bogenkämpfern vorüber, um in den kleinen Städten zusammenzukratzen, was sich holen ließ, ehe ihre Pachtverträge ausliefen. Es kam selten vor, dass man einen einzelnen Mann auf einem guten Pferd erblickte, deshalb wusste Geder, dass der graue Hengst, der nach Süden ritt, für ihn bestimmt war. Erst als das Pferd näher kam und er erkannte, dass der Reiter Jorey Kalliam war, wich seine Nervosität, und sein Atem ging leichter.

Er lenkte sein eigenes Pferd von der Drachenstraße herunter und in den Schlamm neben der Straße, um die Reihen ohne ihn weiterziehen zu lassen. Jorey brachte sein Pferd dicht heran, und Geders Knie berührte beinahe Joreys Sattel. Vor Erschöpfung war Joreys Gesicht grau, aber seine Augen waren hell und scharf wie die eines Greifvogels.

»Was gibt es Neues?«, fragte Geder.

»Ihr müsst mit vorausreiten«, sagte Jorey. »Schnell.«

»Der König?«, fragte Geder, und Jorey schüttelte den Kopf.

»Mein Vater«, erklärte er. »Er will Euch dort haben, so schnell Ihr könnt.«

Geder leckte sich die Lippen und blickte zu den Karren auf, die langsam an ihnen vorüberrollten. Einige der Fuhrleute und Schwertkämpfer gaben vor, die beiden nicht zu sehen, andere starrten sie offen an. Seit sie den Kadaver von Vanai verlassen hatten, war Camnipol stets das Ziel gewesen, mit dem er sich angetrieben hatte, ein Ende seiner Mühen. Nun, da die Zeit gekommen war, wollte er es noch ein wenig weiter aufschieben.

»Ich denke nicht, dass das klug wäre«, sagte Geder. »Es gibt niemanden, dem ich den Befehl übergeben könnte, und wenn ich …«

»Übergebt ihn Brut«, sagte Jorey. »Er ist nicht besonders schlau, aber er ist dazu fähig, Truppen die Straße entlangzuführen. Tragt ihm einfach auf, vor dem Osttor ein Lager aufzuschlagen und auf Nachricht zu warten. Lasst ihn *nicht* den Befehl zur Entlassung erteilen.«

»Es ist … Man muss auch an die Moral denken«, sagte Geder. »Ich will nicht, dass die Männer sich fühlen, als hätte ich sie aufgegeben.«

Joreys Miene sagte alles. Geder ließ den Kopf hängen, und Röte glühte auf seinen Wangen.

»Ich werde Brut suchen«, sagte er.

»Und bringt Eure besten Gewänder mit«, empfahl Jorey.

Während er Brut die Anweisungen gab, die Jorey ihm vorgeschlagen hatte, wechselte Geder auch auf einen braunen Wallach, der an diesem Vormittag im Ruhetrott gegangen war. Als Geder sein erstes Kommando hinter sich ließ, saß er mit Jorey Kalliam an seiner Seite auf einem jungen, schnellen Pferd. Ein paar Minuten lang ließ er zu, dass das Tier unter ihm sich gegen den Wind stemmte, und genoss die Illusion der Freiheit, wenn sie schon nicht Tatsache war.

Sie hielten zum Lagern an einem Schuppen mit schwarzem Dach, an dem ein Schlammpfad auf die Drachenstraße stieß, und waren beide zu erschöpft, um mehr zu tun, als sich um ihre Pferde zu kümmern. Geder brach zu einem traumlosen Schlaf zusammen und erwachte am Morgen, um Jorey zu erblicken, der die Gurte des Wallachs festzog. Sie waren schon auf der Straße, bevor Geder die Schlaftrunkenheit ganz abgeschüttelt hatte.

Vor ihnen erhob sich Camnipol.

Der südliche Weg in die Stadt war der steilste; das grüne Band aus Drachenjade suchte sich einen Weg auf das Felsmassiv hinauf wie ein Stück Schnur, das einem Kind zu Boden gefallen war. Zeit und Wetter hatten den Stein selbst zerfressen, so dass Abschnitte von hundert Fuß oder mehr übrig geblieben waren, auf denen die Straße sich hinaus in die leere Luft wölbte, und nichts als Vorsicht hielt Reisende dort auf ihrem Weg. Der beißende Frühlingswind kam nicht aus einer der vier Himmelsrichtungen, sondern lediglich von der Stadt herab oder aus der Ebene darunter herauf. Von den Höhlen und Unterständen aus, die sich an die Steinklippe klammerten, brauchte man häufig grobe Holzbrücken, um die Straße selbst zu erreichen. Der stetige Schmerz in Geders Beinen lenkte ihn ab, und die Masse aus Stein und Gebüsch versperrte die Sicht, so dass ihm nicht auffiel, wie die Königshöhe größer wurde und die Wälle der Stadt an Masse gewannen, bis sie beinahe an der letzten Biegung angelangt waren. Stattdessen schienen die großen, leuchtenden Bögen und hohen Türme aus dem Nichts aufzutauchen – eine Stadt, die aus Träumen errichtet war.

Das Südtor war schmal, kaum mehr als ein Schlitz im hohen grauen Stein, mit Türen aus Bronze und Drachenjade, die zur Seite glitten, um den Durchgang zu öffnen. Gleich außerhalb der Tore saßen ein Dutzend Männer in emaillierter Plattenrüstung auf Streitrössern, deren Geschirr zu den Reitern passte.

Als Geder und Jorey näher kamen, zogen die Männer ihre Schwerter. Die Klingen blitzten in der nachmittäglichen Sonne, und Geders Herz raste in der Brust wie ein Fuchs in einer Falle. Hier kam der Augenblick, den er erwartet und gefürchtet hatte. Jorey nickte ihm ermunternd mit einem Lächeln zu, das Geder nicht ganz zu deuten wusste. Es spielte keine Rolle. Geder schluckte seine Angst hinunter, ritt bebend seiner Kapitulation entgegen und wünschte sich, er hätte daran gedacht, seinen guten Ledermantel anzuziehen.

An der Stelle, an der die Straße durch die Mauer führte, trat eine einzelne Gestalt aus den Schatten. Obwohl er nicht auf einem Pferd saß, verfügte der Mann über die Aufmerksamkeit aller, die hier versammelt waren. Er war ein Erstgeborener und schon ein wenig älter. Seine Schläfen waren grau, sein Gesicht scharf geschnitten und intelligent. Seine Haltung ließ den Eindruck entstehen, er wäre höher gewachsen als die Reiter. Geder ermutigte seinen Wallach zu einem weiteren Schritt. Aus der Nähe war Joreys Vater nicht zu verkennen. Ihre Augen hatten die gleiche Form, und auch das Kinn war beinahe identisch. Er blickte auf Dawson Kalliam hinab.

»Sir Palliako«, sagte der ältere Kalliam.

Geder nickte.

»Es ist mir eine Ehre, Euch in der Unsterblichen Stadt willkommen zu heißen«, sagte Dawson Kalliam. Und dann, scharf: »Ehrensalut!«

Die Reiter hoben die Schwerter zum Gruß. Geder blinzelte sie an. Er hatte noch nie gesehen, wie jemand von adligem Blut vor den König gebracht wurde, um Rechenschaft abzulegen, aber so hatte er es sich nicht vorgestellt. Aus dem Nirgendwo erhoben sich Stimmen gemeinsam zu einem langen Jubelruf. Und am seltsamsten war, dass Schneeflocken aus dem weiten blauen Himmel herabtrudelten.

Nein. Keine Schneeflocken. Blütenblätter. Geder sah auf, und oben auf den Mauern blickten hunderte von Leuten herab. Geder hob unsicher die Hand, und die Menge über ihm brüllte.

»Coe wird sich um Euer Pferd kümmern«, sagte Dawson. »Wir haben eine Sänfte vorbereitet.«

Es dauerte einen Augenblick, bis er verstand, doch dann ließ sich Geder zu Boden gleiten und von Joreys Vater in das Zwielicht zwischen den Stadtmauern führen. Er dachte nicht daran zu fragen, wer wohl Coe sein könnte.

Die Sänfte war verziert; sie trug das Wappen und die Farben des Hauses Kalliam, aber auf jeder Seite war eine Stoffbahn im Grau und Blau der Palliako angebracht. Es gab zwei mit Samt gepolsterte Sitze, die einander gegenüberstanden, und acht Tralgu hockten an den Stangen. Dawson nahm den Sitz, der nach hinten blickte. Geder schob sich eine fettige Haarsträhne aus den Augen. Seine Beine zitterten vom Ritt. Die Schießscharten und Mörderlöcher in der gesamten Stadtmauer waren mit lächelnden Augen besetzt.

»Ich verstehe das nicht«, sagte Geder.

»Ein paar meiner Freunde und ich haben eine Feier für Euch vorbereitet. Das ist Tradition, wenn ein Anführer von einem militärischen Sieg zurückkehrt.«

Geder wandte sich langsam um. Etwas Schweres schien in

seinem Bauch Wurzeln geschlagen zu haben, und der hohe Stein, der über ihm aufragte, neigte sich ein wenig wie ein junger Baum im Höhenwind. Sein Mund war trocken.

»Sieg?«, fragte er.

»Die Opferung von Vanai«, erklärte Dawson. »Mutig und eindrucksvoll. Diese Entscheidung war tapferer als alles, was dieses Königreich in einer Generation gesehen hat, und es gibt einige unter uns, die sich wünschen, dass diese Grimmigkeit nach Antea zurückkehrt.«

Vor Geders innerem Auge kroch eine Frau über die Mauern einer toten Stadt, Flammen sprangen hinter ihrem dunkel hervorgehobenen Körper empor. In seiner Erinnerung fiel sie. Wieder füllte das Brüllen der Flammen seine Ohren, als wäre es ihm gefolgt, und seine Sicht verengte sich. Das war ein *Sieg?* Breite Tralgu-Hände nahmen ihn bei der Schulter und geleiteten ihn zu seinem Sitz. Er starrte Dawson stumpfsinnig an, während die Sänfte sich unter ihnen bewegte.

Das Südtor öffnete sich zu einem unebenen Platz. Geder war schon einmal hier gewesen und wusste, wie das Chaos aus Bettlern, Händlern und Wächtern, Ochsen, Karren und verwilderten Hunden aussah. Diesmal war es, als würde er nach Camnipol gehen, wie es sich ein Junge erträumte, der nur von seiner Herrlichkeit gehört hatte. Mindestens dreihundert Leute standen als Ehrengarde hintereinander und schwenkten Banner des Hauses Palliako. Rechts befand sich eine Plattform mit Männern in bestickten Umhängen und Tuniken aus Goldstoff. Dort war der Baron der Wassermark. Neben ihm ein junger Mann in den Farben des Hauses Skestinin. Nicht der Lord selbst, aber womöglich sein Ältester. Vielleicht ein halbes Dutzend weitere, die Geders wirbelnder Verstand halb erkannte, ehe die Sänfte weiterglitt. Und dann, am Ende, sah

Geder das Gesicht seines Vaters, mit hocherhobenem Kopf und Tränen, die über die Wangen hinabflossen, und er sah den Stolz darauf.

Die Menge folgte ihnen, jubelte und streute Hände voller Blumen und in Papier gewickelte Süßigkeiten. Der Lärm machte jegliche Hoffnung auf eine Unterhaltung zunichte, und daher konnte er Lord Kalliam nur voller Verwunderung anstarren.

An einer Kreuzung mit einem halben Dutzend Straßen zögerte die Sänfte. In der Nähe der Königshöhe waren die Gebäude drei bis vier Stockwerke hoch, und Leute lehnten sich aus jedem Fenster, um sein Vorüberkommen zu beobachten. Ein Mädchen hoch oben zu seiner Linken streckte eine Faust mit leuchtend bunten Bändern aus. Die Fäden tanzten durch die Luft, als sie fielen. Geder winkte ihr zu, und ein schwindelerregender und süßer Sog ergriff ihn.

Trotz allem, was er getan hatte, war er ein Held. *Wegen* allem, was er getan hatte. Es war mehr als Erleichterung; es war Begnadigung, Vergebung und Freispruch. Er hob die Arme, saugte die Beweihräucherung auf wie ein Verhungernder. Wenn es ein Traum war, würde er lieber sterben, als daraus zu erwachen.

»Es war eine schwere Entscheidung«, sagte Geder, beugte sich über den Tisch und sprach laut. »Eine Stadt niederzubrennen ist etwas Schreckliches. Ich habe diesen Pfad nicht leichtfertig eingeschlagen.«

»Bestimmt nicht«, sagte der zweite Sohn des Barons von Nurring, der die Worte nur geringfügig undeutlich aussprach. »Aber das ist doch das Wesentliche dabei, oder? Wo liegt der Wert, wenn man das Leichte tut? Es gibt keinen. Aber dem Dilemma gegenüberzustehen. Zu handeln …«

»Entschlossen zu handeln«, sagte Geder.

»Genau«, bekräftigte der Junge. »Entschlossen zu handeln.«

Das Festgelände schloss sich an Dawson Kalliams Anwesen an. Es war nicht so großartig wie die Ballsäle und Gärten des eigentlichen Besitzes, aber es war nicht weit davon entfernt. Und es sagte mehr aus als ein dreimal so großes Anwesen auf dem Land, wenn man so viel Platz innerhalb der Mauern der Unsterblichen Stadt besaß. Reihenweise glühten Kerzen auf den Mauern mit den hohen Kuppeln, und Laternen aus geblasenem Glas hingen an Fäden, die zu dünn waren, als dass man sie in der Dämmerung gesehen hätte. Breite Tore öffneten sich zu Nutzgärten, die noch nach aufgewühlter Erde und frühen Blumen rochen. Die Fest- und Tanzreigen waren hindurchgezogen. Ein halbes Dutzend hochgeborener Männer waren auf das Podium getreten, um die Tugenden von Geders Taten in den Freistädten kundzutun.

Keine Spur der Schwäche, Ängstlichkeit und Korruption hätte er gezeigt, die die Generäle von Antea inzwischen schon zu lange vergiftete, sagten sie. Geder Palliako hätte seinen Mut nicht nur den Freistädten bewiesen, nicht nur der Welt. Er hätte ihn seinen eigenen Landsleuten bewiesen. Durch seine Taten hätte er sie alle daran erinnert, wozu Reinheit fähig war. Selbst der König hatte einen Boten mit einer schriftlichen Bekanntmachung geschickt, in der er Geders Rückkehr nach Camnipol zur Kenntnis nahm.

Der Applaus war berauschend gewesen. Der Respekt und die Bewunderung von Männern, die ihm während keiner seiner Besuche bei Hof auch nur zugenickt hatten. Dann der Tanz. Geder ging diesem speziellen Zeitvertreib im Allgemeinen aus dem Weg, aber Dawson Kalliams Frau Clara hatte darauf bestanden, dass er zumindest einmal mit ihr die Runde um den Garten herum bestritt, und bis die Runde geschafft gewesen war, hatte er sich beinahe trittsicher gefühlt. Er hatte noch einige Runden mit ein paar jüngeren, nicht liierten Frauen gedreht, ehe seine Knöchel und Oberschenkel so heftig zu protestieren begannen, dass er aufgehört hatte. Jorey hatte ihm seinen Ledermantel gebracht, und als der Tag sich gegen Abend abkühlte und der Wein und das Bier ein wenig üppiger flossen, war Geder froh darum.

»Das Kennzeichen eines wahren Führers«, begann Geder und verlor dann den Faden. »Das Kennzeichen eines wahren Führers …«

»Ich hoffe, Ihr entschuldigt mich«, sagte sein Vater. »Geder, mein Junge?«

Geder erhob sich, und sein Trinkkumpan nickte respektvoll und wandte sich dann ab, mit mehr oder weniger geraden Schritten.

»Es wird spät für einen alten Mann«, sagte Lerer Palliako, »aber ich konnte doch nicht gehen, ohne dich zu sehen. Du hast alles übertroffen, worauf ich zu hoffen gewagt habe. Ich habe niemanden mehr auf solche Weise über unsere Familie reden hören, seit … Nun, nie, nehme ich an.«

»Lass mich dich begleiten«, sagte Geder.

»Nein, nein, nein. Es ist deine Nacht. Genieße sie.«

»Ich würde es genießen, mich mit dir zu unterhalten«, erklärte Geder, und der Blick seines Vaters wurde weich.

»Nun gut.«

Zusammen suchten Geder und sein Vater Lady Kalliam auf und entboten ihren tiefsten Dank. Irgendwie wendete sich das Gespräch, bis sie am Ende ihre Dankesworte akzeptierten, und sie gingen mit dem Gefühl, einen intimen Abend mit alten Freunden hinter sich zu haben, denen sie kaum je begegnet waren. Sie bestand darauf, dass sie die Sänfte nahmen, die Geder schon zuvor durch die Straßen befördert hatte. Es war nicht sicher, durch die düsteren Straßen zu wandern, und selbst wenn es das gewesen wäre, war es nicht das Richtige. Jorey erschien, als sie gerade ihren letzten Abschied nahmen, und bot Geder die Hand. Geder weinte beinahe, als er sie ergriff.

Während die Tralgu-Sklaven sie durch die nächtlich dunklen Straßen trugen, blickte Geder zu den Sternen, die über den Himmel verstreut waren. Abseits von der fröhlichen Schar kühlte sich das Hochgefühl der Erleichterung um ein paar Grad ab. Er stellte überrascht fest, dass ein Teil der Furcht noch da war, nicht mehr stechend, nicht mehr stark, aber vorhanden.

Sein Vater räusperte sich. »Du befindest dich im Aufstieg, mein Sohn. Du befindest dich steil im Aufstieg.«

»Darüber weiß ich nichts«, sagte Geder.

»Nun, ich habe diese Männer heute Abend gehört. Du hast den Hof zu einem heiklen Zeitpunkt erwischt. Du schwebst in einer allzu deutlichen Gefahr, zum Symbol für etwas zu werden.« Der Tonfall seines Vaters war fröhlich, aber etwas an der Art, wie er seine Schultern hielt, ließ Geder an einen Mann denken, der sich auf einen Schlag einstellte.

»Ich bin keine Hoftaube«, sagte Geder. »Ich werde mich freuen, wenn ich nach Hause komme und einige der Bücher durchgehen kann, die ich dort unten gefunden habe. Dir würden ein paar davon gefallen. Ich habe eine Übersetzung eines Traktats über die letzten Drachen begonnen, das behauptet, nur ein paar hundert Jahre nach Morades Fall datiert zu sein. Du würdest es mögen.«

»Da hast du sicher recht«, sagte Lerer.

Der Tralgu an der Spitze grunzte ausdrucksvoll und die Sänfte wirbelte elegant um eine Biegung nach rechts, neigte sich nur um eine Winzigkeit, um die Bewegung auszugleichen.

»Ich habe gesehen, dass Sir Klin heute Abend nicht teilgenommen hat«, sagte Lerer.

»Das hätte ich auch nicht von ihm erwartet«, erwiderte Geder. Einen Moment lang war er auf einem gefrorenen Mühlenweiher und entdeckte den Reichtum, der Klins Rolle als Protektor gesichert hätte. »Ich kann mir vorstellen, dass er letztlich ein wenig verdrossen ist. Vanai hat ihm gehört, und man hat ihn an einer Leine zurückgepfiffen. Es muss ihn beschämen zu sehen, auf welche Weise ich begrüßt wurde.«

»Das muss es. Das muss es. Auch Lord Ternigan ist nicht gekommen.«

»Er war vielleicht an anderer Stelle unentbehrlich«, sagte Geder.

»Das wird es sein. Ich bin sicher, das wird es sein.«

In den dunklen Straßen beschwerte sich kläffend ein Hund. Die Brise, die sich in den dicht gedrängten Ballsälen und Gärten kühl angefühlt hatte, war nun eisig.

»Bei Hofveranstaltungen tauchen für gewöhnlich nicht alle auf«, sagte Geder. »Ich habe nicht einmal so viele erwartet.«

»Natürlich nicht. Und es war schon ein aufregendes Ereignis, oder?«

»Ja.«

Sie verfielen ins Schweigen. Geders Rücken schmerzte. Wegen des Ritts und der Tänze ging er davon aus, dass er sich morgen wie ein Krüppel fühlen würde.

»Geder?«

Geder brummte.

»Sei vorsichtig mit diesen Männern. Sie sind nicht immer das, was sie scheinen. Selbst wenn sie sich auf deine Seite schlagen, ist es am besten, wenn man ein Auge auf sie hat.«

»Das werde ich«, sagte Geder.

»Und vergiss nicht, wer du bist. Wer immer du nach ihrem Willen sein sollst, vergiss nicht, wer du wirklich bist.«

»Das werde ich nicht.«

»Gut«, sagte Lerer Palliako. Er war kaum mehr als ein Schatten vor einem Schatten, nur dass sich das Sternenlicht in seinen Augen fing. »Das ist mein guter Junge.«

Marcus

Marcus kauerte sich zusammen, die Arme an den Seiten. Der Griff des Schwertes aus Schwarzholz in seiner Hand war rutschig vom Schweiß. Der junge Erstgeborene, der am gegenüberliegenden Ende der Grube tänzelte, trug Kämpferhosen und eine ernste Miene. Marcus wartete. Der Junge leckte sich über die Lippen und packte sein Schwert.

»Keine Eile«, sagte Marcus.

Die Luft in der Halle war heiß und feucht. Der Lärm der anderen Kämpfer konnte kaum das Rauschen der Wasserrohre übertönen, die die Bäder speisten. Mindestens ein Dutzend Männer standen um die Ränder der Grube herum. Die meisten waren Kurtadam oder Erstgeborene, obwohl sich auch ein Timzinae-Pärchen ein wenig abseitshielt. Und Yardem Hane, japsend und schweißgetränkt. Kein Cinnae war gekommen.

Marcus sah, wie der Junge das Gewicht verlagerte, um sich auf einen Angriff einzulassen. Der Junge hielt sein Schwert seitlich, im östlichen Stil, also hatte er ein wenig Ausbildung. Marcus parierte, und Kalkstaub stieg von der Schwarzholzklinge auf, dann bewegte er sich auf die linke Seite des Jungen. Der Junge drehte sich, und Marcus ließ sein Schwert von oben kommen. Der Junge parierte so aggressiv, dass beide Schwerter zurückprallten. Marcus packte das Schwert mit der linken Hand und schlug erneut zu, diesmal tief, während er die Haltung des Jungen in Augenschein nahm.

Dass er beide Hiebe von Marcus abgewehrt hatte, ließ ihn mutig werden. Der Junge packte die Waffe fester, machte eine plumpe Finte rechts und zuckte nach links. Marcus parierte den Angriff beiläufig und zog seine Klinge durch die drückende Luft, um sie dem Jungen fest auf die Brust zu schlagen. Marcus beobachtete, wie sein Gegner zurückstolperte. Das gekalkte Übungsschwert hinterließ einen Abdruck von der untersten Rippe des Jungen bis zum Schlüsselbein.

»Wer ist der Nächste?«, rief er.

»Das ist der Letzte, Herr«, antwortete Yardem.

»Danke, Hauptmann Wester, Herr«, sagte der Junge. Wo Marcus ihn getroffen hatte, wurde die Haut rot und schwoll an. Einen Augenblick lang ärgerte er sich. Er hatte den Jungen nicht verletzen wollen.

»Danke, Sohn. Du hast dich gut geschlagen«, sagte Marcus, und der Junge grinste.

Marcus legte die Hände auf den Rand der Grube und zog sich hinauf. Er war wund von den Schultern bis zu den Füßen, und der Schmerz fühlte sich gut an. Yardem warf ihm ein Bündel des zerschlissenen Stoffs zu, und Marcus wischte sich den Schweiß von Gesicht und Hals. Das war die dritte Gruppe von Bewerbern, die sie als Neuzugänge für den Trupp geprüft hatten. Wie bei den anderen beiden war es ein gemischter Haufen gewesen. Einige waren gekommen, weil sie verzweifelt waren und über keine Fähigkeit verfügten bis auf den Willen, anderen Schmerzen zu bereiten. Andere, weil sie damit behaupten konnten, dass sie in der Grube gegen Marcus Wester gekämpft hatten. Und ein paar – nicht mehr als eine Handvoll – weil es die Arbeit war, die sie kannten, und sie zufällig gerade keine Beschäftigung gehabt hatten, als Marcus seinen Aufruf gestartet hatte.

Einer der Letzteren war ein stämmiger Kurtadam mit graugoldenem Pelz und einem Akzent aus Cabral. Marcus fing Yardems Blick auf und wies mit dem Kinn auf den Bewerber. Yardem nickte.

»Du«, rief Marcus. »Wie war noch mal dein Name, Freund?«

»Ahariel«, sagte der Kurtadam. »Ahariel Akkabrian.«

»Du weißt, wie man kämpft. Was hat dich nach Porte Oliva verschlagen?«

»Ich hatte einen Vertrag bei einer Gesellschaft aus Narineiland angenommen. Zum Großteil Garnisonsdienst, aber der Befehlshaber hat angefangen, mit seinen Untergebenen ins Bett zu steigen. Das führt zu Geschwätz und verletzten Gefühlen, also musste ich da weg. Ich hatte die Freistädte im Sinn. Ich gehe davon aus, dass sie jetzt jahrelang nervös sein werden, nach dem, was in Vanai passiert ist. Aber ich habe gehört, dass Ihr auf der Suche seid.«

»Es wird kein Garnisonsdienst sein«, sagte Marcus.

Der Kurtadam zuckte mit den Schultern. »Ich habe mir gedacht, Ihr könnt Euch Eure Arbeit aussuchen. Nach Wodfurt und Gradis und allem. Wenn sie gut genug ist, um Euch zu ködern, wird es genug für einen Schwert- und Bogenkämpfer wie mich sein.«

»Du bist ein Optimist«, sagte Marcus. »Aber wir würden uns freuen, dich zu nehmen, wenn dir die Bedingungen recht sind.«

»Ich würde nicht Eure Zeit verschwenden, wenn das nicht der Fall wäre«, erwiderte Ahariel.

»Dann melde dich morgen Vormittag. Wir werden dich auf den Dienstplan setzen.«

Ahariel salutierte, wandte sich ab und ging davon.

»Ich mag ihn«, sagte Marcus. »Redet nicht viel.«

»Passt genau dazu, Herr«, bestätigte Yardem.

»Fühlt sich gut an, wieder einen richtigen Trupp zu haben.«

»Stimmt.«

Marcus ließ den Stofffetzen auf den Rand der Grube fallen. »Ist es so weit?«, fragte er.

»Wir sollten bald gehen«, antwortete Yardem.

Die frühsommerlichen Straßen von Porte Oliva waren heiß und überfüllt. Bettler lungerten in den Ecken herum, und die Masse der Körper auf den Straßen schien genauso viel zur Hitze beizutragen wie die große goldene Küstensonne. Die Luft roch nach Meer, Honig, heißem Öl und Kreuzkümmel. Die Kleider veränderten sich auch. Keine Jacken, keine Umhänge. Weibliche und männliche Cinnae streiften in durchscheinenden Kleidern durch die Straßen, die ihre dünnen Körper wie wogende und biegsame Schatten oder Geister wirken ließen. Die Kurtadam rasierten sich, bis kaum noch genug Fell übrig war, um Perlen hineinzuknüpfen, und trugen Lendenschurze und Brustbänder, die kaum ausreichten, um die Grundlagen der Sittsamkeit zu wahren. Es waren allerdings die Erstgeborenen, die Marcus' Aufmerksamkeit immer wieder auf sich zogen. Männer und Frauen schlüpften in leuchtenden Farben aus ihren winterlichen Kokons, grün und gelb und rosarot. Tuniken waren an den Seiten offen, um Luft und heimliche Blicke über blanke Haut streifen zu lassen. Jeder Tag fühlte sich an wie ein großes Fest.

Marcus gefiel es nicht.

Es erinnerte ihn zu sehr an eine Zeit, als er jung gewesen war und Lust nicht von Zuneigung hatte unterscheiden können, und Erinnerungen an diese Zeit brachten ihn immer auf die Zeiten, die darauf gefolgt waren. Auf das Treffen mit einem blauäugigen Mädchen namens Alys, das er mit mutigen Geschichten und blassen Blumen umworben hatte. Auf die Nächte voller Sehnsucht, und dann die eine mondbeschienene Nacht gegen Ende des Frühlings, einen geteilten Apfel, einen Kuss neben einem Wasserfall und das Ende der Sehnsucht. Seine vollkommene Frau. In einer gerechten Welt wäre sie noch bei ihm.

Merian wäre inzwischen alt genug gewesen, um an den gleichen fleischlichen Regungen und Irrungen zu leiden, und es hätte genauso wenig in seiner Macht gestanden, ihr Weisheit aufzuzwingen, wie es seinem Vater bei ihm möglich gewesen war. Aber nein. Inzwischen wäre sie alt genug gewesen, um jung und unklug geheiratet zu haben. Noch ein paar Monate, und Marcus hätte einen Enkel unter dem Kinn kitzeln können. An all diese ungelebten Augenblicke erinnert zu werden, das war es, was er an der Stadt nicht mochte. Solange es Arbeit gab, die erledigt werden musste, konnte er es alles beiseiteschieben.

Die Frage, wohin man die dauerhafte Heimat der neuen Bank verlegen sollte, war einfach zu lösen gewesen, nachdem Cithrin mit der Tochter des Spielbudenbesitzers gesprochen hatte, über dessen Laden sie nächtigten. Diese hatte seit Jahren gehofft, ihren Vater dazu zu überreden, seinen Beruf aufzugeben, und hatte es beinahe geschafft. Das untere Geschoss war groß genug, um kleine Baracken zu beherbergen, und im Keller gab es eine eiserne Schließkassette, die in Stein eingelassen und tief im Boden versenkt war. Und daher residierte dort, wo einst die Spielbude gewesen war, nun die Medean-Bank von Porte Oliva in bescheidener Eleganz. An dem Tag, an dem der alte Spieler die Verträge unterschrieben hatte, hatte Cithrin den Wechsel kundgetan, indem sie die Wände im hellsten Weiß neu streichen ließ, das sie hatte auftreiben können.

Wo der Ausrufer gestanden hatte, um seine Litanei aus Wetten und Einsätzen herunterzuleiern, sprossen aus einem Zinntopf, der mit schwarzer Erde gefüllt war, die dünnen grünen Halme und breiten, hängenden Blätter eines halben Dutzends Tulpen, die kurz vor der Blüte standen.

»Gleich zu ihr?«, fragte Yardem und deutete auf die private Treppe, die zu den Räumen führte, die inzwischen nur noch Cithrin gehörten.

Marcus schüttelte den Kopf. »Wenn wir fertig zum Abmarsch sind«, sagte er.

Früher hatte sich die dicke Holztür zu einem öffentlichen Bereich mit einem hohen Tresen an einem Ende geöffnet. Der Tresen war jetzt fort, und die Kreideschrift auf der Schiefertafel zeigte keine Wettangebote, sondern die Namen von Marcus' neuen Wachen und ihre Dienstzeiten. Alle vier warteten nun dort, wo sich Wettkunden herumgedrückt hatten, blickten aus den schmalen, verriegelten Fenstern und machten grobe Witze über die Leute, die auf der Straße vorbeigingen. Als Marcus eintrat, endete das Gelächter, und die neuen Wächter – zwei Erstgeborene, eine Kurtadam und ein junger Timzinae, den Marcus instinktiv eingestellt hatte – erhoben sich und gingen in Habachtstellung. Er würde mehr brauchen. Über ihnen knarzten die Dielen, auf denen Cithrin auf und ab ging.

»Tasche bereit?«

»Ja, Hauptmann Wester, Herr«, sagte die Kurtadam.

Marcus nickte ihr zu, und sein Verstand war plötzlich peinlicherweise wie leergefegt. Sie hatte breite Schultern und Hüften und Arme so dick wie die Beine. Ihr Pelz war glänzend schwarz, sogar noch schwärzer als die Schuppen des jungen Timzinae. Und ihr Name lautete … Edir? Edem?

»Enen«, sagte Yardem. »Du trägst das Geld. Barth und Corisen Mout nehmen die Spitze und die Nachhut. Der Hauptmann und ich sichern die Flanken.«

»Und ich?«, fragte der junge Timzinae. Die blinzelnden Membranen seiner Augen gingen in einem schnellen, nervösen Zucken auf und zu. Er war recht unkompliziert. Wie immer er hieß, jeder nannte ihn Schabe.

»Du bleibst hier und weckst die anderen, wenn etwas Interessantes passiert«, sagte Marcus. Schabe schien ein wenig enttäuscht, deshalb fuhr Marcus fort: »Wenn jemand einen Vorstoß zur Geldkassette wagt, wird es passieren, während der Großteil von uns fort ist. Halte die Tür verriegelt und stell die Ohren auf. Du wirst in größerer Gefahr sein als wir.«

Schabe salutierte zackig. Enen unterdrückte ein Lächeln. Die beiden Erstgeborenen gingen zur Waffentruhe und fingen an, die übelsten Waffen herauszusuchen, die die Königinnengarde sie auf den Straßen tragen ließ. Marcus wandte sich um und ging zurück zu der privaten Treppe, Yardem an seiner Seite.

»Ich werde diese Namen nie im Kopf behalten«, meinte Marcus.

»Das sagt Ihr jedes Mal, Herr.«

»Wirklich?«

»Ja.«

»Hm. Gut zu wissen.«

Die Räume, die so klein und vollgestopft erschienen waren, als es nur ihn, Yardem und Cithrin gegeben hatte – und den gestapelten Reichtum von Vanai –, waren zu einer respektablen Privatresidenz der neuen Vorsteherin der Medean-Bank geworden. Es war kaum mehr als ein Hinterzimmer mit ihrem Bett und Schreibtisch und vorne einem Besprechungszimmer mit einem kleinen, abgetrennten Klosett auf der Seite, aber Cithrin hatte hundert kleine Einzelheiten zusammengetragen und es verwandelt: zarte Stoffstreifen, die über den Fenstern hingen, ein kleines religiöses Bild, das sich in eine Ecke schmiegte, den kurzen Lacktisch, der im Augenblick mit alten Lieferaufzeichnungen und Abschriften von Frachtbriefen bedeckt war. Alles zusammen machte den Eindruck, dass hier eine Frau wohnte, die zweimal so alt war wie sie. Es war ein Kostüm, ganz ähnlich wie die, die Meister Kit und seine Schauspieler trugen, und eines, das Cithrin gekonnt zur Schau stellte.

»Ich brauche jemanden von der Hafenregistratur, der sich mit mir unterhält«, sagte Cithrin anstelle einer Begrüßung. »Die Handelsschiffe aus Narineiland werden bald kommen, und ich sollte besser wissen, wie das abläuft. Es sieht so aus, als würde sich die Hälfte des Handels der Stadt abspielen, wenn diese Schiffe eintreffen.«

»Ich werde sehen, was sich auftreiben lässt«, sagte Yardem.

»Wohin geht es heute?«, fragte Marcus.

»Zu einer Brauerin gleich außerhalb der Mauern«, erklärte Cithrin. »Ich habe sie in der Schenke getroffen. Ihre Gilde bewilligt ihr einen Austausch ihrer Bottiche, aber sie hat nicht genug Geld, um es sich zu leisten.«

»Also leihen wir es ihr.«

»Eigentlich darf sie keine verzinsten Darlehen annehmen«, sagte Cithrin und zog sich einen leichten Schal mit Perlen um die Schultern, den sie auf die Art drapierte, wie Meister Kit es ihr beigebracht hatte. »Gildenregeln. Aber sie darf Geld von Geschäftspartnern annehmen. Also kaufen wir uns in ihr Geschäft ein.«

»Ah«, sagte Marcus.

»Wenn sie nicht zahlen kann, sind wir in der Lage, ihr Geschäft zu übernehmen. Wenn ich eine Geschäftsbeziehung zu einem Böttcher und ein paar Schenken aufbaue, dann kann ich einen Kreislauf gegenseitiger Unterstützung anleiern, der jedermann für eine lange Zeit sehr glücklich macht.«

»Lange Zeit«, sagte Marcus und kaute auf ihren Worten herum.

»Und Brauereien sind stets eine gute Investition«, fuhr Cithrin fort. »Magister Imaniel hat das immer gesagt. Der Biermarkt wird nie einbrechen.«

Cithrin blickte sich im Raum um, schürzte die Lippen und nickte dann. Zusammen gingen sie die Stufen zurück nach unten, nachdem Cithrin stehen geblieben war, um die Tür hinter ihnen zu sichern. Auf der Straße spielte ein halbes Dutzend Kinder etwas, bei dem ein alter Weinschlauch herumgetreten und viel geschrien wurde. Cithrin drehte sich zum Eingang um, wo sie fast in einen Kurtadam rannte. Marcus fügte im Stillen den Einbau einer Innentür zur Liste der Dinge hinzu, die erledigt werden sollten. Nach draußen gehen zu müssen, wenn sie von den einen Räumen in die anderen gelangen wollten, war ganz angenehm gewesen, als sie sich versteckt hatten. Nun war es nur ein unnötiges Risiko.

Die Erstgeborenen, Corisen Mout und Barth, lachten gemeinsam, wurden aber ernst, als sie zu dritt hereinkamen. Enen war fertig, eine kleine Ledertasche war an ihren Schultern befestigt, die Hände waren frei und kampfbereit. Sie trug einen Krummdolch und einen verstärkten Schlagstock an den Hüften. Als sie hinaus auf die Straße gingen, gruppierten sie sich zu einer lockeren Formation. Trotz der engen, vollen Straßen war ihr Weg immer frei, da die Einwohner von Porte Oliva beiseitetraten, um sie durchzulassen. Neugierige

Blicke folgten ihnen, aber nur ein paar besonders mutige Bettler wagten eine Annäherung, und sie versuchten es bei Cithrin. Niemand näherte sich Enen und ihrer Last aus Münzen. Sie gingen nach Norden, durch die große Mauer und zu den vertrauten Gebäuden der Stadt dahinter. Das Gewimmel war zu viel für Marcus' Geschmack. Die Gerüche nach Abwasser und Schweiß waren hier drückender, die Straßen sowohl voller als auch breiter als hinter der Mauer im Zentrum von Porte Oliva.

Die Brauerei, die sie aufsuchten, war ein zweistöckiger Betrieb, der sich um einen schmalen Hof mit eigenem Brunnen zog. Breite Türen waren zum Hof hin offen, und die Bottiche und Fässer standen in den nach Hefe stinkenden Schatten. Die Brauerin, eine Cinnae, deren Körper und Gesicht so kräftig waren, dass sie beinahe als Erstgeborene hätte durchgehen können, kam heraus, um sie in Empfang zu nehmen, und grinste, als gehörten sie zur Familie.

»Magistra Cithrin! Kommt herein, kommt herein!«

Marcus beobachtete, wie sich Cithrin und die Brauerin gegenseitig auf die Wange küssten. Er nickte Enen zu, und sie streifte die Geldtasche ab und überreichte sie dem Mädchen, als wäre Cithrin das, was sie zu sein vorgab. Keine der neuen Wachen hielt die Bank für etwas anderes, als sie zu sein behauptete. Es gab keinen Grund dafür.

Cithrin nahm die Tasche und bedeutete Marcus, dass er und die anderen im Hof bleiben sollten. Er nickte, und Cithrin und die Brauerin fassten einander an den Händen und verschwanden in den düsteren Tiefen der Brauerei, wobei sie sich wie alte Freundinnen unterhielten. Ein junger Cinnae, der nicht älter als Schabe war, kam in einem dünnen Lederschurz heraus, Krüge mit frischem Bier in der Hand. Es war süßer, als

Marcus es mochte, aber mit einem beinahe körnigen Nachgeschmack, den er zu schätzen wusste. Marcus wies die neuen Wachen an, sich an der steinernen Brunnenmauer niederzulassen, ehe er Yardems Blick auffing und über den Hof schaute. Der Tralgu trank sein eigenes Bier aus, rülpste und schlenderte neben Marcus her.

»Ordentliches Bier«, sagte Marcus.

»Stimmt.«

»Was hältst du von diesem Plan, den sie da hat?«

Yardems Ohren legten sich zurück, dann stellten sie sich wieder auf, während er nachdachte. Marcus war bewusst, dass er schon durch die Frage die Antwort des Tralgu verändert hatte. Was Yardem über einen Plan dachte, den Marcus nicht in Frage stellte, war etwas anderes.

»Scheint zu funktionieren«, sagte Yardem. »Im Keller ist immer noch zu viel Schmuck für meinen Geschmack, aber wir haben genug Schwertkämpfer, um Messer auf Abwegen zu verscheuchen. Ich weiß nicht viel darüber, aber es scheint gut möglich, dass sie das Geld zurückbekommt, das sie ausgibt, oder zumindest annähernd so viel.«

»Dann werden also die großen Männer aus Carse, wenn sie hier auftauchen, alles mehr oder weniger vollständig vorfinden«, sinnierte Marcus. »Sie kann es ihnen übergeben, sich die Hände reinwaschen, und es ist nichts passiert.«

»Das ist der Plan«, sagte Yardem behutsam.

»Kannst du dir vorstellen, wie sie es ihnen zurückgibt?«

Yardem streckte die langen, breiten Arme, wandte sich um, um auf die offene Brauerei zu schauen, als wäre er gelangweilt. Marcus wartete schweigend, hoffte, der Tralgu würde ihm widersprechen, und erwartete, dass er es nicht tun würde.

»Sie wird versuchen, es zu behalten«, sagte Yardem.

»Sie weiß noch nicht, dass sie darüber nachdenkt, aber, ja«, bekräftigte Marcus. »Sie ist gut darin. Vielleicht sogar sehr gut. Und sie ist nicht die Sorte Mädchen, die aufhört, wenn ihr etwas zu gut gefällt.«

Yardem nickte langsam. »Wie wird sie es anstellen?«, fragte er.

Marcus nippte an seinem Bier, spülte es im Mund herum, dann spuckte er es im Hof auf die Steine. Mehrere Tauben stiegen vom Dachgiebel auf und wirbelten durch die blaue Weite über ihnen.

»Ich verstehe noch nicht einmal jetzt die Hälfte von dem, was sie tut«, sagte er. »Du vielleicht?«

»Nein.«

»Ich weiß nicht, was sie versuchen wird. Wahrscheinlich weiß sie es auch nicht. Aber wenn sie es herausfindet, wird sie danach trachten. Ob es nun eine gute Idee ist oder nicht.«

GEDER

DIE TAGE, DIE AUF GEDERS Rückkehr nach Camnipol folgten, flossen an ihm vorüber, als wäre er ein Stein im Wasser eines Flusses. Zusammenkünfte in den Häusern der höchsten Familien von Antea füllten seine Tage, Feierlichkeiten aufgrund seines eigenen Sieges in Vanai und des kommenden Jubiläums von Prinz Asters Benennungstag nahmen die Nächte ein. Am Tag nach seinem unerwarteten Fest sah er zum ersten Mal schwarze Ledermäntel unter der sonst leuchtend gefärbten Hofmode auftauchen, die seinem eigenen nachempfunden waren. Männer, die sich niemals die Mühe gemacht hatten, eine Verbindung zum Haus Palliako zu pflegen, fingen an, ihn zu besuchen. Es war nur verständlich, dass diese Aufmerksamkeit seinen Vater abschreckte. Veränderungen, die plötzlich kamen, konnten sich katastrophal anfühlen, auch wenn es Veränderungen zum Besseren waren.

Das Einzige, womit man den fortschreitenden Frühling noch besser hätte machen können, wäre eine angenehmere Unterkunft in der Stadt gewesen, anstatt sich Nacht für Nacht nach draußen begeben zu müssen, ehe die Stadttore schlossen, um in seinem Zelt im Feldlager zu schlafen. Und ein Ende der Alpträume.

»Ich verstehe nicht, weshalb ich nicht den Befehl zur Entlassung geben soll«, sagte Geder und verstrich dabei einen Löffel voll Apfelbutter auf seinem Frühstücksbrot. »Wenn ich es nicht bald tue, dann macht es doch sicher Lord Ternigan.«

»Das wird er nicht wagen«, sagte Canl Daskellin, der Baron der Wassermark. »Nicht, bevor all die ausländischen Schwert- und Bogenkämpfer sicher aus Camnipol abgezogen sind.«

»Es ist eine Schande«, sagte Marrisin Oesteroth, der Graf von Magrifell, mit einem Nicken. »Bewaffnetes Gesindel auf den Straßen von Camnipol. Und kaum ein Erstgeborener unter ihnen. Ich weiß nicht, was sich Curtin Issandrian dabei gedacht hat, die Sklavenrassen herzubringen. Als Nächstes wird er Prinz Aster mit Schweinen und Affen die Ehre erweisen.«

Um sie herum leuchteten die Gärten des Hauses Daskellin in der spätvormittäglichen Sonne. Goldene Löwenzahnblüten nickten in der Brise. Im Osten ragte das instand gesetzte Stadion auf, viele Stockwerke hoch und weiß und rot gestrichen. Morgen sollten die Spiele für den Prinzen beginnen, aber die Spektakel im Vorfeld liefen schon seit Tagen – Bärenhatz, Schaukämpfe, Wettschießen. Und mit ihnen eine wachsende Anspannung, die Geder an die stille, drückende Hitze eines klaren Sommertages vor einer Sturmnacht erinnerte.

»Habt Ihr diese Yemmu-Kundigen gerochen?«, fragte Odderd Faskellan, der Graf von Escheric und Wächter des Weißen Turms, mit einem Schnauben. »Der Gestank, der von ihnen ausgeht, hat mir noch auf dem Podium das Wasser in die Augen getrieben. Und die Südlinge erst.«

Der Mann mit dem unscheinbaren Gesicht neben Geder – Paerin Clark hieß er, und kein anderer Titel ging damit einher – trank aus seinem Becher, als wollte er seinen Gesichtsausdruck verbergen, aber die anderen um sie herum nickten und brummten zustimmend oder ablehnend.

»Sie treiben es mit ihren eigenen Schwestern«, sagte Marrisin Oesteroth und nahm einen Schluck Apfelwein. »Es ist nicht ihre Schuld, dass sie das tun. Die Drachen haben sie so geschaffen. Das hält ihre Blutlinien rein, ganz wie bei Jagdhunden.«

»Wirklich?«, fragte Geder. »Ich habe ein Traktat gelesen, in dem stand, dass das ein Mythos war, der nach der zweiten Vertreibung von der Idikki-Gefolgschaft aufgebracht wurde. Genauso, dass Tralgu Säuglinge fressen oder Dartinae Brunnen vergiften.«

»Ihr glaubt nicht, dass Tralgu Säuglinge fressen?«, sagte Marrisin Oesteroth mit einem Lachen, in das die anderen einfielen. Auch Geder.

Die Unterhaltung wandte sich anderen Hofangelegenheiten zu: der wachsenden Unruhe in Sarakal, den fehlgeschlagenen Bemühungen um die Aufstellung eines Bauernrats, den Gerüchten um einen zweiten Erbfolgekrieg in Nordstade. Geder hörte mehr zu, als er sprach, aber wenn er etwas sagte, schienen die Männer auf ihn zu hören. Das allein war genauso berauschend wie der Apfelwein. Als die letzten Speisen von den Dienern weggetragen wurden, verabschiedete sich Geder. Sie würden morgen eine weitere ähnliche Versammlung abhalten und am Tag danach ebenso. Und heute Abend gab es einen zwanglosen Ball, der als Gegenveranstaltung zu einem Fest für König Simeon angesetzt war, bei dem Sir Feldin Maas als Gastgeber auftrat. Geder wusste davon, weil Alberith Maas zähneknirschend um die Erlaubnis gebeten hatte, an dem Fest teilnehmen zu dürfen. Geder hatte es gestattet. Der Hof mochte gespalten sein, aber er nahm an, dass es stets so gewesen war. Angesichts der Anzahl und Art der Leute bei den Ereignissen, denen er beigewohnt hatte, war er sich ziemlich sicher, dass die Hälfte des Hofes, die ihn in ihre Reihen aufgenommen hatte, sowohl die größere als auch die mächtigere war. Er konnte es sich leisten, großzügig zu sein.

Die Sonne schien am späten Morgenhimmel, Geders Mantel saugte die Wärme auf und sorgte für ein weiches und behagliches Körpergefühl. Er wanderte durch die schwarz gepflasterten Straßen und fühlte sich beinahe so selbstsicher wie während seiner ersten Tage in Vanai. Ein Mann von niedriger Geburt mit langem, schmutzigem Bart sah ihn kommen und sprang aus dem Weg. Eine junge Frau mit einem schönen Gesicht lächelte ihm aus ihrer von Sklaven gezogenen Kutsche zu. Geder lächelte zurück und sah, wie sie sich zu ihm umdrehte, um ihm nachzublicken, während sie fortgetragen wurde. Vom Grinsen bekam er eine angenehme Art von Kieferschmerzen.

Das Osttor der Stadt war breiter als das südliche: Es lag unter einem großen Bogen aus gemeißeltem Stein, der beinahe so hoch wie die Königshöhe selbst aufragte. Pferdehufe und Kutschenräder wetteiferten klappernd mit den Stimmen kleiner Händler. Die Luft stank nach Mist, da die Tiere die Straßen ebenso schnell verschmutzten, wie die Gefangenen vom Niedergericht den Dreck zusammenkratzen konnten. Ausrufer gingen unter groben Holzschildern und verkündeten jedwede Neuigkeit, für deren Herunterleiern sie bezahlt worden waren: Ein bestimmter Metzger hatte sein Fleisch in Wasser eingelegt und verkaufte es nach Gewicht, ein Ausbruch der Pocken hatte sich auf ein Bordell in der Gerbergasse zurückführen lassen, ein Junge war verloren gegangen, und auf seine Rückkehr war eine Belohnung ausgesetzt. Es war das Geschwätz jeder beliebigen großen Stadt, und Geder genoss das Geräusch, ohne der Bedeutung der Worte groß Aufmerksamkeit zu schenken. Für jede Silbe war bezahlt worden, und es war kein Fehler, wenn man annahm, dass ein Großteil davon gelogen war. Geder hielt an einem Stand, an dem ein furchengesichtiger Tralgu ohne Beine Süßigkeiten aus kandiertem Lavendel und Honigsteine verkaufte. Als Geder ihm eine Münze zuwarf, fing der finster dreinblickende Tralgu sie geschickt auf.

Außerhalb der Mauern von Camnipol erstreckten sich die nördlichen Ebenen bis zum Horizont, eine grüne Weite aus Gras und Busch, aber ohne Bäume. Alles, was groß genug war, um als Feuerholz verbrannt zu werden, war dem Land schon vor Generationen entrissen worden. Was es an Hügeln gab, erhob sich zu leichten Anhöhen wie die Wellen auf einem ruhigen Ozean. Das Lager breitete sich gleich östlich im Schatten der Stadt aus. Auf einen Vorschlag von Jorey Kalliam hin hatte Geder den Befehl gegeben, dass die Truppen eine militärische Ordnung beibehalten sollten, anstatt die alltägliche Unordnung ihren Lauf nehmen zu lassen, die eintrat, wenn man zu Hause war. Obwohl es neben Camnipol lag, hatte das Lager seine exakten Abmessungen, seine Wachen, seine Kochfeuer und seinen amtierenden Befehlshaber. Fallon Brut, der Baron von Suderlinghöhen, marschierte auf ihn zu, als er das Lager wieder betrat.

»Was gibt es Neues?«, fragte Brut. »Gibt es schon Nachricht von Ternigan?«

»Noch nicht«, antwortete Geder.

»Bei allem Respekt für den Mann, aber es wird kein guter Platz mehr im Stadion übrig sein, wenn er noch viel länger wartet.«

»Wir könnten uns an König Simeon wenden«, sagte Geder.

»Oder Ihr könntet den Befehl selbst erteilen«, erwiderte Brut, und sein weit herabhängender Schnauzbart zuckte.

»Ich möchte nicht vorgreifen«, sagte Geder.

Brut lachte, und es klang beinahe wie ein Bellen. »Das Lager gehört dann Euch. Ich ziehe mich zurück, ruhe mich ein wenig aus. Maas gibt heute Abend ein Fest, und ich bin dran mit der Auszeit.«

»Es gibt auch einen zwanglosen Ball«, erklärte Geder möglichst beiläufig.

»Niemand will mich tanzen sehen«, sagte Brut. Als er fortging, fragte sich Geder, an welchem Ereignis das hübsche Mädchen aus der Kutsche teilnehmen würde.

In seinem Zelt hatte sein Knappe alle Spuren des Schlaflagers weggeräumt, aber seine Bücher und Übersetzungswerkzeuge dort gelassen, wo sie waren. Geder setzte sich an seinen Feldschreibtisch, griff nach dem bröckelnden Leder eines vielgestaltigen Traktats, mit dem er gekämpft hatte, und suchte in den uralten Seiten, bis er die Stelle fand, an der er aufgegeben hatte.

Es war die Entdeckung jener Waffen in den Sinirbergen, die es den vereinten Kräften von Hallskar und Sarakal erlaubte, die Einmischung von Borja zu begrenzen und letztlich die Länder wiederzuerlangen, die nach den Abkommen vor fünf Generationen aufgegeben worden waren. Dennoch gab es keine gemeinschaftlichen Bemühungen mehr, weder unter den gewählten hallskarischen Königen noch bei den traditionellen Familien von Sarakal, weitere Lagerräume auszukundschaften. Die allgemein anerkannte Erklärung für dieses seltsame Verhalten war eine abergläubische Angst vor etwas in diesem Tal. Der namenlose Schreiber der Abtei von Atian nimmt an, dass es sich vielleicht um eine Kapsel voller tiefschlafender Drachen handeln könnte, die Drakis Sturmkrähe dort zurückgelassen hat, oder um den Rechtschaffenen Diener des Drachen Morade, aber es scheint am naheliegendsten, dass es stattdessen die Seuchenzeit unmittelbar nach dem Ende der borjanischen Ausbreitung war, die all jenen Erkundungen ein Ende setzte, und die Berge selbst begrenzten jegliche Expedition auf die Sommermonate und auf Reisen zu Fuß. Das allein sollte eine längere und systematischere Untersuchung des Schuhwerks des alten Hallskar rechtfertigen, der ich mich im nächsten Abschnitt widmen werde.

Sinirberge. *Sinir.* Das Wort schien vertraut, aber er konnte sich nicht ganz entsinnen, wo er es schon gesehen hatte. Es war aber erst kürzlich gewesen. Es hatte ebenfalls mit dem Rechtschaffenen Diener zu tun gehabt. Dessen war er sich sicher.

Die Legende, die er als Liebhaberprojekt begonnen hatte, war zu etwas Interessanterem herangewachsen. In den dunklen Morgenstunden, wenn seine Träume ihn weckten, setzte sich Geder an seine Bücher, strich jeden Hinweis an und überdachte die kleineren Einzelheiten seiner Übersetzung, bis die Stimme des Feuers aus seinem Verstand zurückwich und er wieder schlafen konnte.

Er hatte alles andere als eine klare Vorstellung von der Waffe, außer dass sie eine Rolle im letzten Krieg der Drachen gespielt und mit einer Magie zu tun gehabt hatte, die Wahrheit und Lüge eindeutig trennte. Es gab zwei Vermerke, die von einer Verderbtheit oder einer Ansteckung des Blutes sprachen, aber was genau das bedeutete, war unklar. Es hätte ein Hinweis auf die Riten und Sprüche sein können, die Morade gewirkt hatte, um den Rechtschaffenen Diener ins Leben zu rufen, oder eine Beschreibung seiner Arbeitsweise, oder eine Geschichte, die von jenen in Umlauf gebracht worden war, die Morade bekämpft und ihren Feind überlebt hatten.

Der Ort, der mit dem Einsatz der Waffe verbunden war, befand sich fraglos in den östlichen Bergen und Einöden, die an Hallskar, Borja, die Keshet und Pût angrenzten. Sicher, das ließ ein riesiges Stück Land übrig, das Meiste davon beinahe undurchdringlich. Aber wenn man die Hinweise datierte und nachschlug, wie sich die Grenzen von Staaten und Stämmen im Lauf der Jahrhunderte verschoben hatten, dann glaubte Geder, dass er vielleicht ermitteln konnte, was für ein Landstrich damit gemeint war. So platzierte zum Beispiel ein Buch den Rechtschaffenen Diener östlich von der Keshet, benutzte aber einen antiquierten Namen. Ein anderes behauptete, er befände sich östlich von Borja, benutzte jedoch einen etwas jüngeren Begriff. Wenn man verglich, wie die Grenze der beiden sich in den Jahrhunderten dazwischen entwickelt hatte, konnte Geder es auf einen Bereich eingrenzen, der sich von Norden nach Süden nicht weiter als ein Viertagesritt ausdehnte.

Zum ersten Mal in seinem Leben hatte er begonnen, ein eigenes spekulatives Traktat zu diesem Thema zu umreißen. Es schien unwahrscheinlich, dass der Abschnitt über altes hallskarisches Schuhwerk sich als nützlich erweisen würde, aber er würde es nicht wissen, solange er es nicht überprüft hatte, also stützte sich Geder mit einem schweren Seufzer auf die Ellbogen und begann zu lesen. Der Text war nicht sonderlich gut geschrieben, aber er stellte fest, dass er trotzdem von dem Thema vereinnahmt wurde. Der Wechsel der Zehenbrücken als Hinweis auf die Zusammensetzung der Rassen am königlichen Hof war eigentlich faszinierend angesichts der Tatsache, dass während der Herrschaft von Thiriskii-adan beinahe sechs Jahrhunderte der Geschichtsschreibung systematisch ausgelöscht worden waren. Die Annahme, dass es eine Zeit gegeben hatte, da Hallskar von den lampenäugigen Dartinae anstelle von Haavirisch regiert worden war, ließ Geder allemal die Augenbrauen wölben. Er stellte fest, dass er so von dem Text gefangen war, dass er die Rufe nicht bemerkte, bis sein Knappe ins Zelt platzte.

»Mein Lord«, sagte der Dartinae. »Die Stadt. Etwas ist geschehen.«

Geder blickte auf, und einen Moment lang hingen seine Gedanken noch dem gerade Gelesenen nach, und er stellte sich vor, wie sein Knappe im königlichen Leder und Gold von Hallskar ausgesehen hätte. Der Lärm von Stimmen und aufeinandertreffendem Metall drang in sein Bewusstsein vor, und Angst stieg blitzartig in ihm auf. Geder sprang auf die Beine und rannte aus dem Zelt. In seiner Vorstellung stieg bereits Rauch von den Mauern von Camnipol auf, das Feuer von Vanai brüllte bereits seinen Namen. Daved Brut, der Sohn von Fallon, rannte über die Ebene. Blut tränkte seine Tunika scharlachrot.

»So helft doch diesem Mann!«, schrie Geder, seine Stimme war hoch und gepresst. »Er ist verletzt! Jemand soll ihm helfen!«

Im nächsten Moment strömten Männer auf den verwundeten Jungen zu. Geder blickte sich um und versuchte herauszufinden, wo die Schlacht stattfand. Es gab keinen Rauch. Kein Feuer. Aber Männer brüllten, und zwar ganz in der Nähe. Sechs Männer hatten Daved Brut erreicht und trugen ihn rasch zurück ins Lager. Geder rannte ihnen entgegen. Als der Verwundete ihn sah, streckte er sich nach ihm aus.

»Lord Palliako!«

»Ich bin hier«, sagte Geder. Die Träger hielten inne.

»Die Gladiatoren. Sie übernehmen das Tor.«

»Was?«

»Die Gladiatoren aus dem Stadion. Sie sind am Tor. Sie versuchen es zu schließen.«

Es ist ein Aufstand, dachte Geder. *Ein Aufstand in den Straßen von Camnipol.*

Und dann, einen Augenblick später: *Nein. Ein Staatsstreich.*

»Bringt ihn zum Kundigen«, befahl Geder den Trägern. »Und dann holt Eure Waffen. Ruft die Truppen zusammen!«

Zunächst verwirrt und dann ungläubig und ängstlich kam Ordnung in das Lager. Geders Knappe eilte mit Schwert und Rüstung in den Händen herbei. Geder nahm die Klinge, dann gab er sie zurück und griff nach der Rüstung.

»Dafür ist keine Zeit«, sagte Fallon Brut, der an seiner Seite erschien. Das Gesicht des Mannes war dunkel umwölkt. »Wenn sie die Tore schließen, sind wir nutzlos. Schnell jetzt, zur Hölle mit der Sicherheit.«

Geder schluckte. Seine Knie zitterten sogar. Er hörte, wie er zum Angriff rief, als würde es jemand anders tun, und dann rannten er und Brut und ein Dutzend weitere Veteranen von Vanai mit dem Schwert in der Hand über das gräserne Feld zum Osttor. Geders schwarzer Ledermantel flatterte um ihn wie Fledermausflügel. Sein Schwert fühlte sich schwer und ungelenk an, und als er zu den Toren kam, war er außer Atem und hatte Seitenstechen. Und unter dem großen Ostbogen der Stadt begannen sich die Tore zu schließen.

»Zu mir!«, rief Geder und schob sich nach vorn. »Vanai zu mir!«

Er und seine Männer stürmten durch den schmaler werdenden Schlitz zwischen den Toren. Der Platz, über den Geder vor nicht einmal zwei Stunden spaziert war, hatte sich bis zur Unkenntlichkeit verwandelt. Wo Karren und Kutschen gewesen waren, lagen Leichen auf der Straße. Jenseits des umgekippten Tisches mit Honigsteinen und kandiertem Lavendel stand eine Reihe von Jasuru-Bogenschützen; ihre Schuppen glitzerten golden. Sie schossen ihre Pfeile ab, und der Mann links von Geder fiel schreiend zu Boden.

»Angriff!«, brüllte Geder. »Haltet sie auf! Angriff!«

Geders Männer stürmten vor, die Köpfe gesenkt und die Stimmen erhoben. Die Bogenschützten fielen zurück, und von rechts trampelte eine Gruppe Yemmu in Bänderrüstungen aus Stahl und Leder mit riesigen Zweihandschwertern auf sie zu. Mit ihren in der Farbe von Blut bemalten Hauern wirkten sie wie Gestalten aus einem Alptraum. Einer hob den breiten Kopf und heulte.

Eine breite Klinge, die einen Schritt lang war, zischte auf ihn zu, und er tänzelte zurück. Der Yemmu war beinahe eineinhalb mal so groß wie ein Erstgeborener, an den Schultern breit wie ein Karren. Geder hob die eigene Klinge mit zwei Händen, und der Yemmu grinste. Mit einem Ächzen zog der Yemmu sein Schwert durch die Luft, wodurch er Geder weiter zurückdrängte. Zu seiner Linken fand eine riesige Klinge eine Lücke in der Rüstung eines der Männer aus Vanai und verspritzte heißes Blut über Geders Schultern und Gesicht. Irgendwo hinter ihm kreischte jemand.

Geders Gegner hob sein Schwert, um es wie eine Axt zu schwingen. Geder riss die eigene Klinge nach oben und wusste schon in diesem Augenblick, dass er den kommenden Schlag nicht würde abwehren können. Jemand rannte an ihm vorbei, rammte den Yemmu-Soldaten und brachte ihn ins Stolpern.

»Jetzt, Geder!«, rief Jorey. »Auf ihn!«

Geder eilte vor und schwang sein Schwert. Der Hieb ging nicht tief, aber er drang durch die Lederrüstung. Der Yemmu schrie, und Jorey sprang zurück. Geder holte erneut aus. Er wollte den Bauch des Ungetüms treffen, wo die Rüstung dünn war, aber sein Schlag ging zu tief und fiel auf den ungeheuren Oberschenkel hinab. Der Yemmu streckte eine riesige graue Hand aus und stieß Geder zurück, aber Jorey Kalliams Klinge fuhr herab und ließ eine Blutfontäne aus dem Handgelenk des Wesens schießen. Es heulte, ließ das Schwert fallen und umfasste die Wunde, um den Blutfluss einzudämmen. Geder rannte nach vorn, schlug mehrmals auf das Knie des Yemmu-Kämpfers ein, als würde er versuchen, einen kleinen Baum zu fällen.

Der Yemmu stolperte und fiel, dann hob er die Arme, um sich zu ergeben. Geder wirbelte herum.

Die Tore standen still, weder ganz offen noch geschlossen, und weitere Soldaten aus Vanai ergossen sich durch die Lücke. Die Jasuru-Schützen waren nirgends zu sehen, und vier von den Yemmu waren gefallen, während sechs weitere noch in Kämpfe gegen eine wachsenden Flut von anteanischen Schwertkämpfern verwickelt waren. Jorey Kalliam stand vorgebeugt da und atmete schwer. Blut rann ihm aus dem Mund und verschmierte seine Zähne, aber er lachte.

»Die haben nicht gewusst, worauf sie sich einlassen, als sie es mit uns aufgenommen haben«, sagte Jorey durch den Schaum aus seinem Blut und Speichel. Geder grinste.

»Nun«, sagte Lerer Palliako, der sich an die Brüstung seines Balkons lehnte. »Nun …«

»Das Südtor haben sie tatsächlich eingenommen«, sagte Geder. »Es ist geschlossen, und sie haben seinen Mechanismus blockiert. Wir können es noch immer nicht öffnen.«

Das Zwielicht verblasste, und die Sterne traten hervor. Die Feste und Bälle waren auf Befehl des Throns abgesagt. Nachdem Schwerter und Blut die Straßen von Camnipol unsicher gemacht hatten, ging die Königsgarde auf Patrouille. König Simeon selbst hatte eine auserwählte Gruppe von Adligen in der Königshöhe versammelt und eine Ausgangssperre von der

Abenddämmerung bis zum Morgengrauen verhängt, was bedeutete, dass jeder, der in den verdunkelten Straßen angetroffen wurde, ohne Fragen oder Vorwarnung niedergestreckt werden würde. Die Häuser wurden verschlossen und verriegelt, und eine Feuerwache war auf den Mauern der Stadt im Einsatz. Im Stadion, das hergerichtet worden war, um die Spiele für Prinz Aster abzuhalten, hingen nun zwölf Gladiatoren an behelfsmäßigen Galgen. Zweimal so viele waren gefesselt und von den Brücken gestürzt worden; ihre Leichen lagen unbegraben am Boden des Spalts.

Die Luft selbst schien angesichts des Entsetzens und der Angst der Stadt verwandelt. Alles roch zerbrechlich, als würde es einer großen Katastrophe entgegensehen. Geder wusste, dass auch er sich hätte fürchten sollen, aber er war beschwingt. Ein bewaffneter Aufstand in der Hauptstadt, und er hatte ihn niedergeschlagen. Wenn er schon für das Niederbrennen von Vanai gefeiert worden war, konnte er sich den Ruhm kaum ausmalen, der jetzt auf ihn herabregnen würde. Er war von der Vorstellung halb trunken.

»Ich höre auch, dass Lord Ternigan die Entlassung befohlen hat«, sagte sein Vater.

»Die Männer wollten unbedingt ihre Häuser und Familien verteidigen. Wenn Lord Ternigan es nicht getan hätte, hätte wahrscheinlich ich es getan.«

Sein Vater schüttelte den Kopf und seufzte. Vom Fenster aus konnten sie am Rande der Stadt die Königshöhe sehen, die über Camnipol aufragte – und damit über der Welt. Lichter glitzerten in den Fenstern wie Sterne oder die Kochfeuer einer Armee. Lerer Palliako ließ die Fingerknöchel knacken.

»Schlechte Zeiten«, sagte er. »Sehr schlechte Zeiten.«

»Es wird nicht weitergehen«, erklärte Geder. »Damit ist es

beendet. Es gibt keine Gladiatoren mehr, und wenn es noch welche gibt, wird man sie jagen. Die Stadt ist gerettet.«

»Es gibt noch diejenigen, die sie angestiftet haben«, sagte sein Vater. »Diejenigen, die den Angriff in die Wege geleitet haben. Und die Namen, die ich auf diese Liste setzen kann, sind zu mächtig, um am Strang zu sterben. Ich habe nie Zeit am Hof verbracht, als ich jung gewesen bin. Ich habe niemals Verbindungen und Bündnisse geschaffen. Ich frage mich jetzt, ob ich es hätte tun sollen. Aber es ist zu spät, nehme ich an.«

»Vater«, sagte Geder, aber Lerer hustete und hielt eine Hand hoch.

»Die Entlassung ist ausgerufen worden, Sohn. Du kannst überall hingehen, wohin du willst. Alles tun. Es wäre vielleicht klug, wenn du eine Zeitlang aus Camnipol verschwindest. Bis sich all das beruhigt hat.«

Unbehagen mischte sich stechend in Geders Euphorie, zum ersten Mal, seit die Kämpfe beendet waren. Er blickte sich zwischen den in Finsternis getauchten Gebäuden und Straßen um. Sicher hatte sein Vater Angst vor Schatten. Es gab nichts, wovor man sich fürchten musste. Sie hatten gewonnen. Der Staatsstreich war aufgehalten worden.

Dieser Staatstreich. *Dieses* Mal.

»Ich nehme an, es schadet nichts, wenn ich jetzt nach Hause gehe«, sagte Geder. »Ich habe ein Traktat, über das ich nachdenke. Das wird dich interessieren, glaube ich. Ich bin geographischen Querverweisen aus verschiedenen Zeiten auf der Spur und vergleiche sie mit gegenwärtigen Karten, um …«

»Nicht nach Bruchhalm«, unterbrach ihn Lerer. »Du solltest Antea verlassen. Du bist zu sehr Teil von politischen Machenschaften, die wir nicht zur Gänze verstehen. Erst Vanai, und jetzt das? Du solltest mindestens ein paar Monate lang irgendwohin gehen, wo sie dich nicht erreichen können. Nimm dir ein paar Diener. Ich werde dir das Geld geben. Du kannst dir einen stillen und abgelegenen Ort suchen. Im Herbst werden wir vielleicht besser wissen, wie die Dinge stehen.«

»Na gut«, sagte Geder. Er fühlte sich sehr klein.

»Und, Sohn? Sag niemandem, wohin du gehst.«

Dawson

SIMEON GING VOR IHNEN ALLEN auf und ab. Das Gesicht des Königs war eine Mischung aus Zögern und Entschlossenheit, wie Dawson es schon bei Jagdhunden gesehen hatte, die nicht sicher waren, wie sie einen Hang hinabgelangen sollten, und wussten, dass es kein Halten geben würde, sobald sie einmal losgelaufen waren. Bei wem sein alter Freund in dieser langen Nacht auch Rat gesucht hatte, er war es nicht gewesen. Andererseits war er sicher, dass es auch nicht Curtin Issandrian gewesen war.

Die Audienzkammer, in der sie jetzt saßen, war nicht die übliche. Es gab keine Wandbehänge oder weichen Samtkissen, die Wände waren aus blankem Ziegel. Keine Teppiche oder Kissen dienten den gebeugten Knien von Simeons Untertanen als Polster. Die Königsgarde stand an den Wänden aufgereiht und trug Rüstung und Schwerter, die keineswegs reine Zierde waren. Prinz Aster saß auf einem silbernen Thron hinter seinem Vater. Es war offensichtlich, dass der Junge geweint hatte.

Curtin Issandrian kniete auf der anderen Seite des Ganges gegenüber von Dawson, sein Gesicht ausgemergelt und blass. Alan Klin war an seiner Seite. Canl Daskellin und Feldin Maas hatten es beide geschafft, der Aufmerksamkeit zu entgehen. Odderd Faskellan war durch einen Pfeil in der Kehle gestorben, und an seinem gehängten Mörder taten sich bereits die Fliegen gütlich. Geder Palliako, der mit Fug und Recht der

Held der Stunde war, weil er das Osttor gehalten hatte, hatte die Stadt bereits verlassen. Dawson war allein.

Die Zuschauergalerien hinter und über ihnen waren überfüllt. Sämtliche Männer von Adel saßen auf niedrigen, unbequemen Hockern hinter einer Absperrung aus geknüpftem Seil, die sie von der offiziellen Audienz absonderte. Die Frauen standen auf der oberen Galerie, und irgendwo inmitten der Menge war auch Clara. Die oberste Galerie war üblicherweise für die geehrtesten nichtadligen Untertanen des Königs und für Botschafter von ausländischen Höfen vorgesehen. Heute stand sie leer.

Der König blieb stehen. Dawson hob nicht den Kopf.

»Das findet heute ein Ende«, sagte Simeon, und seine Stimme hallte bis zu den entlegensten Winkeln der Kammer. »Es endet jetzt.«

»Ja, Eure Majestät«, antwortete Dawson, seine Stimme sorgfältig auf Demut bedacht. Einen Augenblick später taten es ihm Issandrian und Klin nach.

»Antea wird nicht dem Pfad des Drachen folgen, während ich auf dem Gespaltenen Thron sitze«, fuhr Simeon fort. »Diese kleinlichen Intrigen und politischen Spielchen werden im Imperium im Herzen der Welt *nicht* Verwirrung und Unfrieden stiften. Ich schwöre es bei meinem Leben, und als Euer Herr erwarte und verlange ich dasselbe von Euch.«

Als Dawson diesmal *Ja, Eure Majestät* sagte, sprachen Issandrian und Klin mit ihm.

»Edles Blut ist auf den Straßen von Camnipol vergossen worden. Ausländische Schwerter sind auf unseren Straßen gezogen worden«, fuhr der König fort. »Ob dahinter ehrenhafte Beweggründe gestanden haben, spielt keine Rolle mehr. Es muss eine Abrechnung geben.«

Im Augenwinkel meinte Dawson zu erkennen, wie Alan Klin noch bleicher wurde.

»Habt Ihr irgendwelche Anmerkungen zu machen, ehe ich das Urteil verkünde?«, fragte der König. »Lord Kalliam?«

»Nein, Eure Majestät«, sagte Dawson. »Ich folge Euch und dem Gespaltenen Thron getreu.«

»Lord Issandrian?«

»Eure Majestät«, sagte Curtin Issandrian. Seine Stimme bebte. »Ich möchte Euch nur zwei Dinge ins Gedächtnis rufen. Erstens bitte ich Euch zu bedenken, dass der gestrige Gewaltausbruch vielleicht nicht Absicht oder Plan eines der Anwesenden war. Aber wenn Eure Majestät darauf besteht, dass eine Bestrafung erfolgen muss, bitte ich Euch, meinen Mitstreiter zu schonen. Die Spiele für Prinz Aster waren mein Projekt, und nur meines. Ich möchte nicht, dass Unschuldige leiden, nur weil sie mich kennen.«

Es war eine hübsche Rede, dachte Dawson. Aber schlecht beraten.

»Mein Lord Issandrian vergisst, dass es nicht die erste Gewalttat ist, die aus Euren Unstimmigkeiten mit dem Haus Kalliam hervorgegangen ist. Wenn Ihr Euch anbieten möchtet, um an Euch ein Exempel zu statuieren, werde ich darüber nachdenken, aber glaubt nicht, dass sich jemand hinter Euren Röcken in Sicherheit bringen kann.«

»Majestät«, sagte Issandrian.

In der Stille, die folgte, schloss Dawson die Augen. Seine Beine auf dem Steinboden schmerzten, aber er regte sich nicht. Zappeleien waren der Würde des Anlasses nicht angemessen.

»Dawson Kalliam, Baron von Osterlingbrachen«, sagte König Simeon. »Für die nächsten fünf Jahre verdopple ich die Verpflichtungen, die Ihr mir für Eure Besitztümer schuldet.

Ihr habt Euch für nicht weniger als ein halbes Jahr vom Hof und Camnipol fernzuhalten, und es ist Euch auch nicht gestattet, Soldaten auszuheben oder Söldner anzuwerben, ohne die ausdrückliche Erlaubnis des Throns zu haben.«

Dawson sagte nichts, sondern verbeugte sich tiefer. Sein Herz schlug nun schneller, und er war sorgsam darauf bedacht, seine Nervosität nicht zu zeigen.

»Curtin Issandrian, Baron von Corsa«, fuhr der König fort. »Ich fordere alle Länder zurück, die Ihr im Vorfeld südlich des Flusses Andriann erhalten habt, und entlasse Euch aus Eurer Stellung als Wächter von Estinhaven und Protektor des Ostens. Für die nächsten fünf Jahre verdopple ich die Verpflichtungen, die Ihr mir für Eure Besitztümer schuldet, und Ihr habt Euch für nicht weniger als ein halbes Jahr lang vom Hof und Camnipol fernzuhalten, und es ist Euch auch nicht gestattet, Soldaten auszuheben oder Söldner anzuwerben, ohne die ausdrückliche Erlaubnis der Throns zu haben.«

Dawson schloss die Augen. Er musste sich dazu zwingen, nicht den Kopf zu schütteln. Die Enttäuschung drückte auf seine Eingeweide, als hätte er einen Stein verschluckt. Das Urteil über Klin würde ähnlich oder niedriger ausfallen. Und tatsächlich schickte ihn König Simeon in das gleiche Exil, erhöhte seine Verpflichtungen und nahm ihm unbedeutende Titel weg. Feldin Maas, wo immer er sich versteckte, kam ohne jede Strafe davon.

Als er sie dazu aufrief, sich zu erheben, blickte Dawson zu seinem alten Freund auf. Seinem König. Simeons Gesicht war gerötet, sein Atem ging rasch, seine Miene war immer noch verfinstert. Hinter ihm hatte Prinz Aster trotzig das Kinn gehoben. Einen Moment lang sah Simeon Dawson in die Augen. Wenn er sich das Flackern im offenkundigen Zorn des Königs nicht nur einbildete, dann war es das einzige Zugeständnis, das Dawson erhalten würde. Die Garde des Königs trat zur Seite, und Simeon schritt hinaus, Aster hinterdrein, und auf den Galerien schwollen die Stimmen zu donnerndem Lärm an. Dawson blickte über den Gang, wo sich Issandrian und Klin zu einer eigenen Unterhaltung zusammenkauerten. Klin sah betäubt aus. Issandrian wirkte traurig, und Dawson fragte sich, ob es aus dem gleichen Grund war wie bei ihm.

»Lord Kalliam?«

Der Hauptmann der Königsgarde war ein hochgewachsener Mann mit breiten Schultern, einem Mopsgesicht und wässrigen Augen. Dawson folgte ihm.

»Ich muss Euch bitten, bis Sonnenuntergang vor den Toren zu sein, mein Lord«, sagte der Mann.

»Ist mein Haushalt daran gebunden?«

»Nein, mein Lord. Sie können bleiben, wenn sie wollen.«

Dawson kratzte sich am schmerzenden Bein. Der Hauptmann stand noch einen Augenblick mit stillschweigendem Respekt da, dann ging er zu Issandrian und Klin, um ihnen, wie Dawson annahm, die gleiche Mahnung mitzuteilen. Er wandte sich um und ging hinaus. Die äußere Halle war aus schwarzem Marmor mit Silberverzierungen. Die Mittagssonne stach durch hohe, unverriegelte Fenster. Clara war bereits da, um ihn in Empfang zu nehmen, Vincen Coe hinter ihr wie ein Schatten. Jorey tauchte am Ende des Ganges auf und kam schnell zu ihnen. Seine Stiefel klirrten auf dem Steinboden.

»Ich denke, dass es ganz gut gelaufen ist«, sagte Clara.

Dawson schüttelte den Kopf. »Es war ein Witz, meine Liebe«, entgegnete er. »Es war das Ende des Imperiums.«

Die Kutsche erwartete sie auf der Straße, das Pferdegespann schnaubend und ungeduldig, als würden die Tiere selbst den Wandel in der Stadt fühlen. Hundert ähnliche Gefährte verstopften die schmale Straße, um auf den versammelten Adel Anteas zu warten, der aus der Königshöhe tröpfelte. Sie alle machten Platz für das Haus Kalliam. Eine rasche Heimkehr nach Hause war der traditionell letzte Respekt, den man einem Exilanten erwies.

Die groben Pflastersteine rüttelten die Kutschenräder durch. Niemand versuchte etwas zu sagen. Dawson sah aus dem Seitenfenster, wie die Königshöhe um die Ecke verschwand. Sie fuhren über den großen Platz und in die Straßen der Stadt. Tauben stiegen in großen Scharen auf, kreisten und kehrten wieder zur Erde zurück. Dann die Silberbrücke und der große Abgrund des Spalts. Rauch stieg aus den Schmieden und Öfen auf.

Vor einem Tag war edles Blut in diesen Straßen vergossen worden. Heute sah es so aus wie immer, nur für die wenigen wie ihn nicht, die es besser wussten.

In seinem privaten Anwesen brachten die Diener wie immer das Podest heraus. Dawson winkte die dargebotenen Hände fort. Der alte Tralgusklave an der Tür begrüßte ihn ernst. Drinnen bereiteten die Diener das Haus vor. Wandbehänge wurden abgenommen, Möbel mit Überzügen vor dem Staub geschützt. Sein Hundeführer hatte die Hunde bereits in ihre Reisekäfige verfrachtet, und die Tiere wimmerten vor Verwirrung und Unruhe. Dawson kniete sich zu ihnen, drückte die Hand gegen die Stäbe und ließ die Hunde daran riechen und an seinen Fingern lecken.

»Ich kann noch bleiben«, schlug Jorey vor.

»Tu das«, sagte Dawson. »Ich werde keine Zeit haben, alles in Ordnung zu bringen, ehe ich gehe.«

»Einige der Diener müssen zurückbleiben, mein Lieber«,

sagte Clara. »Die Gärten werden es nicht überstehen ohne die Gärtner, die sich darum kümmern. Und der Springbrunnen im Rosenhof muss noch repariert werden.«

Im Käfig blickte ein Hund zu Dawson auf. Seine großen braunen Augen waren sanft und ängstlich. Er steckte einen Finger hinein, um ihn an der Schnauze zu streicheln. Ein Tier, das stark genug war, um einem Fuchs mit einem Biss das Rückgrat durchzubeißen, drückte sich sanft an ihn.

»Tu, was das Beste ist, Clara«, sagte er. »Ich vertraue dir.«

»Lord Kalliam?«

Vincen Coe salutierte auf Jägerart. Dawson rang sich ein Nicken ab.

»Lord Daskellin ist gekommen, mein Lord«, sagte Coe. »Er wartet im westlichen Wohnzimmer.«

Dawson erhob sich. Der Hund winselte, als er sich von ihm entfernte. Es gab nichts, was er tun konnte. Er hatte keinen weiteren Trost zu bieten. Im Wohnzimmer stand Canl Daskellin am Fenster, die Hände hinter dem Rücken verschränkt wie ein General, der das Schlachtfeld überblickt. Sein Pfeifenrauch war so süßlich, dass es beinahe widerlich war.

»Canl«, grüßte Dawson. »Wenn es etwas gibt, was Ihr von mir wollt, sagt es am besten schnell. Ich habe keine Zeit für ein Kartenspiel.«

»Ich kann Euch mein Mitleid und meine Gratulation anbieten.«

»Gratulation? Wofür?«

»Wir haben gewonnen«, sagte Daskellin, der sich vom Fenster abwandte und in den Raum schritt. »Ihr habt Eure Hand brillant ausgespielt. Ihr habt Issandrian zu einem Schlag verleitet, den er nicht zur Gänze ausführen konnte, dann habt Ihr seine Verschwörung zurechtgestutzt. Nun ist er in Ungnade gefallen. Sein innerer Kreis ist im Exil. Der Länder und Titel beraubt. Es ist nicht vorherzusagen, wer Prinz Aster als Mündel nehmen wird, aber es wird keiner von ihnen sein. Zu unseren Lebenszeiten wird es keinen Bauernrat geben. Es tut mir leid, dass es Euch etwas gekostet hat, aber ich schwöre, dass Euer Name wie der eines Helden gepriesen werden wird, während Ihr fort seid.«

»Was nützt es, Schlachten zu gewinnen, wenn der Krieg verloren ist?«, fragte Dawson. »Seid Ihr wirklich hergekommen, um zu feiern, Daskellin? Oder ist das die Art, wie Ihr Häme zeigt?«

»Häme?«

»Odderd Faskellan war ein Angsthase, aber er hatte edles Blut. Er ist gestern *gestorben*. In Camnipol, durch die Hände von Fremden. Das ist seit Jahrhunderten nicht geschehen. Und wie hat Simeon darauf reagiert? Mit erhöhten Steuern. Kleinlichem Exil. Einem Wechselspielchen mit einigen unbedeutenden Titeln und Ländereien.«

Daskellin lehnte sich an die Wand, die Arme verschränkt. Grauer Rauch drang aus seinem Mund und den Nasenlöchern.

»Was hätte er Eurer Meinung nach tun sollen?«

»Sie alle selbst niederstrecken. Sie fesseln, das Schwert nehmen und sich mit seiner Hand ihre Köpfe holen«, sagte Dawson.

»Es hört sich an, als würdet Ihr Palliako schon vermissen«, bemerkte Canl trocken.

Dawson ignorierte ihn. »Ein bewaffneter Trupp auf den Straßen? Das ist Verrat am Thron, und es mit weniger als dem Tod zu bestrafen, ist nur einen Schritt von öffentlicher Kapitulation entfernt. Er hat sich eine Maske der Grimmigkeit aufgesetzt, und alles, was er damit erreicht hat, war zu zeigen, wie viel Angst er hat. Ihr hättet es sehen sollen. Simeon, wie er herumstolziert und wütet und nach einem Ende ruft. Es war, als würde man einen Hirtenjungen sehen, der versucht, Wölfe niederzubrüllen.«

»Angst? Vor wem?«

»Der Macht, die Issandrian stützt. Er hat Angst vor Asterilreich«, sagte Dawson und zeigte dann mit einem anklagenden Finger auf Daskellin selbst. »Und er hat Angst vor Nordstade.«

Daskellin verzog in der Parodie eines Lächelns die Lippen und nahm die Pfeife aus dem Mund. »Ich bin nicht Nordstade, alter Freund«, sagte er. »Und wenn der Gedanke daran, wie andere Höfe und Königreiche reagieren könnten, König Simeon dazu gebracht hat, größere Gnade walten zu lassen, ist das ein weiser Zug von ihm.«

»Das ist die Erlaubnis für jeden Landbesitzer im Königreich, seine Loyalität so breit zu streuen, wie er nur kann«, sagte Dawson. »Solange wir uns, wenn wir einer Gräfin in Asterilreich oder einer Bank in Nordstade verpflichtet sind, sicherer fühlen können, als wenn wir zu Antea stehen, wird Simeon über keinen eigenen Hof verfügen. Er will das Königreich so eisern vom Pfad des Drachen fernhalten, dass er ihn bereits einschlägt.«

Daskellin kniete sich neben den Feuerrost, um mit der Pfeife gegen die rußverschmierten Ziegel zu klopfen. Ein Ascheregen fiel heraus.

»Wir sind unterschiedlicher Ansicht«, verkündete er, »aber es gibt Raum für kleine Meinungsverschiedenheiten unter Verbündeten. Ihr habt natürlich recht, dass die Gefahr für das Königreich nicht ganz vorüber ist, auch wenn Issandrians Kabale nun Fußfesseln angelegt sind. Ob Ihr mir glaubt oder nicht, ich hatte vor, Euch damit zu beruhigen, dass ich während Eures Exils weiterarbeiten werde.«

»Indem Ihr uns an die Medean-Bank verkauft?«

»Indem ich mich darum kümmere, dass König Simeon die Unterstützung und Treue hat, die er benötigt.«

»Gesprochen wie ein Diplomat«, sagte Dawson.

Daskellin fuhr auf, und dann beruhigte sich seine Laune vor Dawsons Augen. Er steckte die Pfeife in seinen Gürtel und erhob sich. Der Geruch von altem Rauch hing noch im Raum.

»Dies ist ein dunkler Tag für Euch«, erklärte Canl, »deshalb werde ich das, was Ihr gesagt habt, darauf zurückführen und nichts auf das geben, was Ihr zum Ausdruck bringen wolltet. Was immer Ihr glaubt, ich bin nicht gekommen, um mich in Schadenfreude zu ergehen.«

Die beiden standen einen Augenblick da, und die Stille zwischen ihnen dehnte sich unangenehm in die Länge. Canl Daskellin stellte ein klägliches, schiefes Lächeln zur Schau, dann ging er hinaus und legte eine Hand auf Dawsons Schulter, als er vorüberschritt. Dawson lauschte den sich entfernenden Schritten, die in dem Lärm untergingen, den sein auf den Kopf gestellter Haushalt veranstaltete. Er blieb noch einen Augenblick stehen und blickte aus dem Fenster, ohne die frühsommerlichen Bäume dahinter zu sehen. Ohne die Vögel oder die Diener oder das Winseln seiner Hunde zu hören.

Er wandte sich ab.

Dawsons Auszug erfolgte in einer einzelnen offenen Kutsche. Er saß auf dem vorderen Sitz und blickte zurück auf die Stadt, Clara an seiner Seite. Vincen Coe hockte neben dem

Kutscher auf dem Bock. Karren mit seinem Besitz würden langsamer nachkommen, aber sie würden kommen. Der Weg nach Osterlingbrachen würde sie einen halben Tag lang über die Drachenstraßen führen, und die Drachenjade unter ihren Füßen war ebener als die Straßen von Camnipol.

»Es besteht doch nicht die Möglichkeit, dass wir einem von ihnen über den Weg laufen, oder?«, fragte Clara.

»Wem?«

»Einem von ihnen«, wiederholte Clara. »Lord Issandrian oder Lord Klin. Oder Lord Maas. Es wäre einfach zu unerquicklich, denke ich. Ich meine, wirklich, was sagt man in so einem Fall? Ich kann mir nicht vorstellen, sie zu einem gemeinsamen Essen einzuladen, aber es wäre unhöflich, es nicht zu tun. Glaubst du, wir sollten dem Fahrer auftragen, Abstand zu halten, wenn er eine andere Kutsche sieht? Wenn wir vorgeben können, dass wir nicht bemerkt haben, wer sie sind, können wir alle die Form wahren. Außer wenn es Maas ist. Phelia muss wegen alldem in großer Aufregung sein.«

Trotz allem lächelte Dawson. Er nahm seine Frau bei der Hand. Ihre Finger waren dicker als damals, als er sie kennengelernt hatte. Seine eigenen waren rauer. Die Zeit hatte sie beide auf manche Weise verändert und auf manche Weise unberührt gelassen. Vom ersten Tag ihrer Ehe an, sogar zuvor, hatte er gewusst, dass sie die Welt anders sah als er. Es war ein Teil dessen, was er an ihr liebte.

»Ich bin sicher, das wird nicht passieren«, sagte er. »Issandrian und Klin werden diese Straße nicht nehmen, und es gibt keinen Grund für Maas, den Hof zu verlassen. Jetzt nicht mehr.«

Clara seufzte und legte den Kopf an seine Schulter. »Mein armer Gemahl«, sagte sie.

Er drehte den Kopf ein wenig, küsste das Haar gleich über ihrem Ohr, dann legte er ihr den Arm um die Schultern.

»Es wird nicht so schlimm werden«, versicherte er und versuchte zu klingen, als würde er es glauben. »Mir hat der Winter in Osterlingbrachen gefehlt. Das kann uns nun dafür entschädigen. Wir verbringen den Sommer zu Hause, eilen zurück nach Camnipol, um dabei zu sein, wenn der Hof geschlossen wird, und dann kehren wir für den Winter zurück.«

»Können wir das?«, fragte Clara. »Wir könnten auch den Winter über bleiben, wenn dir das lieber ist. Wir müssen nicht zwei Reisen machen.«

»Nein, Liebste«, erwiderte er. »Es geht nicht nur darum, den Herbstumzug zu sehen. Ich will auch wissen, wie sich die Dinge bei Hofe entwickelt haben, ehe der Winter kommt. Es sieht nur so aus, als würde ich dir nachgeben. Eigentlich bin ich ein selbstsüchtiger Rüpel.«

Clara lachte leise. Ein paar Meilen weiter begann sie sanft zu schnarchen. Coe, dem es auffiel, reichte schweigend eine Wolldecke herab, und Dawson deckte Clara zu, ohne sie zu wecken. Die Sonne sank hinter ihnen und färbte sich rot. Schatten ergossen sich über die Landschaft, und die trillernden, schrillen Abendvögel machten sich bemerkbar.

Dawson verließ ein Schlachtfeld, aber der Kampf würde ohne ihn weitergehen. Issandrian, Maas, Klin. Sie waren nicht getötet worden, noch hatten sie allein gehandelt. Maas und seine Verbündeten bei Hof würden alles in ihrer Macht Stehende tun, um ihre Namen wieder respektabel erscheinen zu lassen. Daskellin würde zweifellos bei Dawsons eigener Gruppe das Ruder übernehmen, oder zumindest bei dem Teil davon, der diesen faden kleinen Bankier aus Nordstade ertragen konnte. Simeon würde zwischen den Klingen tanzen und sich einreden, dass es einen Ort in der Mitte gab, an dem alles ins Gleichgewicht kommen konnte – dass er den Frieden erhalten konnte, wenn er nur niemals Stellung bezog.

Ein schwacher König konnte vielleicht überleben, wenn er einen treuen Hof hatte, aber indem er Dawson hinausgeworfen hatte, hatte Simeon den einzigen Mann ins Exil geschickt, der sich wahrhaft für ihn eingesetzt hatte. Nichts Gutes konnte jetzt erfolgen. Der Hof wurde zu einem Narrentanz geführt, den Männer mit eigenen Vorstellungen ersonnen hatten. Kurzsichtige, selbstsüchtige Narren.

Es würde ein Wunder brauchen, um König Simeon jetzt zu erlösen. Die beste Hoffnung für das Königreich war, dass man Prinz Aster als Mündel zu einer Familie schickte, die ihm auf irgendeine Weise besser als der König selbst zeigen konnte, was Königtum bedeutete. Dawson ergab sich einen Augenblick lang der Vorstellung, den Prinzen unter seine Fittiche zu nehmen und ihn zu lehren, was Simeon ihm nicht beibringen konnte. Clara murmelte im Schlaf und zog die Decke fester an sich.

Die Sonne tauchte zum Horizont, die Mauern und Türme von Camnipol erhellt von ihrem Feuer. Einen Moment lang stellte sich Dawson vor, das Licht käme von einer großen Feuersbrunst. Nicht dem Sonnenuntergang, sondern dem brennenden Camnipol. Es wog schwer wie eine Prophezeiung.

Kurzsichtige, selbstsüchtige Narren. Eine brennende Stadt.

Dawson fragte sich, fast nebenbei, wohin es Geder Palliako verschlagen hatte.

Cithrin

KAFFEEHÄUSER HATTEN SCHON IMMER eine Bedeutung für das Geschäft mit dem Geschäft gehabt. In den kalten Häfen von Stollborn und Rukkyupal kauerten sich Händler und Schiffskapitäne über gekachelte Tische und wärmten sich die Hände in Fäustlingen an dampfenden Bechern, während sie zusahen, wie die Wintersonne mittags unterging. Neben den weiten, mondbeschienenen Wassern von Miwaji nippten die nomadischen Schwärme der Südlinge an Bechern mit einer Flüssigkeit, die kaum dünner als Schlamm war, und rezitierten Gedichte inmitten ihrer Feilschereien um Vermögen an Silber und Gewürzen. Auf der ganzen Welt, die die Drachen hinterlassen hatten, gingen Handel und Kaffee Hand in Hand.

Oder zumindest hatte es Magister Imaniel auf diese Weise beschrieben. Cithrin war nie aus Vanai herausgekommen, und die Bank dort hatte ihr eigenes kleines Gebäude besessen. Dennoch, als es an der Zeit war, suchte sich Cithrin ein kleines Kaffeehaus mit einem abgetrennten Hinterzimmer und groben Holztischen auf der Straße. Es war auf der gegenüberliegenden Seite des Großmarktes, daher konnte sie sich in der Nähe des tobenden städtischen Handels aufhalten, ohne ihr Geschäft in einer der ständig den Platz wechselnden Buden betreiben zu müssen. Der Besitzer des Kaffeehauses – Maestro Asanpur – war ein alter Cinnae mit einem milchweißen Auge und einem Händchen bei der Zubereitung von frischem Kaffee, das beinahe magisch war. Er war sehr erfreut gewesen, ein wenig Miete zu bekommen, durch die Cithrin das Recht erhielt, die Abgeschiedenheit seines Hinterzimmers zu nutzen. Wenn der Tag bewölkt war, konnte sie im Hauptraum sitzen, ihren Kaffee schlürfen und den Gesprächen lauschen. Wenn die Sonne herauskam, konnte sie einen der weiß gestrichenen Straßentische nehmen und das Treiben auf dem Großmarkt beobachten.

Im besten Fall würde Maestro Asanpurs Kaffeehaus als Hochburg der Geldgeschäfte und des Handels in der Stadt bekannt werden. Je besser es bekannt war, desto mehr Leute würden hereinkommen, und mit ihnen weitere Neuigkeiten, Gerüchte und Spekulationen. Cithrin wusste, dass ihre Anwesenheit ein guter Anfang war, aber sie hatte vermutlich nicht genug Zeit, um die Dinge ihren Lauf nehmen zu lassen. Eher früher als später würde die rechtmäßige Medean-Bank kommen, um ihren neuen Ableger in Augenschein zu nehmen, und wenn das geschah, wollte sie, dass er rasant gedieh.

Was kurzerhand ein wenig harmlose Unehrlichkeit zur Folge hatte.

Cithrin sah die Reaktionen auf Carys Eintreffen, bevor sie die Frau selbst sah. Blicke schweiften über den Platz wie Wind, der über ein Gräserfeld strich, dann glitten sie wieder weiter und dann, etwas verdeckter, noch einmal zurück. Cithrin trank ihren Kaffee und gab vor, die mysteriöse Frau nicht zu bemerken, die über den Platz zu den großen Ständen ging, an denen die Königinnengarde stand, die den Großmarkt verwaltete. Cary hatte sich für den längsten möglichen Weg entschieden, und das verschaffte Cithrin die Zeit, ihr Kostüm zu bewundern. Der Schnitt war elassaenisch, aber die gewickelte Seide und der perlenbesetzte Schleier deuteten auf Lyoneia.

Der Schmuck, der sie zierte, kam aus Cithrins Vorräten und hätte sich für eine Summe verhökern lassen, mit der man das Kaffeehaus zweimal hätte kaufen können. Zusammengenommen kündete die Aufmachung von jeglichem Handel, den das Innenmeer zu bieten hatte, und die Glaubwürdigkeit des Ensembles rührte von Meister Kits Reisen in dieser Gegend. Es war kein Anblick, wie man ihn in Birancour oft sah, und die Kombination aus Exotik und Reichtum zog die Aufmerksamkeit zuverlässiger auf sich, als man es mit lautem Gesang hätte erreichen können. Horniss und Smit gingen hinter ihr, in gestärktes Leder gekleidet, und stolzierten einher, wie sie es bei der Karawane gelernt hatten – von echten Kämpfern nicht zu unterscheiden.

Cary gelangte an den Stand und sprach mit einem der Königinnengardisten. Es war viel zu weit weg, um es zu verstehen, aber die Geste des Gardisten war eindeutig. Er zeigte über den Platz auf Cithrin und das Kaffeehaus. Cary verbeugte sich zum Dank und wandte sich um, um langsam herüberzuschlendern. Als sie nahe genug für ein Gespräch war, stand Cithrin auf.

»Reicht das?«, fragte Cary.

»Perfekt«, sagte Cithrin. »Kommt hier entlang.«

Sie führte die Schauspieler durch den öffentlichen Innenraum, wo die Holzböden unter ihrem Gewicht knarzten. Das Innere des Kaffeehauses war eine Abfolge von kleinen Zimmern, die durch niedrige Bögen getrennt waren. An den Fenstern befanden sich geschnitzte Holzläden, die der Brise einen Hauch Zedernduft verliehen. Eine junge Kurtadam saß weiter hinten und spielte sanft auf einer Flaschenharfe, die weichen Noten ein Murmeln in der Luft. In einem der Räume sprach ein alter Erstgeborener lebhaft mit einem großäugigen Südling und hielt inne, um Cary und ihre Wächter anzustarren. Cithrin fing auch Maestro Asanpurs Blick auf und hob zwei Finger. Der Alte nickte und machte sich daran, die Bohnen für zwei kleine Becher zu mahlen. Cithrin wollte, dass jedem, der sie beobachtete, klar war, dass die exotisch gekleidete Frau jemand war, dem die Medean-Bank Respekt erwies. Sie gingen weiter in die Abgeschiedenheit ihres gemieteten Zimmers.

»Das ist alles?«, fragte Smit, nachdem sich die Tür hinter ihnen mit einem Ächzen der ledernen Angeln geschlossen hatte. »Ich dachte, es gäbe hier mehr zu sehen.«

Cithrin setzte sich an den kleinen Tisch. Es gab noch Platz für zwei, aber anstatt sich hinzusetzen, ging Horniss zu dem schmalen Fenster, um durch das blaue und goldene Glas auf die Gasse dahinter zu spähen. Als Cary anfing, die geliehenen Schmuckstücke abzupflücken, zog Cithrin eine eiserne Kassette unter ihrem Stuhl hervor, die sie über einen kleinen roten Teppich gleiten ließ, damit der Boden nicht zerkratzt wurde.

»Ich brauche hier nicht besonders viel«, sagte Cithrin. »Ein Aktenbuch, ein wenig Wechselgeld. Es ist nicht so, dass ich jeden Tag große Beträge ausgebe.«

»War das denn nicht der Sinn dahinter?«, fragte Cary, die ein Armband herüberreichte, das mit Smaragden und Granaten besetzt war. »Das ganze Zeug loszuwerden?«

»Nicht, indem man es wie Süßigkeiten verteilt«, sagte Cithrin. »Es gibt nur eine begrenzte Anzahl guter Investitionen, die man in einer Stadt tätigen kann. Es ist mühsam, die zu finden, die es auch wert sind. Hier rede ich mit Leuten. Handle Übereinkünfte aus, unterzeichne Verträge. Es wird alles hier in Bewegung gesetzt, aber ich will nicht, dass die Wachen herumstehen und die Leute einschüchtern.«

»Weshalb nicht?«, fragte Horniss. »Ich würde es so machen.«

»Es ist besser, wenn sie entspannt sind, nehme ich an«, sagte Cary, und es klopfte leise an der Tür. Smit öffnete sie für Maestro Asanpur, der ein Tablett mit zwei kleinen, knochenfarbenen Bechern trug. Während Maestro Asanpur Cary den Kaffee auftischte, schlug Cithrin die Schmuckstücke in weiches Tuch ein und legte sie in die Kassette neben das rote Aktenbuch aus Leder und ihren kleinen Geldbeutel. Das Schloss war grob, aber massiv, der Schlüssel beruhigend schwer an seinem ledernen Halsband. Cithrin steckte den Schlüssel weg. Cary nippte am Kaffee und gab einen kleinen, anerkennenden Laut von sich.

»Noch ein Vorteil dieses Standorts«, erklärte Cithrin.

»Wir können nicht bleiben«, sagte Horniss. »Meister Kit will unbedingt die Tragödie der Vier Winde bereit zum Aufführen haben, ehe die Handelsschiffe aus Narineiland kommen.«

»Wirst du dort investieren?«, fragte Cary.

»In ein Schiff oder eine Tragödie?«, entgegnete Cithrin trocken.

»Beides.«

»Weder noch«, sagte sie.

In Wahrheit gingen Cithrin die Handelsschiffe aus Narineiland neuerdings immer wieder durch den Kopf.

Der große Reichtum der Welt lag in den Mustern des Handels. Die Keshet und Pût hatten vielleicht genug Olivenbäume und Wein für jede Stadt der Welt, aber keine der Minen dort brachte Gold hervor, und das Eisen befand sich in einem rauen, straßenlosen Gebiet und war schwer zu erreichen. Lyoneia hatte wunderbare Hölzer und Gewürze, musste aber kämpfen, um genug Getreide für sein Volk anzubauen. Fern-Syramis mit seinen Seidenstoffen und Farben, Magie und Tabak verhieß die seltensten Güter der Welt, aber der Überseehandel, mit dem man es erreichte, war so unsicher, dass bei den Reisen dorthin mehr Vermögen verloren als gewonnen wurde. Überall gab es ein Ungleichgewicht, und der sicherste Weg zum Gewinn war es, zwischen etwas Wertvollem und jemandem zu stehen, der es wertschätzte.

An Land bedeutete das die Herrschaft über die Drachenstraßen. Keine lediglich menschliche Verbindung aus Stein und Mörtel konnte die Dauerhaftigkeit von Drachenjade erreichen. All die großen Städte bildeten sich genau an den entsprechenden Orten heraus, weil dort Wege verliefen, die geschaffen worden waren, als die Menschheit eine einzige Rasse gewesen war und die Meister der Welt auf großen, schuppigen Schwingen geflogen waren. Drachen selbst hatten sich selten, wenn überhaupt, dazu herabgelassen, auf den Straßen zu reisen. Sie stellten die Dienerschaftstreppen des gefallenen Imperiums dar, und sie bestimmten den Fluss des Geldes für allen Handel über Land.

Die pfadlose See jedoch konnte umgestaltet werden.

Jeden Herbst wurden die Schiffe im Süden mit Weizen und Öl, Wein, Pfeffer und Zucker beladen und machten sich, bezahlt vom Gold der Abenteurer oder Verzweifelten, auf die Reise nach Norden. Nordstade, Hallskar, Asterilreich und selbst die Nordküste von Antea würden die Güter abnehmen, häufig für weniger Geld als dieselben Waren, wenn sie über Land transportiert wurden. Die Handelsschiffe nahmen in diesen Häfen vielleicht Fracht auf – Salzhering aus Hallskar, Eisen und Stahl aus Asterilreich oder Nordstade –, aber die meisten nahmen ihr Geld und eilten zu den offenen Häfen von Narineiland, um auf den Überseehandel aus Fern-Syramis zu warten. Das war ein großes Glücksspiel.

Zufällige Besonderheiten von Wind und Strömung ließen den Inselstaat von Narineiland zum einfachsten Zielhafen für Schiffe aus Fern-Syramis werden, und wenn ein Handelsschiff seine Fracht und sein Geld gegen eine Ladung eintauschen konnte, die frisch aus jenen fernen Landen gekommen war, konnte man das Geld, das man investiert hatte, verdreifachen. Wenn nicht, riskierte man, dass die Schiffe von Narineiland zurückkehrten und nur das dabeihatten, was auf den örtlichen Märkten gekauft werden konnte, was einen sehr viel kleineren Gewinn bedeutete. Oder das Schiff konnte Piraten zum Opfer fallen, oder es konnte sinken, und dann war alles entweder verloren oder konnte gegen Lösegeld zu überzogenen Preisen und langsam wie ein Gletscher von den Versunkenen zurückgewonnen werden.

Und sobald die Schiffe in ihre südlichen Häfen zurückkehrten und das Vermögen jener mehrten oder minderten, die sie ausgerüstet hatten, wurde die Trägerschaft jener Gold- und Gewürzflotte, die gemeinsam segelte, ohne ein Bündnis zu haben oder einer einzelnen Flagge zu gehorchen, neu vergeben. Ein Haus, das auf nur ein Schiff gesetzt hatte und gut gefahren war, konnte genug verdienen, um im nächsten Jahr ein halbes Dutzend auszustatten. Jemand, dessen Schiff verloren gegangen war, würde darum kämpfen müssen, Wege zu finden, im Rahmen der neuen, weniger großzügigen Umstände zu überleben. Wenn man klug gewesen war und seine Investition versichert hatte, konnte man genug zurückerhalten, um es wieder zu versuchen, indem man sich an jemanden wie Cithrin wandte.

Die Schiffe mussten Narineiland inzwischen bereits verlassen haben. Bald würden die sieben, die im Jahr zuvor von Porte Oliva ausgelaufen waren, zurückkehren, und nicht lange danach würde jemand zu ihr kommen und die Bank um eine Versicherung bitten, damit er ein Schiff für den neuen Anlauf im nächsten Jahr ausrüsten konnte. Ohne zu wissen, welche Kapitäne die besten waren, ohne zu wissen, welche Familien am ehesten in der Lage waren, gute Ware für die Hinfahrt einzukaufen, würde ihr kaum etwas Besseres als Instinkt bleiben. Wenn sie alle akzeptierte, die mit dieser Bitte an sie herantraten, nahm sie ganz bestimmt zu viele unschöne Risiken auf sich. Wenn sie keinen akzeptierte, gab es keine Möglichkeit, dass die Bank gedeihen konnte, und sie hätte der Dachgesellschaft nichts vorzuweisen, wenn sie kam. So sah das Risiko aus, das ihr Leben nun prägte.

Es schien sicherer, auf Grubenhunde zu wetten.

»Ein paar Versicherungsverträge vielleicht«, sagte Cithrin, genauso zu sich selbst wie zu Cary und den anderen. »In ein paar Jahren eventuell den Teil einer Trägerschaft, wenn die Dinge sich gut entwickeln.«

»Versicherung, Trägerschaft. Was ist der Unterschied?«, fragte Smit.

Cithrin schüttelte den Kopf. Es war, als hätte er sie nach dem Unterschied zwischen einem Apfel und einem Fisch gefragt; sie wusste nicht, wo sie anfangen sollte.

»Cithrin vergisst, dass wir nicht alle in einem Kaufmannshaus aufgewachsen sind«, sagte Cary und trank den Rest ihres Kaffees. »Aber wir sollten gehen.«

»Lasst mich wissen, wenn das neue Stück fertig ist«, sagte Cithrin. »Ich würde es gern sehen.«

»Siehst du?«, sagte Smit. »Ich habe dir doch gesagt, dass wir eine Mäzenin haben werden.«

Sie gingen durch die Gasse hinaus – eine mysteriöse Geschäftsfrau und ihre Wachen, die sich in Uferpromenaden-Schauspieler zurückverwandelt hatten. Cithrin sah ihnen durch ihr schmales Fenster nach; sie wurden durch das Glas verzerrt, während sie fortgingen. Eine Mäzenin. Es stimmte, sie würde nicht mehr hingehen und mit Cary und Mikel die Menge lenken können. Sie konnte vermutlich nicht einmal mehr mit Sandr in die Schenke gehen. Cithrin bel Sarcour, die Leiterin der Medean-Bank von Porte Oliva, die mit einem gemeinen Schauspieler trank? Es wäre schrecklich für den Ruf der Bank und für ihren Ruf.

Die Einsamkeit, die mit diesem Gedanken einherging, hatte wenig mit Sandr zu tun.

Als nach einer Stunde Hauptmann Wester kam, war Cithrin auf der Straße und saß am selben Tisch, an dem Cary sie angetroffen hatte. Er nickte ihr grüßend zu und setzte sich ihr gegenüber. Das Sonnenlicht brachte das Grau in seinem Haar zum Vorschein, aber es hellte auch seine Augen auf. Er reichte ihr ein Pergamentblatt. Sie überflog die Worte und Zahlen, während sie vor sich hin nickte. Der Beleg sah tadellos aus.

»Wie ist es gelaufen?«, fragte sie.

»Keine Schwierigkeiten«, antwortete er. »Der Tabak ist am Stand des Händlers. Er hat um ein paar Blätter gefeilscht, aber ich habe ihm gesagt, dass er entweder alles nimmt oder nichts.«

»Das hätte er nicht tun sollen«, erwiderte Cithrin. »Er hätte mit mir verhandeln sollen.«

»Es kann sein, dass ich etwas in der Art erwähnt habe. Er hat die Lieferung angenommen. Der Pfeffer und der Kardamom werden morgen ausgeliefert. Yardem und ein paar von den neuen Männern werden das übernehmen.«

»Ein Anfang«, sagte Cithrin.

»Irgendetwas aus Carse gehört?«, fragte Marcus. Die Frage klang beinahe beiläufig.

»Ich habe eine Depesche geschickt«, erwiderte Cithrin. »Ich habe Magister Imaniels alte Nummer benutzt und einen langsamen Kurier, aber ich nehme an, dass sie sie inzwischen haben.«

»Und was hast du geschrieben?«

»Dass die Zweigstelle ihren Gründungsbrief hinterlegt und mit dem Handel begonnen hat, wie Magister Imaniel und ich es geplant hatten«, sagte Cithrin.

»Du hast ihnen also nicht die Wahrheit erzählt.«

»Briefe kommen abhanden. Kuriere nehmen zusätzliches Geld dafür an, dass sie sie auftrennen und abschreiben. Ich erwarte zwar nicht, dass jemand ihn abfängt, aber wenn es passiert, wird er genauso aussehen, wie er aussehen soll.«

Marcus nickte langsam und blinzelte zur Sonne hinauf. »Gibt es einen Grund, dass du einen *langsamen* Kurier genommen hast?«

»Ich will Zeit, um die Dinge in Ordnung zu bringen, ehe sie kommen«, sagte sie.

»Verstehe. Es gibt etwas, das wir …«

Ein Schatten, der dunkler war als der einer Wolke, fiel über den Tisch. Sie hatte den Mann nicht näher kommen sehen, da sie in die Unterhaltung vertieft gewesen war, und deshalb wirkte er jetzt, als wäre er aus dem Pflaster in die Höhe geschossen. Größer als Hauptmann Wester, aber nicht so groß wie Yardem Hane, in eine Wolltunika und Beinlinge gekleidet, mit einem blau gefärbten Umhang, der Schutz vor der Frühlingskälte bot, und einer bronzenen Amtskette. Seine Züge waren größtenteils die eines Erstgeborenen, aber er war schmal und blass genug, dass man auf einen Großvater von den Cinnae spekulieren konnte.

»Verzeiht mir«, sagte er, seine Stimme penibel höflich. »Spreche ich mit Cithrin bel Sarcour?«

»Ja«, sagte Cithrin.

»Statthalter Siden hat mich geschickt«, erklärte der Mann.

Angst nahm ihr den Atem wie ein Faustschlag. Sie hatten die Fälschung entlarvt. Sie schickten die Garde. Sie räusperte sich und lächelte.

»Gibt es Schwierigkeiten?«, fragte sie.

»Ganz und gar nicht«, erwiderte der Bote und zog einen kleinen Brief heraus, dessen glattes Papier ordentlich gefaltet und an den Seiten vernäht und versiegelt war. »Aber er hat nahegelegt, dass ich warten soll, falls Ihr eine Antwort geben möchtet.«

Cithrin hielt das Papier fest, wusste aber nicht, wohin sie blicken sollte – auf den Brief, den Mann oder Wester. Nach einer Pause, die viel zu lange schien, schüttelte sie sich.

»Wenn Ihr Maestro Asanpur wissen lasst, dass Ihr geschäftlich mit mir zu tun habt, wird er sich um Euch kümmern.«

»Ihr seid sehr freundlich, Magistra.«

Cithrin wartete, bis der Mann im Kaffeehaus verschwunden war, ehe sie den Faden herauszog. Er schnitt mit einem Knistern durch das Papier. Leicht zitternd drückte sie die geöffnete Seite auf den Tisch. Die Schrift war schön geschwungen, die Arbeit eines Berufsschreibers. *An Magistra Cithrin bel Sarcour, Stimme und Agentin der Medean-Bank in Porte Oliva, schreibe ich, Idderrigo Bellind Siden, Erster Statthalter von Porte Oliva durch besondere Beauftragung Ihrer königlichen Majestät* und so weiter und so weiter. Ihre Fingerspitzen glitten über die Seite. *Ich erbitte Eure private Aufmerksamkeit als eine Stimme des Handels und eine Bürgerin von Porte*

Oliva für gewisse Angelegenheiten, die für das Wohlergehen und die Stärke der Stadt von größter Bedeutung und so weiter und so weiter. Und dann, fast am Ende der ersten Seite, hielt sie inne.

Das Anwerben und die Einrichtung einer vereinten städtischen Schutzmaßnahme für die sichere Durchführung des maritimen Handels im kommenden Jahr …

»Guter Gott«, sagte sie.

»Was ist es?«, fragte Hauptmann Wester. Seine Stimme war leise und ruhig. Er schien darauf vorbereitet zu sein, dass sie sagte, sie müssten den Boten töten und aus der Stadt fliehen. Cithrin schluckte, um ihre Kehle zu lockern.

»Wenn ich das richtig lese«, erklärte sie, »bittet uns der Statthalter darum, ein gemeinsames Vorhaben mit der Stadt anzuberaumen, um die Handelsschiffe nach Narineiland zu begleiten.«

»Aha«, sagte Wester. Und dann: »Dir ist klar, dass ich nicht verstehe, was du gerade gesagt hast, oder?«

»Er stellt eine Flotte auf. Kampfschiffe, um die Händler sicher hin- und zurückzubringen. Und er sucht nach jemandem mit den Mitteln, das zu finanzieren.«

»Damit meint er uns?«

»Nein«, sagte sie, während ihr Verstand mit einer unheimlichen und kühlen Präzision die Auswirkungen durchging. »Er wird wollen, dass mehrere Parteien Vorschläge machen, aber er lädt uns ein, an dem Kampf teilzunehmen. Er bittet die Medean-Bank um ein Angebot dafür, das Risiko für die Flotte einer einzelnen Stadt zu übernehmen.«

Der Hauptmann brummte, als hätte er es verstanden. Cithrin war ihm bereits Meilen voraus und rannte schnell. Wenn es Porte Oliva gelang, zu einem attraktiveren Hafen als die Freistädte zu werden, würden mehr Schiffe von hier aus unter

Vertrag gehen. Die Versicherungsraten würden fallen, da der Handel weniger risikobehaftet schien. Das würde jeden treffen, der nur mit Versicherungen handelte. Und Maccia würde es hassen, und Cabral würde es schwer verwinden, wenn die Eskorte bis dorthin mitfuhr. Sie fragte sich, wie groß das Risiko war, dass es zu einem unmittelbaren Gegenschlag gegen die Geleitschiffe kam.

»Ist das die Art von Geschäft, die wir in Erwägung ziehen?«, fragte Wester aus einem anderen Teil der Welt.

»Wenn wir den Auftrag annehmen und es gut machen, hätten wir Verbindungen im ganzen Süden und einen Finger auf dem Innenmeer. Wir hätten etwas, das wir der Dachgesellschaft geben könnten, wertvoller als eine Wagenladung Gold«, sagte Cithrin. »Sie *könnten* gar nichts gegen das einwenden, was wir getan haben.«

»Also ist es etwas, das wir vielleicht machen werden.«

Der Knoten in Cithrins Eingeweiden war noch da, aber etwas hatte sich verändert. Sie stellte fest, dass sie lächelte. Grinste.

»Wenn wir das gewinnen«, sagte sie und hielt die Blätter hoch, »haben wir *alles* gewonnen.«

Das Treffen im Palast des Statthalters gab vor, nichts von Bedeutung zu sein. Ein halbes Dutzend Männer und Frauen saßen in einem Garten im Innenhof. Die Königinnengarde schenkte parfümiertes Wasser und gewürzten Wein aus. Der Statthalter war ein kleiner Mann mit dickem Bauch und beginnender Glatze. Er behandelte all seine Gäste gnädig und freundlich und war dadurch so gut wie gar nicht als Richtschnur zu gebrauchen, wer unter den Versammelten wichtig war. Sie hatte gehofft, seinen Hinweisen folgen zu können, indem sie aufpasste, mit welchen Leuten er die meiste Zeit verbrachte. Stattdessen blieben ihre Fragen offen.

Es gab einen älteren Kurtadam, dessen Pelz im Gesicht, an der Kehle und am Rücken grau wurde. Er vertrat einen verbrieften Zusammenschluss der Gilde der Schiffsbauer und zweier örtlicher Handelshäuser. Ein Cinnae mit etwas zu viel Rouge auf den Wangen stellte sich als Besitzer eines Söldnertrupps heraus, der groß genug war, um sich auch von Königen anheuern zu lassen. Ganz allein unter den ausladenden Wedeln einer Palme saß eine Tralgu, die Wasser trank und Garnelen aß und allem Gesagten mit einer Konzentration lauschte, die Cithrin die Nerven raubte. Sie alle hatten Pläne und Geschichten, Interessen und Schwächen. Magister Imaniel hätte einmal durch den Raum blicken und Schlüsse ziehen können. Oder zumindest wohlbegründete Vermutungen anstellen. Cithrin war auf der anderen Seite noch ein Jahr zu jung, um ihr Erbe anzutreten. Der Wein war hervorragend. Die Unterhaltung freundlich und gesellig. Sie fühlte sich, als würde sie in einem warmen Meer schwimmen und darauf warten, dass etwas aus der Tiefe heraufkam, sie am Bein packte und hinab in die Kälte zog.

Es half ihr nicht gerade, lockerer zu werden, dass jeder sie mit Neugier zu betrachten schien. Die Stimme und Agentin der Medean-Bank – ein Neuankömmling in der Stadt, der jedermanns Pläne umwarf. Keiner von ihnen, sagte sich Cithrin, hatte erwartet, dass sie sich an diesem Spiel beteiligen würde. Beim Durchschauen der politischen Ränke, die in diesem Hof mit seinen leuchtend bunten Finken und den von der Sonne gewärmten Fliesen gespielt wurden, war sie weit abgeschlagen, aber sie hatte auch eigene Rätsel mitgebracht. Je länger sie für die Versammelten eine Unbekannte blieb, desto mehr Gefühl konnte sie für das Spiel bekommen. Sie reichte ihr leeres Glas einem Königinnengardisten und nahm ein neues. Der Wein hielt ihre Angst im Zaum.

»Magistra bel Sarcour«, sagte der Statthalter, der an ihrem Ellbogen erschien. »Ihr wart in Vanai, ja? Vor dem Überfall durch Antea?«

»Kurz davor«, erwiderte Cithrin.

»Ihr hattet Glück, dass Ihr herausgekommen seid«, sagte die Tralgu. Ihre Stimme war tief wie die von Yardem Hane, aber sie hatte nicht die gleiche Wärme.

»Ja«, antwortete Cithrin und hielt den Tonfall neutral und höflich.

»Wie denkt Ihr über das Schicksal der Stadt?«, fragte der Statthalter.

Cithrin hatte die Frage erwartet, und sie hielt ihre Antwort bereit. »Antea blickt auf eine lange Geschichte militärischer Einmischung in den Freistädten zurück«, sagte sie. »Magister Imaniel und ich hatten die Besetzung früher erwartet, als sie gekommen ist. Dass die Anteaner nicht vorhatten, die Stadt zu halten, wurde erst in den letzten Wochen klar, bevor sie aufgetaucht sind.«

»Ihr glaubt, sie hatten von Anfang an vor, Vanai zu zerstören?«, fragte ein Mann hinter dem Statthalter. Er hatte die Züge eines Erstgeborenen, aber seine goldene Haut, die eine gewisse Rauheit besaß, erinnerte Cithrin an einen Jasuru. Seine Augen waren von verblüffendem Grün. Sein Name war Qahuar Em, und er sprach für eine Gruppe, die teils Handelsgesellschaft und teils Nomadenstamm aus den nördlichen Breiten von Lyoneia war. Seinem Aussehen nach nahm sie an, dass er ein Halbjasuru war, obwohl Cithrin nicht gewusst hatte, dass das möglich war.

»Wir hatten einen starken Verdacht«, sagte sie zu ihm.

»Aber weshalb sollte der Gespaltene Thron so etwas tun?«, fragte der Statthalter.

»Weil sie ein blutrünstiger Haufen Wilder aus dem Norden sind«, sagte die Tralgu. »Kaum besser als Affen.«

»In der Geschichte, die ich gehört habe, hieß es, dass das Niederbrennen unerwartet kam, sogar für König Simeon«, sagte der Cinnae-Söldner. »Der örtliche Machthaber hat den Akt als Teil irgendeines politischen Ränkespiels veranlasst.«

»Das spricht nicht gegen meine These von den Affen mit Schwertern«, bemerkte die Tralgu, und der Statthalter lachte leise.

»Es überrascht mich nicht, dass es mehr als eine Geschichte gibt«, sagte Cithrin. »Dennoch werdet Ihr mir vergeben, dass ich mich freue, den Informationen gefolgt zu sein, die uns vorgelegen haben.«

»Ich habe gehört, dass Komme Medean seine Interessen nach Norden verlegt, vor allem nach Antea«, sagte der ergrauende Kurtadam. »Dass er hier im Süden eine aggressive Haltung einnimmt, wirkt verdammt merkwürdig.«

Cithrin spürte Sorge aufwallen. Wenn die Bank sich in den nördlichen Ländern einmischte – Antea, Asterilreich, Nordstade, Hallskar und Sarakal –, könnte sie durchaus jemandem auf die Zehen getreten sein, indem sie am entfernten Ende des Kontinents einen Ableger gründete. Auf diese Bemerkung hatte sie keinerlei Entgegnung, daher musste die Unterhaltung vom Thema abschweifen, und zwar schnell. Sie lächelte auf die Art, wie es ihrer Ansicht nach auch Magister Imaniel getan hätte.

»Gibt es tatsächlich so etwas wie Interessen, die allein im Norden liegen?«, fragte sie. »Narineiland ist im Norden, und es scheint uns alle zu betreffen.«

Die Luft im Innenhof schien stillzustehen. Sie hatte den versteckten Kern hinter all ihrem Geplauder hervorgezerrt und auf den Tisch gebracht. Sie fragte sich, ob es einfach nur plump gewesen war, deshalb lächelte sie und nippte an ihrem Wein, um so zu tun, als sei es Absicht gewesen. Qahuar, der Halbjasuru, lächelte sie an und nickte dabei, als hätte sie bei einem Spiel einen Punkt gemacht.

»Narineiland mag im Norden liegen«, sagte der ergrauende Kurtadam, »aber die Schwierigkeiten liegen alle im Süden, nicht wahr? König Sephan und seine inoffizielle Piratenflotte.«

»Das sehe ich genauso«, sagte der Cinnae-Söldnerführer. »Es gibt nur eine einzige Art und Weise, wie man den Handel sicher machen kann, und das ist, Cabral das Einverständnis zu einem sicheren Handel abzuringen. Und das kann nicht nur auf dem Wasser erreicht werden.«

Die Tralgu knurrte und legte die Garnele zurück, die sie angeknabbert hatte. »Ihr werdet jetzt nicht wieder davon anfangen, eine Landstreitmacht aufzustellen, um Schiffe zu schützen, oder?«, fragte sie. »Wenn Porte Oliva zu Lande einen Krieg mit Cabral beginnt, wird uns die Königin schneller niederbrennen, als die Anteaner Vanai angezündet haben. Wir sind eine Stadt, kein Königreich.«

»Wenn man es richtig macht, muss man sie nicht einsetzen«, sagte der Cinnae aufbrausend. »Und es ist keine Streitmacht für einen Einmarsch. Aber die Eskorte, die die Handelsschiffe beschützt, muss Schwertkämpfer an Land setzen können. Das Piratenproblem kann nicht gelöst werden, wenn sie einfach in irgendeine Bucht einlaufen und erklären, dass sie nun in Sicherheit sind.«

Cithrin setzte sich auf einen hohen Hocker, neigte den

Kopf zur Seite und lauschte, während die Fassade der Höflichkeit Risse bekam. Wie ein Künstler, der ein Mosaik einen Stein nach dem anderen zusammensetzt, fing sie an, die Form der Trennlinien und Unstimmigkeiten in der Gruppe um sich herum zu sehen.

Der verbriefte Zusammenschluss der Schiffsbauer und Handelshäuser drängte auf eine eingeschränkte Eskorte, die ihre Reichweite auf ein paar Tage zu Schiff im Umkreis von Porte Oliva begrenzte. *Schützt die unmittelbare Umgebung,* so argumentierten sie, *und die Handelsschiffe werden von selbst kommen.* Es würde weniger kosten, und damit würden auch die Gebühren geringer ausfallen. Während sie zuhörte, wie der Cinnae und die Tralgu sich beharkten, kam sie zu dem sicheren Eindruck, dass die fraglichen Handelshäuser ihr Geld mit Versicherungen machten. Mit einer eingeschränkten Eskorte blieben immer noch große Bereiche der Wasserwege unsicher, und das Risiko war hoch, alles durch Piraten zu verlieren, und deshalb würde der Ertrag aus den Versicherungen nicht zurückgehen.

Der Cinnae war andererseits ein Militarist, denn was er vorschlug, war eine militärische Streitmacht. Wenn die anderen überredet werden konnten, sich einig zu werden, dass nur massive Waffengewalt – und insbesondere die Schwert- und Bogenkämpfer eines Söldnertrupps – das Ende der Piraterie sicherstellen würde, wäre er in der besten Position, um genau das zu liefern. Naturgemäß stimmte keiner der anderen zu.

Die Argumentation der Tralgu kreiste um einen Vertrag zwischen Birancour und Herez, den Cithrin nicht kannte. Sie würde eine Abschrift suchen müssen, um zu erfahren, inwiefern er von Bedeutung war, aber es fühlte sich schon wie ein kleiner Sieg an, einfach nur zu wissen, was sie nicht wusste.

Während das Ringen weiterging, fühlte sich ihr Lächeln

immer weniger gezwungen an. Ihre Gedanken zerlegten tänzelnd jeden Satz, den ihre Feinde benutzten, zogen Verbindungen, bauten Spekulationen auf, denen sie nachgehen würde, sobald der Abend vorüber war. Der Statthalter sorgte freundlich und sanft dafür, dass der Ton sich nicht zu einem echten Schlagabtausch auswuchs, ging aber nie so weit, Frieden zu stiften. Das war der Grund, weshalb er sie hergebracht hatte. Das war seine Arbeitsweise. Cithrin nahm auch diese Information auf.

Nach ihrem dritten Weinglas fühlte sie sich sicher genug, um ihre eigene Argumentation darzulegen.

»Vergebt mir«, sagte sie, »aber es scheint, dass wir uns alle ein wenig auf die Piraten als einzige Schwierigkeit versteift haben. Es gibt jedoch anderes, was einem Handelsschiff zustoßen kann. Wenn ich es richtig verstehe, sind vor fünf Jahren drei Schiffe in einem Sturm verschwunden.«

»Nein«, blaffte die Tralgu.

»Die sind vor Nordstade gesunken«, sagte der Kurtadam. »Sie sind nie in Narineiland angekommen.«

»Und doch waren die Investitionen in diese Schiffe genauso weg«, sagte Cithrin. »Denken wir über die Frage nach, wie man den Handel schützt? Oder geht es nur darum, wie man dafür sorgt, dass die Piraten ein kleineres Risiko als Stürme sind? Es scheint mir, dass ein Eskortschiff eine ganze Reihe von Krisen meistern können sollte.«

»Man kann keine Eskorte haben, die den Schiffen überallhin folgt und jegliche Probleme löst«, erwiderte der Cinnae.

»Die Kosten, so etwas einzurichten, wären hoch«, sagte Cithrin, als wäre das der Hinderungsgrund gewesen, den er aufgebracht hatte. »Dazu müsste Porte Oliva sich lange genug dafür einsetzen, um eine vernünftige Ertragserwartung zu sichern. Und vermutlich bräuchte man einige Kenntnis über die Häfen im Norden.«

Sie sprach es aus, als wäre es alles nur müßige Spekulation; eine Plauderei unter Freunden. Sie wussten alle, was sie gerade gesagt hatte.

Die Medean-Bank würde Handelsschiffe aus Porte Oliva schützen, so weit sie fahren wollten, und auf dem ganzen Weg zurück nach Hause. Sie hatte genug Geld, um Gold in das Vorhaben zu stecken, auch wenn es jahrelang keinen Ertrag einbrachte. Und die Bank mit ihrer Dachgesellschaft in Carse hatte Verbindungen in den nördlichen Ländern. Wenn diese Vision ein gutes Stück beeindruckender als das war, was sie eigentlich auf den Tisch hatte bringen wollen, war das gut so. Die anderen sollten ruhig vergleichen, wie viele Soldaten sie hatten, wie billig sie etwas Kleines erreichen konnten, wie Verträge und Handelsabkommen zum Tragen gebracht werden konnten. Cithrin konnte sagen: *Ich bin der größte Hund in der Grube. Ich kann zustande bringen, was Ihr nie zustande bringt.*

Das Gefühl, das dabei in ihr aufkam, gefiel ihr.

Im Hof war es einen Augenblick lang still, und dann, als der Kurtadam zornig Luft holte, sprach der Halbjasuru mit den grünen Augen.

»Sie hat recht«, sagte er.

Qahuar Em saß neben dem Statthalter. In dem Licht, das vom satten blauen Himmel fiel, hatte seine Haut beinahe einen Bronzeton angenommen, wie bei einer Statue, die zum Leben erwacht war. Als er lächelte, sah sie seine Zähne, weiß wie die eines Erstgeborenen, aber mit einem Anflug des zugespitzten Jasuru-Gebisses.

»Ihr macht Witze«, sagte der Kurtadam, der ernüchtert klang.

»Ihr könnt halbe Sachen machen«, sagte er, und sein Blick wanderte einen Moment lang zu dem Kurtadam, bis er wieder zu Cithrin zurückkehrte. »Aber was würde Daun davon abhalten, es genauso zu machen? Oder Upurt Marion? Neuhaven oder Maccia? Ihr könntet Porte Oliva ein wenig sicherer machen und ein paar Jahre lang ein etwas beliebterer Handelsort sein, während die anderen Städte Eurem Beispiel folgen. Oder Ihr könnt entschiedener vorgehen, den Handel in dieser Region bestimmen und Euch die Handelsroute für eine Generation sichern. Ich nehme an, es hängt nur davon ab, was Eure Ziele sind.«

Cithrin stellte fest, dass sie ihn anlächelte, auch wenn ihr auffiel, dass er sogar noch weniger als sie gesagt hatte. Sie musste auf ihn aufpassen, dachte sie. Und als hätte er ihre Gedanken gelesen, grinste er.

Die Unterhaltung dauerte noch eine Stunde, aber der Wind hatte sich gedreht. Der Kurtadam beschränkte sich auf gereizte Nebenbemerkungen, der Söldner verkaufte den militärischen Aspekt noch einmal als Teil einer größeren Strategie, und die Tralgu verfiel wieder in Schweigen. Die zornige, argwöhnische Unterströmung war greifbar, und der Statthalter schien durchaus zufrieden mit dem Verlauf. Als Cithrin ging, den perlenbesetzten Schal um die Schultern gelegt, fiel es ihr schwer, sich daran zu erinnern, sich wie eine Frau zu bewegen, die zweimal so alt war wie sie. Sie wollte aus den Sprunggelenken heraus gehen.

Sie wartete auf den Stufen, die über den Platz hinaus zu dem großen Marmortempel blickten, und gab eine Frömmigkeit vor, die sie nicht verspürte. Die Sonne sank langsam im Westen, schien auf die Fassade des Tempels und brachte den Stein zum Glühen. Der Mond, der bereits aufgegangen war, hing im wolkenlosen Indigohimmel, ein halber Kreis weiß und ein halber dunkel. Die Schönheit der Stadt und des Himmels und vielleicht auch das bisschen zu viel Wein, das sie getrunken hatte, sorgten dafür, dass ihr ihre Beute beinahe entging, als sie vorüberkam.

»Entschuldigt«, sagte Cithrin.

Der Halbjasuru drehte sich um und blickte über die Schulter zurück, als würde er sie nicht kennen.

»Ihr heißt Qahuar?«, fragte sie.

Er korrigierte milde ihre Aussprache. Als er sich auf die Treppenstufe unter ihrer stellte, waren ihre Köpfe auf gleicher Höhe.

»Ich wollte Euch dafür danken, dass Ihr mich dort drin unterstützt habt«, sagte sie.

Er grinste. Sein Gesicht war breiter, als es im Hof gewirkt hatte. Seine Haut schien weniger grob, und seine Augen wirkten sanfter. Es kam ihr in den Sinn, dass er ungefähr in dem Alter war, das sie zu haben vorgab.

»Ich wollte das Gleiche über Euch sagen«, bemerkte er. »Unter uns gesagt, denke ich, dass wir die kleineren Spieler abschütteln können. Ich gebe zu, ich hatte nicht erwartet, mich mit der Medean-Bank messen zu müssen.«

»Ich hatte nicht erwartet, mich überhaupt messen zu müssen«, sagte sie. »Dennoch schmeichelt es mir, dass der Statthalter an mich gedacht hat.«

»Er benutzt Euch, um von mir bessere Bedingungen zu erhalten«, erklärte Qahuar, und dann, als er ihre Reaktion sah: »Es macht mir nichts. Wenn es schlecht läuft, wird er mich benutzen, um von Euch bessere Bedingungen zu erhalten. Man erreicht eine Stellung wie die seine nicht, wenn man sentimental ist.«

»Trotzdem«, sagte Cithrin.

»Trotzdem«, sagte Qahuar, als würde er ihr beipflichten.

Sie standen einen Augenblick still beisammen. Seine Miene wandelte sich, als würde er sie zum ersten Mal sehen. Als würde sie ihn verwirren. Nein. Interessieren. Die Art seines Lächelns veränderte sich, und Cithrin spürte Wärme auf dem Gesicht. Sie stellte fest, dass sie besonders erfreut war, diesen Mann zum Rivalen zu haben.

»Ihr habt das Spiel interessanter gemacht, Magistra. Ich hoffe, Euch bald wiederzusehen.«

»Ich glaube, das solltet Ihr«, sagte Cithrin.

Geder

In den wogenden Kreidehügeln, in denen Sarakal der Keshet wich, ohne dass es eine eindeutige Markierung gab, bedeutete das Wort *Fürst* etwas anderes als das, woran Geder gewöhnt war. Ein Mann konnte sich Fürst nennen, wenn er über eine gewisse Menge Land verfügte oder eine Soldatenstreitmacht befehligte oder der Sohn oder Neffe eines Fürsten war. Selbst die Rasse hatte kaum einen Einfluss darauf. Die Fürsten der Keshet mochten Yemmu, Tralgu oder Jasuru sein, und es gab anscheinend keine offizielle Hürde für andere Rassen, obwohl praktisch keine solchen Fürsten vorkamen.

Erstgeborene waren in den weitläufigen, trockenen Ebenen besonders auffällig abwesend, und Geder stellte fest, dass seine kleine Schar – er, sein Knappe und vier Männer aus der Dienerschaft seines Vaters – schnell zu einem Gegenstand der Neugier in den Städten und Dörfern östlich von Sarakal wurden. Den Erstgeborenenfürsten nannten sie ihn, und als Geder versucht hatte, sie zu berichtigen, hatte er nur Verwirrung geerntet. Es war eine sinnlose und vermutlich unmögliche Aufgabe, seinen Rang in die Worte der Keshet zu kleiden, und als daher der wandernde Hof von Fürst Kupe rol Behur Geder seine Gastfreundschaft anbot, stellte er fest, dass es am einfachsten war, schlicht vorzugeben, dass er dem goldgeschuppten Jasuru-Lord mehr oder weniger gleichgestellt war.

»Ich verstehe das nicht, Fürst Geder. Ihr habt Euer Land

und Euer Volk auf der Suche nach etwas verlassen, aber Ihr wisst nicht, was oder wo es ist. Ihr habt kein Anrecht darauf und auch keine Vorstellung, ob Ihr dieses Anrecht fordern könnt. Was für einen Gewinn hofft Ihr damit zu machen?«

»Nun, es ist nicht diese Art von Vorhaben«, sagte Geder und griff nach einem weiteren der kleinen, dunklen Würstchen auf ihrem gemeinschaftlichen Teller.

Als Geder die Staubfahne des wandernden Hofes erblickt hatte, die über dem Horizont aufstieg wie der Rauch eines großen Feuers, hatte er erwartet, dass er einem Feldlager ähneln würde. Er hatte sich Zelte vorgestellt wie jenes, das er auf dem Weg nach Vanai und wieder zurück zum Schlafen benutzt hatte, und in dem er auch jetzt in seinem ruhigen Exil schlief. Er hatte sich geirrt. Er war nicht in ein Lager geritten – nicht einmal in ein großes und luxuriöses. Es war ein Städtchen aus Gebäuden mit Holzrahmen, mit einem Tempel, der einem Zwillingsgott geweiht war, von dem Geder noch nie gehört hatte, und einem Platz für das Festmahl des Fürsten. Unkraut und Büsche auf den Straßen waren ein Hinweis, dass es am Tag zuvor noch nicht an dieser Stelle gewesen war. Geder ging davon aus, dass es morgen auch nicht mehr hier sein würde. Wie eine wahr gewordene Legende war es eine Stadt, die für eine einzige Nacht existierte und dann mit dem Tau verschwand. Fackeln rauchten und flackerten im Wind. Die Sterne schienen herab. Die Sommerhitze stieg vom Boden auf und strahlte in den Himmel empor.

Geder steckte sich das Würstchen in den Mund. Es schmeckte salzig und saftig, mit einem beinahe geheimnisvollen Nachgeschmack von Zucker und Rauch. Er hatte nie zu vor etwas Ähnliches gegessen, und wenn es aus Echsenaugen und Vogelfüßen bestanden hätte, er hätte es trotzdem gegessen – so gut schmeckte es. Von den sechzehn Gemeinschaftsplatten, die die Sklaven herumtrugen, war dies seine liebste. Obwohl die grünen Blätter mit den roten Punkten und dem Öl nahe herankamen.

»Ich suche nicht«, sagte er mit vollem Mund, »nach etwas, das mir Geld bringen wird.«

»Also Ehre.«

Geder lächelte kläglich. »Spekulative Traktate sind nichts, wodurch ein Mann große Ehre erlangt. Zumindest nicht bei meinem Volk. Nein, ich ziehe aus, weil mir etwas zu Ohren gekommen ist, das es vor langer Zeit gegeben hat, und ich wollte sehen, was ich darüber herausfinden kann. Aufschreiben, was ich erfahren habe und was ich vermute, damit es eines Tages jemand lesen und zu dem hinzufügen kann, was man bereits weiß.«

Und, dachte er, *um dem Aufruhr in Camnipol fernzubleiben und einen Winkel am entlegensten Rand der Welt zu suchen, wo es am unwahrscheinlichsten ist, dass mich der Ärger einholt.*

»Und dann?«

Geder zuckte mit den Schultern. »Das ist alles«, sagte er. »Was sollte da sonst sein?«

Der Jasuru-Fürst runzelte die Stirn, trank aus einem Becher, der entweder in der Form eines riesigen Schädels gearbeitet war oder tatsächlich aus einem solchen bestand, und grinste dann, während er mit einer langen Klaue mit Silberbeschlägen auf ihn zeigte.

»Ihr seid ein heiliger Mann«, sagte der Fürst.

»Nein. Bei Gott, nein. Nicht ich.«

»Ein Kundiger also. Ein Philosoph.«

Geder wollte auch dagegen Widerspruch einlegen, aber dann fing er sich. »Vielleicht ein Philosoph«, sagte er.

»Ein Mann, sein Pferd und der Horizont. Ich hätte es sehen sollen. Dieses Vorhaben ist eine spirituelle Angelegenheit.«

Der Fürst hob einen riesigen Arm und bellte etwas, das wie ein Befehl klang. Die hundert Männer und Frauen an den langen Tischen – Ritter oder nur Schwert- und Bogenkämpfer, Geder konnte nicht sicher sein – ließen einen Ruf hören, lachten und feixten und stießen sich gegenseitig an. Einige lange Augenblicke später erschien ein Wächter-Paar am Rande des Platzes, ein jeder mit einer Eisenkette in der Hand. Die Ketten führten hinaus in die Dunkelheit; sie waren so schlaff, dass Geder zu dem Schluss kam, sie wären größtenteils zeremoniell.

Die Frau, die am Ende der Ketten ins Licht trat, sah uralt aus. Die Breite ihrer Stirn und die wirbelnden schwarzen Zeichen auf ihrer Haut machten sie als Haavirisch kenntlich, noch ehe sie die lange, dreifingrige Hand zum Gruß hob. Geder hatte schon Haavirisch getroffen, als der gewählte König von Hallskar Botschafter an den Hof geschickt hatte, aber er hatte noch nie jemanden von solchem Alter oder mit der gleichen Anmutung von äußerster Würde gesehen.

Die Wachen gingen vor der Frau, während sie sich dem Fürsten näherte. Geder konnte dem Lärmen der Menge nicht entnehmen, ob sie sich über sie lustig machten oder ihre Anwesenheit feierten. Ihr Blick strich prüfend über Geder.

»Dies ist meine Seherin«, sagte der Fürst zu ihm. Und dann zu der Frau: »Dieser Mann ist unser Gast. Er reist in einer spirituellen Angelegenheit durch die Keshet.«

»So ist es«, stimmte die Frau zu.

Der Fürst grinste, als hätte sie ihm ein Geschenk gemacht. Er legte Geder in einer merkwürdig intimen Geste die Hand auf den Arm.

»Sie gehört heute Nacht Euch«, sagte der Fürst. Geder runzelte die Stirn. Er hoffte, es stand nicht zur Debatte, sie als Bettdienerin mitzunehmen, obwohl er derartige Geschichten in den alten Erzählungen über die Keshet gehört hatte. Er hustete und versuchte auf etwas zu kommen, mit dem er sich herauswinden könnte, aber die Seherin hob nur die Hand. Ein weiterer Diener rannte mit einem Holzschemel herbei, und die Haavirisch setzte sich darauf und starrte Geder ins Gesicht.

»Hallo«, sagte Geder mit unsicherer Stimme zu ihr.

»Ich kenne dich«, sagte sie, dann wandte sie sich um und spuckte auf den Boden. »Als ich ein Mädchen war, habe ich von dir geträumt.«

»Äh …«, sagte Geder. »Wirklich?«

»Sie ist sehr gut«, erklärte der Fürst. »Sehr *weise*.«

»Mein Onkel hatte eine Krankheit«, sagte die Seherin, »nur sah man davon keine äußeren Zeichen. Kein Fieber, keine Schwäche, nichts, daher wussten wir nicht, wie wir ihn heilen sollten.«

»Aber wie könnt Ihr dann sagen, dass er krank war?«

»Es war ein Traum«, antwortete die Seherin geduldig. »Er aß die bitteren Kräuter, um sich zu heilen, und anschließend schmeckte das Wasser süß, das er trank. Aber es war nichts weiter als Wasser. Die Süße war in ihm, und es war eigentlich gar nicht süß. Es war nur nicht bitter. Es hatte nicht die Macht, irgendetwas zu heilen.«

Die Seherin nahm ihn bei der Hand, und ihre langen Finger erforschten seine Knöchel, als suchte sie nach etwas. Sie hob seine Hand an die Nase und schnüffelte am Handteller. Geder bekam eine Gänsehaut, und er versuchte, sich zurückzuziehen.

»Du wirst sie dreimal treffen«, sagte sie, »und jedes Mal

wirst du jemand anders sein. Und jedes Mal wird sie dir geben, was du willst. Du hast sie bereits ein Mal getroffen.«

Die Seherin hob die Augenbrauen, als würde sie sagen: *Verstehst du?*

Das soll etwas über mich aussagen?, dachte Geder.

»Danke«, sagte Geder und nickte. Das tanzende Fackellicht ließ die schwarzen Zeichen auf ihrer Haut aussehen, als würden sie sich ohne ihr Zutun bewegen.

»Ist das alles?«, fragte der Jasuru-Fürst.

»Das ist alles, was ich für ihn habe«, sagte die Seherin sanft. Sie stand auf, und die Ketten, die von ihrem Hals herabführten, klirrten. »Ihr und ich werden uns unterhalten, aber später.«

Sie machte eine Verbeugung, wandte sich ab und ging zurück durch die niedrigen Büsche und den Staub, die Holztische der Krieger der Keshet und die Schatten. Die Kettenträger folgten ihr, als würde sie sie führen. Die Stille wurde vom Klang der Ketten und dem Murmeln der flackernden Fackeln durchbrochen. Geder glaubte, auf den Gesichtern der Ritter Überraschung, ja sogar Entsetzen zu sehen, aber er verstand es nicht. Etwas war gerade geschehen, doch er konnte nicht sagen, was.

Der Fürst fuhr über die Schuppen an seinem Kinn und Hals wie ein Erstgeborener, der sich durch den Bart strich. Er grinste; die scharfen, dunklen Zähne waren wie eine Mauer.

»Esst! Singt!«, rief er, und die Stimmen der Ritter und der Lärm hoben wieder an, wie es zuvor gewesen war. Geder nahm noch ein Würstchen und fragte sich, was ihm gerade entgangen war.

Das Fest bescherte Geder einen unruhigen Magen. Er lag in seinem Zelt und lauschte dem leisen Sommerwind, der durch die Wüste strich, aber es gelang ihm nicht einzuschlafen. Er hörte das leise Schnarchen seines Knappen, roch den feinen Staub der Keshet, der überall hineinzugelangen schien, und schmeckte das gewürzte Fleisch des Festes, das ihm schon längst keinen Genuss mehr bescherte. Mondlicht drängte sich an den Kanten des Zelts herein und machte die Dunkelheit silbern. Er fühlte sich ruhelos und träge zur selben Zeit.

Die Süße war in ihm, und es war eigentlich gar nicht süß. Es war nur nicht bitter. Es hatte nicht die Macht, irgendetwas zu heilen.

Von allem, was die Seherin gemurmelt hatte, waren das die Worte, die an ihm nagten, ihn genauso plagten wie die Gewürze. Es schien ihm inzwischen, dass die Haavirisch über Vanai und Camnipol gesprochen hatte. Wenn er darüber nachdachte, konnte er immer noch spüren, wie die Narbe an seinem Bein heilte, wo ihn der Bolzen getroffen hatte. Auf genau die gleiche Weise kam ihm immer wieder der schwarze Knoten in seiner Brust in den Sinn, der ihn auf dem langen Ritt zurück von Vanai niedergedrückt hatte, wann immer ihm seine Aufmerksamkeit nur ein klein wenig entglitt. Er konnte sich nicht genau an die Gesichtszüge seiner toten Mutter erinnern, aber die Silhouette der Frau vor den Flammen, die sich über Vanai türmten, stand ihm so deutlich vor Augen wie das Zelt um ihn herum. Deutlicher.

Die Feierlichkeiten und Feste, die ihn in Camnipol willkommen geheißen hatten, hätten ihn davon reinwaschen müssen, und eine Zeitlang hatten sie das auch getan. Aber nicht für immer. Es war süß gewesen – er hatte es damals zumindest so empfunden –, aber vielleicht war es das gar nicht gewesen. Natürlich hatte es sich herrlich angefühlt: Er war bei Hofe aufgestiegen. Er hatte die Stadt vor dem Aufstand der Söldner gerettet. Und doch war er hier, abermals im Exil, auf der Flucht vor politischen Ränken, die er nicht verstand. Und so unerfreulich sein unruhiger Bauch auch sein mochte, es war immer noch besser als die Alpträume vom Feuer.

In Wahrheit war das, was in Vanai passiert war, nicht seine Schuld gewesen. Er war benutzt worden. Der entgangene Schlaf, die dauernde Furcht und sogar der Verdacht, dass sich Alan Klin und seine Freunde während all seiner Feiern und Feste über ihn ins Fäustchen gelacht hatten: Das waren die Narben, die er trug.

Er wälzte den Gedanken im Kopf hin und her. Die Hofintrigen, die die Königshöhe und Camnipol durchdrangen, waren nichts, worauf er sich je willentlich eingelassen hatte. Die Erleichterung, die er verspürt hatte, als er bei seiner Rückkehr beweihräuchert und beklatscht worden war, fühlte sich inzwischen hohl an, und zur selben Zeit wollte er sie wiederhaben. Er hatte die Stimmen der Flammen darüber eine kleine Weile vergessen können. Aber wie das geträumte Wasser der Haavirisch-Seherin war die Süße nicht süß gewesen, sondern nur eine Erleichterung nach der Bitterkeit. Und sie hatte nichts geheilt.

Wenn er nur verstehen könnte, was sich abgespielt hatte, wenn er nur die Spiele und die Spieler durchschauen könnte, hätte er gewusst, wer wirklich der Schuldige war. Und wer wirklich seine Freunde waren.

Er drehte sich auf die Seite, zog die Decken mit sich. Sie rochen nach Staub und Schweiß. Die Nacht war zu warm, um sie zu rechtfertigen, aber er fand den Stoff tröstlich. Er seufzte, und sein Bauch grummelte. Auf ihre Weise hatte die Haavirisch-Seherin recht gehabt. Vielleicht war sie so weise, wie der Fürst behauptete. Geder zog es in Erwägung, sie am Morgen aufzusuchen, um ihr weitere Fragen zu stellen. Selbst wenn es alles Aberglauben und Unsinn war, würde es ihm in den langen, einsamen Nächten in der Wüste etwas zum Nachdenken geben.

Er merkte nicht, dass er einschlief, bis er wach wurde. Sonnenlicht glühte im frischen Gelb von Wildblumen, und der kurzlebige Tau ließ die Welt kühler riechen, als sie war. Er zog seine Hose und eine Tunika an. Es war gröbere Tracht, als er sie letzte Nacht getragen hatte, aber er ging auch nicht auf ein Fest. Und dies war immerhin die Keshet. Die Anforderungen waren vermutlich nicht die gleichen. Die Holzgebäude standen noch, und Geder ging zu ihnen hinaus, sein Blick schweifte umher, auf der Suche nach Wachposten. Er sah sie nicht.

Er sah niemanden.

Als er an den Gebäuden ankam, auf dem großen, offenen Platz, wo er vor weniger als einem Tag gespeist hatte, waren sie verlassen. Als er rief, antwortete niemand. Es hätte wie ein Kinderlied gewirkt, in dem sie alle zu Geistern geworden waren, nur dass er den Fußabdrücken und dem Geruch von Pferdemist folgen und die nicht ganz erloschenen Kohlen sehen konnte, die sich noch weiß und rot in der Feuergrube verbargen. Die Pferde waren fort, die Männer und Frauen, aber die Wagen waren noch da. Die schweren Winden, die die Diener des Fürsten benutzt hatten, um ihre jäh entstehenden Städte zu errichten, waren nach wie vor an Ort und Stelle. Er fand sogar die langen Ketten, die die Seherin getragen hatte, um eine bronzene Spule gewickelt und im Staub zurückgelassen.

Er ging zurück zu seinem eigenen Lager, wo sein Knappe gerade ein Mahl aus gekochtem Hafer und verdünntem Apfelwein auftrug. Geder setzte sich an seinen Feldtisch, blickte auf die Zinnschale hinab und dann zum verlassenen Lager.

»Sie sind mitten in der Nacht gegangen«, erklärte Geder. »Haben mitgenommen, was sie tragen konnten, ohne ein Geräusch zu machen, und haben sich dann in die Dunkelheit davongestohlen.«

»Vielleicht wurde der Fürst von seinen Männern beraubt und ermordet«, sagte sein Knappe. »Solche Dinge passieren in der Keshet.«

»Zum Glück sind wir nicht darin verwickelt worden«, sagte Geder. Seine Haferflocken waren honiggesüßt. Sein Apfelwein war ein wenig scharf, trotz des Wassers. Sein Knappe stand still daneben, während Geder aß und die anderen Diener das Lager abbauten. Die Sonne war noch nicht einmal zwei Handspannen über dem Horizont, als Geder die Mahlzeit beendete. Er wollte weiterziehen, zurück auf seinen eigenen Weg kommen und das unheimlich stille Lager weit hinter sich lassen.

Er fragte sich jedoch, was die Haavirisch noch gesehen und was sie ihrem Fürsten gesagt hatte, nachdem der fremde Gast gegangen war.

Marcus

»Ich würde es lieber unmittelbar der Magistra bel Sarcour übergeben«, sagte der Mann. »Ich will nicht respektlos erscheinen, aber auf meinem Vertrag ist nicht Euer Daumenabdruck.«

Er war ein recht kleiner Mann, die Spitze seines Kopfes reichte nicht über Marcus' Schulter hinaus, und seine Kleider rochen wie sein Laden: nach Sandelholz, Pfeffer, Kumin und Fenchel. Sein Gesicht war schmal wie bei einem Fuchs, und sein Lächeln wirkte einstudiert. In den unteren Räumen der Medean-Bank von Porte Oliva befanden sich Marcus, Yardem, der stämmige Kurtadam Ahariel und der stets anwesende Schabe. Das Gewicht ihrer Klingen allein wog den Gewürzhändler wahrscheinlich auf, doch die Verachtung, die dieser Mann für sie hegte, strahlte von ihm aus wie die Hitze von einem Feuer.

»Aber da sie nicht hier ist«, sagte Marcus, »müsst Ihr mit mir vorliebnehmen.«

Die Augenbrauen des Gewürzhändlers wölbten sich, und er presste seine winzig kleinen Lippen fest aufeinander. Yardem hustete, und Marcus spürte einen zornigen Stich. Der Tralgu hatte recht.

»Wenn Ihr«, fuhr Marcus fort, »jedoch unsere Gastfreundschaft ein paar Minuten lang annehmt, Herr, werde ich mein Bestes tun, um sie zu finden.«

»Schon besser«, sagte der Mann. »Gibt es vielleicht eine Tasse Tee, während ich warte?«

Ich könnte dich mit bloßen Händen umbringen, dachte Marcus, und es reichte aus, um ihm das Lächeln zu entlocken, nach dem die Etikette verlangte.

»Schabe?«, fragte Marcus. »Würdest du dich darum kümmern, dass es unser Gast bequem hat?«

»Ja, Hauptmann«, sagte der kleine Timzinae und sprang auf. »Wenn Ihr hier entlangkommen möchtet, Herr?«

Marcus trat aus der Tür und auf die Straße, und Yardem folgte ihm so dicht wie ein Schatten. Die Abendsonne war immer noch hoch am westlichen Himmel. Der Tulpentopf vor der Bank stand in voller, leuchtender Blüte, und die Blumen hatten hellrote Blütenblätter mit weißen Adern.

»Ihr nehmt den Großmarkt«, sagte Yardem, »und ich werde in der Schenke nachsehen.«

Marcus schüttelte den Kopf und spuckte auf das Pflaster.

»Wenn es Euch lieber ist, dass Ihr sie findet, kann ich zum Markt gehen«, schlug Yardem vor.

»Bleib hier«, sagte Marcus. »Ich bin gleich zurück.«

Marcus ging die Straße entlang. Schweiß sammelte sich zwischen seinen Schulterblättern und am Rückgrat. Ein gelbgesichtiger Hund blickte aus dem Schatten einer Gasse zu ihm auf, hechelnd und zu erhitzt, um zu bellen. Die Straßen waren jetzt noch leerer, als sie es nach Sonnenuntergang sein würden, da das Licht die Leute wirkungsvoller Schutz suchen ließ als die Dunkelheit. Selbst die Stimmen der Bettler und Straßenverkäufer schienen weichgekocht und müde.

Die Schenke war im Vergleich kühl. Die Kerzen waren nicht entzündet, damit nicht einmal sie ihre kleine zusätzliche Hitze in die Dunkelheit abgaben, und daher lagen die Tische des

Schankraums trotz der Helligkeit auf der Straße im Düsteren. Marcus blinzelte und wünschte sich, seine Augen wären schärfer. Es waren ein Dutzend Leute verschiedener Rassen anwesend, aber niemand unter ihnen war sie. Aus dem hinteren Bereich drang Cithrins Lachen. Marcus bahnte sich einen Weg durch den Schrankraum und folgte den vertrauten Klängen ihrer Stimme zu dem hindrapierten Stoff, der die privaten Tische privat hielt.

»... hätte die Wirkung, dass man die verlässlichsten Schuldner belohnt.«

»Nur bis sie anfangen, weniger verlässlich zu werden«, sagte eine Männerstimme, die leiser sprach. »Euer System ermutigt die Schuldner, sich zu übernehmen, und wenn das lange genug so geht, macht Ihr aus guten Risiken schlechte.«

»Magistra«, sagte Marcus. »Wenn Ihr einen Augenblick Zeit hättet?«

Cithrin zog den Stoff zur Seite. Wie Marcus erwartet hatte, saß der Halbjasuru bei ihr. Qahuar Em. Die Konkurrenz. Ein Teller mit Käse und marinierten Karotten stand auf dem Tisch zwischen ihnen, neben einer Flasche Wein, die bereits zur Neige ging. Cithrins Kleid aus besticktem Leinen schmeichelte ihrer Figur, und ihr Haar, das zurückgesteckt gewesen war, floss in selbstvergessener Unordnung über ihre Schultern.

»Hauptmann?«

Marcus nickte zur Hintertür. Schwerer Verdruss blitzte auf Cithrins Gesicht auf.

»Ich könnte hinausgehen«, schlug Qahuar Em vor.

»Nein. Ich bin gleich zurück«, sagte Cithrin. Marcus folgte ihr nach draußen. Die Gasse stank nach verdorbenem Essen und Pisse. Cithrin verschränkte die Arme.

»Der Gewürzhändler ist mit den Provisionen dieser Woche gekommen«, sagte Marcus. »Er will sie niemandem außer dir überlassen.«

Cithrins Stirnrunzeln ließ Falten um ihre Mundwinkel und zwischen ihren Brauen entstehen. Sie trommelte sachte mit den Fingern auf den Armen. »Er will über etwas anderes sprechen«, sagte sie.

»Und das nicht mit deinen Lohnkriegern«, fügte Marcus hinzu.

Das Mädchen nickte, und ihre Aufmerksamkeit richtete sich nach innen.

Es waren Augenblicke wie diese, wenn sie sich vergaß, in denen sie sich veränderte. Die falsche Reife, die Meister Kit und die Schauspieler ihr eingebläut hatten, war überzeugend, aber es war nicht Cithrin. Und die alberne junge Frau, die zwischen Selbstüberschätzung und Unsicherheit schwankte, war auch nicht sie. Wenn ihr Gesicht glatt war, ihr Verstand sich in der ihr eigenen Stille regte, dann gab sie einen Anflug der Frau preis, die in ihr steckte. Marcus wandte sich von ihr ab, blickte in die Gasse hinaus und sagte sich, dass er ihr damit ihren Rückzugsraum ließ.

»Ich sollte mich mit ihm treffen«, meinte Cithrin. »Ist er im Haus?«

»Schabe und Yardem sind bei ihm.«

»Dann sollte ich mich beeilen«, sagte sie, und der Humor verlieh ihren Worten Wärme.

»Ich kann dich bei Qahuar entschuldigen …«

»Nein, sagt ihm, dass ich gleich zurück bin. Ich will nicht, dass er ohne mich geht.«

Marcus zögerte, dann nickte er. Cithrin ging durch die Gasse, immer darauf bedacht, wo sie hintrat, bis sie die Ecke erreichte, in die Straße abbog und verschwand. Marcus stand einen langen Augenblick in den stinkenden Schatten, dann duckte er sich zurück nach drinnen. Der Halbjasuru saß noch immer am Tisch, kaute auf einer marinierten Karotte und wirkte nachdenklich. Vermutlich war der Mann ein paar Jahre jünger als Marcus, obwohl das Jasuru-Blut es schwer machte, sicher zu sein. Die Schuppen auf seiner Haut und die lebhaften grünen Augen erinnerten Marcus an eine Echse.

»Die Magistra wird ein paar Minuten lang an anderer Stelle benötigt. Ein kleines Geschäft«, erklärte Marcus. »Sie sagte, sie würde gleich zurückkommen.«

»Natürlich«, erwiderte Qahuar Em und deutete dann auf den Platz, auf dem Cithrin gesessen hatte. »Möchtet Ihr mit mir warten, Hauptmann Wester?«

Die kluge Wahl wäre gewesen fortzugehen. Marcus nickte zum Dank und setzte sich.

»Seid Ihr der echte Marcus Wester?«, fragte der Mann und bedeutete dem Schankjungen, einen Krug Bier zu bringen.

»Jemand muss es ja sein«, antwortete Marcus.

»Ich bin geehrt. Ich hoffe, Ihr nehmt es mir nicht übel, wenn ich sage, dass ich überrascht bin, einen Mann Eurer Berühmtheit beim Wachdienst zu sehen, selbst für die Medean-Bank.«

»Bei einer gewissen Gruppe von Leuten bin ich wohlbekannt«, sagte Marcus. »Wenn ich nur durch die Straßen gehe, könnte ich irgendwer sein.«

»Trotzdem hätte ich geglaubt, nach Wodfurt und Gradis könntet Ihr als Anführer eines Söldnertrupps jeden Preis verlangen, den Ihr wollt.«

»Ich arbeite nicht für Könige«, sagte Marcus, als der Schankjunge den Krug vor ihm auf dem Tisch abstellte. »Das schränkt meine Möglichkeiten ein. Da wir gut miteinander auskommen, wir beide …?«

Qahuar nickte ihm zu, damit er fortfuhr.

»Ich wusste nicht, dass man Erstgeborene und Jasuru kreuzen kann«, sagte Marcus. »Ihr seid der Erste, den ich sehe.«

Der Mann breitete die Hände aus. *Und doch bin ich hier.*

»In Lyoneia sind wir häufiger. Und es gibt Aufgaben, die Leute lieber einem Mann überlassen, der keine Familie hat.«

»Ah«, sagte Marcus. »Dann seid Ihr zeugungsunfähig? Keine Kinder.«

»Mein Segen und mein Fluch.«

»Ich kenne ein paar solche Männer aus dem Norden. Man bekommt es auch, wenn man Cinnae mit Dartinae kreuzt. Ich kannte außerdem einige Männer, die es nur behauptet haben. Das hat sie bei den Frauen beliebter gemacht …«

»Es gibt Trostpflaster«, sagte Qahuar lächelnd.

Marcus stellte sich vor, wie er über den Tisch griff und dem Mann den Hals brach. Es würde schwierig sein. Jasuru waren starke Mistkerle, und auch noch schnell. Er nahm einen langen Zug von seinem Bier. Es schmeckte nach der Brauerei, an der sich Cithrin beteiligt hatte. Offenbar hatte sie ein Geschäft mit der Schenke arrangiert. Qahuar legte den Kopf schief und lächelte höflich mit leicht spitzen Zähnen.

Sie ist halb so alt wie du, dachte Marcus. *Sie ist noch ein Kind.* Aber er konnte auch das nicht aussprechen. So fragte er:

»Wie findet Ihr das Leben in Porte Oliva?«

»Mir gefällt es hier. Ich vermisse es, bei meinem Klan zu sein, aber wenn ich ihnen Arbeit verschaffen kann … Nun, den Preis ist es wert.«

»Es muss ein beeindruckender Klan sein, wenn er es mit der Medean-Bank aufnimmt. Das würden nicht viele tun.«

»Ich sehe es eher so, dass die Medean-Bank es mit uns aufnimmt. Es wird ein guter Kampf werden. Magistra Cithrin ist eine beeindruckende Frau.«

»Das habe ich immer gedacht«, sagte Marcus.

»Arbeitet Ihr schon lange mit ihr?«

»Wir haben uns in Vanai getroffen«, erklärte Marcus. »Ich bin mit ihr hierhergekommen.«

»Ist sie eine gute Arbeitgeberin?«

»Ich habe keine Beschwerden.«

»Man hat über Euch geredet, wisst Ihr. Ein einfacher Ableger, selbst einer mit einer Dachgesellschaft wie der Medean-Bank, mit Marcus Wester als Hauswächter? Die Leute haben es als ein Zeichen gedeutet, dass Magistra Cithrin eine umfassendere, militärische Strategie favorisiert.«

»Was glaubt Ihr?«, fragte Marcus, der seine Stimme neutral hielt.

»Was ich glaube?«, sagte Qahuar, der sich an die Wand zurücklehnte. Seine Stirn war gefurcht, als würde er seine eigenen Gedanken zum ersten Mal fassen. Er hob einen Finger. »Ich glaube, dass Ihr diese Arbeit angenommen habt, weil Ihr nicht daran interessiert seid, eine Privatarmee aufzustellen. Und daher glaube ich auch, dass die Magistra nicht daran interessiert ist.«

»Ein interessanter Gedanke.«

»Ihr seid ein wertvoller Mann, Hauptmann Wester. Viele Leute wissen das.«

Marcus lachte. »Versucht Ihr mich zu bestechen?«, fragte er. »Schon, oder? Ihr fragt, ob man mich kaufen kann?«

»Kann man?«, fragte Qahuar Em ohne die geringste Spur von Scham in der Stimme.

»Auf der ganzen Welt gibt es nicht genug Gold«, sagte Marcus.

»Das verstehe und respektiere ich. Aber Ihr versteht, dass meine Pflicht gegenüber meinem Klan verlangt hat, dass ich frage.«

Marcus trank sein Bier mit einem großen Schluck aus und stand auf. »Haben wir noch etwas zu besprechen, Herr?«

Qahuar schüttelte den Kopf. »Ich bin wahrhaft geehrt, dass ich Euch begegnet bin, Hauptmann Wester. Ich respektiere Euch, und ich respektiere Eure Arbeitgeberin.«

»Gut zu wissen«, sagte Marcus, dann ging er durch den Schankraum zurück, um auf der Straße auf Cithrin zu warten, verdammte Hitze hin oder her. Als sie kam und die Straße herabeilte wie ein Mädchen ihres Alters, trat Marcus vor. Schweiß bildete sich auf ihrer Haut und verschmierte die Farben, die sie auf Augen und Lippen aufgetragen hatte.

»Es ist alles erledigt«, sagte Cithrin. »Es war gut, dass Ihr mich geholt habt. Der Mann ist furchtbar arrogant, aber er wird noch sehr nützlich sein.«

»Dein Verehrer dort drin hat versucht, mich zu bestechen«, sagte Marcus.

Cithrin hielt inne, und er konnte weniger als einen Herzschlag lang den Verdruss in ihrem Blick sehen, dann war die Maske wieder an Ort und Stelle. Sie wurde weder das Mädchen noch die Frau, die noch nicht ganz da war, sondern die falsche Dame von Welt, die Meister Kit kreiert hatte. Es war die Cithrin, die Marcus am wenigstens mochte.

»Natürlich hat er das getan«, sagte sie. »Ich hätte nichts Geringeres erwartet. Hauptmann, ich kehre vielleicht heute Nacht nicht nach Hause zurück. Wenn ich am Morgen nicht da bin, macht Euch keine Sorgen. Ich werde Nachricht schicken.«

Sie hätte ihm genauso gut einen Ziegelstein an den Kopf

werfen können. *Er ist dein Feind* und *Ich verbiete dir, mit diesem Mann zu schlafen* und *Bitte, mach das nicht* stachen sich gegenseitig aus. Alles, was er zustande brachte, war ein Nicken. Cithrin musste etwas davon in seinen Augen gesehen haben, denn sie legte ihm die Hand auf den Arm und drückte sanft zu, ehe sie nach drinnen ging.

Marcus nahm die Straße zurück zum Haus, dann hielt er inne, wandte sich um und machte sich stattdessen auf den Weg zum Hafen. Die Sonne, die sich müßig Richtung Horizont bewegte, drückte wie eine Hand auf seine rechte Wange. In Hafennähe wurde der Andrang auf den Straßen größer. Jemand hatte angefangen, Bänder aus vielen Fäden aufzuhängen, sie waren an Fenster und Bäume geknotet, und die flatternden Enden wehten im Wind wie die Tentakel einer Qualle. Die Straßenpuppenspieler steckten Ecken und öffentliche Plätze ab, auf denen sie sogar saßen, wenn sie nichts aufführten. Die Schiffe aus Narineiland kamen vielleicht erst in ein paar Wochen, aber das Fest wurde bereits vorbereitet.

Der Hafen selbst roch nach Salz und Fischinnereien. Marcus suchte sich einen Weg an Seemännern und Landratten vorbei, an Bettlern und Königinnengardisten, zu dem weiten Platz, der sich gleich hinter der letzten Anlegestelle befand. Zwei Schenken und ein öffentliches Bad buhlten an den Rändern des Platzes um Aufmerksamkeit, mit breiten Stoffbannern und gelangweilt wirkenden Frauen in zu knapper Kleidung. An der entferntesten Ecke stand eine Menschenmenge verzaubert um einen Theaterwagen. Meister Kit trug eine fließende Robe aus Scharlachrot und Gold und eine Krone aus Drahtgeflecht. Er hielt Sandrs reglosen Körper in den Armen, und ein dünnes Rinnsal von rotgefärbtem Wasser tröpfelte an der Seite des Jungen herab.

»Wie? Wie habe ich das zulassen können? Oh, Errison, Errison, mein Sohn! Mein einziger Sohn!«, rief Meister Kit, seine Stimme brach sehr beherrscht, so dass alle Worte gut zu verstehen waren, und dann ging sie anmutig in einen Reim über: »Hört den Schwur eines Vaters, der alles verlor! Bei Drachenblut und Gottesgebein, *fallen* soll Haus Alysor!«

Dann erstarrte Kit, und einen Augenblick später erklang Applaus. Marcus ging durch die Menge nach vorn, während Cary und Smit auf die Bühne kamen, Smit in der Nachbildung einer Stahlrüstung aus Filz und Blech, Cary in einem engen schwarzen Kleid, das eindeutig für Opal geschnitten war. Marcus schaute sich den langen letzten Akt an, in dem durch die Rivalität der Adelshäuser erst die Schuldigen und dann die Unschuldigen abgeschlachtet wurden, Mütter ihre Töchter töteten, Väter Gift zum Opfer fielen, das für ihre Söhne bestimmt war, und die Welt im Allgemeinen unterging, bis am Ende Meister Kit allein dastand, alle anderen Spieler zu seinen Füßen liegend, und weinte. Als die Truppe sich erhob, um sich grinsend zu verbeugen und die Münzen aufzusammeln, die man ihnen zuwarf, konnte Marcus beinahe wieder denken wie eh und je.

Während die Truppe die Bühne abbaute, ging Marcus nach hinten. Meister Kit hatte wieder seine gewöhnlicheren Kleider an und lehnte sich an die Kaimauer, wo er sich das Gesicht mit einem weichen Tuch abwischte. Er lächelte, als er Marcus erblickte.

»Hauptmann! Schön, Euch zu sehen! Was haltet Ihr von der Aufführung?«

»Mich hat sie überzeugt«, erwiderte er.

»Das freut mich. Horniss! Pass auf das Seil dort auf. Nein, das, auf dem du stehst!«

Horniss tänzelte zur Seite, und Meister Kit schüttelte den Kopf. »An manchen Tagen bin ich erstaunt, dass der Junge sich noch kein Bein gebrochen hat«, sagte er.

»Cary wird besser.«

»Ich glaube, dass sie sich inzwischen wohler fühlt. Am Ende dieser Spielzeit wird sie meiner Erwartung nach alle alten Rollen von Opal gemeistert haben. Ich hoffe aber immer noch, ein Mädchen zu finden, das Cary ersetzen kann. Ich kann Smit in ein hübsches Kleid stecken und ihn mit hoher Stimme sprechen lassen, aber ich fürchte, das verleiht den tragischen Szenen einen etwas heiteren Ton.«

»Schon fündig geworden?«

»Ein wenig«, sagte Kit. »Ich habe mich mit einer Reihe von Mädchen unterhalten, die vielleicht gut sein könnten. Eine ist talentierter, aber sie lügt. Ich denke, es ist wichtiger, dass sie auf der Straße eine gute Reisegefährtin ist als eine gute Schauspielerin auf der Bühne. Theaterhandwerk ist etwas, das ich unterrichten kann. Wie man ein anständiger Mensch wird, scheint etwas schwieriger zu sein.«

Marcus setzte sich, den Rücken zur Mauer. Im Westen war die Sonne hinter den Dächern verschwunden, aber die Wolken darüber glühten noch golden und orangefarben.

Kit wischte sich ein letztes Mal über die Augen und steckte sich das Tuch in den Gürtel. »Gleich auf der anderen Seite der Mauer ist eine Schenke«, sagte er. »Wir übernachten in jeder Nacht, in der wir eines unserer Stücke aufführen, umsonst im Hinterzimmer. Wir sind auf dem Weg zurück dorthin. Wenn Ihr Euch uns anschließen möchtet …«

»Ich werde darüber nachdenken.«

Meister Kit verschränkte die Arme, und Sorge trat in seinen Blick. »Hauptmann? Mit der Bank läuft alles gut, hoffe ich?

Alles, was ich gehört habe, legt nahe, dass unser Mädchen sich recht gut schlägt.«

»Die Leute bringen ihr andauernd Geld«, sagte Marcus.

»Darauf hatten wir doch gehofft, nicht?«

»Ja.«

»Und trotzdem?«

Marcus schielte zum Badehaus. Zwei Kurtadam schrien sich an, deuteten auf das Haus, ihre Worte überlagerten sich. Eine sehnige junge Tralgu schlenderte vorbei und beobachtete sie.

»Ich brauche einen Gefallen von Euch«, sagte Marcus.

»Was schwebt Euch denn vor?«

»Ich möchte, dass Ihr mir noch einmal erzählt, dass all das ein Fehler ist, den sie machen muss. Und dass ich nicht versuchen sollte, an jeder scharfen Kante, auf die sie zuläuft, ein dämpfendes Kissen zu befestigen.«

»Ah«, sagte Meister Kit.

»Sie spielt mit größeren Einsätzen, als ihr bewusst ist«, erklärte Marcus, »und gegen Leute, die jahrzehntelange Erfahrung haben. Und …«

»Und?«

Marcus fuhr sich mit der Hand durchs Haar. »Sie hat sich darin verstrickt. Sie hat keine Ahnung, wie viel von sich selbst sie in diese Pläne investiert. Wenn sie unter ihr zusammenbrechen … Ich will, dass es jetzt endet. Ehe sie verletzt wird.«

»Ich höre Euch sagen, dass Ihr sie beschützten wollt.«

»Das will ich nicht«, behauptete Marcus. Und dann, einen Augenblick später: »Das will ich schon. Und ich habe einen schlechten Leumund, wenn es um das Beschützen von Frauen geht. Deshalb will ich, dass Ihr mir sagt, dass ich es nicht versuchen sollte.«

»Weshalb besprecht Ihr das nicht mit Yardem? Er kennt Euch besser als ich, nehme ich an.«

»Ich weiß, was er sagen wird. Ich kenne sogar den Tonfall, in dem er es sagen wird. Es hat keinen Sinn, die ganze Leier mit ihm durchzuspielen.«

»Aber Ihr denkt, dass Ihr mir glauben werdet?«

»Ihr seid überzeugend.«

Meister Kit lachte leise und hockte sich neben ihn. Cary stieß einen Ruf aus, die Schauspieler zogen die Bühne an ihren Angeln empor, und die Holzplanken verwandelten sich von Bodenbrettern in die Wand eines hohen Wagens. Sandr ging vor, um die Maultiere anzuschirren. Der salzige Wind erstarb für einen Augenblick, dann drehte er, kühl an Marcus' Wange. Die Wolken wurden grau, als ihnen das Sonnenlicht abhandenkam. Es würde nicht lange dauern, ehe die Tavernen, Bordelle und Bäder ihre bunten Laternen heraushängten, um zu versuchen, Münzen und Kunden auf dieselbe Art anzuziehen, wie sie auch Motten anzogen. Die Königinnengarde würde unterwegs sein. Und Cithrin. Marcus versuchte nicht daran zu denken, was Cithrin gerade tun mochte.

Langsam erklärte er dem Schauspieler alles. Cithrins Geschäftspläne, ihre Ziele für die Bank und die Eskortflotte, wie sie um eine Beziehung zu ihrem Rivalen, dem Halbjasuru, warb. Meister Kit hörte aufmerksam zu, und als Marcus die Worte ausgingen, schürzte er die Lippen und blickte zum dunkler werdenden Himmel auf.

»Ich sage das, Hauptmann, weil es wahr ist. Ich glaube, dass Cithrin all die Werkzeuge und Talente besitzt, die sie braucht, um diese Aufgabe zu meistern. Wenn sie aufpasst, wenn sie ihre Urteilskraft zum Besten einsetzt und nur ein klein wenig Glück hat, dann kann sie das schaffen.«

»*Kann* ist etwas Herrliches. Denkt Ihr, sie wird?«

Meister Kit war vier Atemzüge lang still. Als er wieder sprach, hatte seine Stimme einen melancholischen Tonfall.

»Vermutlich nicht.«

Cithrin

Cithrin lag in der Dunkelheit. Qahuar lag neben ihr, und der langsame, tiefe Rhythmus seiner Atemzüge war neben dem Chor von Grillen, die vor dem Fenster zirpten, kaum hörbar. Das Bettzeug unter ihr, um sie herum, war weicher als Haut und noch feucht von Schweiß.

Sie hatte gedacht, dass es beim ersten Mal wehtun sollte, aber das hatte es nicht. Sie fragte sich, wie viel Falsches sie sonst noch gehört hatte, wenn es um Sex ging. Wenn sie von einer Mutter aufgezogen worden wäre, hätte sie vielleicht fragen können … Dennoch, für jemanden, der keine richtige Vorstellung davon hatte, was zu tun war, war das Experiment anscheinend erfolgreich gewesen. Qahuar war betrunken genug gewesen, um seine Diskretion fallen zu lassen, und sie war seiner Führung gefolgt. Ein paar Küsse, ein paar Liebkosungen, und dann hatte er ihr Kleid angehoben und ausgezogen, sie auf sein Bett gelegt, und von da an hatte sie recht wenig tun müssen. Die ganze Sache mit dem Stoßen und Ächzen war intim und absurd gewesen, aber sie stellte fest, dass sie danach ein wenig liebevoller an ihn dachte. Vielleicht erwuchs das Band, das entstand, wenn man miteinander schlief, aus dem Zusammenspiel von geteilter Hingabe und Erniedrigung.

Dennoch war sie froh, dass er schlief. Sie war jetzt nüchtern, und nach der Aufregung des Abends und durch ihre ge-

genwärtige Nüchternheit machte sie sich keine Illusionen, dass sie Ruhe finden würde. Wenn er wach gewesen wäre und versucht hätte, ein Gespräch in Gang zu halten oder den Gastgeber zu spielen, wäre es nur unbehaglich geworden. Besser, dass er schnarchte und sein Kissen umarmte und ihr die Freiheit zum Nachdenken ließ.

Wenn die Schiffe im Frühjahr schnelle Fahrt gemacht hatten, wenn der Überseehandel ein wenig früher kam, wenn hundert Dinge, die weder sie noch sonst jemand in der Stadt wissen konnte, zutrafen, dann könnten die ersten Schiffe aus Narineiland morgen eintreffen. Oder es könnten noch Wochen vergehen, oder noch ein Monat, ehe die Händler wussten, wie es um ihr Vermögen bestellt war. Die Berichte der Kapitäne würden die letzten Informationen enthalten, die sie brauchte – über die Aktivitäten der Piraten, die Lage in den nördlichen Häfen, die Wahrscheinlichkeit eines Bürgerkriegs in Nordstade oder weiterer militärischer Vorstöße von Antea. Der Statthalter würde ihren Vorschlag kurz danach erwarten.

Sie stellte sich vor, wie der Auditor eintraf. Vielleicht Komme Medean selbst. Sie würde ihn mit einem Lächeln begrüßen und hinauf in ihre Räume führen. Oder vielleicht würde es im Kaffeehaus stattfinden. Das wäre sogar noch besser. Der milchäugige Maestro Asanpur würde ihn nach hinten in ihr Privatzimmer geleiten, und sie würde sich vom Tisch erheben, um ihn zu begrüßen. Sie würde die Bücher bereithalten, in denen die Buchführung aufgeschrieben stand. Sie stellte ihn sich als einen alten Mann mit stechendem Blick und breiten Händen vor.

Er würde ihre Abrechnungen, ihre Verträge durchsehen, und seine Miene würde sich aufhellen. Fortgeschwemmt würden

Verwirrung und Ärger sein, und Bewunderung würde zurückbleiben. War sie mit dem Geld der Bank wirklich so gut umgegangen? Hatte sie es wirklich alles gerettet und noch mehr dazugewonnen? In der Dunkelheit übte sie, ganz beiläufig eine Augenbraue zu heben.

»Es war nichts«, sagte sie leise.

Sie würde unter ihrem Stuhl die Kiste mit ihrem Jahresbericht und ihrem Beitrag zur Dachgesellschaft hervorholen. Er würde ihn prüfen und nicken. Und dann, wenn alles vollkommen war, erst dann würde sie das Abkommen mit dem Statthalter von Porte Oliva hervorholen und ihm den Schlüssel zum Handel im Süden überreichen. Sie stellte sich vor, wie seine Hände zitterten, wenn er erkannte, wie begnadet sie alles eingefädelt hatte. Ein Halbblut-Mädchen ohne Eltern, und sie hatte das vollbracht. Aber nur, würde sie sagen, wenn mein Ableger akzeptiert wird.

»Die Bank von Porte Oliva gehört *mir*«, sagte sie, und dann mit der tiefen, rauen Stimme ihres imaginären Auditors: »Natürlich, Magistra.«

Sie grinste. Es war ein hübsches Gedankenspiel. Und tatsächlich, weshalb nicht? Sie war die Einzige, die den Reichtum von Vanai davor bewahrt hatte, vom Fürsten der Stadt oder von den Anteanern eingezogen zu werden. Sie war diejenige, die ihn beschützt hatte. Sobald sie bewiesen hatte, dass sie die Bank am Laufen halten konnte, weshalb sollte die Dachgesellschaft sie nicht ihre Stellung behalten lassen? Sie hatte sich ihre Bank und das Leben, das damit einherging, verdient. Der Auditor würde das erkennen. Komme Medean würde es erkennen. Sie konnte es schaffen.

Irgendein winziges, unsichtbares Insekt kroch ihr über die Hand, und sie streifte es ab. Ihr Rivale und Liebhaber murmelte etwas und drehte sich um. Sie lächelte seinen schlafenden Rücken an, die raue Oberfläche seiner Haut. Es würde ihre beinahe leidtun, ihn aus dem Rennen zu werfen. Aber nur beinahe.

Wie aus einem früheren Leben hörte sie Yardem Hanes erdrutschartige Stimme in ihren Gedanken sprechen: *Es gibt keine natürliche Waffe der Frau.* Sie erkannte nun, dass das nicht stimmte.

Als sie aus dem Bett glitt, regte er sich nicht. In der Dunkelheit waren ihre Kleider irgendwo in dem Wirrwarr auf dem gemauerten Boden verschwunden. Sie wollte es nicht riskieren, ihn aufzuwecken, deshalb zog sie die Tunika über den Kopf, die er abgeworfen hatte, sobald sie darauf stieß. Sie reichte ihr bis zu den Oberschenkeln hinab. Gut genug. Sie trottete in die Ecke des Zimmers und strich mit den Fingern über den Boden, bis sie es gefunden hatte: ein Lederband und einen Messingschlüssel, den Qahuar Em immer unmittelbar auf der Haut trug.

Nun ja. Fast immer.

Die Ziegel waren kühl auf ihren Fußsohlen, und der Klang ihrer Schritte kam der Stille so nahe, dass er nicht davon zu unterscheiden war. Das Gelände war in der Nähe des Hafens, die Räume klein und eng, aber um einen kleinen Innenhof mit Garten verstreut. Die vier Diener waren reinblütige Jasuru, und von ihnen blieb nur der Türsklave über Nacht bei ihm. Qahuar Em mochte vielleicht die Stimme eines großen Klans aus Lyoneia sein, aber Raum war in Porte Oliva teuer, und ein luxuriöseres Haus als die einheimischen Adligen zu besitzen, war die Art von Prahlerei, mit der ihm schlecht gedient gewesen wäre. Cithrin bog in der Dunkelheit um eine Ecke und zählte bis zur dritten Tür links. Diese war aus Eiche und mit

Eisen beschlagen. Sie fand das Schlüsselloch und steckte vorsichtig den gestohlenen Schlüssel hinein. Als sie ihn umdrehte, klang das Klicken des Mechanismus so laut wie ein Schrei. Ihr Herz raste, aber niemand schlug Alarm. Sie öffnete die Tür und schlüpfte in Qahuars privates Arbeitszimmer.

Die Fensterläden waren geschlossen und verriegelt, aber sobald sie sie geöffnet hatte, reichte das Licht des Viertelmondes aus, um die ungefähren Umrisse der Dinge zu erkennen. Es gab einen Schreibtisch. Eine Kassette, die am Boden angeschraubt war. Ein Gitterregal, gefüllt mit Schriftrollen und gefalteten Briefen. Eine Laterne mit Blende an einer Schnur, verziert mit Ringen aus geschnitztem Feuerstein und Stahlbeschlägen. Cithrin schlug Funken auf den Docht und schloss und verriegelte dann schnell die Fensterläden. Was aus Schatten und Silhouetten bestanden hatte, wurde nun plötzlich in Schattierungen von trübem Orange und Grau lebendig. Die Kassette war verschlossen, und der Schlüssel zum Arbeitszimmer passte nicht. Der Schreibtisch war leer bis auf eine daumengroße Flasche mit grüner Tinte und einen Stift aus Metall. Sie ging zu den Schriftrollen und Briefen, bewegte sich schnell und methodisch von einem zum nächsten und passte auf, jeden Stapel in Ordnung zu halten und genauso zurückzulegen, wie er gewesen war.

Sie war sich der Nervosität bewusst, die auf ihre Eingeweide drückte, und wie schnell ihr Herz trommelte, und sie schob es alles zur Seite. Sie würde später wieder Empfindungen zulassen, wenn Zeit dafür war. Ein Brief vom Statthalter, in dem er Qahuar für sein Geschenk dankte. Die Schokolade sei hervorragend gewesen, und die Frau des Statthalters übermittelte ganz besonders ihre Dankbarkeit. Cithrin legte den Brief zurück. Eine aufgerollte Schriftrolle listete die Namen und Beziehungen von einigen Dutzend Leuten auf, von denen ihr keiner etwas sagte. Sie legte sie zurück.

Vor dem verriegelten Fenster sang eine Salzdrossel. Cithrin fuhr sich mit den Fingern durchs Haar. Etwas hier drinnen musste nützlich sein. Irgendwo in diesen Papieren musste Qahuar etwas festgehalten haben, das ihr etwas darüber verriet, wie sein Angebot an den Statthalter aussehen würde. Sie griff nach einem weiteren Brief, und sie kam mit dem Arm an die Laterne. Glas und Metall bewegten sich und schwankten, und sie bekam sie zu fassen. Noch eine Sekunde länger, und sie wäre heruntergefallen. Zerbrochen. Hätte das Zimmer in Flammen gesetzt. Cithrin stellte sie vorsichtig auf die Mitte des Schreibtischs und machte sich mit zitternden Händen wieder auf die Suche.

Stunden schienen zu vergehen, ehe sie es fand. Eine lange Schriftrolle aus feiner Baumwolle. Der Abstand zwischen den verschlüsselten Zahlenreihen war groß genug, dass Qahuar die Nachricht hatte daruntersetzen können. Cithrin strich mit den Fingern über die Worte. Sie waren von einem Ältesten des Klans verfasst, und sie waren alles, was Cithrin zu entdecken gehofft hatte. Sie würden für das Vorhaben fünfzehn Schiffe zur Verfügung stellen. Jedes würde mit zwei Dutzend Seeleuten bemannt sein. Sie las weiter, ihre Finger flüsterten sanft auf dem Stoff. Zum Ausgleich würden sie bei den Schiffen, die sie begleiteten und beschützten, sechzehn Hundertstel von jeder Transaktion in jedem Hafen verlangen, oder neunzehn, wenn eine Gewährleistung des Klans gewünscht wurde. Der Älteste schätzte die anfänglichen Ausgaben auf etwa zweitausend Silber, mit einem Profit für den Klan von etwa fünfhundert in jeder Handelssaison. Man würde eine Übereinkunft für ein ganzes Jahrzehnt schließen müssen.

Magister Imaniel hatte oft von den Werkzeugen des Gedächtnisses gesprochen. Tinte war am besten, aber die Zahlen aufzuschreiben und sie aus dem Haus zu schmuggeln war ein Risiko, das sie nicht auf sich nehmen musste. Fünfzehn Schiffe mit zwei Dutzend Männern.

»Mit fünfzehn hatte sie zwei Dutzend Männer«, sagte Cithrin vor sich hin.

Sechzehn Hundertstel ohne Gewährleistung, oder neunzehn mit. Die Gewährleistung war also drei wert.

»Sechzehn gegen Einsamkeit und aus Liebe drei.«

Zweitausend am Anfang, mit einem geschätzten Gewinn von fünfhundert in jedem Jahr eines zehnjährigen Abkommens.

»Sie gab zweitausend Küsse, nahm fünfhundert an und ging zehn Jahre später allein ins Grab.«

In der Schriftrolle standen noch weitere Einzelheiten – Angaben zu den Schiffen, die Namen der einzelnen Kapitäne, die Handelsrouten, die als Vorschlag angebracht werden sollten –, und sie las, so viel sie konnte, aber im Grunde hatte sie, was sie brauchte.

Sie stellte die Schriftrolle dorthin zurück, wo sie gewesen war, dann hängte sie die Laterne auf ihren Platz und blies die Flamme aus. Da sie inzwischen ans Licht gewöhnt war, schien die Dunkelheit vollkommen. Der Geruch des verbrannten Dochts war beißend und scharf. Sie schloss die Augen und suchte sich ihren Weg zur Tür, indem sie sich mit den Fingern an der Wand entlangtastete. Sie glitt in den Gang, drehte den Schlüssel um und ging, beinahe hüpfend, in Qahuars Schlafgemach zurück. Sie legte den Schlüssel in die Ecke, wo sie ihn gefunden hatte, zog die Tunika aus und schlüpfte rasch ins Bett zurück.

Qahuar murmelte und streckte den Arm aus, um ihn über ihren Bauch zu legen. »Dich friert«, sagt er, und seine Worte waren undeutlich.

»Mir wird bald warm sein«, erwiderte sie und spürte sein Lächeln mehr, als sie es sah. Er schmiegte sich an sie, und sie versuchte sich an ihm zu entspannen. Sie schloss die Augen und wiederholte ihren Vers in der Abgeschiedenheit ihrer Gedanken.

Mit fünfzehn hatte sie zwei Dutzend Männer, sechzehn gegen Einsamkeit und aus Liebe drei. Sie gab zweitausend Küsse, nahm fünfhundert an und ging zehn Jahre später allein ins Grab.

»Nun, du siehst erschöpft aus«, sagte Hauptmann Wester, der an der Mauer neben dem Tulpentopf lehnte, wo einst der Ausrufer des alten Spielers gestanden hatte. »Ich habe schon gedacht, wir müssten ein Überfallkommando zusammenstellen und dich mit Gewalt zurückholen.«

»Ich habe Euch doch gesagt, dass ich nicht zurückkommen würde«, erwiderte Cithrin, die an ihm vorbei zu ihrem Privateingang marschierte. Er folgte ihr, als hätte sie ihn eingeladen.

»Du sollst dich mittags mit dieser Frau von der Gilde der Nadelmacher treffen. Sie ist wahrscheinlich in diesem Augenblick auf dem Weg zum Kaffeehaus. Wenn du nicht vorhast, dieses gleiche Kleid hier zu tragen …«

»Ich kann mich nicht mit ihr treffen«, sagte Cithrin, während sie die Stufen hinaufstieg. Sie hörte, wie seine Schritte innehielten und dann schneller wurden, um sie einzuholen. Als er wieder sprach, war seine Stimme auf Höflichkeit bedacht. Es klang, als würde er aus einer halben Meile Entfernung sprechen.

»Willst du ihr eine Begründung liefern?«

»Schickt jemanden hin. Sagt ihr, dass ich krank bin.«

»In Ordnung.«

Cithrin setzte sich auf ihren Diwan und blickte finster zu dem Mann auf. Seine Arme waren vor der Brust verschränkt, sein Mund gespitzt. Er war wirklich nicht viel älter als Qahuar Em. Cithrin zog einen ihrer Schuhe aus und massierte sich den Fuß. Die Sohle war schmutzig. Ihr Kleid hing an ihr, als wäre der Stoff selbst erschöpft und würde schwitzen.

»Ich habe nicht geschlafen«, erklärte sie. »Und ich kann ihr ohnehin nicht helfen.«

»Wenn du es sagst«, erwiderte Wester und nickte knapp. Er wandte sich um und wollte gehen, und plötzlich überkam sie eine Flut des Elends. Sie hatte nicht gewusst, wie sehr sie sich wünschte, nicht allein zu sein.

»Ist alles gut gelaufen, während ich fort war?«, fragte sie rasch.

Wester hielt am oberen Ende der Stufen inne. »Ist alles gut gegangen«, antwortete er.

»Seid Ihr zornig auf mich, Hauptmann?«

»Nein«, entgegnete er. »Ich werde der Frau von den Nadelmachern sagen, dass du zu krank bist, um dich mit ihr zu treffen. Ich nehme an, wir werden ihr eine Nachricht schicken, wenn du dich besser fühlst?«

Cithrin zog den anderen Schuh aus und nickte. Wester stieg die Stufen hinab. Die Tür ging klickend hinter ihm zu. Cithrin legte sich zurück. Die Nacht war all das gewesen, was sie sich erhofft hatte, aber das erste blaue Licht der Morgendämmerung hatte ihr Erschöpfung beschert. Ihr Körper fühlte sich schlaff und zittrig an, wie in all den Nächten bei der Karawane, als der Schlaf sie gemieden hatte. Sie hatte sich eingeredet, dass jene Tage vorüber waren, aber sie hatte sich geirrt. Und nun, ob er es aussprach oder nicht, war Hauptmann Wester zornig, und sie war überrascht, wie sehr seine Missbilligung schmerzte.

Sie zog in Erwägung, ihn zurückzurufen, ihm zu erklären, dass sie sich aus einem bestimmten Grund hatte verführen lassen. Dass es nur eine List gewesen war, zu Qahuar Em zu gehen. Je öfter sie die Worte wiederholte, desto schlechter klangen sie. Stimmen stiegen vom Stockwerk unter ihr auf. Die Wachen, die Wester angeheuert hatte. Wie es sich anhörte, spielten sie mit Würfeln. Ihr Rückgrat schmerzte. Jemand unter ihr schrie betroffen auf, und die anderen stöhnten mitleidig. Sie schloss die Augen und hoffte, dass es ihr genug Entspannung bringen würde, wieder zurück in ihren Räumen zu sein, so dass sie sich ausruhen konnte. Stattdessen sprangen und hüpften ihre Gedanken, schneller und schneller, wie ein Ball, der einen endlosen Hügel hinabkullerte.

Fünfzehn Schiffe konnten sich in drei gleich starke Gruppen zu je fünf oder in fünf zu je dreien aufteilen, also nahm Qahuars Klan vielleicht an, dass die Handelsschiffe sich in drei große Häfen aufmachen würden – vermutlich Carse, Lashaven und Asinhaven. Aber was, wenn sie davon ausgingen, dass sich der Handel weiter als nach Asterilreich, bis nach Antea, Sarakal oder Hallskar ausdehnte? Zwei Dutzend Männer auf einem einzigen Schiff waren keine Kleinigkeit, aber würden sich Seeleute aus Lyoneia in den kälteren Gewässern des Nordens gut schlagen? Konnte sie argumentieren, dass sie durch ihre Verbindungen nach Carse Schiffe zur Verfügung stellen konnte, die in ihren Heimatgewässern mehr Erfahrung hatten? Und wenn sie dieses Argument vorbrachte, würde es der Wahrheit entsprechen?

Und weshalb hatte Opal sie verraten? Und weshalb hatte

Gott Magister Imaniel sterben lassen? Und Cam? Und ihre Eltern? Und wollte Sandr sie noch? War Cary immer noch ihre Freundin? Hieß Meister Kit immer noch gut, wer und was sie war? Was machten andere Leute, wenn sie keine Freunde hatten und ihre Liebhaber ihre Feinde waren? Es musste eine bessere Art und Weise geben, wie man der Dinge Herr werden konnte.

Die Tränen schossen ihr in die Augen und liefen ihre Wangen hinab. Sie fühlte sich nicht traurig. Sie fühlte kaum etwas außer Müdigkeit und Ärger auf sich selbst. Sie erlitt irgendeinen kleinen Anfall, und sie konnte abwarten, bis er vorüber war. Im Würfelspiel drehte sich das Glück, und zwei Männerstimmen sangen vor sich hin, manchmal zusammen und manchmal unabhängig.

Cithrin zwang sich dazu, sich hinzusetzen. Dann aufzustehen. Dann zog sie die Kleider der letzten Nacht aus und einen einfachen Rock und eine Bluse an. Sie band sich das Haar zurück, bis sie die kleinen Bissstellen entdeckte, die Qahuar auf ihrem Hals hinterlassen hatte, und ließ das Haar wieder fallen. Sie füllte das kleine Becken neben ihrem Bett und wusch sich das Gesicht. Die Farben, die Cary ihr dagelassen hatte, waren dort, und Cithrin zog in Erwägung, die Magistra Cithrin der Medean-Bank wiederherzustellen. Sie entschied sich dagegen – sie hatte ohnehin schon kaum Kraft – und ging nach unten.

Als sie die Tür öffnete, wurde der Trupp still. Die beiden Erstgeborenen wechselten einen Blick und schauten dann zur Seite. Der blassere wurde sichtlich rot. Der Kurtadam nickte.

»Entschuldigt, Magistra«, sagte er. »Wir hätten nicht gedacht, dass Ihr hier seid.«

Cithrin tat seine Sorge mit einer Geste ab.

»Yardem?«, fragte sie.

»Im Hinterzimmer, Magistra«, sagte der Kurtadam.

Cithrin ging an den Wachen vorbei nach hinten, dann durch die Tür in die Dunkelheit. Yardem Hane lag auf einem langen, niedrigen Feldbett, die Finger über dem Bauch verschränkt. Seine Augen waren geschlossen, die Ohren angelegt und weich. Cithrin wollte sich gerade umdrehen und die Unterhaltung auf einen späteren Zeitpunkt verlegen, als er etwas sagte.

»Braucht Ihr etwas, Madam?«

»Ähm. Ja. Yardem«, sagte sie. »Ihr kennt den Hauptmann sehr gut.«

»Das stimmt«, antwortete der Tralgu, seine Augen immer noch geschlossen und seine Stimme ruhig.

»Ich glaube, dass ich ihn vielleicht aus der Fassung gebracht habe«, erklärte sie.

»Da wärt Ihr nicht die Erste, Madam. Wenn es zu einem Problem wird, wird es Euch der Hauptmann sagen.«

»Gut.«

»Noch etwas, Madam?«

Bis auf das Heben und Senken seiner Brust regte sich der Tralgu nicht.

»Ich habe mit einem Mann geschlafen, und jetzt werde ich ihn verraten«, sagte sie, und ihre Stimme klang so grau und hart wie Schiefer. »Ich muss es tun, um meine Bank zu behalten, aber ich glaube, ich fühle mich deswegen schuldig.«

Yardem öffnete ein sanftes schwarzes Auge. »Ich vergebe Euch«, sagte der Tralgu.

Cithrin nickte. Sie schloss die Tür hinter sich, als sie sich zurückzog, dann ging sie hinaus auf die Straße und ihre Privattreppe hinauf. Die Stimmen unter ihr waren jetzt leise, nachdem ihnen bewusst war, dass die Besitzerin des Hauses sie hören könnte. Sie setzte sich an ihren Schreibtisch, nahm die Bücher heraus und fing an, das Angebot aufzusetzen, das Qahuar Em aus dem Rennen werfen würde.

Geder

GEDER KONNTE NICHT GENAU SAGEN, wann sie die Drachenstraße verließen. Es begann damit, dass Wind und Wetter Erde und hartgebackene Wüste über dem Pfad aufhäuften, selbst dort, wo er durch einige der ausgedehnten Karawansereien führte, die in der Keshet als Städte galten. Dann blieben die letzten dieser großen Versammlungsorte hinter ihnen zurück, die Jade der Straße kam seltener zum Vorschein, und das Braun der Erde und das Gelbgrau des Wüstengrases wurden zum ständigen Begleiter. Dann war der Pfad nur noch als ein Abschnitt sichtbar, auf dem die Büsche und das Unkraut kleiner waren, weil ihre Wurzeln ein paar Fingerbreit unter der Oberfläche nicht mehr weiterkamen.

Und dann war sie fort, und Geder ritt durch die Berge und Täler am östlichsten Rand der Welt. Die Bäume waren dünn und knorrig, mit dicker, beinahe drahtiger Borke, die dazu geschaffen schien, Stein nachzuahmen. Nachts huschten winzige Echsen mit leuchtend gelben Schwänzen über den Boden und durch die Zelte. Am Morgen fanden sie häufig eine oder mehrere verendet in den Futtersäcken der Pferde vor. Wasser wurde so selten, dass jeder schlammige Hauch von einem Bach bedeutete, dass seine fünf Diener alles auffüllten, was Feuchte halten konnte. Jede Nacht hörte er sie über Banditen und unreine Geister reden, die die leeren Orte der Welt heimsuchten. Obwohl keine neuen Gefahren auftauchten, schlief er schlecht.

Geder hatte den Großteil seines Lebens innerhalb der Grenzen Anteas verbracht. Reisen waren für ihn die Fahrten von Bruchhalm nach Camnipol gewesen, oder die Winterjagd des Königs nach Kavinpol, Siebenpol und Estinhaven. Er war einst als Junge in Kaltfel gewesen, der Königsstadt von Asterilreich, um bei der Hochzeit einer unbedeutenden Verwandtschaft dabei zu sein. Und er war auf dem Feldzug nach Vanai unter Lord Ternigan ausgezogen, und dann unter Sir Alan Klin. Er hätte sich nie vorstellen können, dass er allein oder beinahe allein durch Länder reiste, die so öde und abgelegen waren, dass die einheimischen Dorfbewohner noch nie von Antea oder dem Gespaltenen Thron gehört hatten. Aber als er eine Ansammlung von Hütten erreichte, die sich um einen kleinen, erbärmlichen See scharten, schüttelten die misstrauischen Männer, die herauskamen, um ihn zu begrüßen, die Köpfe und zuckten mit den Schultern.

Er hätte ihnen genauso gut sagen können, er käme von den Sternen oder von den tiefen Landen unter der Erde. Es hätte hier genauso viel Bedeutung gehabt, und wahrscheinlich sogar mehr. Die Bergbewohner waren Erstgeborene, aber von einer einheitlich olivgrünen Hautfarbe mit dunklen Augen und dickem, drahtigem Haar, das sie wie die Mitglieder einer einzelnen, weitläufigen Familie aussehen ließ. Einige wenige beherrschten die zivilisierten Sprachen gut genug, um mit den Außenposten zu handeln, aber zum größeren Teil sprachen sie in einem örtlichen Dialekt, den Geder aus einigen der alten Bücher, die er gelesen hatte, fast zusammensetzen konnte. Er fühlte sich, als wäre er in die unergründliche Vergangenheit geritten.

»Sinir«, sagte Geder. »Sind dies die Sinirberge?«

Der junge Mann blickte über die Schulter auf das Dutzend

Männer, die aus dem Dorf gekommen waren, und leckte sich die Lippen. »Nicht hier«, antwortete er. »Osten.«

Auf der einen Seite schien jeder, auf den er in den leeren, zerklüfteten Bergen traf, das Wort zu kennen und zu wissen, was er meinte, wenn er danach fragte. Auf der anderen Seite waren die Sinirberge inzwischen seit beinahe zwei Wochen stets nur noch ein wenig weiter im Osten gewesen, zogen sich vor ihm zurück wie eine Täuschung. Die dünnen, staubigen Pfade wanden sich neben felsigen Steilhängen durch das Gebirge. Es waren nicht viel mehr als Wildwechsel, und mehr als einmal hatte Geder sich bei der Frage ertappt, ob er jegliche menschliche Besiedlung hinter sich gelassen hatte, nur um ein weiteres kleines, verzweifeltes Dorf hinter der nächsten Biegung zu finden.

»Könnt Ihr es mir zeigen?«, fragte Geder. »Kann einer Eurer Männer mich dorthin bringen? Ich werde Euch mit Kupfer bezahlen.«

Nicht dass Kupfer bei diesen Leuten irgendetwas bewirkt hätte. Münzen bedeuteten hier auch nicht mehr als kleine, besonders auffallende Steine. Sein schwarzer Ledermantel hätte hier draußen bessere Dienste geleistet, aber er wollte sich nicht davon trennen, und außerdem hatte niemand, dem er begegnet war, seit er die Keshet verlassen hatte, auch nur das kleinste bisschen Interesse an seinen Angeboten gezeigt. Denn er hatte jedes Mal zuvor gefragt. Er hatte keine rechte Hoffnung, dass sie auf den Handel eingehen würden.

»Weshalb wollt Ihr dorthin?«, fragte der junge Mann.

»Ich suche etwas«, sagte Geder. »Einen alten Ort. Sehr alt. Er hat mit den Drachen zu tun.«

Der Mann leckte sich erneut über die Lippen, zögerte und nickte. »Ich kenne den Ort, den Ihr meint«, sagte er. »Bleibt über Nacht hier, und ich kann Euch morgen hinbringen.«

»Wirklich?«

»Ihr wollt zum alten Tempel, ja? Wo die heiligen Männer leben?«

Geder lehnte sich zurück. Es war das erste Mal, dass er von einem Tempel oder Priestern hörte, und sein Herzschlag beschleunigte sich. In einigen der Traktate über den Fall des Drachenimperiums gab es Geschichten und Anspielungen, in denen von Kapseln mit schlafenden Drachen die Rede war, die sich in den entlegenen Winkeln der Welt verbargen und in einen langen Schlaf gewiegt worden waren. Vielleicht war dies eine verborgene Kapsel mit Büchern, Schriftrollen, Legenden und Traditionen. Wenn er die örtliche Priesterklasse überreden konnte, ihn die Bücher lesen zu lassen oder Abschriften zu bekommen … Er überlegte, was er im Austausch dafür anbieten konnte.

»Fürst?«

»Was?«, fragte Geder. »Oh, ja. Ja, der alte Tempel. Dahin möchte ich gehen. Müssen wir bis morgen früh warten? Wir könnten jetzt gehen.«

»Morgen, Herr«, sagte der junge Mann. »Ihr bleibt heute Nacht bei uns.«

Das Dorf konnte mit zwei Dutzend Holzhütten aufwarten, die in einem Eschenhain beisammenstanden. Vielleicht hundert Leute wohnten in dem trockenen, stillen Elend. In der Luft hoch über ihnen kreisten und glitten Habichte, die in Spiralen der Sonne entgegenflogen. Geder ließ das Zelt von seinem Knappen gleich außerhalb der Dorfgrenzen neben dem Ufer des Sees aufschlagen, und alle seine Diener standen bereit, um während der Nacht Wache zu halten. Nicht dass fünf Diener ausgereicht hätten, um ihn zu verteidigen, wenn die Einheimischen aufmüpfig wurden, aber wenn eine kleine

Vorwarnung das Beste war, was er bekommen konnte, würde er sie nehmen.

Bei Sonnenuntergang kam eine alte Frau mit einer Schüssel zerstampfter Wurzeln mit gekochten Fleischstückchen in sein Lager. Er dankte ihr, gab ihr ein paar Kupfermünzen und vergrub das Essen dann, ohne einen Bissen zu nehmen. Die Hitze des Tages wallte vom Boden auf, und die kühle Nachtluft drang über das Wasser. Geder lag auf seinem Feldbett, sein Verstand wach und ruhelos. Die quälende Furcht, während er auf den Schlaf wartete, war zum schlimmsten Teil seines Tages geworden. Das spärliche Essen, die gedankentötende Eintönigkeit des Pfades, die tiefe Einsamkeit – all das nagte an ihm, ja, aber in den stillen Augenblicken zwischen dem Hinlegen in der Dunkelheit und dem tatsächlichen Vergessen schienen ihn all die Dinge einzuholen, vor denen er davonlief.

Er stellte sich vor, was zu Hause in Camnipol geschehen sein mochte. Vielleicht war die Verschwörung hinter dem versuchten Staatsstreich ausgemerzt worden, und man hatte die Urheber in den Straßen gehängt. Das war die größte Hoffnung. Oder vielleicht war eine weitere Welle von angeheuerten Schwertkämpfern gekommen und hatte den halben Hof niedergemetzelt. Er fragte sich, ob Jorey Kalliams Vater diesem denselben Rat gegeben hatte, den Geder angenommen hatte. In welchen Teil der Welt hatte es wohl Jorey verschlagen, wenn er dem Aufruhr aus dem Weg ging?

Geder stellte sich vor, wie er in ein vollkommen verändertes Königreich heimkehrte. Was, wenn Asterilreich die Söldner nur als ersten Schlag einer darauf folgenden Invasion bezahlt hatte? Wenn Geder sich nach Hause wandte, gab es vielleicht kein Antea mehr, keinen Gespaltenen Thron, kein Bruchhalm. Sein Vater mochte inzwischen vielleicht sogar tot sein.

Oder vielleicht waren Klin und seine Männer wieder in der Gunst aufgestiegen. Geder malte sich aus, wie er durch das Osttor ritt, nur um Wachen vorzufinden, die ihn festnahmen und in den öffentlichen Kerker warfen. Er stand auf einer Plattform, blickte über ein Meer von verkohlten, verbrannten Gesichtern hinweg – Vanai, auf seinen Befehl hin vernichtet –, ehe er erkannte, dass er endlich in einen Traum hinabglitt.

Am Morgen waren die Träume verblasst, und seine Diener brachten ihm eine doppelte Handvoll getrockneter Äpfel und einen Blechbecher mit Wasser. Ein halbes Dutzend Männer hatten sich am Ende des Pfades versammelt. Ein niedriger Karren stand neben ihnen, mit Körben voller getrockneter Bohnen und drei frisch geschlachteten Ziegen beladen. Offensichtlich Opfer für den Tempel. Der älteste der Männer klatschte schnell und laut in die Hände, und die anderen packten dicke Seile, um den Karren über die Erde zu ziehen. Geder folgte auf dem Pferd; er war der einzige Mann der Gruppe, der ritt.

Der Pfad, dem sie folgten, wand sich durch die Hügel, klammerte sich an die Wände von Schluchten und Klippen. Der Stein selbst veränderte sich, wurde zerklüfteter und spitzer, als hätten Jahrhunderte der Verwitterung es nicht geschafft, ihn weicher zu machen. Geder ertappte sich bei Spekulationen, in welchem Verhältnis die Umwelt zu den Drachenstraßen stand. Konnte die gebrochene Landschaft hier die gleiche Beständigkeit besitzen? War es das, wodurch sich die Sinirberge von jenen um sie herum unterschieden?

Die Formen einiger Steine waren merkwürdig organisch. Es gab sanfte, beinahe anmutige Kurven und Orte, an denen die Steine zusammenzupassen schienen, aneinandergelagert wie Knochen. Auf einer Wiese bemerkte er eine Ansammlung aus bleichem, porösem Stein, der weder zu den trockenen Wüstenfelsen passte, an die sich Geder gewöhnt hatte, noch zu dem neuen unebenen Gelände. Es wirkte, als wäre hier ein Riese gestorben und hätte seine Rippen in einem Wirrwarr auf dem Land hinterlassen. Geder blickte auf und sah den Schädel.

Die breite Stirn allein war so lang wie sein Pferd. Er hätte sich in die leeren Augenhöhlen kauern können. Die Schnauze verschwand in der Erde, als hätte der gefallene Drache vom Land selbst getrunken, und fünf Zähne, lang wie Klingen, steckten noch im Kiefer. Jahrhunderte im starken Sonnenlicht hatten die Knochen ausgebleicht, aber Wind, Sand und Regen hatten sie nicht verwittert. Geder ließ sein Pferd anhalten und starrte. Die Dörfler zogen ihren Karren weiter, unterhielten sich, ließen einen Wasserschlauch herumgehen. Geder stieg ab und ging zu dem Schädel. Er zögerte, streckte eine Hand aus und berührte den von der Sonne gewärmten Drachenknochen. Der Leichnam lag hier seit tausenden von Jahren. Seit der Zeit, ehe die Menschheit ihre Geschichte begonnen hatte.

»Fürst?«, rief der junge Mann aus dem Dorf. »Kommt! Kommt!«

Bebend zog sich Geder wieder in den Sattel und trottete hinterher.

Die Sonne hatte sich nicht weiter als eine Handspanne bewegt, als die Gruppe eine letzte Biegung um eine hohe Ansammlung von verstreuten Felsen nahm, ein jeder davon so groß wie ein Segelschiff, und der Tempel in Sicht kam. In den Stein des Berges gehauen, starrten Eingänge und Fenster als dunkle Löcher auf die Landschaft heraus. Geder hatte kurz das Gefühl, von einem einzigen, riesigen Insektenauge angestarrt zu werden. Eine Mauer, so hoch wie die Verteidigungsanlagen von Camnipol, kennzeichnete das Ende des Pfades.

Riesige, aufragende Statuen von etwas, das einst menschliche Gestalten gewesen sein mussten, waren wie Wachposten in den Stein entlang der Mauer eingelassen, ihre Züge zu Knollen und Stümpfen verwittert, und ein riesiger Drache mit ausgebreiteten Schwingen ragte über ihnen allen auf. Große Banner bewegten sich in der Brise, eines an jeder der dreizehn Statuen. Jedes hatte eine andere Farbe – blau, grün, gelb, orange, rot, braun, schwarz, in dreizehn unterscheidbaren Farbtönen – mit einem blassen Kreis im Mittelpunkt, der von vier Linien in acht Abschnitte unterteilt wurde.

Sein Siegel mit den Haupt- und Nebenhimmelsrichtungen zeigte die acht Richtungen der Welt, in denen sich keine Falschheit verstecken konnte. Das Zeichen des Rechtschaffenen Dieners. Tränen traten Geder in die Augen, und eine Art Erleichterung durchflutete ihn. Triumph vielleicht. Das war der Ort. Er hatte ihn gefunden.

Sie kamen näher, und je länger es dauerte, desto mehr erkannte Geder die atemberaubenden Maßstäbe dieser Anlage. Ein riesiges Eisengitter hing vorne an der Mauer, eindrucksvoll und furchteinflößend. Darüber standen in einer grausamen Schrift die Worte *Khinir Kicgnam Bat,* jeder Buchstabe so groß wie ein Mensch. Geder spähte zu ihnen hinauf und bemühte sich, sie zu übersetzen, während er noch halb von Verwunderung berauscht war.

Gebunden ist nicht gebrochen.

Die Dörfler ließen ihren Karren fünfzig Schritt vor den großen Eisentoren anhalten. Geder erkannte jetzt, dass in einen Abschnitt des Tores ein Gefüge von wirbelnden Zahnrädern eingelassen war. Die ineinander verketteten Zähne klirrten einmal, drehten sich, und der Abschnitt im Eisen teilte sich wie ein Vorhang. Sechs Männer kamen heraus und auf sie zu. Sie hatten im Großen und Ganzen das gleiche Aussehen wie die Dorfbewohner, obwohl ihre Wangen runder waren und Öl ihr Haar glättete. Sie trugen schwarze Roben, die in der Taille mit Ketten gegürtet waren, und Sandalen, die ihre Fußknöchel umhüllten. Die Männer des Dorfes knieten nieder. Geder verbeugte sich, stieg aber nicht ab. Sein Pferd bewegte sich unruhig unter ihm.

Die Priester wechselten Blicke, dann wandten sie sich an den jungen Mann, der die Gruppe geführt hatte.

»Wer ist das?«, fragte der älteste der Priester.

»Ein Fremder«, sagte der junge Mann. »Er ist gekommen und hat nach dem Sinir gefragt. Wir haben ihn zu Euch gebracht, so wie es uns der Kleron aufgetragen hat.«

Geder trieb sein Pferd näher heran. Die Gewaltigkeit des Ortes machte das Tier unruhig, aber er hielt die Zügel fest. Der älteste Priester trat auf ihn zu.

»Wer seid Ihr?«, fragte der Mönch.

»Geder Palliako, Sohn des Grafen Palliako von Bruchhalm.«

»Ich kenne diesen Ort nicht.«

»Ich bin ein Untertan von König Simeon von Antea«, sagte Geder. Und dann, als der Priester still blieb: »Antea ist ein sehr bedeutendes Königreich. Eigentlich ein Imperium. Der Mittelpunkt der Kultur und Macht der Erstgeborenen.«

»Weshalb seid Ihr hergekommen?«

»Nun«, sagte Geder, »das ist eine lange Geschichte. Ich war in Vanai. Das ist eine der Freistädte. Oder ist vielmehr eine gewesen. Es ist jetzt fort. Aber ich habe ein paar Bücher gefunden, und sie sprachen von diesem … äh … Sie haben es den Rechtschaffenen Diener oder den Sinir Kushku genannt, und er ist angeblich vom Drachen Morade während des Falls des Imperiums geschaffen worden, und ich habe geglaubt, wenn ich die verschiedenen Beschreibungen dessen, wo er sich befunden hat, mit der jeweiligen Zeit in Zusammenhang bringen könnte, in der die Berichte verfasst wurden, könnte ich ihn vielleicht … finden.«

Der Priester blickte stirnrunzelnd zu ihm auf.

»Habt Ihr vom Rechtschaffenen Diener gehört?«, fragte Geder. »Zufällig?«

Er fragte sich, was er tun würde, wenn der Mann Nein sagte. Er würde sich nicht dazu überwinden können, wieder zurück nach draußen zu reiten. Nicht, nachdem er das gesehen hatte.

»Wir sind Diener des Dieners«, erklärte der Mann. Seine Stimme strotzte vor Stolz und Sicherheit.

»Das ist hervorragend. Das ist genau, worauf ich gehofft hatte. Dürfte ich …« Geders Worte stolperten übereinander, und er musste innehalten, husten und sich sammeln. »Ich hatte gehofft, wenn Ihr Archive habt … Oder wenn ich mit Euch sprechen könnte. Mehr herausfinden.«

»Ihr werdet hier warten«, sagte der Priester.

Geder nickte, aber der Mann hatte sich bereits abgewandt. Die Priester zogen den Karren durch die Lücke im Eisentor, und die Dorfmänner bekamen einen anderen zurück, der genauso aussah. Vor Geders Augen verschwanden die Priester im Tempel, und die anderen Männer, die ihm zuwinkten und lächelten, kehrten zurück auf den Pfad in ihre Heimat. Geder blieb, wo er war, gefangen zwischen dem Verlangen, den Tempel hinter der Mauer zu betrachten, und der Angst, allein gelassen zu werden und nicht mehr fähig zu sein, den Weg zurück durch die Berge zu finden. Die Zahnräder im Tor gingen mahlend zu. Der Karren mit den Seilen verschwand hinter den Steinen. Geder saß auf seinem Pferd und versuchte die fünf Diener nicht anzublicken, die er durch die bekannte Welt und in diese Leere geschleift hatte. In der Ferne kreischte ein Habicht.

»Sollen wir das Lager aufschlagen, mein Lord?«, fragte sein Knappe.

Die Nacht brach an. Geder saß in seinem Zelt, die Wände murmelten in der Brise vor sich hin. An seinem kleinen Schreibtisch, beim Licht einer einzelnen Kerze, las er die Bücher, die er schon über zehnmal gelesen hatte, und seine Augen erfassten die Wörter, aber nicht ihre Bedeutung.

Das Gefühl der Enttäuschung, der Ablehnung, des Zorns baute sich langsam in seinem Bauch auf, gemeinsam mit der nagenden Sicherheit, dass sie nicht herauskommen würden. Er war wie ein Bettler auf der Schwelle sitzen gelassen worden, bis er den Fingerzeig annahm und forthumpelte. Zurück nach Camnipol, zurück nach Antea, zurück zu all den Dingen, vor denen er geflohen war.

Er war am Ende seiner Reise. Er konnte nicht einmal einen Grund vorgeben, weiter vorzudringen. Er hatte zwei Länder durchquert, Berge, Wüsten, nur um am Ende vor den Kopf gestoßen zu werden. Er blätterte eine Seite um, ohne zu wissen, was er darauf gelesen hatte, und es kümmerte ihn nicht. Er stellte sich vor, wie er wieder zu Hause war und die Geschichte erzählte. Von der Jasuru-Seherin, den Drachenknochen, dem rätselhaften verborgenen Tempel. *Und dann?*, würden sie fragen. *Was dann, Lord Palliako?*

Und er würde lügen. Er würde von den degenerierten Priestern und ihrem jämmerlichen Kult erzählen. Er würde Traktate schreiben, die jedwede Perversion ausmalten, die einem einfallen mochte, und sie alle diesem Tempel zuschreiben.

Wenn er nicht gewesen wäre, Geder Palliako, wäre dieser Ort völlig in der Geschichte verschollen geblieben. Wenn sie es für angemessen hielten, ihn so zu behandeln, konnte er dafür sorgen, dass man sich ihrer auf eine Weise erinnerte, die er für angemessen hielt.

Und die Priester würden es weder erfahren, noch würde es sie kümmern, wo also war da das Vergnügen? Der Morgen würde kommen, er würde das Zelt zusammenpacken lassen, und er würde die Reise nach Hause antreten. Vielleicht würde er in einer der Städte der Keshet einen Kaufmann finden, der einen Kreditbrief annahm, und ein paar ordentliche Vorräte kaufen. Oder in dem Dorf Halt machen und ihnen sagen, dass die Priester befohlen hatten, ihm ihre Ziegen zu geben. Das wäre es beinahe wert.

»Mein Lord! Mein Lord Palliako!«

Geder war schon vor dem Zelt, bevor er die Worte richtig gehört hatte. Sein Knappe deutete auf das dunkle Eisentor. Die kleine Seitenpforte war noch geschlossen, aber ein tieferer Schatten hatte sich zwischen den beiden massiven Flügeln gebildet, eine Linie aus Dunkelheit.

Ein Mann kam heraus, ging auf sie zu. Dann noch zwei, auf deren Rücken Schwerter befestigt waren. Geder winkte, und seine Diener eilten, um Fackeln zu entzünden. Der erste Mann war riesig, hatte breite Hüften und Schultern. Sein Haar war fort, und die Schädelfläche glänzte im Mondlicht. Im Licht der Fackel wirkte seine Robe schwarz, obwohl sie in Wahrheit jede Farbe hätte haben können. Die Wachen hinter ihm trugen die gleichen Roben wie die Priester zuvor, aber aus feinerem Stoff, und Schwerter, deren Griffe und Scheiden von schillerndem Grün waren.

»Seid Ihr Fürst Palliako, der gekommen ist, um etwas über

Sinir Kushku zu erfahren?«, fragte der große Mann. Obwohl er leise sprach, war hinter seine Stimme das Gewicht von Donner. Geder spürte, wie sich bei dem Klang das Blut in seinen Adern regte.

»Das bin ich.«

»Was bietet Ihr im Gegenzug?«

Ich habe nichts, dachte Geder. *Einen Karren, ein paar Diener. Den Großteil meines Silbers habe ich auf dem Weg hierher ausgegeben, und was habt Ihr schon, was man sich hier davon kaufen könnte? Es ist ja nicht so, als würde jemand von Euch zum Marktfest gehen …*

»Neuigkeiten?«, fragte Geder. »Ich kann Euch Berichte von der Welt geben. Nachdem Ihr so … abgelegen wohnt.«

»Und wollt Ihr der Göttin schaden?«

»Keineswegs«, sagte Geder, überrascht von der Frage. In keinem der Bücher, die er gelesen hatte, war eine Göttin erwähnt worden.

Der große Mann hielt inne, und seine Aufmerksamkeit richtete sich einen Augenblick nach innen. Er nickte.

»Dann kommt mit mir, Fürst, und lasst uns von Eurer Welt sprechen.«

DAWSON

SOMMER IN OSTERLINGBRACHEN. Dawson stand mit der Sonne auf und verbrachte seine Tage damit, über das Land zu reiten und sich um die Arbeit zu kümmern, die durch seine Winterpflichten und die Intrigen des Frühlings unerledigt geblieben war. Die Kanäle, die die Felder im Süden versorgten, mussten erneuert werden. Eines der Dörfer im Westen war spät im Frühling abgebrannt, und Dawson kümmerte sich darum, dass es wiederaufgebaut wurde. Man hatte zwei Männer gefunden, die im Wald Fallen für das Wild aufstellten, und er war dabei, als sie gehängt wurden. Wohin er auch ging, seine Untertanen, die durch das Land an ihn gebunden waren, erwiesen ihm Ehre, und er nahm sie an, wie es ihm zustand.

Neben den Straßen wuchs das Gras höher. Die Bäume dehnten ihr breites Blattwerk aus, grün und silbern schimmerte es in den Böen und im Sonnenlicht. Zwei Tage von Osten nach Westen, vier von Norden nach Süden, mit Bergpfaden zum Jagen, seinem eigenen Bett, um darin zu schlafen, und dem Dom des vollkommen blauen Himmels über ihm. Dawson Kalliam konnte sich kaum ein luxuriöseres Gefängnis vorstellen, in dem er seine Wochen verschwenden konnte, während das Königreich zu bröckeln begann.

Die Festung selbst summte vor Betriebsamkeit. Die Männer und Frauen der Feste waren genauso wenig an die Anwesenheit ihres Herrn während der langen Sommertage gewöhnt wie an seine Abwesenheit während jener Wintermonate, die nicht von der Jagd des Königs belegt wurden. Dawson spürte, wie schwer ihre Rücksichtnahme wog. Jeder wusste, dass er diese Monate im Exil verbrachte, und zweifellos wimmelte es in den Dienerschaftsunterkünften und den Ställen von Geschichten, Spekulationen und Gerüchten.

Es ergab genauso viel Sinn, dagegen Aversionen zu haben, wie auf die Grillen zornig zu sein, weil sie sangen. Es waren niedere, kleine Leute. Sie verstanden nichts, was man nicht vor ihnen auf dem Tisch ausbreitete. Dawson hatte keinen Grund, ihren Ansichten über die Welt mehr Aufmerksamkeit zu schenken als einem Regentropfen oder dem Zweig eines Baumes.

Von Canl Daskellin hätte er dagegen Besseres erwartet.

»Noch ein Brief, mein Lieber?«, fragte Clara, während er den langen Gang auf und ab schritt.

»Er verrät mir nichts. Hör dir das an«, sagte Dawson und schüttelte die Seiten. Er suchte nach dem Abschnitt. »*Die Gesundheit des Königs ist weiterhin schlecht. Seine Ärzte gehen davon aus, dass ihn die Last des Söldneraufstands niederdrückt, erwarten aber, dass er sich bis zum Winter erholt hat.* Oder das. *Lord Maas ist höchst aggressiv bei seiner Verteidigung von Lord Issandrians gutem Charakter vorgegangen und holt das Meiste aus der Tatsache heraus, dem Verweis entronnen zu sein.* Es klingt alles so. Provokationen und Hinweise.«

Clara legte ihre Stickerei weg. In der Hitze des Nachmittags waren ihr Schweißperlen auf Stirn und Oberlippe getreten, und eine Locke ihres Haars war aus der Frisur geglitten. Ihr Kleid war aus einem dünnen Sommerstoff, der wenig dazu tat, die Umrisse ihres Körpers zu verbergen. Im goldenen Licht, das durch die Fenster fiel, sah sie sehr schön aus.

»Was hast du erwartet, Liebling?«, fragte sie. »Dass alles geradeheraus ausgesprochen wird, ganz offen hingeschrieben?«

»Er hätte genauso gut gar nicht schreiben können«, erwiderte Dawson.

»Du weißt, dass das nicht stimmt, Liebling«, sagte Clara. »Selbst wenn Canl dir nicht alle Einzelheiten vom Hof mitteilt, bedeutet allein die Tatsache etwas, dass er dir geschrieben hat. Man kann jemanden immer danach beurteilen, an wen er schreibt. Hast du etwas von Jorey gehört?«

Dawson setzte sich ihr gegenüber auf den Diwan. Am anderen Ende der Wandelhalle trat eine junge Dienerin durch die Tür, sah den Herrn und die Herrin im Raum und ging rückwärts wieder hinaus.

»Ich habe einen Brief von ihm bekommen«, sagte Dawson. »Er schreibt, dass jeder bei Hof leise geht und verhalten spricht. Niemand glaubt, dass es vorbei ist. Simeon hätte am Benennungstag von Prinz Aster seinen Vormund bekanntgeben sollen, aber er hat es inzwischen dreimal aufgeschoben.«

»Weshalb sollte er das tun?«, fragte Clara.

»Aus demselben Grund, weshalb er *mich* für Issandrians mehrmaligen Verrat ins Exil geschickt hat«, erklärte Dawson. »Er fürchtet, wenn er uns bevorzugt, werden sie zu den Waffen greifen. Wenn er sie bevorzugt, dann werden wir es tun. Und da Canl die erste Geige spielt, kann ich nicht behaupten, dass er sich darin irrt.«

»Ich könnte gehen und Phelia fragen«, sagte Clara. »Ihr Gemahl ist doch in ungefähr die gleiche Position gerückt wie Canl, nicht? Und Phelia und ich haben uns seit Ewigkeiten nicht gesehen. Es wäre gut, wieder mit ihr zu sprechen.«

»Auf gar keinen Fall. Dich allein nach Camnipol schicken? Zu Feldin Maas? Das wäre nicht sicher. Ich verbiete es.«

»Ich wäre nicht allein. Jorey würde dort sein, und ich würde Vincen Coe mitnehmen, damit er mir Sicherheit gewährt.«

»Nein.«

»Dawson. Liebling«, sagte Clara, und ihre Stimme hatte eine Härte angenommen, die er selten bei ihr hörte. »Ich habe mich von dir aufhalten lassen, als ausländische Söldner auf den Straßen waren, aber das ist vorbei. Und wenn nicht jemand die Hand ausstreckt, wird dieser Bruch niemals heilen. Simeon kann es nicht tun, der arme Bär, weil es nichts ist, was man befehlen kann. Du und Feldin könnt es nicht, weil ihr Männer seid und nicht wisst, wie. Es ist doch so, dass ihr die Schwerter zieht, und wir unterhalten uns einfach darüber, wer das bezauberndste Kleid auf dem Ball getragen hat, bis ihr sie zurück in die Scheiden steckt. Nur weil ihr euch damit nicht wohlfühlt, heißt das noch nicht, dass es schwer ist.«

»Darüber sind wir inzwischen hinaus«, sagte Dawson.

Clara hob eine Augenbraue. Die Stille dauerte drei Herzschläge. Vier. »Du musst einfach deine Armee ausheben, was?«, fragte sie.

»Es ist verboten. Das ist Bestandteil meiner Monate im Exil.«

»Nun denn«, sagte Clara und nahm ihre Stickerei wieder auf. »Ich werde heute Abend an Phelia schreiben und sie wissen lassen, dass ich für eine Einladung offen bin.«

»Clara …«

»Du hast ganz recht. Ich würde mir nicht mal im Traum vorstellen, ohne Eskorte zu gehen. Würdest du mit Vincen Coe sprechen wollen, oder soll ich das tun?«

Der Zorn, der in Dawson aufflammte, überraschte ihn. Er stand auf und warf die Blätter von Canl Daskellins Brief auf den Boden. Er wollte dringend irgendein Buch oder einen

Stuhl nehmen und ihn aus dem Fenster der Wandelhalle und in den Hof werfen. Claras Blick lag auf ihrer Arbeit, dem dünnen Glitzern der Nadel, die in den Stoff eindrang und durchging, eindrang und durchging. Ihr Mund war unbewegt.

»Simeon ist auch mein König«, sagte sie schließlich. »Dein Blut ist nicht das einzig edle in diesem Haus.«

»Ich werde mit ihm sprechen«, murmelte Dawson und quetschte die Worte durch eine abgeschnürte Kehle.

»Entschuldige, Liebling. Was hast du gesagt?«

»Coe. Ich werde mit Coe sprechen. Aber wenn er dich nicht begleitet, gehst du nicht.«

Clara lächelte. »Schick mir meine Dienerin, wenn du gehst, Liebling. Ich lasse mir von ihr meinen Federkiel holen.«

Die Unterkünfte des Jägers lagen außerhalb der Granit- und Jademauern der Festung. Ein niedriges, langgezogenes Gebäude, dessen strohgedecktes Dach über lange Seile aus geflochtenem Leder mit dem Boden verbunden war und von den Schädeln und Knochen erlegter Beute beschwert wurde. Im Hof wuchs an den Seiten, wo die Männer es nicht niedertrampelten, Unkraut, und Strohbündel standen dort, mit denen die Bogenschützen Zielübungen machen konnten. Die Luft stank nach dem Hundekot aus den angeschlossenen Zwingern, und ein riesiger, schattenspendender Baum neigte sich neben der Seite des Gebäudes herab, von mittsommerlichen Blüten bedeckt wie Schnee.

Stimmen führten Dawson zur Hinterseite des Gebäudes. Fünf seiner Jäger standen oder saßen um den Tisch aus einem uralten Baumstumpf, Hartkäse und frisches Brot lagen auf dem Holz. Es waren junge Männer, in der Hitze bis auf die Hosen entkleidet. Einen Moment lang war Dawson von tiefer Nostalgie ergriffen. Einst war er ihnen sehr ähnlich gewesen.

Stark, sich seines Körpers sicher und fähig, sich in den Freuden eines warmen Tages zu verlieren. Und als er so gewesen war, hatte er Simeon an seiner Seite gehabt. Die Jahre hatten sie beide beraubt.

Einer der Männer entdeckte ihn und sprang auf, um zu salutieren. Die anderen taten es ihm schnell nach. Vincen Coe war im Hintergrund, sein linkes Auge zugeschwollen und verdunkelt. Dawson schritt zu ihnen hinüber, ohne jemanden außer den Verwundeten zu beachten.

»Coe«, sagte er. »Kommt mit.«

»Mein Lord«, erwiderte der Jäger und eilte an Dawsons Seite. Dawson ging schnell den breiten Weg entlang, der von der Festung zu einem Teich im Norden hinabführte. Die Schatten der schwindelerregend hohen Türme warfen Streifen auf das Land.

»Was ist mit Euch passiert?«, fragte Dawson. »Ihr seht aus, als hättet Ihr einen Stein mit dem Auge fangen wollen?«

»Nichts Wichtiges, Lord.«

»Erzählt es mir.«

»Wir haben letzte Nacht ein bisschen zu viel getrunken, Lord. Einer der neuen Jungs ist ein wenig lustig geworden und … hat eine Andeutung gemacht, die ich beleidigend fand. Er hat sie wiederholt, und ich war plötzlich darauf aus, das richtigzustellen.«

»Hat er Euch einen Lustknaben genannt?«

»Nein, mein Lord.«

»Was dann?«

Im Frühling, vor dem Beginn der Monate bei Hof, war der Teich so klar wie das Wasser eines Baches. Im Herbst, nachdem Dawson vom Hof zurückkehrte, konnte er so dunkel sein wie Tee. Er hatte ihn kaum je mitten im Sommer gesehen, wenn sich das Grün des Wassers gemeinsam mit den Spiegelbildern der Bäume zu einer Farbe vereinte, die Smaragd nahe kam. Sechs Enten glitten über das Wasser, ihre Bugwellen breiteten sich hinter ihnen aus. Dawson stand am Rand, wo unter dem Gras schlammige Feuchte war. Vincen Coes unbehagliche Stille wurde mit jedem Atemzug, der verging, interessanter.

»Ich könnte die anderen fragen«, sagte Dawson. »Sie werden es mir verraten, wenn Ihr es nicht tut.«

Vincen blickte über das Wasser zu den fernen Bergen. »Er hat die Ehre von Lady Kalliam beschmutzt, mein Lord. Und hat einige Spekulationen angestellt, dass …«

»Ah«, sagte Dawson. Bitterer Zorn stieg in seinem Rachen auf. »Ist er noch hier?«

»Nein, mein Lord. Seine Brüder haben ihn gestern Nacht zurück in sein Dorf getragen.«

»Getragen?«

»Ich habe dafür gesorgt, dass er nicht mehr zum Gehen fähig war, Herr.«

Dawson lachte leise. Fliegen tanzten über das Wasser vor ihm.

»Sie geht zurück nach Camnipol«, sagte Dawson. »Sie hegt die Vorstellung, dass sie mit Maas Frieden schließen kann.«

Der junge Jäger nickte, sagte aber nichts.

»Sagt es«, verlangte Dawson.

»Wenn Ihr erlaubt, Herr. Das ist nicht klug. Es ist am schwersten, zum ersten Mal Blut zu vergießen, und das ist bereits geschehen. Es wird immer einfacher.«

»Ich weiß es, aber sie ist entschlossen.«

»Schickt mich stattdessen.«

»Ich schicke Euch zusätzlich«, sagte Dawson. »Jorey ist

noch in der Stadt. Er kann Euch ein besseres Bild davon geben, wie die Dinge stehen. Ihr habt mich beschützt, als all das begonnen hat. Nun brauche ich Euch, damit Ihr sie beschützt.«

Stimmen drangen hinter ihnen heran. Der Hundeführer brüllte seinen Lehrling an. Das Gelächter der Jäger lag in der Luft. Es schien alles aus einer anderen Welt zu kommen. Einer, die nicht allzu weit in der Vergangenheit lag, in der alles noch besser und sicherer und in Ordnung gewesen war.

»Nichts wird ihr etwas anhaben können, mein Lord«, sagte Vincen Coe. »Nicht, solange ich lebe.«

Drei Tage nachdem Clara fort war, mit der offenen Kutsche von dannen gefahren, die sie hergebracht hatte, und Vincen Coe auf dem Pferd dicht dahinter, traf der unwillkommene Gast ein.

Die Hitze des Tages hatte Dawson aus der eigentlichen Festung hinaus in den Wintergarten getrieben. Da dies nicht seine Zeit war, wirkte er unscheinbar. Die Blumen, die in den ausklingenden Tagen des Jahres goldene und zinnoberrote Blüten zur Schau stellen würden, wirkten jetzt wie zähes grünes Unkraut. Drei seiner Hunde lagen hechelnd in der Hitze da, die dunklen Augen geschlossen, die rosaroten Zungen hingen heraus. Das Glashaus stand offen. Geschlossen wäre es heißer gewesen als in einem Ofen. Der Garten schlief, wartete auf seine Zeit, und wenn diese Zeit kam, würde er sich verwandeln.

Bis dahin würde Clara zurückgekehrt sein. Er war natürlich schon früher eine Weile von ihr getrennt gewesen. Er hatte Pflichten bei Hof und die Jagd. Sie hatte ihren Kreis und musste den Haushalt verwalten. Es war trotzdem schwer. Er wachte morgens auf und fragte sich, wo sie war. Er legte sich abends hin und wünschte, sie möge durch die Tür des Ankleideraums hereinkommen, voller Neuigkeiten und Einsichten und einfachem, gehaltlosem Tratsch. Zwischen diesen beiden Augenblicken versuchte er nicht an sie zu denken, und auch nicht an Feldin Maas oder an die Möglichkeit, dass man sie irgendwie gegen ihn einsetzen könnte.

»Lord Kalliam.«

Die Dienerin war eine junge Dartinae, neu in seinen Diensten. Ihre Augen leuchteten in der Art ihrer Rasse.

»Was ist?«

»Ein Mann ist gekommen und bittet darum, von Euch empfangen zu werden, mein Lord. Paerin Clark, Herr.«

»Kenne ich nicht«, sagte Dawson, aber einen halben Atemzug später kannte er ihn doch. Der blasse Bankier, der Agent von Nordstade und Verführer von Canl Daskellin. Dawson stand auf. Zu seinen Füßen setzten sich die Hunde hin, blickten von ihm zu der Dienerin und zurück, während sie leise winselten. »Ist er allein?«

Die Augen des Mädchens wurden groß, als sie plötzlich nervös wurde. »Er hat eine Gefolgschaft, mein Lord. Einen Fahrer und Diener. Und ich glaube, seinen Leibwächter.«

»Wo ist er jetzt?«

»In der kleinen Halle, mein Lord.«

»Sag ihm, dass ich mich gleich mit ihm treffen werde«, befahl Dawson. »Bring ihm Bier und Brot, führe seine Männer in den Dienerschaftssaal und hol mir dann meine Garde.«

Der bleiche Mann blickte auf, als die Türen der kleinen Halle aufschwangen, und erhob sich, als Dawson eintrat. Dass Dawson vier Schwertkämpfer in lederner Jagdkleidung hinter sich hatte, ließ den Mann nicht einmal die Augenbrauen wölben. Vom Brot auf dem Teller vor ihm hatte er einen Bissen genommen, aber der Bierkrug aus Zinn schien unangetastet sein.

»Baron Osterling«, sagte der Bankier mit einer Verbeugung. »Ich danke Euch, dass Ihr mich empfangt. Es tut mir leid, dass ich unangekündigt eingetroffen bin.«

»Macht Ihr nun Botengänge für Canl Daskellin, oder macht er welche für Euch?«

»Ich für ihn. Die Lage am Hof ist delikat. Er wollte, dass Ihr Bescheid wisst, traut aber den Kurieren nicht, und einige Dinge hätte er ohnehin nicht in seiner Handschrift niederschreiben wollen.«

»Und daher schickt er den Puppenspieler von Nordstade?«

Der Bankier hielt inne. Ein zarter Hauch von Farbe zeigte sich auf seiner Haut, zusammen mit dem höflichen Lächeln, das er immer zur Schau stellte.

»Mein Lord, ohne Euch kränken zu wollen, es gibt ein oder zwei Dinge, die wohl am besten zwischen uns geklärt werden sollten. Ich bin ein Untertan von Nordstade, aber ich bin kein Mitglied des Hofes dort, und ich bin nicht auf Befehl meines Königs hier. Ich vertrete die Medean-Bank, und nur die Medean-Bank.«

»Ein Spion ohne Königreich also. Noch um einiges schlimmer.«

»Es tut mir leid, mein Lord«, sagte der Bankier. »Ich sehe, dass ich hier nicht willkommen bin. Bitte vergebt mir mein Eindringen.«

Paerin Clark verbeugte sich tief und machte sich auf den Weg zur Tür, nahm den Hof und Camnipol mit sich. *Nur weil du dich dabei nicht wohlfühlst, heißt das nicht, dass es schwer ist,* sagte Clara in seiner Erinnerung.

»Wartet«, rief Dawson und holte tief Luft. »Wer trägt das hübscheste Kleid auf diesem zweimal verdammten Ball?«

»Bitte?«

»Ihr habt einen Grund, weshalb Ihr hergekommen seid«, sagte Dawson. »Seid kein solcher Feigling, dass Ihr ihn gleich fallen lasst, wenn Euch jemand anbellt. Setzt Euch. Erzählt mir, was Ihr zu sagen habt.«

Paerin Clark kam und setzte sich. Seine Augen wirkten nun dunkler, sein Gesicht so leer wie bei einem Mann, der Karten spielte.

»Es liegt nicht an Euch«, sagte Dawson, der sich ihm am Tisch gegenübersetzte und ein Stück Brot abriss. »Nicht an Euch als Mann. Es ist das, was Ihr seid.«

»Ich bin der Mann, den Komme Medean schickt, wenn es Schwierigkeiten gibt«, sagte Paerin Clark. »Nicht mehr und nicht weniger.«

»Ihr seid ein Agent des Chaos«, erklärte Dawson sanft, in dem Versuch, den Worten die Schärfe zu nehmen. »Ihr seid ein Mann, der arme Männer reich macht und reiche Männer arm. Rang und Ordnung bedeuten euresgleichen nichts, und sie bedeuten meinesgleichen alles. Es seid nicht Ihr, den ich verachte. Es ist nur das, was Ihr seid.«

Der Bankier verschränkte die Finger über dem Knie. »Werdet Ihr Euch meine Neuigkeiten anhören, mein Lord? Ungeachtet dessen, wofür Ihr mich haltet?«

»Das werde ich.«

Fast eine Stunde lang sprach der Bankier mit leiser Stimme, legte den langsamen Erdrutsch dar, der sich in Camnipol abspielte. Wie Dawson vermutet hatte, kam Simeons Unwillen, seinen Sohn zum Mündel eines Hauses zu bestimmen, von der Angst, Wellen zu erzeugen. Der Respekt für sein Königtum litt an allen Fronten. Daskellin und seine übrigen Verbündeten entboten ihm jede Unterstützung, die sie aufbringen konnten, aber selbst in den Rängen der Getreuen wuchs die Unruhe. Issandrian und Klin blieben im Exil, aber Feldin Maas war überall in der Stadt. Es schien, als würde der Mann niemals schlafen, und wo immer er hinging, die Geschichte, die er erzählte, war stets dieselbe: Der Angriff der Schaukämpfer war eine Manipulation gewesen, um Curtin Issandrian in Ungnade fallen zu lassen, damit der Prinz nicht in sein Haus geschickt wurde. Daraus ließ sich folgern, dass das passende Auftauchen der Soldaten von Vanai Teil eines größeren Schauspiels gewesen war.

»Von mir arrangiert«, sagte Dawson.

»Nicht von Euch allein, aber ja.«

»Lügen, vom Anfang bis zum Ende«, erklärte Dawson.

»Nicht jeder glaubt das. Aber einige schon.«

Dawson rieb sich mit der Handfläche über die Stirn. Draußen reckte sich der Tag der Nacht entgegen, und das Sonnenlicht färbte sich rot. Es war alles, wie er es vermutet hatte. Und Clara ritt mitten hinein. Die Hoffnung, mit der ihr Angebot vor ihrem Aufbruch erfüllt gewesen war, hatte zu jenem Zeitpunkt tollkühn gewirkt. Nach diesem Bericht schien sie nur noch naiv. Er hätte seine Hand dafür gegeben, wäre der Bankier eine Woche früher gekommen. Nun war es zu spät. Er konnte sich genauso gut wünschen, ein geworfener Stein würde in seine Hand zurückkehren.

»Simeon?«, fragte Dawson. »Geht es ihm gut?«

»Die schweren Zeiten nagen an ihm«, erwiderte Paerin Clark. »Und, ich glaube, an seinem Sohn.«

»Ich denke nicht, dass es der Tod ist, der uns umbringt«, sagte Dawson. »Ich denke, es ist die Angst. Und Asterilreich?«

»Meine Quellen sagen mir, dass Maas mit einigen bedeutenden Männern dort in Kontakt steht. Es hat Darlehen in Gold gegeben, und Hilfsversprechen.«

»Er hebt eine Armee aus.«

»Ja.«

»Und Canl?«

»Er versucht es, ja.«

»Wie lange noch, ehe es auf das Schlachtfeld geht?«

»Niemand kann das wissen, mein Lord. Wenn Ihr vorsichtig seid und Glück habt, vielleicht nie.«

»Ich kann nicht glauben, dass das wahr ist«, sagte Dawson. »Wir haben Asterilreich auf der einen Seite und Euch auf der anderen.«

»Nein, mein Lord«, erwiderte der Bankier, »das habt Ihr nicht. Wir wissen beide, dass ich hergekommen bin, weil ich mir einen Vorteil erhofft habe, aber ein Bürgerkrieg in Antea wird uns keinen Gewinn bringen. Wenn er sich ereignet, werden wir uns keiner Seite anschließen. Ich habe hier getan, was ich tun konnte. Ich werde nicht nach Camnipol zurückkehren.«

Dawson setzte sich aufrechter hin. Der Bankier lächelte jetzt, und es sah verdächtig nach Mitleid aus.

»Ihr habt Daskellin aufgegeben? *Jetzt*?«

»Dies ist eines der großen Königreiche der Welt«, sagte Paerin Clark, »aber mein Arbeitgeber spielt seine Spiele auf größeren Brettern als diesem. Ich wünsche Euch alles Glück, aber es ist an Euch, Antea zu verspielen. Nicht an mir. Ich reise nach Süden.«

»Süden? Was ist im Süden, das wichtiger als das ist?«

»Es gibt eine Unregelmäßigkeit in Porte Oliva, die meine Aufmerksamkeit benötigt.«

CITHRIN

CITHRIN STAND OBEN AUF DER SEEMAUER, die Stadt breitete sich unter ihr aus und das weite Blau von Meer und Himmel vor ihr. An der Grenze, wo das helle, seichte Wasser der Bucht tiefblau wurde, lagen fünf Schiffe. Die aufragenden Masten waren Bäume, die sich aus dem Wasser erhoben. Die hochgezogenen Segel ließen die Spieren dick wirken. Die kleinen, flachen Boote der Fischerflotte fuhren in den Hafen, während Dutzende von Booten mit Führern hinauseilten, um darum zu kämpfen, die Ersten zu sein, die die Schiffe erreichten, und die Ehre zu erringen, sie hereinzuführen.

Die Handelsschiffe aus Narineiland waren eingetroffen. Fünf Schiffe, die zusammen angekommen waren und die Banner von Birancour und Porte Oliva gehisst hatten. Bei der Ausfahrt waren es sieben gewesen. Die anderen beiden mochten in einem Sturm oder bei einem Angriff von den übrigen getrennt worden sein. Sie würden am nächsten Tag oder nächste Woche oder nie ankommen. Auf den Anlegestellen unter ihr warteten in Qualen die Händler, voller Hoffnung und Angst, warteten darauf, dass die Schiffe nahe genug kamen, um sie zu identifizieren. Und dann, sobald die Schiffe an ihren Liegeplätzen waren, würden die Glücklichen unter jenen, die eines ausgerüstet hatten, an Bord gehen, die Verträge mit den Ladungsscheinen vergleichen und herausfinden, ob ihre Gewinne gesichert waren. Die Unglücklichen würden an den Kais oder in den Hafenschenken warten, um bei den Seeleuten nach Neuigkeiten zu schürfen.

Und dann, sobald die Kapitäne der Schiffe ihren Gönnern Rede und Antwort gestanden hatten, sobald die Arbeiter die langwierige Aufgabe begonnen hatten, die Güter vom Schiff ins Lagerhaus zu schleifen, sobald der Wahnsinn des Handels und des Münztauschs über Porte Oliva hinweggezogen war wie ein Wind über Wasser, würde es an der Zeit sein, die Vorbereitungen für die Reise des nächsten Jahres zu beginnen. Werften würden Reparaturen durchführen. Die neuen Gönner würden den Kapitänen Verträge und Bedingungen anbieten. Und Idderrigo Bellind Siden, der Erste Statthalter von Porte Oliva, würde sich mit den Kapitänen und den Gildenmeistern beraten und gnädig die Vorschläge dafür entgegennehmen, wie man aus dieser einen Hafenstadt eine Hochburg des Handels machen könnte.

Und in ihrer Hand, mit grüner Tinte auf Papier geschrieben, das so weich wie vergossene Sahne war, lag der Brief, der ihr verbot, daran in irgendeiner Weise teilzunehmen. Sie öffnete ihn nun und betrachtete ihn erneut. Er war natürlich verschlüsselt, aber sie hatte genug Zeit mit Magister Imaniels Büchern und Papieren verbracht, um ihn so deutlich lesen zu können, als wäre er in einer üblichen Schrift geschrieben.

Magistra Cithrin bel Sarcour, Ihr habt alle Verhandlungen und jeglichen Handel in unserem Namen sofort einzustellen. Paerin Clark, ein erfahrener Auditor und Vertreter der Dachgesellschaft, wird Euch aufsuchen, sobald es eingerichtet werden kann. Bis dahin dürfen keine weiteren Verträge, Guthaben oder Darlehen angenommen werden. Dies gilt bedingungslos.

Er war von Komme Medean persönlich unterzeichnet; die Schrift des alten Mannes war zackig und zittrig durch die Gicht. Sie hatte ihn niemandem gezeigt. In den acht Tagen, seit er gekommen war, hatte sie mit dem Befehl gerungen. Er war der erste, den sie je von der Dachgesellschaft erhalten hatte, und genau das, was sie erwartet hatte. Der Auditor würde kommen, genau so, wie sie es am Anfang geplant hatte. Er würde das Kapital der Bank bergen, das in Vanai verloren gegangen war. All ihre Tagträume, die Bank am Leben zu erhalten oder sie zu steuern wie die Lotsenboote, die inzwischen bereit waren, die Handelsschiffe in die Sicherheit des Hafens zu geleiten, würden enden. Sie würde wieder sie selbst sein. Nicht Tak der Fuhrjunge, nicht die Schmugglerin, die sich in den Schatten versteckte, und nicht Magistra Cithrin. Nur ohne Besel, Cam und Magister Imaniel. Ohne Vanai.

Und daher, bei allem Respekt, zog sie es vor, es nicht zu sein.

Mit einem leisen Ausatmen, zu leicht, um als Seufzer durchzugehen, riss sie das Blatt entzwei. Dann wieder und wieder und wieder. Als die Stücke so klein wie die einzelnen Nummern und Zeichen der Verschlüsselung waren, warf sie sie über den Rand der Seemauer und sah ihnen nach, wie sie wirbelten und flatterten.

Auf dem Wasser drängten sich die Lotsenboote um die Handelsschiffe. Sie stellte sich die Stimmen der Männer vor, die zu den Kapitänen hinaufriefen, und die Kapitäne, die zurückschrien. Während sie hinsah, begann das erste Schiff den kurzen letzten Abschnitt seiner jährlichen Reise. Sie wandte sich ab und ging zurück zu ihrer Bank. Die Vordertür stand offen, um Luft einzulassen. Als sie hineinging, sprang Schabe auf, als hätte sie ihn bei etwas erwischt. Hinter ihm streckte sich Yardem und gähnte ausgiebig.

»Wo seid Ihr gewesen?«, fragte Hauptmann Wester.

»Ich habe zugesehen, wie die Handelsschiffe ankommen –

genau das Gleiche, was alle anderen in der Stadt getan haben«, sagte sie. Sie fühlte sich unerklärlich leicht. Beinahe albern.

»Nun, Euer Kaffeekocher hat bisher drei Leute vom Kaffeehaus weitergeschickt, die sich heute Vormittag nach Euch erkundigt haben. Sie haben hier nachgesehen.«

»Was habt Ihr ihnen gesagt?«

»Dass Ihr beschäftigt seid, ich aber erwarte, dass Ihr nachmittags wieder im Kaffeehaus seid«, sagte Wester. »Habe ich gelogen?«

»Ihr? Niemals«, antwortete sie und lachte über sein argwöhnisches Gesicht.

Trotz der Hitze trug Cithrin für das Treffen im Palast des Statthalters ein dunkelblaues Kleid mit langen Ärmeln und einem hohen Kragen. Ihr Haar war unter einer weichen Kappe versteckt und wurde von einer Haarnadel aus Silber und Lapislazuli an Ort und Stelle gehalten, die eines der letzten Schmuckstücke war, die sie aus Vanai hergekarrt hatte. Für einen kühlen Herbsttag wäre die Zusammenstellung passender gewesen, und ein Rinnsal aus Schweiß lief ihr den Rücken hinab, aber der Gedanke, vor Qahuar Em etwas Enthüllenderes zu tragen, war ihr unangenehm erschienen. Und natürlich wäre es unangemessen gewesen, die Halskette oder die Brosche zu tragen, die er ihr geschenkt hatte.

Als er sie im Gang vor den Privatgemächern begrüßte, war seine Verbeugung förmlich. Nur im Winkel seines Lächelns und in der Fröhlichkeit seiner dunklen Augen fand sie einen Hinweis auf ihre gemeinsamen Nächte. Er trug eine sandfarbene Tunika mit schwarzen Emailleknöpfen am Hals, und ihr wurden plötzlich die Umrisse seines Körpers darunter bewusst. Sie fragte sich, was aus ihrer Beziehung werden würde, nun, da sie nicht länger Rivalen waren. Die Dienerin, eine hellhaarige Cinnae, verbeugte sich, als sie durch den Eingang traten.

Ein einzelner, dunkel gebeizter Tisch dominierte den Raum, eine Reihe von Fenstern dahinter blickte auf die Äste eines Baumes hinaus. Die schaukelnden Äste verliehen dem Zimmer eine Anmutung von Schatten und Kühle, das es nicht verdiente. Der Cinnae-Söldner erhob sich, als Cithrin den Raum betrat, und setzte sich wieder, als sie es tat. Die Tralgu und der Vertreter der örtlichen Handelshäuser nahmen nicht teil.

»Ein gutes Jahr«, sagte der Cinnae. »Seid Ihr unten bei den Schiffen gewesen, Magistra?«

»Ich hatte nicht die Gelegenheit«, erwiderte Cithrin. »Mein Zeitplan ist bemerkenswert voll gewesen.«

»Ihr solltet Euch die Zeit nehmen. Es gab dieses Jahr Kisten mit den faszinierendsten Spielereien. Kleine Kugeln aus farbigem Glas, die läuten, wenn man sie reibt. Ganz entzückend. Ich habe drei für meine Enkelin gekauft.«

»Ich hoffe, die Welt war Euch gewogen, Herr«, sagte Qahuar Em. Seine Stimme klang beinahe scharf. *Weshalb sollte er zornig sein?*, fragte sie sich.

»Ich kann nicht klagen«, sagte der Cinnae, der den Tonfall ignorierte. »Kann überhaupt nicht klagen, danke.«

Die Tür zu den Privatgemächern glitt auf, und der Statthalter trat ein. Sein rundes Gesicht war von Schweiß überzogen, wirkte aber fröhlich. Als sie sich erheben wollten, winkte er sie zurück auf ihre Plätze.

»Kein Zeremoniell nötig«, sagte er und machte es sich auf seinem eigenen Stuhl bequem. »Kann ich Euch etwas zu trinken anbieten?«

Qahuar Em schüttelte den Kopf, und der Cinnae-Söldner

tat es ihm einen halben Augenblick später gleich, als hätte er darauf gewartet zu sehen, was Qahuar tun würde. Cithrins Bauch spannte sich beunruhigt an. Es ging etwas vor, das sie nicht verstand.

»Ich danke Euch beiden, dass Ihr bekommen seid«, sagte der Statthalter. »Ich weiß die Arbeit, die Ihr Euch alle gemacht habt, sehr zu schätzen, und Euren Einsatz für Porte Oliva, für mich und für die Königin. Ich bin sehr bewegt, solch hervorragende Geister hierzuhaben, die sich dem Wohlergehen der Stadt widmen. Dies ist immer der schwierigste Teil, nicht wahr? Die Entscheidung zu treffen?«

Sein wehmütiges Seufzen zeigte, dass es ihm Spaß machte. Cithrin antwortete mit einem angespannten Lächeln. Qahuar sah ihr nicht in die Augen.

»Ich bin die Angebote sehr sorgfältig durchgegangen«, sagte der Statthalter. »Ein jedes davon wäre, wie ich annehme, ein hervorragender Weg zum Gedeih der Stadt gewesen. Aber ich denke, dass die Flexibilität des Fünfjahresvertrags, der von den hier anwesenden Herren angeboten wurde, uns bessere Dienste erweist als die acht Jahre, die die Medean-Bank fordert.«

Cithrin spürte, wie ihr die Luft aus der Lunge wich. Trotz der Hitze ließ sich etwas Kaltes in ihrer Kehle und Brust nieder. Qahuar Em hatte keine fünf Jahre angeboten. Es waren zehn gewesen.

»Acht Jahre sind eine sehr lange Zeit«, sagte der Cinnae-Söldner und nickte langsam. Seine ernste Miene maskierte sein Vergnügen nur armselig.

»Daher und wegen der etwas höheren jährlichen Raten«, sagte der Statthalter, »muss ich Euer Angebot ablehnen, Magistra Cithrin, was mir sehr leidtut.«

»Das verstehe ich durchaus«, antwortete Cithrin, als würde jemand anders sprechen. »Nun, da das geregelt ist, dürfte ich fragen, welche Raten Meister Em angeboten hat?«

»Oh, es ist eine Partnerschaft«, sagte der Cinnae. »Nicht nur sein Klan, wisst Ihr. Wir arbeiten bei dieser Sache zusammen, er und ich.«

»Ich kann mir nicht vorstellen, dass die Notwendigkeit besteht, in die Einzelheiten zu gehen«, sagte Qahuar Em, der sie immer noch nicht anblickte. Seine Versuche, ihr die Erniedrigung zu ersparen, waren schlimmer als das Prahlen des Söldners.

»Es ist ja nicht so, als würde es nicht bekanntwerden«, erklärte der Statthalter. »Aus Höflichkeit und Respekt, Magistra: Die erhobenen Gebühren waren zehn Hundertstel ohne Gewährleistung und vierzehn mit.«

Die falschen Zahlen. Es waren die falschen Zahlen. Es hätten sechzehn und neunzehn sein sollen, nicht zehn und vierzehn. Das Angebot, das sie in seinem Schreibzimmer gefunden hatte, war eine Falle gewesen, und sie war hineingetappt.

»Ich danke Euch, mein Lord Statthalter«, sagte Cithrin mit einem Nicken. »Die Dachgesellschaft wird Eure Offenheit sehr zu schätzen wissen.«

»Es wird doch keinen Groll geben, hoffe ich«, sagte der Statthalter. »Die Medean-Bank ist neu in unserer Stadt, aber sehr, sehr geschätzt.«

»Überhaupt nicht«, erwiderte Cithrin. Angesichts der Leere in ihrer Brust war sie überrascht, dass es keinen Widerhall gab. »Ich danke Euch sehr, dass Ihr so höflich wart, mich zu dem Treffen einzuladen. Aber ich nehme an, Ihr Herren habt Einzelheiten zu besprechen.«

Sie erhoben sich alle, als sie aufstand, der Statthalter griff mit fettigen Fingern nach ihrer Hand und drückte sie an die Lippen. Sie behielt ihr Lächeln bei, amüsiert und weltmännisch auch nach der Niederlage – die Maske der Frau, die sie sich gewünscht hatte zu sein. Sie verbeugte sich vor dem Cinnae-Söldner und dann vor Qahuar Em. Die Leere in ihr verschob sich, und an ihrer Stelle blühte etwas Schmerzhaftes auf.

Sie ging bedächtig aus dem Zimmer, die Stufen hinab und aus der Eingangshalle auf den Platz dahinter. Der Himmel war von einem schillernden Weiß, der Wind heiß an ihrer Wange. Der Schweiß ließ ihre Achselhöhlen, den Rücken und die Beine feucht werden. Sie stand ein paar Minuten lang da, verwirrt und gelähmt. Sie sollte nicht hier sein. Sie musste wieder zurück nach drinnen gehen. Es gab Einzelheiten auszuarbeiten, Verträge zu unterschreiben und zu bezeugen. Es gab das große Projekt zu erledigen. Sie sollte nicht hier draußen sein. Sie sollte drinnen sein.

Das erste Schluchzen war, als würde sie sich übergeben: plötzlich, reflexartig, grausam. *Nicht hier,* dachte sie. *Oh, Gott, wenn es passiert, dann lass es nicht hier passieren, wo die ganze verdammte Stadt zuschauen kann.* Lange, schnelle Schritte, bei denen der Stoff ihres Kleides an den Oberschenkeln spannte, um jeden Fingerbreit herauszuholen. Sie erreichte das Labyrinth der Straßen. Sie fand eine Gasse, folgte ihren Biegungen und Windungen bis in eine schattige Ecke und hockte sich dort auf die schmutzigen Pflastersteine. Jetzt konnte sie die Schluchzer nicht mehr aufhalten, daher drückte sie einen Arm an den Mund, damit sie leise blieben.

Sie hatte verloren. All die Erwartungen, all die Pläne, und sie hatte verloren. Sie hatten ihren Vertrag jemand anderem gegeben und sie als dumme, hässliche Schlampe von einem Halbblut dastehen lassen, die sich in einer Gasse ausweinte.

Wie hatte sie sich vorgestellt, gewinnen zu können? Wie hatte sie je daran glauben können?

Als das Schlimmste vorüber war, stand sie wieder auf. Sie wischte sich die Tränen und den Rotz mit dem Ärmel ab, fegte den Schmutz von ihrem Kleid und fing an, zu ihrer Unterkunft zu gehen. Erniedrigung stieg von ihren Schultern auf und flüsterte ihr ins Ohr. Wie viel hatte Qahuar seinen Partnern verraten? Hatte er damit geprahlt, dass er sie dazu gebracht hatte, die Beine breit zu machen? Vermutlich hatte dieser alte Cinnae-Söldner jeden Teil ihres Körpers beschrieben bekommen, ehe sie den Raum betrat. Qahuar hatte alles gewusst, noch bevor sie es getan hatte; er hatte es geplant. Waren seine Diener vorgewarnt gewesen, damit sie sie bei ihrem Eindringen in sein Arbeitszimmer spätnachts nicht störten? Hatten sie aus den Schatten zugesehen und sich über das närrische Mädchen belustigt, das sich für klug hielt?

Bei der Bank hörte sie die Stimmen der Wachen – Marcus und Yardem und die neue Kurtadam – durch die Tür, weder zornig noch lachend. Die Tulpen nickten in der Brise, ihre Blüten weit offen, und das Rot wurde an der Unterseite schwarz. Sie wollte hineingehen, aber ihre Hand griff nicht nach der Klinke. Es schien, als würde sie stundenlang dastehen, sich dazu zwingen, hineinzugehen zu jenen, die bei ihr Freunden oder Familie oder Liebsten am nächsten kamen. Ihren Angestellten. Sie wollte, dass Yardem Hane herauskam und sie suchte. Dass Cary ihr auf der Straße entgegenkam. Dass Opal aus ihrem Meeresgrab aufstieg und sie an Ort und Stelle erwürgte.

Cithrin ging nach oben. Sie zog ihr Kleid aus und setzte sich im Unterhemd auf das Bett. Ihr Schweiß wollte nicht trocknen, wollte sie nicht kühlen.

Sie hatte verloren. Selbst jetzt ergab es keinen Sinn. Sie konnte sich nicht dazu bringen, es zu glauben. Sie hatte verloren. Die Tränen waren inzwischen fort. Der Schmerz war fort, obwohl sie das Gefühl hatte, dass er nur ruhte, schlief wie eine Raubkatze, nachdem sie Beute geschlagen hatte. Er würde wiederkommen. Im Augenblick spürte sie nichts. Sie fühlte sich tot.

Sie hatte verloren. Und der Auditor kam.

Die Sonne zog ihren Bogen hoch am Himmel. Cithrin saß da. Die Geräusche der Straße veränderten sich, der von der Hitze gelähmte Verkehr des Tages wich langsam den helleren, lebhafteren Stimmen des Abends. Sie musste pissen, aber sie verdrängte es. Es war unmöglich, sich vorzustellen, dass noch Feuchte in ihr war, nachdem sie in Schweiß und Tränen gebadet hatte. Und dennoch führte ihr Körper seine Funktionen aus, ob sie es nun guthieß oder nicht. Als der Drang zu stark wurde, um ihn zu ignorieren, suchte sie ihren Nachttopf und benutzte ihn. Sobald sie sich bewegte, war es leichter, in Bewegung zu bleiben. Sie zog ihr Unterhemd aus, ließ es zusammengeknüllt auf dem Boden liegen und fand ein leichtes, besticktes Kleid, das allein dadurch hübscher wurde, dass sie es schon in der Hand hatte. Sie zog es an, ging die Stufen hinab und hinaus auf die Straße, ohne sich die Mühe zu machen, die Tür hinter sich zu verschließen.

Die Schänke hatte die Läden geöffnet, und die Meeresbrise wehte hindurch. Keine Kerzen oder Laternen waren entzündet, um sogar das bisschen zusätzliche Hitze fernzuhalten, so dass die Räume trotz des Sonnenlichts finster waren. Die Schankmaid war eine, die sie kannte, mit dickem Gesicht und nachtschwarzem Haar, das ihr über die Schulterblätter fiel. Ein winziger Hund tänzelte nervös um die Knöchel der

Frau. Cithrin ging zum hinteren Tisch, ihrem Tisch. Jemand war dort, halb verborgen vom groben Stoff.

Qahuar Em.

Cithrin zwang sich weiterzugehen. Sie setzte sich ihm gegenüber. Ein lockerer Fensterladen klapperte zweimal gegen den Rahmen und wurde dann still. Der Gesichtsausdruck des Mannes war sanft und reuig. Ein halbleerer Bierkrug stand auf dem Tisch.

»Guten Abend.«

Sie antwortete nicht. Er ließ die Zunge gegen die Zähne schnalzen.

»Ich hatte gehofft, dir ein Essen anbieten zu können, eine Flasche Wein. Eine Entschuldigung. Es war unschön vom Statthalter, dich auf diese Art fallen zu lassen.«

»Ich will nichts von dir«, sagte sie.

»Cithrin …«

»Ich will von dir nie wieder etwas sehen oder hören, solange ich lebe«, sagte sie, jedes Wort kühl, stechend und überlegt. »Und wenn du in meine Nähe kommst, werde ich meinen Wachhauptmann bitten, dich zu töten. Und er wird es tun.«

Qahuars Miene verhärtete sich. »Verstehe. Ich gebe zu, dass ich enttäuscht bin, Magistra. Ich hätte Besseres von Euch erwartet.«

»*Du* hättest Besseres von *mir* erwartet?«

»Ja. Ich hätte dich nicht für die Sorte Frau gehalten, die sich Wutanfällen hingibt. Aber ich habe mich eindeutig geirrt. Ich möchte dich daran erinnern, dass du diejenige warst, die sich in mein Bett gelegt hat. Du bist diejenige gewesen, die durch mein Haus geschlichen ist. Es ist lächerlich und kleinlich von dir, mir vorzuwerfen, dass ich das vorausgesehen habe.«

Du weißt nicht, was es mir bedeutet hat, dachte Cithrin. *Sie werden mir meine Bank nehmen.*

Qahuar stand auf und legte drei kleine Münzen auf den Tisch, um die Schankmaid zu bezahlen. Das Licht fing sich auf seiner rauen Bronzehaut, was ihn älter aussehen ließ. Diesen Sommer kam ihre achtzehnte Sonnenwende. Es war seine fünfunddreißigste.

»Wir sind Händler, Magistra«, sagte er. »Ich entschuldige mich sehr dafür, dass das Überbringen der Neuigkeiten so unerfreulich war, aber es kann mir nicht leidtun, dass ich diese Übereinkunft für meine Klanältesten eingehen kann. Ich hoffe, Ihr habt einen schöneren Abend.«

Er schob die Bank zurück, so dass das Holz über den Steinboden kratzte, und ging um sie herum.

»Qahuar«, sagte sie scharf.

Er hielt inne. Sie sammelte sich. Die Worte waren in Blei gegossen, beinahe zu schwer, um sie die Kehle heraufzuwürgen.

»Es tut mir leid, dass ich dich hintergangen habe«, sagte sie. »Versucht habe, dich zu hintergehen.«

»Es braucht dir nicht leidzutun«, entgegnete er. »Es ist das Spiel, das wir spielen.«

Ein wenig später kam die Schankmaid, nahm die Münzen und räumte Qahuars Getränk ab. Cithrin blickte zu ihr auf.

»Das Übliche?«

Cithrin schüttelte den Kopf. Alles von ihrer Kehle abwärts bis zum Bauch fühlte sich hart wie Stein an. Sie hob die Hand, überrascht, die weiche Kappe noch an Ort und Stelle zu finden. Sie zog sie herunter, ließ ihr Haar herab und hielt die Haarnadel aus Silber und Lapislazuli hoch. Sie schien beinahe von allein in der Düsternis zu glühen.

Die Dienerin blinzelte sie an. »Die ist sehr schön«, sagte sie.

»Nehmt sie«, erwiderte Cithrin. »Bringt mir, was Ihr glaubt, dass sie wert ist.«

»Magistra?«

»Verstärkten Wein. Bauernbier. Es ist mir gleich. Bringt es einfach.«

GEDER

DER HOHEPRIESTER – BASRAHIP oder wahrscheinlich *der* Basrahip, das war schwer zu sagen – lehnte sich in seinem Sessel aus Leder und Eisen zurück. Mit dicken, kräftigen Fingern rieb er sich über die Stirn. Um sie herum flackerten und zischten die Kerzen, und ihr Rauch erfüllte den Raum mit dem Geruch von brennendem Fett. Geder leckte sich über die Lippen.

»Mein erster Tutor war ein Tralgu«, sagte er.

Basrahip schürzte die Lippen, betrachtete Geder und schüttelte den breiten Kopf. *Nein.* Geder schluckte seine Freude hinunter und versuchte es noch einmal.

»Ich habe an der Küste das Schwimmen gelernt.«

Der breite Kopf schüttelte sich langsam. *Nein.*

»Ich hatte einen Lieblingshund, als ich klein war. Einen Jagdhund namens Mo.«

Das Lächeln des Hohepriesters war gütig. Seine Zähne schienen beinahe unnatürlich weiß. Er deutete mit einem dicken Finger auf Geders Brust.

»Ja«, sagte er.

Geder klatschte in die Hände und lachte. Es war nicht das erste Mal, dass der Hohepriester diese Vorführung gegeben hatte, aber sie war immer ein Quell der Verwunderung. Ganz gleich, welche Lüge es auch war, ganz gleich, mit welcher Stimme Geder sie vortrug, wie er seinen Körper hielt oder den Tonfall seiner Stimme veränderte, der hünenhafte Mann wusste, welche Worte falsch waren und welche wahr. Er riet niemals falsch.

»Und es ist wirklich eine Göttin, die Euch das tun lässt?«, fragte Geder. »Denn ich bin niemals auf einen Hinweis darauf gestoßen. Der Rechtschaffene Diener ist angeblich etwas gewesen, das Morade erschaffen hat, wie die dreizehn Rassen oder die Drachenstraßen.«

»Nein. Wir waren vor den Drachen hier. Als das große Netz gespannt wurde, um die Sterne daran aufzuhängen, war die Göttin dabei. Der Sinir Kushku ist ihre Gabe an die Gläubigen. Als der große Zusammenbruch kam, hatten die Drachen Angst vor ihrer Macht. Sie haben einander bekämpft, und jeder wünschte sich die Freundschaft und Unterstützung des Sinir Kushku für sich selbst. Der große Morade hat ein Bündnis vorgetäuscht, aber die Göttin wusste es, als Verrat in seinem Herzen aufkeimte. Sie hat uns hierhergeführt, wo wir sicher sein konnten, fern von der Welt und ihren Kämpfen, um abzuwarten, bis die Zeit für unsere Rückkehr kommt.«

»Das ist ganz anders als jeder Bericht, den ich je gelesen habe«, sagte Geder.

»Zweifelt Ihr an mir?«, fragte Basrahip, seine Stimme tief und sanft.

»Überhaupt nicht«, sagte Geder. »Ich bin erstaunt! Eine ganze Ära vor den Drachen? Es ist etwas, worüber niemand geschrieben hat. Nichts, was ich je gelesen hätte.«

Außerhalb des kleinen, steinernen Raums glitzerten die Sterne am Himmel, und der Sichelmond beleuchtete die Kaskade aus Steinen. In der Dunkelheit konnte sich Geder beinahe vorstellen, wie der große Steindrache über dem Tempel sich regte, den Kopf wandte. Die seltsamen grünen Grillen, die den Tempel förmlich verseuchten, zirpten in einem bebenden Chor.

Geder schlang die Arme um die Beine und grinste. »Ich kann Euch gar nicht sagen, wie froh ich bin, diesen Ort gefunden zu haben«, erklärte er.

»Ihr seid ein geehrter Mann eines großen Landes«, erwiderte der Hohepriester. »Ich bin erfreut, dass Ihr von so weit hergekommen seid, um unseren bescheidenen Tempel zu suchen.«

Geder winkte bei dieser Bemerkung verlegen ab. Es hatte den Großteil eines Tages gedauert zu erklären, dass es sich bei *Fürst,* dort, wo er herkam, um einen ganz besonderen Titel handelte, der nicht so allgemein verliehen werden konnte. Er hatte den Großteil seines Lebens damit verbracht, *Lord* oder *mein Lord* gerufen zu werden, und obwohl es dasselbe bedeutete, sorgte *geehrter Mann eines großen Landes* dafür, dass er sich seiner selbst sehr bewusst wurde.

Basrahip stand auf und streckte sich, während in der Ferne eine harte Stimme krächzend zum Nachtgebet rief. Geder rechnete damit, dass Basrahip sich entschuldigen und hinauseilen würde, um die Priester bei ihren Ritualen anzuleiten. Stattdessen hielt er im Eingang inne, und die Kerzen ließen seine Augen im Schatten verschwinden.

»Sagt mir, Lord Geder: Was habt Ihr am meisten gehofft, hier zu finden?«

»Nun, ich wollte herausfinden, ob ich die Sinirberge und ein wenig Quellenmaterial über den Rechtschaffenen Diener finden könnte, um ein spekulatives Traktat zu vollenden, an dem ich gerade arbeite.«

»Das ist es, worauf Ihr am *meisten* gehofft habt?«

»Ja«, sagte Geder. »Das ist es.«

»Und nun, da Ihr es gefunden habt, wird es reichen?«

»Natürlich«, antwortete Geder.

Der Blick des großen Mannes richtete sich auf ihn, und Geder spürte, wie Röte an seinem Hals und in seinen Wangen aufstieg. Basrahip wartete, wie es schien, einen halben Tag lang, dann schüttelte er den Kopf.

»Nein«, sagte er sanft. »Nein, da ist noch etwas.«

Die Tage seit Geders Ankunft am Tempel waren erstaunlich und nervenzehrend wie ein Traum gewesen. Zwei volle Tage hatte er von früh bis Einbruch der Nacht im großen Hof zwischen dem Tempel selbst und der Mauer mit dem Tor verbracht. Ein Dutzend Priester in blassen Roben mit langem Haar und vollen Bärten hatten um ihn herumgesessen, während er Karten zeichnete und Jahrhunderte der Geschichte zusammenzufassen versuchte. Wenn sie ihm Fragen stellten, hatte er häufig sein Unwissen zugeben müssen. Wie waren die Grenzen von Asterilreich und Nordstade festgelegt worden? Wer beanspruchte die Lande südlich von Birancour und westlich von Lyoneia? Weshalb hatten sich die Erstgeborenen in Antea gesammelt, die Cinnae in Princip C'Annaldé und die Timzinae in Elassae, während die Tralgu und Dartinae kein einzelnes Heimatland hatten? Weshalb wurden die Timzinae *Wanzen* genannt, die Kurtadam *Klicker* und die Jasuru *Groschen*? Unter welchen Namen waren die Erstgeborenen bekannt, und von wem wurden sie gehasst?

Besonders von den Timzinae schienen sie fasziniert zu sein. Geder bildete sich etwas auf sein großes Wissen ein. Es war erniedrigend, seine Grenzen aufgezeigt zu bekommen, aber das Dürsten der Männer mit der olivfarbenen Haut nach jedem Brocken Wissen machte es erträglich. Von jeder Geschichte und Anekdote, die er ihnen darbot, waren sie fasziniert.

Er ertappte sich dabei, wie er ihnen seine eigene Vergangenheit erzählte. Von seinem Leben als Junge in Bruchhalm. Von seinem Vater und dem Hof in Camnipol. Vom Feldzug nach Vanai und zu welchem Ende er gekommen war, vom Söldnerangriff auf Camnipol und von seiner Reise in die Keshet.

Als die Sonne zu heiß wurde, brachten die Priester ein großes Halbzelt aus gedehntem Leder und mit weißen Holzstreben heraus, das Geder Schatten spendete und hinter ihm wie eine gigantische Hand aufragte. Sie hievten Keramiktöpfe mit breiten Öffnungen heraus, die mit feuchtem Sand gefüllt waren, um die darin vergrabenen Kalebassen mit Wasser kühl zu halten. Geder kaute auf Stücken von getrocknetem Ziegenfleisch, das mit Salz und Zimt gewürzt war, und redete, bis seine Stimme heiser wurde. Sie hörten auf, als die Sonne hinter die Gipfel glitt, um dem harschen, bellenden Ruf Folge zu leisten. Geders Diener errichteten dort ein Lager für ihn und schliefen neben ihm auf dem Boden. Dann, am dritten Tag, als er sicher war, dass ihm die Stimme versagen würde, kam Basrahip – der Basrahip – zu ihm und bedeutete ihm, dass er ihm folgen sollte. Der hünenhafte Mann führte ihn Steinstufen empor, die von Generationen lederbesohlter Füße so glatt wie Glas geschliffen worden waren, durch den breiten Gang, der genauso Höhleneingang wie Korridor war.

Er hatte behauenen Stein erwartet, aber Geder sah keinen Hinweis darauf, dass diese Hallen von Hammer oder Meißel berührt worden wären. Sie hätten so gewachsen sein können, als hätten die Berge gewusst, dass sie diesen Männern eine Heimstatt bieten würden. Laternen aus Papier und Pergament standen in Alkoven und warfen Licht über die Böden und die gewölbten Decken. Die Luft roch schwer nach etwas, das Geder nicht ganz einordnen konnte – zum Teil Dung und zum Teil Gewürz. Die Luft war so heiß, dass sie erstickend war. Er trottete durch die Windungen und Biegungen, bis der Gang breiter wurde und der Hohepriester zur Seite trat.

Die große Kammer war höher als zwanzig aufeinanderstehende Menschen. Die Decke verlor sich in einer Dunkelheit, die tiefer als die Nacht war. Und darüber ragte die gemeißelte Statue einer riesigen Spinne auf, die mit Blattgold überzogen war und von hunderten Fackeln beleuchtet wurde. Mindestens fünfzig Männer knieten an ihrem Fundament, die sich alle Geder zuwandten, die Hände auf die Schultern gelegt. Geders Mund stand offen. Kein König der Welt könnte ein größeres Spektakel veranstalten.

»Die Göttin«, hatte Basrahip gesagt, und seine Stimme hatte durch den Raum gehallt und ihn erfüllt. »Die Herrin der Wahrheit und ungebrochene Herrscherin der Welt. Wir sind von ihrer Anwesenheit gesegnet.«

Geder hatte es kaum bemerkt, als die Hand des riesigen Mannes ihn an der Schulter berührte und ihn sanft, aber unerbittlich nach unten drückte. Als er kniete, schien es, als sei es ein naheliegender Akt.

Danach hatte man ihn in seine neuen Unterkünfte innerhalb der Tempelmauern gebracht. Viele der Türen und Fenster, die er gesehen hatte, gleich nachdem er hergekommen war, führten nicht tiefer hinein als in einen einzelnen Raum, da die Zellen der Priester sich an die Bergflanke klammerten.

Geders Knappe brachte ihm ein Becken, um darin zu baden, seine Bücher und den kleinen Reiseschreibtisch und zündete seine Laterne an. Er lag in dieser Nacht im Dunkeln, in eine dünne Wolldecke gewickelt, und der Schlaf war einen

Tagesritt weit entfernt. Er war zu aufgeregt zum Schlafen. Die einzige Enttäuschung war gewesen, dass der Tempel keine Bibliothek besaß.

Am vierten Morgen kam Basrahip wieder, und ihre Unterhaltung begann, und sie hatte seither jeden Tag eingenommen.

»Ich verstehe nicht, weshalb Ihr im Verborgenen bleibt.«

»Nicht?«, fragte Basrahip.

Sie gingen den schmalen, mit Ziegeln gepflasterten Weg entlang, der zum Brunnen des Tempels führte.

»Der Rechtschaffene Diener«, sagte Geder. »Es ist etwas, das Ihr alle besitzt. Wenn Ihr in der Welt wärt, könntet Ihr kundtun, wann immer ein Händler bei seinen Kosten lügt. Oder wenn Männer treulos sind … Und das Leben bei Hof. Gott, was Ihr dort tun könntet.«

»Und das ist der Grund, weshalb wir verborgen bleiben«, erklärte Basrahip. »Wann immer wir uns in die Angelegenheiten der Welt eingemischt haben, haben wir den Lohn dafür gesehen. Schwerter und Feuer. Jene, die nicht von der Göttin berührt worden sind, leben ein Leben der Täuschung. Wenn sie unsere Stimmen hören, ist es für sie, als würden die Menschen sterben, die sie gewesen sind. Ihre Feinde sind zahlreich und rücksichtslos.«

Geder trat nach einem Kiesel, ließ ihn vor ihnen her nach unten kullern. Das Sonnenlicht drückte auf sein Gesicht und seine Schultern herab.

»Aber Ihr werdet wieder hinausgehen«, sagte Geder. »Ihr habt gesagt, dass Ihr darauf wartet, dass die Zeit kommt, wieder hinauszugehen.«

»Das werden wir«, bestätigte der Hohepriester. Sie erreichten den Rand des Brunnens, ein mit Steinen gesäumtes Loch in der Erde mit einem Seil, das an den Pfosten gebunden war, den man daneben eingelassen hatte. »Wenn man uns vergessen hat.«

»Das hätte jederzeit im letzten Jahrhundert geschehen können«, erklärte Geder, aber der Hohepriester fuhr fort, als hätte er nichts gesagt.

»Wenn die Wunden des alten Krieges geheilt sind und wir ohne Furcht durch die Welt wandeln können. Sie wird uns ein Zeichen senden. Sie wird die Reinen von den Unreinen trennen und das Zeitalter der Lügen beenden.«

Basrahip kauerte sich hin, nahm das Seil in die Hände und zog, Handbreit um Handbreit. Der Eimer war einst aus Kupfer gewesen, war aber inzwischen dem Grünspan anheimgefallen. Basrahip hievte ihn hinauf an die Lippen und trank, Rinnsale ergossen sich aus seinem Mundwinkel. Geder bewegte sich unruhig neben ihm hin und her. Der Hohepriester setzte den Eimer ab und wischte sich mit dem Handrücken über die Lippen.

»Seid Ihr besorgt, Lord?«

»Ich bin … Es ist nichts.«

Das breite Lächeln war kühl. Die dunklen Augen betrachteten ihn.

»Hört mir zu, Lord Palliako. Hört auf meine Stimme. Ihr könnt mir vertrauen.«

»Ich bin nur … Könnte ich auch einen Schluck von dem Wasser haben?«

Basrahip hob den Eimer zu ihm hinauf. Geder nahm ihn mit beiden Händen, trank langsam. Das Wasser war kühl und schmeckte nach Stein und Metall. Er reichte ihn zurück, und Basrahip hielt ihn einen Augenblick über die Schwärze hinaus, ehe er ihn fallen ließ. Das Seil schlitterte über den Boden, während er nach unten rauschte. Das Aufspritzen war lauter, als Geder erwartet hatte.

»Ihr könnt mir vertrauen«, wiederholte der Hohepriester.

»Ich weiß«, sagte Geder.

»Ihr könnt es mir sagen. Nichts Böses wird daraus erwachsen.«

»Euch was sagen? Ich meine, ich bin nicht sicher, wovon Ihr sprecht.«

»Doch, das seid Ihr«, sagte der Mann und machte sich auf den Weg zurück zum Tempel. Geder trabte ihm nach, um mit ihm mitzuhalten. »Weshalb seid Ihr gekommen, um nach dem Sinir Kushku zu suchen?«

»Ihr meint…«

»Im Laufe der Zeitalter haben uns hier andere Menschen gefunden. Sind über uns gestolpert. Ihr seid als *Suchender* gekommen. Was war es, das Euch hergeführt hat?«

Zwei der jüngeren Priester kamen an ihnen vorüber, auf dem Weg zum Brunnen. Geder ließ seine Knöchel knacken und runzelte die Stirn. Er versuchte sich in Erinnerung zu rufen, was ihn hatte beginnen lassen. Wann war das erste Mal gewesen, dass er von der Legende gehört hatte? Aber vielleicht spielte das an sich keine Rolle.

»Überall, wo ich mich hinwende«, sagte er, und die Worte kamen langsam, »scheint es, dass die Dinge Lügen sind. Ich weiß nicht, wer meine Freunde sind, nicht wirklich. Ich weiß nicht, wer mir Vanai gegeben hat. Oder wer in Camnipol meinen Tod wollen würde. Alles bei Hof wirkt wie ein Spiel, und ich bin der Einzige, der die Regeln nicht kennt.«

»Ihr seid kein Mann der Täuschung.«

»Doch. Das bin ich. Das war ich. Ich habe gelogen und Dinge verborgen. Ich weiß, wie einfach es ist.«

Basrahip hielt an, um sich gegen einen Felsen zu lehnen. Das breite Gesicht war unbewegt. Beinahe feierlich.

Geder verschränkte die Arme. Wut regte sich in seiner Brust und wärmte ihn. »Ich bin eine Figur in jedermanns Spiel gewesen«, sagte er. »Mein ganzes Leben lang bin ich derjenige gewesen, den sie hereingelegt haben, damit er sich auf angesägte Bretter über dem Scheißloch setzt. Ich bin derjenige, den sie ausgelacht haben. Sie haben mein Buch verbrannt. Alan Klin hat mein Buch verbrannt.«

»Das hat Euch hergeführt?«

»Ja. Nein. Ich meine, als ich ein Junge war, habe ich mir Geschichten ausgedacht wie in den alten Geschichtsbüchern. In denen ich eine Armee in eine verloren geglaubte Schlacht geführt und gewonnen habe. Oder die Königin gerettet. Oder in die Unterwelt gegangen bin und meine Mutter von den Toten zurückgeholt habe. Und jedes Mal, wenn ich in die Welt hinausgegangen bin, hat sie mich enttäuscht. Wisst Ihr, wie das ist?«

»Ja«, sagte der Hohepriester. »Ihr seid nicht hergekommen, um ein Traktat zu schreiben, Lord Geder. Ihr seid hergekommen, um uns zu finden. Um mich zu finden.«

Geder spürte, wie sein Mund sich zu einer grimmigen, harten Grimasse verzog. »Ja«, sagte er. »Weil ich die Wahrheit kennen will. Weil ich es leid bin. All die Lügen und Täuschungen und Spiele, die jeder um mich herum spielt? Ich will der eine Mann sein, der sie entzweischlagen und die Wahrheit finden kann. Und so habe ich vom Ende allen Zweifels erfahren.«

»Wäre das Wissen allein genug? Würde es Euch Frieden bringen?«

»Ja, das würde es«, antwortete Geder.

Basrahip hielt inne, horchte. Eine Fliege summte um sie herum, landete auf dem breiten Schädel des hünenhaften Mannes, um seinen Schweiß zu trinken, und flog wieder fort.

»Das würde es nicht«, sagte Basrahip. »Das ist es nicht, was Ihr wollt. Aber Ihr kommt näher, Lord Geder. Viel näher.«

»Ich habe sie reden hören«, flüsterte einer seiner Diener. »Sie werden uns alle im Schlaf ermorden.«

Geder saß in der Dunkelheit seiner Zelle. Das Geflüster sollte leise genug sein, dass er es überhörte. Wenn er hinten auf seiner Schlafstatt gewesen wäre, hätte er es auch überhört. Stattdessen war er herausgeschlüpft und auf leisen Sohlen über den dunklen Boden getappt. Sein Rücken war an der Wand neben dem Eingang, seine Diener keine sieben Fuß entfernt.

»Hört auf, Scheiße zu reden«, sagte sein Knappe. »Ihr macht Euch nur selbst Angst.«

»Ich nicht«, ereiferte sich die erste Stimme, diesmal höher und angespannter. »Glaubst du, sie wollen, dass Leute wissen, wo sie sind? Glaubst du, sie sind am Arsch der Welt, weil sie Gesellschaft wollen?«

Eine dritte Stimme sagte etwas, aber er konnte die Worte nicht verstehen.

»Sollen sie ruhig«, meinte die erste Stimme. »Nach allem, was ich gehört habe, hat er Vanai einfach niedergebrannt, nur weil er es konnte, und hat dabei gelacht.«

»Sprich nur weiter so über seine Lordschaft, und es werden nicht diese Sandaffen in Priesterroben sein, die dich töten«, sagte die Stimme seines Knappen. »Ich nehme es mit hundert falschen Göttern auf, ehe ich ihm querkomme.«

Geder erwartete, sich verletzt zu fühlen, aber der Schmerz

kam nicht. Oder der Zorn. Er bewegte sich ohne den geringsten Versuch, leise zu sein. Er hörte die Stille der Diener vor seiner Tür, aber er kümmerte sich nicht um sie. Nicht um das, was sie dachten, nicht um das, was sie waren, nicht, ob sie lebten. Er suchte seine Tunika und ein paar Beinlinge und zog sie in der Dunkelheit an. Er scherte sich nicht darum, alle Schlingen festzuziehen. Dem Anstand war Genüge getan, und das war ausreichend. Basrahip würde es nicht stören.

Als er hinaus in die von Sternen erhellte Dunkelheit trat, gaben seine Diener vor zu schlafen. Er stieg über sie hinweg, ging den schmalen Pfad am Berg entlang; die Erde kühlte seine Füße, und die Steine stachen ihn. In der ersten Zelle, in der er einen schlafenden Mönch vorfand, rüttelte er den Mann wach.

»Bringt mich zu Basrahip«, sagte er.

Der Hohepriester schlief tiefer im Tempel. Seine Räume waren dunkel, die Pritsche, auf der er schlief, kaum groß genug, um ihn unterzubringen. Der Mönch, den Geder geholt hatte, stellte seine Kerze ab und ging mit einer Verbeugung rückwärts aus dem Raum. Basrahip stemmte ein riesiges Bein unter sich und setzte sich auf. Er schien vollkommen wach zu sein.

Geder räusperte sich. »Ich habe nachgedacht. Darüber, was Ihr gefragt habt. Ich will über den Hof herrschen. Ich will, dass die Menschen, die mich benutzt haben, leiden«, sagte er. »Ich will, dass sie mich um Vergebung anflehen. Ich will, dass sie erniedrigt werden, damit die Welt auf sie zeigen und sie bemitleiden und über sie lachen kann.«

Der Hohepriester regte sich nicht, und dann, ganz langsam, grinste er. Er hob einen großen Finger und deutete damit auf Geder. »Ja. Ja, das ist es, was Ihr wollt. Und sagt mir, mein Freund. Mein Bruder. Wäre das genug?«

»Es würde für den Anfang reichen.«

Der Hohepriester warf den Kopf zurück und heulte vor Lachen. Als er grinste, leuchteten seine Zähne weiß wie Elfenbein im Kerzenlicht. Er stand auf, um sich in seine Decke einzuwickeln, und Geder stellte fest, dass auch er grinste. Die Worte auszusprechen, sie verstanden zu wissen, war, als würde man ihm einen Stein von der Brust nehmen.

»Ich habe gehofft, Lord Geder«, sagte der Hohepriester. »Von dem Augenblick an, als ich Euch gesehen habe – einen geehrten Mann aus einem großen Königreich –, habe ich gehofft, dass dies die Zeit ist. Dass Ihr das Zeichen sein möget, das die Göttin geschickt hat, und Ihr seid es. Bruder Geder, Ihr seid es. Ihr habt Eure Wahrheit gefunden, und wenn Ihr ihr Ehre erweisen wollt, werde auch ich es tun.«

»Ehre erweisen?«

»Camnipol. Eure große Stadt im Herzen Eures Imperiums. Weiht Ihr dort einen Tempel, einen ersten Tempel in einem neuen Zeitalter, das frei von Lügen und Zweifeln ist. Ich werde selbst mit Euch zurückkehren, und durch mich …«

Der große Mann hielt die Hände von sich gestreckt, die Handflächen nach oben. Durch die Kerze am Boden war es, als würde er Hände voller Schatten darbieten. Geder konnte nicht aufhören zu grinsen. Er fühlte sich leicht, unbeschwert und lebendig, wie er sich nicht mehr gefühlt hatte, seit er vor einem halben Jahr die Edelsteine aus den gefrorenen Kisten an sich gerafft hatte.

»Durch mich«, sagte der Hohepriester, »wird sie Euch geben, was Ihr wollt.«

Clara Annalie Kalliam

Baronin von Osterlingbrachen

»Meine Herrin«, sagte der Tralgu-Türsklave mit einer Verbeugung.

»Guten Morgen, Andrash«, erwiderte Clara und streckte den Rücken, um die Verspannungen loszuwerden. »Ich weiß gar nicht, wo ich anfangen soll, um dir zu erzählen, wie gut es ist, zurück in der Stadt zu sein. Ich liebe die Festung auf ihre Weise, aber sie ist einfach nicht für Sommersonne geschaffen. Vincen wird … Erinnerst du dich an Vincen? Er wird sich um die Dinge kümmern, die wir dabeihaben. Wenn du vielleicht jemanden suchen könntest, der ihm hilft?«

»Ja, meine Herrin. Eure Söhne sind, glaube ich, im Sommergarten.«

»Söhne?«

»Hauptmann Barriath ist vor ein paar Tagen eingetroffen«, erklärte der Sklave.

»Jorey und Barriath im selben Haus. Also, *das* kann nicht angenehm gewesen sein.«

Der Türsklave lächelte. »Es ist gut, dass Ihr zurück seid, meine Herrin.«

Clara klopfte dem alten Mann auf den Arm, als sie die Hitze und Wärme ihres Privathofs hinter sich ließ und in die kühle Düsternis des eigentlichen Anwesens trat. Sie sah sofort, wie nachlässig alles behandelt worden war. Die Blumen in den Vasen auf dem Gang waren verwelkt. Auf dem Boden lag eine Schicht Straßenschmutz, den der Wind hereingetragen und noch niemand hinausgefegt hatte. Die Luft war schwer und stickig, wie es kam, wenn die Fenster zu viele Tage in Folge geschlossen blieben. Jorey war mit den Hausangestellten viel zu freundlich umgesprungen. Oder er wurde langsam so selbstvergessen wie sein lieber Vater. Wie auch immer, man würde etwas tun müssen.

Sie hörte die Stimmen der Jungen, ehe sie den Garten erreichte. Joreys Stimme war höher, schriller, fordernder. Barriath neigte dazu, seine Argumente auszuspucken, als würden sie schlecht schmecken. Seit Jorey sich mit Worten ausdrücken konnte, waren die beiden wie Feuer und Regen zueinander gewesen, aber sie waren einander auch ergeben. Clara hatte ein sehr ähnliches Verhältnis zu ihrer eigenen Schwester. *Niemand kann ihr wehtun außer mir, und ich werde sie zerstören.* Liebe war häufig von dieser Art.

Auf den Stufen hinab zum Sommergarten hielt sie inne.

»Weil es *vereinfachend* ist, deswegen«, sagte Jorey. »Es geschehen hundert Dinge, und sie sind alle miteinander verbunden. Nun, da es keinen Bauernrat geben wird, stehen wir vor einem weiteren Getreideaufstand? Wenn sich Nordstade wirklich am Rande einer weiteren Runde von Erbfolgekriegen befindet, wird Asterilreich von uns abgelenkt werden? Bedeuten die neuen hallskarischen Schiffstypen, dass es mehr Piraterie in Estinhaven und weniger in Tauendak geben wird? Man kann nicht alles so nehmen und es zu einem zusammenpressen. Die Welt ist vielschichtiger als das.«

»Es gibt weniger Wahlmöglichkeiten, als du glaubst, Bruder«, sagte Barriath. »Du wirst niemanden finden, der gegen den Bauernrat ist und Asterilreich unterstützt. Wenn du das eine willst, nimmst du das andere. Keine Familie wird ein Verbot aussprechen, damit die Rassen sich nicht mischen, und gleichzeitig Handel mit Borja treiben. Der König ist nicht wie ein Bildhauer mit einem frischen Stein, der machen kann, was immer ihm passend erscheint. Er ist wie ein Mann, der in den Hof eines Bildhauers geht und das nimmt, was schon da ist.«

»Und du denkst, der Prinz ist die einzige Art und Weise, auf die er seine Gunst zeigen kann?«

»Die einzige, auf die es ankommt«, sagte Barriath. »Wenn Seine Majestät jeden Gefallen und jede Befugnis, über die er verfügt, an Daskellin gibt und Aster als Mündel zu Maas schickt, würde er damit immer noch aussagen, dass das Königreich auf lange Sicht von Maas' Vision gestaltet werden wird. Das ist der Grund, weshalb Issandrian ...«

»Aber wenn der König ...«

Die beiden Stimmen vermischten sich, keiner der Jungen hörte den anderen, und die roten Fäden ihrer Argumente verwirrten sich zu einem einzigen hässlichen Knoten. Clara trat in den Garten hinaus und stemmte in gespieltem Vorwurf die Hände in die Hüften.

»Und so begrüßt ihr also eure arme Mutter. Ich hätte euch beide mit Wölfen großziehen sollen«, sagte sie.

Ihre Jungen grinsten beide und kamen, um sie zu umarmen. Sie waren jetzt Männer, mit starken Armen und dem Geruch von Moschus und Haaröl. Es schien nur Wochen her zu sein, dass sie sie in die Arme hatte schließen können. Dann fingen sie wieder an, redeten gleichzeitig, nur dass der Wettstreit der Worte nun auf sie und den Grund ihrer Anwesenheit abzuzielen schien, anstatt auf die Politik bei Hofe. Clara strahlte sie beide an und stieg hinab in das üppige Grün und die blassen Blumen des Sommergartens. Der Springbrunnen war zumindest repariert, und das Wasser sprudelte über die Vorderseite einer nachdenklichen, fast unbekleideten und aus Bronze gegossenen Cinnae herab. Clara setzte sich an den Rand des Springbrunnes und fing an, ihre Reisejacke auszuziehen.

»Euer Vater, armes Ding, nagt sich zu Hause den eigenen Fuß ab, und um ihm und mir einen Gefallen zu tun, bin ich gekommen, um einen Anschein von Normalität aufrechtzuerhalten. Dieses törichte Gezanke hat mich bereits den Großteil des Jahres gekostet, und ich muss die liebe Phelia einfach sehen.«

Jorey lehnte sich an die von Efeu berankte Wand. Mit verschränkten Armen und finsterem Gesicht sah er wie das Abbild seines Vaters aus.

Barriath setzte sich neben sie und lachte. »Ich habe dich vermisst. Keine andere Frau würde die erste bewaffnete Auseinandersetzung in den Straßen von Camnipol seit fünf Generationen ein törichtes Gezanke nennen«, sagte er.

»Mir tut es genauso leid wie jedem sonst, was dem armen Lord Faskellan geschehen ist«, entgegnete Clara scharf. »Aber ich verweigere euch, es irgendetwas anderes als töricht zu nennen.«

»Frieden, Mutter, Frieden«, sagt Barriath. »Du hast natürlich ganz recht. Es ist nur so, dass niemand sonst es so formuliert.«

»Ach, ich kann mir gar nicht vorstellen, weshalb nicht«, erwiderte Clara.

»Weiß Vater, dass du Maas besuchen wirst?«, fragte Jorey.

»Er weiß es, und ehe du anfängst: Ich werde die ganze Zeit unter Bewachung stehen, also belästige mich bitte nicht mit ungeheuerlichen Geschichten von Lord Maas und all den schrecklichen Dingen, die er mir gern antun würde.«

Ihre beiden Jungen wechselten einen Blick.

»Mutter«, begann Jorey, und sie schnitt ihm mit einer Handbewegung das Wort ab. Sie wandte sich betont ihrem Ältesten zu.

»Ich nehme an, du hast Urlaub von der Flotte genommen, Barriath, mein Lieber. Wie geht es dem armen Lord Skestinin und der angemalten Spitzmaus, die er in einem Anfall schlechter Urteilskraft geheiratet hat?«

Die Straßen der Stadt waren voll und geschäftig. Kutschenräder ratterten über Pflastersteine. Auf dem Markt verkauften Metzger Fleisch und Bäcker Brot. Kleinkriminelle schaufelten Kot aus den Gassen und vom Gehweg, von Schwertkämpfern bewacht, die die Farben des Königs trugen, wenn auch nicht exakt seine Tracht. Die Kirschbäume, die die Straßen säumten, präsentierten grüne Früchte mit Anflügen von Rot. Arbeiter hingen über dem Spalt, um genau jene Brücken zu reparieren und zu überprüfen, an denen sie festgezurrt waren. Sie hätte es nicht für möglich gehalten, dass eine Stadt wirken konnte wie in besseren Zeiten und trotzdem unter dem Gewicht der Angst vornübergebeugt war. Sie hatte sich geirrt.

Es zeigte sich in den Kleinigkeiten: in Händlern, die zu schnell lachten, in Auseinandersetzungen über Privilegien und das Vorfahrtsrecht und in der steinernen Miene, die jedem in der Stadt eigen zu sein schien, wenn niemand hinsah. Selbst die Pferde rochen etwas; ihre riesigen, feuchten Augen waren ein bisschen zu groß und ihr Gang beinahe schreckhaft.

Sie hatte sich entschieden, eine kleine Sänfte zu nehmen, die an den Seiten offen war, mit vier Trägern und Vincen Coe, der nebenherlief. Etwas war mit dem Auge des armen Mannes passiert, kurz bevor sie Osterlingbrachen verlassen hatten, und die Prellung hatte angefangen, gelb und grün zu leuchten. Er trug verstärktes Leder, das mit Stahl beschlagen war, und sowohl Schwert als auch Dolch. Es war mehr, als ein Jäger zur Schau stellen würde, und durch die frische Verletzung wirkte er durchaus wie ein Schläger.

Das Anwesen von Feldin Maas teilte sich einen Privathof mit Haus Issandrian. Beide Tore waren aus dem gleichen prunkhaften Schmiedeeisen, die Häuser selbst in solch üppigem Überfluss bemalt und verziert, dass sie wie von einem wahnsinnig gewordenen Konditormeister ersonnen schienen. Curtin Issandrian war natürlich im Exil, genauso wie ihr Dawson, und er hatte seine ganze Familie und die Diener mitgenommen. Ihr Onkel Mylus hatte einen Schlag auf den Kopf bekommen, als er jung gewesen war, und sein Leben lang war eine Gesichtshälfte schlaff und leer geblieben. Dieser Hof erinnerte Clara an ihn, Betriebsamkeit und Hektik auf der linken Seite und auf der rechten leer wie der Tod.

Phelia stand oben auf den Eingangsstufen. Ihr Kleid war aus purpurfarbenem Samt mit Silberfaden an den Ärmeln und am Kragen. Es hätte schön an ihr aussehen sollen. Clara reichte ihren Schal dem Diener und ging hinauf zu Phelia. Ihre Kusine nahm sie bei den Händen und lächelte verkniffen.

»Oh, Clara«, rief Phelia. »Ich kann gar nicht sagen, wie sehr ich dich vermisst habe. Das war ein ganz schreckliches Jahr. Bitte komm herein.«

Clara nickte dem Türsklaven zu. Es war nicht die Dartinae, an die sie gewohnt war, sondern ein ernst dreinblickender Jasuru. Er erwiderte das Nicken nicht. Sie trat in die relativ kühle vordere Eingangshalle der Maas'.

»He! Anhalten!«

Clara wandte sich um, überrascht, auf so barsche Weise angesprochen zu werden, nur um zu sehen, dass die Bemerkung an Vincen Coe gerichtet war. Der Jasuru war aufgesprungen, seine Handfläche lag auf Vincens Brust. Der Jäger war unnatürlich reglos geworden.

»Er gehört zu mir«, sagte Clara.

»Niemand geht bewaffnet hinein«, knurrte der Türsklave.

»Du kannst hier warten, Vincen.«

»Bei allem Respekt, Herrin«, erwiderte der Jäger, den Blick nach wie vor auf den Jasuru gerichtet, »aber nein.«

Clara legte eine Hand an die Wange. Phelia war blass geworden, und ihre Hände zuckten von hier nach dort wie nervöse Vögel.

»Dann lass deine Klingen zurück«, sagte Clara. Und dann zu ihrer Kusine: »Ich gehe davon aus, wir können auf die Regeln der Gastfreundschaft zählen?«

»Natürlich«, versicherte Phelia. »Ja, natürlich. Natürlich könnt ihr das.«

Vincen Coe stand einen Augenblick still. Clara musste zugeben, dass Phelia überzeugender gewesen wäre, wenn sie es nicht dreimal wiederholt hätte. Vincens Hände gingen zum Gürtel, öffneten die Schnalle und reichten ihn mit den noch in der Scheide befindlichen Waffen an den Türsklaven weiter. Der Jasuru nahm ihn und ließ Vincen mit einem Nicken durch.

»Ich glaube, du hast Gewicht verloren, seit ich dich zum letzten Mal gesehen habe«, sagte Clara und ging neben Phelia her. »Fühlst du dich gut?«

Das Lächeln, das sie erwiderte, war so brüchig, dass es an den Seiten bröckelte. »Es war so schlimm. Die ganze Zeit, seit der König Curtin und Alan fortgeschickt hat – und euch natürlich. Seit dieser Zeit war es alles so schlimm. Feldin schläft kaum noch. Ich wünschte, all das wäre nie geschehen.«

»Männer«, sagte Clara und tätschelte Phelia den Arm. Die Frau scheute vor ihr zurück, und dann, als ihr auffiel, dass sie das nicht tun sollte, gestattete sie die Berührung mit einem Nicken. »Dawson war außer sich. Wirklich, man sollte meinen, die Welt würde untergehen, so wie er auf jedem Fetzen Geschwätz herumkaut.«

»Ich liebe den König, und Gott weiß, dass ich dem Thron treu ergeben bin«, sagte Phelia, »aber Simeon hat das alles so schlecht gehandhabt, oder nicht? Eine Keilerei läuft aus dem Ruder, und er schickt Leute ins Exil? Dadurch bekommen nur alle das Gefühl, dass etwas Schreckliches geschieht. Das muss doch nicht sein.«

Sie bog zu einem breiten Treppenaufgang mit gut polierten schwarzen Stufen ab. Clara folgte ihr. Vom anderen Ende des Ganges, den sie verließen, hörte Clara Männerstimmen, die sich im Streit erhoben hatten, aber sie konnte nichts Genaues verstehen. Eine der Stimmen gehörte Feldin Maas, aber auch, wenn die andere vertraut klang, konnte sie ihr keinen Namen zuordnen. Sie fing Vincen Coes Blick auf und machte eine Geste den Gang entlang.

Finde heraus, was du kannst.

Er schüttelte einmal den Kopf. *Nein.*

Clara hob die Augenbrauen, aber mittlerweile hatten sie den oberen Treppenabsatz erreicht. Phelia scheuchte sie in ein großes Wohnzimmer.

»Du kannst hier warten«, sagte Clara am Eingang.

»Wie Ihr wünscht, Herrin«, antwortete Vincen Coe und wandte sich ab, um mit dem Rücken zur Wand zu stehen wie ein Wächter im Dienst, und er zeigte nicht die kleinste Regung, wieder die Stufen hinabzugehen und Nachforschungen anzustellen. Es war alles recht ärgerlich.

Das Wohnzimmer war in Rot- und Goldschattierungen neu gestaltet worden, seit es Clara zum letzten Mal gesehen hatte, aber es gab immer noch den niedrigen Diwan am Fenster, den sie bevorzugte. Und wie eine gute Gastgeberin hatte Phelia eine Pfeife für sie vorbereitet. Clara nahm den Pfeifenkopf aus Bein und Hartholz und stopfte ein wenig Tabak hinein.

»Ich weiß nicht mehr, was ich tun soll«, sagte Phelia, als sie sich auf den Diwan setzte. Sie saß vorgebeugt, die Hände zwischen den Knien verschränkt wie ein Kind. »Ich sage mir, dass es nicht so schrecklich schlecht steht, aber dann wache ich in der Finsternis der Nacht auf und kann nicht wieder einschlafen. Feldin ist nie da. Er kommt mit mir ins Bett, aber sobald ich eingeschlafen bin, kehrt er zurück zu seinen Briefen und Treffen.«

»Es sind harte Zeiten«, sagte Clara. Sie zündete die Pfeife an einer dünnen silbernen Kerze an, die für diesen Zweck bereitstand, und sog den Rauch ein.

»Curtin wollte den Prinzen als Mündel nehmen, wie du weißt. Aber nun, da er fort ist, krabbeln alle durcheinander. Ich glaube … ich glaube, dass vielleicht Feldin ernannt wird. Ich helfe vielleicht mit, einen Prinzen aufzuziehen.« Phelia kicherte. »Kannst du dir vorstellen, wie ich einen Prinzen aufziehe?«

»Aster ist ein Junge«, sagte Clara. »Ich hatte drei davon. Man zieht Jungen weniger auf, als dass man versucht, zerbrechliche Dinge aus ihrer Reichweite zu bringen.«

»Männer sind auch nicht anders«, meinte Phelia. »Sie denken nie an das, was sie zerbrechen könnten.«

Clara saugte am Pfeifenholm und stieß eine Wolke aus süßem grauem Rauch aus, ehe sie sagte: »Das ist der Kern der Sache, nicht? Wir haben ein Problem, und es ist nach

Nordstade und Asterilreich übergeschwappt. Sarakal und Hallskar bemerken es vermutlich auch.«

»Ich weiß.«

»Also gut, meine Liebe«, sagte Clara und hielt ihre Stimme heiter, »wie sollen wir es lösen?«

»Ich weiß nicht, weshalb um alles solch ein Aufheben gemacht wird. Es hat Zeitalter gegeben, in denen Asterilreich, Antea und Nordstade alle den Hochkönigen verpflichtet waren. Jeder ist durch Heirat mit jedem anderen verbunden. Wir sind praktisch schon ein einziges Königreich. Wenn man darüber nachdenkt.«

»Das ist vollkommen richtig«, sagte Clara und rückte neben ihre Kusine.

Phelia zupfte nun mit den Fingerspitzen an ihrem Kleid herum, las Fäden und Flusen auf, die nicht da waren. »Ich verstehe einfach nicht, weshalb es großes Getue mit Schwert- und Bogenkämpfern und so fort geben sollte. Niemand kann das doch eigentlich wollen, oder? Was würden Kämpfe irgendjemandem bringen? Es ist ja nicht so, als wären wir praktisch nicht schon ein Königreich …«

»Ja, aber solange es einen Thron in Camnipol und noch einen in Kaltfel gibt, werden sie mit ihren Schwertern voreinander rasseln«, sagte Clara. »Dafür sind sie da, oder nicht?«

Phelia zuckte zusammen. Ihre Augen waren größer, als sie hätten sein sollen, und mit den Händen umklammerte sie die Knie, bis das Blut ganz aus den Knöcheln gewichen war. *Das* war nun aber interessant. Clara räusperte sich und fuhr fort, während sie vorgab, es nicht zu bemerken.

»Das Schwierige ist, jedem einen Weg offen zu lassen, auf dem die Ehre unangetastet bleibt, ohne zu viel von ihnen zu verlangen. Ich weiß, dass Dawson sich nicht überwinden kann, vernünftig zu werden, außer wir können einen Weg finden, auf dem er sich nicht unter etwas hindurchbücken muss. Ich nehme an, dass dein Feldin ganz ähnlich ist.«

»Aber er hat gewonnen. Feldin spürt, dass er gewonnen hat, und wenn der Prinz zu uns kommt, um bei uns zu leben ...«

Clara wartete ab.

»Du weißt, dass ich Dawson bewundere«, sagte Phelia. »Er ist immer so standhaft gewesen. Selbst wenn er grob zu Feldin war, lag es eher an der Art, wie Dawson in der Welt lebt ... wie er sie gerne hätte. Ich habe nie geglaubt, dass es aus Zorn oder Groll geschehen ist.«

»Nun, ich würde nicht so weit gehen, meinen liebsten Gemahl als einen Mann ohne Groll zu bezeichnen, aber ich verstehe, was du meinst, ja.«

Phelia kicherte nervös. Ihre Schultern waren zusammengekauert wie bei jemandem, der sich auf einen Schlag vorbereitet. »Hast du gehört, dass Rania Hiren schwanger ist?«, fragte sie.

Clara dachte weniger als einen Herzschlag lang nach und entschloss sich, ihre Kusine das Thema wechseln zu lassen. »Nicht schon wieder. Zum wievielten Mal ist es?«

»Zum achten, wenn man nur die Geburten von lebenden Kindern rechnet. Sie hatte drei Totgeburten.«

»Ich bin erstaunt, dass sie ein solches Durchhaltevermögen hat«, sagte Clara. »Und ihr Gatte muss ein Mann von einigem Wert sein. Rania ist die liebste Seele unter dem Himmel, aber nach den Zwillingen hat sie angefangen, ein wenig wie ein Staubfeudel auszusehen. Es ist natürlich nicht ihre Schuld. Es ist nur ihre Haut.«

»Meine ist aber von der gleichen Art«, sagte Phelia. »Ich will gar nicht daran denken, wie ich nach meinem ersten Kind aussehen werde.«

»Du bist jung, Liebes. Ich bin sicher, du wirst deine Figur zurückbekommen können. Ich nehme an, dass es unhöflich ist, wenn ich frage, wie die Arbeit an diesem bestimmten Projekt vorangeht?«

Phelia wurde rot, aber sie schien auch entspannt zu sein. Bettgerüchte und die Feinheiten des weiblichen Körpers waren vielleicht taktlos, aber sie waren sicherer als Politik und die Gerüchte vom Krieg. Eine Stunde lang ließ Clara zu, dass sie über nichts Besonderes sprachen, wobei sie Phelia immer Möglichkeiten eröffnete, wieder zu dem Thema ihrer Gemahle und dem Unheil zurückzukehren, das über der Stadt hing wie der Rauch eines Feuers. An keiner Stelle nahm Phelia die Möglichkeiten wahr, die sich ihr anboten. Auch das sagte etwas aus.

Als es an der Zeit war, sich zu verabschieden, traf Clara Vincen Coe genau dort an, wo er gewartet hatte; er starrte finster in die Luft. Als sie die Stufen hinabgingen, nahm Phelia Clara beim Arm und lehnte sich bei jedem Schritt an sie. Der Besuch schien sie genauso beruhigt zu haben, wie er Clara selbst aufgewühlt hatte. An der Tür forderte Vincen seine Waffen von dem Jasuru zurück, während Clara Phelia zum Abschied umarmte. Ihre Träger hielten die kleine Sänfte bereit, und Clara nahm ihren Schal vom Diener zurück. Erst als sie schließlich den Privathof verließen, ging der letzte Tabak aus, und Clara bemerkte, dass sie unabsichtlich Phelias Pfeife gestohlen hatte. Sie klopfte die Kammer auf der Seite aus, die von Vincen abgewandt war, um zu verhindern, dass Asche auf ihn fiel.

»Du hast gelauscht, nehme ich an?«, fragte sie laut genug, um über den Straßenlärm hörbar zu sein.

»Überhaupt nicht, Herrin.«

»Ach, bitte, Vincen«, sagte sie. »Ich bin nicht dumm. Wie viel hast du gehört?«

Ein paar Augenblicke später zuckte der Jäger mit den Schultern. »Beinahe alles, Herrin. Sie hat ein wenig leise gesprochen, als sie ihre Probleme mit der Fruchtbarkeit erläutert hat, und Ihr habt gelacht, als sie die Bemerkungen zu Lord Sonnens Geliebter gemacht habt.«

»Dann hast du den ersten Teil gehört. Über meinen Gemahl und ihren?«

»Ja.«

»Weshalb denkst du, sollte sie sich Gedanken darum machen, dass Asterilreich und Antea eine gemeinsame Geschichte haben? Dass sie ›praktisch ein Königreich‹ sind?«

»Wenn ich raten sollte, Herrin, weil sie erwartet, dass es wieder so sein könnte.«

Er warf ihr einen Blick zu, und seine Miene – zurückhaltend, ruhig, grimmig – sagte ihr, dass sie dasselbe dachten. Wie immer die Feinheiten der Blutlinien und Heiratsbündnisse, der Rangordnung und Politik aussahen, Antea und Asterilreich konnten niemals vereint werden, wenn Simeon und Aster lebten. Und Phelia, die es niemals hatte aussprechen wollen, hielt eine Vereinigung für möglich. Sogar für wahrscheinlich. Und Aster würde ziemlich sicher unter ihrem Dach wohnen.

Es schien daraus zu folgen, dass Feldin Maas und seine ausländischen Unterstützer vorhatten, Prinz Aster zu töten.

»Nun«, sagte Clara mit einem Seufzen. »So viel also zum Friedenstiften.«

Cithrin

Wind rüttelte an den Fensterläden und pfiff an den Scheiben. Die Morgensonne war zu hell, um erträglich zu sein. Schon allein durch ihre Existenz brachte die Welt Cithrin dazu, sich übergeben zu wollen. Sie rollte sich in ihrem Bett herum, eine Hand an die Kehle gedrückt. Sie wollte nicht aufstehen, und sie würde bestimmt nicht zum Großmarkt gehen. Allein der Versuch würde sie umbringen.

Im Hintergrund ihrer Gedanken machte sich murmelnd eine vage Unruhe bemerkbar, ein Grund, weshalb es Schwierigkeiten geben könnte, wenn sie hierblieb. Sie sollte zum Kaffeehaus gehen, weil …

Weil …

Cithrin sagte etwas Unzüchtiges, ohne die Augen zu öffnen, wiederholte es langsam, zog die Klänge in die Länge. Sie sollte sich mit einem Vertreter der Gerbergilde treffen, um mit ihm zu besprechen, wie man Waren der Gilde versichern konnte, wenn die Schiffe wieder ausliefen. Es würde jetzt nicht mehr lange dauern. Vielleicht noch ein paar Tage. Nicht länger als zwei Wochen. Dann würden die dreimal verdammten Schiffe auslaufen, an der Küste hinauffahren, solange die Jahreszeit es noch zuließ. Sie würden im Norden ihre Haltestellen anlaufen, dort so viele Geschäfte abschließen, wie sie konnten, und sich dann über den Winter zusammenkauern, um darauf zu warten, dass die Schiffe aus Fern-Syramis die große Insel von Narineiland erreichten und das ganze Elend von vorne begann. Und so würde es weitergehen, weiter und weiter und weiter, bis alles endete, ob Cithrin aus dem Bett stieg oder nicht.

Sie setzte sich aufrecht hin. Um sie herum waren ihre unaufgeräumten Zimmer. Flaschen und leere Weinschläuche drängten sich auf dem Boden. Ein weiterer Windstoß drückte ans Fenster, und sie spürte, wie die Luft in das Zimmer hereingepresst wurde und sich dann wieder zurückzog. Es war schwindelerregend. Sie stand langsam auf und ging hinüber, um nach einem Kleid zu suchen, das sie anziehen konnte und das nicht nach Schweiß stank. Irgendwann in der Nacht schien sie an den Nachttopf gestoßen zu sein, denn eine Pfütze aus kalter Pisse begann bereits die Bodenbretter zu verfärben. Die einzigen Kleider, die nicht dreckig aussahen, waren die Hose und das grobe Hemd, die sie als Tak der Fuhrjunge getragen hatte. Für das, was sie zu tun hatte, würden sie genügen. Es waren noch ein halbes Dutzend Silbermünzen in ihrer Börse, und sie schob sie in die Tasche von Tak.

Bis sie unten an der Treppe ankam, fühlte sie sich schon etwas mehr wie ein Mensch. Sie trat einen Augenblick auf die Straße hinaus, dann durch die Vordertür der Bank wieder nach drinnen.

»Schabe«, sagte sie, und der kleine Timzinae sprang auf.

»Magistra Cithrin«, erwiderte er. »Hauptmann Wester und Yardem sind gerade gegangen, um die Bezahlung von der Braumeisterin gleich nördlich der Mauern und von den beiden Metzgern im Salzviertel zu holen. Barth und Corisen Mout sind mit ihnen gegangen. Enen schläft hinten, weil sie mit der Nachtwache dran war, und Ahariel ist gegangen, um schnell ein paar Würste zu holen.«

»Du musst einen Botengang für mich erledigen«, sagte Cithrin. »Geh zum Kaffeehaus und teile dem Mann von der Gerbergilde mit, dass ich nicht da sein werde. Sag ihm, dass ich mich nicht wohlfühle.«

Die blinzelnden Membranen des Jungen klickten nervös über den Augen. »Hauptmann Wester hat gesagt, dass ich hierbleiben soll«, erklärte Schabe. »Enen schläft, und er wollte, dass jemand wach ist, falls …«

»Ich werde hier unten bleiben, bis jemand zurückkommt«, sagte Cithrin. »Ich fühle mich vielleicht wie der schleichende Tod, aber ich kann immer noch einen Schrei ausstoßen, wenn es nötig ist.«

Schabe blickte immer noch unsicher drein. Cithrin spürte einen wütenden Stich.

»Ich bezahle Wester«, sagte sie. »Und ich bezahle auch dich. Jetzt geh.«

»J … ja, Magistra.«

Der Junge schoss hinaus auf die Straße. Cithrin stand einen langen Augenblick im Eingang, sah den dunklen Beinen nach, die sich überkreuzten und streckten, während er lief. Weit entfernt auf der Straße wich er einem Karren aus, der mit frisch gefangenem Fisch beladen war, bog um die Ecke und verschwand. Cithrin zählte langsam bis zwölf, um ihm die Zeit zu geben, wieder aufzutauchen. Als er nicht zurückkam, ging sie hinaus auf die Straße und zog die Tür hinter sich zu. Der Wind blies ihr entgegen und wirbelte Staub und Stroh auf, aber sie machte sich mit zusammengekniffenen Augen auf den Weg zur Schenke.

»Guten Morgen, Magistra«, sagte der Wirt, während sich ihre Augen an die Düsternis anpassten. »Schon zurück?«

»Sieht so aus«, antwortete sie und fischte die Silbermünzen

wieder aus der Tasche. »Ich nehme, was ich hierfür bekommen kann.«

Der Wirt nahm die Münzen, hob die Hand und ließ sie fallen, während er ihr Gewicht schätzte. »Eure Jungs wissen, wie man Wein durchbringt«, sagte er.

»Sie trinken ihn nicht«, erklärte sie grinsend. »Es ist alles für mich.«

Der Mann lachte. Es war eine neue Art der Lüge, die sie gerade erst entdeckt hatte, ganz heiter die reine Wahrheit zu erzählen und jeden um sich herum glauben zu lassen, es wäre ein Witz. *Sie trinken ihn nicht; es ist alles für mich. Bis der Winter kommt, kann ich genauso gut am Pranger stehen wie frei sein. Nichts, was ich mache, spielt eine Rolle.*

Er kam mit zwei dunklen Weinflaschen und einem kleinen Fass Bier zurück. Cithrin klemmte sich das Fass unter den Arm, nahm in jede Hand eine Flasche und wartete, bis er ihr die Tür öffnete. Nun kam der Wind von hinten, schob sie voran, als wollte er sie nach Hause bringen. Der Himmel über ihr war blau mit einem Überzug aus weißen Wolken hoch oben, aber es roch nach Regen. Der Herbst hatte in Porte Oliva den Ruf, raues Wetter zu bringen, und inzwischen waren die letzten Tage des Sommers angebrochen. Ein kleiner Wolkenbruch hin und wieder schien kaum eine Beschwerde wert zu sein.

Sie wollte nicht in die öffentlichen Räume zurückkehren und ging stattdessen auf ihre Tür zu. Es fiel ihr schwer, sich mit dem Fass unterm Arm die Treppe hinaufzuwinden. Oben knallte sie mit dem Ellbogen gegen die Wand. Der Aufprall war hart genug, um bis in die Finger zu prickeln, aber sie ließ die Flasche nicht fallen.

Sie hatte die Pissepfütze vergessen, aber sie fühlte sich nun wohl genug, ihr Fenster zu öffnen, um den Inhalt des Nachttopfs in die Gasse zu kippen. Sie wischte den Rest mit einem dreckigen Unterhemd auf und warf auch das aus dem Fenster. Sie hatte am Tag zuvor ein paar knorpelige Würste und einen Kanten Schwarzbrot gegessen. Sie wusste, dass sie hungrig sein sollte, aber sie war es nicht. Sie stellte ihre Fuhrmannsstiefel ab, zog den Korken aus der ersten Weinflasche und legte sich wieder ins Bett, den Kopf an das kleine Kopfstück gelehnt.

Der Wein war süßer, als sie es gewohnt war, aber sie konnte seine Schärfe schmecken. Ihr Magen rebellierte einen Augenblick lang, wand sich wie ein Fisch auf dem Feuer, und sie nippte nur noch langsam, bis er sich beruhigte. Ihr Kopf pochte einmal, der erste Anflug von Kopfschmerzen. Der Wind hielt inne, ließ sie in der Stille liegen. Sie hörte von unten die Stimmen der beiden Kurtadamwachen.

Die Frau – Enen – lachte. Wärme und Ruhe drangen in Cithrins Blut ein. Sie nahm einen letzten, langen Schluck aus der Flasche, drehte sich um und stellte den Wein auf den Boden. Die Dunkelheit hinter ihren Augen war tröstlich und tief. Das Brüllen des Windes, der wieder auffrischte, schien aus großer Ferne zu kommen, und ihre Gedanken, soweit sie da waren, glommen auf und glitten davon.

Sie hatte das Gefühl, dass Magister Imaniel ihr etwas für Hauptmann Wester gegeben hatte. Sie glaubte, dass es etwas mit dem Schiffsverkehr von den Kanälen in Vanai zu den Anlegestellen in Porte Oliva zu tun hatte, und auch mit Kräutern und Gewürzen, die im Schnee verpackt waren. Ohne den Unterschied zwischen Wachsein und Einnicken und Einnicken und Schlafen zu erkennen, verschwand Cithrins Bewusstsein in der Dunkelheit. Die Zeit hielt an, begann wieder, als sie sich undeutlich zorniger Stimmen bewusst wurde, sehr weit entfernt, und hielt abermals an.

»Steh auf.«

Cithrin zwang ihre Augen dazu, sich zu öffnen. Hauptmann Wester stand im Eingang, die Arme verschränkt. Das Licht war trüb, die Stadt in Dunkelheit und Wolken gehüllt.

»Raus aus dem Bett«, befahl er. »Jetzt.«

»Haut ab«, erwiderte sie.

»Ich habe gesagt, du sollst raus aus diesem gottverdammten Bett!«

Cithrin stützte sich auf einen Arm. Das Zimmer bewegte sich unruhig. »Und was tun?«, fragte sie.

»Du hast fünf Treffen versäumt«, sagte Marcus. »Die Leute werden anfangen zu reden, und wenn sie das tun, bist du am Ende. Also steh auf und tu, was getan werden muss.«

Cithrin starrte ihn an; ihr Mund stand vor Unglauben und aufkeimendem Zorn offen. »Nichts muss getan werden«, sagte sie. »Alles ist am Ende. Ich bin am Ende. Ich hatte meine Gelegenheit, und ich habe sie verspielt.«

»Ich habe Qahuar Em getroffen. Er ist es nicht wert, dass man seinetwegen schmollt. Und jetzt …«

»Qahuar? Wen kümmert Qahuar?«, fragte Cithrin und setzte sich aufrecht hin. Sie erinnerte sich nicht daran, Wein auf ihrer Tunika verschüttet zu haben, aber sie zupfte an ihr, wo getrockneter Wein an ihrer Haut klebte. »Es geht um den Vertrag. Ich habe es versucht, und ich habe verloren. Ich hatte die Welt am Schopf, und ich habe verloren. Ich habe versagt.«

»Du hast versagt?«

Cithrin breitete die Arme aus, schloss die Zimmer ein, die Stadt, die Welt. Erklärte damit das Offensichtliche. Wester trat näher. In dem trüben Licht schienen seine Augen hell wie Flusskiesel, seine Lippen hart wie Eisen.

»Hast du mit angesehen, wie deine Frau und deine Tochter elendig vor dir verbrennen? *Deinetwegen?*«, fragte er. Als sie nicht antwortete, nickte er. »Also hätte es schlimmer kommen können. Du bist nicht tot. Es gibt Arbeit, die getan werden muss. Steh auf und erledige sie.«

»Ich habe nicht die Erlaubnis. Ich habe einen Brief von Komme Medean bekommen, dass es mir nicht gestattet ist, in seinem Namen Geschäfte zu machen.«

»Also hast du dich stattdessen in seinem Namen zu einem wimmernden Ball zusammengerollt? Ich bin sicher, er wird begeistert sein. Raus aus dem Bett.«

Cithrin legte sich hin und zog ihr Kissen an die Brust. Es roch widerlich, aber sie hielt es trotzdem fest. »Ich nehme keine Befehle von Euch entgegen, *Hauptmann*«, sagte sie und ließ das letzte Wort wie eine Beleidigung klingen. »Ihr bekommt Geld von mir, also tut Ihr, was ich Euch sage. Und jetzt haut ab.«

»Ich werde nicht zulassen, dass du alles wegwirfst, wofür du gearbeitet hast.«

»Ich habe *gearbeitet*, um das Geld der Bank sicher zu halten, und das habe ich getan. Also habt Ihr recht. Ich gewinne. Jetzt haut ab.«

»Du willst sie behalten.«

»Steine wollen fliegen«, sagte sie. »Sie haben keine Flügel.«

»Finde einen Weg«, entgegnete er beinahe sanft.

Es war zu viel. Cithrin schrie ihren wortlosen Zorn heraus, setzte sich auf und warf das Kissen so fest auf ihn, wie sie nur konnte. Sie wollte nicht mehr weinen, und hier saß sie nun und weinte.

»Ich habe Euch gesagt, Ihr sollt abhauen!«, brüllte sie. »Niemand will Euch hier! Ich beende Euren Vertrag. Nehmt Eure Löhne und Eure Männer und sperrt die Tür hinter Euch ab.«

Wester trat einen Schritt zurück. In Cithrins Brust tat sich ein Loch auf, und sie wollte die Worte wieder hinunterschlucken. Er bückte sich, hob ihr Kissen mit dem Daumen und einem Finger auf und warf es zu ihr zurück. Es landete mit einem weichen Geräusch im Bett an ihrer Seite, als hätte man jemandem einen Schlag in den Magen versetzt. Er stieß einen der leeren Weinschläuche auf dem Boden mit der Stiefelspitze an und holte lange und tief Luft.

»Denk daran, dass ich versucht habe, dich mit Reden zur Vernunft zu bringen«, sagte er.

Er wandte sich um. Er ging.

Sie hatte den Schmerz erwartet, sich darauf eingerichtet, so dass es nicht die Pein war zu wissen, dass er sie verlassen würde, die überraschend kam. Die Überraschung war, dass die Verzweiflung, obwohl sie darauf vorbereitet war, sie immer noch mit sich fortreißen konnte. Es fühlte sich an, als wäre etwas auf halbem Weg zwischen ihrer Kehle und ihrem Herzen verendet und hätte sich dort in ihrem Leib zusammengerollt, um zu verrotten. Sie hörte, wie er die Stufen hinabging, jede Stufe leiser als die zuvor. Cithrin hob ihr dreckiges Kissen auf und brüllte hinein. Es fühlte sich an, als würde sie tagelang nur schreien, ihr Körper bebte vor Hunger und Erschöpfung und dem Gift aus Wein und Starkbier. Die Muskeln in ihrem Rücken und Bauch drohten sich zu verkrampfen, aber sie konnte genauso wenig mit dem Schreien und Weinen aufhören, wie sie sich entschließen konnte, nicht weiterzuatmen.

Unter ihr ertönten Stimmen. Marcus Wester und Yardem

Hane. Sie hörte Yardem etwas grollen, das sie durch den Tonfall als *Ja, Herr* erkannte, obwohl die Silben vorher und nachher undeutlich waren. Dann eine leisere, höhere Stimme. Schabe vielleicht.

Sie würden alle gehen. Alle.

Es spielte keine Rolle.

Nichts spielte eine Rolle. Ihre Eltern waren so lange tot, dass sie sich nicht an sie erinnerte. Magister Imaniel, Cam und Besel, alle tot. Die Stadt ihrer Kindheit war niedergebrannt und zerstört. Und die Bank, das Einzige, was sie je für sich geschaffen hatte, würde man ihr wegnehmen, sobald der Auditor eintraf. Sie konnte sich nicht dazu durchringen zu glauben, dass es eine Rolle spielte, wenn ein paar Wachen fortgingen.

Aber das tat es.

Langsam, ganz langsam kam der Sturm in ihr zur Ruhe. Es war nun vollkommen dunkel, und winzige Regentropfen klopften an das Fenster wie Fingernägel. Sie griff nach der Weinflasche neben dem Bett und war überrascht, sie leer vorzufinden. Aber es gab noch die andere Flasche. Und das Bierfass. Es würde ihr gut gehen. Sie musste nur ihre Kraft zurückgewinnen. Ein paar Minuten mehr waren alles, was sie brauchte.

Sie hatte sich noch nicht ganz erhoben, als sich Schritte näherten. Erst das feste Trampeln am Fuß der Treppe und dann, noch ehe es oben ankam, heftiges Rumsen. Etwas traf auf die Hausmauer, und Yardem ächzte. Wassergeräusche ertönten, vielleicht der Regen, der vom Dach strömte, aber es schien näher zu sein. Ein Licht glühte auf. Eine Laterne in Westers Hand. Und hinter ihm Yardem Hane und die beiden Kurtadam-Wachen, die sich mit einem Kupferbecken abmühten, das leicht vier Fuß lang war.

»Wir hätten es erst heraufbringen und dann füllen sollen«, sagte Enen, und ihre Stimme klang angestrengt.

»Nächstes Mal wissen wir's«, erwiderte Marcus.

Durch den Eingang sah sie, wie die drei Wachen das Becken abstellten. Es war so hoch wie Marcus' Knie, und es schwappte.

»Was tut Ihr da?«, fragte Cithrin, ihre Stimme leiser und schwächer, als sie erwartet hatte.

Ohne sie zu beachten, reichte Yardem dem Hauptmann einen runden Steinkrug und fing an, die Kerzen und Lampen im Hauptraum anzuzünden. Die beiden Kurtadam salutierten und gingen wieder die Stufen hinab. Cithrin setzte sich hin, hielt sich mit einer Hand aufrecht. Marcus ging zu ihr, und ehe sie ihn aufhalten konnte, packte er sie beim Haar und zerrte sie aus dem Bett. Ihre Knie knallten mit einem dumpfen Geräusch und einem schmerzhaften Stich auf den Boden.

»Was *tut* Ihr da?«, rief sie.

»Ich habe es erst mit Reden versucht«, sagte Wester und schob sie in das Becken. Das Wasser war warm. »Runter mit diesen Fetzen, sonst mache ich es.«

»Ich werde mich doch nicht …«

Im heller werdenden Licht der Kerzen war sein Gesichtsausdruck hart und unnachgiebig. »Ich habe schon Mädchen gesehen. Ich werde nicht schockiert sein. Ich habe Seife hier«, sagte er und drückte ihr den Steinkrug in die Hand. »Und wasch dir auch bestimmt die Haare. Sie sind fettig genug, um in Flammen aufzugehen.«

Cithrin blickte auf den Krug. Er war schwerer, als sie erwartet hatte, mit einem gut schließenden Deckel. Sie wusste nicht, wann sie sich zuletzt gewaschen hatte. Als er wieder etwas sagte, klang seine Stimme resigniert.

»Entweder machst du es, oder ich tue es.«

»Nicht zuschauen«, sagte sie, und als sie es aussprach, erkannte sie, dass sie damit einem Vertrag zustimmte, dessen Bedingungen sie noch nicht kannte. Alles, was sie spürte, war Erleichterung, dass sie sie nicht verlassen hatten.

Marcus gab einen ungeduldigen Laut von sich, wandte sich aber ab, um zur Treppe zu schauen. Yardem hustete diskret und trat ins Schlafzimmer. Cithrin zog die Fuhrmannskleider aus und kniete sich in das Becken. Die Luft fühlte sich kalt auf ihrer Haut an. Eine Schüssel aus geschnitztem Holz trieb neben ihr, und sie benutzte sie, um sich abzuspülen. Sie hatte nicht bemerkt, wie schmutzig sie sich fühlte, bis sie es nicht mehr tat.

Eine vertraute Stimme kam von der Treppe. »Ist sie da?«, fragte Cary.

»Ja«, sagte Marcus. »Wirf es einfach rauf.«

Die Schauspielerin ächzte, und Marcus ging nach vorne, um ein Bündel aus Seil und Stoff aus der Luft zu fangen.

»Wir sind dann unten«, sagte Cary, und Cithrins Tür zur Straße öffnete und schloss sich. Marcus schnürte das Seil auf und reichte ein Stück weichen Flanellstoff nach hinten weiter. Cithrin nahm ihm das Handtuch aus der Hand.

»Ich habe auch ein sauberes Kleid hier«, bemerkte er. »Du sagst Bescheid, wenn wieder alles sittsam ist.«

Cithrin stieg zitternd aus dem Bad und trocknete sich schnell ab. Das Wasser in dem Becken war dunkel, Seifenschaum trieb darüber. Als sie in das Kleid schlüpfte, erkannte sie es als eines von Cary. Der Stoff roch nach Gesichtsbemalung und Staub.

»Alles sittsam«, sagte sie.

Yardem kam aus ihrem Schlafzimmer. Er hatte aus ihrer

Decke einen Sack gemacht und ihn mit leeren Weinschläuchen und Flaschen gefüllt. Das Fass und die übrige Flasche waren bei den leeren. Sie griff nach ihm, wollte ihm sagen, dass er sie dalassen sollte, dass sie sie noch nicht ausgetrunken hatte. Der Tralgu knickte ein Ohr ab, und seine Ohrringe klimperten. Sie ließ ihn vorbei.

»Ich lasse etwas zu essen kommen«, sagte Marcus. »Hast du alle Aufzeichnungen der Bank hier?«

»Im Kaffeehaus ist ein Ordner mit Transaktionen«, sagte sie. »Und Kopien von einigen Verträgen.«

»Ich werde jemanden hinschicken. Ich stelle eine Wache am Fuß der Treppe auf und unter diesem Fenster. Kein Getränk, das stärker ist als Kaffee, kommt herein. Du bleibst hier, bis du dir ausgedacht hast, was wir tun, um deine Bank für dich zu halten.«

»Es gibt nichts«, sagte sie. »Man hat mir verboten, weitere Verhandlungen oder Geschäfte durchzuführen.«

»Und Gott weiß, dass wir auf keinen Fall gegen irgendwelche Regeln verstoßen wollen würden«, erwiderte Marcus. »Was immer du brauchst, du musst es nur sagen. Jeder wird hin und wieder ein ordentlicher Säufer, der sich selbst bemitleidet, aber es ist vorbei. Du bleibst nüchtern und tust, was getan werden muss. Verstanden?«

Cithrin trat dicht an ihn heran und küsste ihn. Seine Lippen waren reglos und fest, die Stoppeln darum herum rau. Er war der dritte Mann, den sie je geküsst hatte. Sandr, Qahuar und Hauptmann Wester.

Er trat zurück. »Meine Tochter war nicht viel jünger als du.«

»Hättet Ihr ihr das angetan?«, fragte sie und deutete auf das Becken.

»Ich hätte alles für sie getan«, sagte er. Und dann: »Ich werde das Bad wegschaffen lassen, Magistra. Wollt Ihr, dass wir etwas Kaffee mitbringen, da wir ohnehin die Bücher aus dem Kaffeehaus holen müssen?«

»Es wird inzwischen geschlossen haben. Es ist Nacht.«

»Ich werde es öffnen lassen.«

»Dann ja.«

Er nickte und ging die Stufen hinab. Cithrin setzte sich an ihren kleinen Schreibtisch. Der Klang des Regens über ihr vermischte sich mit den Stimmen von unten. Es gab natürlich nichts, was man tun konnte. Alle Bemühungen und Absichten der Welt konnten nicht an Zahlen rütteln, die in ihren Akten geschrieben standen. Sie schaute trotzdem nach. Yardem und die beiden Kurtadam kamen, um das Becken wegzuschleppen. Schabe tauchte mit einer Schüssel Fischsuppe mit Sahne auf, die nach schwarzem Pfeffer und dem Meer schmeckte. Ein Bierkrug hätte hervorragend dazu gepasst, aber sie war nicht so dumm, darum zu bitten. Wasser tat es für den Augenblick auch.

Ihr Verstand fühlte sich zerbrechlich an, als könnte er bei jedem kleinen Rempler auseinanderfallen, aber sie versuchte sich vorzustellen, sie wäre der Auditor aus Carse. Was würde er sehen, wenn er all das betrachtete? Sie ging die anfängliche Auflistung der Inventur durch, die sie gemacht hatte. Seide, Tabak, Edelsteine, Schmuck, Gewürze, Silber und Gold. Der dickliche Anteaner am Mühlenweiher hatte etwas davon gestohlen, und ihre Schätzung des Verlusts war aufgeführt, die Zahlen schwarze Striche auf dem cremefarbenen Papier. Das also war der Anfang. Nun zu dem, was sie daraus gemacht hatte.

Es ließ ein Gefühl der Nostalgie aufkommen, diese Seiten durchzublättern. Das trockene Rascheln des Papiers, und hier noch ein Artefakt des goldenen Zeitalters, das nun vorüber war: der Vertrag und der Beleg, als sie dem Spieler seine Räumlichkeiten abgekauft hatte. Die Florpostzulassung und das Siegel, mit dem die Eröffnung der Bank gezeichnet worden war. Sie strich mit den Fingerspitzen darüber. Es waren nicht mehr als ein paar Monate vergangen, seit sie angefangen hatte. Es kam ihr länger vor. Es schien ein ganzes Leben zu sein. Die Vereinbarungen zur Kommissionierung von dem Gewürzhändler und den Stoffhändlern. Ihre Schätzung, die der anderen und das letztendliche Einkommen aus den Verkäufen. Der Schmuck war immer ein Problemfall gewesen. Sie fragte sich plötzlich, ob es nicht bessere Wege gegeben hätte, ihn loszuwerden, als den, den sie gewählt hatte. Vielleicht, wenn sie gewartet hätte, bis die Schiffe aus Narineiland eingetroffen waren. Oder ihn auf Kommission an ein Handelshaus mit einem hohen Außenhandel weitergegeben hätte. Dann hätte sie nicht ihren eigenen Markt damit überflutet. Nun, beim nächsten Mal.

Ferner Donner grollte leise durch das stetige Trommeln des Regens heran. Schabe, bis auf die Schuppen durchnässt, brachte die Schließkassette aus dem Kaffehaus und eine Nachricht von Maestro Asanpur, der hoffte, dass sie sich bald besser fühlen würde, und sagte, dass das Kaffeehaus sich ohne sie viel zu groß anfühlte. Es war beinahe genug, um sie wieder in Tränen ausbrechen zu lassen, aber das hätte den jungen Timzinae nur verwirrt, daher zwang sie sich dazu, Haltung zu bewahren.

Das beste Geschäft, das sie abgeschlossen hatte, war das horizontale Halbmonopol mit der Brauerei, dem Böttcher und den Schenken. Jeder in dieser Produktionskette hatte eine Geschäftsbeziehung zur Bank, und sobald Getreide und Wasser in der Brauerei ankamen, ging jeder Handel zu ihren Gunsten und versetzte sie in die Lage, dem nächsten Glied in der Kette Aufträge garantieren zu können. Wenn sie Absprachen mit ein paar Bauern über einen dedizierten Zugang zu den Getreideernten treffen konnte, hätte sie einen verbrieften Mechanismus, der Gold produzierte.

Aber das würde ihrem Nachfolger zu tun verbleiben, wer immer das war. Cithrin nippte an ihrem Kaffee. Es war allerdings ein guter Gedanke gewesen, und anständig umgesetzt. In einem Jahr, wenn ihr die Reste des Geldes zufielen, das ihre Eltern in die Bank investiert hatten, würde sie sich darum kümmern, dass eine kleinere Ausgabe desselben Plans zustande kam. Es würde schmerzhaft sein, dachte sie, für dieses letzte Jahr von der Magistra Cithrin bel Sarcour wieder zum Mündel der Bank zu werden. Aber sobald sie ihren Benennungstag erreichte, konnte sie selbst ins Geschäft einsteigen …

Die Haut auf ihrem Arm spannte sich, die Härchen richteten sich auf. Ihr Nacken prickelte. Ein Gefühl kalten Feuers flammte an ihrem Rückgrat auf. Sie schloss die Bücher, die sie geführt hatte, schob sie zur Seite und kehrte zu den älteren zurück, die von anderen, längst toten Händen geschrieben worden waren. Die Berichte von Vanai. Die kleine Bemerkung in roter Tinte, die ihre Ankunft bei der Bank markierte. Sie schloss das Buch mit zitternden Händen.

Hauptmann Wester hatte recht gehabt.

Es gab einen Weg.

DAWSON

»ICH WILL NICHTS DAVON HÖREN«, sagte König Simeon. Die vergangenen Monate hatten ihm nicht gutgetan. Seine Haut war grauer als zuvor, seine Lippen ungesund bläulich. Schweiß perlte auf seiner Stirn, obwohl es im Raum nicht besonders warm war. »Bei Gott, Dawson. Hört Euch doch an. Ihr seid seit einem Tag aus dem Exil zurück – *einem* –, und schon fangt Ihr wieder damit an.«

»Wenn Clara recht hat und Maas einen Plan hegt, der auf Asters Leben zielt…«

Simeon schlug mit der Handfläche auf den Tisch. Es hallte durch die Versammlungskammer, und die Stille, die folgte, wurde nur vom Gesang der Finken und dem Plätschern des Springbrunnens vor den Fenstern durchbrochen. Die Wachen an der hinteren Wand blieben unbewegt wie immer, in ihrer Rüstung im Schwarz und Gold der Stadt, mit ihren Schwertern in Scheiden an der Hüfte. Dawson fragte sich, was sie wohl gesagt hätten, hätte man sie gefragt. Jemand musste Simeon doch zur Vernunft bringen können, auch wenn es eindeutig nicht er war.

»Wenn ich auf Euren Rat gehört hätte«, sagte der König, »würde Issandrian inzwischen einen gefeierten Aufstand gegen mich führen. Stattdessen war er gestern hier, hat sein Knie vgebeugt, mich um Vergebung gebeten und geschworen, dass der Aufruhr unter den Söldnern nicht sein Werk war.«

»Wenn es nicht seines war, dann war es trotzdem jemandes Werk«, sagte Dawson.

»Ich bin Euer König, Baron Osterling. Ich bin bestens befähigt, dieses Königreich gut zu lenken.«

»Simeon, Ihr seid mein Freund«, sagte Dawson sanft. »Ich weiß, wie Ihr klingt, wenn Ihr Euch bis ins Mark fürchtet. Könnt Ihr es bis nächstes Jahr verschieben?«

»Was verschieben?«

»Euren Sohn wegzugeben. Seinen Beschützer zu ernennen. In drei Wochen schließt der Hof. Sagt einfach, dass die Ereignisse dieses Jahres Euch von der Entscheidung abgelenkt haben. Nehmt Euch Zeit.«

Simeon erhob sich. Er ging wie ein alter Mann. Vor den Fenstern waren die Blätter noch grün, aber weniger als zuvor. Der Sommer starb, und eines baldigen Tages würde das Grün vergehen, und Rot und Gold würden das Feld übernehmen. Schöne Farben, aber trotzdem die des Todes.

»Maas hat keinen Grund, Aster übelzuwollen«, sagte Simeon.

»Er steht in Verbindung mit Asterilreich. Er arbeitet mit ihnen …«

»Ihr habt mit Maccia zusammengearbeitet, um Vanai zu stärken. Lord Daskellin hat ein Tänzchen mit Nordstade gewagt. Lord Termontair hat immer wieder ein Stelldichein mit dem Botschafter aus Borja, und Lord Arminnin hat im letzten Jahr mehr Zeit in Hallskar als in Antea verbracht. Soll ich jeden Adligen niedermetzeln, der Verbindungen außerhalb des Königreichs pflegt? Ihr würdet es nicht überleben.« Simeons Atem kam schnell und flach. Er stützte sich auf den Fenstersims, hielt sich dort fest. »Mein Vater ist gestorben, als er ein Jahr jünger war als ich jetzt.«

»Ich erinnere mich.«

»Maas hat Verbündete. Jeder, der Issandrian und Klin geliebt hat, hat sich an ihn gewandt, als sie gegangen sind.«

»Meine haben sich an Daskellin gewandt.«

»Ihr habt keine Verbündeten, Dawson. Ihr habt Feinde und Bewunderer. Ihr habt nicht einmal den jungen Palliako an Eurer Seite halten können, als er der Held des Tages war. Lerer hat ihn fort an den Rand der Welt geschickt, anstatt zuzulassen, dass Ihr ihm ein weiteres Fest ausrichtet. Feinde und Bewunderer.«

»Was seid Ihr, Majestät?«

»Beides. So war es, seit Ihr bei dem Turnier, als wir zwölf waren, dieses Cinnae-Mädchen bezirzt und von mir abgebracht habt.«

Dawson lachte leise. Das Lächeln des Königs war beinahe verlegen, und dann lachte auch er. Simeon kam zurück und ließ sich in seinen Stuhl fallen.

»Ich weiß, dass Ihr es nicht gutheißt«, sagte er. »Aber vertraut mir, dass ich das Beste tue, was mir möglich ist. Es sind nur so viele Dinge im Gleichgewicht zu halten, und ich bin so müde. Ich bin unerträglich müde.«

»Überlasst Aster zumindest nicht Maas. Es ist mir gleich, ob er im Augenblick der einflussreichste Mann bei Hof ist. Sucht jemand anderen.«

»Danke für Euren Rat, alter Freund.«

»Simeon …«

»Nein. Ich danke Euch. Das ist alles.«

Im Vorraum gaben die Diener Dawson sein Schwert und seinen Dolch zurück. Es schien Jahre zurückzuliegen, seit Simeon auf der alten Formalität bestanden hatte, zu einer privaten Audienz unbewaffnet zu erscheinen. So weit waren sie also gesunken. Dawson richtete noch immer die Schnalle, als er nach draußen trat. Die Luft war warm, die Sonne hing schwer am Himmel, aber der Wind hatte eine gewisse Schärfe. Die weiche, drückende Luft des Sommers war fort. Die Jahreszeiten änderten sich wieder. Dawson lehnte die helfende Hand des Dieners ab und stieg in die Kutsche.

»Mein Lord?«, fragte der Fahrer.

»Zum Großen Bären«, sagte Dawson.

Die Peitsche knallte, und die Kutsche fuhr an, ließ die Türme und Tore der Königshöhe hinter sich. Er lehnte sich in den Sitz zurück, und das Rucken und Stoßen brachte ihm stechende Schmerzen in der Wirbelsäule ein. Erst die Reise zurück von Osterlingbrachen und anschließend mehr als die Hälfte des Tages auf Seine Majestät zu warten, bis Simeon eine Audienz für ihn einrichten konnte, hatte ihn stärker ausgelaugt, als es früher der Fall gewesen wäre.

Als er ein junger Mann gewesen war, war er von Osterlingbrachen nach Camnipol geritten, hatte nur angehalten, um die Pferde zu wechseln, war kurz vor dem Ball der Königin eingetroffen und hatte den ganzen Abend bis zur Morgendämmerung durchgetanzt. Meistens mit Clara. Es kam ihm wie eine Geschichte vor, die man ihm erzählt hatte, nur dass er noch das Kleid vor sich sah, das sie getragen hatte, und das Parfüm an ihrem Nacken riechen konnte. Er schob die Erinnerung zur Seite, ehe ihn die jüngere Inkarnation seiner Frau erregte. Er wollte aufrecht gehen, wenn er im Klub ankam, und wenn er auch alt war, so war er doch noch nicht tot.

Die Bruderschaft des Großen Bären ragte vor ihnen auf, ihre Fassade aus dem schwarzen Stein und Blattgold der Unsterblichen Stadt. Verschiedenste Kutschen bevölkerten die Straßen, Fahrer drängelten, um sich in eine Stellung zu bringen, wo ihre jeweiligen Meister die wenigsten Schritte zur Tür überbrücken mussten. Die Luft stank nach frischen Pferdeäpfeln, die unter hunderten Hufen zermahlen wurden. Dawson spielte mit dem Gedanken, hier auszusteigen und zu Fuß zu gehen, aber das war seinem Stand nicht angemessen, und so beließ er es dabei, den Fahrer für seine Langsamkeit und Unfähigkeit zu schmähen. Bis die Diener des Klubs mit einer Trittleiter für ihn herauskamen, fühlte er sich beinahe besser.

Der Innenraum des Klubs war aus Pfeifenrauch, Hitze und Musik gewoben, die zugunsten der Unterhaltungen völlig vernachlässigt wurde. Dawson reichte seine Jacke einer Dienerin, die sich verbeugte und davoneilte. Als er in den großen Saal trat, wandten sich ihm ein halbes Dutzend Männer zu, die seine Ankunft mit unterschiedlichen Abstufungen von Freude und Sarkasmus beklatschten. Feinde und Bewunderer. Dawson ließ eine Verbeugung folgen, in der man eine Kenntnisnahme oder eine Beleidigung sehen konnte, abhängig davon, für wen sie bestimmt war, schnappte sich ein Glas aus geschliffenem Kristall mit verstärktem Wein und schritt dann zu einem der kleineren Säle auf der linken Seite.

Ein breiter, runder Tisch befand sich in der Mitte eines Saales, und ein Dutzend Männer standen darum herum, und viele von ihnen redeten gleichzeitig. Inmitten dieser Masse aus Körpern und Verstand: Issandrians langes Haar und Sir Klins schlichtes Gesicht. Issandrian bemerkte ihn und erhob sich. Er nickte Dawson zu, anstatt sich zu verbeugen. Es war vielleicht nur eine Frage des Lichts, aber der Mann schien geschwächt. Als hätte das Exil ihn tatsächlich erniedrigt. Die anderen an seinem Tisch wurden langsam still, während ihnen bewusst wurde, dass sich etwas um sie herum abspielte, selbst wenn sie zu dumm waren, um zu erkennen, was es war. Dawson zog seinen Dolch zum Duellantengruß, und Issandrian lächelte auf eine Art, die Zustimmung zeigen mochte.

Hinten an den Saal schlossen sich private Versammlungsräume an, und der kleinste davon war kaum größer als eine Kutsche. Die dunklen Ledersofas verschlangen das wenige Licht, das die Kandelaber abgaben. Daskellin saß in einer Ecke, von wo aus er jeden sehen konnte, der eintrat. Sein Rücken war an der Wand, und sein Schwert war nicht gezogen, aber dicht bei seiner Hand.

»Nun«, sagte Dawson, der sich auf dem Sofa gegenüber niederließ. »Ich sehe, dass Ihr in meiner Abwesenheit alles durchgebracht habt, was wir hatten.«

»Es ist auch schön, Euch zu sehen«, erwiderte Canl Daskellin.

»Wie sind wir nach der erfolgreichen Verteidigung Camnipols gegen ausländische Söldner dazu gekommen, hinter Feldin Maas herzureiten? Könnt Ihr mir das verraten?«

»Wollt Ihr die lange Antwort oder die kurze?«

»Wird die lange weniger verdrießlich sein?«

Daskellin beugte sich vor. »Maas hat Unterstützung, und wir nicht. Ich hatte sie. Oder ich dachte, ich hätte sie. Dann hat sich eine Bilanz verschoben oder etwas dergleichen, und Clark ist nach Birancour verschwunden.«

»Das ist es, was man verdient, wenn man sich mit Bankleuten einlässt.«

»Es wird nicht wieder geschehen«, sagte Daskellin düster.

Das kam einer Entschuldigung so nahe, wie Dawson es erwarten konnte. Er ließ die Sache fallen. Stattdessen leerte er sein Glas, beugte sich zur Tür und klopfte daran, bis eine Dienerin erschien, um ihm sein Glas auszutauschen.

»Wo stehen wir also?«, fragte Dawson, als sie fort war.

Daskellin schüttelte den Kopf. »Wenn es aufs Schlachtfeld geht, können wir die Stellung halten. Es gibt genug Landbesitzer, die Asterilreich immer noch so sehr hassen, dass es uns leicht fallen wird, sie zusammenzutrommeln.«

»Wenn Aster stirbt, bevor er den Thron besteigt?«

»Dann beten wir inständig darum, dass das königliche Zepter seiner Majestät seinen Dienst noch bestens tut, denn ein neuer männlicher Erbe ist die größte Hoffnung, die wir dann haben. Ich habe meinen Ahnenforscher die Archive der Blutlinien durchstöbern lassen, und Simeon hat einen Vetter in Asterilreich, der einen rechtmäßigen Anspruch hat.«

»Rechtmäßig?«, fragte Dawson und beugte sich vor.

»Ich fürchte – und Ihr erratet es nicht: Er unterstützt das Prinzip eines Bauernrates. Wir verlieren das Viertel unserer Unterstützer mit mehr Vernunft als Mut. Die anderen sammeln sich um Oyer Verennin oder Umansin Tor, die beide auch einen Anspruch erheben können. Asterilreich unterstützt seinen Mann mit der Hilfe der Gruppe, die Maas und Issandrian zusammengebracht haben, wir fechten einen Bürgerkrieg aus, und wir verlieren.«

Daskellin klatschte einmal in die Hände. Die Kerze über ihm flackerte. In den Gängen des Gebäudes stieß eine Dienerin einen Ruf aus, und ein Mann lachte. Dawsons verstärkter Wein schmeckte bitterer als am Anfang, und er stellte das Glas ab.

»Könnte das die ganze Zeit über der Plan gewesen sein?«, fragte Dawson. »Hat Maas Issandrian und Klin und all dieses Gewäsch vom Bauernrat nur dafür benutzt? Wir hatten es womöglich die ganze Zeit über aufs falsche Ziel abgesehen.«

»Möglicherweise«, sagte Daskellin. »Oder es war eine Gelegenheit, die er gesehen und für die er sich entschieden hat. Wir müssten Feldin fragen, und ich argwöhne, dass er uns womöglich nicht die Wahrheit erzählt.«

Dawson klopfte mit einem Finger auf den Rand seines Glases, und das Kristall klingelte leise. »Wir können Aster nicht sterben lassen«, sagte er.

»Alles stirbt. Menschen, Städte, Imperien. Alles«, erwiderte Daskellin. »Der Zeitpunkt ist das Entscheidende.«

Dawson nahm das Abendmahl mit seiner Familie im privaten Speisesaal ein: gebratenes Schwein mit Äpfeln, Honigkürbis und frischem Brot, in das ganze Knoblauchzehen eingebacken waren. Ein cremefarbenes Leinentuch auf dem Tisch. Keramikgeschirr aus Fern-Syramis und poliertes Silberbesteck. Es hätte genauso gut Asche sein können, die auf Alteisen serviert wurde.

»Geder Palliako ist zurückgekehrt«, sagte Jorey.

»Wirklich?«, fragte Clara. »Ich erinnere mich nicht daran, wo er hingegangen ist. Doch gewiss nicht nach Süden, wo so viele Leute Freunde und Familie in Vanai haben. Man kann keinen anständigen Empfang erwarten, wenn man jemandes Vetter getötet hat oder dergleichen. Das wäre nicht realistisch. War er in Hallskar?«

»In der Keshet«, sagte Jorey mit vollem Mund. »Ist mit einem Kundigen als Schoßhund zurückgekommen.«

»Das ist schön für ihn«, meinte Clara. Sie läutete nach der Dienerin, und dann fragte sie stirnrunzelnd: »Wir müssen nicht noch ein Fest für ihn ausrichten, oder?«

»Nein«, erwiderte Dawson.

Er wusste natürlich, was sie taten. Jorey brachte merkwürdige, unwichtige Themen auf. Clara plauderte weiter darüber und machte alles zu einer Frage, die er beantworten musste. Es war die Strategie, die sie stets in dunklen Zeiten anwandten, um ihn aus sich hervorzulocken. Heute Abend war die Last zu schwer.

Er hatte in Erwägung gezogen, Maas zu töten. Es wäre natürlich schwierig. Ein unmittelbarer Angriff war unmöglich. Zum einen wurde er erwartet, und daher hatte Maas sich wohl dagegen geschützt. Zweitens würde ein Scheitern sogar zu noch größerer Sympathie für Maas bei Hof führen. Der Gedanke, ihn zu einem Duell herauszufordern und dann zuzulassen, dass die Dinge aus dem Ruder liefen, gefiel ihm. Er und Maas waren oft genug auf dem Duellplatz gewesen, so dass es kein offensichtlicher Zufall sein würde, und Männer machten andauernd Fehler. Klingen drangen tiefer ein als beabsichtigt. Er musste die Tatsache ignorieren, dass Feldin jünger und stärker war und das letzte Duell nur verloren hatte, weil Dawson der Klügere gewesen war. Der Gedanke war trotzdem süß.

»Tatsache ist«, sagte Barriath, als die Dienerin eintrat, »dass dieses Boot sinkt, und wir schöpfen Wasser mit einem Sieb.«

»Und das bedeutet?«, fragte Jorey.

»Simeon ist mein König, und ich werde auf sein Wort hin mein Leben geben, genauso wie jeder«, sagte Barriath, »aber er ist kaum mehr sein eigener Herr und Meister. Vater hat den Wahnsinn der Charta von Edfurt aufgehalten, und jetzt sehen wir uns Verschwörungen von Asterilreich gegenüber. Wenn wir die aufhalten, wird es danach eine weitere Krise geben und noch eine nach dieser.«

»Ich glaube nicht, dass das ein angemessenes Gesprächsthema für einen Esstisch ist, Liebes«, sagte Clara und nahm ein frisches Glas mit verdünntem Wein von der Dienerin an.

»Ach, lass ihn reden«, meinte Dawson. »Es ist doch ohnehin das, woran wir denken.«

»Dann wartet zumindest, bis die Hilfe gegangen ist«, sagte Clara. »Oder wer weiß, was sie sonst in den niederen Vierteln von uns denken.«

Die Dienerin verschwand mit gerötetem Gesicht. Clara beobachtete, wie die Tür hinter ihr zuging, dann nickte sie ihrem Ältesten zu.

»Antea braucht einen König«, erklärte Barriath. »Stattdessen hat es einen netten Onkel. Ich verabscheue es, derjenige zu sein, der die schlechten Neuigkeiten bringt, aber die ganze Flotte ist dadurch verseucht. Wenn es nicht Lord Skestinnin gäbe, der die Kapitäne dazu ermutigt, die Peitsche einzusetzen und Unruhestifter den Fischen zum Fraß vorzuwerfen, hätten wir inzwischen eine Meuterei. Mindestens eine.«

»Das kann ich nicht glauben«, sagte Clara. »Meuterei ist so etwas Rüdes, Kurzsichtiges. Ich bin sicher, unsere Männer in der Flotte des Königs würden sich nicht auf diese Weise erniedrigen.«

Barriath lachte. »Mutter, wenn du ein wirklich unangemessenes Unterhaltungsthema beim Abendessen willst, kann ich dir etwas darüber erzählen, wie sehr sich Seemänner erniedrigen.«

»Aber Simeon ist der König, und Aster ist noch ein Junge«, sagte Jorey. Es war Dawsons Ansicht nach ein mutiger Versuch zu verhindern, dass sich das Thema schon wieder änderte. »Man kann nicht von ihnen erwarten, andere Menschen zu sein als die, die sie nun einmal sind.«

»Da stimme ich dir zu, mein Junge«, sagte Dawson. »Ich wünschte, ich täte es nicht.«

»Das Beste«, sagte Barriath, »wäre es, wenn Simeon einen

Beschützer mit Rückgrat findet, der sich um Aster kümmern kann, und dann abdankt. Eine Regentschaft kann acht oder zehn Jahre dauern, und bis Aster die Krone nimmt, wäre das Königreich in Ordnung gebracht.«

Jorey schnaubte spöttisch, und Barriaths Gesicht verhärtete sich.

»Verschone mich damit«, sagte Jorey. »Ein Regent, der all die Konflikte des Königreichs in einem Jahrzehnt lösen kann, würde sehr wahrscheinlich seine Regentschaft nicht aufgeben. Er wäre König.«

»Da hast du recht«, erwiderte Barriath. »Und das wäre einfach schrecklich, nicht wahr?«

»Das klingt langsam furchtbar nach den Leuten, gegen die wir arbeiten, Bruder.«

»Wenn ihr beiden jetzt zu kämpfen anfangt, könnt ihr den Tisch verlassen«, sagte Clara. Barriath und Jorey blickten auf ihre Teller und gaben gemurmelte Abwandlungen von *Es tut mir leid, Mutter* von sich. Clara nickte. »So ist es besser. Außerdem ist es vergeudete Mühe, auf Kosten der Probleme, die man hat, über welche zu reden, die man nicht hat. Wir müssen Simeon einfach davon überzeugen, dass der arme Feldin sich zu sehr mit diesen schrecklichen Leuten aus Asterilreich eingelassen hat.«

»So einfach ist das nicht«, sagte Dawson.

»Sicher ist es das«, entgegnete Clara. »Er hat doch gewiss Briefe, oder nicht? Das hat Phelia gesagt. Dass er immer fort ist, bei seinen Treffen und Briefen.«

»Ich glaube nicht, dass er seinen ausländischen Freunden die Einzelheiten des Verrats schriftlich schildern wird, Mutter«, sagte Barriath. »*Lieber Lord Soundso, ich bin froh zu hören, dass Ihr mir helfen werdet, den Prinzen abzuschlachten.*«

»Er müsste es aber doch gar nicht aussprechen. Nicht geradeheraus«, meinte Jorey. »Wenn es einen Beweis gibt, dass er mit diesem Vetter in Verbindung stand, der Anspruch auf den Thron erheben würde, reicht das vielleicht.«

»Man kann Leute immer danach beurteilen, an wen sie schreiben«, sagte Clara zufrieden. »Da wäre natürlich noch die Schwierigkeit, tatsächlich an die Briefe heranzukommen, aber Phelia war so hoffnungslos erfreut, mich letztes Mal zu sehen, dass ich mir nicht vorstellen kann, dass es besonders schwierig sein wird, eine weitere Einladung zu arrangieren. Nicht dass man sich darauf verlassen kann, natürlich, und deswegen habe ich diesen Stickmeister dafür bezahlt, dass er kommt und uns seine Stickmuster zeigt. Stickarbeiten erscheinen simpel, wenn man sie nur anschaut, aber die komplexeren Bilder können ziemlich abschreckend sein. Was mich daran erinnert, Dawson, Liebling, ich werde morgen den hinteren Saal mit dem guten Licht belegen. Wir werden etwa zu fünft sein, denn es schien dann doch etwas offensichtlich, nur Phelia dazuzuholen. Das wird kein Problem sein, oder?«

»Was?«, fragte Dawson.

»Den hinteren Saal mit dem guten Licht«, wiederholte Clara, wandte ihm den Kopf zu und hob die Augenbrauen, ohne wirklich vom Zerkleinern ihres Fleisches aufzublicken. »Denn Stickarbeit kann man wirklich nicht in der Düsternis ausführen. Sie …«

»Du pflegst die Freundschaft mit Phelia Maas?«

»Sie lebt mit Feldin zusammen«, sagte Clara. »Und da der Hof so bald schließt, scheint es doch unklug, noch zu warten, meint ihr nicht?«

In ihrem Blick lag ein Glitzern, und ihre Mundwinkel waren gefährlich gekrümmt. Dawson war sich plötzlich sicher, dass seine Frau Spaß hatte. Seine Gedanken rasten unversehens, um mit ihren mitzuhalten. Wenn Phelia überredet werden konnte, ein paar Männern Zugang zum Haus zu gestatten …

»Was tust du, Mutter?«, fragte Barriath.

»Das Königreich retten, Liebes«, sagte sie. »Iss deinen Kürbis. Schieb ihn nicht nur auf dem Teller herum und tu so, als hättest du etwas genommen. Das hat noch nie funktioniert, als du ein Junge warst, und ich kann nicht nachvollziehen, weshalb du es noch immer versuchst.«

»Er wird uns nicht glauben«, sagte Dawson. »Nach all den Einsprüchen, die ich angebracht habe, wird Maas sich auf eine Fälschung berufen. Aber es könnte ausreichen, um Simeon bei der Frage ins Wanken zu bringen, ob er ihm Aster übergibt.«

»Ein König, der noch mehr wankt?«, fragte Barriath. »Ist es das wirklich, was wir brauchen? Bringt ihn dazu, entschlossen zu handeln, oder haltet euch zurück.«

»Jemand anders könnte sie ihm überreichen«, sagte Jorey. »Jemand, der nicht stark mit uns oder Maas verbündet ist.«

»Was ist mit dem jungen Palliako?«, fragte Clara. »Ich weiß, dass er ein wenig unseriös wirkt, aber Jorey und er verstehen sich gut, und es ist nicht so, als wäre er ein Teil deines inneren Kreises.«

Dawson aß ein wenig Fleisch, kaute langsam, um sich Zeit zum Nachdenken zu verschaffen. Eigentlich war das Fleisch gar nicht schlecht. Salzig und süß und eine Art pfeffrige Hitze als Unterton. Er spürte, wie sich ein Lächeln auf seinen Lippen ausbreitete, und ihm wurde bewusst, dass es eine Weile her war, seit er gelächelt hatte.

»Ich weiß nicht recht«, sagte Jorey, aber Dawson scheuchte seine Worte beiseite.

»Palliako war nützlich beim Beenden des Vanai-Feldzugs. Und er war hier, um den Söldneraufstand aufzuhalten. Er ist schon früher ein geeignetes Werkzeug gewesen«, sagte Dawson. »Ich kann mir nicht vorstellen, warum es diesmal anders sein sollte.«

Geder

Das Banner lag ausgebreitet auf dem Tisch, und scharlachroter Stoff floss hinab, um am Boden zusammenzulaufen. Das dunkle, achtkantige Siegel im blassen Mittelpunkt hatte sich in Falten gelegt, deshalb beugte sich Geder vor und zupfte es gerade. Lerer strich sich über das Kinn, trat erst näher und dann wieder zurück und dann wieder hin, ehe er an der Schulter seines Sohnes innehielt.

»Bei meinem Volk ist das die Standarte Eurer Rasse«, sagte Basrahip. »Die Farbe steht für das Blut, aus dem alle Rassen der Menschheit hervorgegangen sind.«

»Und die Kompassrose in der Mitte dort?«, fragte Lerer.

»Das ist das Symbol der Göttin«, sagte Basrahip.

Lerer brummte. Er ging wieder vor, berührte den Stoff vorsichtig mit den Fingerspitzen. Geder spürte, wie seine Finger in dieselbe Richtung zuckten, ein Spiegelbild seines Vaters. Basrahip hatte ihm erzählt, wie die Priester Spinnenseide ernteten und gelernt hatten, wie man sie färbte. Das Banner stellte die Arbeit von zehn Lebenszeiten dar, und wenn man mit den Händen darüberstrich, war es, als würde man den Wind berühren.

»Und du willst das in … äh … Bruchhalm aufhängen?«

»Nein«, antwortete Geder. »Nein, ich dachte an einen Tempel hier in Camnipol.«

»Oh. Ja«, sagte Lerer. »Der Tempel.«

Der Weg vom verborgenen Tempel der Sinirberge zurück nach Hause war tausendmal schöner gewesen als der Hinweg. Am Ende eines jeden Tages hatte sich Basrahip mit ihm ans Feuer gesetzt, hatte allen Anekdoten und Geschichten gelauscht, an die Geder sich erinnern konnte, hatte über die lustigen gelacht, war bei den tragischen nachdenklich geworden. Selbst die Diener, die anfangs ihr Unbehagen wegen der Anwesenheit des Hohepriesters nicht hatten verbergen können, beruhigten sich, lange bevor sie die Grenze zwischen der Keshet und Sarakal erreichten. Zu Geders leichter Überraschung hatte Basrahip den ungefähren Verlauf ihrer Reise gekannt. Der Priester hatte erklärt, dass sich die Drachenstraßen, obwohl die Welt der Menschen unzählige Male umgeformt, zusammengebrochen und wiederaufgebaut worden war, nicht verändert hatten, seit der Tempel der Spinnengöttin sich aus der Welt zurückgezogen hatte. Er wusste vielleicht nicht, wo ein Land an das andere grenzte, oder kannte den Weg nicht, den ein Fluss nahm, da sich diese Dinge im Lauf der Zeit änderten. Die Straßen jedoch waren ewig.

Als sie in Inentai angehalten hatten, um die Pferde zu schonen und sich neu auszurüsten, war Basrahip wie ein Kind durch die Straßen gelaufen, den Mund vor Erstaunen bei jedem neuen Gebäude geöffnet. Zu dieser Zeit war Geder aufgefallen, dass er und der Priester sich in gewisser Weise gar nicht so unähnlich waren. Basrahip hatte sein Leben mit den Geschichten der Welt verbracht, aber niemals mit der Welt selbst. Geders Leben war sehr ähnlich verlaufen, nur dass sein persönlicher, privater Tempel aus Büchern errichtet und aus seinen Pflichten und Obliegenheiten gemeißelt war. Und trotzdem war Geder im Vergleich ein Mann von Welt. Er hatte Kurtadam und Timzinae gesehen, Cinnae und Tralgu. Basrahip kannte nur Erstgeborene, und eigentlich nur die, die wie er und die Dorfbewohner in der unmittelbaren Nähe des Tempels aussahen. Einen Erstgeborenen mit dunkler Haut oder hellem Haar zu sehen war genauso eine Offenbarung für den Priester wie eine neue Rasse.

Während er beobachtete, wie Basrahip erst zögerlich und dann mit immer größerer Sicherheit durch die Straßen und Gassen ging, bekam Geder eine undeutliche Vorstellung davon, was sein eigener Vater damit gemeint hatte, dass es eine Freude war, ein Kind dabei zu beobachten, wie es die Welt entdeckte. Geder hatte festgestellt, dass er auf Dinge achtete, die er übersehen und für selbstverständlich genommen hatte, nur weil sie seinen neuen Freund und Verbündeten erstaunten. Als sie am Ende des Sommers wieder in Camnipol eintrafen, tat es Geder beinahe leid, die Reise zu beenden.

Was noch dazukam, war, dass seine Entdeckungen seinem Vater ein merkwürdiges Unbehagen zu bereiten schienen.

»Ich nehme an, du hast noch keinen Ort für diesen neuen Tempel ausgesucht? Mit der verschollenen Göttin und allem.«

»Ich hatte an einen Ort in der Nähe der Königshöhe gedacht«, sagte Geder. »Da gibt es die alte Gildenhalle der Weber. Sie steht seit Jahren leer. Ich bin sicher, sie würden es gerne sehen, wenn sie ihnen jemand abnähme.«

Lerer brummte unverbindlich. Basrahip machte sich daran, das Tempelbanner wieder zusammenzufalten. Lerer nickte dem Priester zu, legte Geder eine Hand auf den Ellbogen und steuerte ihn in einem beiläufigen Trott sanft hinaus auf den Gang. Geder bemerkte kaum, dass sein Vater ihn von Basrahip trennte. Der dunkle Stein verschlang das Tageslicht, und die Diener stellten plötzlich fest, dass sie andernorts gebraucht wurden.

»Dieses Traktat«, sagte sein Vater. »Arbeitest du noch daran?«

»Nein, eigentlich nicht. Es hat sich erübrigt. Es hätte von der Suche nach einem Gebiet handeln sollen, das wahrscheinlich mit Morade und dem Fall des Drachenimperiums verknüpft ist. Nun habe ich die Göttin und die Geschichte des Tempels und all das. Ich habe noch kaum angefangen, das alles zu verstehen. Es hat keinen Sinn weiterzuschreiben, wenn ich nicht weiß, worüber ich schreibe, oder? Was ist mit dir? Gibt es irgendwelche Neuigkeiten?«

»Ich hatte mich auf dieses Traktat gefreut«, sagte Lerer halb zu sich selbst. Als er aufblickte, zwang er seine Lippen zu einem Lächeln. »Ich bin sicher, dass es jeden Tag etwas Neues gibt, aber bisher habe ich es vermeiden können, etwas davon mitzubekommen. Diese Bastarde und ihre Hofspielchen. Ich könnte leben, bis die Drachen zurückkehren, und ich würde ihnen immer noch nicht vergeben, was sie dir in Vanai angetan haben.«

Bei dem Wort verkrampfte sich Geders Magen. Die Falten an Lerers Mundwinkeln bestanden aus Sorge und Angst, die sich in die Haut geätzt hatten. Geder hatte den unwirklichen Drang, den Daumen auszustrecken und sie wieder zu glätten.

»Nichts Schlimmes ist in Vanai geschehen«, sagte Geder. »Ich meine, ja, es ist niedergebrannt. Das war nicht gut. Aber wie es dann ausgegangen ist, war nicht so schlecht. Es war in Ordnung, meine ich. Letzten Endes.«

Lerers Blick wanderte von einem Auge Geders zum anderen, während er forschend hineinstarrte. Geder schluckte. Er konnte keinen Grund finden, weshalb sein Herz schneller schlagen sollte.

»Letzten Endes. Wie du sagst«, murmelte Lerer. Er klopfte

Geder mit der Hand auf die Schulter. »Es ist gut, dass du wieder da bist.«

Mit einem leisen Husten, um sich anzukündigen, trat der Hausverwalter in den Gang. »Vergebt mir, meine Lords, aber Jorey Kalliam ist eingetroffen, um sich nach Sir Geder zu erkundigen.«

»Oh!«, sagte Geder. »Er hat Basrahip noch nicht kennengelernt. Wo ist er? Ihr habt ihn doch nicht im Hof stehen lassen?«

Lerers Hand fiel von Geders Schulter. Geder hatte das Gefühl, dass er auf irgendeine Weise das Falsche gesagt hatte.

»Seine Lordschaft ist im vorderen Zimmer«, erklärte der Verwalter.

Jorey erhob sich aus dem Sessel am Fenster, als er eintrat. Die Monate in der Stadt hatten das Gesicht des Mannes wieder ein bisschen fülliger gemacht. Geder lächelte, und die beiden standen sich gegenüber und blickten sich an. In Joreys Miene erkannte Geder seine eigene Unsicherheit – sollten sie sich die Hand geben? Umarmen? Es bei einer formellen Begrüßung belassen? Als Geder lachte, tat es ihm Jorey mit einem dümmlichen Grinsen nach.

»Ich sehe, Ihr seid aus der Wildnis zurück«, sagte Jorey. »Die Reise hat Euch gutgetan.«

»Wirklich? Ich glaube, ich war kurz davor zu weinen, als ich wieder in einem richtigen Bett schlafen konnte. Ein Feldzug ist vielleicht eine einzige Reihung von unbequemen und unwürdigen Augenblicken, aber ich habe mir zumindest niemals Sorgen gemacht, von Räubern umgebracht zu werden.«

»Es gibt Schlimmeres als einen guten, ehrlichen Räuber. Ihr habt hier gefehlt«, sagte Jorey. »Habt Ihr gehört, was passiert ist?«

»Exil allerorten«, antwortete Geder und bemühte sich um einen abgeklärten Tonfall. »Mir ist nicht bewusst, wie ich hätte helfen können. Ich war daran kaum beteiligt, außer als wir verhindert haben, dass die Tore geschlossen wurden.«

»Das war die beste Rolle, die man in dem ganzen Schlamassel haben konnte«, sagte Jorey.

»Vermutlich.«

»Nun.«

Die Stille war unbehaglich. Jorey setzte sich wieder, und Geder ging vorwärts. Das vordere Zimmer war klein, wie alle Räume der Palliako in Camnipol. Die Sessel waren aus Leder, das steif und brüchig geworden war, und Staubgeruch hing stets in der Luft. Der Lärm der Hufe auf Stein und der Fahrer, die sich beschimpften, drang von der Straße herein.

Jorey biss sich auf die Lippen. »Ich bin hier, um Euch um einen Gefallen zu bitten«, sagte er, und es klang wie ein Geständnis.

»Wir haben Vanai zusammen eingenommen. Wir haben es zusammen niedergebrannt. Wir haben Camnipol gerettet«, erwiderte Geder. »Ihr müsst keine Gefallen von mir erbitten. Sagt mir einfach, was ich für Euch tun soll.«

»Das soll es mir leichter machen, oder? Na gut. Mein Vater glaubt, dass er eine Verschwörung gegen Prinz Aster aufgedeckt hat.«

Geder verschränkte die Arme. »Weiß der König davon?«

»Der König entschließt sich, nichts zu wissen. Und hier kommt Ihr ins Spiel. Ich glaube, dass wir Beweise finden können. Briefe. Aber ich habe die Befürchtung, wenn ich sie König Simeon überbringe, wird er glauben, dass sie eine Fälschung sind. Ich brauche jemand anderen. Jemanden, dem er vertraut oder dem er zumindest nicht misstraut.«

»Natürlich«, sagte Geder. »Selbstverständlich. Wer ist der Verräter?«

»Der Baron von Ebbinwinkel«, antwortete Jorey. »Feldin Maas.«

»Alan Klins Verbündeter?«

»Und der von Curtin Issandrian, was das betrifft, ja. Die Frau von Maas ist die Kusine meiner Mutter, was Gott weiß nicht nach einem großartigen Ansatzpunkt klingt, aber damit müssen wir eben arbeiten. Sie – die Frau, meine ich, nicht meine Mutter. Sie scheint mehr zu wissen, als sie sagt. Es steht außer Frage, dass sie sich fürchtet. Während wir uns unterhalten, hat meine Mutter sie bei sich, Knie an Knie mit ihrem Stickmeister, und hofft, ihr Vertrauen zu gewinnen.«

»Aber sie hat noch nichts zugegeben? Euch sicher gesagt, was vorgeht?«

»Nein, wir bewegen uns immer noch im Bereich der Vermutungen und Ängste. Es gibt keinen Beweis. Aber …«

Geder hielt eine Hand hoch, die Handfläche nach außen. »Ich habe da jemanden, den Ihr kennenlernen müsst«, sagte er.

Das letzte Mal, als Geder im Anwesen der Kalliam gewesen war, hatte man es für ein Fest zu seinen Ehren zurechtgemacht. Ohne die Blumen und Girlanden kam die karge Pracht der Architektur zum Vorschein. Die Diener in ihrer Livree hatten die starre Haltung einer Leibwache. Auf dem Glas der Fenster fand sich kein Staub. Die Frauenstimmen, die aus dem hinteren Saal kamen, klangen sanft und sittsam, obwohl man keine einzelnen Wörter hören konnte. Basrahip saß auf einem Stuhl in der Ecke. Seine breiten Schultern und seine vage erheiterte Miene ließen ihn wie ein Kind erscheinen, das noch einmal ein Spielhaus aufsuchte, dem es entwachsen war. Der strenge Schnitt und der grobe, ungefärbte Stoff seiner Roben zeigten, dass er nicht dem Hof angehörte.

Jorey saß an einem Schreibtisch, spielte mit einer Feder und Tinte herum, ohne tatsächlich etwas zu schreiben. Geder ging hinter einem langen, mit Damast gepolsterten Sofa auf und ab und wünschte, er würde Pfeifen mögen. Der Anlass schien nach der Ernsthaftigkeit von Rauch zu verlangen.

Der Chor von Frauenstimmen schwoll an, und das harte Pochen von zeremoniellen Schuhen wurde vor dem Eingang hörbar, lauter und dann wieder leiser, während sie vorübergingen. Sie waren nicht hereingekommen. Geder bewegte sich zur Tür, aber Jorey winkte ihn zurück.

»Mutter bringt die anderen hinaus«, sagte er. »Sie wird gleich zurück sein.«

Geder nickte, und wie Jorey es gesagt hatte, kehrten die Schritte zurück, und die Stimmen waren auf ein Duett reduziert. Als die Frauen eintraten, erhob sich Jorey. Basrahip tat es ihm einen Augenblick später nach. Geder hatte auf seinem Fest mit der Baronin von Osterlingbrachen getanzt, aber nach den vergangenen Monaten und wegen des Trubels aus Alkohol und Verwirrung, der diese Zeit gekennzeichnet hatte, hätte er sie nicht wiedererkannt. Er konnte sehen, wie ihre Züge die von Jorey bestimmt hatten, besonders um die Augen herum. Überraschung trat auf ihr Gesicht und verschwand wieder, nicht mehr als das Flattern eines Mottenflügels. Hinter ihr trat eine krank wirkende Frau mit einem verkniffenen Gesicht und dunklen Augen ein, die Phelia Maas sein musste.

»Oh, entschuldigt mich«, sagte Clara Kalliam. »Ich wollte Euch nicht stören, Liebling.«

»Überhaupt nicht, Mutter. Wir haben gehofft, dass Ihr

Euch zu uns gesellen würdet. Erinnerst du dich an Geder Palliako?«

»Wie könnte ich den Mann vergessen, der das Osttor gehalten hat? Ich habe Euch in den letzten Monaten nicht bei Hof gesehen, aber ich hörte, dass Ihr auf Reisen wart. Eine Art Expedition? Lasst mich Euch meine Kusine Phelia vorstellen.«

Die Frau mit den dunklen Augen hielt Geder die Hand hin. Ihr Lächeln sprach von Erleichterung, als hätte sie etwas befürchtet, von dem sie nun dachte, dass sie ihm entkommen wäre. Geder machte seine Verbeugung und sah, wie sich Lady Kalliams Augenbrauen wölbten, als sie den Priester in der Ecke bemerkte.

»Meine Damen«, sagte Jorey. »Das ist Basrahip. Er ist ein heiliger Mann, den Geder aus der Keshet mitgebracht hat.«

»Wirklich?«, fragte Lady Kalliam. »Ich hatte nicht gewusst, dass Ihr einen Priester holen wolltet.«

»Es war auch für mich eine Überraschung«, sagte Geder. »Aber bitte, wollt Ihr Damen Euch nicht setzen?«

Wie er es geplant hatte, setzte Geder Phelia Maas auf das Sofa, den Rücken Basrahip zugewandt, und nahm dann seinen Platz ihr gegenüber ein. Jorey ging wieder zurück auf seinen Platz am Schreibtisch, und seine Mutter nahm einen Stuhl in der Nähe, der glücklicherweise nicht Geders Blick auf den Priester verstellte.

»Maas«, sagte Geder, als würde er sich etwas in Erinnerung rufen. Tatsächlich hatte er genau geplant, was er sagen würde. »Ein Alberith Maas hat in Vanai unter mir gedient. Ein Verwandter von Euch?«

»Neffe«, erwiderte Phelia. »Der Neffe meines Mannes. Alberith hat Euch oft erwähnt, seit er zurückgekehrt ist.«

»Dann seid Ihr die Baronin von Ebbinwinkel?«, fragte Geder. »Sir Klin war beim Feldzug nach Vanai mein Befehlshaber. Er und Euer Mann sind Freunde, nicht wahr?«

»Oh, ja«, sagte Phelia mit einem Lächeln. »Sir Klin ist ein guter, enger Freund von Feldin.«

Hinter ihr starrte Basrahip irgendwo in die Mitte, sein Gesicht unbewegt, als würde er auf irgendetwas lauschen, das nur er hören konnte. Er schüttelte den Kopf. *Nein.*

»Aber es hat ein Zerwürfnis gegeben, nicht? Ich bin sicher, ich habe etwas dergleichen gehört«, sagte Geder, der ein beiläufiges Wissen vortäuschte, das er nicht besaß. Das Gesicht der Frau wurde reglos, abgesehen von ihren Augen, die von Geder zu Lady Kalliam und zurück zuckten. In der Art, wie sie die Hände und Mundwinkel bewegte, lag Angst. Geder spürte, wie sich eine langsame, angenehme Wärme in seiner Brust ausbreitete. Es würde funktionieren. Neben ihm betrachtete ihn Joreys Mutter aufmerksam.

»Ich bin sicher, da habt Ihr etwas falsch verstanden«, sagte Phelia. »Alan und Feldin verstehen sich hervorragend.«

Nein.

»Ich habe Sir Klin immer gemocht«, bemerkte Geder nur um der Freude willen, eine Frau anlügen zu können, die ihm keine Lügen erzählen konnte. »Ich habe mich schrecklich gefühlt, als ich gehört habe, dass man ihn für den Aufstand verantwortlich gemacht hat. Euer Mann hat hoffentlich nicht darunter gelitten.«

»Nein, nein, danke der Nachfrage. Wir hatten großes Glück.«

Ja.

»Sir Palliako«, sagte Lady Kalliam, »was verdanken wir die Freude, Euch heute zur Gesellschaft zu haben?«

Geder blickte auf Jorey, dann zu Lady Kalliam. Er hatte ein paar harmlose Fragen stellen und so viel Einblick erlangen wollen, wie ihm möglich war, um aufzudecken, was es aufzudecken gab. Er hatte vorgehabt, langsam vorzugehen. Die Art, wie die Frau sich immer mehr verkrampfte, die Brüchigkeit ihres Lächelns und der Geruch der Angst, der von ihr ausging wie die Süße von Rosen, sprachen dagegen. Er durfte ihr nicht so viel Angst einjagen, dass sie flüchtete, aber er konnte ihr einige Angst einjagen. Er lächelte Lady Kalliam an.

»Nun, die Wahrheit ist, dass ich gehofft habe, hier der Baronin von Ebbinwinkel vorgestellt zu werden. Ich habe nicht all die Monate mit Reisen verbracht«, sagte er freundlich. »Ich habe mir den Aufstand angesehen. Seine Wurzeln. Und seine Nachwehen.«

Die Farbe war aus Phelia Maas' Gesicht gewichen. Ihr Atem ging schnell und flach wie bei einem Spatz, den man mit der Hand gefangen hatte und der gleich vor Furcht sterben würde.

»Ich kann mir nicht vorstellen, was es da zu sehen geben sollte«, sagte sie, ihre Stimme schwach und dünn.

Geder stellte fest, dass es leichter war, freundlich zu lächeln, wenn er es nicht ernst meinte. Draußen tönte ein Windspiel mit zufälligen, dümmlichen Klängen vor sich hin. Jorey und seine Mutter waren beide vollkommen reglos geworden. Geder verschränkte die Finger über dem Knie.

»Ich weiß alles, Lady Maas«, sagte er. »Über den Prinzen. Den Aufstand. Den Feldzug nach Vanai. Die Frau.«

»Welche Frau?«, hauchte sie.

Er hatte nicht die geringste Ahnung, welche Frau, aber zweifellos war irgendwo eine Frau im Spiel. Es hatte keine Bedeutung.

»Sagt irgendetwas«, erklärte er. »Wählt irgendeine Einzelheit. Selbst Dinge, von denen Ihr Euch vorstellt, dass sie niemand sonst wissen könnte, und ich werde Euch sagen, ob sie der Wahrheit entsprechen.«

»Feldin hat mit nichts davon zu tun«, sagte sie.

Geder musste nicht einmal zu Basrahip schauen. »Das stimmt nicht, Lady Maas. Ich weiß, dass Ihr Euch fürchtet, aber ich bin hier, um Euch und Eurer Familie zu helfen. Ich kann das tun. Aber ich muss wissen, dass ich Euch vertrauen kann. Versteht Ihr? Erzählt mir die Wahrheit. Es spielt keine Rolle, denn es sind alles Dinge, die ich bereits weiß. Sagt mir, wie es angefangen hat. Nur das.«

»Es war ein Botschafter aus Asterilreich«, begann sie. »Er ist vor einem Jahr zu Feldin gekommen.«

Nein.

»Ihr belügt mich, Baronin«, sagte Geder sehr sanft. »Versucht es noch einmal.«

Phelia Maas erschauerte. Sie schien aus Zuckerwatte zu bestehen, beinahe zu zart, um ihr eigenes Gewicht zu tragen. Sie öffneten den Mund, schloss ihn, schluckte. »Es gab einen Mann. Er sollte am Bauernrat beteiligt werden.«

Ja.

»Ja. Ich weiß, wen Ihr meint. Könnt Ihr mir seinen Namen sagen?«

»Ucter Anninwinkel.«

Nein.

»Das war nicht sein Name. Könnt Ihr mir seinen Namen sagen?«

»Ellis Neuhaven.«

Nein.

»Ich kann Euch helfen, Baronin. Ich bin vielleicht der einzige Mann in Camnipol, der das kann. Sagt mir seinen Namen.«

Ihre toten Augen blickten zu ihm auf. »Torsen. Torsen Aestilmont.«

Ja.

»Na also«, sagte Geder. »Das war nicht so schwer, oder? Versteht Ihr jetzt, dass Ihr und Euer Gemahl vor mir keine Geheimnisse habt?«

Die Frau nickte. Ihr Kinn begann zu zucken, ihre Wangen wurden rot, und einen Herzschlag später heulte sie wie ein Kind. Joreys Mutter eilte an ihre Seite, legte einen Arm um sie.

Geder saß da und sah zu. Sein Herz schlug schnell, aber seine Glieder waren locker und entspannt. Als er Alan Klin den Reichtum von Vanai vorenthalten hatte, hatte er sich erregt gefühlt. Heiter. Als er die Entscheidung getroffen hatte, Vanai niederzubrennen, hatte er rechtschaffenen Zorn verspürt. Vielleicht sogar Befriedigung. Aber er war nicht sicher, ob er sich je in seinem Leben – vor diesem Augenblick – gesättigt gefühlt hatte.

Er stand auf und ging zu Jorey hinüber. Die Augen des Mannes waren aufgerissen. Beinahe über reinen Glauben hinaus beeindruckt. Geder breitete die Hände aus. *Seht Ihr?*

»Wie habt Ihr das gemacht?«, flüsterte Jorey. »Wie habt Ihr es gewusst?« In seiner Stimme lag Ehrfurcht.

Basrahip war weniger als drei Schritte entfernt. Der bullengroße Kopf war nach wie vor gebeugt. Die dicken Finger waren umeinandergelegt, eine Hand umfasste die andere. Phelia Maas' Schluchzer waren wie ein Sturm auf dem Meer, und das gemurmelte Wiegenlied aus Versprechungen und Trost von Lady Kalliam hatte gerade einmal Öl auf das Wasser gelegt. Geder ging zu Basrahip und beugte sich so weit vor, dass seine Lippen das Ohr des Hünen streiften.

»Ich werde Euch alle Tempel bauen, die Ihr wollt, ewig.«

Basrahip lächelte.

Clara

Einerseits hatten sie sich beträchtlich darin getäuscht, wer und was Geder Palliako war. Aber andererseits schien er auf ihrer Seite zu stehen. Zumindest im Augenblick.

Dennoch tat es Clara im Herzen um Phelia leid.

Das Schlafgemach war verdunkelt, schwere Vorhänge verdrängten das Tageslicht. Phelia lag auf dem Rücken, und die Salzspuren von getrockneten Tränen zeichneten ihre Augenwinkel. Clara saß neben ihr, streichelte sie an Schultern und Armen, wie es Ärzte machten, wenn jemand einen Schlag auf den Kopf oder schockierende Neuigkeiten erhalten hatte. Als Phelia wieder sprach, war die Hysterie vorüber. Es gab keinen Ausweg mehr, auf dem man vorgeben konnte, die Dinge könnten noch gut enden, und Clara konnte es der Stimme der Frau anhören, dass es eine Erleichterung gewesen war, diese Hoffnung zu verlieren.

»Wird er wirklich für Feldins Sicherheit sorgen?«, fragte Phelia. »Wenn ich ihm die Briefe gebe, wird sich Palliako wirklich darum kümmern, dass Simeon ihn nicht umbringt?«

»Das ist auf jeden Fall das, was er behauptet hat«, sagte Clara.

»Vertraust du ihm?«

»Ich kenne ihn kaum, Liebes.«

Sie verfielen wieder in Schweigen.

»Wenn es der König ohnehin schon weiß …«, sagte Phelia schließlich. »Wenn er nur sehen will, wer sich am Hof von Asterilreich beteiligt hat … Ich meine, bei allem, was Palliako schon wusste, war Aster doch nie wirklich in Gefahr. Nicht richtig.«

»Das ist eine Art, es zu sehen.«

In einer knappen Stunde hatte Geder Palliako Phelia dazu gebracht, alles zuzugeben. Feldins Mitschuld am Söldneraufstand, seine Verbindungen nach Asterilreich, seine Bündnisse mit den Gruppen, die für einen Bauernrat kämpften. Jede Einzelheit würde als Hochverrat gelten. Bei allem zusammen sah Clara keinen Raum für Gnade. Was nicht das war, was Phelia jetzt hören musste.

»Wie ist alles so aus dem Ruder gelaufen?«, fragte Phelia in die Dunkelheit. Sie seufzte. Es war ein kleines, hartes Geräusch. »Sag ihm, dass ich es tun werde. Ich werde ihn in Feldins privates Arbeitszimmer bringen. Ich habe einen Schlüssel, aber es wird eine Wache dort sein. Und er muss schwören, dass er nur ins Exil geschickt wird.«

»Nun gut.«

Phelia nahm Claras Hand und hielt sie, als wäre es das Einzige, was sie davon abhielt, eine Klippe hinabzustürzen.

»Du wirst mich nicht allein gehen lassen, oder? Du wirst mit mir kommen?«

Es gab nichts, was Clara weniger wollte. Phelias Augen glitzerten im Zwielicht des Zimmers.

»Natürlich, Liebes«, antwortete sie. »Natürlich komme ich mit.«

Im Raucherzimmer fand Clara die Männer, die so nervös warteten, dass die sich einbildete, sie wäre eine Hebamme, die kam, um Neuigkeiten von einer Geburt zu bringen. Dawson hörte auf, hin und her zu gehen, als sie eintrat. Geder und

Jorey blickten von einem Kartenspiel auf, bei dem sie nur mit halbem Herzen waren. Nur der stille Priester schien nicht betroffen, aber sie nahm an, dass die unnatürliche Gelassenheit Teil seiner Stellung war. Selbst Vincen Coe war da, brütete in den Schatten wie so oft. Die Luft war stickig und heiß, als wäre jeder Hauch davon schon einmal geatmet worden.

»Sie hat zugestimmt, Lord Palliako zu den Briefen zu bringen«, sagte Clara, »aber nur, wenn er schwört, dass Simeon Feldin nicht hinrichten lässt, und wenn ich mit ihr gehe.«

»Auf gar keinen Fall«, erklärte Dawson.

»Sie wird die Nerven verlieren, Gemahl«, sagte Clara. »Du kennst sie doch. Ich werde Vincen mitnehmen, und alles ist gut. Wir vier …«

»Fünf«, unterbrach Geder, »mit Basrahip.«

»Ich gehe auch«, sagte Jorey.

»Das machst du natürlich nicht, mein Lieber«, erwiderte Clara. »Feldin lässt mich nur ein, weil ich eine Frau bin und er mich für schwach und liebreizend hält. Vincen ist ein Diener. Lord Palliako und …«

»Basrahip«, sagte der Priester.

»Ja, genau. Phelia war wegen der Stickarbeit hier und hat ein Muster, das sie mir zeigen wollte, also bin ich mit ihr nach Hause gekommen. Unterwegs sind wir auf Lord Palliako und seinen Freund gestoßen, und Phelia hat sie eingeladen, uns zu begleiten, damit wir uns die Geschichten seiner sommerlichen Reisen anhören können. Vollkommen unschuldig.«

»Ich verstehe nicht, weshalb ich dabei nicht auftreten kann«, sagte Jorey. »Oder Barriath.«

»Weil ihr die Söhne Eures Vaters seid … und ich nur seine Frau. Ihr müsst noch eine Menge über die Stellung der Frauen lernen. Nun schlage ich vor, dass wir ans Werk gehen, ehe Phelia es sich noch einmal anders überlegt, das arme Ding.«

Als sie zur Kutsche hinausgingen, war Clara stolz auf Phelia. Auf die Art, wie sie sich hielt. Auf das höfliche Nicken, das sie für Dawson übrig hatte, als sie losfuhren. Die Herbstsonne war schon dicht über dem Horizont, und Flammen schienen auf den Dächern zu tanzen, während sich der Fahrer einen Weg durch die Straßen suchte. Die Stadt schien klarer als sonst, der Lärm der Räder und Stimmen schärfer und echter, als sie es gewohnt war. Die Steinmauern der Gebäude, an denen sie vorüberfuhren, zeigten deutliche Strukturen. Sie kamen an einem jungen Tralgu vorbei, der einen Karren schob, auf dem sich Trauben türmten, und Clara fühlte sich, als hätte sie jede einzelne Frucht zählen können. Sie fühlte sich, als wäre sie zweimal aufgewacht, ohne dazwischen geschlafen zu haben. Sie fragte sich, ob sich so Soldaten am Morgen der Schlacht fühlten. Ihr schien es naheliegend.

Geder Palliako lächelte alles an. Sie hatte ihn noch immer als blassen, dicklichen Jungen im Kopf, der gemeinsam mit ihrem Sohn in den Krieg geritten war. In Wahrheit war er durch seine Reisen schlanker geworden, und die Sonne hatte ihn gebräunt. Und darüber hinaus hatten sich seine Augen verändert. Selbst als er aus der Stadt zurückgekommen war, die er vernichtet hatte, war ihm eine gewisse Scheu zu eigen gewesen. Sie war nicht mehr da, und Clara war der Ansicht, dass er weniger hübsch wirkte, seit er sie verloren hatte. Sie fragte sich plötzlich, was er wirklich in all den Wochen getan hatte, in denen er vorgab, in der Keshet gewesen zu sein. Als der Priester sie beim Gaffen erwischte, lächelte er. Sie wandte sich ab.

Der Privathof war nicht mehr halb ausgestorben. In den Fenstern von Curtin Issandrians Anwesen glühten genauso viele Laternen und Kerzen wie in denen von Feldin Maas. Die Kutsche kam ruckartig zum Halten, und ein Diener rannte mit einer Leiter für sie heraus. Phelia als Erste, dann sie. Dann Geder Palliako, der einzige Mann von edlem Blut. Vincen Coe und der Priester hielten inne, einen Moment lang verunsichert, dann lächelte der Priester und winkte den Jäger nach vorn.

Der Türsklave war neu, ein Erstgeborener diesmal, aber so dick mit Muskeln bepackt, dass er ein Zwilling des Priesters hätte sein können. Vincen und Geder gaben ihre Schwerter und Dolche ab. Der Priester hatte keine Waffen.

»Der Baron wollte Euch sehen, wenn Ihr zurückkommt«, sagte der Türsklave. »Er ist im hinteren Saal.«

Keine Ehrerbietung, kein »meine Herrin«. Er hätte mit irgendwem sprechen können. Clara fragte sich, welche Art Männer Maas in seine Dienste genommen hatte, und beantwortete sich die Frage gleich selbst. Söldner. Krieger. Schwert- und Bogenkämpfer. Die Art Männer, die für Geld töteten. Und sie ging geradewegs ins feindliche Lager. Als sie über die Schwelle trat, schwankte sie. Phelia blickte sie beunruhigt an. Clara schüttelte den Kopf und zwang sich zum Weitergehen. Sie weigerte sich, Unterstützung und Trost von jemandem in der Lage ihrer Kusine anzunehmen. Es wäre erbärmlich gewesen.

Schweigend führte Phelia sie durch einen breiten Gang auf das Zimmer zu, in dem sie Clara bei ihrem letzten Besuch empfangen hatte. Frische Schnittblumen und Girlanden aus herbstlichen Ranken gaben ihren üppigen Geruch an die Luft ab. Das Kerzenlicht rundete die Kanten und machte die Farben der Wandbehänge und des Läufers wärmer. Geder hustete. Ein nervöses, kleines Geräusch.

Am Fuß der Stufen bog Phelia nach rechts ab, und sie folgten ihr alle in einen kurzen Gang, der am Ende abknickte. Hier waren weniger Kerzen angezündet. Die Schatten wurden dichter und schmiegten sich an sie. Am anderen Ende des Ganges führte eine schmale Dienerschaftstreppe nach oben, und breitere Doppeltüren standen geschlossen. Sie würden nicht allzu weit gehen müssen.

»Wer ist da?«, fragte eine Männerstimme.

In einer Nische stand ein Mann in lederner Jägerkleidung von seinem Platz auf. Der Wächter.

»Mein Gemahl hat nach mir geschickt«, sagte Phelia. »Sie haben gesagt, er wäre in seinem privaten Arbeitszimmer.«

»Ist er nicht«, widersprach der Wächter. »Wer sind die?«

»Die Leute, die ich für meinen Gemahl geholt habe«, sagte Phelia schneidend. Clara konnte die Angst in der Stimme der Frau hören, die Verzweiflung. Sie spürte einen Anflug von Stolz auf ihren Mut.

»Er ist hier«, sagte der Priester. Seine Stimme hatte einen seltsamen, unangenehm pochenden Tonfall. »Ihr habt Euch geirrt. Er ist in dem Zimmer hinter Euch.«

»Niemand ist dort drin, ich sage es Euch.«

»Hört. Hört. Ihr habt Euch geirrt«, sagte der Priester noch einmal. »Er ist in dem Zimmer hinter Euch. Klopft an die Tür, und er wird antworten.«

Dem Gesichtsausdruck nach zu urteilen, den der Wächter zur Schau stellte, war Clara ziemlich sicher, dass er jeden außer der Dame des Hauses am liebsten niedergeschlagen und nach Verstärkung gerufen hätte. Stattdessen wandte sich der Mann um, wollte an die Eichentür klopfen, und Vincen Coe trat hinter ihn, schlang einen Arm um den Hals des Wächters und hob ihn hoch. Der Mann würgte und trat um sich, seine

Hand krallte an Vincens Arm. Clara schloss die Augen, und die Geräusche allein waren schlimmer als der Anblick. Nach einer viel zu langen Zeit wurde der Wächter schlaff. Vincen legte den Körper auf den Boden und stand mit dem gezogenen Schwert des Wächters in der Hand da. Phelia zog einen Schlüssel aus dem Ärmel, steckte ihn in das Schloss, und einen Augenblick später waren sie in Feldin Maas' privatem Arbeitszimmer.

Vincen holte eine Kerze aus dem Gang, und in ihrem Licht fanden sie die Laternen und zündeten sie an. Der Raum wurde langsam heller, als suchte ihn eine düstere, trübe Morgendämmerung heim: Regale aus dunklem Holz und ein schmaler Schreibtisch mit einem Tintenfass aus Messing und einem weißen Federkiel. Der Raum war größer, als Clara erwartet hatte. Es gab keine Fenster, und ein Gitterwerk aus Hell und Dunkel an einer Wand ließ Clara zu dem Schluss kommen, dass das Zimmer einst genutzt worden war, um Flaschen zu lagern. Phelia ging zu den Regalen, als würde sie schlafwandeln. Mitten aus dem Wirrwarr von Schriftrollen und Buchbänden nahm sie eine einfache Holzkiste heraus, deren Deckel mit einem Haken geschlossen war und an ledernen Angeln hing. Sie hielt sie Geder Palliako hin.

»Sie sind verschlüsselt«, sagte sie. »Ich kenne die Geheimschrift nicht.«

Geder nahm die Kiste entgegen, grinsend wie ein Junge mit einem unerwarteten Geschenk. Sobald sie ihre Hand verlassen hatte, zog sich Phelia in sich selbst zurück, als wären ihre Knochen kleiner und weicher geworden.

»Danke, Liebes«, sagte Clara. »Es war der einzige Weg. Du weißt, dass es er einzige Weg war.«

Es war eine Qual, ihr Schulterzucken zu sehen. »Ich weiß

nicht, wie es so weit gekommen ist«, sagte sie. »Ich weiß es wirklich nicht. Wenn wir doch ...«

Das Brüllen war unmenschlich. Wie Zorn, Feuer und Mord, die zu Tönen wurden. Clara schrie, noch ehe sie wusste, was es war.

»Was zur Hölle ist das?«

Feldin Maas stand im Eingang, eine blanke Klinge in der Hand. Sein Gesicht war gerötet und beinahe purpurn vor Wut. Zwei weitere Männer standen hinter ihm, ohne eintreten zu können. *Wenn er diese Tür schließt*, dachte Clara, *sind wir in der Falle. Und wenn wir in der Falle sind, sind wir tot.*

»Nein, Feldin«, sagte Phelia und trat vor. »Es ist das Richtige. Es ist das, was wir tun müssen. Lord Palliako hat Gnade versprochen. Er wusste ohnehin alles.«

»Du hast sie *hergebracht*? Du hast *mich verraten*?«

»Ich ...«

Das Schwert von Maas zuckte schnell und plötzlich wie ein Blitz vor. Clara, die hinter ihrer Kusine stand, sah nicht, wie das Schwert traf, aber sie hörte es. Sie sah das schreckliche Spiel auf Feldin Maas' Gesicht: Überraschung, Entsetzen, Kummer, Zorn. Noch bevor das Blut kam, wusste Clara, dass die Frau tot war.

Vincen Coe stürmte brüllend an ihr vorbei und schwang sein gestohlenes Schwert wie eine Sense auf der Wiese. Durch die schier tierische Wucht des Angriffs fiel Maas zurück in den Gang. Einen Moment lang war die Tür frei. Geder Palliako stand über der gefallenen Frau, sein Mund hing herunter, und sein Gesicht war blass. Clara schob ihn weiter, in Richtung Tür.

»Geht!«, rief sie. »Ehe sie uns einschließen!«

Geder und der Priester eilten hinaus. Der Klang von Stahl auf Stahl ließ Clara beinahe anhalten. *Ich ergebe mich*, dachte sie.

Sie würden einer Frau nichts antun. Es war ein törichter Gedanke. Ein Reflex. Gegen allen Instinkt rannte sie hinaus auf die Kämpfer zu.

Wenn der Gang breiter gewesen wäre, hätten Feldin und seine beiden Wachen Vincen schon eingekreist und ihn niedergemacht. Stattdessen schwang der Jäger sein Schwert schnell und hart, seine Klinge nahm den gesamten Raum ein, und er hielt sie auf Abstand. Schweiß rann ihm übers Gesicht, und sein Atem ging schnell. Feldin wartete mit dem Blick eines Duellanten ab, suchte nach einer Gelegenheit.

»Lauft!«, rief Vincen. »Ich hole so viel Zeit für Euch heraus, wie ich kann!«

Geder Palliako brauchte keine weitere Aufforderung. Er wandte sich um, rannte durch den Gang zur Treppe und zur Doppeltür. Sie erhaschte einen Blick auf die Holzkiste, die noch in seiner Hand war. Sie ging ihm vier Schritte nach, dann wandte sie sich wieder um. Der Priester kam gleich hinter ihr, zog sich von dem Kampf zurück, floh aber nicht. Vincens Schultern mühten sich ab, als wäre er ein Arbeiter.

»Oh«, hörte sie sich selbst sagen. »Oh, nicht das. Nicht das …«

Feldins Klinge kam hart von hoch oben herab, schlug Vincens Hieb beiseite. Der Wächter links von Feldin stieß an ihm vorbei, und Vincen knurrte und sprang zurück. Auf der Klinge des Wächters war Blut. Vincens Blut, das sich auf den Boden ergoss.

»Ihr könnt nicht gewinnen«, sagte der Priester, seine Stimme laut und pochend. Clara blickte zu ihm auf, Tränen in den Augen, aber er lächelte und schüttelte den großen Kopf. »Lord Maas, hört auf meine Stimme. Hört mir zu. Ihr könnt nicht gewinnen.«

»Ich werde mir Eure Eingeweide anschauen«, rief Maas.

»Das werdet Ihr nicht. Alles, was Ihr liebt, ist bereits fort. Alles, worauf Ihr gehofft habt, ist bereits verloren. Ihr könnt nicht gewinnen. Der Kampf ist vorbei. Ihr habt bereits alles verloren. Ihr habt keinen Grund zu kämpfen.«

Feldin stürmte vor, aber Clara konnte die Veränderung in seiner Haltung erkennen. Sein Hieb war zögerlicher, sein Gewicht auf dem hinteren Bein, als wäre er unschlüssig, ob er sich auf den Kampf einlassen sollte, den er schon fast gewonnen hatte. Vincen zog sich zurück, er hinkte schwer. Seine Lederrüstung war rot und nass. Feldin trat nicht vor.

»Ihr habt sie sterben sehen, Lord Maas«, sagte der Priester. »Ihr habt sie fallen sehen. Sie ist fort, und Ihr könnt sie nicht zurückholen. Hört auf meine Stimme. *Hört* auf mich. Der Kampf ist verloren. Nichts, was Ihr hier tun könnt, spielt eine Rolle. Ihr könnt es spüren. Diese Enge in Eurer Kehle. Ihr spürt es. Ihr wisst, was es bedeutet. Ihr könnt nicht gewinnen. Ihr könnt nicht gewinnen. Ihr könnt nicht gewinnen.«

Einer der Wächter trat vor, sein Schwert ausgestreckt, aber sein Blick zuckte immer wieder zurück zu Feldin. Feldin, dessen Augen auf nichts gerichtet waren. Vincen fing an, sich dem Mann zu nähern, aber Clara rannte vor, legte ihm eine Hand auf den Arm und zog ihn zurück.

»Ihr könnt die Verzweiflung in Eurem Inneren spüren, oder nicht? Ihr fühlt sie«, sagte der Priester. Seine Stimme war kummervoll, als würde er jedes Wort bedauern. Jede Silbe rollte und hallte in sich wider. »Ihr spürt es in Eurem Herzen. Ihr ertrinkt darin, und es wird niemals enden. Es gibt keine Hoffnung. Nicht jetzt. Niemals. Ihr könnt nicht siegen, Lord Maas. Ihr könnt *nicht* siegen. Es gibt nichts mehr für Euch. Ihr habt alles verloren, und Ihr wisst es.«

»Lord Maas?«, fragte sein Wächter.

Die Spitze von Feldins Klinge senkte sich auf den Boden, als würde er eine senkrechte Linie in die Luft zeichnen. Im Kerzenlicht war es schwer zu erkennen, aber Clara glaubte, dass Tränen in seinem maskenhaften, leeren Gesicht standen. Die Wachen wechselten Blicke, verwirrt und nervös. Feldin ließ sein Schwert zu Boden fallen, wandte sich um und ging durch den Korridor davon. Clara zitterte. Der hünenhafte Priester legte ihr eine Hand auf die Schulter und eine auf die von Vincen Coe.

»Wir sollten gehen, ehe er seine Meinung ändert«, sagte der Priester.

Sie zogen sich durch den Gang zurück, hinterließen eine Blutspur. Die Wachen machten ein paar unsichere Schritte auf sie zu, dann gingen sie zu ihrem sich zurückziehenden Herrn. Sie erinnerten Clara an nichts weiter als Jagdhunde, denen man zwei Befehle gegeben hatte, die sich widersprachen. Als sie an den Doppeltüren ankamen, stolperte Vincen. Der Priester hob ihn auf, legte ihn sich über die Schulter. Es kostete sie Minuten, die Tür zu finden, die nach draußen führte, und, wie es schien, die halbe Nacht, den verdunkelten Garten zu bewältigen und am Rand von Maas' Anwesen anzugelangen. Eine dichte Hecke markierte die Grenze, und der Priester kniete sich daneben hin und rollte Vincen Coes Körper auf den Boden. Durch die Nacht drangen Stimmen heran. Rufe und Schreie. Sie suchten, wie Clara annahm, nach ihnen.

»Hier unter die Büsche«, sagte er. »Wacht über ihn. Ich hole einen Karren.«

Clara kniete sich hin, schob sich durch die Zweige und Blätter. Unter der Hecke war nur wenig Platz. Vincen Coe zog sich hinter ihr her, grub die Ellbogen in den Belag aus totem

Laub und alter Erde. Sein Gesicht war bleich, und alles von seinem Bauch abwärts war rot und glitschig. In der Dunkelheit war das Blut nicht rot, sondern schwarz. Sie zog ihn so nahe an sich heran wie möglich. Sie hatte eine plötzliche, lebhafte Erinnerung daran, wie sie sich mit dreizehn Jahren in den Gärten ihres Vaters versteckte, während einer ihrer Onkel herumlief und vorgab, nicht zu wissen, wo sie war. Sie schüttelte den Kopf. Die Erinnerung war zu unschuldig für diesen Augenblick.

Vincen rollte sich mit einem Stöhnen auf den Rücken.

»Wie schlimm ist es?«, flüsterte sie.

»Unschön«, sagte Vincen.

»Wenn Maas seine Hunde nimmt, sind wir so gut wie verloren.«

Vincen schüttelte den Kopf, und die Blätter unter ihm gaben ein hauchfeines Rascheln von sich. »Inzwischen stinkt alles in diesem Anwesen nach mir, da bin ich mir sicher«, sagte er. »Sie werden bis zum Morgen brauchen, um herauszufinden, welches Blut das frischeste ist.«

»Du fühlst dich noch gut genug zum Scherzen, stelle ich fest.«

»Ja, meine Herrin.«

Clara wollte sich ein wenig aufrichten, um durch die Blätter zu spähen. Inzwischen wurde mehr gerufen. Und wenn sie sich nicht irrte, klirrten Schwerter im Kampf. Sie war sicher, dass sie Joreys Stimme hörte, die zu einem Befehl erhoben war. In den engen Abgrenzungen ihres Unterschlupfs spürte sie den schnellen, flachen Atem des Jägers genauso sehr, wie sie in hörte.

»Sei noch ein wenig länger stark«, sagte sie. »Nur noch ein wenig.«

Als er seine Hand nach ihr ausstreckte, dachte sie, es wäre vielleicht die letzte Geste eines Sterbenden, aber seine Finger legten sich um ihren Nacken und zogen sie mit entschlossener Stärke zu ihm herab. Seine Lippen auf ihren waren rau, überraschend, seltsam vertraut und fest. Clara war schockiert, aber dann zuckte sie innerlich mit den Schultern. Der junge Mann würde vielleicht in den nächsten paar Minuten sterben, was war also schlimm daran?

Als er sie losließ und sein Kopf einen Fingerbreit zurück zum Boden fiel, wischte sich Clara den Mund mit einem beschmutzten Handrücken ab. Ihre Lippen fühlten sich angenehm wund an, ihr Verstand war abwechselnd schockiert, geschmeichelt und amüsiert.

»Du vergisst dich«, sagte sie vorwurfsvoll.

»Das tue ich, meine Herrin«, erwiderte der Jäger. »Bei Euch tue ich das oft.«

Seine Augen schlossen sich flatternd. Sein Atem blieb qualvoll und schnell, und Clara lag in der Finsternis und wünschte sich, er möge nicht sterben, bis sie Stimmen hörte, die sie als die ihres eigenen Hauses erkannte, und anfing, um Hilfe zu rufen.

MARCUS

QAHUAR EM KRATZTE SICH am Kinn, den Kopf nachdenklich nach unten geneigt. Marcus hielt seinen Gesichtsausdruck neutral. Der Tisch, an dem sie sich gegenübersaßen, war aus poliertem Eichenholz mit einem eingebrannten, verschlungenen Muster. Den grünen Bankiersfilz, den Cithrin benutzte, gab es nicht. Marcus war davon ausgegangen, ihn vorzufinden, aber vielleicht waren die Bräuche in Lyoneia anders. Die kleine Kiste, die auf dem Tisch stand, war aus geschwärztem Eisen mit einem Deckel, der an der Seite befestigt war, und auf der Vorderseite befand sich das Abbild eines Drachen. Wenn irgendeine Bedeutung in dieser Darstellung lag, die sie sich ausgesucht hatte, kannte er sie nicht.

»Es tut mir leid«, sagte Qahuar Em. »Das ist verwirrend.«

»Es ist nichts Merkwürdiges dabei«, erwiderte Marcus. »Banken und Handelshäuser nehmen sich gegenseitig immerzu Gegenstände von Interesse ab, habe ich gehört.«

»Wenn sie eng verbunden sind, und wenn man Leute in einer Stadt hat, in der der andere keine hat«, sagte Qahuar Em. »Keines von beidem trifft hier zu.«

»Seltsame Umstände.«

»Die Ihr mir nicht erklären werdet.«

»Werde ich nicht«, stimmte Marcus zu.

Qahuar griff herüber und nahm die kleine Kiste, die er mühelos in einer Handfläche barg. Der Deckel öffnete sich mit einem Klirren, und ein Messingschlüssel kam zum Vorschein, der kürzer als ein Fingerknochen war. Marcus kratzte sich am Ohr und wartete darauf, dass der Mann etwas sagte.

»Weshalb glaube ich nur, dass damit etwas Lästiges und Peinliches einhergeht?«, fragte Qahuar und ließ durch seinen Tonfall deutlich werden, dass eine Antwort willkommen war, aber nicht erwartet wurde.

»Ich bin ermächtigt, eine Erklärung zu unterzeichnen, dass es auf Bitten der Magistra bel Sarcour hier ist«, sagte Marcus. »Macht einen Wachsabdruck von dem Schlüssel, und ich werde meinen Daumen darüberdrücken, damit keine Zweifel bestehen, dass wir über den gleichen reden. Ganz, wie Ihr es wollt.«

Die Kiste schloss sich wieder. Die fast geschuppten Fingerspitzen klopften mit einem Geräusch wie die ersten harten Tropfen eines Gewitters auf das Eichenholz.

»Ich bin darauf vorbereitet, ein Nein als Antwort anzunehmen«, sagte Marcus.

»Die Magistra und ich sind nicht unter den besten Umständen auseinandergegangen«, sagte Qahuar und sprach jedes Wort sorgsam aus. »Sie hat Euch geschickt, anstatt selbst zu kommen. Es fällt mir schwer zu glauben, dass sie mir inzwischen vertraut.«

»Einem Feind kann man auf eine Art und Weise trauen, wie man nicht immer einem Freund vertrauen kann. Ein Feind wird das Vertrauen niemals verraten.«

»Ich glaube, sie würde behaupten, dass ich ihres verraten habe, und ich kann anführen, dass sie meines verraten hat.«

»Beweist nur meine Aussage. Ihr beiden seid damals noch nett zueinander gewesen«, sagte Marcus mit einem Lächeln, von dem sie beide wussten, dass er es nicht ernst meinte.

Ein leises Klopfen ertönte an der Tür des Sprechzimmers. Eine reinblütige Jasuru in grauen und scharlachroten Roben nickte beiden Männern zu.

»Die Männer von der Werft, Herr.«

Qahuar nickte, die Frau zog sich zurück, und die Tür schloss sich mit einem sanften Klicken hinter ihr.

»Läuft es gut?«, fragte Marcus.

»Nicht schlecht. Es wird mindestens ein Jahr dauern, alles beisammenzuhaben, aber die Zeit geht in beide Richtungen. Handlungen können eine Wirkung haben, lange bevor sie selbst geschehen.«

»Wütende Briefe vom König von Cabral zum Beispiel?«

»Manchmal wünschte ich, ich hätte verloren«, sagte Qahuar. Und dann: »Aus mehr als nur einem Grund. Hauptmann, wir sind Männer, die die Welt gut kennen. Ich glaube, wir verstehen einander. Würdet Ihr mir eine Frage beantworten?«

»Ihr nehmt es mir nicht übel, wenn ich lüge?«

»Überhaupt nicht. Ihr seid ein Mann, dessen Name im ganzen Westen bekannt ist. An der Spitze einer Privatarmee könntet Ihr jeden Preis fordern, den Ihr verlangt, aber Ihr arbeitet als Wachhauptmann für den Ableger einer Bank. Ihr seid nicht offen für Bestechungen. Und – vergebt mir – Ihr mögt mich nicht besonders.«

»Nichts davon ist eine Frage.«

»Liebt Ihr sie?«

»Ich habe eine Menge Leute geliebt, und das Wort hat nicht zweimal dasselbe bedeutet«, sagte Marcus. »Meine Aufgabe ist es, sie zu beschützen, und diesmal werde ich die Aufgabe erledigen.«

»Diesmal?«

Marcus zuckte die Achseln und sagte nichts mehr. Der Bastard hatte ihn ohnehin schon dazu gebracht, mehr zu sagen, als er beabsichtigt hatte. Marcus musste es zugeben: Qahuar war gut in dem, was er tat.

Der Halbjasuru stand auf, die Lippen geschürzt. Langsam und bedächtig steckte er die Kiste in einen Beutel am Gürtel. »Ich hoffe, ich werde das nicht bedauern«, sagte er.

»Ich nehme an, es wird für Euch keine Rolle spielen, wie es auch läuft«, erwiderte Marcus. »Aber was Euch das auch wert sein mag, ich weiß zu schätzen, dass Ihr es zu Euch nehmt.«

»Ihr wisst, dass es kein Gefallen ist, den ich Euch tue?«

»Ja.«

Qahuar Em streckte eine breite Hand aus. Marcus erhob sich und nahm sie. Es kostete ihn Mühe, nicht ein wenig fester zuzudrücken, nur um zu zeigen, dass er es konnte. Die leuchtend grünen Augen des Mannes wirkten amüsiert. Und vielleicht auch ein wenig trauriger.

»Diese Frau hat Glück«, sagte Qahuar.

Bei Gott, wollen wir es hoffen, dachte Marcus, sagte es aber nicht.

Der Herbst war über Nacht nach Porte Oliva gekommen. Bäume, die üppig im Saft gestanden hatten, ließen Blätter fallen, die in der Mitte noch grün waren. Ihr Rascheln ließ den Wind bei Sonnenuntergang laut werden. Die Bucht hatte die Farbe von Tee angenommen und stank mittags wie ein Komposthaufen. Die Königinnengarde, die bei Dämmerung in den Straßen patrouillierte, trug wollene Übermäntel und grüne Kappen, die die Ohren bedeckten. Marcus ging durch die schmalen Straßen am Hafen, spürte den ersten Biss der nächtlichen Kälte und entschied, dass er diese Stadt vielleicht doch mochte.

Er fand Meister Kit und die anderen in einem von Fackeln

erhellten Hof zwischen einer Schenke und einem Gasthaus. Smit und Horniss nahmen die letzten Handgriffe an den Bühnenhalterungen vor, während Meister Kit ihnen Anweisungen zubrüllte, noch nicht einmal kostümiert. Eine junge Frau ging hinter ihnen auf und ab. Sie war blondhaarig, hatte große Augen, die Marcus an einen Säugling denken ließen, und trug ein eng gegürtetes Kleid, das ihre Figur zur Schau stellte. Ihre Hände waren vor ihr verschränkt, und die Finger rangen miteinander wie Kämpfer in einem Handgemenge.

Marcus ging hinüber zu Meister Kit. Anstatt ihn zu begrüßen, nickte er zu der Frau hin. »Eine Neue?«

»Ja«, sagte der Schauspieler. »Ich mache mir Hoffnungen bei ihr.«

»Habt Ihr Euch bei der letzten auch gemacht.«

»Stimmt. Ich habe Erwartungen an sie«, betonte Meister Kit. »Nennt sich Charlit Sun, und ich finde, dass sie wundervoll probt. Heute Abend werden wir sehen, wie sie sich vor Publikum schlägt. Wenn sie bis morgen bleibt, denke ich, dass ich meine volle Truppe gefunden habe.«

»Und sie ist was? Zwölf Jahre alt?«

»Cinnae-Blut vor ein paar Generationen«, sagte Meister Kit. »So geht zumindest die Geschichte. Sie glaubt es, und es mag sogar stimmen.«

»Aber Ihr glaubt es nicht?«

»Ich halte mich mit meinem Urteil zurück.«

Als hätte sie es gehört, warf die neue Schauspielerin einen Blick zu ihnen herüber und schaute dann wieder weg. Sandr sprang aus dem hinteren Teil des Wagens und winkte Marcus zu. Entweder war seine Angst abgeklungen, oder er war ein ordentlicher Schauspieler. Marcus winkte zurück. Mikel, dünn und schmächtig wie eh und je, kam mit einem Eimer voller

Sägemehl aus der Schenke, und Cary folgte ihm mit einem Besen.

»Ich habe Gerüchte gehört, dass Ihr Porte Oliva vielleicht verlasst.«

»Das ist eine Möglichkeit«, sagte Meister Kit. »Wir haben hier beinahe eine ganze Saison lang gespielt. Ich glaube, dass Städte sich an Theaterstücken übersättigen können. Zeigt man zu viele, werden die Leute, glaube ich, selbstgefällig. Ich will nicht, dass wir die Magie verlieren. Ich habe darüber nachgedacht, die Truppe hinauf zum Hof der Königin in Sara-sur-mar zu führen.«

»Vor dem Winter oder danach?«

»Ich werde mehr wissen, nachdem Charlit ein paar Nächte lang auf der Bühne gestanden hat«, sagte Meister Kit. »Aber wahrscheinlich davor. Wenn die Schiffe nach Narineiland aufbrechen.«

»Nun, tut, was richtig ist, aber mir wird es leidtun, Euch gehen zu sehen.«

»Ich nehme an, Ihr bleibt in der absehbaren Zukunft hier?«, fragte Meister Kit. Mikel fing an, das Sägemehl auf den Pflastersteinen des Hofes auszustreuen, damit es die Feuchtigkeit aufsaugte, und Cary kehrte hinter ihm her. Es schien Marcus eine merkwürdige Aufgabe zu sein. Der Hof würde sich nur wieder mit Schlamm, Pisse und Regen füllen.

»Ich kann die absehbare Zukunft in Tagen abzählen«, sagte Marcus. »Im besten Fall Wochen.«

»Ihr wärt uns willkommen, wenn Ihr mit uns reisen wollt«, erklärte Meister Kit. »Yardem und Cithrin auch. Ich glaube, wir vermissen es alle, Karawanenwachen zu sein, zumindest ein kleines bisschen. Es war eine Rolle, die wir nie zuvor gespielt haben, und ich nehme nicht an, dass wir es je wieder tun werden.«

»Meister Kit?«, rief Sandr vom hinteren Teil des Wagens. »Eines der Schwerter fehlt.«

»Ich glaube, es ist bei Smits Banditenkostüm.«

»Nein.«

Meister Kit seufzte, und Marcus klopfte ihm auf die Schulter und überließ ihn seiner Arbeit.

Laternenflammen und die Hitze aus dem Ofen machten das Innere der Schenke wärmer als die Straßen. Der Geruch von bratendem Schweinefleisch und Bier wetteiferte mit den weniger angenehmen Gerüchen dicht zusammengedrängter Körper. Marcus hielt eine Hand auf seinen Münzen, während er durch die Menge ging. Bei so vielen Ablenkungen und Leuten in einem so engen Raum wäre er schockiert gewesen, wenn nicht mindestens ein Beutelschneider auf ein wenig Glück gehofft hätte. Er sah zuerst Yardem, der am hinteren Tisch saß, und dann, als er näher kam, Enen und Schabe, Cithrin und … Barth. Das war sein Name. Die Erstgeborenen waren Corisen Mout und Barth, und Corisen Mout hatte schlechte Schneidezähne. Unerklärlich zufrieden mit sich selbst setzte sich Marcus an den Tisch.

Cithrin hob fragend die Augenbrauen.

»Ist erledigt«, sagte Marcus. »Und bei dir? Ist es mit dem Statthalter gut gegangen?«

»Bestens«, antwortete Cithrin. »Ich habe die Gebühr bezahlt und die Kiste dort gelassen.«

»Den Beleg?«

»Habe ich verbrannt«, sagte Cithrin. »Es wird keine Spur zurückführen. Solange der Statthalter nicht neugierig wird und das Schloss mit Gewalt öffnet, sind wir so bereit, wie wir nur sein können.«

Ein Diener eilte herüber, stellte einen Bierkrug vor Marcus

auf den Tisch und griff nach dem von Cithrin, um ihn wegzubringen. Sie hielt ihn auf, und er verbeugte sich nickend und huschte davon.

»Wie hoch ist die Wahrscheinlichkeit, dass die niederen Instinkte des Statthalters ihn übermannen?«, fragte Marcus, und nicht: *Wie viel hast du getrunken?* Wenn sie Gefahr gelaufen wäre, sich zu verlieren, hätte Yardem sie aufgehalten. Vielleicht hatte er das bereits getan.

»Das Leben ist ein Risiko«, sagte sie, während Schabe, der neben ihr saß, an dem Bier aus seinem Krug nippte.

»Yardem hat uns gerade von den Formen von menschlichen Seelen erzählt«, sagte Barth. »Habt Ihr gewusst, dass Eure ein Kreis ist?«

Marcus warf Yardem einen gequälten Blick zu. Ein Zucken mit dem Ohr war die ganze Entschuldigung, die er bekommen würde.

»Hör nicht auf etwas, das von ihm kommt, Barth. Er ist religiös. Es macht ihn nervös, wenn die Dinge gut laufen.«

»Wusste gar nicht, dass sie gut laufen, Herr«, sagte Yardem trocken.

In der nächsten Stunde trank Marcus seinen Bierkrug aus, aß einen Teller gebratenes Schweinefleisch mit einer schwarzen Sauce, die scharf genug war, ihm Tränen in die Augen zu treiben, und lauschte den Gesprächen am Tisch. Barth blieb Yardem hartnäckig lästig, um etwas über Seelen und Schicksal zu erfahren, aber Enen, Schabe und Cithrin kauten auf praktischeren Dingen herum: wie viele Zahlungen in der eigentliche Bank eingegangen waren und wie viele im Hinterzimmer des Kaffeehauses, wie man sicherstellte, dass derjenige nicht angegriffen wurde, der die Gelder aus dem Kaffeehaus durch die Stadt trug, ob man Vereinbarungen mit der Königinnengarde treffen sollte, damit sie beim Vollzug der privaten Verträge half. Cithrin sprach wie eine Frau, die sich ihres Schicksals sicher war, und dafür bewunderte Marcus sie.

Ein Stock, der auf eine Blechpfanne geschlagen wurde, unterbrach sie.

»Die Vorführung fängt an!«, drang Mikels Stimme durch den Lärm der Schenke. »Kommt und schaut euch die Vorführung an! Die Vorführung fängt an!«

Marcus ließ ein paar Münzen auf den Tisch fallen, erhob sich und bot Cithrin halb im Scherz die Hand. »Sollen wir?«, fragte er.

Sie nahm seine Hilfe mit einer schelmischen Förmlichkeit an. »Dafür sind wir doch hergekommen«, sagte sie.

Marcus führte sie und die Mitglieder seines neuen Trupps hinaus in die angenehme Kühle des Hofes, um seinem alten Trupp zuzusehen. Mindestens fünfzig Leute hatten sich versammelt, und es würden wohl noch mehr innehalten, wenn sie die Schenke betraten oder verließen. Als Meister Kit auf die Bretter hinausschritt, sein borstiges Haar zurückgebunden und ein Schwert an die Hüfte geschnallt, klatschen ein paar Leute, und Marcus mit ihnen. Sandr kam einen Augenblick später heraus und gab vor, sich mit einem stumpfen Dolch die Zähne zu säubern.

»Du, Pintin, bist in diesen vielen Jahren mein Stellvertreter gewesen«, sagte Meister Kit und reckte sein Kinn in einer Parodie der Heldenhaftigkeit vor. »In den Augenblicken meines höchsten Ruhms und den Tiefen meiner Verzweiflung bist du mir gefolgt. Nun sind einmal mehr die Hunde des Krieges losgelassen, und wir müssen vor ihnen fliehen. Die Armeen aus dem dunklen Sarakal fallen morgen über die Stadt her.«

»Dann gehen wir am besten heute Abend«, sagte Sandr. Die Menge kicherte.

»In der Tat, es ist nicht an uns, zu bleiben und den Kampf auszufechten, der dem Untergang geweiht ist. Diese Stadt wird gewiss fallen, aber ehe das geschieht, muss die Herrin Daneillin – die Letzte ihres Hauses und die zarteste Schönheit von Elassae – sicher fortgebracht werden. Das ist unsere große Aufgabe, Pintin. Unser Trupp soll heute Nacht fliehen, mit der hohen Dame in unserer Obhut.«

»Damit gibt's ein Problem«, sagte Sandr mit Pintins Stimme. »Die Männer waren auf der Stadtmauer, um zu sehen, wer am weitesten pissen kann. Scheint, als hätte der Magistrat gedacht, es regnet. Sie sind im Kerker der Stadt.«

Meister Kit hielt inne. Die Selbstherrlichkeit in seiner Kinnhaltung schmolz dahin. »*Was?*«, schrie er in einem komischen Falsett. Weitere Leute lachten. Sie erwärmten sich langsam dafür.

Marcus beugte sich zu Yardem Hane. »Ich bin aber nicht so«, sagte er. »All dieses hochdramatische Geschwätz und wie ich den Bauch einziehe. So bin ich nicht.«

»Überhaupt nicht, Herr«, sagte Yardem.

Zwei Tage später saß Cithrin ihm an einem Tisch des Kaffeehauses gegenüber. Ein leichter Regen plätscherte vor den offenen Türen und Fenstern, der die Steine am Eingang des Großmarkts verdunkelte, so dass sie beinahe schwarz waren. Hinter ihm sprachen zwei Kurtadam von den jüngsten Neuigkeiten aus Nordstade. Ein weiterer Erbfolgekrieg schien beinahe sicher. Marcus sagte sich, dass es ihn nicht kümmerte, und zum größten Teil stimmte das auch. Die Welt roch nach Kaffee und Regentropfen.

»Wenn wir das Geld erübrigen können, denke ich darüber nach, nächstes Jahr eines der Schiffe nach Narineiland auszustatten«, sagte Cithrin.

Marcus nickte.

»Die neue Idee mit der Flotte wird Unsicherheit stiften. Besonders anfangs. Wenn es ein Erfolg wird, auch nur für die ersten paar Jahre, wird es den Verkehr durch Porte Oliva erhöhen. Das könnte sehr gut für uns sein, solange wir in Stellung sind. Jedem bekannt. Zuverlässig.«

»All das unter der Voraussetzung ...«, sagte Marcus.

Cithrin schluckte. Sie hatte in den letzten Wochen abgenommen, und ihre Haut, obwohl schon immer blass, war bleich geworden. Es war seltsam für ihn, dass keiner derjenigen, die kamen, um ihre Unterstützung für ein Darlehen zu erbitten oder vorzuschlagen, ihren Reichtum für einen dezenten Ertrag bei ihr zu hinterlegen, zu bemerken schien, dass die Nervosität sie auffraß. Sie schlief nicht genug. Aber sie trank sich auch nicht in den Schlaf. Das war für ihn ein ausreichendes Zeichen der Stärke.

»All das unter der Voraussetzung ...«, stimmte sie zu. Und dann: »Wünscht Ihr Euch je, dass wir geflohen wären? Dass wir uns die Taschen hätten gefüllt und einfach ... fortgegangen wären?«

»Frag mich das wieder, sobald der Auditor da war«, sagte Marcus.

Sie nickte. Der alte, halbblinde Cinnae humpelte von hinten herein. Der Regen schien seiner Hüfte nicht gutzutun. Cithrin hob ihre leere Tasse, und Maestro Asanpur nickte mit einem wissenden Lächeln und wandte sich wieder um.

»Magister Imaniel hat immer gesagt, dass das Warten das Schwierigste ist«, erklärte sie. »Dass man am schnellsten verliert, wenn man ungeduldig wird. Wenn man etwas tut, nur um sich zu beschäftigen, und nicht, weil es richtig ist. Das hat immer offensichtlich geklungen, als er es gesagt hat. Er und Cam waren für mich das, was Eltern am nächsten kam. Ich war bei der Bank, beinahe sobald ich laufen konnte. Er wusste alles über Geld und Risiken und wie man einen Schein aufrechterhält, obwohl man eigentlich jemand anders ist.«

»Es klingt, als hätte er einen guten General abgegeben«, sagte Marcus.

»Nein«, entgegnete sie. »Ich weiß nicht. Vielleicht. Er mochte Soldaten aber nicht. Er mochte den Krieg nicht. Ich erinnere mich, dass er zu sagen pflegte, es gäbe zwei Arten, der Welt zu begegnen. Man nimmt die Klinge zur Hand oder die Geldbörse.«

»Wirklich? Und ich habe gedacht, dass man mit dem Krieg Geld machen kann.«

»Kann man«, sagte Cithrin. »Aber nur, wenn man genau an der richtigen Stelle ist. Im größeren Zusammenhang wird im Kampf immer mehr verloren als gewonnen. Wie er es ausgedrückt hat, klang es ein wenig, als wären wir alles, was die Schwerter in den Scheiden hält. Krieg oder Handel. Dolch oder Münze. Das waren die beiden Arten von Menschen …«

»Klingt, als würdest du ihn vermissen.«

Cithrin nickte, dann zuckte sie mit den Schultern, dann nickte sie wieder. »Schon, aber nicht auf die Art, wie ich es mir vorgestellt habe. Ich dachte, es würde nur darum gehen, ihn nach seinem Wissen fragen zu wollen, aber meistens, wenn ich an ihn denke, ist es einfach so, dass es schön wäre, seine Stimme zu hören. Und ich denke nicht einmal so oft an ihn, wie ich erwartet habe.«

»Du hast dich verändert, seit du ihn zuletzt gesehen hast«,

sagte Marcus. »Das ist eines von den Dingen, die Yardem mir immer erzählt hat, die tatsächlich einen Sinn ergeben. Er hat gesagt, dass man Trauer nicht wie eine Aufgabe abarbeitet, die erledigt werden muss. Man kann nicht darauf drängen und schneller damit fertig werden. Das Beste, was man tun kann, ist, sich so zu verändern, wie man es immer macht, und es kommt eine Zeit, da man nicht mehr die gleiche Person ist, die den Schmerz erlitten hat.«

»Und hat das bei Euch funktioniert?«

»Noch nicht«, sagte Marcus.

Maestro Asanpur kehrte mit einem frischen Becher in der zitternden Hand zurück. Er stellte ihn mit einem schwachen Klirren der feinen Keramik vor Cithrin ab. Sie blies auf die Oberfläche, verteilte den Dampf mit ihrem Atem. Als sie daran nippte, erhellte ihr Lächeln das Gesicht des alten Cinnae.

»Ich danke Euch, Maestro«, sagte sie.

»Ich danke *Euch*, Magistra«, sagte er und humpelte davon, um die Läden gegen die Kälte zu schließen.

Das Plätschern der Regentropfen wurde stärker, und sie klatschen wie kleine weiße Explosionen vor dem Grau herab. Sie hatte recht. Auf die Schlacht zu warten war der schwerste Teil. Außer man bekam bei der Schlacht einen Dolch in die Eingeweide. Dann war das das Schwerste. Oder wenn man ganz gut durchkam und die eigenen Männer tot um sich liegen sah. Dann war es das.

Yardem erschien auf der gegenüberliegenden Seite des Platzes, ein dunklerer Schatten in einer Welt, die aus Schatten bestand. Er rannte nicht, er hatte es nicht einmal eilig. Marcus beobachtete, wie der Tralgu seinen Weg an der Königinnengarde und am Markt vorbei bewältigte. Mit jedem Schritt schien er an Festigkeit zu gewinnen. Wirklicher zu werden. Er zog den Kopf ein, als er durch die Tür trat.

»Herr.«

»Nun gut«, sagte Marcus mit enger Kehle und Brust. »Nun gut.«

Cithrin erhob sich. Sie wirkte ruhig. Man musste schon den Großteil eines Jahres mit ihr verbracht haben, um die Angst in ihren Augen und der Haltung ihres Kinns zu erkennen.

»Dann ist der Auditor da?«, fragte sie.

Yardem zuckte mit einem Ohr und nickte.

»Ist er, Madam.«

CITHRIN

PAERIN CLARK.

Irgendwann während ihrer Jahre in Vanai musste sie den Namen gehört haben. Die Silben waren vertraut, ohne ihr konkret etwas zu sagen, wie ein Name aus der Geschichte oder den Mythen. Drakis Sturmkrähe. Die Auferstandene Garde. Aesa, die Prinzessin der Schwerter.

Paerin Clark.

Cithrin zupfte an ihrem Rock, damit seine Falten ordentlich und gerade saßen. Ihr Herz hämmerte gegen die Rippen wie ein gefangener Vogel. Ihr Bauch war ein fester Knoten, der zwischen Krämpfen und Übelkeit schwankte. Sie wollte etwas zu trinken. Etwas Starkes, das ihre Muskeln lockern, sie beruhigen, ihr Mut verleihen würde. Stattdessen hielt sie, wie Meister Kit es ihr beigebracht hatte, die Schultern weit unten und zurückgenommen, die Wirbelsäule locker, und betete, dass sie wie eine Frau im Vollbesitz ihrer Kräfte wirkte und nicht wie ein halb erwachsenes Mädchen in den Kleidern ihrer Mutter.

Der milde dreinblickende Mann saß an ihrem Schreibtisch, in ihren Räumen, mit übereinandergeschlagenen Beinen und über dem Knie verschränkten Fingern. Sein Haaransatz ging zurück. Seine Schultern waren schmal. Er hätte irgendwer sein können. Er hätte niemand sein können. Sein Schreibbuch lag offen auf dem Tisch, darauf eine Feder aus Stahl, aber er schrieb nichts auf. Nicht einmal etwas Verschlüsseltes. Er stellte seine Fragen sanft, lächelte, wenn sie sprach. Sein Akzent aus Nordstade hatte weiche Ecken und Kanten. Wo die Worte anderer zischten, säuselten die seinen.

»Magister Imaniel war also nicht an alldem beteiligt?«

»Nein, gar nicht«, sagte Cithrin. »Seine Absicht war nur, dass wir den Besitz der Bank nach Carse bringen sollten. Soweit Magister Imaniel Bescheid wusste, taten wir genau das. Wenn die Schneefälle am Pass bei Bellin nicht so früh gekommen wären, hätten wir diesen Plan weiterverfolgt.«

»Und die Entscheidung, nach Süden abzubiegen?«

»Die kam von Hauptmann Wester.«

»Erzählt mir mehr darüber.«

Keine Stimmen drangen von unten herauf. Hauptmann Wester und die Wachen waren fort, Clark hatte sie aus dem Haus geschickt. Ein Dutzend Schwert- und Bogenkämpfer, die er mitgebracht hatte, hatten ihren Platz eingenommen. Die Stille wirkte falsch. Unheimlich. Der Regen trommelte an die Fenster wie tausend Finger, die nach ihr stocherten, und der Donner murmelte unheilverkündend in der Ferne. Cithrin berichtete alles, was sie wusste, in allen Einzelheiten, die sie zustande brachte. Wie sie von den Streitkräften aus Antea aufgehalten worden waren, wie sie den Karren nach Porte Oliva geschmuggelt und wie sie sich im Salzviertel versteckt hatten.

»Und nur Hauptmann Wester und sein Tralgu haben zu diesem Zeitpunkt als Wachen gedient?«

»Ich weiß nicht, ob ich Yardem ›seinen Tralgu‹ nennen würde.«

»Sie waren die einzigen beiden Wachen?«

»Ja«, sagte Cithrin.

»Danke.«

Sie erzählte von dem Angriff durch Opal, von Marcus' Bedenken, die Stadt zu verlassen, und seinen Bedenken hierzubleiben. Als sie beschrieb, wie die Dokumente gefälscht worden waren, war sie darauf bedacht, ihren Ton ruhig und sachlich zu halten. Magister Imaniel hatte stets gesagt, dass man, wenn man sich schuldig gab, immer den Eindruck erweckte, dass es einen Grund für die Schuld geben musste. Als sie gestand, die falschen Papiere beim Statthalter von Porte Oliva hinterlegt zu haben, gab der Auditor keinen Kommentar ab und verzog nicht einmal die Miene. Sobald sie mit der Geschichte fertig war, wie sie den falschen Ableger der Bank gegründet hatte, und anfing, ihre Investitionen, Darlehen und Kommissionen darzulegen, spürte sie, wie sie sich langsam entspannen konnte.

Sie redete den größten Teil des Abends über. Ihre Stimme wurde heiser, und ihr Rücken begann zu schmerzen, weil sie zu lange an Ort und Stelle saß. Wenn Paerin Ähnliches erlitt, zeigte er es nicht.

»Wie sehr hat Hauptmann Wester Euch bei diesen Strategien beraten?«

»Gar nicht«, sagte Cithrin. »Er hat es nicht versucht, und ich habe ihn nicht darum gebeten.«

»Weshalb nicht?«

»Er ist kein Bankier. Ich habe ihm die Mittel zur Verfügung gestellt, die ich für angemessen hielt, um den Schutz des Goldes zu gewährleisten, das wir hier aufbewahrt haben, und für die Beförderung jeglicher materieller Güter durch die Stadt, aber das ist alles.«

»Ich verstehe. Nun. Danke, Fräulein bel Sarcour. Das war die interessanteste Geschichte, die ich seit einiger Zeit gehört habe. Ich nehme an, alle Bücher und Aufzeichnungen sind hier?«

»Ja«, sagte sie. »Ich habe auch einen Raum in einem Kaffeehaus am Großmarkt gemietet, aber all jene Berichte sind hergebracht worden.«

»Hervorragend.«

»Ich würde außerdem gerne einen Vorschlag machen. Wenn ich darf.«

Paerin Clark hob die Augenbrauen.

Cithrin holte tief Luft. »Aufgrund der Umstände«, sagte sie, »identifiziert man mich stark mit der Bank hier in der Stadt. Da der Ableger erst vor kurzem eingerichtet wurde, glaube ich nicht, dass es in irgendjemandes Interesse liegen könnte, das zu ändern. Sobald Ihr Eure Prüfung beendet habt, hoffe ich, dass Ihr in Erwägung zieht, mich als öffentliches Gesicht des Ablegers zu behalten.«

Clark nahm seine Feder zur Hand und schloss das immer noch unbeschriebene Notizbuch. »Ich glaube, Ihr habt die Lage missverstanden«, sagte er. »Dieser … nennen wir es einen Unglücksfall … hat die Medean-Bank im Allgemeinen und Komme Medean im Besonderen blamiert. Verhandlungen in Herez und Nordstade wurden dadurch unterbrochen und Mittel, mich eingeschlossen, aus einigen sehr wichtigen Situationen abgezogen. Nach allem, was Ihr erzählt habt, seid Ihr aus Gründen, die ich noch nicht erschließen kann, einem Söldnerhauptmann auf den Leim gegangen. Aber ich bin sehr, sehr gut in dem, was ich tue. Wenn es hier etwas gibt, das Ihr mir nicht erzählt habt, werde ich es finden. Ich werde mir so viel Zeit nehmen, wie es braucht, um jede Transaktion zu überprüfen, die Ihr getätigt habt. Ich lasse bereits drei Männer durch die Stadt gehen, die sich nach Euren Aktivitäten erkundigen. Wenn es etwas gibt, das nicht in diesen Büchern steht, werde ich auch das finden. Und der öffentliche Kerker von Porte Oliva ist bei Weitem nicht das Schlimmste, zu dem es von da an kommen kann. Nun, ehe ich anfange, habe ich eine letzte Frage. Ich werde sie Euch nur einmal stellen. Wenn Ihr mir die Wahrheit sagt, bin ich in einer Lage, es einzurichten, dass man Euch gnädig behandelt. Wenn Ihr lügt, kann ich Euer Leben unerträglich machen. Versteht Ihr?«

Sie hätte sich fürchten sollen. Das war es auf jeden Fall, was Paerin Clark beabsichtigte. Stattdessen durchdrang ein seltsamer Frieden ihr Inneres. Er schikanierte sie. Er behandelte sie herablassend. Er unterschätzte sie. Und daher legte sie ihre letzte Zurückhaltung ab. Der Mann war ein Arsch, und alles, was sie ihm antat, war gerechtfertigt.

»Ich verstehe«, sagte sie. Sie sah, wie er zögerte, als er etwas in ihrer Stimme hörte, womit er nicht gerechnet hatte. Sie lächelte. »Was war Eure Frage?«

»Was verheimlicht Ihr mir?«, fragte er.

Dass ich Euch schlagen werde, dachte Cithrin. *Dass ich gewinnen werde.*

»Wenn Ihr Fragen habt, Meister Clark, dann stehe ich Euch zur Verfügung«, sagte Cithrin. »Aber meine Zahlen stimmen.«

In der nächsten Woche lebte sie im Exil, saß in ihrem Kaffeehaus oder ging tagsüber durch die Straßen und schlief nachts in einem Gasthaus nicht weit von ihrer Bank entfernt. Der Auditor suchte sie täglich mit Listen von Fragen und Erklärungen auf: Weshalb war der Zinssatz in diesem Vertrag aufgeführt, in jenem aber nicht? Weshalb war eine bestimmte Summe aus den Reserven der Bank abgezogen worden, und wann würde sie zurückgeführt werden? Weshalb war dieses Darlehen angenommen worden, während jenes mit einem offensichtlich größeren Nutzen abgelehnt worden war? Cithrin saß in ihren Räumen – *ihren*, verdammt – und ließ zu, dass sie der Prüfung unterworfen wurde. Sie kannte jede Antwort, und nach ein paar Tagen wurde es zu einer Art Spiel zu beobachten, wie Clark versuchte, sie zu erwischen. Er war schlau, und er kannte sein Geschäft. Sie stellte sogar fest, dass sie ihn respektierte. Er machte diese Arbeit, seit Cithrin kaum mehr als ein Kind gewesen war.

Aber das traf auch auf sie zu.

Die Schiffe fuhren nach Narineiland aus. Sie hatten gepresstes Olivenöl, Wein, Baumwollstoff und die Träume und Hoffnungen der Handelshäuser von Porte Oliva geladen. Aber sie hatten keine finanziellen Vereinbarungen mit der Medean-Bank von Porte Oliva getroffen, denn die Prüfung dauerte immer noch an. Vielleicht im nächsten Jahr.

Cithrin stand auf der Seemauer und sah zu, wie die Schiffe ausliefen, an den Gefahren der Bucht vorbei hinausruderten und dann die Segel hissten, die sich füllten wie aufblühende Frühlingsblumen. Sie stand still, bis sie in dem Grau zwischen Meer und Himmel verblassten, und dann beobachtete sie den Nebel. Möwen schrien und wendeten in der offenen Luft, beschwerten sich oder feierten. Neben ihr verschränkte Hauptmann Wester die Arme.

»Noch jemand ist heute Vormittag ins Kaffeehaus gekommen«, sagte er. »Deine Braumeisterin mit ihrem Sohn.«

»Was habt Ihr ihnen gesagt?«

»Yardem hat mit ihr geredet. Er hat das Gleiche gesagt wie zu den anderen. Die Prüfung ist bei einem neuen Ableger üblich, und bitte tut einfach, worum der Mann bittet. Sie war nicht zufrieden. Sie wollte mit dir sprechen. Es hat ihr nicht gefallen, als Yardem gesagt hat, dass es die Aufgabe des Auditors nicht leichter macht, wenn ihr beiden Eure Bilanzen vergleicht. Sie hat Yardem den Vorwurf gemacht, er würde ihr etwas vorwerfen.«

»Das tut mir leid«, sagte Cithrin. »Ich würde alldem ein Ende setzen, wenn ich könnte.«

»Ich weiß.«

Cithrin zog ihren Umhang dichter um sich und wandte sich vom grenzenlosen Meer zurück zur Stadt. Ihrer Stadt. Sie war nicht ganz sicher, wann es ihre geworden war.

»Mit etwas Glück sind wir bald wieder im gewohnten Betrieb.«

Er kam an ihre Seite. Sie konnte nicht sagen, ob er sich ihren Schritten anpasste oder sie seinen.

»Du hast immer noch die Möglichkeit fortzugehen«, sagte er. »Ich kann losmarschieren und den Schlüssel zurückholen. Du kannst die Kiste vom Palast des Statthalters einfordern. Es wäre nicht so schlimm. Carse ist eine ganz ordentliche Stadt. Selbst wenn es Schwierigkeiten mit der Erbfolge gibt, wärst du dort sicher. Niemand versucht, Carse zu belagern. Warte ein Jahr ab, nimm dein Geld. Du könntest alles tun.«

»Das könnte ich nicht«, sagte Cithrin.

»In Ordnung.«

Sie gingen die breiten, getünchten Stufen hinab und an der Mauer zum Salzviertel entlang. Irgendwo unterwegs kamen sie an der Stelle vorbei, an der Opal gestorben war, aber sie erkannte sie nicht wieder und fragte nicht danach. Ein kleiner, struppiger Hund trottete vorbei, jaulte sie an und raste davon, als Marcus so tat, als würde er einen Stein zum Werfen aufheben.

»Mir fällt auf, dass du nicht getrunken hast«, sagte er.

Ich würde ein kleines Kind für eine Flasche Wein ertränken, dachte

Cithrin, *aber ich werde meinen Verstand brauchen, und es wird keine Vorwarnung geben.*

»Ich vermisse es nicht«, sagte sie.

»Du hast nicht geschlafen.«

»Das vermisse ich auch nicht.«

Das Gasthaus, das ihr Zuhause geworden war, während die Bank selbst besetzt blieb, lag an der Ecke zweier größerer Gassen. Seine weißen Wände und das Holzdach wirkten unter den tiefhängenden Wolken kalt. Als sie näher kamen, trat ein Mann aus dem Eingang. Sie sah, wie Marcus sich wappnete, ohne seinen Schritt zu verändern. Sie spürte ein leises Brennen in der Kehle.

Der Mann trat auf sie zu. Einer von Paerin Clarks Wächtern.

»Will er mich sehen?«, fragte Cithrin.

»Dasselbe wie immer, Fräulein«, sagte der Wächter. »Ich glaube, er ist fertig.«

»Darf ich meinen Hauptmann mitnehmen?«

»Ich wüsste nicht, was dagegen spricht.«

Der Marsch zur Bank war kurz, aber Cithrin spürte jeden einzelnen Schritt. Es fiel ihr auf, dass das Kleid, das sie trug, das erste war, das sie gekauft hatte, nachdem sie nach Porte Oliva gekommen war – das, für das sie im Austausch hallskarische Salzfarben erfunden hatte, um einen Nachlass von fünf Münzen zu erhalten. Das Kleid einer wirklich gefährlichen Frau. Sie versuchte es als gutes Omen zu sehen.

Ein junger Kurtadam kam vorbei, der Papiertrichter mit Honigmandeln verkaufte, und Cithrin blieb stehen, um einen zu kaufen. Sie steckte sich zwei in den Mund und reichte Marcus eine. Paerins Wächter wartete, und sie hielt ihm das Papier hin. Lächelnd nahm er zwei. Also akzeptierte er durchaus Geschenke von ihr. Das bedeutete, dass er entweder ein eiskalter Bastard war, oder die Neuigkeiten des Auditors waren gut. Nein, dachte sie, es bedeutete, dass der Wächter *glaubte*, dass sie gut waren.

Zwanzig Tage lang hatte man ihr den Zugang zu ihren Räumen verwehrt. Als sie die Stufen emporstieg, war sie darauf vorbereitet, ihre Empörung hinunterzuschlucken, aber als sie oben ankam, war alles genauso, wie es zuvor gewesen war. Bei den Spuren, die er hinterließ, hätte Paerin Clark genauso gut ein Geist sein können.

Der Mann saß an ihrem Schreibtisch. Jetzt schrieb er, und die unlesbaren, verschlüsselten Zeichen kamen aus der Spitze seiner Feder, ohne dass er ein Übertragungsbuch brauchte. Er nickte Cithrin und dann Marcus zu, beendete die Zeile mit der Geheimschrift und wandte sich ihnen zu.

»Fräulein bel Sarcour«, sagte er. »Ich hätte eine letzte Frage an Euch. Ich hoffe, es stört Euch nicht.«

Sein Tonfall hatte sich merklich verändert. Sie konnte Respekt darin hören. Das war gerecht. Sie hatte ihn sich verdient.

»Natürlich.«

»Ich bin ziemlich sicher, dass ich die Antwort erraten habe, aber es gibt eine Summe, die in den jüngsten Büchern getrennt aufgeführt wird. Sechshundertzwölf Einheiten Silber?«

»Das ist der Gewinn dieses Quartals für die Dachgesellschaft«, sagte sie.

»Ja«, erwiderte der Auditor. »Das habe ich mir gedacht. Bitte setzt Euch beide.«

Marcus überließ ihr den Stuhl und entschied sich, hinter ihr zu stehen.

»Ich muss sagen, dass ich von alldem beeindruckt bin. Magister Imaniel hat Euch sehr, sehr gut ausgebildet. Wir haben natürlich ein wenig Verlust gemacht. Aber im Großen und Ganzen scheinen die Verträge, die Ihr abgeschlossen habt, einwandfrei zu sein. Das Projekt der städtischen Flotte war meiner Ansicht nach schlecht beraten, aber da sie Euer Angebot abgelehnt haben, müssen wir uns darum keine Sorgen machen.«

Cithrin fragte sich, was an der Flotte der Auditor problematisch fand, aber er sprach bereits weiter.

»Ich verfasse jetzt meinen Bericht an die Dachgesellschaft. Mein primärer Befund ist, dass das, was Ihr hier getan habt, ehrlich darauf ausgerichtet war, die Interessen der Bank an sich zu wahren. Wir sind in Porte Oliva leider Verträgen von einer Länge verpflichtet, die nicht zu dem passt, was wir bevorzugen würden, aber ich weiß, dass Ihr es so gut gemacht habt, wie Ihr konntet. Und auch wenn einige Aspekte Eures Verhaltens sicherlich außerhalb des Gesetzes gestanden haben, sehe ich keinen Vorteil darin, eine Wiedergutmachung vor dem Gesetz anzustreben.«

»Meint er damit, dass wir davongekommen sind?«, fragte Marcus.

»Ja«, sagte Cithrin.

»Gut zu wissen.«

Paerin klopfte mit den Fingern auf die Oberfläche des Schreibtisches, und die tiefen Furchen eines Stirnrunzelns zeichneten sich auf seiner hohen Stirn ab. »Ich will nicht vorpreschen, und ich kann natürlich auch nichts garantieren«, sagte er, »aber es könnte in Carse eine Stelle für eine Frau mit Euren Talenten geben. Ich müsste es mit Komme Medean und einigen anderen Direktoren besprechen. Aber wenn Ihr eine Laufbahn bei der Bank einschlagen wollt, denke ich, dass Ihr dort einen Einstieg finden könntet.«

Du hast immer noch die Möglichkeit fortzugehen, hatte Marcus vor weniger als einer Stunde gesagt. Die hatte sie noch. Es war an der Zeit, diese Hoffnung einzuäschern.

»Ich würde lieber hierbleiben«, sagte Cithrin. »Habt Ihr meinen Vorschlag überdacht?«

Paerin Clark blickte sie ausdruckslos an. Dann nickte er, beschämt über sie. »Ja, das. Nein. Wir werden ein anerkanntes Mitglied der Bank für diesen Ableger einsetzen, bis er aufgelöst werden kann. Euch in Eurer derzeitigen Stellung zu behalten ist unmöglich.«

Marcus lachte leise. »Bin ich ein schlechter Mann, weil ich gehofft habe, dass er das sagen würde?«, fragte er.

Cithrin achtete nicht auf ihn. Als sie sprach, saß sie aufrecht da und blickte dem Auditor in die Augen. »Ihr habt etwas übersehen, mein Herr. Es gibt ein Buch mit Aufzeichnungen aus Vanai, das nicht hier war. Es ist allerdings ein altes. Es hat nicht unmittelbar mit Eurer Prüfung zu tun.«

Paerin Clark rückte seinen Stuhl zurecht, um sie anzusehen. Er verschränkte die Arme über der Brust.

»Es ist das Buch, das meinen Status als Mündel der Bank aufzeichnet«, sagte Cithrin. »Es zeigt mein gesetzmäßiges Alter und das Datum, an dem ich beginnen kann, rechtlich bindende Verträge zu unterzeichnen. Das wäre dann im nächsten Sommer der Fall.«

»Ich verstehe nicht, wie das …«

Cithrin wies auf die Bücher, die Papier- und Pergamentstapel, den ganzen Mechanismus ihrer Bank. »Keiner dieser Verträge ist rechtmäßig«, erklärte sie. »Mir ist nach dem Gesetz nicht gestattet, eine rechtliche Übereinkunft zu treffen. Ich bin zehn Monate zu jung.«

In Paerin Clarks Miene stand das gleiche ausdruckslose Lächeln, das er am ersten Tag zur Schau gestellt hatte, als er eingetroffen war. Es war vielleicht nur Einbildung, dass er einen Hauch blasser schien. Cithrin schluckte, um den Knoten in ihrer Kehle zu lockern.

»Wenn die Information aus diesem Buch bekannt wird«, sagte sie, »wird sich die Bank auf eine unmittelbare Bitte an den Statthalter verlassen müssen, damit die Verträge entweder dennoch vollzogen oder die Beträge wieder eingefordert werden können, die ausgegeben wurden. Ich habe den Statthalter kennengelernt, und ich glaube, dass es nicht sehr wahrscheinlich ist, dass er seinen Bürgern Geld entzieht, um es einer Bank zu geben, die es eilig hat, diese Stadt aufzugeben.«

»Und das fragliche Buch befindet sich wo?«, fragte Paerin Clark.

»In einer Schließkassette, die unter meinem Namen privat beim Statthalter hinterlegt wurde, unabhängig von der Bank. Und der Schlüssel dieser Kiste wird von einem Mann aufbewahrt, dem nicht daran gelegen ist, dass die Bank hier Erfolg hat. Wenn ich ihm verrate, was er damit öffnet, könnt Ihr diese Papiere in Eurem Küchenofen verfeuern.«

»Ihr blufft. Wenn das herauskommt, seid Ihr des Betrugs und Diebstahls schuldig. Der Falschaussage. Ihr würdet den Rest Eures Lebens im Kerker verbringen, und alles, was wir verlieren, wäre Geld.«

»Ich kann sie hier herausbringen«, sagte Marcus. »Eine Stadtbesatzung der Königinnengarde, die halb außer Gefecht ist, weil sie über Euch lacht? Ich kann sie aus Birancour hinaus und in ein anständiges Haus bringen, bis der Mittwinter kommt.«

»Wir sind die Medean-Bank«, sagte Paerin Clark. »Ihr könnt uns nicht entkommen.«

»Ich bin Marcus Wester. Ich habe Könige getötet, und ich bin ein lausiger Bluffer. Bedroht sie noch einmal, und ich ...«

»Hört auf, alle beide«, sagte Cithrin. »Hier ist mein Angebot. Behaltet den Ableger, wie er ist, aber setzt einen Notar aus der Dachgesellschaft ein. Wir sagen, dass er mir bei der vielen Arbeit hilft. Ich bin das Gesicht und die Stimme, aber der Notar kontrolliert alle Verträge.«

»Und wenn ich mich weigere?«

Sie wollte etwas trinken. Sie wollte ein warmes Bett und die Arme eines Mannes um sich spüren. Sie wollte sicher wissen, dass sie das Richtige tat.

»Werde ich diesen Ableger niederbrennen«, sagte sie.

Die Welt balancierte auf Messers Schneide. Der Auditor schloss die Augen, lehnte sich in seinem Sessel zurück. *Ach ja,* dachte Cithrin. *Das Leben als Flüchtling war im letzten Winter nicht so schlecht. Zumindest kann ich diesmal meine eigenen Kleider tragen.*

Paerin Clark öffnete die Augen. »Ihr unterzeichnet nichts«, sagte er. »Alle Verträge werden vom Notar und nur vom Notar unterzeichnet. Verhandlungen gibt es nicht, ohne dass der Notar anwesend ist. Die Kontrolle bleibt bei der Dachgesellschaft. Ihr seid eine Galionsfigur. Sonst nichts.«

»Damit kann ich leben«, sagte sie. Und unausgesprochen fügte sie hinzu: *Bis ich es ändern kann, kann ich damit leben.*

»Und Ihr gebt mir das fehlende Buch zurück, das Euer Alter beweist. Ehe ich die Stadt verlasse.«

»Nein«, sagte Marcus. »Wenn sie Euch das überlässt, hat sie keinen Hebel. Ihr könnt ihr alles wieder nehmen, und sie hätte nichts.«

»Sie wird mir vertrauen müssen.«

Cithrin schluckte. Sie wollte sich übergeben. Sie wollte singen.

Sie nickte. Paerin Clark war einen langen Augenblick still, dann nahm er die Papiere, die er geschrieben hatte, seufzte und zerriss sie in kleine Stücke.

»Es scheint, als hätte ich einen etwas anderen Bericht zu schreiben«, sagte er mit einem schiefen Lächeln. »Ich gratuliere Euch zu Eurer neuen Bank, Magistra.«

Geder

Die Begräbnisriten für Phelia Maas wurden ein wenig von der Hinrichtung ihres Gemahls überschattet. Geder, dem die Wahl blieb, hatte sich für die Hinrichtung entschieden, genauso wie die Mehrheit der bedeutenden Namen am Hof. König Simeons Thron stand auf einem erhöhten Podium. Aster saß auf einem kleineren Sessel der gleichen Machart neben ihm. König und Prinz trugen beide schwarzen Hermelin. Dann kam die breite Fläche der Kammer, in deren Mittelpunkt Feldin Maas kniete. Seine Fuß- und Handgelenke waren mit Draht gefesselt, und selbst von der Galerie aus konnte Geder die Prellungen auf den Beinen des Mannes und die langen schwarzen Schorfstreifen auf seinem Rücken erkennen. Zehn Scharfrichter standen in einem Kreis um den Gefangenen. Ihre Masken aus Stahl waren geformt, um wie zähnefletschende Tiere auszusehen, und ihre Klingen waren stumpf und rostig.

Eine einzelne Trommel ertönte in einem trockenen Wirbel. Es war das einzige Geräusch, von dem einen Dummkopf abgesehen, der weiter hinten in der Menge flüsterte. Geder versuchte, nicht auf die Leute zu achten und sich auf das Spektakel zu konzentrieren. Obwohl er spät gekommen war, hatten die versammelten Adligen ihm Platz gemacht, so dass er einen hervorragend Blick gleich am Rand der Galerie hatte. Dawson Kalliam und seine beiden Söhne standen neben ihm. Geder trug den schwarzen Ledermantel aus Vanai, aber der Schnitt war nun ganz unpassend. Sein Körper hatte über den Sommer die Gestalt verändert, und er hing lose an ihm herunter. Er wünschte, er hätte daran gedacht, ihn ändern zu lassen. Jeder, der nicht zusah, wie Feldin Maas starb, schien ihn anzuschauen.

König Simeon, mit grauem Gesicht und ernst, hob den Arm. Die Trommel verstummte. Der Großteil der Leute auf allen drei Ebenen der Galerie hielt den Atem an. Sogar der Dummkopf weiter hinten hatte aufgehört zu reden.

»Euch ist ein letztes Wort gestattet, Verräter«, sagte der König.

Feldin Maas schüttelte langsam den Kopf. *Nein.*

Der Arm des Königs fiel. Die Scharfrichter traten näher, und jeder der Männer ließ die Spitze seiner Klinge mit Wucht in den Leib des Mannes eindringen. Geder war in dem Glauben groß geworden, dass die Klingen ziemlich stumpf waren, und die Kraft, die jeder der Henker aufbrachte, unterstrich die Vorstellung. Maas schrie auf, aber nur einmal. Als die Scharfrichter zurückwichen, lag er in einem sich ausbreitenden Blutsee da, und die zehn Klingen ragten aus seinem Körper. Die Versammlung um ihn stieß ihren Atem mit einem Geräusch wie Wind in den Bäumen aus.

König Simeon erhob sich. Hinter ihm wirkte Prinz Aster wie eine Statue seiner selbst, aus bleichem Stein geschnitzt. Geder fragte sich, wie es für einen Jungen, der gerade seinen neunten Benennungstag hinter sich hatte, wohl war, wenn man wusste, dass ein Erwachsener sich verschworen hatte, ihn zu töten, und dann zu sehen, wie dieser Mann grausam starb.

»Dies ist das richtige und angemessene Schicksal eines jeden, der dem Gespaltenen Thron falsche Treue schwört«, sagte der König. »Lasst alle, die hier Zeugen dieser Gerechtigkeit sind, die Nachricht verbreiten, dass alle Verräter an Antea leiden und sterben werden.«

Applaus und zustimmende Rufe brachen überall um ihn herum aus. Geder schloss sich an, und Dawson Kalliam beugte sich dicht zu ihm und musste schreien, um Gehör zu finden.

»Das ist auch für Euch, Palliako.«

Es war eine freundlichere Formulierung als die, die er vor dem Beginn der Zeremonie benutzt hatte. Da hatte er gesagt: *Ihr habt Simeon endlich ein Rückgrat gegeben.*

Die Trommel erklang erneut, und König und Prinz wandten sich um und gingen in einer feierlichen Prozession hinaus. Diener in Rot kamen, um den Körper fortzutragen. Maas sollte zur Schau gestellt werden, die Schwerter an Ort und Stelle, siebzehn Tage lang. Was danach noch übrig war, würde man mit den Küchenabfällen und dem Abwasser in den Spalt kippen, und jeder, der versuchte, es für ein respektvolleres Begräbnis zurückzuholen, würde gehängt werden. Irgendwo hinter Geder, verdeckt von den Adligen Anteas, öffneten sich die Türen. Da der König fort und die Zeremonie beendet war, schwollen die Gespräche zu einem betäubenden Brüllen an. Geder konnte nicht verstehen, was über den Lärm aller anderen hinweg gesagt wurde, deshalb folgte er einfach der subtilen Bewegung der Menge und begab sich nach draußen.

In den großen Hallen der Königshöhe teilte sich der Adel von Antea in hundert kleine Gruppen auf. Derart verstreut war der Lärm der Gespräche weniger betäubend, wenn auch nicht viel besser verständlich. Er sah Leute, die vorgaben, ihn nicht anzuschauen, und er hatte eine Ahnung, was sie sagten: *Palliako behauptet, dass er durch die Keshet gezogen ist, aber er ist zurückgekommen und hat alles über die Verschwörung gegen Prinz Aster gewusst* und *Das Niederbrennen von Vanai war alles Teil seines Plans* und *Ich habe dir doch gesagt, dass es kein Zufall war, dass er seine treuen Soldaten zurückgeführt hat, kurz bevor die Söldner die Stadt übernehmen wollten.* Er ging langsam durch die Halle, badete darin.

»Sir Palliako. Auf ein Wort.«

Curtin Issandrian und Alan Klin gingen auf ihn zu und wirkten wie Buchstützen in der Bibliothek der Verdammten. Geder lächelte.

Curtin Issandrian streckte die Hand aus. »Ich bin gekommen, um Euch zu danken. Ich bin Euch etwas schuldig.«

»Wirklich?«, fragte Geder und ließ die Hand des Mannes in der Luft zwischen ihnen hängen.

»Wenn Ihr nicht gewesen wärt, wäre ich immer noch mit einem heimlichen Verräter an der Krone verbündet«, sagte Issandrian. »Feldin Maas war ein Freund, und ich habe zugelassen, dass diese Freundschaft mich blendet. Heute war ein schrecklicher Tag für mich, aber es war nötig. Und ich danke Euch dafür.«

Geder wünschte sich, Basrahip wäre hier gewesen, nur um zu wissen, ob Issandrian war, was er zu sein vorgab. Aber ein andermal. Es kamen noch Monate und Jahre, in denen er und sein Rechtschaffener Diener jedes Geheimnis bei Hof ausspähen konnten. Ein wenig Großzügigkeit würde niemandem schaden. Er nahm Issandrians Hand.

»Ihr seid ein guter Mann, Geder Palliako«, sagte Issandrian und sprach gerade laut genug, dass man ihn hören konnte. »Antea hat Glück, Euch zu haben.«

»Danke, Lord Issandrian«, erwiderte Geder und tat es ihm gleich. »Wer zugeben kann, dass er in die Irre geführt wurde, ist ein starker Mann. Dafür respektiere ich Euch.«

Sie ließen sich los, und Alan Klin trat vor, auch er hatte

die Hand ausgestreckt. Geder grinste und nahm sie, zog den Mann dicht heran.

»Sir Klin!«, sagte er grinsend. »Es ist zu lange her.«

»Ja. Das ist es wirklich.«

»Erinnert Ihr Euch an jene Nacht auf dem Marsch nach Vanai, als ich mich betrunken und dieses Traktat verbrannt habe, das ich Euch gezeigt hatte?«

»Ja. Ja, das tue ich«, sagte Klin und lachte, als würden sie eine nostalgische Erinnerung teilen.

Geder lachte ebenfalls, und dann tilgte er die Erheiterung aus seinem Gesicht. »Ich auch.«

Er ließ Klins Hand fallen, wandte sich ab und ging mit dem Gefühl davon, der Boden selbst würde sich erheben, um seinen Schritten entgegenzukommen. Draußen war ein Tag des blauen Himmels und des eisigen Winterwinds. Sein Vater stand in der Nähe der Stufen, die zu den Kutschen hinabführten, um das Chaos aus Pferden, Holz und Rädern zu betrachten. Er hielt eine Pfeife in der Hand, aber sie schien nicht angezündet zu sein.

»Also ist der politische Prozess zu seinem naheliegenden Ende gekommen?«, fragte Lerer.

»Hast du nicht zugesehen?«

»Ich bin zu alt für blutige Vorführungen. Wenn es getan werden muss, dann soll man es tun, aber doch kein Theaterstück daraus machen.«

»Aber der König muss ein Exempel statuieren, oder nicht? Er versucht, Asterilreich davon abzubringen, sich bei uns einzumischen«, sagte Geder. Er fühlte sich verletzt, dass sein Vater nicht bei Maas' Tod zugesehen hatte. »Sie wollten Prinz Aster *töten*.«

»Ich nehme es an«, sagte Lerer. »Trotzdem. Ich bin verdammt froh, nach Hause zu kommen, den Gestank von Camnipol nicht mehr auf der Haut zu haben. Wir sind zu lange von Bruchhalm fort gewesen.«

Wenn wir die Freiheit der Menschheit verstehen wollen, müssen wir zunächst ihre Versklavung verstehen. Die Wurzel aller Rassen – sogar der Erstgeborenen – liegt in der Herrschaft der Drachen, und das Ende dieser Herrschaft muss notwendigerweise den Beginn einer eigenen menschlichen Geschichte darstellen. Es ist keine Übertreibung zu behaupten, dass der letzte Atemzug des letzten Drachen der erste Augenblick des Zeitalters der Menschen in all seiner Vielfalt war. Aber wie jede Freiheit war es gebunden und festgelegt durch das, was zuvor war. Unser Wissen über das Drachenimperium ist im besten Fall unvollkommen, aber ich behaupte, dass die Entdeckung der Höhlenpaläste unter Takynpal uns den besten Einblick in das gewährt, was ich beschlossen habe, das Zeitalter der Gestaltung zu nennen.

Geder blätterte vor, las Seiten wieder, die er früher übersetzt hatte. Das Papier war vom Alter braun und brüchig. Er hatte es nicht gern in der Hand, weil er fürchtete, dass die Seiten unter seinen Fingern brechen und in seinen Händen zerbröckeln würden, aber er musste so dicht an den ursprünglichen Text kommen wie möglich. Es schien ihm, dass es etwas geben musste – ein Wort oder einen Satz, den man auf mehr als eine Weise übersetzen konnte –, das die Existenz und Geschichte der Göttin erwähnte.

Die Tür seines Wohnzimmers ging auf, und Basrahip kam herein. Er trug noch immer die Roben aus dem Tempel, aber er hatte ein Paar Stiefel mit lederner Sohle akzeptiert, um über die gepflasterten Straßen von Camnipol zu gehen. Zwischen den tiefroten Wandbehängen und weichen Polstersesseln des Hauses der Palliako in Camnipol wirkte er völlig fehl am Platz. Ein Wüstengewächs in einem Rosenarrangement. Er lächelte Geder zu und verbeugte sich.

»Wart Ihr wieder spazieren?«, fragte Geder.

»Ich hatte Geschichten von den großen Städten der Welt gehört, aber nichts, was ich mir ausgemalt hatte, hätte so großartig und so verderbt sein können«, sagte der Priester. »Ein Junge, der nicht mehr als sieben Sommer alt war, hat mich angelogen. Und ohne einen Grund zu haben.«

»Was hat er gesagt?«

Der hünenhafte Priester trottete zu einem Sessel gleich gegenüber von Geder und ließ sich hineinsinken. Das Holz knarrte unter ihm, während er sprach. »Dass er mir die Zukunft für drei Kupfermünzen vorhersagen könnte. Er wusste, dass es nicht stimmte. Ein Kind.«

»Er war ein Bettler«, erklärte Geder. »Natürlich hat er versucht, Euch zu beschummeln. Sie brauchen das Geld für Nahrung. Ich denke, Ihr solltet aber aufpassen, wo Ihr hingeht. Es gibt Teile der Stadt, die nicht sicher sind. Besonders nach Einbruch der Dunkelheit.«

»Ihr lebt in einem Zeitalter der Dunkelheit, mein Freund. Diese Stadt wird unfassbar schön sein, wenn sie rein ist.«

»Wart Ihr im Tempel?«

»Ja«, sagte Basrahip. »Es ist ein schönes Gebäude. Ich freue mich auf den Tag, wenn ich es mir zu eigen machen kann.«

»Der Papierkram sollte bald erledigt sein. Bestimmt noch, bevor sie den Hof schließen, und das ist von heute an in weniger als einer Woche. Aber in Camnipol gibt es in den Wintermonaten nicht viel zu tun.«

»Ich habe genug Aufgaben.«

»Ich habe in der Zwischenzeit gelesen«, sagte Geder, »und es gibt etwas, das mich beschäftigt.«

»Ja?«

»Die Göttin ist ewig. Sie war bei der Geburt der Drachen anwesend. Sie war während des ganzen Drachenimperiums anwesend, aber der einzige Verweis, den ich auf den Rechtschaffenen Diener oder den Sinir Kushku finde, kommt ganz am Ende, während des letzten Krieges. Und dann sprechen sie darüber, als hätte ihn Morade erschaffen, so wie Asteril die Timzinae erschaffen hat oder Vailoth die Versunkenen. Ich verstehe nur nicht, wie das stimmen kann.«

»Vielleicht kann es das dann nicht«, sagte der Priester. »Ihr solltet dem geschriebenen Wort weniger Vertrauen schenken, mein Freund. Es sind die steinernen Eier der Lüge. Hier. Ich werde es Euch zeigen. Lest mir etwas aus Eurem Buch dort vor.«

Geder blätterte durch die Seiten, strich mit den Fingerspitzen über die Worte, bis er einen Abschnitt fand, der leicht übersetzt werden konnte.

»Es war das vierte Jahrhundert der Herrschaft des Drachen Vailoth, als sich diese Politik änderte.«

»Ist das wahr?«, fragte ihn der Priester. »Ist es falsch? Meint Ihr, was Ihr sagt? Nein, alter Freund. Es ist keines von beidem. Eure Stimme trägt nichts. Es sind nur Worte, die Ihr leer wiederholt. Etwas aufzuschreiben bedeutet, es zu töten. Nur in der lebendigen Stimme kann die Wahrheit erkannt werden. Meine Brüder und ich haben einander zugehört, die Stimme der Göttin von Generation an Generation weitergereicht, und jedes Mal, wenn wir es neu ausgesprochen haben, von Anfang an, haben wir gewusst, dass das, was wir hörten, wahr war. Diese Bücher, die Ihr habt? Sie sind Tinte und Papier. Gegenstände. Seelenlos. Ihr wärt klüger, Euren Glauben nicht in sie zu setzen.«

»Oh«, sagte Geder. »Das ist … So habe ich die Dinge nie gesehen. Heißt das nicht …«

»Geder?«

Lerer Palliako stand im Eingang. Seine Tunika war das Blau und Grau des Hauses Palliako, in einem formellen Schnitt und mit Silberknöpfen am Kragen. Mit der Hand klammerte er sich an den Eingang, als müsste er sich stützen.

»Was ist los, Vater?«

»Wir haben einen Besucher. Du solltest mit mir kommen.«

Geder erhob sich, seine Haut vor Beunruhigung angespannt. Basrahip blickte vom Eingang zu Geder und zurück.

»Bleibt hier«, sagte Geder. »Ich werde zurückkommen, sobald ich kann.«

Lerer ging schweigend durch die Gänge. Die Diener, die gewöhnlich wie Bienen auf einer Wiese durch die Räume summten, waren fort. An der Tür zur privaten Versammlungskammer hielt er an. Einen Augenblick lang dachte Geder, dass er etwas sagen wollte, aber stattdessen schüttelte er den Kopf, öffnete die Tür und trat ein.

Die Privatkammer war auf Gemütlichkeit ausgerichtet. Kerzen glühten in Halterungen aus poliertem Silber, die ihr Licht verdoppelten und den Raum mit dem Geruch nach Honig und Hitze füllten. Ein unbenutzter Feuerrost stand schwarz vom Ruß in einer Ecke. Licht fiel durch das westliche Fenster, und die hellen Seidenstühle fingen es ein, schienen beinahe zu glühen. Ein Junge in einer grauen Tunika blickte ernst zu ihm auf, und Geder spürte, dass er das Gesicht hätte erkennen sollen. An der gegenüberliegenden Wand zeigte ein riesiges Gemälde, so groß wie ein aufrecht stehender Mann, einen Drachen mit grünen Schuppen, der über Gestalten aufragte, die die dreizehn Rassen der Menschheit darstellten. Und den Blick auf das Gemälde gerichtet, stand dort König Simeon.

Der König wandte sich um.

Lerer verbeugte sich und sagte: »Eure Majestät.«

Geder verbeugte sich einen Augenblick später, hastig und mit dem Gefühl, mithalten zu müssen. Der Junge war der Prinz. Prinz Aster und König Simeon.

»Ich bin erfreut, Euch endlich kennenzulernen, Geder Palliako«, sagte der König.

»Ich … äh, danke Euch. Es ist auch eine Freude, Euch kennenzulernen, Majestät.«

»Ihr seid Euch bewusst, dass die Tradition verlangt, dass der Prinz von einem Haus von höchstem Ruf und Adel aufgenommen wird. Einer Familie, die schwören wird, ihn zu schützen, sollte es notwendig werden.«

»Ah«, sagte Geder. »Ja?«

»Ich bin gekommen, um Euch darum zu bitten, diese Rolle auszufüllen.«

»Meinen Vater, meint Ihr? Unser Haus?«

»Ich bin es nicht, den er will«, sagte Lerer. »Du bist es.«

»Ich … ich weiß nicht, wie man einen Jungen aufzieht. Bei allem Respekt, Eure Majestät. Ich hätte nicht die geringste Ahnung, was zu tun ist.«

»Sorgt für seine Sicherheit«, sagte der König. Seine Stimme klang nicht majestätisch. Sie klang nicht formell. Sie klang nach einem Mann, der kurz davorstand, zu flehen oder zu beten. »Sorgt einfach für seine Sicherheit.«

»Jetzt im Augenblick liebt dich bei Hofe jeder oder fürchtet dich, mein Junge«, sagte Lerer. »Die Hälfte von ihnen meint, dass du der erste Held bist, den Antea in einer Generation gesehen hat, und die andere Hälfte will nicht von dir sprechen, weil sie Angst hat, dass das deine Aufmerksamkeit auf sich zieht. Ich bin nicht sicher, ob das ein guter Grund ist, den Titel des Beschützers anzunehmen.«

»Ich mache es nicht«, sagte Geder. »Ich bin niemandes Beschützer. Du würdest es doch sein, Vater. Du bist der Graf von Bruchhalm.«

»Aber Ihr seid der Baron von Ebbinwinkel«, sagte König Simeon.

»Ebbinwinkel?«, fragte Geder.

»Jemand muss die Besitztümer von Maas übernehmen«, erklärte Lerer. »Sieht so aus, als wärst du es.«

»Nun«, sagte Geder, während sich auf seinen Lippen ein Lächeln ausbreitete. »Nun.«

Prinz Aster stand auf und ging zu Geder. Er war kein großer Junge. Geder hatte immer geglaubt, dass er größer wäre. Er hatte die grauen Augen und das ernste Gesicht der Königin, aber das Kinn seines Vaters.

»Ich schulde Euch mein Leben, Lord Palliako«, sagte der Junge. Der Tonfall seiner Stimme ließ die Sätze einstudiert klingen. »Ich wäre erfreut, Euch als meinen Beschützer zu haben, und schwöre, dass ich Euch als Euer Mündel Ehre bringen werde.«

»Wollt Ihr es denn auch?«, fragte Geder.

Die formelle Haltung des Jungen geriet ins Straucheln. Tränen erschienen, die in seinen Augen glitzerten. »Sie sagen, dass ich nicht mehr bei Pa bleiben kann«, erwiderte er.

Geder spürte, wie er selbst fast den Tränen nahe war. »Ich habe meine Mutter auch verloren, als ich jung war«, erklärte er. »Vielleicht könnte ich ein Onkel sein? Oder ein älterer Bruder.«

»Ich habe keine Brüder«, murmelte Aster.

»Seht Ihr? Ich auch nicht«, sagte Geder. Aster versuchte

zu lächeln. »Wir würden aber vermutlich Euren Vater oft besuchen müssen. Und meinen. Mein Gott, ich werde meinen eigenen Besitz haben? Vater, ich werde meinen eigenen Besitz haben.«

»Wirst du«, sagte Lerer. »Ich glaube, Seine Majestät wollte nicht der Einzige im Raum sein, der einen Sohn verliert.«

Geder hörte ihn fast nicht. An diesem Morgen war er ein Held gewesen. Nun hatte er eine eigene Baronie und einen Platz bei Hof, um den Männer kämpften und für den sie manchmal starben. Sir Alan Klin würde sich vor Angst in die Hose machen, wenn er hörte, dass er sich Prinz Asters Beschützer zum Feind gemacht hatte.

»Danke, Eure Majestät. Ich nehme diese Pflicht und Ehre an, und ich werde mich darum kümmern, dass Aster sicher ist. Das schwöre ich.«

Der König weinte, und Tränen liefen ihm über die Wangen hinab, aber seine Stimme wankte nicht, als er sprach.

»Ich setze mein Vertrauen in Euch, Lord Palliako. Ich werde … ich werde es bei der Schließung des Hofes verkünden. Ich werde mich darum kümmern, dass Ihr einen Platz bekommt, der Eurer neuen Stellung angemessen ist. Dies ist ein hellerer Tag für das Königreich. Und dafür danke ich Euch.«

Geder verbeugte sich. Er wollte hinaus auf die Straße laufen, hüpfend und singend. Er wollte vor all seinen Freunden prahlen, zuerst vor Jorey Kalliam und …

»Kann ich den Prinzen entführen?«, fragte Geder. »Nur für ein paar Minuten? Es gibt jemanden, den ich ihm vorstellen will.«

Im Wohnzimmer war Basrahip auf Geders Sessel umgezogen. Die riesigen Hände blätterten langsam durch die Seiten, das breite Gesicht war vor Verachtung verzogen. Geder räusperte sich. Der Priester schaute auf, und sein Blick wanderte von Geder zu dem Prinzen, der an seiner Seite stand.

»Basrahip, Hohepriester der Göttin, darf ich Euch mein neues Mündel Prinz Aster vorstellen? Prinz Aster, das ist Basrahip.«

Der Prinz trat vor, hielt in angemessenem Abstand an und neigte den kleinen Kopf. Er sah aus wie ein Kätzchen, das einen Bullen begrüßte.

»Ich bin sehr erfreut, Euch kennenzulernen, Herr«, sagte der Prinz.

Basrahip lächelte. »Nein«, erwiderte er sanft. »Das seid Ihr nicht. Aber lasst Euch Zeit, junger Prinz. Lasst Euch Zeit.«

Entracte

Der Abtrünnige

DER ABTRÜNNIGE STÖHNTE UND ROLLTE sich auf seiner dünnen Matratze herum. Im ersten fahlen Licht der Morgendämmerung zeichnete sich die Stalltür ab, und in seinem Blut bebten und tanzten die Spinnen, aufgeregt, wie sie es nun seit Wochen waren. In den zwanzig Jahren, die er durch die Welt gereist war, hatte ihn der Makel seines Blutes nie so belastet wie in den letzten Wochen. Um ihn herum schliefen die anderen noch, ihr tiefer und gleichmäßiger Atem war beruhigend wie eine dicke Wolldecke. In den Ställen war es warm, oder zumindest wärmer, als es eine Nacht im Karren gewesen wäre. Er würde keine Eisschicht auf dem Wassereimer aufbrechen müssen, ehe er trank. Als er sich aufsetzte, schmerzte sein Rücken. Vielleicht wegen des kommenden Winters, vielleicht wegen der Jahre, die auf seinen Schultern lasteten, vielleicht wegen der Unruhe der Kreaturen, die unter seiner Haut hausten.

Eines der Pferde schnaubte in seinem Verschlag, bewegte sich unruhig. Aus den Schatten kam ein leises Keuchen. Er hielt sich still und strengte sein Gehör an.

»Ich mache nicht bis zum Ende«, wisperte eine vertraute Stimme. »Ich schwöre, ich mache nicht bis zum Ende.«

Der Abtrünnige schloss die Augen. Es änderte sich nie. Auf der ganzen Welt, vermutlich quer durch alle Zeitalter und Epochen der Menschheit, änderten sich manche Dinge einfach nie. Er schluckte, bereitete seine Stimme vor. Als er sprach, trugen die Worte durch die Ställe und auf den Hof hinaus.

»Sandr! Wenn du diesem Mädchen ein Kind anhängst, werde ich schwer versucht sein, deinen Schwanz mit einem Stück Draht abzubinden, und das wird deiner Leistung nicht zugutekommen.«

Die Stimme, die gekeucht hatte, quietschte erschrocken, und Sandr rannte in das trübe Licht und zog an seiner Tunika, um sich zu bedecken.

»Es ist niemand da, Meister Kit«, log der Junge. »Ich weiß nicht, wovon Ihr sprecht.«

»Welche Leistung meint Ihr denn?«, fragte Smit mit schläfriger Stimme. »Mir scheint, wenn Ihr von der Bühnenkunst sprecht, könnte es eine ordentliche Übung für die Konzentration sein, sich etwas abzubinden.«

»Wird ihm sicher helfen, wenn er einen Buckligen spielt«, sagte Cary mit einem Gähnen.

»Es ist niemand da«, erklärte Sandr erneut. »Ihr bildet Euch alle etwas ein.«

Das Knarren eines Bretts weiter hinten im Stall verriet das fliehende Mädchen, wer immer es war. Der Abtrünnige setzte sich aufrecht hin. Horniss zündete eine Laterne an, und das warme Licht vertrieb die Dunkelheit. Mit Ächzen und Beschwerden wurde die Truppe lebendig. Charlit Sun, die neue Schauspielerin, spießte Sandr mit Blicken auf. Noch ein Ärgernis, das der Abtrünnige würde lösen müssen. Er fragte sich, und das nicht zum ersten Mal, wie jemand ohne Spinnen eine Schauspieltruppe über längere Zeit zusammenhalten konnte. Aber vielleicht konnte das niemand.

»Auf«, sagte er. »Ich bin sicher, dass es Arbeit zu tun gibt, mit der wir mehr Geld verdienen, als wenn wir hier im Dunklen liegen. Auf, ihr wahnsinnigen, wunderbaren Bastarde, und lasst uns einmal mehr die Herzen und Träume von Porte Oliva im Sturm erobern.«

»Ja, Mutter«, sagte Cary, rollte sich herum und schlief wieder ein.

Als er Marcus Wester zum ersten Mal begegnet war, hatte er ihm insgeheim einen Namen gegeben: der Mann ohne Hoffnungen. Im Lauf des letzten Jahres war die Verzweiflung ein wenig von ihm gewichen, aber manchmal machte Wester immer noch seine kleinen Scherze – *Ich bin zu stur zum Sterben* oder *Man braucht keine Liebe, wenn es Wäsche zu waschen gibt* –, und die Leute um ihn herum lachten dann. Nur der Abtrünnige wusste, wie sehr der Mann meinte, was er sagte.

Es war das, was den Söldnerhauptmann interessant machte.

Die Schenke in der Nähe der Bank hatte in diesen kalten Monaten den Vorteil, Essen und ein warmes Feuer bereitzuhalten. Cary und Charlit Sun traten an manchen Abenden im Schankraum auf, sangen Lieder aus den einfacheren komischen Opern und nahmen zusammen genug ein, um den ganzen Trupp drei Tage durchzufüttern.

»Es ist immer am besten, wenn man seine politischen Morde diskret durchführt«, sagte Wester. »Wirklich, darin habe ich mich geirrt. Nun, es ist nicht das Erste, worin ich mich geirrt habe.«

»Bei weitem nicht, Herr«, sagte Yardem Hane.

»Wird es einen Gewaltausbruch in Nordstade verhindern, was meint Ihr?«

»Sie haben einen Mann vergiftet, so dass er sich bis zum Tode erbrochen hat«, sagte Wester. »Das ist Gewalt. Aber da sein Anspruch damit beigelegt ist, sehe ich nicht, dass Schwertkämpfer ins Feld ziehen werden, nein. Das ist also gut für den Handel mit Narineiland. Und offenbar hat sich auch Antea entschieden, nicht in den Bürgerkrieg abzugleiten.«

»Ich habe nicht gewusst, dass sie auf dem Pfad des Drachen waren«, sagte der Abtrünnige und nippte an seinem Bier. Im Winter bewahrten sie es unter Bewachung in der Gasse auf, deswegen war es so kalt, wie die Räume warm waren.

»Ich auch nicht. Dieser neue Notar bekommt allerdings von überall her Berichte. Es ist einer der Vorteile, zu einer Bank zu gehören, bei der die Leute von der Bank auch wissen, dass man dabei ist. Auf jeden Fall scheint das Einzige, was den Hof in Camnipol davon abgehalten hat, sich wie ein Rudel verhungernder Hunde aufeinanderzuwerfen, ein religiöser Eiferer aus der Keshet zu sein.«

»Wirklich?«

»Nun«, sagte Wester, »er ist ein richtiger Adliger aus Antea, hat aber offenbar Zeit in der Keshet verbracht und ist mit einem schlimmen Fall von Glauben zurückgekehrt. Hat irgendeine Verschwörung offengelegt, dem Hof die Ohren langgezogen und einen Tempel in der Nähe der Königshöhe errichtet, um das zu feiern.«

»Es ist nichts Unheimliches dabei, wenn man einen Tempel errichtet, Herr«, sagte Yardem. »Das machen die Leute die ganze Zeit.«

»Nicht zum Feiern«, erwiderte Wester. »Leute gehen zu Gott, wenn sie Schwierigkeiten haben. Wenn die Dinge gut stehen, gibt es eigentlich keinen Grund, dem Göttlichen nachzurennen.«

Yardem zuckte mit einem klingelnden Ohr und beugte sich

zu dem Abtrünnigen vor. »Er sagt diese Dinge, um mich zu ärgern.«

»Klappt immer.«

»Tut es, Herr«, log der Tralgu.

»Und die Göttin der Runden Pasteten scheint mir besonders seltsam.«

»Runde Pasteten?«, fragte der Abtrünnige.

»Der Kult hat ein Symbol. Großes rotes Banner mit einem weißen Ding in der Mitte, und etwas, das wie acht Stücke einer Pastete aussieht, die man aneinandergelegt hat.«

»Acht Richtungen auf einem Kompass«, sagte Yardem.

Nein, dachte der Abtrünnige, und Entsetzen riss ihn mit sich wie dunkles Wasser. *Nein, die acht Beine einer Spinne.*

»Ist alles in Ordnung, Kit?«, fragte Wester. »Ihr seht blass aus.«

»Bestens«, sagte der Abtrünnige. »Alles bestens.«

Aber in seinem Kopf war ein einziger Gedanke:

Es hat begonnen.

Danksagung

Ein Buch zu schreiben ist nie eine so einsame Aufgabe, wie ich erwarte. Dieses Projekt hat ganz besonders von der Zeit und Aufmerksamkeit anderer profitiert. Ich schulde meine Dankbarkeit Walter Jon Williams, Carrie Vaughn, Ian Tregillis, Vic Milán, Melinda Snodgrass und Ty Franck, die dabei waren, als der Blitz einschlug, und Jim Frenkel, der getan hat, was er konnte. Auch meinen Agenten Shawna McCarthy und Danny Baror, die hier wie immer besser als Gold waren. Und ich will mich besonders bei der Mannschaft von Orbit bedanken. Meine Lektoren Darren Nash und DongWon Song haben die Arbeit an diesem Projekt zu einer Freude gemacht, und die große Professionalität und Sorgfalt, die ich bei jedem der Angestellten in New York und London erlebt habe, haben mich immer wieder beeindruckt. Es wäre ohne einen jeden von ihnen ein geringeres Buch.

Jegliche Fehler und Missgeschicke liegen ganz bei mir.

Sein Leben ist eine Lüge, seine Macht geraubt …

ca. 700 Seiten. ISBN 978-3-442-26816-0

Gavin Guile ist der hoch geehrte Lord Prisma. Allein seine magischen Fähigkeiten, seine Intelligenz und seine Überzeugungskraft bewahren den unsicheren Frieden im Reich. Doch Gavin bleiben nur noch fünf Jahre zu leben. Fünf Jahre, um fünf unmögliche Ziele zu erreichen. Da erfährt er, dass er einen Sohn hat und von der Gefahr für dessen Leben. Um den unschuldigen Jungen zu retten, müsste Gavin sein dunkelstes Geheimnis offenbaren – und damit das Reich zerreißen. Denn sein ganzes Leben fußt auf einer Lüge und seine Macht ist lediglich geraubt. Kann er diesen Preis bezahlen, um sein einziges Kind zu retten …?

Lesen Sie mehr unter: **www.blanvalet.de**